Narraciones Extraordinarias

EDITORIAL OPTIMA

EDGAR ALLAN POE

Narraciones Extraordinarias

PRÓLOGO DE CHARLES BAUDELAIRE

Ilustración de la portada
© James Coleman, «*Tropical Waters*»

© Editorial Iberia, S.A. Texto edición castellana

4ª edición: Junio, 1999

© EDITORIAL OPTIMA, S.L. Rbla. Catalunya, 98, 7º, 2ª
08008 Barcelona - Tel: 93 487 00 31 - Fax: 93 487 04 39

Realización gráfica: Ramiro Esteve
Impreso y encuadernado por Balmes S.A.

Printed in Spain - Impreso en España

ISBN: 84 - 89693 - 01 - 3   Depósito Legal: B - 27190 - 1999

PRÓLOGO

Con este prólogo Charles Baudelaire presentó su traducción
de las obras de Edgar Allan Poe en 1848.

No hace mucho, fue conducido ante nuestros tribunales un desgraciado cuya frente estaba ilustrada con un extraño y singular tatuaje: *¡Sin suerte!* Asimismo, en los ojos llevaba la etiqueta de su vida, como un libro su título, y en el interrogatorio se demostró que aquel extravagante rótulo era cruelmente verídico. En la historia de la literatura figuran destinos análogos, auténticas condenas, hombres que llevan las palabras *mala suerte* escritas con misteriosos caracteres en los sinuosos pliegues de su frente. El ángel ciego de la expiación se apodera de ellos y los azota duramente para ejemplo de los demás. En vano su vida pone de relieve talento, virtud y gracia; la sociedad tiene para ellos un especial anatema, y con ello pone de relieve las debilidades que semejante persecución les ha otorgado. ¿Qué no hizo Hoffmann para desarmar al destino, y qué no emprendió Balzac para conjurar la fortuna? ¿Existe pues una providencia diabólica que prepara la desgracia desde la cuna, que arroja premeditadamente naturalezas espirituales y angélicas en medios hostiles, como los mártires al circo? ¿Hay pues almas *sagradas* destinadas al ara, condenadas a marchar a la muerte y a la gloria a través de sus propias ruinas? ¿La pesadilla de las *Tinieblas* asediará eternamente a estas almas selectas? En vano se debaten y en vano se acomodan al mundo, a sus previsiones, a sus astucias; perfeccionarán la prudencia, taparán todas las salidas, acolcharán las ventanas proyectiles del azar, pero el diablo entrará por una ranura; una perfección será el defecto de su coraza y una cualidad superlativa el germen de su condenación.

El águila, para romperla, desde lo alto del firmamento

> Sobre su descubierta frente soltará a la tortuga
> Pues *ellos* deben perecer inevitablemente.

Su destino figura escrito en toda su constitución, con un siniestro resplandor brilla en sus miradas y en sus ademanes, circula por sus arterias en cada uno de sus glóbulos sanguíneos.

Un célebre escritor de nuestro tiempo ha escrito un libro para demostrar que el poeta no puede hallar un lugar respetable en una sociedad democrática ni tampoco en una sociedad aristocrática, y no menos en una república que en una monarquía, ya sea absolutista o liberal. Y, ¿quién ha sabido contestarle de un modo terminante? Yo aporto una nueva historia en apoyo de esta tesis, yo añado un nuevo santo al martirologio. Yo debo escribir la historia de uno de estos ilustres desgraciados, riquísima en poesía y en pasión, quien, después de tantos otros, ha venido a efectuar el rudo aprendizaje del genio en este bajo mundo, junto a las almas inferiores.

¡Lamentable tragedia, la vida de Edgar Poe! ¡Su muerte es un horrible desenlace, donde el horror se ve aumentado por la trivialidad! en cuantos documentos he leído he llegado a la convicción de que los Estados Unidos no fueron para Poe más que una vasta cárcel que recorrió con la febril agitación de un ser hecho para respirar en un mundo más aromático — que una gran barbarie iluminó con gas — y que su vida interior, espiritual, de poeta y también de borracho, no fue más que un constante esfuerzo para hurtarse a la influencia de esta atmósfera repulsiva. No hay más inhumana dictadura que aquella de la opinión en las sociedades democráticas; no le pidáis caridad ni indulgencia, ni tampoco elasticidad alguna en la aplicación de sus leyes, en los múltiples y complejos casos de la vida moral. Diríase que del impío amor a la libertad ha nacido una nueva tiranía, la tiranía de las bestias o zoocracia, que por su feroz insensibilidad se parece al ídolo de Jagannath. Un biógrafo nos dirá gravemente — es bien intencionado el hombre — que si Poe hubiese querido regular su genio y aplicar sus facultades creadoras de un modo más apropiado a la tierra americana hubiese podido llegar a ser un autor cotizado, *a money making author*, otro — un ingenuo cínico — que por bello que fuera el genio de Poe, mejor hubiera sido para él no tener más que talento, pues el talento se cotiza siempre con más facilidad que el genio. Otro, quien ha dirigido periódicos y revistas, un amigo del poeta, confesó que le resultaba difícil emplearlo y que se veía obligado a pagarle menos que a otros, pues escribía en un estilo demasiado por encima de lo corriente. *¡Qué olor a almacén!* como diría Joseph de Maistre.

Algunos fueron más osados, y uniendo la poca inteligencia, la más vulgar de su genio, a la ferocidad de la hipocresía burguesa, lo insultaron a porfía, y después de su repentina desaparición, morigeraron rudamente su cadáver — particularmente Rufus Griswold, quien, para recordar aquí la vengadora expresión de George Graham, cometió entonces una inmortal infamia —. Poe, demostrando acaso el siniestro presentimiento de un súbito fin, designó a Griswold y a Willis para que pusieran en orden sus obras, escribieran su biografía y restaurasen su memoria. Este pedagogo-vampiro ha difamado largamente a su amigo en un extenso artículo, chato y rencoroso, con el cual encabezaba precisamente la edición póstuma de sus obras. ¿No existe, en América, ninguna ley que prohíba la entrada de los perros en los cementerios? En cuanto a Willis, éste ha demostrado lo contrario de que la decencia y la benevolencia van siempre unidas al verdadero espíritu, y que la caridad para con nuestros hermanos, que es un deber moral, ha sido también uno de los mandamientos del buen gusto.

Hablad de Poe con un americano; posiblemente reconocerá su genio y acaso se mostrará orgulloso de él, pero con una sardónica expresión de superioridad, donde se rebela su yo positivo, os hablará de la existencia despechugada del poeta, de su aliento alcoholizado, que se hubiera inflamado con la llama de una vela, y de sus hábitos vagabundos; os dirá que fue un ser errante y heteróclito, un planeta desorbitado, que rodó sin cesar de Baltimore a Nueva York, de Nueva York a Filadelfia, de Filadelfia a Boston, de Boston a Baltimore, de Baltimore a Richmond. Y si, con el corazón conmovido ante estos preludios de una desgarradora historia le dais a entender que el hombre no es, posiblemente, el único culpable y que le resultará difícil pensar y escribir cómodamente en un país donde hay millones de soberanos, en un país sin capital, propiamente hablando, y sin aristocracia, entonces veréis sus ojos agrandarse y arrojar relámpagos, subírsele a los labios la baba del patriotismo ofendido y, a América, lanzar injurias por su boca contra Europa, su vieja madre, y contra la filosofía de los antiguos tiempos.

Repito que, para mí, la cuestión estriba en que Edgar Poe y su patria no estaban a un mismo nivel. Los Estados Unidos son un país gigantesco e infantil, naturalmente celoso del viejo continente. Orgulloso de su desarrollo material, anormal e incluso monstruoso, este recién llegado a la historia tiene una fe ingenua en el todopoderío de la industria; como algunos desgraciados de entre nosotros, está convencido de que concluirá por devorar al Diablo. ¡Allí, el tiempo y el dinero tienen un gran valor! La actividad material, exagerada hasta las proporciones de una manía nacional, deja muy poco lugar, en los espíritus, para cosas que no son de la tierra. Poe, que fue de buena madera y confesaba, además, que la desgracia de su país estribaba en no contar con una aristocracia de raza, esperaba, decía, que en un pueblo sin aristocracia el culto a lo Bello no puede por menos que corromperse, debilitarse y desaparecer; que advertía en sus conciudadanos, hasta en su lujo enfático y costoso, todos los síntomas del mal gusto característico de los nuevos ricos; que consideraba el Progreso, la gran idea moderna, como un éxtasis de papamoscas, y que a los *perfeccionamientos* del habitáculo humano los llamaba cicatrices y abominaciones rectangulares. Poe, allí, fue un cerebro singularmente solitario. Sólo creyó en lo inmutable, en lo eterno, en el *self-same,* y gozó — cruel privilegio en una sociedad enamorada de sí misma — del enorme buen sentido a lo Maquiavelo que marcha delante de la sabiduría, como una columna luminosa, a través del desierto de la historia. ¿Qué pensó, qué escribió, el infortunado, si había oído a la teóloga del sentimiento suprimir el Infierno por amistad al género humano, al filósofo de las cifras proponer un sistema de seguros, una suscripción a céntimo por cabeza, para la supresión de la guerra -¡y la abolición de la pena de muerte y de la ortografía, sus dos correlativas locuras!- y también a tantos otros enfermos que, *con el oído al viento,* escriben fantasías giratorias, tan halagüeñas como el elemento que las dicta? Si a esta impecable visión de la verdad, auténtica debilidad en determinadas circunstancias, añadís una exquisita delicadeza de sentido a la que una falsa nota tortura, una finura de gusto que todo, excepto la exacta proporción, subleva, un insaciable amor por lo Bello que adquirió la fuerza de una pasión mórbida, no os extrañaréis de que para semejante hombre, la vida se hubiese convertido en un infierno y que él hubiera terminado mal: os admiraréis de que haya podido *durar* tan largo tiempo.

II

La familia de Poe fue una de las más respetables de Baltimore. Su abuelo materno sirvió como quartermaster-general en la guerra de la Independencia y Lafayette lo tuvo en la más alta estima y amistad. Éste, con ocasión de su último viaje a los Estados Unidos, quiso ver a la viuda del general y testimoniarle su gratitud por los servicios que le prestó su marido. El bisabuelo se desposó con una hija del almirante inglés MacBride, quien estaba emparentado con las más nobles familias de Inglaterra. David Poe, padre de Edgar e hijo del general, se enamoró violentamente de una actriz inglesa, Elisabeth Arnold, célebre por su belleza; se fugó con ella y se casaron. A fin de unir más íntimamente su destino al de ella, se hizo comediante y, junto con su esposa, apareció en diferentes teatros de las principales ciudades de la Unión. Los esposos murieron en Richmond, casi al mismo tiempo, dejando en el más completo abandono y miseria a tres hijos de corta edad, entre ellos a Edgar.

Edgar Poe nació en Baltimore, en 1813. Doy esta fecha de acuerdo con su propias palabras, pues él mismo protestó contra la afirmación de Griswold, quien situaba su nacimiento en 1811. Si alguna vez el espíritu novelesco (para utilizar una expresión de nuestro poeta) ha presidido un nacimiento — ¡ espíritu siniestro y tormentoso! — éste fue ciertamente el suyo. Poe fue, en verdad, el hijo de la pasión y la aventura. Un rico negociante de la ciudad, Allan, se encariñó con este infeliz agraciado a quien la naturaleza había dotado de un especial encanto y, puesto que no tenía hijos, lo adoptó. Desde entonces se llamó Edgar Allan Poe. Así, pues, fue educado en el bienestar y con la legítima esperanza de una de estas fortunas que confieren al carácter una gran autosuficiencia. Sus padres adoptivos le llevaron consigo en un viaje por Inglaterra, Escocia e Irlanda y, antes de emprender el regreso, lo confiaron al cuidado del doctor Branby, quien tenía un importante centro educativo en *Stoke-Newington,* cerca de Londres. El mismo Poe, en *William Wilson,* ha descrito el extraño edificio, construido en el viejo estilo isabelino, y las impresiones de su vida de colegial.

Regresó a Richmond, en 1822, y prosiguió sus estudios en América, bajo la dirección de los mejores maestros del país. En la Universidad de Charlottesville, donde ingresó en 1825, se distinguió no sólo por su inteligencia, casi milagrosa, sino también por la abundancia, más bien siniestra, de sus pasiones — precocidad verdaderamente americana — que finalmente motivaron su expulsión. Es digno de observarse, además, que Poe, ya en Charlottesville, había manifestado una especial aptitud por las ciencias físicas y matemáticas. Más tarde hará frecuentemente uso de ellas en sus extraños cuentos y, de sus conocimientos, deducirá toda una serie de insospechados recursos. Con todo, tengo mis motivos para creer que no es a tal clase de composiciones a las que concedía la máxima importancia y — quizá, precisamente, a causa de esta actitud precoz — no estaba lejos de considerarlas como *fáciles* juegos de prestidigitación al compararlas con sus obras puramente imaginativas. Unas desgraciadas deudas de juego motivaron una momentánea desavenencia entre él y su padre adoptivo, por lo que Edgar — uno de sus hechos más curiosos y que, como se ha dicho, prueba la existencia de buena dosis de caballerosidad en su ánimo impresionable — concibió el proyecto de participar en la guerra de los griegos e ir a combatir a los turcos. Partió, pues, para Grecia. ¿Qué sucedió en Oriente y qué hizo allí? ¿Estudió las riveras clásicas del Mediterráneo? ¿Por qué aparece luego en San Petersburgo sin pasaporte? ¿En qué asunto estaba comprometido, pues se vio obligado a recurrir al ministro americano Henry Middleton para escapar al sistema penal ruso y regresar a su país? Nada se sabe. Aquí existe una laguna que sólo él hubiese podido llenar. La vida de Edgar Poe, su juventud, sus aventuras en Rusia y su correspondencia, durante mucho tiempo han sido anunciadas por los periódicos americanos, pero no han aparecido jamás.

De nuevo en América, en 1829, manifestó el deseo de ingresar en la escuela militar de West-Point. Se le admitió, en efecto, y allí, como en otras partes, dio muestras de su inteligencia admirablemente dotada, pero indisciplinable, por lo que, al cabo de algunos meses, fue expulsado. Por la misma época tuvo lugar en el seno de su familia adoptiva, un acontecimiento que debería tener las más graves consecuencias para el resto de su vida. La señora Allan, por quien parece ser que sintió un amor verdaderamente filial, murió, y el señor Allan se casó con una mujer muy joven. Hubo una querella doméstica — una extraña y tenebrosa historia que no puedo relatar, puesto que no la expone con claridad ningún biógrafo. Así, pues, no es de extrañar que se separara definitivamente del señor Allan y que éste, que tuvo hijos del segundo matrimonio, le privase por completo de los derechos de sucesión.

Poco tiempo después de haber abandonado Richmond, Poe publicó un pequeño volumen de Poesías; fue verdaderamente una resplandeciente aurora. Para quien sepa sentir la poesía inglesa, ya existe en él un acento extraterrestre, la calma en la melancolía, la solemnidad deliciosa, la experiencia precoz — creo que iba a decir *experiencia innata* — que caracterizan a los grandes poetas.

Por algún tiempo la miseria le hizo soldado, y es de suponer que se sirvió de los torpes ocios de la vida de cuartel para elaborar los materiales de sus futuras composiciones — raras composiciones que parecen haber sido creadas para demostrarnos que lo raro es una de las partes integrantes de lo bello —. Vuelto a la vida literaria, el único elemento donde pueden respirar algunos seres desplazados, Poe iba a morir en la más extrema miseria, cuando fue salvado por una venturosa casualidad. El propietario de una revista acababa de instituir dos premios, uno al mejor cuento y otro al mejor poema. Una escritura singularmente bella atrajo la mirada del señor Kennedi, quien presidía el comité, y le hizo interesarse personalmente por los manuscritos. Resultó que Poe había ganado los dos premios, pero le fue concedido solamente uno de ellos. El editor del periódico le presentó a un hombre joven, de una belleza sorprendente, envuelto en harapos y abrochado hasta la barbilla, con un aspecto de hidalgo tan altivo como hambriento. Kennedi se portó bien. Lo relacionó con un tal Thomas White, quien fundó en Richmond el *Southern Literary Messenger*. White era un hombre audaz pero sin ningún talento literario. Requería un ayudante. Poe se encontró en plena juventud — a los veintidós años — director de una revista, cuya suerte dependía exclusivamente de él. Y fue él quien creo su prosperidad. El *Southern Literary Messenger* reconoció después que era a este excéntrico maldito, a este borracho incorregible, a quien debía su clientela y su fructífera popularidad. Fue en este *magasin* donde apareció por primera vez *La extraordinaria aventura de un cierto Hans Pfaall,* y muchos otros cuentos que nuestros lectores verán desfilar ante sus ojos. Durante casi dos años, Edgar Poe, con un ardor maravilloso, sorprendió a su público con una serie de composiciones pertenecientes a un nuevo género, y por unos artículos críticos cuya vivacidad, claridad y rigor conseguían llamar la atención. Estos artículos versaban sobre toda clase de libros, y la sólida formación del joven director le servía más que medianamente. Es interesante saber que aquella considerable labor la hacía por quinientos dólares anuales. *Inmediatamente* — dijo Griswold, lo cual quiere decir: ¡se creía suficientemente rico el imbécil! — se casó con una joven hermosa, encantadora, de natural amable y heroico, pero *sin tener un clavo,* añade el mismo Griswold, con un matiz desdeñoso. Era la señorita Virginia Clemm, su prima.

Pese a todos los servicios prestados al periódico, el señor White, al cabo de dos años, poco más o menos, se separó de Poe. Es evidente que el motivo de dicha separación se encuentra en los accesos de hipocondría y en las crisis alcohólicas del poeta, accidentes característicos que ensombrecen su cielo espiritual como estas nubes que, de improviso, al paisaje más romántico le otorgan un aire de melancolía aparentemente irreparable. Desde este momento veremos al infortunado trasladar su tienda como un hombre del desierto y transportar sus ligeros penates por las principales ciudades de la Unión. En todas partes dirigirá revistas o colaborará en ellas de una manera fulgurante. Con deslumbradora rapidez propagará artículos filosóficos, y cuentos llenos de magia, que aparecen reunidos bajo el título de *Tales of the Grostesque and the Arabesque,* título llamativo, intencionado, pues los ornamentos grotescos y los arabescos rechazan la figura humana, y veremos luego como, desde muchos puntos de vista, la literatura de Poe es extraña o sobrehumana. Por notas hirientes y escandalosas, aparecidas en los periódicos, nos enteraremos de que el señor Poe y su mujer están en Fordham, gravemente enfermos y en la más absoluta miseria. Poco tiempo después de la muerte de la señora Poe, el poeta sufrió los primeros ataques de *delirium tremens.* Una nueva nota aparece de improviso en un periódicos — esta vez ya más cruel — que acusa a su desprecio y a su hastío del mundo y le somete a uno de estos procesos tendenciosos, con encuesta de opinión, contra los que tuvo que defenderse; una de las luchas más estérilmente fatigosas que conozco.

Sin duda ganaba dinero y sus trabajos literarios le permitían casi vivir. Pero poseo pruebas de que tenía constantemente embarazosas dificultades que superar. Como tantos otros escritores, soñó con una *revista* suya, quería estar *en su casa* y, verdaderamente, no le faltaban arrestos para desear con ardor este refugio definitivo para su pensamiento. Para conseguirlo, y a fin de obtener una cantidad suficiente de dinero, tuvo que recurrir a las *lecturas.* Ya sabemos lo que son estas lecturas, un tipo de especulación; el *Collége de France* puesto a disposición de todos los escritores, con lo que el autor no publica su *lectura* mientras no haya sacado de ella todos los beneficios posibles. Poe había dado ya, en Nueva York, una *lectura* de *Eureka,* su poema cosmogónico, que levantó grandes discusiones. Esta vez se le ocurrió dar lecturas en su propia tierra, en Virginia. Proyectó, según le escribió a Willis, realizar una gira por el Oeste y el Sur, y confió en la ayuda de sus amigos escritores y sus viejas amistades de colegio y de West-Point. Visitó, pues, las principales ciudades de Virginia y Richmond, vio de nuevo a quien ya había conocido cuando joven, pobre y desastrado. Todos aquellos que no habían visto a Poe desde los días de su oscuridad, acudieron en masa a contemplar a su ilustre compatriota. Apareció bello, elegante y correcto como el genio. Creo, incluso, que al cabo de un tiempo llevó su condescendencia hasta hacerse admitir en una sociedad de buenas costumbres. Eligió un tema tan extenso como elevado: *El principio de la Poesía,* y lo desarrolló con aquella lucidez que constituye uno de sus mayores privilegios. Como verdadero poeta que era, creía que el verdadero fin de la poesía es de la misma naturaleza que su principio y que no debía tener otro objeto que ella en sí misma.

La buena acogida que le fue dispensada llenó su pobre corazón de dicha y orgullo; a tal punto llegó su satisfacción, que pensó en establecerse definitivamente en Richmond y acabar sus días en los lugares que su infancia le había hecho amar. Entretanto tenía compromisos en Nueva York, por lo que partió el 4 de octubre, aquejado por estremecimientos y una gran debilidad. Sintiéndose mal aún, el día 6 por la tarde, cuando llegó a Baltimore, mandó llevar su equipaje al embarcadero, desde donde tenía que dirigirse a Filadelfia. Entró allí en una taberna para tomar un excitante del tipo que fuera. Por desgracia, en aquel lugar se encontró con antiguas amistades que le entretuvieron. A la mañana siguiente, entre las pálidas oscuridades del alba, apareció un cadáver en la calle. ¿Puede decirse, así, propiamente? No, puesto que era un cuerpo todavía con vida, pero al cual la muerte había marcado con su sello real. Sobre este cuerpo, cuyo nombre se ignoraba, no se encontró documentación ni dinero, por lo que fue llevado a un hospital.

Allí murió Poe, la tarde del domingo, día 7 de octubre de 1849, a la edad de 37 años, vencido por el *delirium tremens,* este terrible visitante que ya, una o dos veces, se alojó en su cerebro. Así desapareció de este mundo uno de los mayores héroes de la literatura, el hombre de genio que había escrito, en *El gato negro,* estas fatídicas palabras: *¿Qué enfermedad hay comparable al alcohol?*

Esta muerte era casi un suicidio, un suicidio preparado desde hacía tiempo. Por lo menos motivó el escándalo. El revuelo fue grande y la virtud dio rienda suelta a su *acento* enfático, libre y voluptuosamente. Las más indulgentes oraciones fúnebres no pudieron impedir las expansiones de la inevitable moral burguesa, que en tan admirable ocasión no evitó manifestarse. Griswold difamó; Willis, sinceramente afligido, estuvo a mayor altura. ¡Ay, aquel que había alcanzado las más abruptas cimas de la estética y se había sumergido en los menos explorados abismos del intelecto humano, aquel que, a través de una vida parecida a una tempestad sin tregua, había encontrado formas nuevas, procedimientos desconocidos para sorprender a la imaginación, para sorprender a los espíritus sedientos de belleza, había muerto, en pocas horas, en la cama de un hospital! ¡Qué destino! ¡Cuánta grandeza y cuánta desgracia, sólo para levantar un torbellino de fraseología burguesa, para convertirse en pasto y en tema de los periodistas virtuosos!

Ut declamatio fias!

Semejante espectáculo no es nuevo; lo raro es que una sepultura, nueva e ilustre, no se convierta en piedra de escándalo. Demos por descontado que la sociedad no admite a estos rabiosos malhumorados y, bien sea porque interrumpen sus fiestas o porque, ingenuamente, los considera unos amargados, se cree siempre poseedora de la razón. ¿Quién no recuerda los aspavientos que tuvieron lugar en París con ocasión de la muerte de Balzac, pese a que murió con toda normalidad? Y todavía más actual — hace de ello, hoy, 26 de enero, justamente un año — cuando un escritor de admirable honestidad y de la más alta inteligencia, el cual *siempre estuvo sereno* discretamente y sin perjudicar a nadie — tan discretamente, que su discreción parecía casi un menosprecio — fue a desatar su alma en la calle más negra que pudo encontrar. ¡Cuánta pesadez de sermones! ¡Qué asesinato tan refinado! A un célebre periodista, a quien nada tenía que enseñarle el mismo Cristo, en cuanto a generosidad, le pareció la aventura lo suficientemente divertida como para celebrarla a través de un juego de equívocos. Entre la larga enumeración de los *derechos del hombre,* que la sabiduría del siglo XIX rehace tan a menudo y con tanta satisfacción, hay dos de ellos, bastante importantes, que han sido olvidados: el derecho a contradecirse y el derecho a *irse.* Pero la *Sociedad* pone en evidencia a quien se marcha como un insolente; de muy buena gana castigaría a ciertos despojos fúnebres, igual que un desdichado soldado atacado de vampirismo, a quien la vista de un cadáver exaspera hasta la ferocidad. Y, no obstante, podríamos asegurar que, bajo el influjo de ciertas circunstancias y después de un detenido examen sobre ciertas incompatibilidades, con acompañamiento de firmes creencias en ciertos dogmas y metempsicosis — sin énfasis y sin juegos de palabras — el suicidio es, a veces, el acto más razonable de la vida. De esta forma se nutre una compañía de fantasmas, ya numerosa, que nos visita familiarmente y de la cual cada miembro viene a cantarnos las excelencias de su reposo actual y a convencernos.

Confesemos con todo que el lúgubre fin del autor de *Eureka* conoció algunas consoladoras excepciones, sin las cuales habría como para desesperarse, y, con ello, la situación se hizo más llevadera. Willis, tal como he dicho, habló honradamente, incluso emocionadamente, acerca de las buena relaciones que tuvo siempre con Poe. John Neal y George Graham persuadieron a Griswold sobre la necesidad del recato. Longfellow — y éste fue el más meritorio, puesto que Poe le había tratado cruelmente — supo alabarle en la forma digna de un poeta de su elevada categoría, como poeta y como prosista. Un desconocido escribió que la América literaria había perdido a su más excelso talento.

Pero el corazón roto, el corazón desgarrado, el corazón atravesado por los siete puñales, fue el de la señora Clemm. Edgar era, a la vez, su hijo y su hija. Rudo destino, dice Willis, de quien copio estos detalles casi palabra por palabra; rudo destino el que ella velaba y protegía. Edgar Poe era un hombre embarazoso; además de que escribía con la más cargante dificultad y *en un estilo demasiado por encima del nivel intelectual común para que se le pudiera pagar caro,* estaba siempre sumido en dificultades económicas y, frecuentemente, a él y a su mujer les faltaban cosas de extrema necesidad.

Cierta vez, Willis vio entrar en su despacho a una mujer vieja, apacible y digna. Era la señora Clemm. *Buscaba obra* para su querido Edgar. El biógrafo afirma que quedó extremadamente sorprendido, no sólo del perfecto elogio, de la apreciación exacta que hacía ella del talento de su hijo, sino también de su aspecto exterior, de su voz suave y triste, de sus ademanes ya un poco de otra época, pero amplios y bellos. Y durante varios años, agrega, hemos visto a esta infatigable servidora del genio, pobre e insuficientemente vestida, yendo de periódico en periódico a vender ya un poema, ya un artículo, diciendo algunas veces que estaba enferma — única explicación, única razón, invariable excusa que daba cada vez que su hijo se encontraba momentáneamente afectado por uno de estos estados de esterilidad que conocen los escritores nerviosos —, y cuidando de que jamás escapara de sus labios una sola palabra que pudiera ser interpretada como duda o disminución de confianza en el genio y en la voluntad de su bienamado. Al morir su hijo se aferró, con ardor maternalmente fortalecido, a lo que sobrevivió a la desastrosa batalla, viviendo con él, cuidando de él, defendiéndolo contra la vida y contra sí mismo. Verdaderamente, concluye Willis con aguda e imparcial razón, si la abnegación de la mujer, nacida con un primer amor y sostenida por la pasión humana, glorifica y consagra su objeto, ¿qué no dice en favor de aquel que inspiró tal clase de abnegación, desinteresada y santa, como un centinela divino? En efecto, los detractores de Poe habrán sabido notar que hay seducciones poderosas que no pueden ser más que virtudes.

Se adivina lo terrible que debió de ser la noticia para la desdichada mujer. Ella le escribió a Willis una carta, de la cual reproduzco algunas líneas:

«Esta mañana me he enterado de la muerte de mi bienamado Eddie... ¿Puede usted comunicarme algunos detalles, algunas circunstancias?... ¡Oh, no abandone a su pobre amiga en esta amarga aflicción!... Diga a... que venga a verme; tengo que darle un encargo de parte de mi pobre Eddie... No creo necesario rogarle que divulgue su muerte y que hable bien de él. Ya sé que usted lo hará. *Pero explique bien que era como un hijo afectuoso para mí,* su pobre madre desolada...»

Esta mujer me pareció grande y más que antigua. Herida por un golpe irreparable, no pensó en otra cosa que en la reputación de quien lo era todo para ella, y no bastó, para consolarla, que se dijera que era un genio pues era necesario que también se supiera que era un hombre con deberes y afectos. Es evidente que esta madre — antorcha y hogar iluminado por un destello del cielo — ha sido propuesta como ejemplo a nuestra raza, demasiado negligente para la abnegación, el heroísmo y todas aquellas cualidades que son más que un simple deber. ¿No sería justo, acaso, escribir sobre las obras del poeta el nombre de aquella que fue el sol moral de su vida? Él, en su gloria, perfumará el nombre de la mujer cuya ternura sabía curar sus llagas y cuya imagen flameará en lo alto del martirologio de la literatura.

III

La vida de Poe, sus costumbres, su comportamiento, su ser físico, todo aquello que constituye el conjunto de su personalidad se nos presenta como algo brillante y tenebroso a un mismo tiempo. Su persona era extraña y seductora y, al igual que sus obras, marcada por un indefinible sello de melancolía. En todo lo demás estaba considerablemente bien dotado.

De joven demostró una rara aptitud para los ejercicios físicos, y por más que pequeño, con pies y manos de mujer y todas las características de una delicadeza femenina, era más que medianamente robusto y capaz de realizar excelentes rasgos de fuerza. Siendo joven ganó una apuesta de natación que sobrepasaba las medidas de lo habitual. Es como si la naturaleza proporcionase, a aquellos de quienes desea sacar gran partido, un temperamento enérgico, al igual que confiere una potente vitalidad a los árboles destinados a simbolizar el dolor y el luto. Dichos hombres, a veces de apariencia raquítica, están modelados como atletas, buenos para la orgía y el trabajo, dispuestos a los excesos y capaces, al mismo tiempo, de una sorprendente sobriedad.

Existen algunos puntos, relativos a Edgar Poe, sobre los que hay unanimidad de pareceres, como por ejemplo su alta distinción natural, su elocuencia y su bello aspecto, a causa de lo cual, según se asevera, se había vuelto un tanto vanidoso. Su porte, curiosa mezcla de altivez y dulzura exquisita, estaba lleno de firmeza. Fisonomía, forma de andar, gestos, aspecto de su cabeza, todo contribuía a otorgarle, sobre todo en sus buenos tiempos, un aspecto de elegido. Todo su ser respiraba una solemnidad penetrante. Estaba realmente marcado por la naturaleza, como estos tipos de transeúntes que llaman la atención y preocupa su recuerdo. El mismo agrio y pedante Griswold confiesa que cuando fue a visitar a Poe y lo encontró pálido y doliente a causa de la enfermedad y muerte de su esposa, se extrañó sobremanera, no sólo de la corrección de sus modales, sino también de su fisonomía aristocrática y de la perfumada atmósfera de su apartamento, amueblado con bastante modestia. Griswold ignora que el poeta tiene, en más alto grado que los demás hombres, el maravilloso privilegio, atribuido a la mujer parisiense y a la española, de saberse arreglar con nada, y que

Poe, amante de lo bello en todas las cosas, habría dado con el arte de transformar una cabaña en una especie de extraño palacio. ¿Acaso no escribió, con la más original y curiosa inventiva, acerca de proyectos de mobiliario y de planos de casas de campo, jardines y reformas de paisaje?

Se conserva una carta de la señora Frances Osgood, que fue una de las amigas de Poe, donde nos pone al corriente de los más curiosos detalles de su persona y de su vida hogareña. Dicha señora, por cierto escritora distinguida, niega los vicios y defectos que se le reprochan al poeta. «Con los hombres — le dice a Griswold — puede que fuese tal como usted lo describe y puede que, como hombre, usted tenga razón. Mas yo afirmo que con las mujeres era totalmente distinto y que no había ninguna mujer que conociese a Poe sin que experimentara por él el más profundo interés. Jamás lo he visto bajo otro aspecto que como modelo de elegancia, distinción y generosidad...

»La primera vez que nos vimos fue en *Astor-House*. Willis, en una reunión nos dejo leer *El cuervo,* poema cuyo autor, según me dijo, deseaba conocer mi opinión. La música misteriosa y sobrenatural de este extraño poema me penetró tan hondamente que, cuando me enteré de que Poe deseaba serme presentado, experimenté una rara sensación como de azoramiento. Apareció con su bella y orgullosa cabeza, con sus ojos sombríos que despedían aquella luminosidad de los seres privilegiados, luz de sentimiento y de pensamiento y con sus modales, que venían a ser como una inexplicable mezcla de altivez y de suavidad. Me saludó tranquilo, profundo, casi frío; mas bajo su frialdad vibraba una simpatía tan declarada, que no pude impedir sentirme profundamente impresionada. Desde aquel momento hasta su muerte fuimos amigos... y yo sé que fui parte de sus recuerdos, en sus últimas palabras, y que antes de que su razón fuese derribada de su trono soberano, me dio una última prueba de su fiel amistad.

»En su aspecto interno, a la vez simple y poético, era donde el carácter de Edgar Poe se manifestaba con su luz más bella. Caprichoso, afectuoso, espiritual, a ratos dócil y a ratos perverso como un niño mimado, siempre tenía para su joven, dulce y admirada mujer, y para todos cuantos se acercaban a él, incluso en medio de sus quehaceres literarios más penosos, una palabra amable, una sonrisa benévola y atenciones afables y corteses. Pasaba horas interminables ante su pupitre, bajo el retrato de su *Eleonora*, la muerta y bienamada, resignado, concretando con su admirable escritura las alucinantes fantasías que pasaban por su sorprendente cerebro siempre despierto. Me acuerdo de haberle visto una mañana más feliz y alegre que de costumbre. Virginia, su dulce mujer, me rogó que fuese a verles y me fue imposible resistir a su solicitud... Lo encontré trabajando en la serie de artículos que publicó bajo el título: *The Literati of New-York*; me dijo con una sonrisa de triunfo, mientras desplegaba una cantidad de pequeños rollos de papel (escribía sobre tiras estrechas, sin duda para conformar la copia a la *justificación* de los periódicos) por las diferencias de longitudes, voy a demostrarle el distinto aprecio que tengo para cada miembro de su gremio literario. En cada uno de estos papeles uno de ustedes esta enrollado y justamente discutido. ¡Ven, Virginia, ayúdame! Los extendieron todos, uno por uno. Por último conservaba uno que parecía interminable. Virginia, riéndose, reculó hasta un ángulo de la habitación, mientras lo sostenía por un cabo, y su marido hacia otro ángulo, sosteniéndolo por el extremo opuesto. ¿Quién es el afortunado — le pregunté — que ha juzgado digno de tan inconmensurable benignidad? ¿La oyes? — gritó-. ¡Como si su pequeño corazón vanidoso no le hubiese dicho ya que era ella!

»Cuando me vi obligada a viajar por motivos de salud, sostuve regularmente correspondencia con Poe, obedeciendo con ello a la insistencia de su mujer, pues creía que podía ejercer sobre él una influencia benéfica... Por lo que se refiere al amor y a la confianza que existía entre su mujer y él, lo cual constituía para mí un delicioso espectáculo, no sabría hablar con demasiada convicción, con demasiado entusiasmo. Prescindo de algunos pequeños episodios poéticos a los que le arrastró su temperamento novelesco. Creo que fue ella la única mujer a quien amó siempre de verdad...»

En las novelas cortas de Poe no hay nunca amor. En el caso de *Ligeia* y *Eleonora* no se trata de historias de amor, propiamente dichas, puesto que es otra la idea sobre la cual gira la obra. Tal vez él creyera que la prosa no es un lenguaje a la altura de este raro e intraducible sentimiento; las poesías, en cambio, están fuertemente saturadas de amor. La divina pasión aparece en ellas magnífica y esplendorosa, y siempre velada por una irreparable melancolía. En sus artículos habla, algunas veces, de amor, más bien como de algo a cuyo nombre tiembla su pluma. En *The Domain of Arnheim* afirmará que las cuatro condiciones elementales de la dicha son: la vida, el aire libre, el *amor de una mujer,* el apartarse de toda ambición y la creación de una nueva belleza. Lo que corrobora la idea de la señora Frances Osgood, quien se refiere al respeto caballeresco de Poe hacia la mujer, afirmando que, pese a su prodigioso talento por lo grotesco y lo horrible, no hay en toda su obra un sólo pasaje en el que se perfile algo lúbrico o placeres sexuales. Sus retratos de mujeres están, diríamos, aureolados; brillan como envueltos en un hálito sobrenatural y están pintados a la manera enfática de un adorador. En cuanto a los *pequeños episodios novelescos,* ¿hay que sorprenderse de que un ser tan vigoroso, en quien el ansia de belleza era su característica principal, haya cultivado, a veces con ardor apasionado, la galantería, esta flor volcánica y almizcleña para la cual el cerebro turbulento de los poetas es terreno abonado?

De su singular belleza personal, de la que hablan varios de sus biógrafos, creo que el espíritu puede hacerse una idea aproximada, llamando en su auxilio todas las emociones vagas, pero al mismo tiempo características, que se suponen implícitas en el termino «romántico», empleado generalmente para designar los tipos de la belleza que reside, principalmente, en la expresión. Poe tenía una frente amplia, dominante, en la que ciertas protuberancias delataban las desbordantes facultades cuya significación tienen por objeto construcción, comparación, causalidad, y donde imperaba, en un reposado orgullo, el sentido de la idealidad, el sentido estético por excelencia. No obstante, y pese a estos dones o, tal vez a causa de estos exorbitantes privilegios, aquella cabeza, vista de perfil, no ofrecía quizás un aspecto demasiado agradable. Al igual que en todas las cosas, excesivas en un sentido, se originaba un déficit como resultado de su misma abundancia, una pobreza como producto de la misma usurpación. Tenía sus grandes ojos, a la vez sombríos y llenos de luz, de un color indeciso y tenebroso, tirando a violeta, la nariz noble y recia, la boca fina y triste, bien que ligeramente sonriente, la piel de un tono claro, la tez pálida y la fisonomía un poco abstraída e imperceptiblemente arrugada por la melancolía habitual.

Su conversación era de lo más interesante y esencialmente instructiva. No era lo que suele llamarse un conversador brillante — cosa, por cierto, horrible — y además, su palabra, como su pluma, sentía verdadero horror ante lo convencional; no obstante, su vasto saber, su conocimiento de la lingüística, sus intensos estudios y las impresiones que recogió de diversos países, convertían sus palabras en una verdadera lección. Elocuencia esencialmente poética, metódica, si bien siempre al margen de todo método conocido, arsenal de imágenes recogidas de un mundo poco frecuentado por la mayoría de espíritus, arte prodigioso, deducible de cualquier proposición evidente y absolutamente aceptable de percepciones secretas y nuevas, capaz de proyectarse a perspectivas inéditas y, en una palabra, arte de enajenar, de hacer pensar, de hacer soñar, de arrancar a las almas del fango de la rutina, tales eran las deslumbrantes facultades de las que gran cantidad de gente conserva el recuerdo. Pero a veces ocurría — por lo menos esto se dice — que el poeta, complaciéndose en un capricho destructor, echaba de improviso a sus amigos por los suelos, poseído de un cinismo acongojante, y destruía brutalmente su obra de espiritualidad. Hay que notar, además, que era muy poco exigente en la elección de su auditorio, y creo que no le costará mucho al lector encontrar en la historia otros casos de inteligencia grandes y originales para quienes toda compañía era buena. Algunos espíritus solitarios entre la muchedumbre, que se complacen con el monólogo, no sienten necesidad de distinguir entre el público. En el fondo se trata de una especie de fraternidad basada en el menosprecio.

De sus borracheras — ensalzadas y reprochadas con una insistencia que podría dar pie a creer que todos los escritores de los Estados Unidos, con excepción de Poe, son unos ángeles de sobriedad — hay mucho que hablar. Algunas versiones son justas y no se excluyen las unas a las otras. Ante todo, debo hacer notar que Willis y la señora Osgood afirman que una cantidad mínima de vino o de licor bastaba para perturbar por completo su organismo. Además, es fácil imaginar que un hombre realmente solitario, tan profundamente desgraciado y que, con frecuencia, pudo considerar todo el sistema social como una paradoja y una impostura, un hombre, atormentado por un destino sin piedad, quien repetía frecuentemente que la sociedad no es más que un barullo de miserables (es Griswold quien habla de ello, todo lo escandalizado que pueda estar un hombre que pensara exactamente igual, aun cuando no lo confesara jamás), es natural, digo, suponer que este poeta, lanzado de niño a los azares de la vida libre, con el cerebro atenazado por un trabajo áspero y continuo, haya buscado a veces la voluptuosidad del olvido en las botellas. Sentía necesidad de huir de rencillas literarias, vértigos de infinito, penas conyugales, insultos de la miseria, refugiándose en la negrura de la borrachera, que venía a ser como una preparación para la tumba. Mas por buena que parezca tal explicación, no la encuentro lo suficientemente extensa, razón por la cual desconfío de ella a causa de su deplorable simplicidad.

Me he enterado de que no bebía a lo sibarita, sino a lo bárbaro, con una actividad y economía de tiempo completamente americanas, como llevando a cabo una misión homicida, como si hubiese en él *algo* que matar, *a worm that would not die.* También se cuenta de él que cierto día, en el que tenía que casarse por segunda vez (ya se habían publicado las amonestaciones, y como se le felicitara por una unión que pondría en sus manos las mejores posibilidades de dicha y bienestar, dijo: «Es posible que hayáis leído las amonestaciones, mas, tenedlo presente, no me casaré»), fue espantosamente borracho a escandalizar el vecindario de la que tenía que ser su mujer, habiendo acudido de esta forma a su vicio para liberarse de un perjurio a la pobre muerta cuya imagen vivía todavía en él y a quien había admirablemente cantado en su *Annabel Lee.* Considero pues en gran cantidad de casos, como sabido y constatado, el hecho incomparablemente valioso de la premeditación.

Además, en un extenso artículo del *Southern Literary Messenger* — la misma revista donde empezó su buena suerte — he leído que jamás la pureza, la concreción de su estilo, la claridad de su pensamiento y su empeño en el trabajo fueron alterados por esta terrible costumbre, y que la confección de la mayoría de sus mejores fragmentos ha precedido o seguido a una crisis, que después de la aparición de *Eureka* se sacrificó lastimosamente a su inclinación y que en Nueva York, la mañana misma en que apareció *El cuervo,* y cuando el nombre del poeta iba de boca en boca, atravesó Broadway dando afrentosos traspiés. Notad que las palabras *precedido* o *seguido* implican que la borrachera lo mismo podía servir de excitante que de reposo.

Así es pues innegable que, parecidas a estas impresiones fugitivas y sorprendentes, tanto más sorprendentes por sus retornos, puesto que son fugitivas, que en muchas ocasiones siguen a un síntoma exterior, una especie de señal como un sonido de campana, una nota musical o un perfume olvidado, a las que acompaña un acontecimiento parecido a otro que ya se conoce y que ocupa idéntico lugar en un encadenamiento de experiencias ya comprobadas, parecidas a estas singulares apariciones periódicas que frecuentan nuestros sueños, existe en la borrachera, no sólo el encadenamiento de imágenes, sino también las series de razonamientos que, para producirse, necesitan del mismo que los ha originado. Si el lector me ha seguido sin repugnancia, habrá ya adivinado mi conclusión; yo creo que, en muchos casos, la borrachera de Poe no era un medio mnemotécnico, un método de trabajo, enérgico y mortal aunque apropiado a su naturaleza apasionada. El poeta había aprendido a beber como un escritor se ejercita en llenar cuadernos de notas. No podía resistir el deseo de dar nuevamente con las visiones maravillosas o espantosas, con las concepciones sutiles que había encontrado ya en una tempestad anterior; eran viejas amistades que atraían imperiosamente y, para restablecer sus relaciones con ellas, tomaba el camino más peligroso pero más directo. Una parte de lo que hace hoy nuestro goce fue lo que le mató.

IV

Poco tengo que decir de las obras de genio tan singular; el público se encargará de demostrar lo que piensa de ellas. Quizá me sería difícil, aunque no imposible, exponer su método y explicar su procedimiento, especialmente en aquellas de sus obras cuyo principal efecto se encuentra a través de un análisis bien conducido. Podría introducir al lector en los misterios de su elaboración, extenderme largamente sobre este aspecto del genio americano que le hace gloriarse de la dificultad vencida, del enigma explicado y del esfuerzo conseguido, que, con una voluptuosidad infantil y casi perversa, le empuja a congratularse con el mundo de las probabilidades y de las conjeturas y a inventar patrañas a las que su arte sutil ha sabido infundir una vida factible. Nadie negará que Poe sea un juglar maravilloso, no obstante, sé que él apreciaba especialmente otra parte de su obra. Tengo que hacer algunas observaciones importantes, aunque breves.

No es por estos milagros materiales, por mucho que le hayan dado fama, por los que merecerá conquistar la admiración de la gente que piensa, sino por su amor a lo bello, por su conocimiento de las condiciones armónicas de la belleza, por su poesía profunda y doliente, tallada, transparente y correcta como una joya de cristal, por su admirable estilo, puro y sorprendente, apretado como las mallas de una armadura, complaciente y minucioso, en el que la más ligera intención sirve para transportar suavemente al lector al punto deseado y, en conjunto, muy especialmente por este talento, completamente original, por este temperamento único que le ha permitido pintar y explicar, de forma impecable, arrebatadora y terrible, la excepción en el orden moral. Diderot, para citar un ejemplo entre cien, es un autor sanguíneo; Poe es el escritor de los nervios y, también, de alguna cosa más; el mejor que he llegado a conocer.

En él, toda entrada en materia es atractiva y sin violencia, como un torbellino. Su solemnidad sorprende y mantiene el espíritu en vilo. Se percibe en seguida que se trata de algo grave. Y lentamente, poco a poco, se desarrolla una historia cuyo interés se basa en una imperceptible desviación del intelecto, en una hipótesis audaz, en una imprudente dosificación de la naturaleza en la amalgama de las facultades. El lector, envuelto en el vértigo, se ve obligado a seguir al autor en sus atrayentes deducciones.

Ningún otro, lo repito, ha explicado con tanta magia las *excepciones* de la vida humana y de la naturaleza, las exaltaciones de curiosidad de la convalecencia; los finales de estación, llenos de excitantes sorpresas, los tiempos cálidos, húmedos y brumosos en los que el viento del sur reblandece y afloja los nervios como las cuerdas de un instrumento y los ojos se llenan de lágrimas que no vienen del corazón; la alucinación que al principio da lugar a la duda, luego convencida y razonadora como un libro; el absurdo, alojándose en la inteligencia y gobernándola con espantosa lógica; la histeria emplazada en el lugar de la voluntad, la contradicción establecida entre los nervios y el espíritu, el hombre desquiciado hasta el punto de expresar el dolor con risa. Analiza lo que hay de más fugitivo, sopesa lo imponderable y de esta manera, minuciosa y científica, cuyos efectos son terribles, describe lo imaginario que flota en torno del hombre nervioso y le induce al mal.

La misma furia con que se lanza a lo grotesco por amor a lo grotesco, y a lo horrible por amor a lo horrible, me sirve para comprobar la sinceridad de su obra y el acuerdo entre el hombre y el poeta. Ya he insistido acerca de que, en muchos hombres, esta furia ha sido a menudo el resultado de una inmensa energía vital desocupada, a veces de una castidad obstinada, y también de una profunda sensibilidad rechazada. La sobrenatural voluptuosidad que el hombre puede experimentar al ver como se derrama su propia sangre, los movimientos repentinos, violentos, inútiles, los enormes gritos lanzados al aire, sin que el espíritu se lo haya pedido a la garganta, son fenómenos clasificables en un mismo orden.

En las entrañas de esta literatura con el aire rarificado, el espíritu puede experimentar esta angustia vaga, este miedo propenso a las lágrimas y este malestar del corazón que habitan los lugares inmensos y únicos. Pero la admiración es aún más fuerte y, además, ¡el arte tan grande! Los elementos y

lo accesorio, en este caso, están apropiados a los sentimientos de los personajes. Lo mismo la soledad de la naturaleza que la agitación de las ciudades,
todo ello está descrito de forma nerviosa y fantástica. Igual que nuestro Eu-
gene Delacroix ha elevado su arte a la altura de la gran poesía, gusta Edgar
Poe de animar sus figuras sobre fondos violáceos y verdosos, donde se
muestran la fosforescencia de la podredumbre y los efluvios de la tempestad. La naturaleza considerada muerta participa de la naturaleza de los seres
vivos y, como ellos, palpita con un temblor sobrenatural y electrizado. El espacio se ahonda con el opio; el opio comunica un sentido mágico a todos
los matices y hace vibrar todos los rumores con una sonoridad más significativa. A veces, insospechadamente, se abren magníficas perspectivas col-
madas de luz y de color en sus paisajes y, en el fondo de sus horizontes, se
ven aparecer ciudades orientales y arquitecturas desdibujadas por la distancia, donde el sol precipita lluvias de oro.

Los personajes de Poe o, más bien, el personaje de Poe, el hombre de
las facultades superagudas, el hombre con los nervios relajados, el hombre
cuya voluntad ardiente y cuya paciencia desafían las dificultades, aquél cuya mirada enfoca la rigidez de una espada sobre objetos que se agrandan a
medida que los contempla, es el mismo Poe. Y sus mujeres, luminosas y en-
fermas, muriendo de males raros y hablando con una voz que parece música, siguen siendo todavía él mismo o, cuando menos, por sus aspiraciones
peregrinas, por su saber, por su melancolía incurable, participan en mucho
de la naturaleza de su creador. Respecto de su mujer ideal, de su Titánida,
se rebela bajo diferentes aspectos, esparcidos entre sus poesías, excesivamente escasas, retratos, o, más bien, maneras de sentir la existencia, que el
temperamento del autor asimila y confunde con una unidad vaga pero sensible, donde, quizás más delicadamente que en otras partes, vive aquel insaciable amor a lo Bello que es su lema, es decir, el compendio de sus
aspiraciones en la devoción y respeto de los poetas.

Bajo el título de *Historias extraordinarias,* agrupamos varios cuentos
elegidos ente la obra general de Poe. Si, como espero, encuentro la ocasión
de hablar extensamente sobre el poeta, haré el análisis de sus opiniones filosóficas y literarias, así como, en general, de aquellas obras cuya traducción completa tendría pocas probabilidades de éxito entre un público que,
decididamente, prefiere la distracción y la emoción a la más importante verdad filosófica.

CHARLES BAUDELAIRE

Narraciones
extraordinarias

NOTAS A LA TRADUCCIÓN

Sin pretender haber hecho nada mejor que algunos traductores —es más fácil censurar que hacer—, nos atrevemos a decir que no siempre nos han dejado satisfechos ni las mejores traducciones de obras suyas, como las de Baudelaire y de Mallarmé. Podríamos dar numerosos ejemplos en ellas de errar, inexactitud y deficiencia expresiva o modificación inexplicable. Esto quiere decir únicamente que nos hemos esforzado no sólo en traducir el sentido de sus palabras — y cuando ha sido menester, para mayor exactitud, poniendo alguna palabra distinta de la suya—, sino que hemos procurado adaptarnos, ya que no siempre a los ritmos, cosa tan difícil dada la diferencia de longitud entre las palabras inglesas y las españolas, a los movimientos anímicos que vivifican los ritmos de su prosa y de sus versos; y hemos respetado las repeticiones de palabras, las simetrías de frases, la abundancia de adverbios, la puntuación y hasta las características tipográficas de Poe. Por ejemplo, los abundantísimos guioncitos, paréntesis e incisos. Cuando ha sido menester hemos alterado el hipérbaton usual en la lengua castellana, sin faltar, naturalmente, a la gramática, a las concordancias debidas, para adaptarnos a las originales estructuras de la prosa y el verso del gran Poe. Hasta en algunas narraciones como LOS ASESINATOS EN LA «RUE» MORGUE, LOS ANTEOJOS, etc., hemos dejado en francés muchas palabras que Poe, para dar más carácter a su narración, pone en francés, lo cual, pues, forma parte intrínseca de su intención literaria y de su estilo. A primera vista, para un lector poco habituado a estos juegos del estilo, podrán parecerle algunas de estas páginas algo dificultosas en su lectura; pruebe a leerlas en vez alta o a media voz, respetando todas las particularidades gráficas —Poe es un autor no para declamarlo, sino para recitarlo; pensamos ahora en el recitativo musical—, y verá como la dificultad no es tan grande.

Al final de la obra hemos incluido cuatro de sus maravillosos poemas. Si la prosa de Poe es intraducible, muchísimo más lo son sus versos, los mejores intentos de ello son puras imitaciones. Baste con decir que dos grandes poetas, como Baudelaire y Mallarmé, no tradujeron los poemas de Poe en verso sino en prosa y separando verso por verso, como hemos hecho nosotros siguiendo su buen criterio.

BERENICE

Dicebant mihi sodales si sepulchrum amicae visitarem curas meas aliquantulum fore levatas (1).

IBN ZAIAT.

El dolor es diverso. La desdicha es multiforme. Extendiéndose por todo el horizonte como el arco iris, sus matices son tan variados como los matices de ese arco, y a la vez tan distintos, aunque tan íntimamente se confundan.

Se extiende por todo el horizonte como el arco iris. ¿Es inexplicable que de la belleza de este yo haya derivado un tipo de fealdad? — ¿de su símbolo de paz una imagen del dolor? Pero así como en ética el mal es una consecuencia del bien, en realidad, de la alegría ha nacido la tristeza. Ya porque el recuerdo de la pasada felicidad es angustia para hoy, ya porque las angustias de *ahora* tienen su origen en los deliquios que *pueden haber sido*. Mi nombre de pila es Egeo; el de mi familia no quiero mencionarlo. Y con todo, no hay castillo en este país de más antigua nobleza que mi melancólica, sombría residencia señorial. Nuestro linaje ha sido llamado raza de visionarios, y en algunas singulares circunstancias — en el carácter de la mansión familiar — en los frescos de su sala principal, en los tapices de los dormitorios — en las tallas de algunos estribos de la sala de armas — pero más especialmente en la galería de pinturas antiguas — en el estilo de la biblioteca — y, finalmente, en el carácter tan singular del contenido de la biblioteca, hay pruebas más que suficientes para garantizar tal creencia.

Los recuerdos de mis primeros años se relacionan con esta última sala y con sus libros — de los cuales ya no hablaré más. Allí murió mi madre. Allí nací yo. Pero sería en mí pura necedad suponer que yo no había vivido antes — que mi alma no había tenido una existencia anterior. ¿Vosotros lo negáis? — no discutamos acerca de esto. Puesto que yo estoy convencido de ello, no me propongo convencer a nadie. Queda, sin embargo, en mí un recuerdo de formas etéreas — de ojos espirituales y llenos de significado —

_____

(1) Me decían mis camaradas que si visitaba el sepulcro de mi amada — mis penas se aliviarían un poco. (N. del T.)

de sonidos melodiosos, aunque tristes — un recuerdo como una sombra, vaga, variable, indefinida, inconsistente, y parecido a una sombra también por mi imposibilidad de poderme librar de ello mientras la luz solar de mi razón exista.

En aquella cámara nací yo. Y al despertar de la larga noche que parecía, aunque no era, la nada, de pronto, en las propias regiones del país de las hadas — en un palacio de fantasía — en los singulares dominios del pensamiento y la erudición monástica — no es extraño que yo mirase a mi alrededor con ojos maravillados y ardientes — que malgastase mi infancia en los libros, y disipase mi juventud en fantasías; pero es singular que a medida que iban rodando los años y cuando el mediodía de la virilidad me hallaba todavía en la mansión de mis padres — es asombrosa aquella paralización que se produjo en los resortes de mi vida — y maravillosa la transmutación total que se produjo en el carácter de mis pensamientos más comunes. Las realidades del mundo me afectaban como visiones, y sólo como visiones, mientras que las delirantes ideas del mundo de los sueños se tornaban a su vez — no en lo principal de mi existencia cotidiana — sino real y efectivamente mi existencia misma, única y totalmente.

* * *

Berenice y yo éramos primos, y crecimos juntos en mi casa paterna. Pero crecimos de modo muy diferente — yo de salud quebrantada y sepultado en melancolía, — ella ágil, graciosa y desbordante de energía; para ella el vagar por la ladera — para mí los estudios del claustro — yo viviendo dentro de mi propio corazón, y dado en cuerpo y alma a la meditación más intensa y dolorosa — ella cruzando descuidadamente por la vida sin pensar en las sombras del camino, o en el vuelo silente de las alas de cuervo de las horas. ¡Berenice! — yo invoco su nombre — ¡Berenice! — ¡y de las pálidas ruinas de la memoria, millares de recuerdos despiertan de pronto a su son! ¡Ah!, ¡cuán vívida se me presenta su imagen ahora, como en los días tempranos de sus regocijos y alegrías! ¡ah! ¡magnífica, y, con todo, fantástica belleza! ¡Ah! ¡Sílfide por las florestas de Arnheim! ¡Ah! ¡Náyade junto a sus fuentes! — y después — después, todo es misterio y terror, y una historia que no debiera ser contada. Enfermedad — una fatal enfermedad — cayó como el simún sobre su cuerpo, y aun mientras yo la estaba mirando, el espíritu de la transformación se cernía pálido encima de ella, invadía su espíritu, sus costumbres, y su carácter, y del modo más sutil y terrible, perturbaba hasta la identidad de su persona. ¡Ay de mí! La Destructora iba y venía, y la víctima — ¿dónde estaba? Yo no la conocía — o a lo menos ya no la conocía como a tal Berenice.

Entre la seguida numerosa de enfermedades que promovió aquella fatal y primera, produciendo una revolución de tan horrible género en el ser moral y físico de mi prima, debe mencionarse como la más angustiosa y encarnizada contra su naturaleza, una especie de estado epiléptico, el cual, con bastante frecuencia terminaba en catalepsia — catalepsia que apenas se diferenciaba en su aspecto de la muerte verdadera, y el despertar de la cual se efectuaba, casi siempre, de modo brusco y sobresaltado. Mientras tanto, mi propia enfermedad — porque ya he dicho que no podría llamarla de otra manera — mi propia enfermedad, entonces crecía en mí rápidamente, y al fin adquiría un carácter monomaníaco de nueva y extraordinaria forma — de hora en hora y de momento en momento ganando intensidad — y al fin obteniendo sobre mí el más incomprensible dominio. Aquella monomanía, si puedo así llamarla, consistía en una morbosa irritabilidad de esas facultades del espíritu que la ciencia metafísica llama de la *atención*. Es más que probable que yo no sea comprendido; pero me temo, en efecto, que no hay manera posible de comunicar al espíritu del lector corriente, una adecuada idea de aquella nerviosa *intensidad de interés* con la que en mi caso mis facultades de meditación (para no hablar técnicamente) se afanaban y enfrascaban en la contemplación de los objetos más ordinarios del universo.

Considerar durante largas, infatigables horas con mi atención clavada en algún frívolo diseño en el margen, o en la tipografía de un libro; quedarme absorto durante la mayor parte de un día de verano, ante una delicada sombra que caía oblicuamente sobre la tapicería, o sobre la puerta; perderme durante una noche entera observando la tranquila llama de una lámpara, o el rescoldo de una lumbre; soñar días enteros con la fragancia de una flor; repetir monótonamente alguna palabra común, hasta que su sonido, por la frecuencia de la repetición, cesaba de significar para la mente una idea cualquiera; perder todo sentido de movimiento o de existencia física, por medio de una absoluta quietud del cuerpo larga y obstinadamente mantenida; tales eran unas pocas de las más comunes y menos perniciosas extravagancias producidas por un estado de las facultades mentales, no, efectivamente, del todo nuevas, pero que sin duda resisten a todo lo que sea análisis o explicación.

No quiero que se me comprenda mal. — La desmedida, vehemente, y morbosa atención excitada de este modo por objetos insignificantes en su propia naturaleza, no debe confundirse por su carácter con esa propensión cavilosa común a toda la humanidad, y a que se dan más especialmente las personas de ardiente imaginación. No sólo no era, como podría suponerse al primer pronto, un estado extremo, o exagerado de esa propensión, sino, por modo original, y esencial, distinto y diferente. En el primer caso, el soñador, o exaltado, al interesarse por un objeto generalmente *no* trivial imperceptiblemente va perdiendo la vista de ese objeto en una maraña de deducciones y sugestiones que brotan de él, hasta que a la terminación de este soñar despierto *muy a menudo henchido de placer*, halla que el *excitador*

o primera causa de sus divagaciones se ha desvanecido completamente o
ha sido olvidada. En mi caso el objeto primario era *invariablemente insignificante*, aunque adquiría, en la atmósfera de mi perturbada visión, una
importancia refleja, irreal. Se hacen en tal caso, si se hacen, muy pocas deducciones; y aun estas pocas vuelven a recaer en el objeto original como en
su centro. Aquellas meditaciones no eran nunca placenteras; y, al término
de aquella absorción su objeto y primera causa, lejos de haberse perdido de
vista, había alcanzado el interés sobrenatural exagerado que era el carácter
predominante de aquella enfermedad. En una palabra, las facultades mentales más particularmente ejercitadas en ello eran en mi caso, como ya he
dicho antes, las de la *atención*, y en el que sueña despierto son las de la *meditación*.

Mis libros, por aquella época, si bien no puede decirse con exactitud
que servían para irritar aquel desorden, participaban, como se comprenderá, largamente, por su naturaleza imaginativa e incongruente, de las cualidades mismas de aquel desorden. Recuerdo bien, entre otros, el tratado del
noble italiano Coelius Secundus Curio, *De Amplitudine Beati Regni Dei*; la
magna obra de San Agustín, *La Ciudad de Dios*; y la de Tertuliano *De Carne
Christi*, en la cual se halla esta paradójica sentencia: «*Mortuus est Dei filius;
credibile est quia ineptum est: et sepultus resurrexit; certum est quia impos-
sibile est*» (1) ocupaban sin interrupción todo mi tiempo, durante muchas semanas de laboriosa e infructuosa investigación.

Así se comprenderá que, turbada en su equilibrio únicamente por cosas
triviales, mi razón llegase a parecerse a aquel peñasco marino de que habla
Tolomeo Hefestio que resistía firmemente los ataques de la humana violencia, y los más furiosos embates de las aguas y los vientos y sólo temblaba al
contacto con la flor llamada asfódelo. Y aunque para un pensador poco
atento, pueda parecer fuera de duda que la alteración producida por su desdichada enfermedad, en el carácter *moral* de Berenice, debía de procurarme muchos motivos para el ejercicio de aquella intensa y anormal
cavilación cuya naturaleza tanto me ha costado de explicar, con todo no era
ése en modo alguno mi caso. En los intervalos lúcidos de mi enfermedad,
su desgracia, verdad es, me causaba dolor, y me apenaba profundamente
aquel naufragio total de su hermosa y dulce vida; y no dejaba yo de meditar
frecuentemente y con amargura acerca de los poderes misteriosos por los
cuales se había podido producir tan súbitamente aquella extraña revolución. Pero aquellas reflexiones no participaban de la idiosincrasia de mi en-

(1) Estas palabras vienen a significar la confianza absoluta, la fe ciega en Dios que se expresa
en la frase atribuida a San Agustín: *Credo quia absurdum* (Lo creo por absurdo). Las palabras
de Tertuliano que cita Poe dicen: «Ha muerto el Hijo de Dios; esto es creíble porque es una
inepcia (esto es, que pueda morir el Hijo de Dios) y luego de sepultado resucitó; esto es cierto
por ser imposible.» (N. del T.)

fermedad, y eran tales como se les hubieran ocurrido en semejantes circunstancias a la inmensa mayoría de los hombres. Fiel a su propio carácter, mi trastorno se gozaba en los cambios menos importantes aunque más impresionantes producidos en la persona *física* de Berenice — en la singular y aterradora deformación de su identidad individual.

Durante los más brillantes días de su incomparable hermosura, es cosa cierta que no la amé nunca. En la extraña anormalidad de mi existencia, los sentimientos no me *habían jamás venido* del corazón, y mis pasiones *procedían siempre* del espíritu. En la luz pálida del amanecer — entre las enlazadas sombras del bosque a mediodía — y en el silencio de mi biblioteca a la noche, ella había pasado ante mis ojos, y yo la había mirado — no como a una Berenice viva y respirante, sino como a la Berenice de un sueño — no como a un ser de la tierra, material, sino como a la abstracción de aquel ser vivo — no como cosa para ser admirada, sino para ser analizada — no como objeto de amor, sino como tema para la más abstrusa aunque incongruente especulación. Y *ahora* — ahora yo me estremecía en su presencia, y palidecía cuando se me acercaba; y sin embargo, mientras lamentaba amargamente su decaída y desolada condición, me acordaba de que ella me había amado mucho tiempo y, en un mal momento, le hablé de matrimonio.

Ya, por fin, el momento de nuestras nupcias se aproximaba, cuando una tarde de invierno — una de esas tardes fuera de razón, tibias, serenas, y brumosas, que son las nodrizas del bello Alción (1) — yo me estaba sentado (y solo según yo pensaba) en la habitación del fondo de la biblioteca. Pero alzando los ojos vi que Berenice estaba delante de mí.

¿Fue mi imaginación excitada — o la brumosa influencia de la atmósfera — o el incierto crepúsculo de la biblioteca — o los ropajes obscuros que le caían por el rostro — lo que le daba un contorno tan vacilante e indistinto? No puedo decirlo. No dijo palabra, y yo — por nada del mundo hubiera podido pronunciar ni una sílaba. Un glacial escalofrío sacudió todo mi cuerpo, una sensación de insufrible congoja me oprimía, una devoradora curiosidad invadía mi alma y, hundiéndome en mi sillón, me quedé durante algún espacio sin respiración ni movimiento, con los ojos clavados en su persona. ¡Ay! Su extenuación era extremada, y ni el vestigio más leve de su ser primero se vislumbraba en ninguna línea de su contorno. Mis ardientes miradas se posaron, finalmente, en su rostro.

Era la frente alta y muy pálida, y singularmente serena, y los cabellos, un tiempo azabachados caían en parte sobre ella, y sombreaban las hundidas sienes con innumerables rizos que eran ahora de vívido y rubio color en desacuerdo, por su aspecto fantástico, con la predominante melancolía de su

(1) Porque, como Júpiter, durante la estación del invierno, da dos veces siete días de calor, los hombres han llamado a aquel tiempo, clemente y templado el nombre de nodriza del bello Alción. — SIMÓNIDES. (Nota de E. A. Poe.)

rostro. Los ojos aparecían sin vida, sin brillo, y, al parecer, sin pupilas, y yo aparté involuntariamente la mirada de aquella vidriosa fijeza, para contemplar sus labios delgados y contraídos. Se abrieron, y con una sonrisa extrañamente significativa, los dientes de la transformada Berenice se descubrieron lentamente ante mi vista. ¡Quisiera Dios que jamás los hubiese contemplado, o que luego de hacerlo, me hubiese muerto!

* * *

El ruido de cerrarse una puerta me distrajo, y al volver a levantar los ojos, hallé que mi prima se había ido ya de la habitación. Pero de la desordenada habitación de mi cerebro, ¡ay de mí!, no se había partido, y no quería ser echado, el blanco y horrible espectro de sus dientes. Ni una mácula de su superficie — ni una sombra en su esmalte — ni una desigualdad en sus cantos — que aquel momento de su sonrisa no hubiese bastado para marcarlo en mi memoria. *Ahora* los veía más inequívocamente aún que los había *contemplado* entonces. ¡Aquellos dientes! — ¡Aquellos dientes — estaban aquí y allí, y en todas partes, y visiblemente y palpablemente delante de mí, largos, estrechos y excesivamente blancos, con los pálidos labios retorciéndose a su alrededor, como en el mismo instante de su primera y terrible presentación! Entonces vino la extremada furia de mi *monomanía* y luché en vano contra su extraña y terrible influencia. En medio de los innumerables objetos del mundo exterior yo no tenía pensamientos sino para aquellos dientes. Por ellos yo anhelaba, con frenético deseo. Todos los demás asuntos y todos los diversos intereses quedaron absorbidos en su exclusiva contemplación. Ellos — ellos solos — estaban presentes a mi vista mental, y ellos, en su única individualidad, se convirtieron en esencia de mi vida mental. Los contemplaba en todos sus aspectos. Los volvía en todos sentidos. Escudriñaba sus caracteres. Me espaciaba acerca de sus particularidades. Estudiaba su conformación. Divagaba acerca del cambio de su naturaleza. Me estremecía al atribuirles en imaginación una facultad sensitiva y consciente, y aun cuando no les ayudasen los labios, una capacidad de expresión moral. De *mad'selle* Sallé se ha dicho *«que tous ses pas étaient des sentiments»* (1) y de Berenice yo creía más formalmente aún *«que toutes ses dents étaient des idees»* (2) *Des idees!* ¡Ah! ¡Aquí estaba el estúpido pensamiento que me mataba! *Des idees!* ¡Ah! ¡*Por eso* yo las codiciaba tan locamente! Yo comprendía que sólo su posesión podía devolverme la tranquilidad, restituyéndome la razón.

Y así se cerró la tarde sobre mí — y luego vino la noche, y demoró y pasó — y el día otra vez amaneció — y las brumas de la otra noche se iban acumulando en derredor — y todavía yo permanecía sentado, inmóvil en

(1) Que todos sus pasos eran sentimientos. (N. del T.)
(2) Que todos sus dientes eran ideas. (N. del T.)

aquella habitación solitaria, y todavía estaba yo sentado y sumergido en meditación, y todavía el *fantasma* de los dientes mantenía su terrible dominio, mientras, con la más vívida y horrorosa perceptibilidad, flotaba en derredor, por entre las luces y las sombras cambiantes de la habitación. Al fin, estalló por encima de mis ensueños un grito como de horror y angustia; y luego, tras un silencio, siguió el rumor de voces agitadas mezclado con algunos sordos gemidos de pena o de dolor. Me levanté de mi asiento, y, abriendo violentamente una de las puertas de la biblioteca, vi parada en la antecámara a una sirvienta, anegada en lágrimas, quien me dijo que Berenice ya — no existía. Había sido arrebatada por la epilepsia aquella mañana temprano, y ahora al cerrar de la noche, la tumba estaba dispuesta para su ocupante, y todos los preparativos para el entierro estaban terminados.

* * *

Me hallé sentado en la biblioteca, otra vez, sentado y solo. Me parecía como si acabara de despertar de un sueño confuso y exaltador. Comprendí que ya era medianoche, y estaba muy cierto de que, desde la puesta del Sol, Berenice había quedado enterrada. Pero de aquel doloroso intervalo que había pasado yo no tenía real — al menos definida — comprensión. Y con todo, mi memoria estaba repleta de horror — horror más horrible por ser vago y terror más terrible por su ambigüedad. Era una espantosa página en el registro de mi existencia, escrita toda ella de confusos recuerdos. Me esforzaba por descifrarlos, pero en balde, mientras que, de cuando en cuando, como el espíritu de un sonido muerto, el agudo y penetrante chillido de una voz de mujer parecía estar resonando en mis oídos. Yo había hecho algo — ¿qué había sido? Me lo preguntaba a mí mismo en voz alta, y los susurrantes ecos de la habitación me contestaban: «¿*Qué habrá sido?*»

En la mesa que estaba junto a mí ardía una lámpara y junto a ella había una cajita. Su estilo no ofrecía nada de particular, y yo la había visto muchas veces antes, porque era propiedad del médico de la familia; pero, ¿cómo fue a parar *allí*, sobre mi mesa? ¿Y por qué me estremecí al mirarla? Todo aquello no merecía la pena de explicármelo, y mis ojos, al fin, se posaron en las páginas abiertas de un libro, y en una sentencia subrayada en él. Las palabras eran las singulares, aunque sencillas, del poeta Ibn Zaiat, «*Diceban mihi sodales, si sepulchrum amicae visitarem, curas meas aliquantulum fore levatas*» (1). ¿Por qué, entonces, mientras yo las leía atentamente, los cabellos de mi cabeza se pusieron de punta, y la sangre de mi cuerpo se congeló en mis venas?

Y se oyó llamar levemente a la puerta de la biblioteca y, pálido como un habitante de la tumba, un criado entró de puntillas. Sus miradas estaban en-

---

(1) Repite el lema de esta narración, que ya hemos traducido. (N. del T.)

loquecidas de terror, y me hablaba con voz trémula, ronca, y muy queda. ¿Qué me decía? — Oí algunas frases sueltas. Me hablaba de un grito salvaje que había turbado el silencio de la noche — de que todos los criados se habían reunido — ¡de un registro siguiendo la dirección de aquel grito! — y entonces las inflexiones de su voz se me hicieron espantosamente perceptibles al susurrar a mi oído que había sido violada una tumba — que un amortajado cadáver había sido desfigurado, y hallado respirando todavía, todavía palpitando, ¡*vivo* todavía!

Señaló mis vestidos — estaban manchados de barro y de coágulos de sangre. Yo no dije nada, y él me tomó, suavemente de la mano; — presentaba las señales de unas uñas humanas. Dirigió mi atención hacia un objeto apoyado en la pared: — lo miré durante unos minutos; — era un azadón. Di un grito, me precipité hacia la mesa, y agarré la caja que estaba en ella. Pero no pude forzar su tapadera, y con el temblor de mis manos se deslizó de ellas, y cayó pesadamente, y se hizo pedazos; y de ella, con un ruido sonajeante, rodaron por el suelo algunos instrumentos de cirugía dental, entremezclados con treinta y dos cositas blancas, y parecidas a trocitos de marfil, que se habían esparcido por el suelo.

MORELLA

El mismo, por sí mismo únicamente, eternamente uno, y solo.
(PLATÓN: *Symposium*)

Estimaba yo a mi amiga Morella con un sentimiento muy hondo. Con un singular afecto. Habiéndola conocido casualmente hace muchos años mi corazón, desde nuestro primer encuentro, ardió con un fuego que no había conocido antes jamás. No era ese fuego el de Eros, y representó para mi espíritu un amargo tormento la convicción creciente de que no podría definir su insólito carácter ni regular su vaga intensidad. No obstante, nos tratamos, y el Destino nos unió ante el altar. Nunca hablé de pasión ni pensé siquiera en el amor. Ella, aun así huía de la sociedad y dedicándose a mí, me hizo feliz. Asombrarse es una felicidad y una felicidad es soñar.

La erudición de Morella era profunda. Según confío demostrar, sus talentos no eran de orden común, y su poder mental era gigantesco. Pude comprobarlo en seguida, y en muchas materias fui su discípulo. Sin embargo, pronto también comprendí que, tal vez a causa de haberse educado en Pressburgo ponía ella ante mí un gran número de esas obras místicas que se consideran generalmente como la simple escoria de la literatura alemana. Esas obras, no puedo imaginar por qué razón, constituían su estudio favorito, y si en el transcurso del tiempo llegó a ser el mío también, hay que atribuirlo a la simple pero eficaz influencia del ejemplo.

Con todo esto, y si no estoy confundido, poco tiene que ver mi razón. Mis convicciones, o caigo en un error, no estaban en modo alguno basadas en el ideal, y no se descubriría, como no me equivoque por completo, ningún tinte del misticismo de mis lecturas, ya fuese en mis actos o ya fuese en mis pensamientos. Convencido de esto, me abandoné sin reservas a la dirección de mi esposa, y me adentré con firmeza en el laberinto de sus estudios. Y entonces, cuando, sumiéndome en páginas aborrecibles, sentía un espíritu asimismo aborrecible encenderse dentro de mí, venía Morella a colocar su mano fría en la mía, y hurgando las cenizas de una filosofía muerta, extraía de ellas algunas graves y singulares palabras que infundían calor a mi pensamiento. Y entonces, hora tras hora, permanecía al lado de ella, sumiéndome en la música de su voz, hasta que tomaba sombríos tintes su melodía, y una niebla caía sobre mi alma estremeciéndome interiormente ante aquellos tonos sobrenaturales. Y así, el gozo acababa por desvanecerse en el horror, y lo más bello se tornaba horrendo, como Hinnom se convirtió en Gehena (1).

Juzgo innecesario expresar el carácter exacto de estas reflexiones que, brotando de los volúmenes que he aludido, constituyeron durante tanto tiempo casi el único tema de conversación entre Morella y yo. Los enterados de lo que se puede llamar moral teológica las concebirán fácilmente y los ignorantes poco comprenderían. El vehemente panteísmo de Fichte, la Παγιλλενεστα modificada de los pitagóricos, y por encima de todo, las doctrinas de la *Identidad* tal como las presenta Schelling, solían ser los puntos de discusión que ofrecían mayor encanto a la imaginativa Morella. Esta identidad llamada personal, la define con precisión *mister* Locke, creo, diciendo que consiste en la cordura del ser racional. Y como por persona entendemos una esencia inteligente, dotada de razón, y como hay una conciencia que acompaña siempre al pensamiento, es ésta la que nos hace a todos ser eso que llamamos *nosotros mismos*, diferenciándonos así de otros seres pensantes y dándonos nuestra identidad personal. Pero el *principium individuationis* — la noción de esa identidad *que en la muerte se pierde o no para siempre* —, fue para mí en todo tiempo una consideración de intenso interés, no sólo por la naturaleza pasmosa y emocionante de sus consecuencias, sino por la manera especial y agitada como la consideraba Morella.

Pero realmente llegó un momento en que el misterio del carácter de mi esposa me oprimía como un hechizo. No podía soportar por más tiempo el contacto de sus pálidos dedos, ni el tono profundo de su palabra musical, ni el brillo de sus melancólicos ojos. Y ella sabía todo esto, pero no me reconvenía. Parecía tener conciencia de mi debilidad o de mi locura, y sonriendo, las llamaba el Destino. Parecía también tener conciencia de la causa, para mí ignorada, de aquel creciente desvío de mi afecto; pero no me daba explicación alguna ni aludía a su naturaleza. Sin embargo, siendo mujer, se consumía por días. Con el tiempo, se fijó una mancha roja constantemente sobre sus mejillas, y las venas azules de su pálida frente se hicieron prominentes, acusadas. Llegó un momento en que mi naturaleza se deshacía en piedad; pero como después encontraba yo la mirada de sus ojos pensativos, mi alma volvía a sentirse mal y a experimentar el vértigo de quien tiene la mirada sumida en algún insondable y horrendo abismo.

¿Habré de decir que anhelaba yo con un deseo fervoroso y devorador la muerte de Morella? Así era. Pero el frágil espíritu se aferró en su envoltura

---

(1) *Hinnom* es el nombre del valle existente al sudeste de Jerusalén. *Gehena*, el del infierno en la *Biblia.* — (N. de E. A. P.)

de barro durante muchos días, muchas semanas y muchos meses tediosos, hasta que mis nervios torturados lograron triunfar sobre mi mente, y me sentí enfurecido por aquel retraso, y con un corazón demoníaco, maldije los días, las horas, los minutos amargos que parecían alargarse y alargarse a medida que declinaba aquella delicada vida, como sombras en la agonía de la tarde.

Empero, un atardecer de otoño, cuando permanecía quieto el viento en el cielo, Morella me llamó a su lado. Había una oscura niebla sobre toda la tierra, un calor fosforescente sobre las aguas, y entre el rico follaje de la selva de octubre, hubiérase dicho que caía del firmamento un arco iris.

— Este es el día de los días — dijo ella, cuando me acerqué — : un día entre todos los días para vivir o morir. Es un día hermoso para los hijos de la tierra y de la vida, pero, ¡ah!, más hermoso para las hijas del cielo y de la muerte...

Besé su frente, y ella prosiguió:

— Voy a morir, y a pesar de todo, viviré.

— ¡Morella!

— No han existido nunca días en que hubieses podido amarme; pero a la que aborreciste en vida, ¡adorarás en la muerte!

— ¡Morella!

— Repito que voy a morir. Pero como hay en mí una prenda de tu afecto, ¡ah, cuán pequeño!, que has sentido por mí, por Morella, cuando parta mi espíritu, el hijo vivirá. El hijo tuyo, el de Morella. Pero tus días serán días de dolor, de ese dolor que es la más duradera de las impresiones, como el ciprés es el más duradero de los árboles, según sabes. Porque han pasado las horas de tu felicidad, y no se coge dos veces la alegría en una vida, como las rosas de Paestum dos veces en un año. Tú no jugarás ya más con el tiempo el juego del Teyo; pero, siéndote desconocidos el mirto y el vino, llevarás contigo sobre la tierra tu sudario, como hace el musulmán en La Meca.

— ¡Morella! — exclamé —. ¡Morella! ¿Cómo sabes esto?

Pero ella volvió su rostro sobre la almohada, un leve temblor recorrió sus miembros, y ya no oí más su voz.

Sin embargo, como había predicho ella, su hija — la que había dado a luz al morir, y que no respiró hasta que cesó de alentar su madre —, su hija, una niña, vivió. Y creció extrañamente en estatura y en inteligencia, y era de una semejanza perfecta con la que había desaparecido, y la amé con un amor más ferviente del que creí me sería posible sentir por ningún habitante de la Tierra.

Pero antes de que transcurriese mucho tiempo, se ensombreció el cielo de aquel puro afecto, y la tristeza y el horror, una extraña aflicción, pasaron veloces como nubes. He dicho que la niña creció extraordinariamente en

estatura y en inteligencia. Extraordinario, en verdad, fue el rápido crecimiento de su tamaño corporal; pero terribles, ¡oh, terribles!, fueron los tumultuosos pensamientos que se amontonaron sobre mí mientras espiaban
el desarrollo de su poder intelectual. ¿Podía ser de otra manera, cuando descubría yo a diario en los pensamientos de la niña las potencias adultas y las
facultades de la mujer? ¿Cuando las lecciones de la experiencia se desprendían de los labios de la infancia y cuando veía, diríase que a cada hora, la
sabiduría o las pasiones de la madurez centellear en sus grandes y pensativos ojos? Como digo, cuando apareció evidente todo eso ante mis sentidos
aterrados, cuando no le fue ya posible a mi alma ocultárselo más, ni a mis
facultades estremecidas rechazar aquella certeza. ¿Cómo puede extrañar
que unas sospechas de naturaleza espantosa y emocionante se deslizaran
en mi espíritu, o que mis pensamientos se volvieran, verdaderamente des-
pavoridos, hacia los cuentos extraños y las impresionantes teorías de la enterrada Morella? Arranqué a la curiosidad del mundo un ser a quien el
Destino me mandaba adorar, y en el severo aislamiento de mi hogar, vigilé
con una ansiedad mortal cuanto concernía a la criatura amada.

Y mientras los años transcurrían, y en tanto que, día tras día, contemplaba yo su apacible y elocuente rostro, mientras examinaba sus formas que
maduraban, descubría días tras día nuevos puntos de semejanza en la hija
con su madre, la melancólica y la muerta. Y a cada hora aumentaban aquellas sombras de semejanza, más plenas, más definidas, más inquietantes y
atrozmente terribles en su aspecto. Que su sonrisa se pareciese a la de su
madre podía yo sufrirlo, aunque luego me hiciera estremecer aquella *identidad* demasiado perfecta; que sus ojos se pareciesen a los de Morella podía
soportarlo, aunque penetraran harto a menudo en las profundidades de mi
alma con el intenso e impresionante pensamiento de la propia Morella. Y
que en el contorno de su alta frente y que en los bucles de su sedosa cabellera, en los que se sepultan mis dedos, todo podría sobrellevarse y aún resulta, muchas veces, halagüeño. Pero aquel tono triste, tono bajo y musical
de su palabra, y por encima de todo, ¡oh, por encima de todo!, en las frases
y expresiones de la niña encontraba yo pasto para un horrendo pensamiento devorador. ¡Para un gusano que *no quería* perecer!.

Así han pasado diez años, y hasta ahora mi hija permaneció sin nombre
sobre la tierra. «Hija mía» y «Amor mío» eran las denominaciones dictadas habitualmente por el afecto paterno, y el severo aislamiento de sus días impedía toda relación. El nombre de Morella había muerto con ella. No hablé
nunca de la madre a la hija. Me era imposible hacerlo. En realidad, durante
el breve período de su existencia, la última no había recibido ninguna impresión del mundo exterior excepto las que le hubieran proporcionado los
estrechos límites de su retiro. Pero, por último, se ofreció a mi mente la ceremonia del bautismo en aquel estado de desaliento y de excitación, como

la presente liberación de los terrores de mi destino. Y en la pila bautismal dudé respecto al nombre.

Se agolpaban a mis labios muchos nombres de sabiduría y belleza, de los tiempos antiguos y de los modernos, de mi país y de los países extraños, con otros muchos, evocadores de nobleza y de felicidad. Pero, por lo mismo, ¿qué me impulsó entonces a agitar el recuerdo de la muerta enterrada? ¿Qué demonio me incitó a suspirar aquel sonido cuyo recuerdo real hacía refluir mi sangre a torrentes desde las sienes al corazón? ¿ Qué espíritu perverso habló desde las reconditeces de mi alma, cuando entre aquellos oscuros corredores, y en el silencio de la noche, musité al oído del santo hombre las sílabas «Morella»? ¿Qué ser más que demoníaco retorció los rasgos de mi hija, y los cubrió con los tintes de la muerte cuando estremeciéndose ante aquel nombre apenas audible, volvió sus límpidos ojos desde el suelo hacia el cielo, y cayendo prosternada sobre las losas negras de nuestra cripta ancestral, respondió: « ¡Aquí estoy!»?

Estas simples y cortas sílabas cayeron claras, fríamente netas, en mis oídos, y desde allí, como plomo fundido, se precipitaron silbando en mi cerebro. Años enteros pueden pasar; pero el recuerdo de esa época, ¡jamás! No desconocía yo, por cierto, las flores y la vid; pero el abeto y el ciprés proyectaron su sombra sobre mí, noche y día. Y no conservé noción alguna de tiempo o de lugar, y se desvanecieron en el cielo las estrellas de mi destino y desde entonces se ensombreció la tierra, y sus figuras pasaron junto a mí como sombras fugaces. Y, entre ellas, sólo vi una: Morella. Los vientos del firmamento suspiraban un único sonido en mis oídos y las olas en el mar murmuraban eternamente: «Morella.» Pero ella murió y con mis propias manos la llevé a la tumba, y reí con una risa larga y amarga al no encontrar vestigios de la primera Morella en la cripta donde enterré la segunda, la hija.

LADY LIGEIA

> Y allí dentro reside la voluntad, que no muere. ¿Quién cono-
> ce los misterios de la voluntad, en toda su fuerza? Porque
> Dios no es sino una grande voluntad que penetra todas las
> cosas con el carácter de sus designios. El hombre no se rinde
> a los ángeles, ni totalmente a la muerte, sino únicamente por
> la flaqueza de su débil voluntad.
>
> José Glanvill.

No puedo, por mi vida, recordar cómo, cuándo, ni siquiera con precisión dónde, por primera vez trabé conocimiento con lady Ligeia. Largos años han transcurrido desde entonces, y mi memoria se ha debilitado por mi mucho padecer. O, tal vez, no puedo ahora traer a mi espíritu aquellas circunstancias, porque, a decir verdad, el carácter de mi amada, su raro saber, su singular y, con todo, plácido matiz de belleza, y la conmovedora y avasalladora elocuencia de su profunda palabra musical, se abrieron camino poco a poco en mi corazón, con pasos tan seguros y recatados, que jamás fueron advertidos ni conocidos. Sin embargo, pienso que la encontré por primera vez, y con la mayor frecuencia, en cierta vasta, antigua, ruinosa ciudad, de las orillas del Rin. De su familia — sin duda — yo había oído hablar. Que era de alcurnia muy remotamente antigua, no puede ponerse en duda.

¡Ligeia! ¡Ligeia! abstraído en estudios cuya naturaleza los hace, más que otros cualquiera, aptos para amortecer las impresiones del mundo exterior, sólo con esta palabra tan dulce — de Ligeia — puedo traer ante mis ojos, fantaseando, la imagen de la que ya no existe. Y ahora, mientras escribo, destella en mí como un recuerdo de que no he *sabido nunca* el nombre paterno de la que fue mi amiga y mi prometida, y compañera en mis estudios, y finalmente la esposa de mi corazón. ¿Fue por placentero mandato de mi Ligeia? ¿O fue para dar prueba de la firmeza de mi afecto por lo que yo no inicié averiguaciones acerca de este punto? ¿O fue más bien un capricho de los míos — o tal vez una desvariada, romántica ofrenda ante el relicario del más apasionado afecto? No puedo recordar, sino indistintamente el hecho mismo. ¿Qué maravilla, pues, si he olvidado completamente las circunstancias que lo originaron o lo acompañaron? Y, en efecto, si jamás ese espíritu llamado *Romancesco* — si jamás, aquella pálida, con alas de calígine, *Ashtophet* del idólatra Egipto, presidieron, como dicen, a los matrimonios de mal augurio, con toda seguridad, pues, presidieron al mío.

Sin embargo, hay un amado tema, acerca del cual no me falla la memoria. Y es la *persona* de Ligeia. Alta de estatura, un poco delgada, y en sus días postreros hasta enflaquecida. En vano intentaría yo pintar la majestad, la serena holgura de su porte, o la incomprensible levedad y agilidad de sus pisadas. Iba y venía como una sombra. Yo no advertía nunca su entrada en mi apartado gabinete como no fuese por la amada música de su profunda voz suave, cuando posaba su mano de mármol sobre mi espalda. En belleza de rostro jamás doncella la igualó. Era el resplandor de un ensueño de opio: aérea y arrobadora visión más singularmente celestial que las fantasías que revoloteaban por las almas durmientes de las hijas de Delos. Y con todo, sus facciones no tenían el modelado regular que engañosamente se nos ha enseñado a venerar en las clásicas obras de los paganos. «No hay belleza exquisita», dice Bacon, Señor de Verulano, hablando con justeza de todas las formas y *géneros* de belleza «sin alguna extrañeza en la proporción». Y a pesar de comprender que las facciones de Ligeia no tenían una regularidad clásica — aunque yo advertía que su hechizo era verdaderamente «exquisito» y notaba que se difundía en él mucho de «extrañeza», con todo había probado en balde a descubrir aquella irregularidad y profundizar en mi propia percepción de «lo extraño». Examinaba yo el contorno de su alta y pálida frente — era impecable — pero ¡qué fría es, en efecto, esa palabra, aplicada a una majestad tan divina! — y su epidermis que rivalizaba con el más puro marfil, su imponente anchura y serenidad, sus graciosas prominencias debajo de las sienes; y luego aquella cabellera negra como ala de cuervo, reluciente, abundante, naturalmente ensortijada, que ponía de manifiesto toda la fuerza del epíteto homérico «jacintina»! Yo consideraba en los delicados perfiles de su nariz — y en parte alguna, si no es en los graciosos medallones de los hebreos, había contemplado semejante perfección. Allí había, en efecto, la misma rica morbidez de superficie, la misma tendencia apenas perceptible a lo aquilino, las mismas ventanillas armoniosamente curvadas y revelando un espíritu libre. Yo contemplaba la boca suave. Allí se veía ciertamente el triunfo de todas las cosas celestiales — el contorno magnífico del breve labio superior, la muelle caída voluptuosa del inferior — los hoyuelos que retozaban y el color parlero — los dientes que despedían, con brillo que casi sobrecogía, todos los destellos de aquella inmaculada luz que se derramaba en ellos de su sonrisa serena y plácida y, con todo, la más alborozadamente radiosa de todas las sonrisas. Yo escudriñaba la conformación de su barbilla — Y allí también hallaba la generosa delicadeza, la dulzura y la majestad, la lozanía y la espiritualidad de lo griego — aquel contorno que el dios Apolo no revelaba sino en un sueño a Cleómenes el hijo de Atenas. Y luego me asomaba a los grandes ojos de Ligeia.

Para los ojos no tenía yo modelos en la remota antigüedad. Bien podría ser que en aquellos ojos de mi amada residiera el secreto a que alude lord Verulam. Eran, debo creerlo, más grandes que los ojos normales de nuestra raza. Eran hasta más grandes que los más grandes ojos de gacela de las tribus que viven en el valle de Wurjahad. Sin embargo, sólo a intervalos — en momentos de animación intensa — aquella singularidad se hacía más que ligeramente perceptible en Ligeia. Y en tales momentos era su belleza — acaso por un efecto de mi acalorada fantasía — la belleza de los seres que están por encima o aparte de la tierra — la belleza de la fabulosa hurí de los turcos. El matiz de sus pupilas era de la más brillante negrura, y, más allá, por encima de ellos, se endoselaban azabachadas pestañas de grande largor. Las cejas, ligeramente irregulares en su perfil, tenían el mismo matiz. La «extrañeza», por tanto, que yo hallaba en aquellos ojos, era, en naturaleza, distinta de la conformación o el color o la brillantez de las facciones, y podía, bien mirado, ser referida a la *expresión*. ¡Ah, palabra sin sentido! tras una vasta amplitud de sonido parapetamos nuestra ignorancia de tantas cosas del espíritu. ¡La expresión de los ojos de Ligeia! ¡Cuántas y cuántas horas he pasado meditándola! ¡cómo he luchado durante toda una noche de estío para sondearla! ¿Qué era aquello — aquel no sé qué más profundo que el pozo de Demócrito — y que residía muy adentro de las pupilas de mi amada? ¿Qué *era*? Estaba yo poseído de la pasión de descubrirlo. ¡Aquellos ojos! Aquellas grandes, aquellas lucientes, aquellas santas pupilas. Se convertían para mí en los luceros gemelos de Leda, y yo para ellos en el más pío de los astrólogos.

No hay punto, entre las muchas incomprensibles anomalías de la ciencia del espíritu, más conmovedoramente estimulante que el hecho — nunca, según pienso, notado en las escuelas — de que, en nuestros esfuerzos para traer a la memoria una cosa olvidada largo tiempo, nos hallamos a menudo *en el borde mismo* del recuerdo, sin que podamos, al fin, recordar. Y de este modo, con cuánta frecuencia, en mi intenso escudriñar en los ojos de Ligeia he sentido aproximarse el pleno conocimiento de su expresión — lo he sentido aproximarse — pero no ser mío del todo — y así, finalmente, alejarse por completo, y (¡extraño, oh el más extraño de todos los misterios!) he hallado en los objetos más comunes del universo, todo un círculo de analogías para aquella expresión. Quiero decir que posteriormente al período en que la belleza de Ligeia entró en mi espíritu, para morar allí como en un relicario, yo obtuve de varias cosas existentes en el mundo material, un sentimiento como el que yo sentí siempre que despertaban dentro de mí sus vastas y luminosas pupilas.

Y sin embargo, no por ello puedo definir este sentimiento ni siquiera considerarlo con toda constancia. Lo he reconocido, lo repito, algunas veces al posar mi vista en una vid que ha crecido rápidamente — en la contemplación de una alevilla, de una mariposa, de una crisálida, del movimiento de un agua corriente. Lo he sentido en el Océano, en la caída de un meteoro. Lo he sentido en las miradas de personas insólitamente ancianas. Y hay una o dos estrellas en el cielo — (una especialmente, una estrella de sexta magnitud, doble y cambiante, que puede hallarse junto a la grande estrella de la Lira), en un examen telescópico por el cual he podido adquirir conciencia de aquel sentimiento. Lo he sentido invadirme por ciertos sonidos de instrumentos de cuerda, y no raramente por pasajes de los libros. Entre otros ejemplos innumerables, bien recuerdo algo de un volumen de José Glanvill, el cual (tal vez meramente por su arcaico primor — ¿quién sabe?) jamás ha dejado de inspirarme aquel sentimiento; — «y allí dentro reside la voluntad, que no muere. ¿Quién conoce los misterios de la voluntad en toda su fuerza? Porque Dios no es sino una grande voluntad que penetra todas las cosas con el carácter de sus designios. El hombre no se rinde a los ángeles, ni totalmente a la muerte sino únicamente por la flaqueza de su voluntad».

El paso de los años, y subsiguientes reflexiones, me han capacitado para descubrir, en efecto, cierta remota conexión entre este pasaje del moralista inglés y ciertos aspectos del carácter de Ligeia. Aquella *intensidad* en el pensamiento, en la acción, o en la palabra, era tal vez, en ella, resultado, o a lo menos una muestra de aquella gigantesca volición, que, durante nuestro largo trato, no dejó de ofrecer otra y más inmediata evidencia de su existencia. De todas las mujeres que jamás he conocido, ella, la exteriormente serena, la siempre apacible Ligeia, ha sido la más violentamente presa de los tumultuosos buitres de la dura pasión. Y de semejante pasión yo no pude jamás formarme cabal juicio, sino por la milagrosa expansión de aquellos ojos que a un mismo tiempo me deleitaban y me aterraban — por la casi mágica melodía, modulación, claridad y placidez de su voz tan profunda — y por la impetuosa energía (tornada doblemente eficaz por la oposición con su manera de expresarse) de las palabras singulares que habitualmente pronunciaba.

He hablado del saber de Ligeia: era inmenso — como nunca lo he conocido en una mujer. En lenguas clásicas era profundamente docta, y, por lo que alcanza mi propia familiaridad con los modernos dialectos de Europa, jamás descubrí en ella la menor falta. En efecto, sobre cualquier tema de los que suelen ser más admirados, únicamente por ser de los más abstrusos, de la jactanciosa erudición académica ¿he hallado *jamás* a Ligeia en falta? ¡Por qué modo singular — emocionante, este solo punto de la naturaleza de mi esposa fue el único que se impuso en aquel último período a mi atención!

He dicho que su ciencia era tan como nunca la he conocido en mujer alguna — porque ¿dónde existe el hombre que haya recorrido, y con buen éxito, todos los vastos dominios de las ciencias morales, físicas y matemáticas? Yo no comprendía entonces lo que ahora veo claramente: que las adquisiciones de Ligeia eran gigantescas, eran asombrosas; y, con todo, yo tenía harta conciencia de su infinita superioridad para someterme, con pueril confianza, a su dirección por aquel mundo caótico de la investigación metafísica, en la cual me ocupaba con la mayor diligencia durante los primeros años de nuestro matrimonio. ¡Con qué inmenso triunfo — con qué vívida delicia — en qué medida de cuanto hay de etéreo en la esperanza — *sentía* yo, cuando ella se inclinaba sobre mí, en estudios tan raramente explorados — y mucho menos profundizados — que aquella deliciosa perspectiva por lentos grados se iba dilatando ante mí, y por cuya larga, magnífica y jamás pisada vereda, yo podría con el tiempo alcanzar la meta de una sabiduría demasiado divinamente preciosa para no ser vedada!

¡Qué acerbo, pues, no había de ser el dolor con que pasados algunos años, hube de ver que mis tan bien fundadas esperanzas alzaron el vuelo por sí mismas, y huyeron de mí! Sin Ligeia yo no era más que un niño andando a tientas en la oscuridad. Sólo su presencia, sus enseñanzas, tornaban vívidamente luminosos los varios misterios del trascendentalismo en que estábamos inmersos. Faltándole el radioso resplandor de sus ojos, tanta letra gentil y aurífica se tornaba más muerta que el saturniano plomo. Y ahora aquellos ojos brillaban cada vez con menor frecuencia sobre las páginas en las cuales yo escudriñaba. Ligeia se puso enferma. Sus vehementes ojos brillaron con refulgencia demasiado — demasiado gloriosa; sus pálidos dedos adquirieron el céreo y transparente matiz de la muerte; y sus azules venas sobre su alta frente se dilataban y deprimían impetuosamente con las oleadas de la más dulce emoción. Comprendí que se iba a morir — y yo luchaba desesperadamente en espíritu con el inflexible Azrael. Y yo veía con asombro que las luchas de la apasionada esposa eran aún más enconadas que las mías. Había habido mucho en su firme naturaleza que me daba la impresión de que, para ella, la muerte vendría sin sus terrores; pero no fue así. Las palabras son impotentes para transmitir una idea justa del coraje en la resistencia con que ella luchaba a brazo partido con la Sombra. Yo gemía de angustia ante aquel lastimoso espectáculo. Yo hubiera querido mitigar, yo hubiera querido aconsejar; pero, en la intensidad de su furioso deseo de vivir — de vivir — *sólo* de vivir — consuelo y consejo hubieran parecido el sumo grado del desatino. Y con todo ni en el último instante, entre las más convulsivas contorsiones de su impetuoso espíritu, llegó a conmoverse la externa placidez de su continente. Su voz se tornó más suave — se hizo más profunda — y con todo yo no tenía ánimos para aplicarme a desentrañar el extraño sentido de aquellas palabras pronunciadas tan serenamente.

Mi cerebro daba vueltas cuando yo escuchaba, lleno de arrobo, aquella melodía más allá de lo mortal — aquellas afirmaciones y aspiraciones que el ser mortal no había conocido jamás hasta entonces.

Que ella me amaba, yo no hubiera podido dudarlo; y fácilmente llegaba a comprender que en un corazón como el suyo el amor no podía reinar con pasión ordinaria. Pero sólo cuando estuvo muerta, recibí la plena impresión de la fuerza de su afecto. Durante largas horas, reteniendo mi mano, trataba ella de verter ante mí la sobreabundancia de un corazón, cuyo afecto más que apasionado rayaba en idolatría. ¿Cómo había yo podido merecer la bendición de aquellas confesiones? ¿Cómo había podido merecer la maldición de verme privado de mi amada en la misma hora en que las pronunciaba? Pero acerca de esto no puedo insistir. Permítaseme decir únicamente que en aquel abandono más que femenino de Ligeia a un amor ¡ay de mí! completamente inmerecido, concedido a quien tan indigno era de él, reconocí al fin el principio de aquel su anhelar, con tan vehemente y fervoroso deseo, la vida que en aquellos momentos huía de ella tan rápidamente. ¡Aquel furioso anhelo — aquella ansiosa vehemencia del deseo de la vida — *sólo* de la vida — que yo no tengo capacidad para describir — ni palabra capaz de expresar!

Y a las altas horas de la noche en que ella se fue, me hizo seña, perentoriamente, de ir a su lado, y me pidió que le repitiese unos versos compuestos por ella no muchos días antes. Yo la obedecí. Y eran éstos:

¡Mirad! ¡es una noche de fiesta
Dentro de estos últimos años desolados!
Una muchedumbre de ángeles alados, ataviados
Con velos, y anegados en lágrimas,
Está sentada en un teatro, para ver
Una comedia de esperanzas y temores,
Mientras la orquesta a intervalos suspira
La música de las esferas.

Los mimos, hechos a imagen del Dios de las alturas,
Musitan y rezongan por lo bajo,
Y corren de acá para allá —
Puros muñecos, que van y vienen
Al mando de vastos, informes seres
Que cambian las decoraciones de un lado a otro
Sacudiendo de sus alas de Cóndor
El invisible Infortunio!

¡Oh, qué abigarrado drama! — ¡Ah, estad ciertos
De que no será olvidado!

Con su Fantasma perseguido, sin cesar, más cada vez
Por una muchedumbre que no puede pillarlo,
Cruzando un círculo que gira siempre
En un mismo sitio.
Y mucho de Locura y más de Pecado
Y Horror son alma del Argumento.

Pero mirad: entre la mímica barahúnda
Una forma rastrera se introduce
Un ser rojo de sangre que viene retorciéndose
De la soledad escénica
¡Se retuerce! — ¡se retuerce! — con mortales angustias,
Los mimos se tornan su pasto,
Y los serafines sollozan ante los colmillos de aquella sabandija
Empapados en sangraza humana.

¡Desaparecen — desaparecen las luces — desaparecen todas!
Y sobre todas aquellas formas tremulantes
El telón, paño mortuorio,
Baja con el ímpetu de una tempestad.
Y los ángeles, todos pálidos, macilentos,
Se levantan, se quitan los velos, y afirman
Que aquella obra es la tragedia «Hombre»
Y su protagonista el Gusano conquistador.

«¡Ah, Dios santo!», casi gritó Ligeia, saltando en pie y tendiendo sus brazos con movimiento espasmódico, cuando yo di fin a aquellos versos. — «¡Oh Dios! ¡Oh Padre celestial! ¿quedarán siempre así estas cosas? ¿no será por fin conquistado ese Conquistador? ¿No somos parte y porción en Ti? ¿Quién, quién conoce los misterios de la voluntad con toda su fuerza? El hombre no se rinde a los ángeles ni *totalmente* a la muerte sino únicamente por la flaqueza de su débil voluntad.»

Y entonces, como agotada por la emoción, dejó que cayeran sus blancos brazos, y se volvió solemnemente a su lecho de muerte. Y mientras exhalaba sus últimos suspiros, vino a mezclarse con ellos un leve murmullo de sus labios. Yo incliné mi oído hacia ellos y pude distinguir, otra vez, las palabras concluyentes del pasaje de Glanvill: «El hombre no se rinde a los ángeles, ni totalmente a la muerte, sino únicamente por la flaqueza de su débil voluntad.»

Murió: y yo, quebrantado, pulverizado realmente por el dolor, no pude sufrir por más tiempo la solitaria desolación de mi morada en aquella sombría y destartalada ciudad de las orillas del Rin. No me faltaba lo que el mundo llama riqueza. Ligeia me había traído mucho más, muchísimo más de la que de ordinario toca en suerte a los mortales. Así, pues, pasados unos meses de agobioso, de inútil vagabundeo, adquirí, y restauré un poco, una abadía, que no nombraré, en una de las más silvestres y menos frecuentadas comarcas de la hermosa Inglaterra. La lóbrega y desolada grandeza del edificio, el casi salvaje aspecto de aquella heredad, los muchos y melancólicos recuerdos consagrados por el tiempo que se relacionaban con ambos, estaban muy al unísono con los sentimientos de completo abandono que me habían arrojado a tan remota, inhóspita región de aquel país. Y con todo, a pesar de que lo exterior de la abadía, con el verdeante deterioro que lo entapizaba, no admitía sino muy poca reparación, me di, con pueril perversidad, y tal vez con una leve esperanza de alivio para mis penas, al desplegamiento, en su interior, de una magnificencia más que regia. — Para tales locuras, ya en mi infancia, me había empapado de afición, y ahora volvían a mí como un desvarío de mi pena. ¡Mas ay! bien comprendí cuánto de locura incipiente podría ser descubierta en las suntuosas y fantásticas colgaduras, en las solemnes tallas del Egipto, en las extrañas cornisas y mobiliario, en los ejemplares manicomiales de las alfombras encordonadas de oro. Me había convertido en decidido esclavo de las cadenas del opio, y mis trabajos y mis planes habían tomado el color de mis ensueños. Pero no puedo entretenerme ahora en los pormenores de aquellas absurdidades. Diré únicamente de aquella habitación, para siempre maldita, donde en un momento de alienación mental, conduje al altar como esposa — como sucesora de la inolvidable Ligeia — a la de rubios cabellos y azules ojos, lady Rowena Trevanion, de Tremaine.

No hay porción particular de la arquitectura y la decoración de aquella cámara nupcial que no esté ahora visible ante mis ojos. ¿Dónde tenían sus almas los altivos familiares de la novia, cuando, por la sed de oro, permitieron que pasara el umbral de una habitación adornada de *aquel* modo, una doncella, una hija tan amada? Ya he dicho que recuerdo minuciosamente los pormenores de la habitación — y eso que soy desdichadamente olvidadizo aun en asunto de profunda importancia — a pesar de que allí no había sistema ni concordancia en la fantástica ostentación, que pudieran apoderarse de la memoria. La habitación que estaba en una elevada torre de la encastillada abadía, era pentagonal de figura y de vasta capacidad. Ocupando todo el lado meridional del pentágono, había la única ventana — había una entera inmensa luna de cristal de Venecia — una sola hoja, y teñida de un matiz plomizo, de manera que los rayos del sol o de la luna, pasando a través de ella, caían con siniestro fulgor sobre los objetos que allí dentro había. Sobre la parte superior de aquella inmensa ventana, se extendía el enrejado de una añosa parra, que trepaba por las macizas paredes de la torre. El techo, de una madera de roble, de lúgubre aspecto, era excesivamente eleva-

do, abovedado, y primorosamente calado con las más extravagantes y grotescas muestras de invención semigótica semidruídica. Del seno más central
de aquel abovedado melancólico, pendía, con una sola cadena de oro de
largos eslabones, un enorme incensario del mismo metal, de modelo sarra-
cénico, y de tal modo dispuesto, por medio de numerosas perforaciones,
que se retorcía por dentro y por fuera de él, como si estuviese dotado de la
vitalidad de una serpiente, una continua sucesión de fuegos multicolores.

Unas cuantas otomanas y candelabros de oro, de forma oriental, estaban
en diferentes sitios en derredor — y allí estaba el lecho, también — el lecho
nupcial — de índico modelo, y bajo, y esculpido en macizo ébano, con un
pabellón parecido a un paño mortuorio por encima de él. En cada uno de
los ángulos de la habitación, se levantaba un gigantesco sarcófago de negro
granito, traído de las tumbas de los reyes situadas frente a Luxor, con sus
vetustas cubiertas llenas de inmemoriales esculturas. Pero en la tapicería de
aquella habitación se mostraba, ¡ay de mí!, la mayor fantasía de todas. Las
elevadas paredes, gigantescas de altura — hasta romper con toda proporción —, se hallaban colgadas desde la cima a los pies, en vastos pliegues de
una pesante, y maciza de aspecto, tapicería — tapicería de un material que
pudo hallarse parecido al de la alfombra del pavimento, y al que cubría las
otomanas y el lecho de ébano, y al del pabellón del lecho, y al que formaba
los suntuosos repliegues de las cortinas que parcialmente sombreaban la
ventana. Aquel material era del más rico tejido de oro. Estaba todo salpicado, en irregulares intervalos, de figuras en arabescos, de un metro de diámetro aproximadamente, y bordadas en modelos del negro más
azabachado. Pero aquellas figuras no participaban del verdadero carácter
del arabesco sino cuando eran miradas desde un solo punto de vista. Por un
artificio común ahora, y en realidad rastreable hasta un remotísimo período
de antigüedad, estaban hechas de modo que cambiasen de aspecto. Para
una persona que entrara en la habitación, tenían la apariencia de meras
monstruosidades; pero a medida que se avanzaba, aquella apariencia desaparecía gradualmente; y, paso a paso, a medida que el visitante cambiaba
de lugar se hallaba rodeado de un sucesión infinita de tétricas formas pertenecientes a las supersticiones de los normandos, o que se aparecen en ciertos sueños pecaminosos de los monjes. Aquel fantasmagórico efecto era
vastamente realzado por la introducción artificial de una poderosa corriente continua de aire detrás de las colgaduras — que comunicaba una horrible
y desasosegada animación a todo el conjunto. En salas como aquéllas — en
una cámara nupcial como aquélla — yo pasaba, con lady de Tremaine, las
impías horas del mes primero de nuestro matrimonio — las pasaba sin mucha inquietud. Que mi mujer temía la feroz extravagancia de mi carácter —
que me esquivaba y me amaba muy poco — yo no podía dejar de notarlo,
pero esto me causaba más placer que otra cosa. Yo la detestaba con un odio

más propio de un demonio que de un hombre. Mi memoria retrocedía (¡ah, con qué intensidad de añoranza!) hacia Ligeia, la amada, la augusta, la hermosa, la sepultada. Yo me gozaba en la remembranza de su pureza, de su sabiduría, de su elevada, su etérea naturaleza, de su apasionado, de su idolátrico amor. Y por eso, entonces, mi espíritu se abrasaba plenamente y libremente con más ardor que todas las llamas del suyo. En medio de la exaltación de mis ensueños de opio (porque yo habitualmente me hallaba sujeto a las cadenas de aquella droga) yo solía llamarla a gritos por su nombre, durante el silencio de la noche o entre los ocultos y apartados lugares de los vallecitos durante el día, como si, con el violento anhelo, la solemne pasión, la consumidora ardencia de mi ansia por la que había partido, pudiera yo restituirla a la senda que ella había abandonado — ¡ah! ¿*podía* ser para siempre? — sobre la tierra.

Hacia comienzos del segundo mes de matrimonio, lady Rowena fue atacada de súbita dolencia, cuya convalecencia fue larga. La fiebre que la consumía tornaba inquietas sus noches; y en el estado de perturbación, de semisoñolencia, hablaba de sonidos, y de movimientos, dentro y fuera de la habitación de la torre, que yo deduje no tener otro origen sino un desorden de su fantasía, o tal vez las fantasmagóricas influencias de aquella habitación. A la larga, fue convaleciendo —, y finalmente se puso bien.

Sin embargo, no pasó mucho tiempo que un segundo y más violento trastorno la volvió a sumir en el lecho del dolor; desde aquel arrebato, su constitución, que siempre había sido débil, ya no se recobró jamás totalmente. Su enfermedad adquirió, desde aquella época, un carácter alarmante y recaídas más alarmantes aún, que desafiaban toda la ciencia y los grandes esfuerzos de sus médicos. Con el acrecimiento de aquella dolencia crónica que, según parecía, de tal modo se había apoderado de su constitución que ya no podría ser desarraigada por manos humanas, yo no podía menos de observar un incremento similar en la irritación nerviosa de su temperamento y temor. Volvía a su tema, y ahora con mayor frecuencia y pertinacia de los sonidos — de los leves sonidos — y de los insólitos movimientos entre las tapicerías que antes había ya mentado.

Una noche, hacia fines de septiembre, llamó mi atención acerca de aquel angustioso asunto, con mayor insistencia que de costumbre. Justamente acababa de despertarse de un inquieto sopor, y yo había estado observando, con sentimiento, medio de ansiedad, medio de terror, los movimientos de su demacrado semblante. Yo estaba sentado junto a su cama de ébano, en una de las otomanas de la India. Se incorporó a medias, y habló, con vehemente y quedo susurro, de los sonidos que estaba oyendo, pero que yo no podía oír — de movimientos que estaba viendo, pero que yo no podía percibir. El viento soplaba con apresurada violencia detrás de las colgaduras, y quise demostrarle (lo cual, debo confesarlo, tampoco acababa yo de creer) que aquellos suspiros casi inarticulados, y aquellas ligerísimas variaciones de las figuras en las paredes, no eran sino los efectos naturales de aquella habitual corriente de aire.

Pero la mortal palidez que se difundió por su rostro me acababa de demostrar que mis esfuerzos para tranquilizarla habían sido infructuosos. Parecía irse a desmayar, y no había criados al alcance de llamada. Recordé dónde había sido depositado un frasco de vino flojo que había sido recetado por sus médicos, y me apresuré a cruzar la habitación para ir a buscarlo. Pero al pasar bajo la luz del incensario, dos circunstancias de alarmante naturaleza atrajeron mi atención. Había notado que algún objeto palpable aunque invisible había pasado rozando ligeramente mi cuerpo; y vi extenderse sobre la dorada alfombra, en el centro mismo del vivo resplandor que derramaba el incensario, una sombra — una leve, indefinida sombra de angélico aspecto — y tal como pudiera imaginarse la sombra de una sombra. Pero yo estaba trastornado por la excitación de una dosis inmoderada de opio, atendí muy poco a aquellas circunstancias, y no hablé de ellas a lady Rowena. Luego de encontrar el vino, volví a cruzar la habitación y llené mi vasito, que llevé a los labios de la señora que estaba desmayándose. Sin embargo, ya se había recobrado un poco, y pudo tomar ella misma el vaso mientras yo me hundía en una otomana próxima, con los ojos fijos en su persona. Entonces fue cuando pude distinguir claramente su suave paso en la alfombra, y cerca de la cama; y un segundo después, mientras Rowena llevaba el vino a sus labios, vi, aunque también pude haber soñado que lo vi, caer dentro del vaso como de alguna invisible fuente en la atmósfera de la habitación, tres o cuatro gruesas gotas de un brillante fluido color de rubí. Aunque yo vi esto — no lo vio Rowena. Se bebió el vino sin vacilación, y me contuve de hablarle de semejante circunstancia, que bien podía al fin y al cabo, pensaba yo, no haber sido sino sugestión de una imaginación vivida, puesta en morbosa actividad por el terror de la señora, por el opio y por lo avanzado de la hora nocturna.

Y a pesar de ello, yo no puedo ocultar lo que noté, porque inmediatamente después de haber caído las gotas de rubí, en el trastorno de mi esposa se produjo un rápido cambio en peor; de tal modo, que a la tercera de las noches siguientes, las manos de sus sirvientes la preparaban para la tumba, y en la cuarta, yo me estaba sentado, solo, junto a su cuerpo amortajado, en aquella alcoba fantástica que la había recibido como esposa mía. Delirantes visiones, engendradas por el opio, revoloteaban, como sombras, delante de mí.

Yo pasaba mis ojos inquietos por los sarcófagos situados en los ángulos de la habitación, por las cambiantes figuras de las tapicerías, y por el serpenteo de los fuegos multicolores del incensario que colgaba del techo.

Luego mis ojos cayeron, mientras yo iba recordando las circunstancias de una noche precedente — en el sitio, bajo el resplandor del incensario, donde yo había visto los rastros ligeros de la sombra. Pero ya no estaba allí, y respirando con mucho desahogo, volví las miradas a la pálida y rígida figura que estaba sobre la cama. Y entonces me acometieron mil recuerdos de Ligeia — y entonces volvieron a mi corazón, con la turbulenta violencia de una inundación, todas las inexpresables angustias con que yo la había mirado así amortajada. La noche se desvanecía; y aun, con el corazón lleno de amarguísimos pensamientos de la sola, únicamente y supremamente amada, yo permanecía con los ojos fijos en el cuerpo de Rowena.

Sería ya la medianoche, o tal vez más temprano o más tarde, porque yo no había tomado nota del tiempo, cuando un sollozo, quedo, suave, pero muy distinto, me sobrecogió en mi ensimismamiento. —Yo *sentí* que venía de la cama de ébano —del lecho mortuorio. Apliqué el oído con angustia de supersticioso terror —pero no hubo repetición de aquel sonido. Forcé mi vista para descubrir algún movimiento del cadáver —pero no hubo en él ni el más ligero y perceptible. Y con todo, yo no podía haberme engañado. Yo había oído aquel rumor, aunque muy tenue, y mi alma estaba muy despierta en mí. Resuelta y obstinadamente mantuve mi atención encadenada en el cadáver. Pasaron algunos minutos antes de que ocurrieran algunas circunstancias que pudieran darme luz acerca de aquel misterio. Al fin se me hizo evidente que un ligero, muy débil, y difícilmente perceptible matiz de coloración había sonrosado las mejillas, y corrido por las hundidas venillas de los párpados. Tomado de una especie de inexpresable horror y espanto, para el cual el lenguaje de los mortales no tiene expresión suficientemente enérgica, sentí que mi corazón cesaba de latir, y que mis miembros se quedaban rígidos donde yo estaba sentado. Y con todo, un sentimiento del deber contribuyó a devolverme la serenidad. Ya no podía dudar de que nos habíamos precipitado en nuestros preparativos fúnebres — y que Rowena aún vivía. Era menester tomar inmediatamente alguna determinación; el caso era que aquella torre estaba completamente separada de la parte de la abadía ocupada por los criados — no había ninguno al alcance de llamada — no tenía manera de pedirles ayuda sin dejar la habitación por unos minutos — y yo no podía arriesgarme a ello. Por lo tanto, luché solo en mis esfuerzos para revocar el espíritu que todavía revoloteaba, pero al poco rato tuve la certeza de que se había producido una recaída; el color desapareció de las pestañas y de las mejillas, dejando una palidez más intensa que la del mármol; los labios se fruncieron doblemente y se contrajeron con la horrible expresión de la muerte, una repulsiva viscosidad y frialdad se esparcieron rápidamente por la superficie del cuerpo; inmediatamente sobrevino la completa rigidez cadavérica. Yo retrocedí, me dejé caer de nuevo con un estremecimiento sobre la otomana de donde había sido despertado con tal sobresalto, y de nuevo me abandoné a mis apasionadas y soñadas visiones de Ligeia.

Así transcurrió una hora cuando (¿podía ser posible?) por segunda vez pude notar cierto vago rumor que venía de donde estaba el lecho. Escuché — con horror extremado. El rumor se oyó de nuevo — era un suspiro. Me precipité hacia el cadáver, y vi — distintamente vi — un temblor en los labios. Y al cabo de un minuto se aflojaron descubriendo una brilladora línea de perlinos dientes. El asombro luchó de nuevo en mi corazón con el terror profundo que sólo hasta entonces había reinado en él. Sentí que la vista se me turbaba, que mi razón se extraviaba; y sólo con un violento esfuerzo por fin pude lograr animarme para la tarea que el deber volvía a señalarme de aquel modo. Ahora había cierto rubor en la frente, en las mejillas, y en la garganta; un perceptible calor invadía todo el cuerpo; y hasta se producía un ligero latir del corazón. La señora *vivía*, y con redoblado ardor me apliqué a la tarea de reanimarla. Froté y bañé las sienes y las manos, y usé de todos los medios que mi experiencia, y no pocas lecturas médicas, pudieron sugerirme, pero fue en vano. De pronto el color se desvaneció, cesó la pulsación, los labios adquirieron otra vez la expresión de la muerte y un instante después, todo el cuerpo volvió a tomar su frialdad de hielo, su lívido matiz, su intensa rigidez, sus facciones hundidas, y todas las repugnantes peculiaridades de los que han sido durante muchos días, habitantes de la tumba.

Y otra vez me sumergí en visiones de Ligeia — y otra vez (¿qué maravilla si me estremezco al escribirlo?) otra *vez* llegó a mis oídos un quedo sollozo que venía de donde estaba la cama de ébano. ¿Pero para qué particularizar minuciosamente los inexpresables horrores de aquella noche? ¿Para qué detenerme en referir cómo una vez y otra vez hasta muy cerca de apuntar el día, aquel horrendo drama de revivificación hubo de repetirse; cómo cada terrorífica recaída lo iba siendo en una muerte cada vez más severa y más evidentemente irremisible; cómo cada una de aquellas agonías ofrecía el aspecto de una lucha con algún invisible enemigo; y cómo a cada una de aquellas luchas sucedía yo no sé qué extraño cambio en la apariencia personal del cuerpo? Voy a darme prisa en terminar.

La mayor parte de la pavorosa noche había pasado, y aquella mujer que había estado muerta de nuevo se agitó — y ahora más vigorosamente que hasta entonces, a pesar de que despertaba de una muerte más aterradora y más desesperante. Ya hacía mucho rato que había dejado de luchar o de moverme, y permanecía en la otomana presa impotente de un torbellino de emociones violentas de las cuales el extremado terror era tal vez la menos terrible, la menos devoradora. El cadáver, lo repito, se agitaba, y ahora más vigorosamente que antes. Los colores de la vida se derramaban con inusitada energía por su rostro — sus miembros se aflojaron — y, a no ser porque los párpados continuaban todavía fuertemente apretados y que los vendajes y ropajes de la tumba todavía comunicaban su carácter sepulcral a su figura, yo hubiera podido soñar que Rowena había en efecto sacudido totalmente las cadenas de la Muerte. Pero si aquella idea no fue por mí aceptada desde aquel momento, no pude seguir ya dudando, cuando ella se levantó de la cama, tambaleándose, con débiles pasos, cerrados los ojos, y con el aspecto de quien se halla sumido en un ensueño, aquel ser que estaba amortajado, avanzó decididamente y corpóreamente hacia el centro de la habitación.

Yo no temblé — yo no me moví — porque una muchedumbre de inexpresables imaginaciones relacionadas con el aspecto, la estatura, el gesto de la figura, precipitándose violentamente a través de mi cerebro, me habían paralizado — me habían helado, petrificado. Yo no me moví — pero tenía los ojos clavados en aquella aparición. Había un loco desorden en mis pensamientos — un tumulto inaplacable, ¿Podía en efecto ser la *viviente* Rowena quien se me ponía delante? ¿Podía en efecto ser *realmente* Rowena — la de rubios cabellos, la de ojos azules, lady Rowena Trevanion de Tremaine? Pero, ¿por qué? *¿por qué* había yo de dudarlo? La venda se ceñía fuertemente alrededor de su boca — ¿por qué, pues, no había de ser la boca de la respirante lady de Tremaine? ¿Y las mejillas? — había en ellas las rosas del mediodía de su vida — sí, bien podían ser en efecto las hermosas mejillas de la viviente lady de Tremaine. Y la barbilla, con sus hoyuelos, como en plena salud, ¿no habían de ser los suyos? — Pero ¿es que *había crecido durante su enfermedad?* ¿Qué inexpresable locura se apoderaba de mí al pensar aquello? ¡Di un salto, y me hallé a sus pies! Rotrocediendo a mi contacto, dejó caer de su cabeza, no desatadas, las horrendas mortajas que la habían aprisionado, y entonces se desbordaron, agitando la atmósfera de la habitación, inmensas masas de largos y desgreñados cabellos, ¡eran más negros que las alas de cuervo de la medianoche! y entonces, lentamente abrió *los ojos* aquella figura que se alzaba delante de mí. «¡Aquí están por fin!», grité con todas mis fuerzas, ¿podía yo jamás — podía yo jamás engañarme?, ésos son los magníficos, los negros, los vehementes ojos — de mi amor perdido — de lady — de Lady Ligeia!»

LA CAÍDA DE LA CASA USHER

*Son coeur est un luth suspendu; sitot qu'on le touche il re-
sonne* (1).

DE BÉRANGER.

A lo largo de todo un pesado, sombrío, sordo día otoñal, cuando las nubes se ciernen agobiosamente bajas en el cielo, yo había ido cruzando,
solo, a caballo, por un terreno singularmente lóbrego de la campiña; y al
fin, me hallé, cuando las sombras de la tarde iban cayendo, a la vista de la
melancólica mansión de los Usher. No sé cómo fue — pero, a mi primer
atisbo de la casa, una sensación de insufrible tristeza invadió mi espíritu. Digo insufrible, porque aquella sensación no era mitigada por ninguno de
esos sentimientos semiagradables, por lo poéticos, con que el espíritu recibe hasta las más severas imágenes naturales de lo desolado o terrible. Yo
contemplaba la escena que tenía delante — la casa y las líneas sencillas del
paisaje de aquella heredad, las frías paredes — las ventanas vacías que parecían ojos — unos juncos lozanos — y unos pocos, blanquecinos troncos
de árboles carcomidos — con tan completa depresión de ánimo, que yo no
podía compararla propiamente a otra sensación terrena sino al desvarío que
sigue a la embriaguez del opio — amarguísimo tránsito a la vida cotidiana
— horrible caída del velo. Era un helor, un abatimiento, una angustia del
corazón — una irremediable tristeza de pensamiento, que ningún estímulo
de la imaginación podía convertir en el menor grado de entusiasmo por lo
sublime. ¿Qué era? — me detuve a reflexionarlo — ¿qué era lo que así me
deprimía en la contemplación de la Casa de los Usher? Era un misterio insoluble; ni siquiera podía yo luchar con las imaginaciones sombrías que tu-
multuaban en mí durante aquellas reflexiones. Me veía obligado a recaer en
la insatisfactoria conclusión de que, sin duda, puesto que se *dan* combinaciones de sencillísimos objetos naturales, que tienen el poder de afectarnos
de tal modo, el análisis de ese poder reside en consideraciones que están
fuera de nuestros alcances. Era posible, pensaba yo, que una simple dispo-

(1) Su corazón es un laúd suspendido; apenas lo tocan resuena. (N. del T.)

sición de las particularidades de la escena, de los pormenores del cuadro, fuesen suficientes para modificar, o acaso aniquilar, su capacidad para producir impresión dolorosa; y, obrando de acuerdo con aquella idea, guié mi caballo hacia el tajado margen de un negro y tétrico estanque, el cual se extendía con inalterado brillo junto a la casa, y contemplé dentro de él — aunque con un estremecimiento más trémulo todavía que el de antes — las repetidas e invertidas imágenes del verde juncar, y de los troncos siniestros de los árboles y las vacías ventanas que parecían ojos.

Y, con todo, yo me proponía entonces pasar unas semanas en aquella lóbrega mansión. Su propietario, Rodrigo Usher, había sido uno de los alegres camaradas de mi adolescencia; pero habían pasado muchos años desde la última vez que nos vimos. Sin embargo, había recibido últimamente, en una distante región de aquel país — una carta suya — la cual, por su carácter de apremiante insistencia, no admitía sino una respuesta mía en persona. Aquel manuscrito manifestaba claramente grande agitación nerviosa. El que lo escribía hablaba de una enfermedad corporal aguda, de un trastorno mental que lo oprimía — y un vehemente deseo de verme, como a su mejor y, en realidad, único amigo de veras, para ver si con el gozo de mi compañía, hallaba algún alivio a su enfermedad. La manera como todo aquello, y mucho más, estaba dicho — y el modo como se me hacía aquella súplica con *todo el corazón* — no me daban espacio para vacilar y, en consecuencia, inmediatamente obedecí a lo que, sin embargo, seguía pareciéndome singularísimo requerimiento.

Aunque de muchachos habíamos sido íntimos camaradas, yo conocía en realidad muy poco a mi amigo. Su reserva para conmigo había sido siempre excesiva y habitual. Con todo, yo estaba enterado de que su antiquísima familia había sido notable, desde tiempo inmemorial, por una peculiar sensibilidad de temperamento, que se había desplegado durante largos siglos, en muchas obras de arte superior, y manifestado últimamente en obras de caridad munífica aunque nada ostentosa, así como en apasionada devoción para las intrincadas, tal vez más que para las normales y reconocibles bellezas, de la ciencia musical. Y también había sabido, cosa muy digna de notar, que el tronco de la raza de los Usher, con ser de tan antigua reputación, en ningún período había producido ramas duraderas; dicho de otro modo, que toda su descendencia era por línea directa, y siempre con muy insignificantes y temporarias variaciones, se había perpetuado de aquel modo. Aquella deficiencia, pensaba yo, mientras daba vueltas en mi pensamiento a la perfecta correspondencia del carácter de aquellas posesiones con el atribuido a las personas, y mientras reflexionaba acerca de la posible influencia que el de las unas, en el largo transcurso de los siglos, podía haber ejercido en las otras — aquella deficiencia, tal vez, de sucesión colateral, y la consiguiente, indesviada transmisión, de señor a hijo, del patrimonio junto con el nombre, era lo que a la larga los había identificado hasta el punto de fundir el título original de la posesión con el rancio y ambiguo nombre de «Casa de Usher» — nombre que parecía incluir en la intención de los lugareños que lo usaban, a un mismo tiempo la familia y la mansión familiar.

He dicho que el solo efecto de mi algo pueril experimento — el de mirar dentro del estanque — había sido el de reforzar más todavía mi primera y singular impresión. No podía caber duda en que la conciencia del rápido incremento de mi superstición — ¿por qué no habría de llamarla así? — servía principalmente para intensificarla más. Tal es, me he convencido hace mucho tiempo de ello, la paradójica ley de todos los sentimientos que tienen por base el terror. Y podía haber sido por esta razón únicamente por lo que, cuando volví a levantar mis ojos hacia la casa misma, dejando de mirar su imagen en el estanque, se originó en mi espíritu una extraña fantasía — una imaginación tan ridícula, en efecto, que sólo hago mención de ella para mostrar la vívida fuerza de las sensaciones que me oprimían. Había yo excitado mi imaginación como si realmente creyera que por toda la casa y toda aquella heredad se cernía una atmósfera peculiar de ellas y de cuanto las rodeaba — una atmósfera que no tenía ninguna afinidad con el aire del cielo, sino que se había exhalado de los desmedrados árboles, y del verde valle, y del silencioso estanque — un vapor pernicioso y misterioso, pesado, inactivo, apenas discernible, y de color plomizo.

Sacudiendo de mi espíritu lo que *debía* haber sido un sueño, escudriñé más estrictamente el aspecto del edificio. Su principal carácter parecía ser el de extraordinaria antigüedad. Y el descoloramiento causado por los siglos había sido muy considerable. Abundancia de diminutos hongos se esparcían por todo el exterior de la casa y colgaban, en delicado enmarañado tejido, de los aleros. Y sin embargo, esto no tenía nada que ver con un deterioro extraordinario de la casa. No había caído ningún trozo de mampostería, aunque parecía existir un extraño desacuerdo entre el perfecto ajuste de las partes, lo desmoronado de cada una de las piedras. Ello me recordaba mucho la engañosa integridad de viejas obras de carpintería que se han ido carcomiendo durante años en algún desván olvidado, sin estorbos del soplo del aire exterior. Aparte de aquel indicio de general ruina, el edificio, con todo, no ofrecía la menor señal de inestabilidad. Tal vez la vista de un observador minucioso hubiera podido descubrir una grieta apenas perceptible que, extendiéndose desde el techo de la fachada del edificio, bajaba por la pared zigzagueando hasta que se perdía dentro de las tétricas aguas del estanque.

Mientras iba notando aquellas cosas, cabalgaba yo por una corta calzada que conducía a la casa. Un mozo que estaba aguardándome, se encargó de mi caballo, y entré en el gótico vestíbulo abovedado. Un criado de paso furtivo, me condujo en silencio desde allí, por varios oscuros e intrincados pasadizos, hacia el *estudio* de su amo. Mucho de lo que encontré por el camino contribuyó no sé de qué modo, a intensificar más todavía los vagos sentimientos de que he hablado ya. Con todo y ser los objetos que me rodeaban — las entalladuras de los techos, las oscuras tapicerías de las paredes, la negrura de ébano de los pisos y los fantasmagóricos trofeos heráldicos que traqueteaban con mis pisadas, no eran sino cosas a las que, o como a las que, yo me había acostumbrado desde mi infancia — a pesar de que yo no vacilaba en reconocer lo familiar que me era todo aquello — sin embargo me maravillaba al hallar cuán poco familiares eran las imaginaciones que aquellas imágenes ordinarias estaban agitando en mí. En una de las escaleras por donde subimos, hallé al médico de la familia. Su fisonomía, a lo que me pareció, mostraba una expresión mezclada de baja marrullería y perplejidad. Pasó por mi lado con azoramiento y continuó su camino. Entonces el criado abrió una puerta y me introdujo a presencia de su señor.

La habitación donde me hallé era muy vasta y alta. Las ventanas eran grandes, estrechas y puntiagudas, y a tan elevada distancia del negro pavimento de roble, que desde dentro eran completamente inaccesibles. Débiles fulgores de luz acarmesinada se abrían paso por los enrejados cristales, y servían para hacer lo suficiente distinguibles los objetos más prominentes en derredor; con todo, la mirada se esforzaba en vano para alcanzar los más lejanos rincones de la habitación, o los meandros del abovedado y calado techo. Negras colgaduras pendían sobre las paredes. El mobiliario general era profuso, incómodo, anticuado y desvencijado. Algunos libros e instrumentos musicales estaban esparcidos por allí, pero no alcanzaban a dar vida alguna al conjunto. Sentí como si estuviese respirando una atmósfera de tristeza. Un aspecto de austera, profunda, e irremediable melancolía se cernía y lo invadía todo.

Al entrar yo, Usher se levantó de un sofá donde había estado echado completamente, y me saludó con vivaz vehemencia que tenía mucho, según yo pensé al primer pronto, de cordialidad excesiva — de obligado esfuerzo de hombre de mundo *aburrido* (1).

Con todo, una ojeada a su continente me convenció de su perfecta sinceridad. Nos sentamos; y durante unos momentos en que él no dijo palabra, lo contemplé con un sentimiento medio de lástima, medio de terror. ¡Sin duda, jamás un hombre había cambiado de modo tan terrible, en tan poco tiempo como Rodrigo Usher! No sin dificultad pude admitir la identidad de aquel ser macilento que tenía ante mí, con el camarada de mi temprana edad. Y eso que el carácter de su rostro había sido siempre extraordinario. Una tez cadavérica; unos ojos grandes, líquidos y luminosos sobre toda comparación; los labios algo delgados y muy pálidos, pero de curvas extremada-

(1) Ennuyé. (N. del. T.)

mente bellas, una nariz de fino modelado hebreo, pero con las ventanas demasiado abiertas para semejante forma; un mentón finamente modelado, que por su poca prominencia expresaba falta de energía moral: los cabellos de sédea suavidad y tenuidad; aquellas facciones, con un exagerado ensanchamiento en la región de las sienes, formaban una fisonomía difícil de olvidar. Y ahora en la mera exageración del carácter predominante de aquellas facciones, y de la expresión que solían mostrar, había tanto de cambiado que yo dudaba de a quién estaba hablando. La lívida palidez actual de su epidermis, y el nuevo y maravilloso brillo de sus ojos, eran lo que más me asombraba y aun aterrorizaba. También los sedosos cabellos habían sido dejados crecer con el mayor descuido y, como con su extraño enmarañamiento de telaraña, flotaban más que caían alrededor de su rostro, yo no podía ni con esfuerzo, relacionar aquella salvaje expresión con ninguna idea de pura humanidad.

En los gestos de mi amigo me llamó la atención en seguida cierta incoherencia — cierta inconsistencia; y pronto vi que ello procedía de una serie de esfuerzos débiles y vanos para dominar una trepidación habitual — una excesiva agitación nerviosa. Para algo de aquella naturaleza ya había sido yo preparado, en efecto, no menos por su carta que por los recuerdos de ciertos rasgos de su niñez, y por conclusiones deducidas de su peculiar conformación física y temperamento. Sus gestos eran alternativamente vivaces y flojos. Su voz variaba rápidamente de una trémula indecisión (cuando los espíritus vitales parecían del todo ausentes) a esa especie de enérgica concisión — a esa brusca, grave, pausada y ahuecada pronunciación —, a esa aplomada, equilibrada y perfectamente modulada pronunciación, que se puede observar en los borrachos perdidos, o en los incorregibles tomadores de opio, durante los períodos de su más intensa excitación.

Así fue cómo me habló del objeto de mi visita, de su vivo deseo de verme y del consuelo que esperaba recibir de mí. Se extendió bastante en lo que él imaginaba que era la naturaleza de su enfermedad. Era, decía, una dolencia constitucional y familiar, y para la cual desesperaba de hallar remedio — pura enfermedad nerviosa, añadió inmediatamente, que sin duda se mejoraría pronto. Se manifestaba en una porción de sensaciones nada naturales. Algunas de ellas, según él las refería minuciosamente, me interesaron y asombraron; aunque los términos y el modo general de su narración contribuían a ello. Padecía mucho de una morbosa acuidad de los sentidos; solamente podía soportar los alimentos más insípidos; sólo podía llevar ropas de ciertos tejidos; las fragancias de todas las flores lo sofocaban; sus ojos eran torturados hasta por la luz más débil; y solamente había algunos sonidos peculiares, y éstos de instrumentos de cuerda, que no le infundiesen horror.

Me pareció verlo completamente esclavizado por una especie anómala de terror. «Me moriré», dijo, «*he* de morirme de esta deplorable locura. Así,

así, y no de otra manera pereceré. Temo los acontecimientos futuros no por
sí mismos sino por sus resultados. Me estremezco al pensar en los efectos que
cualquier incidente, aun el más trivial, puede causar en esta intolerable agitación de mi alma. En efecto, no me causa horror el peligro sino por su puro efecto — el terror. En esta desalentada — lamentable condición — siento
que más tarde o más temprano vendrá el momento en que tendré que abandonar la vida y la razón a un mismo tiempo, en lucha con el horroroso fantasma, MIEDO.»

Noté además a intervalos y por indicaciones fragmentarias y equívocas,
otro singular carácter de su estado mental. Estaba obsesionado por ciertas
impresiones supersticiosas relativas a la casa que habitaba, y de la cual hacía muchos años que no se había atrevido a salir — referentes a una influencia cuyo supuesto poder me comunicaba en términos demasiado
sombríos para que yo los repita aquí — una influencia que ciertas particularidades de la pura forma y materia de su mansión familiar habían, a fuerza
de largo padecimiento, decía él, ejercido sobre su espíritu — un efecto que lo
físico de las grises paredes y torres, y del sombrío estanque en que totalmente se reflejaba, había a la larga producido sobre lo *moral* de su existencia.

Sin embargo, admitía, aunque con cierta vacilación que mucho de la peculiar tristeza que de aquel modo lo afligía, podía atribuirse a un origen más
natural y mucho más claro — a la grave y larga enfermedad — y aun a la segura muerte próxima — de una hermana a quien amaba tiernamente — su
sola compañera durante largos años — su último y único pariente sobre la
Tierra. «La muerte de ella, decía con una amargura que jamás podré olvidar,
lo dejaría (a él tan desesperanzado y tan débil) como el único de la antigua
raza de los Ushers. Mientras él hablaba, lady Madelina (que así se llamaba)
pasaba pausadamente por un largo apartado de aquella habitación, y, sin
haber advertido mi presencia, desapareció. Yo la miré con profundo asombro, no sin mezcla de temor — y, con todo, me fue imposible explicarme tales sentimientos. Una sensación de estupor me oprimía, mientras mis ojos
seguían sus pasos que se retiraban. Cuando una puerta, al fin, se cerró tras
ella, mis ojos buscaron instintivamente y con vivo interés, el semblante de su
hermano — pero él había ocultado su rostro en sus manos, y yo sólo pude notar que una palidez más intensa que de ordinario se había difundido por sus
enflaquecidos dedos por entre los cuales corrían abundantemente ardientes lágrimas.

La enfermedad de lady Madelina había burlado largo tiempo la pericia
de sus médicos. Una quieta apatía, un agotamiento gradual de su persona,
y frecuentes aunque transitorios ataques de carácter en parte cataléptico, tal
era su insólita diagnosis. Hasta entonces ella había sufrido firmemente el
peso de su enfermedad, y no había acudido al recurso final de la cama; pero al cerrar de la tarde en que llegué a la casa, sucumbía (como me lo dijo

su hermano a la noche con inexpresable agitación) al demoledor poder de la Destructora; y así me enteré de que el vislumbre que yo había obtenido de su persona había de ser probablemente el último — que aquella dama, a lo menos viviente, no volvería a ser vista por mí jamás.

Durante los días siguientes, su nombre no fue mentado ni por Usher ni por mí: y durante aquel período yo me atareaba en diligentes esfuerzos por aliviar la melancolía de mi amigo. Pintábamos y leíamos juntos; o bien yo escuchaba, como entre sueños, las singulares improvisaciones en su hablante guitarra. Y de este modo, a medida que una intimidad cada vez más estrecha me introducía con menor reserva en las profundidades de su espíritu, con mayor amargura yo advertía la inutilidad de toda tentativa para alegrar a un espíritu del cual las tinieblas, como si fueran una cualidad inherente y positiva en él, se derramaban sobre todos los objetos del universo físico y moral, en una irradiación incesante de melancolía.

Siempre llevaré conmigo el recuerdo de las muchas horas solemnes que pasé de este modo a solas con el dueño de la Casa de Usher. Pero me fallaría todo intento para dar una idea del carácter exacto de los estudios o de las ocultaciones en que me introducía o me encaminaba. Una exaltada y muy destemplada idealidad proyectaba sus cárdenos fulgores sobre todas las cosas. Sus largas e improvisadas endechas resonarán para siempre en mis oídos. Entre otras cosas, conservo dolorosamente en mi espíritu cierta singular tergiversación y amplificación de la singular melodía del último vals de Von Weber. De los cuadros que acariciaba su artificiosa fantasía, y que alcanzaban, pincelada a pincelada, una vaguedad ante la cual yo me estremecía del modo más espeluznante, pues me sobrecogía sin saber por qué; de aquellos cuadros (tan vívidos que sus imágenes están ahora delante de mí) yo me esforzaría inútilmente en sacar más de una pequeña porción que cupiese en los estrechos límites de las palabras escritas. Por su absoluta sencillez, por la limpidez de sus perfiles, me retenían y me intimidaban la atención. Si jamás un mortal pudo pintar una idea, ese mortal fue Rodrigo Usher. Para mí a lo menos — en las circunstancias que me rodeaban — brotaba de las puras abstracciones que aquel hipocondríaco se ingeniaba para trasladar al lienzo una intensidad de intolerable terror del cual no había sentido yo ni una sombra ni aun en la contemplación de las tan resplandecientes y, con todo, demasiado concretas ensoñaciones de Fuseli.

Una de las fantasmagóricas concepciones de mi amigo que no participaba tan rígidamente del espíritu de abstracción podría ser reflejada, aunque débilmente, en palabras. Un cuadrito suyo representaba el interior de una larga y rectangular cueva o túnel, de paredes bajas, lisas, blancas y sin interrupción ni significado alguno. Ciertos puntos accesorios del dibujo servían para dar bien la idea de que aquella excavación se hallaba a extraordinaria profundidad bajo la superficie de la Tierra. No se observaba salida en ninguna porción de su inmensa longitud, ni se discernía antorcha ni ninguna otra fuente artificial de luz, y con todo, una inundación de intensos rayos luminosos fluctuaba a lo largo de ella, y bañaba el conjunto con un resplandor horrible e inverosímil.

He hablado ahora mismo del morboso estado del nervio auditivo que hacía intolerable toda música para el paciente, como no fueran ciertos efectos de instrumentos de cuerda. Eran, tal vez, los estrechos límites en que se encerraba él con la guitarra lo que daba origen, en buena parte, al fantástico carácter de sus ejecuciones. Pero la férvida *facilidad* de sus *impromptus* no podría explicarse por ello. Era menester que fuesen, y eran, así en las notas como en las palabras de sus delirantes fantasías (porque no sin frecuencia se acompañaba con rimadas improvisaciones verbales), resultado de aquel intenso recogimiento mental y concentración a que he aludido anteriormente y que no se observan sino en determinados momentos de la más intensa excitación artificial. Las palabras de una de aquellas rapsodias las he podido recordar con facilidad. Tal vez fui más fuertemente impresionado por ellas cuando las produjo, porque en la profunda y misteriosa corriente de su pensamiento, yo imaginaba advertir, y por primera vez, una plena conciencia por parte de Usher del tambaleo de su elevada razón en su trono. Aquellos versos, que se titulaban «El palacio de las Apariciones», venían a ser muy aproximada, si no exactamente, como siguen:

I

En el más verde de nuestros valles,
Por ángeles buenos habitado,
Un tiempo, hermoso y soberbio palacio —
Radiante palacio — alzaba su cabeza
En el dominio del monarca Pensamiento.
¡Allí se alzaba!
Jamás serafín desplegó su ala
Sobre mansión, ni con mucho, tan bella.

II

Estandartes amarillos, gloriosos, dorados,
En su techo flotaban y ondeaban;
(Esto — todo esto - — sucedía en pasados,
Tiempos remotos)
Y a cada soplo suave de viento que retozaba,
En tan amables días,
Rozando las paredes desnudas y descoloridas,
Se exhalaban alígeras fragancias.

III

Los caminantes, por aquel valle feliz
A través de dos luminosas ventanas, veían
Espíritus que se movían musicalmente
Al ritmo de un laúd bien templado,
Y en derredor de un trono donde estaba sentado
(¡Porfirogeneta!) (1)
Con pompa muy digna de su gloria
Al señor de aquel reino se veía.

IV

Y toda reluciente de perlas y rubíes
Era la puerta del palacio,
Por la cual entrada a oleadas, oleadas, oleadas,
Y rutilando eternamente,
Una muchedumbre de Ecos cuyo dulce deber
Sólo consistía en cantar,
Con voces de extraordinaria belleza,
El talento y la sabiduría de su rey.

V

Pero unos seres del mal con ropas de duelo,
Asaltaron los augustos dominios del monarca;
(¡Ah!, lloremos, porque jamás un mañana
Amanecerá sobre él, ¡desolado!)
Y en derredor de su mansión, la gloria
Que ruboreaba y florecía
Ya no es sino una historia confusamente recordada
De los antiguos tiempos sepultados.

VI

Y ahora los caminantes de aquel valle,
A través de las ventanas enrojecidas, ven
Vastas formas que se agitan fantásticamente
A los sones de discordante melodía;
Mientras semejante a un río rápido y lúgubre,
Por la macilenta puerta,
Un feo tropel se precipita eternamente,
Y ríe — pero ya no sonríe.

(1) El que ha nacido en la púrpura. Así se llamaba a los hijos de los emperadores griegos. (N. del T.)

Recuerdo perfectamente que las sugestiones producidas por esta balada nos condujeron a un orden de ideas en el cual se puso de manifiesto una opinión de Usher que yo menciono, no tanto por su novedad (porque otros hombres (1) han pensado también así), como por razón de la pertinacia con que la sostenía. Esta opinión, en su forma general, era la de la conciencia en todos los seres vegetales. Pero, en su desordenada fantasía, aquella idea había adquirido un carácter más audaz, y se extendía, bajo ciertas condiciones, al reino de lo inorgánico. Me faltan palabras para expresar todo el alcance, y la vehemente *ingenuidad* de su persuasión. Aquella creencia, sin embargo, se relacionaba (como antes he insinuado) con las grises piedras de la casa de sus antepasados. Aquellas condiciones de conciencia se habían cumplido allí, según él imaginaba, por el procedimiento de colocación de aquellas piedras — por el orden de su distribución, así como por los innumerables *hongos* que las recubrían y los decaídos árboles que se alzaban en derredor — y sobre todo, por la larga y no estorbada duración de todo aquel orden, por su reduplicación en las quietas aguas del estanque. Su prueba — la prueba de la conciencia — podía hallarse, decía (y entonces yo me sobresaltaba al oírle hablar) en la gradual, aunque segura, condensación de una atmósfera propia en las aguas y en las paredes. El resultado de ello, añadía, podía descubrirse en aquella muda pero insistente y terrible influencia que durante siglos había plasmado los destinos de su familia, y que había hecho de *él* lo que yo podía ver ahora — lo que era. Semejantes opiniones no necesitan comentario, y yo no haré ninguno.

Nuestros libros — los libros que, durante años, habían formado no pequeña parte de la existencia de aquel inválido — estaban, como puede suponerse, en estrecha conformidad con aquel carácter de visionario. Escudriñábamos juntos en las páginas de obras como *Ververt et Chartreuse,* de Gresset; el *Belfegor,* de Macchiavelli; el *Cielo e Infierno,* de Swedenborg; el *Viaje Subterráneo de Nicolás Klinun,* por Holberg; las *Quiromancias,* de Roberto Flud, de Juan de Indaginé, y de De La Chambre; el *Viaje a la Azul Distancia,* de Tieck; y la *Ciudad del Sol,* de Campanella. Uno de los volúmenes preferidos era una pequeña edición en octavo del *Directorium Inquisitorum,* por el Dominicano Eymeric de Gerona; y había pasajes en Pomponio Mela, acerca de los sátiros y egipanes africanos, sobre los cuales se ensimismaba Usher durante algunas horas. Con todo, su principal deleite lo hallaba en la detenida lectura de un extraordinario, raro y curioso libro en cuarto gótico — manual de alguna iglesia olvidada — el *Vigiliae Mortuorum secundum Chorum Ecclesiae Maguntinae.*

No podía menos de pensar en el extraño ritual de esta obra, y de su probable influencia en el hipocondríaco, cuando, una tarde, luego de informar-

(1) Watson, Dr. Percival, Spallanzani, y especialmente el obispo de Landoff.

me súbitamente de que lady Madelina había dejado de existir, declaró su intención de guardar su cuerpo durante una quincena (antes de su entierro definitivo), en uno de los numerosos sótanos situados debajo de las paredes maestras del edificio. La razón humana, sin embargo, que él daba a tan singular proceder era tal que yo no podía permitirme discutirla. Que él, como hermano había llegado a tal resolución (así me lo dijo) por considerar el insólito carácter de la enfermedad de la difunta, por ciertas importunas e insistentes averiguaciones por parte de sus médicos, y por la lejana y arriesgada situación del cementerio de la familia. No negaré que cuando yo me representaba el siniestro aspecto de la persona a quien había encontrado en la escalera el día en que llegué a la casa, no tuve ganas de oponerme a lo que por otra parte me parecía todo lo más una precaución inofensiva y en modo alguno antinatural.

A petición de Usher, lo ayudé personalmente en los preparativos de aquella sepultura temporaria. Luego de poner el cuerpo en el ataúd, los dos solos la llevamos a su lugar de reposo. El sótano donde la colocamos (y que había estado tanto tiempo sin abrirse que nuestras antorchas medio apagadas en su asfixiante atmósfera, no nos daban mucha ocasión para examinar sus pormenores) era reducido, húmedo y desprovisto por completo de medios para la entrada de la luz; estaba situado a gran profundidad inmediatamente debajo de aquella parte del edificio donde se hallaba la habitación en que yo dormía. Había servido, según parecía, en remotos tiempos feudales, para el peor objeto, el de mazmorra, y en tiempos más próximos, como polvorín, o para guardar otras materias muy combustibles, porque una parte de su suelo, y todo el interior de un largo corredor abovedado por donde llegamos a él, habían sido cuidadosamente forrados de cobre. La puerta, de hierro macizo, había sido también de igual modo acorazada. Su inmensa pesadumbre producía un inusitado y agudo ruido chirriante cuando giraba sobre sus goznes. Luego de haber depositado nuestra fúnebre carga sobre unos caballetes dentro de aquella región de horrores, apartamos un poco la tapa no clavada todavía del ataúd, y miramos el rostro de la que lo ocupaba. Lo primero que llamó mi atención fue un asombroso parecido entre hermano y hermana; y Usher, adivinando tal vez mis pensamientos, murmuró unas pocas palabras por las cuales me enteré de que la difunta y él habían sido gemelos, y que misteriosas afinidades de naturaleza muy poco inteligible habían existido siempre entre los dos. Con todo, nuestras miradas no se posaron mucho espacio en la muerta — porque no podíamos mirarla sin terror. La enfermedad que así había sepultado a la señora en lo mejor de su juventud había dejado, como suele ocurrir en todas las enfermedades de carácter estrictamente cataléptico, el remedo de un leve rubor en la garganta y en el rostro, y en sus labios aquella sonrisa sospechosamente prolongada que parece tan terrible en la muerte. Volvimos a colocar y atornillamos la ta-

pa, y luego de haber afianzado la puerta de hierro nos fuimos, trabajosa-
mente, a las habitaciones, apenas menos tétricas, de la parte superior de la
casa.

Y entonces, pasados algunos días de amarga pena, se efectuó un visible
cambio en el desorden mental de mi amigo. Su modo de ser habitual se había desvanecido. Sus habituales ocupaciones fueron descuidadas, olvidadas. Vagaba de habitación en habitación con pasos precipitados, desiguales,
sin objeto. La palidez de su semblante había adquirido, si aquello era posible, un matiz más lívido — pero la luminosidad de sus ojos había desaparecido por completo. La ronquera que de vez en cuando velaba su voz ya no
se oyó más; y un trémulo garganteo, como de extremado terror, caracterizaba
habitualmente su pronunciación. Había veces, en efecto, en que yo pensaba
que su espíritu agitado sin cesar estaba trabajado por algún abrumador secreto, y que luchaba por el necesario valor para divulgarlo. A veces, yo me veía obligado de nuevo a explicarme todo aquello nada más que por los
inexplicables desvaríos de la locura, porque lo veía mirando en el vacío durante largas horas, en actitud de atención profunda, como si estuviera escuchando algún imaginario sonido. No era de extrañar que su estado me
aterrorizase, me contagiase. Yo sentía apoderarse de mí, por lentos pero seguros grados, las alocadas influencias de sus fantásticas pero impresionantes supersticiones.

Especialmente, al retirarme a dormir a altas horas de la noche, el séptimo u octavo día después de haber colocado a lady Madelina en la mazmorra fue cuando yo experimenté toda la fuerza de tales sentimientos. El
sueño no se acercaba a mi lecho — mientras las horas iban pasando, pasando. Yo luchaba por hacer entrar en razón la nerviosidad que me dominaba.
Me esforzaba por creer que mucho de lo que yo sentía, si no todo, era debido a la influencia del tétrico mobiliario de la habitación — de las negras y
deterioradas colgaduras que, atormentadas en su movimiento por el soplo
de una tempestad que se acercaba, ondeaban desordenadamente hacia uno
y otro lado de las paredes, y rumoreaban angustiosamente alrededor de los
ornamentos de la cama. Pero mis esfuerzos eran vanos. Un irreprimible temor invadía gradualmente todo mi ser, y, finalmente, vino a posarse en mi
corazón un íncubo de espanto inexplicable. Sacudiéndolo de mí con un respiro y vigoroso esfuerzo, me incorporé en mis almohadas, y, atisbando anhe-
losamente en la intensa tiniebla de la habitación, apliqué el oído — no sé por
qué, como no fuese movido por algún instintivo impulso — a ciertos quedos,
vagos sonidos que venían, entre los silencios de la tormenta, yo no sabía de
dónde. Subyugado por un intenso sentimiento de terror, inexplicable pero insufrible, me vestí a toda prisa (porque comprendía que ya no podría dormir
más en toda la noche), y me esforcé por rehacerme del estado lamentable en
que había caído, paseándome rápidamente arriba y abajo de la habitación.

Había dado unas cuantas vueltas de esta manera, cuando un leve paso en una escalera cercana retuvo mi atención. Pronto reconocí que era el de Usher. Un instante después llamó, con suaves golpes, a mi puerta, y entró con una lámpara en la mano. Su semblante, como de ordinario, tenía una lividez cadavérica — pero, además, había una especie de loca hilaridad en sus ojos — una evidente *histeria* contenida en todo su porte. Su aspecto me sobrecogió — pero todo era preferible a la soledad que yo había padecido tanto espacio, y hasta saludé su presencia como un alivio.

«¿Y usted, no lo ha visto?», me dijo de pronto, luego de haber mirado unos momentos en derredor, muy abiertos los ojos, en silencio. — «¿No lo ha visto usted? — ¡espérese, pues! ¡ya lo verá!» Y diciendo esto, luego de arreglar cuidadosamente la pantalla de su lámpara, se precipitó hacia una de las ventanas, y la abrió de par en par a la tormenta.

La impetuosa furia de la racha que entró casi nos levantó en el aire. Era, en efecto, una noche terriblemente tempestuosa pero bella, y salvajemente singular por su terror y su belleza. Alguna tromba había concentrado, sin duda, su fuerza en nuestra vecindad; porque había frecuentes y violentas alternancias en la dirección del viento; y la extraordinaria densidad de las nubes (las cuales se cernían tan bajas que se agolpaban sobre las torres de la casa) no nos impedía percibir la viviente velocidad con que llegaban corriendo de todas partes unas contra otras en lugar de ir a perderse a lo lejos. Digo que ni su extraordinaria densidad nos privaba de percibir aquello — y, con todo, no teníamos el menor destello de luna ni estrellas — ni había allí el menor centelleo del rayo. Pero las superficies inferiores de las enormes masas de agitado vapor, así como todos los objetos terrestres que estaban inmediatamente a nuestro alrededor, relucían a la luz contranatural de una débilmente luminosa y distintamente visible exhalación gaseosa que se cernía en derredor y envolvía toda la casa.

«¡Usted no debe mirar — usted no mirará esto!», dije yo estremeciéndome a Usher, mientras lo llevaba, con suave violencia, de la ventana a un asiento. «Esas apariencias, que lo enajenan, no son más que puros fenómenos eléctricos bastante comunes — o tal vez tienen su horrible origen en los pútridos miasmas del estanque. Cerremos esa ventana; — el aire es muy helado y peligroso para su salud. Ahí tiene usted una de sus novelas favoritas. Yo leeré, y usted escuchará; — y de este modo pasaremos juntos la terrible noche.»

El viejo volumen que yo había tomado fue el *Loco Triste* de sir Lanzarote Canning; pero yo lo había llamado favorito de Usher más por chanza que seriamente porque, a decir verdad, poco hay en su tosca proligidad desprovista de imaginación, que pudiera interesar a la elevada, espiritual idealidad de mi amigo. Con todo, era el único libro que tenía inmediatamente a mano; y yo acariciaba una vana esperanza de que la excitación que ahora agitaba al hipocondríaco pudiera hallar un alivio (porque la historia de los trastornos mentales está llena de semejantes anomalías) en aquellas exageradas locuras que yo iba a leer. Si yo hubiera de juzgar, en efecto, por la vehemente y en exceso tensa vivacidad con que él escuchaba, o parecía escuchar, las palabras de la narración, hubiera podido congratularme del buen éxito de mi propósito.

Había llegado al tan conocido pasaje de la novela, donde Ethelred, el héroe del *Trist*, luego de haber intentado por las buenas ser admitido en la mansión del ermitaño, se resuelve a hacer buena una entrada por la fuerza. Entonces, como puede recordarse, las palabras de la narración son como sigue:

«Y Ethelred, que de su natural tenía valeroso corazón, y que además ahora se sentía muy fuerte, por la virtud del vino que había bebido, ya no se entretuvo más en palabras con el ermitaño, el cual era en realidad, de índole tozuda y maliciosa, sino que, sintiendo la lluvia en sus espaldas, y temiendo que estallase la tormenta, alzó su maza sin pensarlo más, y a porrazos, pronto' abrió paso en la tablazón de la puerta para su manoplada mano, y entonces, tirando vigorosamente, lo rajó y destrozó, y arrancó todo a pedazos, de modo que el ruido seco y retumbante de la madera repercutió temerosamente por todo el bosque.»

Al terminar aquel pasaje me estremecí, y por un momento me detuve; porque me pareció (aunque deduje acto seguido que mi excitada imaginación me había engañado), — me pareció que, de alguna parte muy remota de la mansión, llegaba, confusamente, a mis oídos, lo que hubiera podido ser, por la exacta semejanza de carácter, el eco (pero más ahogado y sordo ciertamente) del propio rajar y destrozar que sir Lanzarote había tan minuciosamente descrito. No cabía duda en que sólo una pura coincidencia había fijado mi atención; porque en medio del matraqueo de los maderos de las ventanas, y los ordinarios y mezclados ruidos de la tempestad, que continuaba arreciando, el ruido aquel, por sí mismo, no tenía nada, sin duda, que pudiera haberme interesado o estorbado. Así, continué leyendo:

«Pero el buen paladín Ethelred, al entrar ahora, por la puerta, se quedó enconadamente furioso y asombrado al no hallar señal del maligno ermitaño; sino, en lugar de él, a un dragón de escamoso y prodigioso aspecto, y de candente lengua, que estaba apostado de centinela ante un palacio de oro, con pavimento de plata; y de la pared colgaba un escudo de lúcido bronce, con esta leyenda escrita:

"El que aquí entre habrá sido vencedor;
El que mate al dragón habrá ganado el escudo."

»Y Ethelred blandió su maza, y dio con ella en la cabeza del dragón, que cayó ante él, y entregó su pestilente aliento, con un chillido tan hórrido y áspero, y al mismo tiempo tan penetrante, que Ethelred hubo de taparse los oídos con las manos, para protegerlos de aquel temeroso ruido, como jamás lo escuchara semejante.»

Al llegar aquí, otra vez me paré de pronto, y ahora sintiendo ya frenético asombro — porque no podía caber duda alguna que aquella vez yo había realmente oído (aunque me pareció imposible decir de qué dirección procedía) un débil y al parecer lejano, pero áspero, prolongado, insólitamente agudo y discordante sonido — exacta réplica de lo que mi fantasía había ya forjado ser el sobrenatural chillido del dragón como lo describía el novelista.

Agobiado como yo estaba sin duda, por el acaecimiento de la segunda y singularísima coincidencia, por mil sensaciones antagónicas en que el asombro y el extremado terror predominaban, aún conservaba yo la suficiente presencia de ánimo para evitar que se excitase, por alguna observación, la impresionable nerviosidad de mi camarada. Con todo, yo no tenía la certeza de que él no hubiese notado aquellos sonidos: aunque, sin duda alguna, durante los pocos minutos últimos en su comportamiento se había producido extraña alteración. Primero estaba sentado frente a mí, pero gradualmente había ido volviendo su silla, hasta quedar de cara a la puerta de la habitación, y por ello, sólo podía en parte observar sus facciones, aunque veía que los labios le temblaban como si estuvieran murmurando palabras imperceptibles. Su cabeza se había abatido sobre su pecho — aunque yo comprendí que no estaba dormido por la completa y rígida abertura del ojo suyo que pude atisbar de perfil. El movimiento de su cuerpo también contradecía aquella idea porque se balanceaba de un lado a otro con suave pero constante y uniforme oscilación. Luego de haber observado rápidamente todo aquello, reanudé la lectura de la narración de sir Lanzarote, que continuaba de este modo:

«Y entonces, el paladín, cuando hubo escapado a la terrible furia del dragón, acordándose del escudo de bronce, y de la ruptura del encanto que había en él, apartó al dragón muerto de su camino, y avanzó valerosamente por el pavimento de plata del castillo, hacia donde estaba colgado el escudo de la pared; el cual, en realidad, no esperó a que él acabase de llegar, sino que cayó a sus pies sobre el pavimento de plata, con poderoso y horrendo sonido retumbante.»

Apenas aquellas palabras habían salido de mis labios cuando — como si un escudo de bronce — en el mismo instante, hubiese caído pesadamente sobre un pavimento de plata — percibí una distinta, hueca, metálica y estrepitosa, aunque aparentemente apagada, repercusión. Completamente acobardado, salté en pie, pero el mesurado balanceo de Usher seguía, imperturbado. Me precipité hacia la silla donde él se sentaba. Sus ojos, miraban fijamente ante sí, y en todo su continente reinaba una pétrea rigidez. Pero cuando puse mi mano en su hombro, se produjo un fuerte estremecimiento en toda su persona; una débil sonrisa tembleteaba en sus labios, y noté que hablaba, con quedo, precipitado y farfullante murmullo, como si no tuviese conciencia de que yo estaba allí. Inclinándome mucho sobre él, pude por fin empaparme del horrendo sentido de sus palabras.

«¿Que si lo oigo? — sí, lo oigo, y lo *he* oído. Largamente — largamente — largamente — muchos minutos, muchas horas, muchos días, lo he oído — pero yo no me atrevía — ¡oh! tenedme lástima, ¡soy un pobre desgraciado! — ¡yo no me atrevía — y no me *atrevía* a decir nada! *¡La hemos depositado viva en la tumba!* ¿No he dicho ya que mis sentidos son muy agudos? Y os digo ahora que he oído sus primeros débiles movimientos en el hueco ataúd. Los he oído — durante muchos días — pero no me atrevía — *¡no me atrevía a decir nada!* Y ahora — esta noche — Ethelred — ¡ah! ¡ah! — ¡el quebrarse de la puerta del ermitaño y el grito de muerte del dragón, y el estrépito del escudo! — decid, más bien, ¡el resquebrajarse de su ataúd, y el chirrido de los goznes de hierro de su prisión, y sus forcejeos por la galería blindada de cobre! Oh, ¿adónde huiré? ¿No se presentará aquí ahora mismo? ¿No viene apresurada a echarme en cara mi prisa por enterrarla? ¿No acabo de oír sus pasos por la escalera? ¿No estoy distinguiendo el pesado y horrible latir de su corazón? ¡Loco!» Y al llegar aquí saltó furiosamente de pie, y gritó sus sílabas como si con aquel esfuerzo estuviese entregando el alma — «¡Loco! Yo os digo que ella está ahora detrás de esa puerta.»

Y como si en la sobrehumana energía de su expresión hubiese habido la potencia de un hechizo — las enormes y vetustas hojas de la puerta a las cuales estaba señalando el que hablaba abrieron, retrocediendo lentamente, en aquel mismo instante, sus poderosas mandíbulas de hierro. Era efecto de la racha impetuosa sí — pero también detrás de aquella puerta estaba la alta y amortajada figura de lady Madeline de Usher. Había sangre en sus blancas ropas, y la evidencia de alguna lucha cruel por toda su extenuada persona. Por un momento se quedó temblorosa y tambaleándose en el umbral, después, con un abatido clamor quejumbroso, cayó pesadamente de cara sobre el cuerpo de su hermano, y en sus violentas y ahora postreras ansias de muerte, lo arrastro a él al suelo, cadáver y víctima de los terrores que había previsto.

De aquella habitación y de aquella casa escapé despavorido. La tempestad reinaba afuera todavía en toda su furia, cuando me hallé cruzando la antigua calzada. De pronto, resplandeció a lo largo del camino una extraña luz, y yo volví la cabeza para ver de dónde podía haber salido un fulgor tan insólito; porque detrás de mí sólo estaban la casa y sus sombras. Aquel resplandor era el de la luna llena, de un color de sangre en su ocaso, y que brillaba vívidamente a través de aquella grieta que antes apenas se discernía, de la cual he dicho ya que se extendía en zigzag desde el techo del edificio a su base. Mientras yo la estaba mirando, aquella grieta se ensanchó rápidamente — se produjo una violenta racha del torbellino — todo el disco del satélite estalló de pronto ante mis ojos — mi cerebro se bamboleó cuando vi las poderosas paredes precipitarse partidas en dos — hubo un largo y tumultuoso, voceante rumor, semejante a la voz de mil cataratas — y el profundo y cenagoso estanque se cerró torvamente y silenciosamente a mis pies, sobre los fragmentos de la «Casa de los Usher.»

WILLIAM WILSON

«¿Qué diremos de ello? ¿Qué decir de la torva *Conciencia*,
espectro en mi camino?»

CHAMBERLAIN, *Pharronida*.

Permítaseme, por ahora, llamarme William Wilson. La limpia página que
ahora tengo ante mí no ha de ser manchada con mi nombre verdadero.
Éste ha sido ya, sobradamente, objeto de desprecio — de horror — de exe-
cración para mi familia. ¿No han divulgado los indignados vientos hasta las
más apartadas regiones del globo su inigualada infamia? ¡Oh, proscripto!
¡entre todos los proscriptos el más abandonado! — ¿no has muerto ya para
siempre en la tierra? ¿Para sus honores, para sus flores, para sus áureos an-
helos? — y una nube densa, lúgubre, ilimitada ¿no se cierne perpetuamente
entre tus esperanzas y el cielo?

Yo no quisiera, aunque pudiese, aquí, hoy, incorporar un recuerdo de
mis últimos años de indecible miseria, y de imperdonable crimen. Esa época — estos últimos años — ha traído consigo un súbito incremento de vile-
za cuyo solo origen me propongo ahora consignar. El hombre, por lo
general, se deprava gradualmente. Para mí, en un instante, toda virtud se
desprendió de mí en peso, como un manto. De una malignidad relativamente común, he pasado de un solo tranco de gigante, a enormidades que
oscurecen las de un Heliogábalo. ¿Qué casualidad — qué único acontecimiento acarreó tan aciago suceso? Tened paciencia para que os la vaya contando. La muerte se acerca; y la sombra que la anuncia ha difundido un
suavizador influjo por mi espíritu. Ansío, al pasar por el tenebroso valle, la
simpatía — iba a decir la piedad — de mis semejantes. Yo desearía que pudieran creer que, en cierta medida, he sido esclavo de circunstancias que
escapan a la intervención humana. Yo quisiera que buscasen por mí, en las
circunstancias que voy a referirles, algún pequeño oasis de *fatalidad* entre
un desierto de pecado. Yo quisiera que concediesen — cosa que no pueden menos que conceder — que por muchas, que por muy grandes que hayan sido siempre las tentaciones, jamás hombre alguno fue tentado, a lo
menos, *como* yo lo fui — ciertamente, ni cayó *como* yo caí. ¿No será por es-

to que jamás hombre haya padecido como yo? ¿Pero no será, en realidad, que he estado viviendo en un sueño? ¿Y no me estoy muriendo ahora víctima del horror y del misterio de la más extraña de todas las visiones sublunares?

Yo desciendo de una familia cuyo temperamento, imaginativo y fácilmente excitable ha llamado en todos tiempos la atención; y en mi primera infancia, di muestras evidentes de haber heredado por completo el carácter de la familia. A medida que entraba en años, aquel carácter se fue desenvolviendo más vigorosamente, y vino a ser, por muchas razones, motivo de seria inquietud para mis amigos y de positivo daño para mí mismo. Me torné voluntarioso, inclinado a los más locos caprichos, y presa de las más ingobernables pasiones. Débiles de espíritu, y acosados por dolencias constitucionales análogas a la mía, mis padres pudieron hacer muy poco para reprimir las malas inclinaciones que me singularizaban. Algunos débiles y mal dirigidos esfuerzos fracasaron completamente por su parte y, no hay que decirlo, con triunfo completo por la mía. Desde entonces mi palabra se tornó en ley familiar; y a una edad en que pocos niños han abandonado sus andadores, yo fui abandonado a la guía de mi propia voluntad, y llegué a ser, en realidad, si no de nombre, dueño de mis propias acciones.

Mis primeros recuerdos de vida escolar están relacionados con un vasto laberíntico edificio elisabetano, en una aldea brumosa de Inglaterra, donde había gran número de árboles gigantescos y nudosos, y donde todas las casas eran extremadamente antiguas. Era, en verdad, aquella venerable y antigua población, un lugar que parecía de ensueño y confortaba el espíritu.

Estoy sintiendo ahora en imaginación, el refrigerante helor de sus avenidas profundamente sombreadas.

Aspiro la fragancia de sus mil bosquecillos, y me emociono todavía, con delicia indefinible, al recordar el toque profundo y sonoro de la campana de la iglesia, rompiendo, a cada hora, con lento y súbito tesón, la quietud de la brumosa atmósfera donde el calado campanario gótico permanecía hundido y adormecido.

Me procura tal vez todo el placer que puedo experimentar en mi actual situación, el detenerme en minuciosos recuerdos de la escuela y las cosas referentes a ella. Despeñado en la desgracia como estoy ahora — en la desgracia ¡ay de mí! harto efectiva — debe perdonárseme el buscar consuelo, aunque leve y pasajero, en la nonada de unos cuantos pormenores vagabundos. Además, por muy triviales que sean, y aun ridículos por sí mismos, adquieren en mi imaginación adventicia importancia, por estar relacionados con un período y una localidad cuando y donde yo reconozco los primeros, ambiguos avisos del destino que después de tal modo me ha envuelto en sus sombras. Dejadme, pues, que recuerde.

He dicho que la casa era antigua e irregular. Sus terrenos eran extensos, y una alta y sólida pared de ladrillos rematada con una capa de mortero y cristales rotos rodeaba el conjunto. Aquella carcelera muralla formaba el límite de nuestro dominio; más allá no mirábamos sino tres veces por semana — la una cada sábado por la tarde cuando acompañados de dos conserjes, se nos permitía dar breves paseos en grupo por algunos de los campos vecinos — y dos veces durante el domingo, cuando éramos llevados en fila, con las mismas formalidades, a los servicios religiosos de la mañana y de la tarde en la única iglesia de la aldea. De esta iglesia era pastor el director de nuestra escuela. ¡Con qué profundo sentimiento de maravilla y perplejidad solía yo contemplarlo desde nuestro apartado banco de la tribuna de la iglesia, cuando con pasos lentos y solemnes subía al púlpito! Aquel hombre venerable, con su semblante tan gazmoñamente benigno; con ropas tan lucidas y tan clericalmente ondulantes; con su peluca tan minuciosamente empolvada tan tiesa y voluminosa — ¿podía ser el mismo que, no hacía mucho, con cara de vinagre, y vestidos manchados de rapé, administraba, férula en mano, las draconianas leyes del colegio? ¡Oh, enorme paradoja, demasiado monstruosa para poder hallarle solución!

En un rincón de la maciza pared se alzaba, ceñuda, una puerta todavía más maciza. Estaba enclavada y cerrada con pernos y cerrojos de hierro y rematada con dentados espigones de hierro. ¡Qué impresiones de terror profundo inspiraba! Nunca se la abría sino para las tres periódicas entradas y salidas ya mencionadas: entonces, en cada chirrido de sus poderosos goznes, hallábamos una plenitud de misterio — un mundo de materia para solemnes observaciones, o para meditaciones más solemnes todavía.

El extenso recinto era de forma irregular, y comprendía varias divisiones muy espaciosas. Tres o cuatro de las mayores constituían el patio de recreo. Era llano y cubierto de grava fina y dura. Bien recuerdo que no tenía árboles, ni bancos ni nada que se les pareciese. No hay que decir que estaba detrás de la casa. Delante se extendía un pequeño cuadro de jardín, plantado de bojes y otros arbustos; pero por aquel lugar sagrado sólo cruzábamos en muy raras ocasiones — tales como el ingreso en la escuela o la despedida final, o tal vez, cuando un pariente venía por nosotros, y partíamos contentos para nuestra casa, con motivo de las vacaciones de Navidad o de verano.

¡Pero la casa! — ¡qué hermoso y vetusto edificio aquél! — ¡para mí, qué verdadero palacio encantado! Sus revueltas no tenían fin — con sus incomprensibles subdivisiones. Era difícil, en un momento dado, decir con seguridad en cuál de sus dos pisos se hallaba uno. Para pasar de una de sus habitaciones a otra, estábamos seguros que habría que subir o bajar tres o cuatro peldaños. Luego las ramificaciones laterales eran innúmeras — inconcebibles — y de tal modo giraban y volvían luego a sí mismas, que nuestras más exactas ideas acerca del conjunto de la casa no se diferenciaban mucho de las con que consideramos lo infinito. Durante los cinco años de mi residencia allí, nunca fui capaz de averiguar con precisión en qué remoto lugar se hallaba el pequeño dormitorio que había sido asignado para mí, y otros dieciocho o veinte escolares más.

La sala de estudios era la mayor de la casa — y yo no podía menos que pensar que la mayor del mundo. Era muy larga, estrecha y lúgubremente baja, con ventanas góticas apuntadas, y un techo de roble. En un apartado y terrorífico rincón había un recinto cuadrado de ocho o diez pies, que representaba el *sanctum* «durante los rezos» de nuestro director, el reverendo doctor Brausby. Era una sólida construcción, con maciza puerta, la cual, antes que abrirla en ausencia del dómine, hubiéramos preferido de buen grado perecer de *peine forte et dure*. En otros ángulos había otros dos recintos parecidos, mucho menos respetados: verdad es que también eran objeto de grande temor. Uno de ellos era la cátedra del pasante «humanista», la otra la del de «Inglés y Matemáticas». Diseminados por la sala, cruzándose y entrecruzándose en infinita irregularidad, había innumerables bancos y pupitres, negros, vetustos y destartalados por el tiempo, donde se apilaban desesperadamente libros manoseados y sucios, y tan acribillados de iniciales, nombres enteros, figuras grotescas, y otro sinnúmero de trabajos de cortapluma, que habían ya perdido lo poco de forma original que les pudo haber tocado en suerte en días ya lejanos. Un enorme cubo con agua se alzaba en un extremo de la habitación, y un reloj de dimensiones estupendas en el otro extremo.

Encerrado entre las macizas paredes de aquella venerable academia, yo pasaba y no con aburrimiento ni aversión, los años del tercer lustro de mi vida. El cerebro fecundo de la infancia no necesita del mundo exterior de las apariencias para ocuparse o divertirse; y la presunta monotonía lúgubre de una escuela fue más rica para mí en intensas exaltaciones, que las derivadas del lujo en mi plena juventud o del crimen en mi plena edad madura. Con todo, debo pensar que mi primer desenvolvimiento mental tuvo muy poco de común — y aun mucho de descomedido (1). Para los hombres en general los acontecimientos de los primeros años del vivir, raramente dejan en la edad madura impresión definida. Todo es sombra gris — débil y desigual remembranza — indistinta recolección de tenues placeres y penas ilusorias. A mí no me ocurre lo mismo. En mi infancia hube de sentir con energía lo que hoy siendo hombre hallo grabado en mi memoria con rasgos tan vívidos, tan profundos y duraderos como los *exergos* de las medallas cartaginesas.

Y eso que en realidad — en la realidad según la opinión del mundo — ¡cuán poco había allí que recordar! El levantarse por la mañana, las órdenes de ir a acostarse por la noche; el estudio de las lecciones, el darlas; las periódicas semifiestas y los paseos; el patio de recreo, con sus peleas, sus pa-

---

(1) *Outré* en el original. (N. del T.)

satiempos, sus intrigas; — todo esto, por una hechicería mental largo tiempo olvidada, era propio para encerrar una inmensidad de sensaciones, un mundo de ricos acontecimientos, un universo de diversísima emoción, de la exaltación más apasionada y estímulos espirituales. «*Oh, le bon temps que ce siècle de fer!*» (1).

La verdad es que la fogosidad, el entusiasmo y la arrogancia de mi índole, pronto me distinguieron poderosamente entre mis condiscípulos, y por lentas aunque naturales gradaciones, me dieron ascendiente sobre todos los de mi edad; — sobre todos con una sola excepción. Esta excepción se dio en la persona de un escolar que, sin ser pariente mío, llevaba el mismo nombre y el mismo apellido que yo; — circunstancia en realidad poco notable; porque a pesar de mi noble descendencia, mi apellido era uno de esos tan corrientes que, por derecho de costumbre, parecen haber sido, desde tiempo inmemorial, común propiedad de la plebe. Por eso, en esta narración me he designado como William Wilson — nombre fingido, no muy desemejante al verdadero. Sólo, pues, mi homónimo, entre los que según la fraseología escolar constituían nuestra «pandilla», se jactaba de competir conmigo en los estudios de la clase — en los juegos y peleas del patio — de negar absoluto crédito a mis afirmaciones y sumisión a mi voluntad — y, desde luego, de interponerse en mi arbitraria dictadura en todos sentidos. Si cabe en la Tierra un despotismo supremo e ilimitado, tal es el de un espíritu dominador en un niño sobre los espíritus menos enérgicos de sus camaradas.

La rebelión de Wilson era para mí motivo de grande perturbación, tanto más cuanto que a pesar de las bravatas con que en público mi amor propio me imponía tratarlo a él y a sus pretensiones, secretamente comprendía que me infundía temor, y no podía menos que considerar la igualdad conmigo que él mantenía tan fácilmente, lo cual demostraba su verdadera superioridad; hasta el punto de que el no ser sobrepujado por él me costaba una lucha incesante. Con todo, aquella superioridad — ni siquiera aquella igualdad — no eran en realidad reconocidas por nadie fuera de mí; nuestros compañeros, por ceguera inexplicable, no parecían siquiera sospecharlas y, en efecto, su rivalidad, su resistencia, y especialmente su impertinente y obstinada injerencia en mis propósitos, no iban más allá de lo personal y privado. Parecía estar desprovisto igualmente de la ambición que me aguijoneaba y de la apasionada energía espiritual que me capacitaba para sobresalir. En aquella rivalidad hubiera podido suponerse que sólo obraba él por un singular deseo de molestarme, pasmarme o mortificarme; aunque había ocasiones en que yo no podía menos que observar, con un sentimiento en que entraban, asombro humillación y ofensa de amor propio,

(1) ¡Oh, qué buenos tiempos los de aquel siglo de hierro! (N. del T.)

que él mezclaba con sus insultos, o sus contradicciones, ciertas inoportuní-
simas, y sin duda, muy desagradables maneras *afectuosas*. Yo no podía
concebir sino que aquella actitud procedía de una exagerada presunción
que tomaba el vulgar aspecto de amparo y protección.

Tal vez fue este último rasgo en la conducta de Wilson, unido con la
identidad de nuestros nombres, y la pura casualidad de haber entrado ambos en la escuela el mismo día, lo que difundió la creencia de que éramos
hermanos, entre las clases superiores del colegio. Éstas no inquirían muy estrictamente en los asuntos de sus compañeros más jóvenes. Ya he dicho antes o debía haberlo dicho, que Wilson no tenía, en el grado más remoto,
relación alguna con mi familia. Pero seguramente, si *hubiéramos* sido hermanos, habríamos debido ser gemelos; porque luego de salir de casa del
doctor Bransby, supe por casualidad que mi homónimo había nacido el 19
de enero de 1813 — y esta es una coincidencia bastante notable, porque ese
día es precisamente el de mi propio nacimiento.

Podría parecer extraño que, a despecho de la continua inquietud que
me ocasionaba la rivalidad de Wilson y su intolerable espíritu de contradicción, yo no pudiera llegar a odiarlo del todo. Desde luego, casi cada día teníamos alguna disputa, en la cual, cediéndome él, públicamente, la palma
de la victoria, en cierta manera se esforzaba para darme a comprender que
era él quien la había ganado; y, con todo, un sentido de orgullo por parte
mía, y de verdadera dignidad por la suya, nos mantenía siempre en la situación que se ha llamado de «buenos términos», al paso que había algunos
puntos de fuerte congenialidad en nuestros caracteres, que contribuían a
despistar en mí el sentimiento de que la posición que habíamos adoptado
era tal vez lo único que nos impedía que se convirtiera en amistad. Es difícil, en efecto, definir, ni siquiera describir, mis verdaderos sentimientos para
con él: formaban una abigarrada y heterogénea mezcla; — algo de petulante animosidad, que no llegaba con todo a ser odio, algo de estima, algo más
de respeto, mucho de temor, con todo un mundo de inquieta curiosidad.
Para el moralista sería necesario añadir que Wilson y yo éramos los compañeros más inseparables que pueda imaginarse.

Fue sin duda el anómalo estado de relaciones entre él y yo, lo que convirtió todos mis ataques contra él (y eran muchos, ya abiertamente, ya con
disimulo) por el camino de la fisga o de la broma de acción (que causaba
enojo al paso que tomaba el aspecto de pura chanza), más bien que por el
más serio y determinado de la hostilidad. Pero mis esfuerzos en cuanto a esto no por ello tenían siempre buen éxito, ni cuando mis planes habían sido
más ingeniosamente preparados; porque mi homónimo tenía mucho en su
carácter de aquella modesta y tranquila austeridad, la cual, aunque le permitía disfrutar de la mordacidad de sus propias chanzas, no tiene talón de
Aquiles, y rechaza toda posibilidad de que se burlen de ella. En efecto, yo

no podía hallar en él sino un punto vulnerable, y éste motivado por una peculiaridad personal, que procedía tal vez de alguna enfermedad constitucional y que hubiera sido respetada por un antagonista que se hubiera hallado menos pobre de recursos que yo; — mi rival tenía una debilidad de los órganos faucales o guturales, que le impedía levantar la voz en toda ocasión *por cima de un muy bajo cuchicheo*. Ahora bien, yo no dejé de aprovechar la mísera ventaja que aquel defecto dejaba en mi poder.

En cambio, las represalias de Wilson eran de muy diversas maneras; y había una cierta forma de su agresivo ingenio que me turbaba desmesuradamente. Yo nunca pude aclarar de qué modo llegó a descubrir su sagacidad que una cosa tan fútil pudiera molestarme; pero, una vez descubierta, puso en práctica habitualmente aquella molestia. Yo siempre había sentido adversión por mi apellido tan poco elegante, y por el vulgar si no plebeyo nombre que lo acompañaba. Aquellas palabras eran ponzoña para mis oídos. Y cuando el mismo día de mi llegada, un segundo William Wilson llegó también al colegio, sentí enojo hacia él porque llevaba aquellos nombres, y doble disgusto por los nombres, porque un extraño los llevaba, el cual sería causa de que se repitieran por partida doble; él se hallaría constantemente en mi presencia, y sus intereses, dentro de la ordinaria rutina de la vida del colegio, inevitablemente, por molestas coincidencias serían a menudo confundidos con los míos.

El sentimiento de irritación que se originó de aquella manera fue reforzándose con todas las circunstancias que tendían a mostrar semejanzas físicas o morales entre mi rival y yo. Yo no había descubierto aún la curiosa circunstancia de que teníamos la misma edad; pero sí observé que teníamos la misma altura y noté también que nos parecíamos por modo singular en el general contorno de la persona y en las facciones del rostro. También me amargaba el rumor que corría acerca de nuestro parentesco, y que se había hecho corriente entre las clases superiores. En una palabra, nada podía turbarme más seriamente (aunque yo con mucho escrúpulo disimulaba semejante turbación), como cualquier alusión a semejanzas de carácter, de persona o de condición entre ambos. Pero, en verdad, yo no tenía razón para pensar que (excepto en cuanto al parentesco, y por parte del propio Wilson) aquellas semejanzas hubieran sido nunca materia de comentarios, ni siquiera observadas por nuestros condiscípulos. Que él las observaba en todos sus aspectos y con tanta claridad como yo, era cosa evidente; pero el descubrir en tales circunstancias un campo tan fructífero en molestias para mí, sólo podía atribuirse, como he dicho antes, a su penetración verdaderamente excepcional.

Su carácter era una perfecta imitación del mío, tanto en palabras como en acciones- y él representaba admirabilísimamente su papel. Mi vestido era cosa fácil de copiar; mi andadura y porte general pudo apropiárselos sin dificultad ninguna; y a pesar de su defecto constitucional, ni mi voz pudo escapar a su imitación. Desde luego, no intentaba siquiera imitar sus tonos más altos; pero la tonalidad era idéntica; *y su extraño cuchicheo, llegó a convertirse en verdadero eco del mío.*

Hasta qué punto aquel minuciosísimo retrato me atormentaba (ya que no podía ser con justicia llamado caricatura), no me atrevo a describirlo. Sólo me quedaba un consuelo — y era que aquella imitación, según parecía, sólo había sido notada por mí, y que era yo sólo quien tenía que aguantar las intencionadas y singularmente sarcásticas sonrisas de mi homónimo. Contento de haber producido en mi corazón el efecto que se había propuesto, parecía reír entre dientes, a hurtadillas, por el aguijón que había clavado, y se mostraba curiosamente desdeñoso del público aplauso que sus ingeniosos esfuerzos le hubieran ganado tan fácilmente. El hecho de que nadie en la escuela comprendiera, en efecto, sus intenciones, ni observara el cumplimiento de ellas y participara en su mofa, fue para mí durante algunos meses de ansiedad un enigma que no podía resolver. Tal vez la *gradación* de su copia la hacía menos fácilmente perceptible; o también pudiera ser que yo debiera aquella ventaja al magistral juego del copista, el cual desdeñando la letra (que en una pintura es todo lo que los torpes pueden percibir) no daba a su representación sino el perfecto espíritu de su original, para que lo contemplase yo solo y para mayor pena mía.

Más de una vez he hablado ya del molesto aire de protección que adoptaba para conmigo, y de su frecuente y entremetida injerencia en mis voluntades. Esta injerencia, a menudo ofrecía el ingrato carácter de consejo; consejo no dado abiertamente, sino apuntando o insinuando. Yo lo recibía con una repugnancia que se acrecía a medida que entraba en años. Con todo, en aquellos días lejanos, debo rendirle la debida justicia de reconocer que no puedo recordar la menor ocasión en que las sugestiones de mi rival se refiriesen a esos errores o locuras tan frecuentes en su temprana edad y su probable inexperiencia; que su sentido moral, a lo menos, si no sus talentos generales y conocimiento del mundo eran más agudos que los míos; y que yo hubiera podido ser hoy un hombre mejor y más feliz, si con menor frecuencia hubiese rechazado los consejos envueltos en aquellos significativos cuchicheos que entonces yo con tal vehemencia odiaba, y tan acerbadamente despreciaba. Pero el caso es que yo, a la larga, llegué a ser extremadamente reacio a su desagradable intervención, y cada día me resentía más y más declaradamente por lo que yo consideraba como intolerable petulancia suya. Ya he dicho que, en los primeros años de nuestras relaciones escolares, mis sentimientos para con él hubieran podido convertirse fácilmente en amistad, pero en los últimos meses de mi estancia en el colegio, aunque la intrusión de su habitual conducta, sin duda alguna, había disminuido en cierta medida, mis sentimientos casi en la misma proporción tenían mucho de odio verdadero. En cierta ocasión él, según pienso, lo comprendió así, y desde entonces procuró evitar mi trato, o tal vez fingió evitarlo.

Por aquel mismo tiempo, si bien lo recuerdo, fue cuando en una disputa violenta con él, en la cual más que de costumbre perdió los estribos, y obró con una franqueza y decisión harto raros en su naturaleza, descubrí, o me pareció descubrir en su acento, en su gesto y en su aspecto general, algo que primero me alarmó y luego me interesó profundamente, trayéndome a la memoria oscuras visiones de mi primera infancia — singulares, confusas, y un tropel de memorias de un tiempo en que en realidad mi memoria no había nacido aún. No podría describir mejor la sensación que me oprimía, sino diciendo que me era muy difícil desechar la creencia de que yo había trabado conocimiento con el ser que estaba ante mí en una época muy lejana — en algún punto del pasado infinitamente remoto. Aquella ilusión, sin embargo, se desvaneció rápidamente como había venido, y sólo hago mención de ella para determinar el día de la última conversación que tuve allí con mi singular homónimo.

El enorme y vetusto edificio, con sus innumerables subdivisiones, tenía varias habitaciones muy espaciosas que se comunicaban entre sí, donde dormían la mayoría de los estudiantes. Había, desde luego (como debe ocurrir necesariamente en un edificio planeado de manera tan sin pies ni cabeza), muchos rinconcitos o recodos, saledizos y remates de su estructura; y también la económica inventiva del doctor Bransby los había acomodado para dormitorios; aunque, no siendo más que meros retretes, apenas si podía caber en ellos un solo individuo. Una de aquellas minúsculas habitaciones estaba ocupada por Wilson.

Una noche, hacia el final de mi quinto año de escuela, inmediatamente después de la disputa que acabo de mencionar, viendo a todo el mundo sumido en el sueño, me levanté de la cama y, lámpara en mano, me escabullí sigilosamente por un laberinto de estrechos pasadizos, de mi alcoba a la de mi rival. Había combinado largamente una de aquellas malintencionadas hechas de ingenio práctico a expensas suyas, y en que hasta entonces había fracasado de modo tan uniforme. La idea que ahora yo llevaba era la de poner mi plan en ejecución, y resolví dar a comprender a Wilson hasta dónde se extendía la malevolencia de que me hallaba apoderado. Cuando llegué a su cuartito, entré silenciosamente, dejando la lámpara afuera con la pantalla puesta. Di un paso adelante, y escuché el sonido de su tranquila respiración. Asegurado de que dormía profundamente, me volví, tomé la luz, y con ella me acerqué de nuevo a la cama. En derredor de ella había unas cortinas cerradas, las cuales, en prosecución de mi plan, separé lenta y silenciosamente, cuando los brillantes rayos cayeron vívidamente sobre el que dormía, y mis ojos se posaron al mismo tiempo en su semblante. Miré; y un aterimiento, una sensación de frigidez me invadieron instantáneamente. Mi pecho jadeaba, mis rodillas tembleteaban, todo mi espíritu quedó poseído de un horror sin objeto, pero intolerable. Tomé aliento, bajé la lámpara aproximándola más a su cara. ¿Eran aquéllas — *aquéllas* las facciones de William Wilson? Vi, en efecto que eran las suyas, pero me estremecí como por un escalofrío de fiebre al imaginar que tal vez no lo fuesen. ¿Qué había, pues, en ellas para confundirme de aquel modo? Yo lo iba mirando; — mientras mi cerebro giraba por la muchedumbre de pensamientos incoherentes. No era *así* como se le veía — no era así en la vivacidad de sus horas despiertas. ¡El mismo nombre! ¡El mismo contorno de la persona! ¡El mismo día de llegada a la academia! ¡Y luego su terca, insensata imitación de mi porte, de mi voz, de mis vestidos y mis maneras! ¿Era, en verdad, cosa fuera de los límites de la humana posibilidad, que lo que *yo ahora estaba viendo* fuese resultado, meramente, de la práctica habitual de aquella sarcástica imitación? Despavorido, y con un temblor creciente apagué la lámpara, salí silenciosamente de la alcoba, y dejé de una vez las salas de aquel vetusto colegio, para no entrar más en ellas.

Transcurridos unos meses, pasados en mi casa en pura ociosidad, me hallé siendo ya todo un estudiante de Eton. El breve intervalo había bastado para debilitar mi recuerdo de lo que me había sucedido en casa del doctor Bransby o, a lo menos, para producir un cambio importante en el carácter de los sentimientos con que yo lo recordaba. La realidad — la tragedia — o el drama ya no existía. Ahora podía hallar motivos para dudar de la evidencia de mis sentidos; y raramente recordaba aquel asunto sin maravillarme del alcance de la credulidad humana, y sin sonreír al pensar en el vivo poder de la imaginación que yo poseía hereditariamente. Y no era probable que aquella especie de escepticismo disminuyera por el carácter de la vida que yo llevaba en Eton. El vórtice de irreflexivo devaneo en que tan inmediata y desordenadamente me hundí, lo barrió todo menos la espuma de mis horas pasadas, sumergió al mismo tiempo toda impresión firme y seria, y dejó sólo en la memoria las puras veleidades de una existencia precedente.

No me propongo, sin embargo, describir aquí el curso de un libertinaje miserable — un libertinaje que desafiaba las leyes a la vez que escapaba a la vigilancia de aquella institución. Tres años de locura pasaron sin provecho alguno, sin darme otra cosa que los arraigados hábitos del vicio y el aumentar en grado nada común mi estatura corporal cuando, después de una semana de desalmada disipación, invité a un pequeño grupo de los estudiantes más disolutos a un secreto festín en mis habitaciones. Nos reunimos a las altas horas de la noche; pues nuestras francachelas habían de prolongarse concienzudamente hasta la mañana. El vino corría a mares, y no faltaban allí otras y tal vez más peligrosas seducciones; de tal manera que el alba grisácea había ya tenuemente aparecido en el cielo, cuando nuestro delirante desvarío estaba en su apogeo. Enardecido locamente por las cartas y la embriaguez, estaba yo porfiando en continuar un brindis de irreverencia más que insólita, cuando mi atención fue de pronto distraída por el violento, aunque parcial, abrirse de una puerta de la habitación, y la voz presurosa de un criado, quien desde fuera me gritaba que una persona que mostraba tener mucha prisa deseaba hablarme en el vestíbulo. Desatinadamente excitado por el vino, la inesperada interrupción me causó más agrado que extrañeza. Salí acto seguido tambaleándome, y pocos pasos bastaron para llevarme al vestíbulo de la casa. En aquella baja y reducida habitación no había lámpara alguna; y en tales momentos no recibía más luz que la extremadamente pálida del alba, que se abría paso a través de la ventana semicircular. En cuanto puse mis pies en el umbral, advertí la figura de un joven aproximadamente de mi estatura, y cubierto de una bata matinal de cachemir blanco, cortada a la nueva moda, como la que yo llevaba también en aquellos momentos. Esto me permitió ver la débil luz; pero las facciones de su rostro, no podía distinguirlas. Al entrar yo, se precipitó de un salto hacia mí, y cogiéndome por el brazo con un gesto de petulante impaciencia, cuchicheó las palabras «¡William Wilson!» a mi oído.

En un instante se me pasó la borrachera.

Lo que me llenó de absoluto asombro fueron las maneras del extraño, y la trémula vacilación de su dedo levantado, que mantenía entre mis ojos y la luz; y sin embargo, no había sido aquello lo que me había conmovido con tanta violencia. Era la intensidad de solemne admonición en su singular, queda, siseante manera de hablar; pero, sobre todo, eran el carácter, el acento, la tonalidad, de aquellas pocas, sencillas y familiares, aunque cuchicheadas sílabas, que venían con un tropel de recuerdos de días pasados, y conmovieron mi alma como la sacudida de una batería galvánica. Antes que pudiera yo recobrar el uso de mis sentidos, desapareció.

Aunque aquel acontecimiento no dejó de causar vivísimo efecto en mi desordenada imaginación, con todo fue tan evanescente como había sido vivaz. Verdad es que durante unas semanas me ocupé en afanosas investigaciones, o me envolví en nubes de morbosa meditación. No me propuse disimular a mi percepción la identidad del singular individuo que con tanta perseverancia se inmiscuía en mis asuntos, y me acosaba insinuándome sus consejos. Pero ¿quién y qué era aquel Wilson? — ¿y de dónde venía? — ¿y cuáles eran sus propósitos? Yo no podía verme satisfecho en ninguno de estos puntos: únicamente pude enterarme acerca de él, de que un súbito accidente ocurrido en su familia lo había obligado a dejar el colegio del doctor Bransby la tarde del día en que yo también me había escapado de allí. Pero en breve período dejé de pensar en el asunto, pues mi atención estaba absorbida enteramente por mi proyectada salida para Oxford. Allí estuve muy pronto; la desmesurada vanidad de mis padres me procuraba buen acomodo y una pensión anual que me permitían darme al lujo a que ya se inclinaba tanto mi corazón, — a rivalizar en prodigalidad de gastos, con los más altivos herederos de los condados más ricos de la Gran Bretaña.

Estimulado al vicio por aquellos medios, mi temperamento constitucional se expansionó con redoblado ardor y llegué a pisotear las ordinarias restricciones del decoro con la loca infatuación de mis calaveradas. Pero sería absurdo insistir ahora acerca de mis despilfarros. Baste decir que en mis derroches no conocí mesura, y que, dando nombre a muchedumbre de nuevas locuras, añadí no corto apéndice al largo catálogo de vicios corrientes a la sazón en la más disoluta universidad de Europa.

Difícilmente podría creerse, con todo, que también allí había caído tan por debajo de mi cualidad de caballero, que requerí el trato con las más viles artes de los tahúres de profesión, habiendo llegado a ser un adepto de tan despreciable saber, y a practicarlo habitualmente como una manera de acrecer mis ya enormes ingresos a costa de mis camaradas de universidad más flacos de espíritu. Sin embargo, así era. Y la misma enormidad de aquel ultraje a los más altos y honrosos sentimientos, demostraba, sin duda alguna, ser la única razón de la inmunidad con que podía cometerlo. ¿Cuál, en efecto, de mis más relajados compañeros, no hubiera puesto en duda la más clara evidencia de sus sentidos, antes que sospechar tales manejos del alegre, franco, generoso William Wilson — el más noble y más liberal estudiante de Oxford — de aquel cuyas locuras (decían sus parásitos) no eran más que devaneos de juventud, y de una desbridada fantasía — cuyos errores no eran sino inimitables caprichos — y cuyos más negros vicios nada más oye descuidada, ostentosa extravagancia?

Ya había pasado dos años ocupado con buen éxito en aquellas tareas, cuando llegó a la universidad un *advenedizo* joven noble, Glendinning — rico decían, los informes, como Herodes ático — y con riqueza también fácilmente adquirida. Pronto vi que era muy poco inteligente, y desde luego, lo marqué por adecuado sujeto de mis mañas. Frecuentemente lo invitaba a jugar, y me ingeniaba según la artimaña corriente de los tahúres en dejarle ganar sumas considerables, para con mayor eficacia enredarlo en mis trampas. A la larga, madurados ya mis planes me reuní con él (y llevando el resuelto propósito de que aquel encuentro fuese final y decisivo) en casa de un camarada nuestro (Mr. Preston), íntimo igualmente de ambos, pero que, si he de hablar en justicia, no tenía ni la más remota sospecha de mi propósito. Para dar a todo ello mejor pretexto, había yo combinado reunir a un grupo de ocho o diez, y había puesto mucho cuidado en que la introducción de las cartas en aquella reunión pareciera cosa accidental y se efectuase a propuesta de mi presunta víctima. Para abreviar en un tema tan bajo, diré que ninguna de las más viles sutilezas fue por mí omitida, de esas tan acostumbradas en semejantes ocasiones que maravilla realmente cómo puede haber personas tan estúpidas que se dejen engañar por ellas.

Habíamos prolongado nuestra reunión hasta muy entrada la noche, y por fin había podido efectuar la maniobra de que Glendinning quedara por mí solo antagonista. El juego, además, era mi favorito *écarté*. El resto del grupo, interesado por la importancia de nuestra partida, habían dejado su juego, y estaban de pie en derredor como espectadores. El *advenedizo*, a quien mis artificios habían inducido durante la primera parte de la velada a beber abundantemente, ahora barajaba, repartía o jugaba, con gran nerviosidad de maneras, en la cual su embriaguez, pensaba yo, podía tener buena parte — pero no toda. En muy poco rato se había convertido en mi deudor por una cuantiosa cantidad, cuando, después de tomarse un buen trago de oporto, hizo precisamente lo que yo había fríamente previsto: — propuso doblar nuestra ya exorbitante puesta. Con un bien fingido gesto de repugnancia, y no sin esperar a que mi insistente negativa lo hubiera arrastrado a pronunciar algunas airadas palabras, que dieron un aspecto de *puntillo* a mi consentimiento, acepté por fin. El resultado, desde luego, no hizo más que demostrar hasta qué punto la presa estaba en mi garlito; en menos de una hora había cuadruplicado su deuda. Hacía rato que su rostro había perdido el rubicundo matiz que le había prestado el vino; pero ahora vi con asombro que había adquirido una palidez verdaderamente horrible. He dicho con asombro. Glendinning había sido representado a mis diligentes pesquisas como hombre inmensamente rico, y las cantidades que hasta entonces él había perdido, aunque considerables por sí mismas, no podían, según mis suposiciones, enojarlo seriamente, y mucho menos con tanta violencia. La primera idea que se me ocurrió fue que experimentaba los efectos del vino que acababa de beberse; y entonces, ya más con objeto de proteger mi reputación a los ojos de mis compañeros, que por cualquier motivo menos interesado, yo me proponía insistir terminantemente para que cesara el juego, cuando ciertas expresiones pronunciadas junto a mí por los reunidos y una exclamación que revelaba desesperación profunda por parte de Glendinning, me dieron a comprender que yo había causado su total ruina en circunstancias que le ganaban la compasión de todos y lo hubieran defendido hasta de las fechorías del propio diablo.

Era difícil adivinar cuál había de ser entonces mi conducta. La situación lastimosa de mi víctima había difundido entre todos un aire de triste perplejidad; y durante unos momentos permanecieron todos en silencio mientras yo no podía menos de sentir cierta comezón en mis mejillas bajo las miradas de desprecio o reprobación que me dirigían los menos encenagados de los allí presentes. Y hasta confesaré que mi corazón se desahogó de una intolerable congoja por breve instante con la súbita y extraordinaria interrupción que se produjo inmediatamente. Las anchas y pesadas hojas de la puerta se abrieron súbitamente de par en par, con tan violenta y precipitada impetuosidad, que extinguieron como por mágico efecto todas las bujías de la sala. Sin embargo, su luz, antes de morir, nos permitió ver que había entrado un forastero aproximadamente de mi estatura, y completamente envuelto en una capa. Pero ahora, la oscuridad era completa; y lo único que podíamos *sentir* era que aquel hombre estaba de pie en medio de nosotros. Antes que ninguno pudiera recobrarse del profundo asombro que aquella brusquedad nos había causado, oímos la voz del intruso.

«Caballeros», dijo con un quedo, distinto y jamás olvidable *cuchicheo* que me conmovió hasta la médula de los huesos, «caballeros, no doy excusas por lo que acabo de hacer porque al obrar de esta manera, no hago sino cumplir un deber. Sin duda, ustedes desconocen la verdadera índole de la persona que esta noche ha ganado al *écarté* una cuantiosa cantidad de dinero a lord Glendinning; por lo tanto quiero proponerles un procedimiento expeditivo y decisivo para obtener esta indispensable información. Dígnense ustedes examinar con detenimiento los forros interiores del puño de su manga izquierda, y los diversos paquetitos que pueden hallarse en los bastante capaces bolsillos de su bata bordada.»

Mientras así hablaba, el silencio era tan profundo, que hubiéramos oído caer un alfiler en el suelo. Cuando terminó de hablar, se fue acto seguido, y tan bruscamente como había entrado. ¿Puedo yo describir — describiré mis sensaciones? — ¿Es menester decir que sentí todos los horrores de las almas condenadas? Lo cierto era que me quedaba poco tiempo para reflexionar. Muchas manos me agarraron violentamente allí mismo, y en seguida fueron traídas luces. Me registraron. En el forro de mi manga se hallaron todas las figuras esenciales del *écarté*, y en los bolsillos de mi bata buen número de barajas, facsímiles de las que usábamos en nuestras reuniones, con la sola excepción de que las mías eran de la especie llamada, técnicamente, *redondeadas*; las figuras son ligeramente convexas en sus extremos y las cartas inferiores ligeramente convexas en sus lados. Con esta disposición el engañado que talla, como es costumbre, de largo a largo del mazo, invariablemente lo hace dando una figura a su antagonista; mientras que el fullero tallando a lo ancho, con toda certidumbre, jamás dará a su víctima carta que valga en el juego.

Cualquier estallido de indignación al descubrir aquello me hubiese afectado menos que el silencioso desprecio, o la sarcástica serenidad con que fue acogido.

«Mr. Wilson», dijo nuestro huésped, agachándose para recoger junto a sus pies una extraordinariamente lujosa capa de preciosas pieles «Mr. Wilson, esto es de usted.» (El tiempo estaba muy frío; y al salir de mi casa, yo me había echado una capa encima de mi bata, que me había quitado al llegar a la escena del juego.) «Supongo que no será necesario registrarla» (mirando los forros de la prenda con amarga sonrisa) «para obtener alguna prueba más de sus habilidades. En realidad, ya hemos reunido bastantes.

Usted comprenderá la necesidad (supongo) de salir de Oxford. — En todo caso de salir de mi habitación.»

Abatido, humillado hasta el polvo como yo estaba, es probable que yo me hubiera ofendido por aquel áspero lenguaje replicando con inmediata violencia personal, si toda mi atención no hubiera estado en aquel momento distraída por una circunstancia en extremo alarmante. La capa que yo había traído tenía unas pieles riquísimas, tan preciosas, tan exageradamente costosas, como no me atrevería a decirlo. Además su corte era invención de mi fantasía; porque yo era exigente hasta un grado absurdo de vanidad, en materias de tan frívola naturaleza. Así es que cuando Mr. Preston me alargó la que había recogido del suelo, y junto a la puerta de la sala, vi, con asombro que rayaba en terror, que la que yo llevaba ya plegada en mi brazo (donde yo me la había puesto sin duda inadvertidamente), y la que me ofrecían, eran exactamente iguales, hasta en sus detalles más minuciosos. Aquel singular individuo que me había tan desastrosamente descubierto, había entrado, lo recordaba bien, embozado en una capa; y nadie más entre los miembros de nuestra reunión había traído capa sino yo. Conservando cierta presencia de espíritu, tomé la que me ofrecía Preston; la puse, sin que lo notaran, sobre la mía; salí de la habitación con resuelto gesto de desafío: y a la mañana siguiente antes de amanecer, emprendí un precipitado viaje desde Oxford al continente, lleno de angustia, de horror y vergüenza.

Huí en vano. Mi mala suerte me persiguió como triunfadora, mostrándome que, en realidad, el ejercicio de su dominio misterioso no había hecho sino comenzar. Apenas había puesto los pies en París, cuando tuve nueva evidencia del detestable interés que aquel Wilson se tomaba por mis asuntos. Pasaron los años y no pude hallar reposo. ¡Villano! — en Roma con qué inoportunidad y con qué siniestra oficiosidad, se interpuso entre mí y mi ambición. ¡En Viena lo mismo — y en Berlín — y en Moscú! ¿Dónde, en fin, *no* tuve acerbos motivos para maldecirlo con todo mi corazón? A la larga, comencé a huir, lleno de pánico, de su inescrutable tiranía, como de una pestilencia; pero hasta las más apartadas regiones del mundo *huí en vano.*

Y una vez y otra vez en íntima comunión con mi espíritu, me hacía estas preguntas: «¿Quién es? — ¿De dónde viene? — y ¿Qué se propone?» Pero no había respuesta posible. Entonces yo examinaba con minucioso escudriño las formas y los métodos y los rasgos principales de su impertinente vigilancia. Pero tampoco en esto hallaba el menor fundamento para una conjetura. Era notable, en efecto, que en ninguna de las muchísimas ocasiones en que últimamente se había cruzado en mi camino lo había hecho sino para frustrarme tal proyecto, o para estorbar tales acciones, que de haberlas llevado completamente a su término hubiesen causado amargos perjuicios. ¡Pobre justificación aquélla, en verdad, para una autoridad tan imperiosamente arrogada! ¡Mísera recompensa para los derechos naturales del libre albedrío tan pertinazmente, tan injuriosamente negados!

También me había obligado a observar que mi atormentador, durante larguísimo espacio de tiempo (a pesar de mantener con escrupulosa y maravillosa destreza su antojo de vestirse idénticamente como yo) se las había compuesto, en la ejecución de sus injerencias en mi voluntad, de modo que en ninguna ocasión pude ver las facciones de su rostro. Fuese Wilson quien fuese, esto, a lo menos, no era sino el colmo de la afectación o de la locura. ¿Podía él por un instante haber supuesto que en mi amonestador de Eton — en el destructor de mi honra en Oxford — en el que desbarató mi ambición en Roma, mi venganza en París, mi apasionado amor en Nápoles, o lo que él falsamente llamaba mi avaricia en Egipto — que en aquel mi archienemigo y mi espíritu del mal, yo dejaría de reconocer al William Wilson de mis días de colegio, — el homónimo, el compañero, el rival, — el odiado y temido competidor en casa del doctor Bransby? ¡Imposible! — Pero voy corriendo a la última y memorable escena del drama.

Hasta entonces yo me había dejado sucumbir a su imperiosa dominación. Los sentimientos de profundo temor con que yo solía considerar el elevado carácter, la sabiduría majestuosa, la manifiesta omnipresencia y omnipotencia de Wilson, añadida a un semejante sentimiento de terror, que algunos otros rasgos e indicios de su naturaleza me infundían, habían logrado hasta entonces inculcarme la idea de mi propia y absoluta debilidad y desamparo, y sugerirme una sumisión completa aunque me repugnase amargamente, a su arbitraria voluntad. Pero durante aquellos últimos tiempos, yo me había dado por entero al vino; y su enloquecedor influjo en mi temperamento hereditario me tornaba cada vez más impaciente para sufrir injerencias de nadie. Comencé a murmurar — a vacilar — a resistir. ¿Fue sólo efecto de mi fantasía lo que me indujo a creer que, con el incremento de mi propia firmeza, la de mi atormentador iría disminuyendo en igual proporción? Fuese como fuese, yo comenzaba ya a sentir la inspiración de una ardiente esperanza, y a la larga, alimentada por mis íntimos pensamientos, una grave y desesperada resolución de no seguir sometiéndome a ser esclavizado.

Fue en Roma, durante el Carnaval de 18..., cuando asistí a una mascarada en el *palazzo* del napolitano Duque Di Broglio. Me había dado con mayor libertad que de costumbre a los excesos del vino de mesa; y ahora, la sofocante atmósfera de las salas repletas me iba irritando insufriblemente. También la dificultad de abrirme paso entre la apiñada muchedumbre contribuyó no poco a descomponerme; porque yo iba buscando ansiosamente (permitidme que no diga por qué indigno motivo), a la joven, alegre, hermosa mujer del anciano y decrépito Di Broglio. Con una confianza harto desprovista de escrúpulos, ella me había comunicado previamente el secreto del disfraz que se pondría, y como acababa de atisbarla un instante, me apresuraba a abrirme paso para llegar adonde estaba ella. — En aquel momento sentí una mano suave que se posaba en mi hombro, y aquel inolvidable, quedo, condenado *cuchicheo* en mi oído.

En un arranque de ira frenética, me volví hacia el que me interrumpía de aquel modo, y lo agarré violentamente por el cuello del traje. Iba vestido, como yo me lo esperaba, con un disfraz completamente parecido al mío; llevaba una capa española de terciopelo azul, y ceñida a la cintura con un ceñidor carmesí del que pendía una daga. Una máscara de seda negra le cubría enteramente el rostro. «¡Canalla!», le dije, con voz enronquecida por la rabia, mientras cada sílaba que yo pronunciaba parecía nuevo pábulo para mi furor. «¡Canalla! ¡Impostor! ¡Maldito villano! ¡No! — *¡No* me perseguirás hasta la muerte! ¡Sígueme o te atravieso aquí mismo!» — y me abrí camino desde la sala de baile a una reducida antecámara contigua — arrastrándolo conmigo irresistiblemente.

Al entrar, lo aparté de mí furiosamente dándole un empellón. Fue a dar, tambaleándose, en la pared, mientras yo cerraba la puerta lanzando una blasfemia, y ordenándole que desenvainase. Sólo titubeó un instante; luego, dando un débil suspiro, desenvainó en silencio, y se puso en guardia.

El combate fue muy breve. Yo estaba frenético por toda clase de violentas excitaciones, y sólo en mi brazo sentía la energía y el poder de una muchedumbre. En pocos segundos lo impelí a pura fuerza contra el tabique, y entonces teniéndolo a mi merced, hundí mi daga, con brutal ferocidad, una vez, y otra, y otra, en su pecho.

En aquel instante alguien tentó la aldaba de la puerta. Me apresuré a evitar toda intrusión, e inmediatamente volví hacia mi moribundo rival. ¿Pero qué lenguaje humano podría retratar adecuadamente *aquel* asombro, *aquel* horror que se apoderó de mí ante el espectáculo que se ofreció a mi vista? El breve instante en que yo había vuelto los ojos había bastado para producir, al parecer, un cambio efectivo en la disposición del extremo superior o más distante de la habitación. Un grande espejo — a lo menos tal me pareció al pronto en la confusión en que me hallaba — estaba ahora donde antes no se había visto ninguno; y al irme para él lleno del más extremado terror, mi propia imagen, pero sus facciones muy pálidas y salpicadas de sangre, vino a mi encuentro con paso débil y vacilante.

Tal me pareció, digo, pero no era así. Era mi adversario, era Wilson, que entonces estaba de pie, delante de mí en las ansias de la muerte. Su máscara y su cara yacían en el suelo, donde las había arrojado. Ni una fibra en todo su traje, ni un rasgo en todas las características y singulares facciones de su rostro que no fuesen, exactamente en su más absoluta identidad, *¡los míos!*

Era Wilson; pero ya no hablaba cuchicheando, y hubiera podido imaginar que era yo mismo el que hablaba cuando él decía:

«Tú has vencido, y yo sucumbo. Pero de hoy en adelante tú también estás muerto — ¡muerto para el Mundo, para el Cielo y para la Esperanza! En mí existías — y al morir yo, mira por esta imagen, que es la tuya, de qué modo absoluto te has asesinado a ti mismo.»

LOS ASESINATOS EN LA *RUE* MORGUE

> ¿Qué canción las sirenas cantaron, o qué nombre tomó Aquiles cuando se escondió entre las mujeres? Aunque sean estos problemas arduos, no se hallan fuera del alcance de toda conjetura.
>
> SIR THOMAS BROWNE, *El entierro en la urna.*

Las condiciones mentales que suelen juzgarse como analíticas son, en sí mismas, muy difíciles de analizar. Las apreciamos únicamente por sus efectos. Conocemos de ellas, entre otras cosas, que son siempre para su poseedor, cuando los posee en alto grado, fuente de goces vivísimos. Así como el hombre fuerte se entusiasma con sus aptitudes físicas, el analizador se deleita en esa actividad moral que se ejerce al *desembrollar*. Obtiene placer hasta de las más triviales ocupaciones que ponen en juego sus talentos. Se perece por los enigmas, por los acertijos, por los jeroglíficos; y muestra en las soluciones de cada uno un grado de *agudeza* que parece al vulgo penetración preternatural. Sus resultados, llevados a cabo por su solo espíritu y por la esencia de su método, adquieren, en realidad, todo el aspecto de una intuición. La facultad de resolución es acaso muy vigorizada por los estudios matemáticos, y en especial por esa importantísima rama de ellos que impropiamente, y sólo teniendo en cuenta sus operaciones previas, ha sido llamada, como por excelencia, análisis. Y sin embargo, calcular no es por sí mismo analizar. Un jugador de ajedrez, por ejemplo, hace lo uno sin esforzarse en lo otro. De esto se sigue que el juego de ajedrez, en sus efectos sobre el carácter mental, es muy mal comprendido. Yo no estoy escribiendo aquí un tratado, sino únicamente prologando una narración bastante singular, con observaciones hechas a la ligera; por lo tanto, aprovecharé esta ocasión para afirmar que las más altas facultades de la inteligencia reflexiva trabajan más decididamente y con más provecho en el modesto juego de damas, que en toda la primorosa frivolidad del ajedrez. En este último, donde las piezas tienen diferentes y raros movimientos, con diversos, variables valores, lo que sólo es complicado se toma equivocadamente (error no insólito) por profundo. La *atención* es aquí poderosamente puesta en juego.

Si flaquea un solo instante, se comete un descuido, que da por resultado perjuicio o derrota. Como los movimientos posibles son no solamente múltiples sino intrincados, las probabilidades de tales descuidos se multiplican, y en nueve casos de diez, el que triunfa es el jugador más capaz de reconcentrarse, y no el más perspicaz. En las damas, por el contrario, donde los movimientos son únicos y tienen muy poca variación, las probabilidades de inadvertencia quedan disminuidas, y como la pura atención queda relativamente desocupada, las ventajas contenidas por cada una de las partes lo son por superior perspicacia. Para ser menos abstracto — supongamos un juego de damas donde las piezas quedan reducidas a cuatro reinas, y donde, desde luego, no pueden tenerse inadvertencias. Es evidente que en este caso la victoria sólo puede ser decidida (estando los jugadores en completa igualdad de condiciones) por algún movimiento calculado que resulte de algún esfuerzo de la inteligencia. Privado de los recursos ordinarios, el analizador penetra en el espíritu de su contrincante, por lo tanto se identifica con él, y, con no poca frecuencia, descubre de una ojeada, los únicos procedimientos (a veces en realidad absurdamente sencillos) por los cuales puede inducirlo a error o arrastrarlo a un cálculo equivocado.

El *whist* ha sido señalado largo tiempo por su influencia en lo que se llama facultad calculadora; y se ha visto que hombres del mayor grado de inteligencia han hallado en él un deleite a primera vista inexplicable, al paso que dejaban el ajedrez por frívolo. Y no hay duda de que no existe cosa de semejante naturaleza que ejercite de tal modo la facultad de análisis. El mejor jugador de ajedrez de la cristiandad *puede* llegar a ser poco más que el mejor jugador de ajedrez; pero la pericia en el *whist* implica ya capacidad para el buen éxito en todas las más importantes empresas en que la inteligencia lucha con la inteligencia. Y cuando digo pericia, me refiero a esa perfección en el juego que incluye una comprensión de todas las fuentes de donde puede derivarse una ventaja legítima; y estas fuentes no sólo son diversas, sino multiformes, y residen frecuentemente en reconditeces de pensamiento completamente inaccesibles para el entendimiento vulgar. Observar atentamente es recordar distintamente; y en cuanto a esto, el jugador de ajedrez capaz de concentración lo hará muy bien en el *whist,* puesto que las reglas de Hoyle (basadas a su vez en el puro mecanismo del juego) son suficientes y generalmente comprensibles. Así, el poseer una buena memoria y proceder según «el libro» son puntos comúnmente considerados como el total cumplimiento del buen juego. Pero en cuestiones que están fuera de los límites de la pura regla es donde se demuestra el talento del analizador. Efectúa, en silencio, una porción de observaciones e inferencias. Tal vez lo hagan también sus compañeros; y la diferencia en la extensión de la información obtenida no residirá tanto en la validez de la inferencia como la calidad de la observación. El conocimiento necesario es el de lo *que* debe observarse. Nuestro jugador no se limita al juego en modo alguno; ni, porque ahora el juego sea su objeto, habrá de rechazar ciertas deducciones que se originan en cosas exteriores al juego. Examina la fisonomía de su compañero, y la compara cuidadosamente con la de cada uno de sus demás contrincantes. Considera el modo de distribuirse las cartas en cada mano; a menudo contando triunfo por triunfo y tanto por tanto, observando las ojeadas que dan a cada uno de ellos sus tenedores. Nota cada variación de los rostros a medida que el juego adelanta, recogiendo gran cantidad de ideas por las diferencias en las expresiones de certidumbre, de sorpresa, de triunfo, o desagrado. Por la manera de recoger una baza, juzga si la persona que la toma puede hacer otra después. Reconoce lo que se juega simuladamente, por el gesto con que se echa la carta sobre la mesa. Una palabra casual o inadvertida; la caída accidental de una carta, o el volverla sin querer con la ansiedad o el descuido que acompaña al acto de evitar que puedan verla; la cuenta de las bazas con el orden de su distribución; perplejidad, duda, entusiasmo o temor — todo ello depara a su percepción, que parecerá intuitiva, indicaciones acerca del verdadero estado de cosas. Una vez jugadas las dos o tres primeras tandas, ya se halla en plena posesión de los contenidos de cada mano, y desde aquel momento echa sus cartas con tan absoluta precisión de propósito, como si el resto de los jugadores tuvieran vueltas hacia él las caras de las suyas.

La facultad analítica no debe ser confundida con la mera ingeniosidad; porque, mientras que el analizador es necesariamente ingenioso, el hombre ingenioso a menudo es notablemente incapaz de análisis. La facultad de continuidad o de combinación con que se manifiesta generalmente la ingeniosidad y a la cual los frenólogos (en mi opinión erróneamente) han asignado un órgano aparte, suponiendo que es una facultad primordial, se ha visto con tanta frecuencia en individuos cuya capacidad bordeaba, por otra parte, la idiotez, que ha llamado la atención general entre los escritores de asuntos morales. Entre la ingeniosidad y el talento analítico existe una diferencia mucho mayor, en efecto, que entre el fantaseo y la imaginación, aunque de caracteres muy estrictamente análogos. En realidad se observará que el ingenioso es siempre fantástico, mientras que el *verdadero* imaginativo no deja de ser nunca analítico.

La narración que sigue podrá servir en cierta manera al lector para ilustrarlo en una interpretación de las proposiciones que acabamos de anticipar.

Hallándome en París durante la primavera y parte del verano de 18... conocí allí a un señor llamado C. Auguste Dupin. Aquel joven caballero pertenecía a una excelente — es más, a una ilustre familia; pero por una serie de malhadados acontecimientos, había quedado reducido a tal pobreza, que sucumbió a ella la energía de su carácter, y renunció a sus ambiciones mun-

danas, así como a procurar por la restauración de su hacienda. Con el bene-
plácito de sus acreedores, pudo quedar todavía en posesión de un rema-
nente de su patrimonio; y con la renta que obtenía de este modo, pudo
arreglárselas, por medio de una rigurosa economía, para procurarse lo más
necesario para vivir, sin preocuparse por lo más superfluo. En realidad, los
libros eran su único lujo, y en París los libros se obtienen fácilmente.

Nuestro primer encuentro acaeció en una oscura biblioteca de la *rue*
Montmartre, donde la coincidencia de andar buscando los dos un muy raro
y muy notable volumen nos puso en estrecha intimidad. Nos vimos muy a
menudo. Yo me había interesado profundamente por su pequeña historia
familiar, que él me contaba minuciosamente con todo el candor con que un
francés da rienda suelta a sus confidencias cuando habla de sí mismo. Además, me admiraba la vastedad de sus lecturas; y, sobre todo, mi alma se
enardecía con el vehemente ardor, y la viva frescura de su imaginación. Dadas las investigaciones en que yo me ocupaba entonces en París, comprendí que la amistad con un hombre como aquél sería para mí un tesoro
inapreciable; y con esta idea me confié francamente a él. Por fin quedó convenido que viviríamos juntos durante mi permanencia en la ciudad; y como
mi situación económica era algo menos embarazosa que la suya, me fue
permitido participar en los gastos de alquiler, y amueblar, de manera que se
adaptase al carácter algo fantástico y melancólico de nuestro temperamento
común, una casa vetusta y grotesca, abandonada hacía ya mucho tiempo
con motivo de ciertas supersticiones las cuales no quisimos averiguar, y que
se bamboleaba como si fuese a hundirse, en un retirado y desolado rincón
del Faubourg Saint-Germain.

Si la rutina de nuestra vida en aquel sitio hubiera sido conocida por la
gente, nos hubiera tomado por locos — aunque tal vez por locos de especie inofensiva. Nuestra reclusión era perfecta. No admitíamos visitantes. En
realidad, el lugar de nuestro retiro había sido cuidadosamente mantenido
secreto para mis antiguos camaradas; y hacía ya muchos años que Dupin
había cesado de conocer a nadie o de ser conocido en París. Existíamos sólo el uno para el otro.

Una rareza de la fantasía de mi amigo (¿cómo podría calificarla de otro
modo?) consistía en estar enamorado de la noche por ella misma; y con esta *extravagancia* como con todas las demás que él tenía, yo condescendía
tranquilamente; me entregaba a sus singulares antojos con abandono perfecto. La negra divinidad no podía siempre habitar con nosotros; pero podíamos falsificar su presencia. Al primer albor de la mañana cerrábamos
todos los macizos postigos de nuestra vetusta mansión; encendíamos un par
de bujías, fuertemente perfumadas, y que por esto mismo no daban sino un
resplandor sumamente pálido y débil. A favor de aquella luz, ocupábamos
nuestras almas en sueños — leyendo, escribiendo, o conversando, hasta

que el reloj nos advertía del advenimiento de la verdadera oscuridad. Y entonces salíamos a pasear por aquellas calles, de bracero, continuando las conversaciones del día, o vagabundeando por todas partes, hasta muy tarde, buscando entre las estrafalarias luces y sombras de la populosa ciudad la infinitud de excitación mental que la tranquila meditación no puede procurarnos.

En tales momentos yo no podía menos que notar y admirar (aunque ya por su rica idealidad había sido preparado a esperarlo) un talento particularmente analítico en Dupin. Parecía, además, deleitarse vivamente en ejercitarlo — si no concretamente en ejercerlo — y no dudaba en confesar el placer que ello le causaba. Se alababa conmigo, riéndose con risita chancera, de que muchísimos hombres, para él, llevaban ventanas en sus pechos, y acostumbraba a reforzar tales afirmaciones con pruebas muy sorprendentes y directas de su íntimo conocimiento de mi propia persona. Sus maneras en tales momentos eran glaciales y abstraídas; sus ojos quedaban sin expresión; mientras que su voz, por lo general ricamente atenorada, se elevaba hasta un atiplado que hubiera sonado a petulancia a no ser por la circunspecta y completa claridad de su pronunciación. Observándolo en tales disposiciones de ánimo, yo a menudo me ponía a meditar acerca de la antigua filosofía del Alma Doble, y me divertía imaginando un doble Dupin — el creador y el analizador.

No vaya a suponerse, por lo que acabo de decir, que estoy narrando algún misterio, o escribiendo una novela. Lo que he descrito de aquel francés no era más que el resultado de una inteligencia exaltada o tal vez enferma. Pero del carácter de sus observaciones en aquella época un ejemplo dará mejor idea.

Una noche íbamos vagando por una larga y roñosa, en las cercanías del Palais Royal. Como cada uno de nosotros, al parecer, iba enfrascado en sus propios pensamientos, hacía lo menos quince minutos que ninguno había pronunciado ni una sílaba. De pronto, Dupin rompió el silencio con estas palabras:

«Bien mirado, es demasiado pequeño ese muchacho y estaría mejor en el *Théâtre des Variétés.*»

«En eso no cabe duda», repliqué yo sin pensar lo que decía y sin observar al primer pronto (tan absorto había estado en mis reflexiones) de qué modo extraordinario mi interlocutor había coincidido con mis meditaciones. Un instante después, me recobré y mi asombro fue profundo.

«Dupin», dije gravemente, «esto excede a mi comprensión. No vacilo en decir que estoy asombrado, y apenas puedo dar crédito a mis sentidos. ¿Cómo es posible que usted haya podido saber lo que yo estaba pensando?» En diciendo esto me interrumpí, para asegurarme, sin duda ninguna, de que realmente sabía él en quién estaba yo pensando.

«En Chantilly», dijo él, «¿por qué se ha interrumpido usted? Usted estaba observando entre sí que su diminuta figura lo inhabilitaba para la tragedia.»

Y esto era precisamente lo que había formado el tema de mis reflexiones. Chantilly era un ex zapatero remendón de la calle Saint-Dénis, que se perecía por el teatro, y había probado el papel de Jerjes, en la tragedia de Crebillon que lleva ese título, pero sus esfuerzos no le habían ganado sino las burlas del público.

«Dígame usted por Dios», exclamé, «¿por qué método — si método hay — ha podido usted profundizar ahora en mi espíritu?» En realidad estaba yo mucho más asombrado aun de lo que hubiera querido confesar.

«Ha sido el vendedor de frutas», respondió mi amigo, «quien le ha inducido a esa conclusión de que el remendón de suelas no tenía la talla necesaria para Jerjes *et id genus omne*» (1).

«¿El vendedor de frutas? ¡Me pasma usted! Yo no conozco a ninguno.»

«Sí, ese hombre que ha topado con usted, cuando hemos entrado en esta calle — hará unos quince minutos.»

Entonces recordé que, en efecto, un vendedor de frutas, que llevaba en la cabeza una grande canasta de manzanas, por poco me derriba, sin querer, cuando pasábamos de la calle C — al callejón donde estábamos ahora; pero yo no acababa de comprender qué tenía que ver aquello con Chantilly.

No cabía en Dupin la menor partícula de charlatanería. «Voy a explicárselo», dijo, «y para que pueda usted recorrerlo todo claramente, primero vamos a repasar en sentido inverso el curso de sus meditaciones desde este momento en que le estoy hablando hasta el del *choque* con el vendedor de frutas. Los principales eslabones de la cadena se suceden en sentido inverso de este modo — Chantilly, Orion, doctor Nichols, Epicuro, Estereotomía, las piedras de la calle, el vendedor de frutas.»

Pocas son las personas que, en algún momento de su vida, no se hayan divertido en recorrer en sentido inverso las etapas por las cuales han sido alcanzadas determinadas conclusiones de su inteligencia. Es una ocupación a menudo llena de interés; y el que por primera vez la prueba se queda pasmado de la aparente distancia ilimitada y de la incoherencia que parecen mediar desde el punto de partida a la meta final. Puede suponerse cuál no sería mi asombro cuando oí lo que acababa de decir el joven francés y no pude menos que reconocer que había dicho la verdad. Él continuó luego de este modo:

«Habíamos estado hablando de caballos, si bien recuerdo, en el momento en que íbamos a dejar la calle C —. Era el último tema que habíamos discutido. Cuando entrábamos en esta calle, un vendedor de frutas, con una grande canasta en la cabeza, ha pasado rápidamente delante de nosotros, y

(1) Ni para ninguno de su especie. (N. del T.)

lo ha empujado a usted contra un montón de adoquines, en un sitio donde la calzada está en reparación; usted ha puesto el pie en uno de los cantos sueltos, ha resbalado, se ha torcido usted ligeramente el tobillo, ha parecido usted quedar molestado o malhumorado, ha refunfuñado unas palabras, se ha vuelto para mirar el montón de adoquines, y luego ha continuado andando en silencio. Yo no prestaba particular atención a lo que usted hacía; pero la observación se ha vuelto para mí, desde hace mucho tiempo, una especie de necesidad.

»Usted ha caminado con los ojos mirando al suelo — atendiendo con expresión de enfado a los hoyos y rodadas del empedrado (por lo que yo deducía que estaba usted pensando aún en las piedras), hasta que hemos llegado a la callejuela llamada pasaje Lamartine, que ha sido pavimentada, a manera de prueba, con tarugos sobrepuestos y remachados. Al entrar allí, su semblante se ha iluminado, y al ver yo que se movían sus labios no he podido dudar de que murmuraba usted la palabra «estereotomía» (1), término que tan afectadamente se aplica a esa especie de pavimento. Yo sabía que usted no podía pronunciar entre sí la palabra «estereotomía» sin ser inducido a pensar en los átomos, y por lo tanto en las teorías de Epicuro; y como, cuando no hace mucho discutíamos acerca de aquel tema, yo le hice notar a usted de qué modo singular, y sin que ello haya sido muy notado, las vagas conjeturas de aquel griego han hallado confirmación en la reciente cosmogonía nebular, he comprendido que no podía usted menos de levantar sus ojos hacia la grande *nebulosa* de Orión, y he esperado con toda seguridad que usted lo haría. En efecto, usted ha mirado hacia arriba; entonces he adquirido la certidumbre de haber seguido correctamente las etapas de su pensamiento. Ahora bien, en aquella acerba diatriba contra Chantilly que se publicó ayer en el *Musée,* el escritor satírico, haciendo algunas ofensivas alusiones al cambio de nombre del remendón al calzarse el coturno, citaba un verso latino acerca del cual nosotros hemos conversado a menudo. Me refiero al verso:

Perdidit antiquum littera prima sonum (2).

»Yo le había dicho a usted que esto se refería a la palabra Orión, que primeramente se escribía Urión, y, por ciertas discusiones algo enconadas que tuvimos acerca de aquella interpretación mía, yo he tenido la seguridad de que usted no la habría olvidado. Era evidente, pues, que no dejaría usted de asociar las dos ideas de *Orión* y *Chantilly.* Que usted las asociaba, lo he comprendido por el carácter de la sonrisa que ha pasado

(1) Término usado en la filosofía epicúrea. (N. del T.)
(2) Perdió la antigua palabra su primera letra. (N. del T.)

por sus labios. Usted ha pensado, pues, en aquella *inmolación* del pobre zapatero. Hasta aquel momento usted había caminado inclinando el cuerpo; pero ahora yo lo veía erguirse en toda su talla. Este gesto me ha dado la seguridad de que pensaba usted en la diminuta figura de Chantilly. Y entonces ha sido cuando he interrumpido sus meditaciones, para observar que, por *ser* en efecto un sujeto demasiado bajo de estatura — ese Chantilly — estaría mejor en el *Théatre des Variétés*.»

No mucho tiempo después de esta conversación, estábamos recorriendo una edición de la tarde de la *Gazette des Tribunaux,* cuando llamaron nuestra atención los párrafos siguientes:

«EXTRAÑOS ASESINATOS. — Esta madrugada, hacia las tres, los habitantes del Quartier Saint-Roch, han sido despertados por una serie de espantosos gritos, que salían, al parecer, del piso cuarto de una casa en la *rue* Morgue, la cual se sabía que estaba habitada únicamente por cierta *madame* L'Espanaye y su hija *mademoiselle* Camille L'Espanaye. Después de alguna tardanza, ocasionada por los infructuosos intentos para poder entrar en la casa de modo normal, se ha forzado la puerta de entrada con una palanca de hierro, y han entrado ocho o diez vecinos, acompañados de dos gendarmes. En aquel momento han cesado los gritos; pero cuando aquellas personas han llegado precipitadamente al primer rellano de la escalera, se han distinguido dos o más voces ásperas, que parecían disputar airadamente, y proceder de la parte superior de la casa. Cuando se llegó al segundo rellano, también aquellos rumores habían cesado y todo ha permanecido en absoluto silencio. Las personas mencionadas se han desparramado y recorrido precipitadamente todas las habitaciones de la casa. Cuando han llegado por fin a una vasta sala trasera del cuarto piso (cuya puerta, por estar cerrada con llave por dentro, ha tenido que ser forzada), se ha ofrecido un espectáculo que ha sobrecogido a todos los presentes, no sólo de horror sino de asombro.

»La habitación estaba en violentísimo desorden — los muebles rotos y esparcidos en todas direcciones. No quedaba más lecho que la armadura de una cama, todo lo demás de la cual había sido arrancado y tirado por el suelo. Sobre una silla había una navaja de afeitar, manchada de sangre. En la chimenea había dos o tres largas y espesas guedejas de canosos cabellos humanos, también empapados de sangre, y que parecían haber sido arrancados de raíz. Sobre el pavimento se han hallado cuatro napoleones, un pendiente de topacio, tres grandes cucharas de plata, tres cucharillas de *metal d'Alger,* y dos talegas que contenían aproximadamente cuatro mil francos en oro. Los cajones de una cómoda que se hallaban en un rincón estaban abiertos, y habían sido, al parecer, saqueados, aunque en ellos quedaban todavía algunos objetos. Se ha encontrado asimismo un cofrecito de hierro; estaba debajo de la cama (no de la armadura de la cama). Estaba abierto, con la llave todavía en la cerradura. No contenía más que unas cuantas cartas antiguas, y otros papeles de poca importancia.

»De *madame* L'Espanaye no se encontraba rastro pero, al observarse en el hogar una cantidad desusada de hollín, se ha hecho una investigación en la chimenea, y (¡da grima decirlo!) se ha extraído de allí el cuerpo de su hija, que estaba cabeza abajo; había sido introducido de esta forma por la estrecha abertura arriba, hasta una altura considerable. El cuerpo estaba todavía caliente. Al examinarlo, se han notado en él numerosas excoriaciones, sin duda ocasionadas por la violencia con que había sido embutido allí, y el esfuerzo para extraerlo. En el rostro había algunos fuertes arañazos, y, en la garganta, cárdenas magulladuras, y profundas entalladuras causadas por uñas, como si la muerta hubiera sido estrangulada.

»Después de un completo examen de todos los lugares de la casa, sin que se lograra ningún nuevo descubrimiento, los presentes se dirigieron a un patinillo enlosado, en la parte posterior del edificio, donde han hallado el cadáver de la anciana señora, con la garganta rebanada de tal modo que, al intentar levantar el cuerpo, la cabeza se ha desprendido. El cuerpo, así como la cabeza, estaban horriblemente mutilados — y el primero de tal modo, que conservaba apenas su apariencia humana.

»Hasta ahora, que sepamos, no se ha obtenido el menor indicio para aclarar este horrible misterio.»

El diario del día siguiente daba estos pormenores adicionales:

«*La Tragedia de la «Rue» Morgue*. Buen número de personas han sido interrogadas acerca de tan extraordinario y espantoso *asunto* (la palabra *affaire* (asunto) no tiene todavía en Francia la escasez de significado que se le da entre nosotros), pero no se ha traslucido nada que dé luz sobre ello. A continuación damos todas las declaraciones más importantes que se han obtenido.

»*Paulina Dubourg*, lavandera, declara haber tratado a las víctimas durante tres años, por haber lavado para ellas todo ese tiempo. La anciana y su hija parecían vivir en buenos términos — muy cariñosas una para otra. Eran buenas pagadoras. No sabe nada acerca de su manera ni medios de vivir. Piensa que la señora L'E. decía la buena ventura para ganar la subsistencia. Gozaba fama de tener dinero arrinconado. No halló jamás a otras personas en la casa cuando la llamaban para recoger la ropa ni cuando iba a devolverla. Estaba segura de que no tenían persona alguna a su servicio. No parecía haber muebles en ninguna parte de la casa, salvo en el cuarto piso.

»*Pierre Moreau*, estanquero, declara que acostumbró venderle pequeñas cantidades de tabaco y de rapé a *madame* L'Espanaye durante unos cuatro años. Él nació en su vecindad y siempre había vivido allí. La muerta y su hija hacía más de seis años que habitaban en la casa donde fueron hallados sus cadáveres. Anteriormente había sido ocupada por un joyero, que a su vez alquilaba las habitaciones inferiores a varias personas. La casa era propiedad de *madame* L'E. Estaba descontenta por los abusos de su inquilino, y se trasladó a la casa de su propiedad, negándose a alquilar ninguna parte de ella. La anciana señora chocheaba ya. El testigo había visto a su hija unas cinco o seis veces durante seis años. Las dos pasaban una vida excesivamente retirada — y era fama que tenían dinero. Había oído decir entre los vecinos que *madame* L'E. decía la buenaventura — pero él no lo creía. Nunca había visto pasar la puerta a ninguna persona, excepto a la anciana señora y a su hija, a un recadero una o dos veces, y ocho o diez veces a un médico.

»Otras muchas personas, vecinas, declaran lo mismo. Pero de ninguna se dice que frecuentase la casa. No se sabe si la señora y su hija tenían parientes vivos. Los postigos de los balcones de la fachada principal raramente estaban abiertos. Los de la parte de atrás siempre estaban cerrados, excepto las ventanas de la grande sala trasera del cuarto piso. La casa era una buena finca — y no muy vieja.

»*Isidore Musté, gendarme.* Declara que fue llamado para ir a la casa hacia las tres de la madrugada, y halló ante la puerta principal a unas veinte o treinta personas, que se esforzaban por entrar. Él pudo forzar la puerta, por fin, con una bayoneta — y no con una barra de hierro. No tuvo mucha dificultad en abrirla, porque era una puerta de dos hojas y no tenía cerrojo, ni pasador en su parte de arriba. Los gritos fueron continuos hasta que la puerta fue forzada — y luego cesaron súbitamente. Parecían ser los alaridos de alguna persona (o personas) en grande angustia — eran muy fuertes y prolongados, no cortos y rápidos. El testigo subió escaleras arriba. Y en llegando al primer rellano, oyó dos voces que gritaban mucho y disputaban violentamente — una de ellas áspera, la otra muy aguda — una voz muy extraña. Pudo distinguir algunas palabras de la primera, que era la de un francés. Positivamente no era voz de mujer. Pudo distinguir las palabras «*sacré*» y «*diable*». La voz aguda era la de un extranjero. No puede afirmar si era de hombre o de mujer. No pudo distinguir lo que decía, pero piensa que hablaba en español. El estado de la casa y de los cadáveres fue descrito por el testigo como lo describimos nosotros ayer.

»*Henri Dural,* un vecino, de oficio platero, declara que él formaba parte del grupo que entró primero en la casa. Corrobora en general la declaración de Musté. En cuanto se abrieron paso forzando la puerta, volvieron a cerrarla, para contener a la muchedumbre, que se había agrupado muy espesa, a pesar de ser tan tarde. La voz aguda, piensa el testigo que era la de un italiano. De lo que está cierto es que no era la de un francés. No está seguro de si era una voz de hombre. Bien podía ser la de una mujer. No conoce la lengua italiana. No pudo distinguir las palabras, pero está convencido por la entonación que el que hablaba era un italiano. Conocía a la señora L'E. Había conversado con ellas frecuentemente. Estaba seguro de que la voz aguda no era la de ninguna de las muertas.

»*Odenheimer,* fondista. Este testigo se ofreció voluntariamente a declarar. Como no hablaba francés, fue interrogado por medio de un intérprete. Es natural de Amsterdam. Pasaba por delante de la casa en el momento de los gritos. Se detuvo unos minutos — probablemente diez. Eran fuertes y prolongados — causaban espanto y angustia. Fue uno de los que entraron en la casa. Corrobora el testimonio anterior, en todos sus particulares menos uno. Está seguro de que la voz aguda era la de un hombre — de un francés. No pudo distinguir las palabras pronunciadas. Eran altas y rápidas — desiguales — dichas al parecer con miedo y con ira juntamente. La voz era áspera — no tan aguda como áspera. En realidad no puede afirmar que fuese una voz verdaderamente aguda. La voz grave decía repetidamente «*sacré*», «*diable*», y una vez «*mon Dieu*».

»*Jules Mignaud,* banquero de la casa *Mignaud et Fils, rue* Deloraine. Es el mayor de los Mignaud. La señora L´Espanaye poseía alguna hacienda. Había abierto una cuenta en su casa de banca la primavera del año — (ocho años antes). Había impuesto con frecuencia pequeñas cantidades. No había retirado cantidad alguna hasta tres días antes de su muerte, en que cobró personalmente la suma de cuatro mil francos. Esta suma fue pagada en oro, y se encargó a un dependiente que se la llevase a su casa.

»*Adolphe le Bon,* dependiente en casa *Mignaud et Fils,* declara que el día en cuestión, hacia el mediodía, acompañó a *madame* L'Espanaye a su domicilio con los cuatro mil francos, puestos en dos talegas. Cuando se abrió la puerta, se presentó *mademoiselle* L'E., y tomó de sus manos una de las talegas, mientras la señora anciana lo aligeraba de la otra. Entonces él saludó y se fue. No vio a ninguna persona en la calle en aquellos momentos. Es una calleja de paso — muy solitaria.

»*William Bird,* sastre, declara que fue uno de los del grupo que entró en la casa. Es un inglés. Ha vivido en París dos años. Fue uno de los primeros que subieron las escaleras. Oyó las voces que disputaban. La voz gruesa era la de un francés. Pudo captar algunas palabras, pero ahora no puede recordarlas todas. Oyó distintamente «*sacré*» y «*mon Dieu*». Por un momento se produjo un rumor como si se peleasen varias personas — un ruido de riña y forcejeo. La voz aguda era muy fuerte — más fuerte que la grave. Está seguro de que no era la voz de un inglés. Parecía más bien ser la de un alemán. Bien podía haber sido la voz de una mujer. No entiende alemán.

»Cuatro de los testigos arriba mencionados, interrogados nuevamente, han declarado que la puerta de la habitación en que se halló el cuerpo de la señorita L'E. estaba cerrada por dentro cuando el grupo llegó a ella. Todo estaba en absoluto silencio — ni gemidos ni ruidos de ninguna clase. Al forzar la puerta, no se vio allí a nadie. Las ventanas, tanto las de la parte posterior como las de la fachada, estaban cerradas y fuertemente aseguradas por dentro con sus cerrojos. Una puerta de comunicación entre las dos salas estaba cerrada, pero no con llave. La puerta que conducía de la habitación delantera al pasillo estaba cerrada con llave por dentro. Una salita de la parte delantera del cuarto piso, a la entrada del pasillo, estaba abierta, con su puerta entornada. En esta salita se amontonaban camas viejas, cofres y objetos por el estilo. Estos fueron cuidadosamente apartados y examinados. No quedó ni una pulgada de ninguna porción de la casa sin ser registrada cuidadosamente. Se mandó introducir unos deshollinadores en las chimeneas, por arriba y por abajo. La casa tenía cuatro pisos, con buhardillas (*mansardes*). Una puerta de escotillón, en el techo, estaba fuertemente enclavada, y no parecía haber sido abierta en muchos años. En cuanto al tiempo que transcurrió entre el oírse las voces que se disputaban y el forzar la puerta del piso, difieren las afirmaciones de los testigos. Los unos lo reducen a unos tres minutos — los otros lo alargan hasta cinco. Costó mucho abrir la puerta.

»*Alfonso Garcio,* empresario de pompas fúnebres, declara que reside en la *rue* Morgue, es natural de España. Formaba parte del grupo que entró en la casa. No subió las escaleras. Es muy nervioso, y temía los efectos de la emoción. Oyó las voces que disputaban; la voz grave era la de un francés. No pudo distinguir lo que decían. La voz aguda era de un inglés — de esto está seguro —. No entiende la lengua inglesa, pero juzga por la entonación.

»*Alberto Montani,* confitero, declara que fue uno de los primeros en subir la escalera. Oyó las voces de referencia. La voz grave era la de un francés. Pudo distinguir varias palabras. Aquel individuo parecía reconvenir al otro. No pudo comprender las palabras de la voz aguda. Hablaba rápida y entrecortadamente. Piensa que aquella voz era la de un ruso. Corrobora las declaraciones generales. Es italiano. Jamás ha conversado con un ruso.

»Algunos testigos, interrogados nuevamente, han certificado que las chimeneas de todas las habitaciones del cuarto piso eran demasiado estrechas para permitir el paso de un ser humano. Cuando hablaron de «deshollinadores» se referían a esas escobillas cilíndricas para deshollinar, que usan los que limpian las chimeneas. Estas escobillas fueron pasadas arriba y abajo por todos los cañones de chimenea de la casa. En la parte trasera de la misma no hay paso alguno por donde nadie pudiera bajar mientras el grupo subía las escaleras. El cuerpo de *mademoiselle* L'Espanaye estaba tan fuertemente embutido en la chimenea, que no pudo ser sacado de allí sino uniendo sus fuerzas cinco de los presentes.

»*Paul Dumas,* médico, declara que fue llamado para examinar los cadáveres, hacia el amanecer. Entonces yacían ambos sobre las correas de la armadura de la cama, en la habitación donde fue hallada la señorita L'E. El cuerpo de la joven estaba muy magullado, y lleno de excoriaciones. Estas circunstancias se explican suficientemente por haber sido arrastrado hacia arriba de la chimenea. La garganta estaba extraordinariamente excoriada. Presentaba varios arañazos profundos precisamente debajo de la barbilla, junto con una serie de manchas lívidas que eran evidentemente impresiones de unos dedos. El rostro estaba horriblemente descolorido, y los globos de los ojos fuera de sus órbitas. La lengua había sido mordida, y parcialmente seccionada. En el hueco del estómago se descubrió un ancho magullamiento producido al parecer por la presión de una rodilla. En opinión del señor Dumas, *mademoiselle* L'Espanaye había sido estrangulada por alguna persona o personas desconocidas. El cuerpo de la madre estaba horriblemente mutilado. Todos los huesos de la pierna derecha y del brazo estaban más o menos quebrantados. La tibia izquierda estaba hecha astillas, así como las costillas del mismo lado. Todo el cuerpo espantosamente magullado y descolorido. No es posible decir cómo fueron causadas aquellas heridas. Algún pesado garrote de madera, o alguna ancha barra de hierro — alguna silla — alguna herramienta, ancha, pesada y roma, podrían haber producido semejantes resultados, con tal de ser esgrimidos por las manos de un hombre muy forzudo. Ninguna mujer podría haber asestado aquellos golpes con arma ninguna. La cabeza de la difunta, cuando la vio el testigo, estaba enteramente separada del cuerpo, y estaba también muy destrozada. La garganta había sido evidentemente cortada con algún instrumento muy afilado — probablemente con una navaja de afeitar.

»*Alexandre Etienne,* cirujano, fue llamado al mismo tiempo que el señor Dumas para examinar los cuerpos. Corroboró la declaración y las opiniones del señor Dumas.

»No se han podido obtener más pormenores importantes, aunque se ha interrogado a otras varias personas. Un crimen tan misterioso, y tan intrincado en todos sus particulares, jamás había sido cometido en París — si es que se trata realmente de un crimen. La policía no tiene rastro ninguno — rara circunstancia en asuntos de tal naturaleza. En realidad, pues, no existe ni sombra de la menor pista.»

La edición de la tarde de aquel periódico afirmaba que reinaba todavía mucha excitación en el Quartier Saint-Roch — que las circunstancias del crimen habían sido cuidadosamente investigadas de nuevo, y se había interrogado otra vez a los testigos, aunque sin nuevo resultado. Con todo, una noticia de última hora anunciaba que Adolphe le Bon había sido detenido y encarcelado — aunque no parecía acusarlo ninguna de las circunstancias ya expuestas.

Dupin parecía singularmente interesado en el curso de aquel asunto — a lo menos yo lo deducía de su conducta, porque él no pronunciaba ningún comentario.

Sólo después de anunciarse que había sido encarcelado Le Bon, me preguntó mi opinión acerca de aquellos asesinatos.

Yo no pude sino expresarle mi conformidad con todo París en considerar que aquello era un misterio insoluble. No hallaba manera de que pudiese darse con el asesino.

«No podemos juzgar acerca de la manera de hallarlo», dijo Dupin, «por esos interrogatorios tan superficiales. La policía de París, tan alabada por su perspicacia, es astuta, pero de ahí no pasa. En sus diligencias no hay otro método sino el que sugieren las circunstancias. Hacen grande ostentación de disposiciones; pero, con bastante frecuencia, resultan adaptarse tan mal a los fines propuestos, que nos hacen pensar en *monsieur* Jourdain (1) pidiendo su *bata — para oír mejor la música.* Los resultados que obtienen no dejan de ser a veces sorprendentes, pero en su mayoría, son obtenidos por mera insistencia y actividad. Cuando tales procedimientos resultan ineficaces, todos sus planes fallan. Vidoc, por ejemplo, era un buen adivinador, y hombre perseverante. Pero como no tenía educada la inteligencia, se descarriaba constantemente, por la misma intensidad de sus investigaciones. Menoscababa su visión por mirar el objeto tan de cerca. Era capaz de ver acaso una o dos circunstancias con desusada claridad, pero al hacerlo, necesariamente perdía la visión total del asunto. Puede decirse que ése es el defecto de ser demasiado profundo. La verdad no siempre está dentro de un pozo. En realidad, en cuanto a lo que más importa conocer, yo pienso que es invariablemente superficial. La profundidad está en los valles donde la buscamos, pero no en las cimas de las montañas desde donde la descubrimos. Las variedades y orígenes de esta especie de error tienen un buen ejemplo en la contemplación de los cuerpos celestes. Mirar a una estrella por ojeadas — examinarla de soslayo, volviendo hacia ella las partes exteriores de la retina (más sensibles a las débiles impresiones de la luz que las interiores), es contemplar la estrella distintamente — es obtener la mejor apreciación de su brillo — un brillo que se va oscureciendo a medida que vamos volviendo nuestra visión *de lleno* hacia ella. En realidad, caen en los ojos mayor número de rayos en el último caso, pero en el primero se obtiene una receptibilidad más afinada. Con una profundidad indebida embrollamos y debilitamos el pensamiento: y podemos hasta lograr que Venus se desvanezca del cielo por una mirada escrutadora demasiado sostenida, demasiado concentrada, o demasiado directa.

»En cuanto a esos asesinatos, vamos a entrar en algunas investigaciones por nuestra cuenta, antes de formarnos opinión alguna respecto a ellos. Una indagación así nos procurará un buen pasatiempo (a mí me pareció impropia esta última palabra, aplicada a tal asunto; pero no dije nada); y, además, Le Bon ha comenzado por prestarme un servicio para el cual no seré desagradecido. Vamos a ir al lugar del suceso, para examinarlo con nuestros

---

(1) El protagonista de *El burgués gentilhombre* de Molière. (N. del T.)

propios ojos. Conozco a G —, el prefecto de Policía, y no me será difícil obtener el permiso necesario.»

Obtuvimos el permiso, y nos fuimos en seguida a la *rue* Morgue. Es una de esas miserables callejuelas que cruzan por entre la calle de Richelieu y la de Saint-Roch. Eran ya las últimas horas de la tarde cuando llegamos a ella, porque aquel barrio estaba muy lejos de donde nosotros vivíamos. Hallamos pronto la casa, porque aún habían muchas personas que estaban mirando a las ventanas cerradas, con vana curiosidad. Era una casa como muchas de París, con una puerta principal, y en uno de sus lados había una casilla de cristales con un bastidor corredizo en la ventanilla, y que mostraba ser un *quiosco de portera*. Antes de entrar, echamos calle arriba, doblamos por un callejón, y luego, doblando otra vez, pasamos a la fachada posterior del edificio — mientras Dupin examinaba todos los alrededores, así como la casa, con una minuciosidad de atención cuya finalidad yo no podía comprender.

Luego nos volvimos por donde habíamos venido, llegamos a la fachada delantera del edificio, llamamos, y luego de mostrar nuestros permisos, los agentes de guardia nos permitieron entrar. Subimos las escaleras — hasta la habitación donde había sido encontrado el cuerpo de *mademoiselle* L'Espanaye, y donde aún yacían las dos muertas. El desorden de la habitación, como es costumbre, había sido respetado. Yo no vi nada de lo que se había manifestado en la *Gazette des Tribunaux*. Dupin lo fue escudriñando todo — sin dejarse los cuerpos de las víctimas. Luego pasamos a las otras habitaciones y al patio; un *gendarme* nos acompañó a todas partes. Aquella investigación nos ocupó hasta el oscurecer, cuando nos fuimos. Camino de nuestra casa, mi compañero se detuvo unos minutos en las oficinas de un diario.

He dicho que las rarezas de mi amigo eran diversas, y que yo *les ménageais* (1); — porque esta frase no tiene su equivalente en inglés —, le dio por rehusar toda conversación acerca del asesinato, hasta el día siguiente a mediodía. Entonces me preguntó, súbitamente, si había yo observado algo de particular en el teatro del crimen.

Había en la manera como recalcaba la palabra «particular» algo que me hizo estremecer sin saber por qué.

«No, nada de *particular*», dije; «a lo menos nada más de lo que vimos los dos expuesto en el diario.»

«La *Gazette*», replicó él, «mucho me temo que no ha logrado penetrar en el horror inusitado del asunto. Pero dejemos las vanas opiniones de aquel impreso. Yo pienso que si ese misterio parece insoluble, es por la misma razón que debería hacerlo fácil de resolver — me refiero al carácter desmesu-

---

(1) Condescendía con ellas. (N. del. T)

rado de sus circunstancias. La policía está confundida por la aparente ausencia de motivación — y no por el crimen en sí mismo — para tal atrocidad en el asesinato. Los confunde, también, la imposibilidad aparente de conciliar las voces que se oyeron disputar, con las circunstancias de no haber hallado arriba sino a *mademoiselle* L'Espanaye asesinada, y no hallar manera de que nadie saliera del piso sin que lo viesen las personas que subían por las escaleras. El extraño desorden de la habitación — el cadáver introducido con la cabeza hacia abajo, en la chimenea; la espantosa mutilación del cuerpo de la anciana — estas consideraciones, con las ya mencionadas, y otras que no necesitan mención, han bastado para que se paralizasen sus facultades, haciendo fracasar por completo la tan decantada *perspicacia* de los agentes del Gobierno. Han caído en el grande aunque común error de confundir lo inusitado con lo abstruso. Pero precisamente por estas desviaciones del plano de lo corriente, es por donde la razón hallará su camino, si ello es posible, en la investigación de la verdad. En indagaciones como las que ahora estamos haciendo, no debemos preguntarnos tanto «¿qué ha ocurrido?» como «¿qué ha ocurrido que no había ocurrido jamás hasta ahora?». En realidad, la facilidad con que yo llegaré, o he llegado ya, a la solución de ese misterio, está en razón directa con su aparente insolubilidad a los ojos de la policía.»

Yo clavé los ojos en mi interlocutor, con mudo asombro.

«Ahora estoy esperando», continuó diciendo, y mirando hacia la puerta de nuestra habitación, «estoy ahora esperando a una persona que, aunque tal vez no sea quien ha perpetrado esas carnicerías, bien podría estar complicada en cierta medida en su perpetración. De la peor parte de los crímenes cometidos, es probable que resulte inocente. Espero que no me equivoque en esta suposición; porque sobre ella fundo mi esperanza de descifrar todo el enigma. Yo espero a ese hombre aquí — en esta habitación — de un momento a otro. Verdad es que puede no venir; pero lo más probable es que venga. Si viene es menester detenerlo. Aquí tenemos pistolas; y ambos sabemos para lo que sirven cuando lo exigen las circunstancias.»

Yo tomé las pistolas, sin saber apenas lo que me hacía, ni creer lo que oía, mientras Dupin continuaba hablando, casi como en soliloquio. Ya he hablado de sus maneras abstraídas en semejantes momentos. Sus palabras se dirigían a mí; pero su voz, aunque no muy alta, ofrecía la entonación comúnmente empleada en hablar con persona que se halla muy distante. Sus ojos, sin expresión, miraban sólo a la pared.

«Está completamente demostrado por la experiencia que las voces que oyeron disputar», dijo, «las personas que subían las escaleras, no eran las voces de aquellos dos mujeres. Esto nos descarga de cualquier duda acerca de si la anciana pudo haber matado primero a su hija, y suicidarse después. Hablo de este punto, sólo por obediencia al método; porque la fuerza de la señora L'Espanaye, hubiera totalmente sido incapaz de arrastrar el cuerpo de su hija chimenea arriba, como fue encontrado; y la naturaleza de las heridas halladas en su cuerpo excluye por completo la idea del suicidio. Luego el asesinato ha sido cometido por terceras personas; y las voces de estas personas son las que se oyeron disputar.

»Permítame ahora hacerle notar — no todo cuanto se ha declarado acerca de esas voces — sino lo que hay de *particular* en esas declaraciones. ¿Ha observado usted en ellas algo de particular?»

Observé que mientras todos los testigos coincidían en suponer que la voz grave era la de un francés, había mucho desacuerdo en cuanto a la voz aguda, o, como uno de ellos la calificó, la voz áspera.

«Eso es la evidencia misma», dijo Dupin, «pero no la peculiaridad de esa evidencia. Usted no ha notado nada característico. Y sin embargo *algo* había que observar. Los testigos, como usted ha notado, estuvieron de acuerdo en cuanto a la voz grave; en esto eran unánimes. Pero en cuanto a la voz aguda, su particularidad consiste — no en que se hallen en desacuerdo — sino en que cuando un italiano, un inglés, un español, un holandés y un francés intentan describir, cada uno habla de ella como si fuese *la de un extranjero*. Cada uno de ellos está seguro de que no era la voz de un compatriota suyo. Cada cual la compara — no a la voz de un individuo de cualquier nación cuyo lenguaje conoce — sino a todo lo contrario. El francés supone que era la voz de un español, y «hubiera podido distinguir algunas palabras, *si hubiera estado familiarizado con el español*». El holandés sostiene que fue la de un francés; pero hallamos la afirmación de que «*por no conocer el francés, el testigo fue interrogado por medio de un intérprete*». El inglés piensa que fue la voz de un alemán y «*no entiende alemán*». El español «está seguro» de que era la de un inglés; pero «juzga por la entonación» únicamente, «*porque no tiene ningún conocimiento de inglés*». El italiano piensa que fue la voz de un ruso, pero «*jamás ha conversado con un natural de Rusia*». Un segundo francés, difiere, con todo, del primero, y está seguro de que aquella voz era la de un italiano, pero «*aunque no conoce esta lengua*», está, como el español, «convencido de su entonación». Ahora bien, ¡qué singularmente inusitada debía de ser realmente aquella voz para que *pudieran* darse tales testimonios de ella! — en cuyas *inflexiones*, unos ciudadanos de las cinco grandes divisiones de Europa no pueden reconocer nada que les sea familiar! Usted dirá que bien podía haber sido la voz de un asiático — de un africano. Ni los asiáticos ni los africanos abundan en París; pero sin negar su inferencia, yo quiero ahora llamar su atención nada más que sobre tres puntos. Aquella voz es descrita por uno de los testigos «más bien áspera que aguda». Otros dos la representan «rápida y *desigual*». No hubo palabras, en este caso — no hubo sonido que se pareciesen a las palabras que ninguno de los testigos mencione como distinguible.

»Yo no sé», continuó Dupin, «qué impresión puedo haber causado en el entendimiento de usted; pero no vacilo en decir que las legítimas deducciones hechas sólo con esta parte de los testimonios obtenidos — la parte referente a las voces graves y agudas — bastan por sí mismas para engendrar una sospecha que bien podría dirigirnos para todo ulterior avance en la investigación del misterio. He dicho «deducciones legítimas»; pero mi intención no queda así del todo explicada. Yo únicamente quiero decir que esas deducciones son las *únicas* adecuadas, y que mi sospecha se origina en ellas *inevitablemente* como su única conclusión. Cuál sea exactamente esa sospecha no lo diré todavía. Únicamente deseo hacerle comprender a usted que, para mí, tiene fuerza suficiente para dar una forma *definida* — una determinada tendencia — a mis indagaciones en aquella habitación.

»Transportémonos en imaginación a aquella sala. ¿Qué es lo primero que buscaremos allí? Los medios de evasión utilizados por los asesinos. No es menester decir que ninguno de los dos creemos ahora en acontecimientos sobrenaturales. *Madame* y *mademoiselle* L'Espanaye no han sido asesinadas por espíritus. Los que han cometido el crimen eran seres materiales, y escaparon por medios materiales. ¿De qué manera, pues? Por dicha, sólo hay una manera de razonar acerca de este punto, y esta manera *deberá* conducirnos a una resolución precisa. — Examinemos, uno por uno, los posibles medios de evasión. Claro está que los asesinos se hallaban en la habitación donde fue encontrada *mademoiselle* L'Espanaye, o a lo menos en la habitación contigua, cuando el grupo de personas subía por las escaleras. De modo que sólo debemos investigar las salidas que tienen esas dos habitaciones. La policía ha dejado al descubierto los pavimentos, los techos y la mampostería de las paredes en todas direcciones. No hubieran podido escapar a su vigilancia salidas *secretas*. Pero no fiándome de sus *ojos,* he querido examinarlo todo por los míos. Pues bien, no había allí salidas *secretas.* Las dos puertas de las habitaciones que daban al pasillo estaban cerradas muy aseguradamente, con las llaves por dentro. Vamos a ver las chimeneas. Éstas, aunque de anchura corriente hasta una altura de ocho o diez pies sobre los hogares, no pueden dar cabida más allá, en toda su longitud, ni a un gato corpulento. La imposibilidad de salida, por los medios ya indicados es, pues, absoluta, y por lo tanto, no nos quedan más que las ventanas. Por la de la habitación que da a la fachada principal, nadie hubiera podido escapar, sin notarlo la muchedumbre que había en la calle. Los asesinos *han* de haber pasado, pues, por las de la habitación trasera. Ahora, conducidos a esta conclusión de manera tan inequívoca, no podemos, si bien razonamos, rechazarla, tomando en cuenta imposibilidades evidentes. Sólo nos queda demostrar que esas evidentes «imposibilidades» no son tales en realidad.

»Hay dos ventanas en la habitación. Una de ellas no está obstruida por el mobiliario, y queda completamente visible. La parte inferior de la otra queda oculta a la vista por la cabecera de la pesada armazón de la cama, que está muy estrechamente pegada a ella. La primera de estas ventanas estaba fuertemente cerrada y asegurada por dentro. Resistió a los más violentos esfuerzos de los que se afanaron por levantarla. A la parte izquierda de su bastidor se halló barrenado un ancho agujero y un clavo muy grueso hundido en él casi hasta la cabeza. Examinando la otra ventana, se halló atravesado en ella un clavo parecido; y un empeñado esfuerzo para levantar su bastidor fracasó también. La policía quedaba ya completamente convencida de que la salida no se había efectuado en tales direcciones. Y, *por lo tanto,* se tuvo por superfluo extraer aquellos clavos y abrir las ventanas.»

Mi examen fue algo más detenido, y ello por la razón ya expresada — porque yo sabía que allí era menester probar que todas aquellas imposibilidades no eran tales en realidad.

»Yo razoné de este modo — *a posteriori.* Los asesinos *han debido* escapar por una de esas ventanas. Siendo así, no pueden haber vuelto a cerrar los bastidores por dentro como se han hallado; — consideración que, por su evidencia, atascó las investigaciones de la policía por aquella parte. Y con todo, los bastidores *estaban* cerrados y asegurados. Era, pues, *necesario* que pudieran cerrarse por sí mismos. No había manera de escapar a esta conclusión. Me fui, pues, a la ventana donde no había estorbos, extraje el clavo con cierta dificultad, y probé a levantar el bastidor. Resistió a todos mis esfuerzos como yo me figuraba. Ahora ya sabía, pues, que debía de haber algún resorte secreto; y esta corroboración de mi idea me convenció de que a lo menos mis premisas eran correctas, por muy misteriosas que apareciesen las circunstancias referentes a los clavos. Una cuidadosa investigación pronto me hizo descubrir el oculto resorte. Lo apreté, y, satisfecho ya con mi descubrimiento, me abstuve de levantar el bastidor.

»Entonces volví a colocar el clavo y lo miré atentamente. Una persona que pasara por aquella ventana podía haberla vuelto a cerrar, y el resorte haber funcionado solo — pero el clavo no podía haber sido colocado. La conclusión era obvia y estrechaba más todavía el campo de mis investigaciones. Los asesinos *debían* de haber escapado por la otra ventana. Suponiendo, pues, que los resortes de cada bastidor fuesen los mismos, como era probable, debía de existir una diferencia entre los clavos, o a lo menos entre las maneras de clavarlos. Me subí al correaje de la armadura de la cama, y examiné por cima de su cabecera, minuciosamente, la segunda ventana. Pasando la mano por detrás de la tabla, descubrí y apreté el resorte, que era, como había yo supuesto, idéntico en forma a su vecino. Entonces miré bien su clavo. Era tan grueso como el otro. Y estaba aparentemente clavado de igual manera — hundido casi hasta la cabeza

»Usted dirá tal vez que me quedé perplejo; pero si usted piensa eso, no ha comprendido bien la naturaleza de estas inducciones. Para usar una frase deportiva, no me ha hallado ni una vez «en falta»; no se ha perdido el rastro, no se ha perdido ni un instante. No ha habido un solo defecto en ningún eslabón de la cadena. He rastreado el secreto hasta su consecuencia final y esa consecuencia era *el clavo.* Tenía, digo, en todos sus aspectos, la apariencia de su compañero de la otra ventana pero esto no era absolutamente nada (tan decisivo como parecía ser) comparado con la consideración de que en aquel punto terminaba toda mi pista. «*Debe* de haber algún defecto», me decía yo, «en ese clavo». Lo toqué; y su cabeza, con casi un cuarto de pulgada de su espiga, se me quedó en los dedos. El resto de la espiga estaba en el orificio barrenado, donde había sido roto. La fractura era antigua (porque sus bordes estaban incrustados de herrumbre), y, según parecía, había sido compuesto de un martillazo que había hundido una porción de la cabeza del clavo en la superficie del bastidor. Entonces volví a colocar cuidadosamente aquella parte en la mella de donde la había separado, y su semejanza con un clavo perfecto fue completa — la fisura era invisible. Apretando luego el resorte, levanté suavemente el bastidor unas pulgadas; la cabeza del clavo subió con él, quedando firme en su agujero. Cerré la ventana y la apariencia de clavo entero era otra vez perfecta.

»El enigma, hasta aquí, ya estaba resuelto. El asesino se había escapado por la ventana que daba sobre la cama. Al bajar la ventana por sí misma luego de escapar por ella (o tal vez al ser deliberadamente cerrada), había quedado sujeta por el resorte, y era la sujeción de este resorte lo que había engañado a la policía quien pensó que era aquélla la sujeción del clavo — por lo cual se había considerado innecesario continuar aquella investigación.

»El problema siguiente era el de cómo bajó el asesino. Acerca de este punto yo había quedado satisfecho en mi paseo con usted alrededor del edificio. A unos cinco pies y medio de la ventana en cuestión pasa una cadena de pararrayos. Por aquella cadena hubiera sido imposible que nadie pudiese llegar a la ventana, y no digo nada entrar por ella. Con todo, observé que los postigos del cuarto piso eran de una especie particular llamados por los carpinteros parisienses *ferrades* — una especie raramente usada hoy, pero que se ve con frecuencia en las casas antiguas de Lyón y Burdeos. Tienen la forma de una puerta ordinaria (de una, no de dos hojas), sino que su mitad superior está enrejada o trabajada a manera de celosía — por lo cual ofrecen excelente agarradero para las manos. En el caso presente, aquellos postigos tienen su buena anchura de tres pies y medio. Cuando los vimos desde la parte trasera de la casa, estaban los dos abiertos casi hasta la mitad, — es decir, que formaban ángulo recto con la pared. Es probable que la policía haya examinado la parte trasera de la finca; pero si lo ha hecho, al mirar aquellas *ferrades* en el sentido de su anchura (como deben de haberlo hecho), no se han dado cuenta de aquella grande anchura o, en todo caso, no le han dado la debida importancia. En realidad, una vez se han convencido de que no podía efectuarse la huida por aquel lado, no le han concedido sino un examen harto superficial. Para mí era, sin embargo, cosa clara que el postigo perteneciente a la ventana que estaba a la cabeza de la cama, si se le abría del todo hasta que tocase en la pared, alcanzaría a unos dos pies de la cadena del pararrayos. También era evidente que, con el esfuerzo de un valor y una actividad excepcionales, podía muy bien haberse entrado por aquella ventana desde la cadena —. Al llegar a aquella distancia de dos pies y medio (supongamos ahora el postigo completamente abierto) un ladrón podía haber hallado un firme asidero en aquel labrado de celosía. Soltando luego su sostén en la cadena, apoyando sus pies firmemente en la pared, y saltando atrevidamente, podía haber impelido el postigo de modo que se cerrase, y, desde luego, suponiendo que entonces se hallase abierta la ventana, hubiese ido a parar al interior de la habitación.

»Tenga usted muy presente que he hablado de una actividad *muy* extraordinaria, indispensable para tener éxito en una acción tan arriesgada y dificultosa. Mi propósito ha sido demostrarle a usted, en primer lugar, ser posible que esa acción se haya realizado; — pero en segundo lugar y muy *principalmente,* deseo grabar en su entendimiento el *muy extraordinario,* el casi preternatural carácter de la agilidad con que pueda haberse realizado.

»Usted me dirá sin duda, usando el lenguaje de la ley, que para «defender mi causa» debería más bien depreciar la actividad requerida en aquel caso que insistir en valorarla enteramente. Eso se podrá hacer en la práctica forense, pero no corresponde al oficio de la razón. Mi finalidad consiste en la verdad, únicamente. Y mi propósito inmediato en conducir a usted a que parangone esa inusitada actividad de que acabo de hablarle, con esa peculiarísima voz aguda (o áspera) y desigual, acerca de cuya nacionalidad no se han hallado ni dos personas que estuviesen de acuerdo, y en cuya pronunciación no ha sido posible descubrir silabeo alguno.»

Al oír aquellas palabras comenzó a formarse en mi espíritu una vaga idea de lo que pensaba Dupin. Me parecía encontrarme al borde de la comprensión, sin que pudiera comprender todavía — como los que, a veces, se hallan a punto de recordar, sin ser capaces, al fin, de lograrlo. Mi amigo continuó su razonamiento:

«Usted habrá comprendido», dijo, «que he llevado la cuestión del modo de salida al de entrada. Mi propósito ha sido sugerir que ambas fueron efectuadas de igual manera, y por un mismo sitio. Volvamos ahora al interior de la habitación. Estudiemos sus aspectos. Los cajones de la cómoda, se ha dicho, han sido saqueados, aunque algunas prendas de vestir han quedado en ellos. La conclusión es absurda. Se trata de una mera conjetura — muy necia por cierto — y nada más. ¿Cómo sabemos que todos esos objetos hallados en los cajones no eran todo lo que contenían? *Madame* L'Espanaye y su hija vivían una vida extremadamente retirada — no se relacionaban con nadie — salían raramente — tenían pocos motivos para numerosos cambios de vestir. Los objetos que se han encontrado eran, por lo menos, del mismo valor que cualquiera de los que probablemente pudieran poseer aquellas señoras. Si un ladrón hubiese tomado alguno, ¿por qué no tomar los mejores — por qué no llevárselos todos? En una palabra, ¿hubieran abandonado cuatro mil francos en oro para cargarse con un fardo de ropa blanca? El *oro* fue abandonado. Casi toda la cantidad de dinero mencionada por *monsieur* Mignaud, el banquero, fue hallada en talegas sobre el pavimento. Por lo tanto, yo quisiera descartar del pensamiento de usted la desatinada idea de un *motivo,* engendrado en los cerebros de la policía por esa parte de la prueba que se refiera a dinero entregado a la puerta de la casa. Coincidencias diez veces más notables que ésta (entrega de moneda, y asesinato cometido en la persona que lo recibe), se nos presentan a todos a cada hora de nuestras vidas, sin llamarnos la atención ni siquiera momentáneamente. Por lo general, las coincidencias constituyen grandes tropiezos en el camino de esa clase de pensadores, educados de tal manera, que no saben nada de la teoría de las probabilidades — esa teoría a la cual los más gloriosos objetos de la investigación humana deben lo más glorioso del saber. En el ejemplo actual, si el oro hubiese desaparecido, el hecho de su entrega tres días antes, hubiera podido formar algo más que una coincidencia. Hubiera podido corroborar esa idea de un motivo. Pero, dadas las reales circunstancias del caso, si hemos de suponer que el oro ha sido el motivo de ese crimen, debemos también imaginar que quien lo ha cometido ha sido tan vacilante, tan idiota, que ha abandonado a la vez su oro y el motivo de su crimen.

»Fijando firmemente en nuestro pensamiento los puntos acerca de los cuales yo he llamado su atención — aquella voz peculiar, aquella agilidad inusitada y aquella sorprendente ausencia de motivo en un crimen de tan singular atrocidad como éste — vamos a examinar esa carnicería por sí misma. Tenemos a una mujer estrangulada a fuerza de manos, y metida hacia arriba en una chimenea, con la cabeza hacia abajo. Los asesinos ordinarios no emplean semejantes maneras de asesinar. Y mucho menos obran de ese modo con el asesinado. En la manera de introducir violentamente el cuerpo chimenea arriba, deberá usted admitir que hubo algo de *excesivamente exagerado* — algo completamente irreconciliable con nuestras nociones comunes acerca de las acciones humanas, aun cuando supongamos que los autores sean los hombres más depravados que se pueda imaginar. Piense usted, además, qué enorme debe de haber sido esa fuerza que pudo introducir tan violentamente el cuerpo hacia *arriba* de una abertura como aquélla, que los esfuerzos unidos de varias personas, apenas bastaron para arrastrarlo hacia abajo.

»Fijémonos ahora en otras indicaciones del empleo de un vigor maravillosísimo. En el hogar había unas espesas guedejas de canosos cabellos humanos. Habían sido arrancados con sus raíces. Usted sabe la mucha fuerza que es necesaria para arrancar de la cabeza sólo veinte o treinta cabellos juntos. Usted ha visto aquellas guedejas tan bien como yo. Sus raíces (¡horrendo espectáculo!) estaban grumosas de fragmentos de carne del cuero cabelludo — prueba segura de la fuerza prodigiosa que ha sido menester para arrancar un millón tal vez de cabellos a un mismo tiempo. La garganta de la anciana, no sólo estaba cortada, sino que la cabeza había sido completamente separada del cuerpo: y el instrumento para ello fue sólo una navaja de afeitar. Le ruego que atienda también a la *brutal* ferocidad de tales acciones. De las magulladuras en el cuerpo de *madame* L'Espanaye no es menester hablar. *Monsieur* Dumas y su digno auxiliar *monsieur* Etienne han declarado que habían sido causadas por algún instrumento contundente; y en esto aquellos señores han acertado. Ese instrumento fue, sin duda alguna, el pavimento de piedra del patio, sobre el cual la víctima cayó desde la ventana que da encima de la cama. Esta idea, por muy sencilla que ahora parezca, escapó a la policía por la misma razón que no advirtió la anchura de los postigos — porque, con el asunto de los clavos, su comprensión quedó herméticamente sellada para la posibilidad de que las ventanas hubiesen podido ser abiertas jamás.

»Si ahora, como añadidura a todas estas cosas, ha reflexionado usted adecuadamente acerca del extraño desorden de la habitación, ya hemos podido llegar al punto de combinar las ideas de una agilidad pasmosa, una fuerza sobrehumana, una ferocidad brutal, una carnicería sin motivo, una *grotesquería* dentro de lo horrible, absolutamente ajena a la naturaleza humana, y una voz extranjera por su acento para los oídos de hombres de varias naciones, y desprovista de todo silabeo distinguible o inteligible. ¿Qué resulta, pues, de todo esto? ¿Qué impresión ha causado en la imaginación de usted?»

Sentí un escalofrío cuando Dupin me hizo aquella pregunta. «Un loco», dije, «ha cometido ese crimen — algún demente furioso que se ha escapado de alguna *Maison de Santé* vecina.»

«En algunos aspectos», me respondió, «su idea no es desacertada. Pero las voces de los locos, hasta en sus más feroces paroxismos, nunca se parecen a esa voz peculiar oída desde las escaleras. Los locos pertenecen a algún país y su lenguaje, aunque incoherente en sus palabras, tiene siempre la coherencia de su silabeo. Además, el cabello de un loco no se parece al que yo tengo en la mano. He desenredado este mechoncito de los dedos rígidamente crispados de *madame* L'Espanaye. Dígame lo que puede usted inferir de esto.»

«¡Dupin!», dije completamente desalentado. «Ese cabello es rarísimo — ese cabello no es humano.»

«Yo no he dicho que lo fuese», me contestó, «pero antes que decidamos acerca de este punto, le ruego que examine ese pequeño esbozo que he dibujado en este papel. Es un *facsímile* sacado de lo que una parte de los testigos han descrito «como cárdenas magulladuras y profundas mellas causadas por uñas», en el cuello de *mademoiselle* L'Espanaye, y otros (los señores Dumas y Etienne), como «serie de manchas lívidas, impresiones evidentes de unos dedos.»

»Usted comprenderá — continuó mi amigo, desplegando el papel sobre la mesa, ante nuestros ojos — que este dibujo da la idea de una presión firme y poderosa. No hay aquí *deslizamiento* visible. Cada dedo ha mantenido — posiblemente hasta la muerte de la víctima — el espantoso agarro con que se hundió en el primer instante. Pruebe usted ahora a poner todos sus dedos a la vez, en las respectivas impresiones, tales como las ve aquí.»

En vano lo intenté.

«Pudiera ser que no aplicásemos a este punto el ensayo que requiere», dijo él. «El papel se halla extendido sobre una superficie plana; pero la garganta humana es cilíndrica. Aquí tenemos un zoquete de leña, cuya circunferencia es aproximadamente la de la garganta. Arrolle en él este dibujo, y pruebe otra vez su experimento.» Así lo hice; pero la dificultad aun fue más evidente que la primera vez.

«Esta», dije, «no es la huella de una mano humana.»

«Ahora, lea», prosiguió Dupin, «este pasaje de Cuvier.» Era una descripción anatómica, minuciosa y general, del grande orangután fulvo de las islas de la India Oriental. La estatura gigantesca, la fuerza y la actividad prodigiosas, la salvaje ferocidad y las tendencias imitadoras de estos mamíferos, son harto conocidas de todo el mundo. Desde el primer momento comprendí todos los horrores de aquellos asesinatos.

«La descripción de los dedos», dije yo, cuando acabé de leer, «está completamente de acuerdo con este dibujo. No hallo otro animal sino el orangután de la especie aquí mencionada que pueda haber marcado entalladuras como las que usted ha dibujado. Ese mechón de pelo fulvo es también idéntico al del animal descrito por Cuvier. Pero no hallo manera de comprender las circunstancias de tan espantoso misterio. Además, se oyeron disputar *dos* voces, y una de ellas era indiscutiblemente la de un francés.»

«Es verdad; y usted recordará una expresión atribuida casi unánimemente, por los testigos, a esa voz — la expresión «*mon Dieu!*». La cual, en tales circunstancias, ha sido caracterizada por uno de los testigos (Montani, el confitero), como expresión de protesta o reconvención. En estas voces, por lo tanto, yo he fundado mis esperanzas de una completa solución del enigma. Hay un francés conocedor del asesinato. Es posible — en realidad mucho más que probable — que él sea inocente de toda participación en los hechos sangrientos que han ocurrido. El orangután puede habérsele escapado. Él puede haber seguido su rastro hasta aquella habitación, pero en medio de las agitadas circunstancias que se produjeron, pudo no haberlo podido recapturar. El animal anda todavía suelto. Yo no me propongo continuar estas conjeturas — puesto que no tengo derecho a calificarlas de otro modo — porque los vislumbres de reflexión en que se fundan alcanzan apenas la suficiente profundidad para ser apreciables hasta para mi propia inteligencia, y porque menos puedo pretender hacerlas inteligibles para la comprensión de otra persona. Las llamaremos, pues, conjeturas, y como tales hablaremos de ellas. Si el francés en cuestión es, en realidad, como yo supongo, inocente de aquella atrocidad, este anuncio que yo dejé la pasada noche, cuando regresábamos, en las oficinas de *Le Monde* (un periódico dedicado a los asuntos marítimos), nos lo traerá a nuestro domicilio.»

Me presentó un periódico; y yo leí lo que sigue:

CAPTURA. — En el Bois de Boulogne, a primeras horas de la mañana del día — de los corrientes [la mañana del crimen], se ha encontrado un enorme orangután de la especie de Borneo. Su propietario (de quien se sabe que es un marinero, perteneciente a un navío maltés) podrá recuperar su animal, dando de él satisfactoria identificación, y pagando algunos pequeños gastos ocasionados por su captura y manutención. Dirigirse al N.° —, Rue —, Faubourg Saint-Germain — tercero.

«Yo *no* lo conozco», dijo Dupin. «No estoy *seguro* de su existencia. Pero aquí tengo un pedacito de lazo que, por su forma, y su aspecto grasiento, ha sido evidentemente usado para anudar los cabellos en forma de esas largas *coletas* a que son tan aficionados los marineros. Además, ese lazo es uno de los que muy pocas personas saben anudar, y es peculiar de los malteses. Yo recogí esta cinta al pie de la cadena del pararrayos. No podía pertenecer a ninguna de las dos víctimas. En todo caso, si me he equivocado en mis deducciones acerca de esta cinta, esto es, al pensar que ese francés es un marinero perteneciente a un navío maltés, no habré causado ningún daño a nadie al decir lo que digo en ese anuncio. Si he cometido error, él supondrá que me han engañado algunas circunstancias, que no se tomará el trabajo de inquirir. Pero si he acertado, habremos ganado un punto muy importante. Conocedor, aunque inocente del crimen, ese francés vacilará entre responder o no al anuncio — en si debe o no reclamar el orangután. Razonará de este modo: — «Soy inocente; soy pobre; mi orangután vale mucho dinero — un verdadero caudal para un hombre que se halla en mi situación — ¿por qué debo perderlo por vanas aprensiones de peligro? Ahí lo tengo, a mi alcance. Fue hallado en el Bois de Boulogne — a gran distancia del escenario de aquella carnicería. ¿Cómo podría sospecharse que un bruto haya podido cometer semejante acción? La policía se halla despistada — no ha podido ofrecer el menor indicio. Hasta en el caso de que sospechasen del animal, sería imposible demostrar que yo conozco el crimen, ni enredarme en culpabilidad porque lo conociera. Y, sobre todo, *me conocen*. El anunciante me señala como posesor del animal. Ignoro hasta qué punto se extiende ese conocimiento. Si evito el reclamar una propiedad de tan grande valor, y que se sabe que es mía, acabaré por hacer sospechoso al animal. No sería prudente llamar la atención sobre mí, ni sobre él. Contestaré, pues, a ese anuncio, recuperaré mi orangután, y lo guardaré encerrado hasta que se haya disipado este asunto.»

En aquel momento oímos unos pasos en la escalera.

«Prepárese usted», dijo Dupin, «con sus pistolas, pero no haga uso de ellas ni las muestre hasta que yo le haga una señal.»

Habíamos dejado abierta la puerta principal de la casa, y el visitante había entrado sin llamar, y subido algunos peldaños de la escalera. Pero, ahora, parecía vacilar. Oímos que bajaba. Dupin se fue rápidamente para la puerta, cuando lo oímos subir otra vez. Ahora ya no se volvía atrás por segunda vez, sino que subía decididamente, y llamaba, a la puerta de nuestra habitación.

«Adelante», dijo Dupin, con voz alegre y satisfecha.

Entró un hombre. Era, a no dudarlo, un marinero — un hombre alto, fornido, musculoso, con cierta expresión de arrogancia no del todo antipática. Su rostro muy atezado tenía más de la mitad oculta por las patillas y el bigote (1). Traía un grueso garrote de roble, pero no parecía traer otras armas. Saludó inclinándose desmañadamente y nos dijo un «buenos días», con acento francés, el cual, aunque algo suizo, bien daba a conocer su origen parisiense.

«Siéntese usted, amigo», dijo Dupin. «Supongo que viene usted a reclamar su orangután. Le doy palabra de que casi se lo envidio a usted, ¡hermoso animal, y, a no dudarlo, de mucho precio! ¿Qué edad le atribuye usted?»

El marinero dio un largo suspiro, como quien se quita un gran peso de encima, y luego contestó, con voz segura:

«No puedo decirle a usted — pero no podrá tener más de cuatro o cinco años. ¿Lo tiene usted aquí?»

«¡Oh!, no; no tiene esto condiciones para guardarlo. Está en una cuadra de alquiler, en la *rue* Dubourg, muy cerca de aquí. Podrá usted recuperarlo mañana por la mañana. ¿Desde luego viene usted preparado para demostrar su propiedad?»

«Sin duda alguna, señor.»

«Sentiré mucho desprenderme de él», dijo Dupin.

«Yo no pretendo que se haya usted tomado tanto trabajo, sin que tenga su recompensa, señor», dijo aquel hombre. «Eso ni pensarlo. Y estoy muy dispuesto a pagar una gratificación por el hallazgo del animal — eso sí, cosa puesta en razón.»

---

(1) *Mustachio*. (N. del T.)

«Bien», respondió mi amigo, «todo eso está muy conforme, sin duda alguna. ¡Vamos a ver! — ¿qué voy a pedir yo? ¡Ah! ya lo sé; voy a decírselo. Mi recompensa será ésta: usted me dirá todo lo que sepa acerca de esos asesinatos de la *rue* Morgue.»

Dupin dijo estas últimas palabras en voz muy baja y con mucha tranquilidad. Con la misma tranquilidad se fue hacia la puerta, la cerró y se metió la llave en el bolsillo. Luego sacó de su seno la pistola y la colocó, sin mostrar la menor agitación, sobre la mesa.

El rostro del marinero se encendió como si luchase con un arrebato de sofocación. Se puso de pie y empuñó su garrote; pero acto seguido se dejó caer en la silla, temblando violentamente, y con un rostro de moribundo. No dijo ni una palabra. Lo compadecí de todo corazón.

«Amigo mío», dijo Dupin, en tono bondadoso, «se alarma usted innecesariamente — se lo digo a usted de veras. No nos proponemos causarle daño alguno. Le doy a usted mi palabra de honor como caballero y como francés, de que no intentamos perjudicarle. Yo sé muy bien que es usted inocente de las atrocidades de la *rue* Morgue. Pero no puedo negar que en cierto modo se halla usted complicado en ellas. Por lo que acabo de decirle, puede usted comprender que he tenido medios de información acerca de este asunto — medios en los cuales no hubiera usted podido ni soñar. Ahora el caso se presenta de este modo: usted no ha hecho nada que haya podido evitar — nada, ciertamente, que lo haga a usted culpable. No se le puede acusar de haber robado, habiendo podido hacerlo impunemente. No tiene nada que ocultar. No tiene usted motivos para ocultarlo. Por otra parte, está usted obligado por todos los principios del honor a confesar todo lo que sepa. Se halla encarcelado un hombre inocente, acusado de ese crimen cuyo autor puede usted indicar.»

El marinero había recobrado mucho de su presencia de ánimo, cuando Dupin hubo pronunciado estas palabras; pero había desaparecido toda la arrogancia de sus maneras.

«Así Dios me salve», dijo, «como yo *quiero* contarle a usted todo lo que sé acerca de este asunto: — pero no espero que me crea usted ni en la mitad de lo que diga — estaría loco si lo esperase. Y, a pesar de ello, *soy* inocente, y quiero hablar con toda franqueza aunque me cueste la vida.»

Lo que declaró fue, en susbstancia esto: recientemente había hecho un viaje al archipiélago índico. Un grupo, del que él formaba parte, desembarcó en Borneo y pasó al interior para hacer una excursión de recreo. Entre él y un compañero capturaron aquel orangután. Aquel compañero murió, y el animal quedó de su exclusiva propiedad. Después de muchos trabajos, ocasionados por la intratable ferocidad de su cautivo durante el viaje de regreso por fin logró encerrarlo felizmente, en su propio domicilio de París, donde, para no atraer la molesta curiosidad de los vecinos, lo tuvo cuidadosamente recluido, hasta el momento en que pudo restablecerlo de una herida que se había hecho en un pie, con una astilla, a bordo del navío. Su resolución definitiva había sido venderlo.

Ahora bien, al volver a su casa después de una francachela con algunos marineros, una noche, mejor dicho, la madrugada del crimen, halló al animal instalado en su alcoba, en la cual había podido penetrar desde un cuartito contiguo, donde lo había encerrado, según él pensaba con toda seguridad. Con una navaja de afeitar en la mano, y todo enjabonado, estaba sentado delante de un espejo, probando la operación de afeitarse, en la que sin duda había observado a su amo, acechándolo por el ojo de la llave. Aterrorizado al ver un arma tan peligrosa en posesión de un animal tan feroz, y tan capaz de servirse de ella, aquel hombre, durante unos momentos, se quedó sin saber qué hacer.

Con todo, había podido lograr habitualmente apaciguar al animal, aun en sus arranques más feroces, por medio de un látigo, y a éste recurrió también en aquella ocasión. Pero al ver el látigo, el orangután saltó de pronto fuera de la habitación, echó escaleras abajo, y de allí, por una ventana que, desgraciadamente, estaba abierta, saltó a la calle.

El francés lo siguió desesperado; el mono, llevando todavía la navaja de afeitar en la mano, de cuando en cuando se volvía para mirar hacia atrás y hacer muecas a su perseguidor, hasta que éste llegaba cerca de él. Y entonces escapaba otra vez. De este modo continuó la persecución mucho espacio. Las calles estaban en profundo silencio, porque eran casi las tres de la madrugada. Al descender por una callejuela situada detrás de la *rue* Morgue, la atención del fugitivo fue detenida por una luz que brillaba por la abierta ventana de la habitación de *madame* L'Espanaye en el cuarto piso de la casa. Se precipitó hacia la casa, vio la cadena del pararrayos, trepó con inconcebible agilidad por ella, se agarró al postigo que estaba abierto de par en par hasta la pared, y balanceándose agarrado de aquella manera, saltó directamente sobre la cabecera de la cama. Todo esto apenas duró un minuto. El orangután, al entrar en la habitación, había rechazado con las patas el postigo, que volvió a quedar abierto.

Mientras tanto, el marinero, estaba a la vez contento y perplejo. Tenía mucha esperanza de poder ahora capturar al bruto, que difícilmente podría escapar de la trampa donde se había metido, como no fuera por la cadena, donde podría salirle al paso cuando por ella bajase. Por otra parte, no le faltaban grandes motivos de inquietud por lo que el animal pudiera hacer dentro de la casa. Esta última reflexión hostigó a aquel hombre a seguir persiguiendo al fugitivo. Una cadena de pararrayos se sube sin dificultad, especialmente cuando uno es marinero; pero, cuando hubo llegado a la altura de la ventana, que estaba sobrado apartada a su izquierda, hubo de hacer alto en su viaje; todo cuanto podía lograr era alargarse para poder dar una ojeada al interior de la habitación. Al dar aquella ojeada, por poco se deja caer de su agarradero con el exceso de su horror. Entonces fue cuando se levantaron aquellos horribles chillidos, en el silencio de la noche, que habían despertado de su sueño a los inquilinos de la *rue* Morgue. La señora L'Espanaye, y su hija, con sus ropas de dormir, habían estado según parece arreglando unos papeles en la arquita de hierro ya mencionada y que había sido llevada hasta el centro de la habitación. Estaba abierta, y su contenido estaba en el suelo junto a ella. Las víctimas estaban, sin duda, sentadas de espaldas a la ventana; y, por el tiempo que pasó entre el ingreso del animal y los gritos, parece probable que no lo vieron en seguida. El golpeteo del postigo debió de ser naturalmente atribuido al viento.

Cuando el marinero miró dentro, el gigantesco animal había agarrado a *madame* L'Espanaye por los cabellos (que los llevaba sueltos, por haber estado peinándolos) y estaba blandiendo la navaja de afeitar junto a su cara, imitando los gestos de un barbero. La hija yacía tendida en el suelo, inmóvil; se había desmayado. Los gritos y los forcejeos de la anciana señora (durante los cuales fue arrancado el cabello de su cabeza) produjeron el efecto de cambiar los probables propósitos pacíficos del orangután en los de la cólera. Con un resuelto gesto de su musculoso brazo, le separó casi la cabeza del cuerpo. La vista de la sangre inflamó su ira en frenesí. Rechinándole los dientes, y despidiendo lumbre por los ojos, se lanzó sobre el cuerpo de la joven, y hundió sus espantosas garras en su garganta, manteniendo su agarro hasta que ella expiró. Sus miradas extraviadas y salvajes, se dirigieron en aquel momento a la cabecera de la cama, sobre la cual el rostro de su amo, rígido de horror, se distinguía apenas en la oscuridad. La furia del animal que se acordaba todavía del temido látigo, se convirtió instantáneamente en miedo. Conociendo que había merecido ser castigado, parecía deseoso de ocultar sus sangrientas acciones, y comenzó a saltar por la habitación, con la angustia de su agitación nerviosa, derribando y destrozando los muebles a su paso y arrancando la cama de su armadura. Para terminar, primero agarró el cuerpo de la hija, y lo introdujo en la chimenea, como fue hallado; luego el de la anciana señora, al que inmediatamente arrojó por la ventana, de cabeza.

Cuando el mono se acercó a la ventana con su mutilada carga, el marinero retrocedió despavorido hacia la cadena del pararrayos, y más resbalando por ella que agarrándose, se fue acto seguido y precipitadamente a su casa — temiendo las consecuencias de aquella carnicería, y abandonando de buena gana, tal fue su terror, todo cuidado por lo que pudiera ocurrirle al orangután. Las palabras oídas por el grupo en la escalera eran, pues, las exclamaciones de horror y espanto del francés, mezcladas con las diabólicas jerigonzas del bruto.

Apenas me queda nada que añadir. El orangután debió de escapar de la habitación por la cadena del pararrayos, poco antes del amanecer. Debió de

cerrar maquinalmente la ventana al pasar por ella. Tiempo después fue capturado por su propio dueño, que obtuvo por él buena cantidad de dinero
en el *Jardín des Plantes*. Le Bon fue dejado en libertad inmediatamente, luego de contar nosotros lo que había sucedido (con algunos comentarios por
parte de Dupin) en el despacho del prefecto de Policía. Aquel funcionario,
aunque muy bien dispuesto para con mi amigo, no podía disimular del todo su pesar al ver el giro que el asunto había tomado, y se permitió un par
de frases sarcásticas, acerca de la falta de corrección en las personas que se
entrometían en las funciones a él pertinentes.

«Déjelo usted que digan», me dijo luego Dupin, que no creyó necesario
replicar. «El que vaya charlando; así se aliviará la conciencia. Por mi parte
estoy satisfecho de haberlo vencido en su propio terreno. Sin embargo, el
haberle fallado la solución de este misterio no es cosa tan extraña como él
supone; porque en verdad, nuestro amigo el prefecto se pasa lo bastante de
agudo para poder pensar con profundidad. Su ciencia carece de base. Es toda cabeza y no cuerpo, como las pinturas que representan a la diosa Laver-
na (1) — o, por decir mejor, toda cabeza y espaldas, como un bacalao.
Pero, a fin de cuentas, es una buena persona. Me agrada sobre todo por un
truco maestro de su astucia, al cual debe el haber alcanzado su fama de
hombre de talento. Me refiero a su manera *«de nier ce qui est, et d'expliquer
ce qui n'est pas»* (2).

(1) Diosa romana de los ladrones y de los impostores. (N. del T.)
(2) Rousseau. *Nueva Eloísa.* (Nota de E. A. P.)

EL MISTERIO DE MARÍA ROGET

UNA CONSECUENCIA DE «LOS ASESINATOS EN LA *RUE* MORGUE» (1)

> Existen series ideales de acontecimientos que marchan para-
> lelamente con las reales. Rara vez coinciden. Hombres y he-
> chos, en general, modifican el curso de las circunstancias de
> tal forma, que lo hacen parecer imperfecto y sus consecuen-
> cias son del mismo modo imperfectas. Sucedió así con la Re-
> forma. En lugar del protestantismo, llegó el luteranismo.
>
> (NOVALIS, *Moralische Ansichten.*)

Existen pocos hombres, incluso entre los pensadores más profundos, que
no hayan creído alguna vez en lo sobrenatural, enfrentándose a ciertas
coincidencias tan extraordinarias que la inteligencia se resiste a considerarlas así. Tales sentimientos, ya que esta semicreencia a que aludo nunca posee la energía perfecta del pensamiento, no pueden ser reprimidos sino
difícilmente, a no ser que se les atribuya a la ciencia del azar o, técnicamente, al cálculo de probabilidades. Éste, en esencia, es puramente matemático.
Así, nos encontramos con la anomalía de la ciencia más rigurosamente
exacta aplicada a la sombra y a la espiritualidad de lo que de más impalpa-
ble se encuentra en el mundo de la especulación.

Los extraordinarios pormenores que se me incita a publicar constituyen,
como observaremos, en lo que concierne a la sucesión de épocas, la primera parte de una serie de coincidencias casi inconcebibles, cuya parte segunda o última encontrarán los lectores en el reciente asesinato de María Cecilia
Rogers cometido en Nueva York.

(1) Al publicarse por primera vez esta novela, la nota siguiente fue juzgada Innecesaria. Pero
han transcurrido bastantes años desde la tragedia base de esta historia, y nos parece conveniente e indispensable la explicación que sigue. Una joven llamada Mary Cecilie Rogers fue
asesinada en las inmediaciones de Nueva York, y aunque su muerte despertó un interés intenso y persistente, el misterio que envolvía las circunstancias en que se produjo el suceso todavía no se había aclarado en la época en que se publicó este relato (noviembre de 1842). El
autor, con el pretexto de contar la historia de una *grisette* parisiense, trazó minuciosamente los

Ahora hace casi un año, en una breve crónica titulada *Los asesinatos en la* rue *Morgue*, definía algunos rasgos destacados del carácter moral de mi amigo C. Augusto Dupin. No pensaba en aquel momento que algún tiempo después había de ocuparme nuevamente de este asunto, ni albergaba otro propósito que describir su temperamento, reflejado exactamente a través de la extraña serie de circunstancias que se conciliaron para esclarecer la idiosincrasia del crimen. Hubiese podido agregar nuevos ejemplos, pero nada más hubiera probado. Sin embargo, algunos acontecimientos recientes, por su peregrino desarrollo, refrescaron mi memoria, de repente, haciéndome recordar algunos hechos que imagino revestirán cierta apariencia de confesión obtenida violentamente. Una vez informado de cuanto recientemente se me ha referido, sería muy extraño, realmente, que guardase silencio con respecto a lo que pude ver y oír en época ya lejana.

Después de la aclaración de la tragedia ocurrida con la muerte de *madame* L'Espanaye y su hija, el señor Dupin borró de su mente aquel asunto y se abismó nuevamente en sus acostumbradas y sombrías abstracciones. Inclinado siempre a la reconcentración, no tardó su carácter en ahuyentarme, continuamos ocupando nuestro piso del Faubourg Saint-Germain, prescindiendo de toda ocupación relacionada con el porvenir, adormecidos sosegadamente en el presente y tejiendo nuestros ensueños sobre la incómoda urdimbre del mundo exterior.

Mas duraron poco estos ensueños. Se comprenderá fácilmente que el papel que mi amigo representó en el drama de la *rue* Morgue había llamado la atención de la Policía parisiense. El nombre de Dupin llegó a ser familiar entre sus agentes. Considerando que no sólo el prefecto, sino cualquier otra persona, con mi sola excepción, desconocía el sencillo carácter de las deducciones de que se había valido mi amigo para desentrañar el misterio de aquel crimen, no podía sorprendernos que se considerara milagroso el caso, o que se tuvieran las facultades analíticas de Dupin como excepcionales, creyéndole dotado de la maravillosa facultad de la intuición.

Indudablemente, su franqueza le hubiera impulsado a disuadir a todo curioso del error en que se hallaba. Pero su indolencia motivó que un asun-

---

principales hechos, al mismo tiempo que los no principales o simplemente paralelos al asesinato efectivo de Mary Rogers. Así, todo argumento de la ficción es aplicable a la verdad, y el fin que se persigue es el esclarecimiento de esa verdad. El misterio de María Roget fue escrito a gran distancia del lugar del crimen, y el autor no poseía otros medios de indagación que los proporcionados por los periódicos que pudo conseguir. Por tal razón, careció de muchos documentos de que hubiera hecho uso hallándose en el país e investigando aquí. No obstante, no estará de más recordar que las declaraciones de dos personas, una de las cuales era *madame* Deluc, del presente relato, hechas en ocasiones diferentes y mucho después de la publicación de esta novela, confirmaron plenamente no sólo su conclusión, sino todos los principales pormenores hipotéticos en que se basaba. (Nota de E. A. P.)

to cuya importancia e interés había cesado para él desde hacía largo tiempo volviese a ser removido, dando lugar a que Dupin se convirtiese en el faro luminoso hacia el que convergieron las miradas de la Policía, y en diversas circunstancias la Prefectura efectuó gestiones para utilizar sus aptitudes. Uno de estos hechos, y de los más notables, fue el asesinato de una joven llamada María Roget.

Sucedió el caso unos dos años después, poco más o menos, del drama de la *rue* Morgue. María, cuyo nombre y apellido serán, sin duda, motivo de atención por su parecido con los de una joven e infortunada extranjera, era la hija única de la viuda Estelle Roget. Durante la infancia de la joven falleció su padre, y desde esta época hasta dieciocho meses antes del crimen a que este relato se refiere, madre e hija vivieron juntas constantemente en la *rue* Pavée Saint-André, donde *madame* Roget, con la ayuda de su hija, sostenía una pensión. De esta forma transcurrió el tiempo, hasta que la muchacha cumplió los veintidós años, momento en que su belleza despertó la atención e interés de un perfumista que tenía su establecimiento en la planta baja del *Palais Royal*, y cuya clientela se componía, casi exclusivamente, de osados aventureros que pululaban por aquellos lugares. *Monsieur* Le Blanc se dio cuenta en el acto de las ventajas que la presencia de tan hermosa muchacha podía proporcionar a su establecimiento, y sus proposiciones fueron aceptadas por ella fácilmente, a pesar de que en el ánimo de *madame* Roget se produjo algo más que una simple vacilación.

Las presunciones del comerciante se confirmaron, y no tardaron en prestar distinción a sus salones los encantos de la linda *grisette*. Apenas transcurrido un año cuando los admiradores de la joven quedáronse sumidos en la mayor congoja. Repentinamente, María desapareció del establecimiento. *Monsieur* Le Blanc no pudo explicar esta ausencia, y *madame* Roget quedó anonadada por el terror y la zozobra. Inmediatamente, los periódicos tomaron cartas en el asunto. Y la Policía se disponía a verificar serias investigaciones, cuando un día transcurrida apenas una semana, reapareció María sana y salva tras el mostrador del establecimiento, como de costumbre, pero con un aspecto ligeramente entristecido. Todas las averiguaciones que se efectuaban, excepto las de carácter privado, fueron suspendidas. *Monsieur* Le Blanc, en la misma forma de antes, ignoraba absolutamente lo ocurrido. Lo mismo María que su madre respondieron a cuantas preguntas se les hicieron, asegurando que la joven había pasado aquella última semana en el campo, en casa de un pariente suyo. Declinó el interés despertado por este asunto, poco a poco fue olvidado por casi todos; mas la joven, en su afán de sustraerse a la impertinente curiosidad de las gentes, se despidió, definitivamente, del perfumista y se retiró a la casa de su madre, en la *rue* Pavée Saint André.

Pasaron escasamente cinco meses desde su regreso a la casa, cuando nuevamente los amigos de la joven volvieron a sentirse alarmados por otra súbita desaparición suya. Transcurrieron tres días más sin que nada se supiera de la joven. Al cuarto se encontró su cadáver flotando en el Sena, próximo a la orilla y ante el barrio de la *rue* Saint-André, en un lugar situado cerca de los solitarios alrededores de la *barrière du Roule*.

Lo horroroso del crimen, porque desde un principio se evidenció que se trataba de un crimen, la juventud y belleza de la víctima y, más que nada, su anterior popularidad, uníanse para producir una intensa conmoción en el sensible espíritu de los parisienses. No recuerdo otro caso semejante que hubiese producido tan vivo y general afecto. En el curso de algunas semanas, las graves cuestiones políticas del día pasaron a segundo término, ante los comentarios de este único y apasionante caso. El prefecto llevó a cabo extraordinarios esfuerzos, y la Policía de París puso en marcha todos sus resortes.

En el momento de descubrir el cadáver estábase muy lejos de imaginar que el asesino pudiera tardar mucho en sustraerse a las indagaciones que inmediatamente comenzaron. Hasta pasada una semana no se creyó oportuno ofrecer una recompensa, y aun entonces, ésta quedó limitada a mil francos. No obstante, las pesquisas prosiguieron sin interrupción, aunque sin éxito: se interrogó a gran número de sujetos, aunque infructuosamente. No obstante, la carencia absoluta de una pista en este misterio no hacía más que acrecentar la expectación pública.

Al cumplirse el sexto día, se estimó necesario doblar la recompensa que se había ofrecido en principio, y poco a poco, como hubiera pasado otra semana sin que se llevase a cabo descubrimiento alguno y se convirtieran en escándalo los prejuicios que París había mantenido siempre contra la Policía, el prefecto resolvió prometer, por su cuenta y riesgo, la suma de veinte mil francos «por la denuncia del asesino», o, en el caso de que fueran varias las personas complicadas en el crimen, «por la denuncia de cada una de ellas». En el mismo bando en que la recompensa se anunciaba prometíase, además, una completa amnistía a todo cómplice que espontáneamente delatara a su coautor. En todos los sitios en que se fijó este documento oficial se agregó un cartel original de una determinada junta de ciudadanos que prometía, independientemente de la suma ofrecida por la Prefectura, diez mil francos más. En total, ascendía la recompensa a treinta mil francos, lo que, realmente, constituye una cantidad excesiva, habida cuenta la humilde condición de la víctima y lo frecuentes que son en las grandes ciudades los delitos de esta índole.

A partir de aquel momento nadie dudó de que pronto quedaría aclarado el misterio que rodeaba aquel crimen. Mas, pese a que en uno o dos casos las detenciones que se practicaron parecieron prometer alguna pista, no pudo descubrirse nada que sirviera de base para acusar a los sospechosos, los cuales no tardaron en quedar en libertad. Por raro que esto parezca, desde el hallazgo del cadáver habían pasado ya tres semanas. Tres semanas sin que se hiciera luz alguna sobre el suceso, y no había llegado todavía a nuestros oídos la más leve referencia de un asunto que de manera tan apasionada producía la general expectación.

Dedicados a investigaciones que acaparaban todo nuestro interés desde hacía aproximadamente un mes, tanto Dupin como yo no habíamos pisado la calle, ni recibido visitas, ni dirigido una leve ojeada a las más importantes informaciones políticas de los periódicos. Tuvimos la primera noticia del crimen por el señor G***, el cual vino a vernos el 13 de julio de 18..., a primeras horas de la tarde, y estuvo en nuestra compañía hasta muy entrada la noche. Se mostraba claramente disgustado por el fracaso de las gestiones realizadas para descubrir a los asesinos. Con un gesto típicamente parisiense, aseguraba que su reputación se hallaba en entredicho, y que su honor estaba comprometido en aquel lance. Por otra parte, la opinión tenía fijos en él sus ojos y estaba dispuesto a no regatear ningún sacrificio para conseguir que el misterio quedase aclarado. Dio fin a su peroración, hasta cierto punto divertida, haciendo una cortés alusión a lo que le pareció oportuno denominar tacto de Dupin, e hizo a éste una proposición directa, y verdaderamente muy generosa, cuyo valor no tengo derecho a revelar, aunque tampoco guarda relación alguna con el fin del relato presente.

Muy hábilmente, mi amigo rechazó la lisonja, pero aceptó inmediatamente la proposición, aunque, bien es verdad, las ventajas de ésta habían de ser absolutamente incondicionales. Concretado este punto, el prefecto, desde el primer momento, se extendió en explicar su opinión personal, rodeándola de amplios comentarios referentes a las diligencias procesales, que todavía nosotros ignorábamos. Discurría prolijamente, e indudablemente con gran eficiencia, cuando, al azar, me permití una observación acerca de lo avanzado de la noche, que nos invitaba a dormir. Dupin, apoltronado en su sillón predilecto, era la viva encarnación del silencio atentísimo y cortés. Durante toda la entrevista había tenido colocadas las gafas y como yo dirigiera de cuando en cuando un vistazo tras sus cristales verdes, adquirí la convicción de que, por silencioso que hubiera estado, no habría sido su sueño menos profundo durante las siete u ocho horas últimas, tan pesadas, que precedieron a la despedida del prefecto.

Al día siguiente, por la mañana, obtuve en la Prefectura una información de las declaraciones prestadas hasta aquel momento, y en diferentes redacciones de periódicos, un número de cada uno de los ejemplares en que se habían publicado informaciones relativas a tan penoso asunto, desde su origen hasta el actual momento. Después de haber hecho una selección, en la que prescindí de lo claramente artificioso o falso, el conjunto de informes quedó reducido a lo siguiente:

María Roget había salido de casa de su madre en la *rue* Pavée Saint-André el domingo día 22 de junio de 18..., alrededor de las nueve de la mañana. Al marcharse, dio cuenta a *monsieur* Jacques Saint-Eustache, y únicamente a él, de su propósito de pasar el día en compañía de una tía suya que habitaba en la *rue* des Dromes. Esta calle es más bien un pasaje corto y angosto, pero muy concurrido, situado a poca distancia de la orilla del Sena y a unas dos millas en línea recta de la pensión de *madame* Roget. Saint-Eustache, que era el prometido de María y vivía en su misma casa, donde comía también, tenía que ir a buscar a su novia al oscurecer y acompañarla después a su domicilio. Pero durante la tarde llovió abundantemente, y suponiendo que la joven se quedaría en casa de su tía durante toda la noche, como ya en otras ocasiones y circunstancias análogas lo había hecho, no creyó necesario cumplir su promesa. Muy entrada la noche, *madame* Roget — que estaba muy delicada y contaba setenta años de edad — expresó el temor de que tal vez «no volviera a ver jamás a María» pero en ese instante nadie concedió importancia a la frase.

Pudo comprobarse el lunes que la muchacha no había ido a la *rue* des Dromes, y una vez que transcurrió todo el día sin tener noticias suyas, se organizó una búsqueda, aunque tardía, por diferentes sitios de la ciudad y sus alrededores. Sin embargo, hasta el cuarto día de su desaparición nada importante se averiguó con respecto a la joven. Ese día — miércoles 21 de junio — un tal *monsieur* Beauvais, que, en unión de otro amigo, iba en busca de las huellas de María, al pasar cerca de la *barrière du Roule*, por la margen opuesta de la *rue* Pavée, tuvo noticias de que por unos pescadores, que lo habían hallado flotando sobre las aguas, acababa de ser depositado un cadáver a la orilla. Al ver el cuerpo, Beauvais, tras una corta vacilación, manifestó que se trataba del cadáver de la joven dependienta de la perfumería. Su amigo lo reconoció antes.

El rostro aparecía cubierto de sangre oscura, que en parte surgía de la boca. Como sucede en los casos de las personas simplemente ahogadas, no se advertía espuma y tampoco decoloración en el tejido celular. En torno a su garganta notábanse algunas contusiones y huellas de dedos. Tenía los brazos pegados al pecho y rígidos; la mano derecha crispada, y la izquierda medio abierta. En la muñeca de ésta última se apreciaban las señales de dos desolladuras circulares, al parecer producidas por cuerdas, o una cuerda, a la que se hubiese dado más de una vuelta. Una parte de la muñeca derecha tenía asimismo bastantes rasguños, y lo mismo la espalda: pero, particularmente, los omóplatos. Los pescadores, para conducir el cadáver hasta la orilla, lo habían atado con una cuerda, mas no era ésta la que había producido aquellas desolladuras. La carne del cuello estaba tumefacta, pero no se observaban en ella cortes ni contusiones que pudiesen parecer producidas por golpes. Fuertemente apretado en torno al cuello se encontró un trozo de cordón. Al principio no pudo distinguirse. Estaba profundamente hundido en la carne y sujeto por un nudo oculto exactamente bajo el oído izquierdo. Sólo esto hubiera bastado para ocasionarle la muerte. El informe de los forenses garantizaba categóricamente la virtud de la muerta. Según afirmación, había sido dominada por la fuerza bruta. Al encontrarse, el cadáver se hallaba en tales condiciones que por parte de sus amigos no podía haber la menor dificultad en su identificación.

Sus ropas estaban rotas y en gran desorden. De su vestido había sido rasgada de abajo arriba, a partir del borde hasta la cintura, una tira de un pie de anchura, sin que hubiera sido arrancada totalmente, y daba tres vueltas en torno al talle, sujetándose a la espalda por una especie de nudo sólidamente hecho. La enagua era de suave muselina, y de ella, una tira, de unas dieciocho pulgadas de largo, había sido arrancada por completo, pero con una gran limpieza y de un modo muy regular. Esta tira, ceñía el cuello de la muerta, aunque flojamente, y terminaba en un nudo apretado. Sobre la banda de muselina y el trozo de cordón uníanse los lazos de un sombrero que quedaba colgando. El nudo que los sujetaba no era el clásico que hacen las mujeres, sino corredizo y a estilo marinero.

Realizada su identificación, el cadáver no quedó expuesto, según era costumbre, en la Morgue (aparte de que esta formalidad no era necesaria), sino que recibió sepultura inmediatamente, no lejos del lugar de la orilla donde había sido encontrado. Merced a las gestiones de Beauvais, no se dio publicidad al asunto, y pasaron siete días antes de que se produjera el menor revuelo. Sin embargo, y finalmente, una gran revista semanal removió el asunto. Se exhumó el cadáver y se ordenó se abriese de nuevo el sumario. Pero nada pudo averiguarse que no fuera ya conocido. No obstante, se mostraron a su madre y a sus amigos las ropas de la difunta, quienes las reconocieron fácilmente, declarando que eran las mismas que llevaba al salir de su casa.

La excitación por parte del público aumentaba por momentos. Varios sujetos fueron detenidos y hubo que ponerlos en libertad en seguida por no aparecer cargos contra ellos. Principalmente, Saint-Eustache pareció sospechoso. En un principio no supo explicar exactamente la forma en que había empleado el domingo, en cuya mañana María había salido de su casa. Mas, por último, presentó a *monsieur* G*** testimonios que explicaban de manera satisfactoria el uso que había hecho de cada hora de la mañana del citado día. Como pasaba el tiempo sin que se aportara ningún nuevo indicio, empezaron a circular diversos rumores contradictorios y los periodistas dieron rienda suelta a su imaginación. Entre todas las hipótesis, una despertó especialmente el interés. Admitía ésta que María Roget no había muerto, y que el cadáver encontrado en el Sena era de otra infortunada. Considero oportuno ofrecer al lector algunos fragmentos relacionados con una insinuación semejante, que transcribo literalmente, de *L'Etoile*, periódico confeccionado, generalmente, con gran habilidad:

«*Mademoiselle* Roget salió de casa de su madre en la mañana del domingo 22 de junio de 18..., con el ostensible propósito de visitar a su tía, o a otro pariente cualquiera, en la *rue* des Dromes. A partir de aquella hora no se sabe nadie que la haya visto. No se tiene de ella rastro alguno, ni la menor noticia.

»No se ha presentado nadie manifestando haberla visto aquel día, una vez cruzado el umbral de la casa de su madre.

»Pues bien: aunque no tengamos la evidencia de que María Roget existiera aún el domingo día 22 de junio después de las nueve de la mañana, la tenemos de que vivía hasta dicha hora. El miércoles, al mediodía, fue hallado el cuerpo de una mujer flotando cerca de la orilla del río, en las proximidades de la *barrière du Roule*. Aun suponiendo que María Roget hubiera sido arrojada al agua tres horas después de salir de casa de su madre, nunca serían más de tres días los que transcurrieron en el momento de su marcha, tres días justos. Pero no es lógico suponer que el crimen, si es que ha muerto asesinada, hubiera podido consumarse con la rapidez suficiente para permitir a los asesinos arrojar el cuerpo al río antes de la medianoche. Aquellos que son capaces de cometer tan terribles crímenes escogen las tinieblas y no la luz.

»De este modo, observamos que si el cuerpo encontrado en el río es el de María Roget, no hubiera podido permanecer en el agua más de dos días y medio, o tres, a lo sumo. Nos ha demostrado la experiencia que los cuerpos ahogados o arrojados al agua inmediatamente después de una muerte violenta, precisan de seis a diez días para que una determinada descomposición los eleve a la superficie. Un cadáver al que se hiciera reventar y que ascendiese antes de que la inmersión hubiera durado, cuando menos, cinco o seis días, se sumergiría de nuevo si se le abandonaba a sí mismo. Y después de esto nos preguntamos: ¿Qué es lo que, en el caso que nos ocupa, ha hecho desviar al curso de la Naturaleza?

»Si el cadáver, en estado de descomposición, permaneció junto a la orilla hasta la noche del martes, se encontraría allí alguna huella de los criminales. De la misma manera resulta muy dudoso que el cadáver hubiera podido ascender tan pronto a la superficie, aun en el caso de que lo hubiesen arrojado al río dos días después de la muerte. Por último, es muy poco probable que los asesinos que cometen un crimen como el que se les atribuye hayan lanzado al agua el cuerpo sin un peso suficiente para mantenerlo sumergido cuando tan sencillo resultaba tomar semejante precaución.»

El redactor se explayaba tratando de demostrar que el cuerpo tiene que haber permanecido en el agua «no solamente tres días, sino cuando menos, cinco veces tres días», basándose en que por el estado avanzado de descomposición, le costó a Beauvais gran trabajo reconocerlo. Sin embargo, este último punto era absolutamente falso. Prosigo la copia de sus manifestaciones:

«¿Cuáles son, pues, los indicios en que *monsieur* Beauvais se funda para declarar que no duda de que se trate del cadáver de María Roget? Según indica, ha desgarrado la manga del vestido y hallado señales que la identifican. En general, ha imaginado el público que estas señales consistían en una especie de cicatriz. Pero *monsieur* Beauvais pasó la mano por el brazo y encontró vello, característica, según nuestra opinión, tan poco agradable como puede suponerse, y tan poco convincente como hallar un brazo en una manga. La noche de referencia, Beauvais no volvió a su casa, pero el miércoles por la tarde, a las siete, dirigió dos letras a *madame* Roget manifestándole que seguía su curso el sumario instruido por la muerte de su hija. Aun admitiendo que *madame* Roget, por su edad y su dolor, no pudiera hacer acto de presencia en el lugar del suceso, lo que realmente es demasiado conceder, es indudable que hubiese encontrado a alguien capaz de comprender la importancia de personarse para continuar las investigaciones, y con más motivo todavía si estaban seguros de que el cadáver encontrado era el de María. Pero nadie acudió, ni se ha dicho ni oído nada en la *rue* Pavée Saint-André relativo a este asunto, que hubiera podido llegar incluso a oídos del vecindario de dicha casa. *Monsieur* Saint-Eustache, el novio y futuro esposo de María, se había alojado en el mismo domicilio de la madre, y declaró no haber oído hablar del hallazgo del cadáver de su novia hasta la mañana siguiente, cuando *monsieur* Beauvais, en persona, le fue a ver a su habitación y le enteró de todo. Es bastante sorprendente que una noticia de tanta importancia hubiese sido recibida con tan impasibilidad.»

Así, de este modo, intenta el periódico sugerir cierta falta de interés por parte de los parientes y amigos de María Roget, lo cual no tendría sentido en el caso en que creyeran que el cadáver hallado era realmente el de la muchacha. En resumen: *L'Etoile* trata de insinuar que María, de acuerdo con sus amigos, se ausentó de la capital por razones que podrían comprometer su honorabilidad, y que estos amigos, al encontrarse en el Sena un cadáver con cierta semejanza a la joven, aprovecharon la ocasión para impresionar al público con la noticia de su muerte. Pero *L'Etoile* ha procedido con demasiada precipitación, ya que de un manera clara se ha demostrado que no existió la falta de interés a que alude; que la anciana *madame* Roget hallábase tan sumamente débil y conmovida que le hubiera sido absolutamente imposible ocuparse de nada; que Saint-Eustache, lejos de recibir la noticia con frialdad, quedó anonadado por la aflicción, y que se entregó a tales muestras de desesperación, que *monsieur* Beauvais creyó conveniente encargar a un pariente y amigo que le vigilase e impidiera presenciar la autopsia que había de seguir a la exhumación. Además, aunque asegure *L'Etoile* que el cadáver se ha vuelto a enterrar por cuenta del Estado, que la familia ha rechazado el ventajoso ofrecimiento de una sepultura particular y que a la ceremonia no asistió ningún miembro de la familia; aunque *L'Etoile*, repito, asegure todo esto para afirmar la impresión que trata de producir, todo ello ha sido refutado ampliamente. En uno de los posteriores ejemplares del mismo periódico se intentó hacer recaer las sospechas sobre el propio Beauvais. El periodista decía lo siguiente:

«En este caso acaba de producirse un cambio. Según nuestros informes, en determinada ocasión, mientras *madame* B*** se hallaba en casa de *madame* Roget, *monsieur* Beauvais, que salía, dijo que iría un gendarme, y que ella, *madame* B***, tuviese cuidado de no decir ni una sola palabra al gendarme hasta que él hubiera regresado, y le dejase aclarado el asunto.

»En la actual situación parece que *monsieur* Beauvais oculta en un rincón de su cerebro el misterio del hecho. Imposible dar un solo paso sin tropezar con *monsieur* Beauvais. Por cualquier lado que se vaya uno, se encontrará con él.

»Arbitrariamente ha dispuesto que nadie, salvo él, intervenga en el sumario, y en forma harto inconveniente, si ha de darse crédito a sus recriminadores, ha prescindido de los parientes. Se ha mostrado muy obstinado en la idea de que se prohíba a los parientes ver el cadáver.»

A las sospechas que se iban acumulando contra Beauvais, pareció dar cierto viso de verosimilitud el siguiente hecho: Unos días antes de la desaparición de la joven, alguien que fue a visitarle a su despacho, en ocasión de estar él ausente, encontró *una rosa* colocada en el ojo de la cerradura y la palabra *Marie* trazada sobre una pizarra colocada a la altura de la mano.

La impresión general, al parecer, tal como se deduce de las informaciones periodísticas, era que María había sido víctima de una banda de terribles forajidos que la arrastraron a orillas del río, maltratándola y asesinándola. Sin embargo, un periódico de mucha circulación, *Le Commerciel*, combatió apasionadamente esta creencia popular. Extraigo de sus columnas uno o dos párrafos:

«Estamos persuadidos de que el sumario, hasta el momento presente, ha seguido una falsa pista, tanto más cuanto que se ha dirigido a la *barrière du Roule*. Es imposible que una muchacha, conocida por varios millares de personas, como era María, hubiese podido recorrer tan largo trayecto sin encontrar a alguien a quien su rostro no fuera familiar. Cualquiera que la hubiese visto lo recordaría con facilidad, porque la muchacha despertaba la simpatía en cuantos la trataban. Salió de su casa precisamente a una hora en que las calles se hallan muy concurridas.

»Es imposible que haya llegado hasta la *barrière du Roule* o la *rue* des Dromes sin haber sido reconocida cuando menos por una docena de personas, y, sin embargo, en ninguna declaración se afirma que la hayan visto más que en el umbral de la casa de su madre, ni en ellas tampoco hay prueba alguna de que se haya alejado tanto, de no ser el testimonio relativo a la intención expresada por ella misma. Un trozo de su vestido aparecía desgarrado, ceñido alrededor de ella y anudado; de esta forma, el cadáver pudo ser transportado como un paquete, y si el asesinato se cometió en la *barrière du Roule* no hacía falta tomar tales medidas. El hecho de que se haya encontrado el cadáver flotando cerca de la *barrière* no prueba que fuera éste el sitio desde donde lo arrojaron al agua.

»Un trozo de las enaguas de la infortunada joven, de dos pies de largo y uno de ancho, fue arrancado, ceñido en torno a su cuello, y anudado sobre la nuca, seguramente con el fin de ahogar sus gritos, hecho realizado, indudablemente, por unos malhechores que ni siquiera tendrían pañuelos de bolsillo.»

Uno o dos días antes de nuestra entrevista con el prefecto, la Policía obtuvo un informe muy importante, que parecía destruir la argumentación planteada por *Le Commerciel*, al menos en su parte de mayor interés. Dos chicos, hijos de una tal *madame* Deluc, merodeando por el bosque en las proximidades de la *barrière du Roule*, entraron al azar en un recinto apartado, cubierto de maleza, donde encontraron tres o cuatro grandes piedras que formaban una especie de silla con respaldo y asiento.

Sobre la piedra superior descubrieron unas enaguas y en la segunda un chal de seda. También hallaron una sombrilla, unos guantes y un pañuelo de bolsillo, en el cual estaba bordado el nombre de *Marie Roget.*

Entre las plantas espinosas de los alrededores encontráronse algunos jirones de ropa. El suelo se hallaba pisoteado y la maleza, aplastada. Notábanse las características señales de una lucha. Se descubrió, asimismo, que entre la espesura y el río habían sido derribadas las empalizadas, y que la tierra presentaba huellas semejantes a las que puede producir un cuerpo pesado al ser arrastrado.

La revista semanal *Le Soleil* publicó acerca de este hallazgo los comentarios siguientes, que en realidad pueden considerarse como el sentir de toda la Prensa parisiense:

«Indudablemente, estos objetos han permanecido allí durante tres o cuatro semanas, cuando menos. Hallábanse empapados por la acción de la lluvia y apelmazados por la humedad. Alrededor de ellos había crecido el césped, cubriéndolos en parte. Aunque la seda de la sombrilla era sólida, como las varillas estaban cerradas y la parte superior de la tela había sufrido los efectos de la humedad al abrir la sombrilla, la tela se rasgó.

»Los jirones de ropa hallados en los espinos tendrían unas tres pulgadas de ancho por seis de largo. Uno de ellos había pertenecido al borde del traje y estaba recosido. El otro era un trozo de falda, pero no del borde. Parecían más bien tiras arrancadas y colgaban de un zarzal a un pie de altura de la tierra.

»No podemos asegurar que se ha descubierto, al fin, el teatro de tan repugnante crimen.»

A renglón seguido de haberse realizado este descubrimiento surgió un nuevo testigo. *Madame* Deluc manifestó ser la dueña de un merendero situado al borde de la carretera, a poca distancia de la orilla del río opuesta a la *barrière du Roule*. En este sitio, los alrededores son solitarios, muy solitarios. Todos los domingos se reúnen allí los individuos más sospechosos de la ciudad, quienes atraviesan el río en barca.

Aproximadamente, hacia las tres del domingo en cuestión, se presentó en el establecimiento una muchacha a la que acompañaba un hombre de rostro cetrino. Permanecieron un rato en el ventorro. Luego, lo abandonaron, dirigiéndose hacia algún espeso bosquecillo de las proximidades. A *madame* Deluc le llamó la atención el vestido de la joven, por su semejanza con el de una parienta suya, ya difunta, y especialmente, el chal. Cuando la pareja se hubo marchado, hizo su entrada en el ventorro una pandilla de granujas que produjeron gran escándalo. Comieron, bebieron y se marcharon sin pagar, tomando después la misma dirección de los jóvenes. Volvieron al merendero al oscurecer, y por último atravesaron el río con rapidez.

Ese mismo día, un poco después de anochecer, *madame* Deluc y su hijo mayor oyeron unos gritos de mujer en las cercanías de su establecimiento. Eran gritos penetrantes, pero duraron poco tiempo. *Madame* Deluc reconoció no sólo el chal encontrado en la espesura, sino también el vestido del cadáver. Un conductor de ómnibus llamado Valence declaró que también había visto a María Roget cruzar el Sena en una embarcación, aquel mismo domingo, acompañada de un joven cetrino. Valence conocía a María y no podía equivocarse en su identificación. Asimismo los familiares de María reconocieron los objetos hallados en el bosquecillo.

La serie de declaraciones e informes que recogí en los periódicos, por encargo de Dupin, comprendía un punto extremo de la mayor importancia. Inmediatamente después del hallazgo de los aludidos restos, se descubrió en las proximidades del lugar, que se consideraba entonces como el teatro del crimen, el cuerpo inanimado o casi inanimado de Saint-Eustache, el novio de María. Junto a él se halló un frasco con la etiqueta «láudano». El aliento del hombre acusaba envenenamiento. Falleció sin haber pronunciado una palabra. En sus bolsillos se encontró una carta en la que en breves palabras expresaba su amor a María y su firme propósito de suicidarse.

— Me parece innecesario decirle — fue el comentario de Dupin al terminar la lectura de mis informes — que se trata de un caso mucho más enrevesado que el de la *rue* Morgue, del cual se diferencia en un punto muy importante. Esto es un ejemplo del crimen cruel, pero corriente. No encontramos en él nada que sea especialmente exagerado o excesivo. Le ruego que se fije en que, precisamente por esto, ha parecido sencillo el misterio aunque ésta sea la razón por la cual hubo de considerarse como más difícil de aclarar.

»Debido a esto, desde un principio, se estimó superfluo ofrecer una recompensa. Los infatuados ayudantes de G*** se consideraban demasiado elevados para comprender cómo y por qué podía haberse cometido semejante crimen. Su inteligencia les permitía inventar un modo — o varios —, un motivo — o varios —, y como no era imposible que uno entre tan numerosos medios y motivos fuese el único cierto, dieron como demostrado que el real tenía que ser uno de aquéllos. Mas la facilidad con que aceptaron ideas tan distintas, y hasta el aspecto de verosimilitud con que cada una estaba revestida, debieron haber sido tomados por indicios de la dificultad antes que de la facilidad atribuida a la explicación del enigma. Ya le hice a usted observar que, saliéndose fuera del plan ordinario de las cosas, debe la razón encontrar su camino, o no lo encontrará nunca en la investigación de la verdad, y que en casos como éste lo importante no es decir: «¿Qué hechos son los que se presentan?», sino: «¿Qué hechos son los que se presentan que no se presentaron antes?»

»En las indagaciones llevadas a cabo en el domicilio de *madame* L'Espanaye, los agentes de G*** se desanimaron y desorientaron ante esta misma *singularidad* que para una mente bien organizada hubiera sido el presagio más firme del éxito. Y esta misma mente se había sumido en la desesperación por el aspecto normal de todas las circunstancias que se ofrecen al examen en el caso de la joven perfumista, y que nada positivo han revelado todavía, exceptuando la presunción de los funcionarios de la Prefectura.

»Por el contrario, en el caso de *madame* L'Espanaye y de su hija, desde el principio de nuestra investigación, no tuvimos nosotros la menor duda de que se había cometido un crimen. Desde luego, quedaba excluida toda idea de suicidio. Igualmente en el caso actual, también tenemos que eliminarla. El cadáver hallado en la *barrière du Roule* ha sido encontrado en circunstancias que no nos permiten ninguna vacilación con respecto a un punto tan importante. Pero se ha insinuado que dicho cadáver no es el de María Roget, cuyo asesino, o asesinos, están todavía por descubrir, por cuyo hallazgo se ofrece una recompensa y que en este momento constituye el único motivo de nuestras relaciones con el prefecto. Creo que ambos conocemos bien a este señor. En él no podemos confiar demasiado. Lo mismo que si, tomando como punto de partida el cadáver hallado y siguiendo la pista de un criminal, descubrimos que el cuerpo no es el de María, idénticamente si tomando como punto de referencia a la joven, viva aún, volvemos a encontrarla no asesinada, nuestro esfuerzo, en uno u otro caso, es estéril, ya que tenemos que entendernos con G***. Por tanto, puesto que conviene a nuestro propio interés, si no al de la Justicia, es imprescindible que nuestros primeros pasos sirvan para asegurarnos de la identidad del cadáver, en el caso de que corresponda a la desaparecida María Roget.

Los razonamientos de *L'Etoile* han encontrado público eco. Incluso el periódico está convencido de su trascendencia, según se desprende de la forma en que comienza uno de los reportajes del asunto en cuestión. «Varios periódicos de la mañana — dice — comentan el decisivo artículo de *L'Etoile* en su ejemplar del lunes.» A mi entender, no me parece tal artículo decisivo más que por lo que respecta al interés del redactor. No debemos olvidar que, generalmente, el objeto que nuestros diarios persiguen es el de impresionar a sus lectores y atraer su atención, antes que favorecer la causa de la verdad. Este último fin no se persigue, a no ser que coincida con el primero. El periódico que coincide con la opinión general, por bien orientada que ésta se encuentre, no consigue el crédito del público. La masa considera como profundo a quien propugna contradiciones que se hallan en oposición del sentir general. Igual en lógica que en literatura, el epigrama es el género más inmediato y universalmente apreciado. En los dos casos, según el orden del mérito, es el género inferior.

»Quiero decir con esto que el carácter entre epigramático y melodramático de esta suposición (la de que María Roget existe aún) es el que ha inspirado a *L'Etoile* antes que ningún otro aceptable, garantizándose así entre el público una favorable acogida. Estudiemos ahora los puntos principales de la argumentación de este periódico y pongamos atención en la incoherencia que desde el principio la inspira.

»Ante todo, el periodista trata de demostrarnos, tomando como base el corto intervalo transcurrido entre la desaparición de María y el hallazgo del cadáver flotando, que éste no puede ser el de ella. Para el argumentador, lo fundamental es reducir dicho intervalo desde el principio a la duración más pequeña posible. Persiguiendo irracionalmente este fin, desde el comienzo se lanza a una simple hipótesis. «No tiene sentido suponer — dice — que el asesinato, si es que ha sido asesinada, se haya podido consumar con la rapidez suficiente para permitir a los asesinos arrojar el cuerpo al río antes de la medianoche.» Inmediatamente, y de la forma más natural, nosotros preguntamos: *¿Por qué?* ¿Por qué no tiene sentido suponer que el crimen se haya cometido cinco minutos después que la joven abandonó el domicilio de su madre? ¿Por qué es insensato suponer que se cometió el crimen a una hora cualquiera del día? Los crímenes se cometen a todas horas. Pero aun cuando este crimen se haya cometido en un momento cualquiera, comprendido entre las nueve de la mañana del domingo y las doce menos cuarto de la noche, siempre quedaría tiempo suficiente para «arrojar el cuerpo al río antes de la medianoche». Por tanto, la suposición se reduce a esto: el crimen no ha podido perpetrarse el domingo, y si a *L'Etoile* le autorizamos para suponer esto, podemos concederle todas las libertades imaginables.

»Podemos admitir que el referido párrafo que comenzaba así: «No tiene sentido suponer que el crimen..., etcétera», aunque publicado de esta forma por *L'Etoile*, fue realmente concebido por el redactor bajo esta otra: «No tiene sentido suponer que el crimen, si es que se ha cometido un crimen, haya podido perpetrarse con la suficiente rapidez para permitir a los criminales arrojar el cuerpo al río antes de la medianoche.» Decimos nosotros que es insensato imaginar eso, y al mismo tiempo imaginar, como desearíamos, que el cadáver no fuese arrojado al agua sino *pasada* la medianoche, opinión hasta cierto punto mal deducida, pero que no es tan absolutamente irrazonable como la publicada en el diario.

»En el caso de que solamente se me hubiera propuesto — prosiguió Dupin — refutar este punto de la teoría expuesta por *L'Etoile*, lo habrían dejado tal como se encontraba. Pero nosotros nada tenemos que ver con *L'Etoile*, sino con la verdad. Realmente, la frase no tiene más que un sentido, que he aclarado perfectamente. Pero es imprescindible que vayamos tras las simples palabras en pos de una idea que dichas palabras dan claramente a entender, aunque de un modo positivo no la expresen. El propósito del redactor era el de manifestar que resultaba improbable, cualquiera que fuese el momento del día o de la noche del domingo en que el crimen se cometiera, que los asesinos se hubiesen arriesgado a llevar el cuerpo hasta la orilla antes de la medianoche.

»Precisamente en esto se funda la hipótesis de que me quejo. Se asegura que el crimen se cometió en determinado sitio y en tales circunstancias, y que necesariamente hubo que transportar el cadáver a la orilla. Pero el asesinato podía haberse perpetrado en la orilla o en el río mismo, y, por tanto, el lanzamiento del cuerpo al agua, hecho que fue preciso llevar a cabo en cualquier momento del día o de la noche, tendría que resultar la operación más inmediata y fácil. Se dará usted cuenta de que yo no sugiero aquí nada que me parezca probable o que esté de acuerdo con mi propio criterio. Hasta este momento no he hecho referencia a los elementos de la causa. Sencillamente he tratado de prevenir a usted acerca del tono general de las insinuaciones de *L'Etoile*, y llamar su atención respecto al carácter de prejuicio que en todo momento revelan.

»Habiendo llegado así a un límite de acuerdo con sus ideas preconcebidas, y suponiendo que fuera de María el cuerpo hallado, no hubiese podido permanecer bajo la superficie más que un espacio muy breve de tiempo. Por eso el diario viene a decir:

»«La experiencia ha demostrado que los cuerpos ahogados o arrojados al agua inmediatamente después de una muerte violenta, precisan un plazo de unos seis a diez días para que una determinada descomposición los lleve de nuevo a la superficie. Un cadáver al que se hiciera reventar, y que ascendiese sin que la inmersión haya durado al menos de cinco a seis días, se sumerge otra vez si se le abandona de nuevo.»

»De una manera tácita han admitido estas afirmaciones todos los diarios de París, salvo *Le Moniteur,* que insiste en rechazar el párrafo relativo a los cuerpos de los ahogados, mencionando cinco o seis casos en que los cuerpos de personas evidentemente ahogadas se han encontrado flotando después de un período de tiempo menor del fijado por *L'Etoile.* No obstante, hay algo demasiado antifilosófico en la tentativa de *Le Moniteur,* rechazando la general afirmación de *L'Etoile,* citando algunos casos particulares en oposición de aquéllos, aun cuando hubiese sido posible citar cincuenta casos en lugar de cinco cadáveres encontrados en la superficie del agua al cabo de dos o tres días, los cincuenta ejemplos hubieran podido tomarse como meras excepciones de la regla de *L'Etoile,* hasta que esta misma regla fuera refutada definitivamente. Admitida (y *Le Moniteur* no la rechaza, sino que insiste tan sólo en las excepciones), la argumentación de *L'Etoile* conserva toda su fuerza, porque no pretende deducir más que una cuestión de *probabilidad* con referencia a si un cuerpo puede volver a la superficie antes de tres días, probabilidad que puede persistir en favor de *L'Etoile* hasta que los ejemplos citados tan indefectiblemente alcancen un número suficiente para combatir una regla contraria.

»Observará usted en seguida que toda argumentación así se vuelve contra la regla misma; y con este fin debemos hacer el *razonado* análisis de ésta. Ahora bien: generalmente, el cuerpo humano no es ni mucho más ligero ni mucho más pesado que el agua del Sena; es decir, el peso específico del cuerpo humano en sus condiciones normales, es igual al del volumen de agua dulce que desaloja. Los cuerpos de los sujetos gruesos y desarrollados, de pequeño esqueleto y, corrientemente, los de todas las mujeres, son más ligeros que los de los sujetos delgados y de esqueleto grande, y, por lo general, los de todos los hombres; y el peso específico del agua de un río sufre alguna influencia del flujo del mar. Sin embargo, prescindiendo de la marea, puede afirmarse que muy pocos cuerpos humanos se sumergen totalmente en el agua dulce, aun por su propio acuerdo. Al caer en un río, están en condiciones, en su mayoría, de flotar si permiten que se establezca el equilibrio necesario entre el peso específico del agua y el suyo mismo; es decir, si se dejan sumergir completamente con excepción de las menores partes posibles. La mejor posición para un hombre que no sabe nadar es la vertical de la persona que camina por tierra, la cabeza totalmente echada hacia atrás y sumergida, dejando al nivel del agua únicamente la boca y la nariz. En estas condiciones, todos podremos mantenernos sobre el agua sin dificultad y sin esfuerzo alguno. No obstante, es indudable que el peso de los cuerpos y el del volumen de agua desalojado se hallan entonces rigurosamente equilibrados, y el menor cambio bastará para que uno u otro predomine. Un brazo, por ejemplo, levantado por encima del agua y, por tanto, privado de apoyo, es un peso adicional suficiente para sumergir por completo la cabeza, en tanto que un socorro accidental del más pequeño trozo de madera nos permitirá que la levantemos lo suficiente para ver en torno de nosotros.

»Pues bien: en los esfuerzos que realiza una persona que no practica la natación, los brazos, invariablemente, se agitan en el aire, al mismo tiempo que la cabeza intenta conservar su acostumbrada posición de perpendicularidad. Esto da lugar a que se produzca la inmersión de la boca y la nariz, y como resultado de los esfuerzos para respirar debajo del agua, el que ésta penetre en los pulmones. El estómago la absorbe en gran cantidad y el cuerpo recibe más peso, aumentado merced a la diferencia de densidad que existe entre el aire que ocupaba primitivamente estas cavidades y el líquido que las llena después. Es regla general que esta diferencia basta para sumergir a un cuerpo, mas no en los casos de sujetos de reducido esqueleto, que contienen una cantidad normal de grasa y tejido adiposo, porque esta clase de personas quedan flotando incluso después de ahogados.

»El cadáver, que suponemos se halla en el fondo del río, continuará en él hasta que, por un hecho cualquiera, su peso específico se haga menor que el del volumen de agua que desaloja. Este hecho puede ser producto de la descomposición o por otra causa. La primera produce los gases que expanden los tejidos celulares y da a los cadáveres esa hinchazón de tan desagradable aspecto. Cuando llega la distensión a un punto en que el volumen del cuerpo ha aumentado sensiblemente sin el correspondiente crecimiento de masa o de peso, su peso específico es menor que el del agua desalojada y determina su reaparición inmediata en la superficie. Pero, por diversas circunstancias, la descomposición puede sufrir modificaciones e incluso acelerarse o retardarse por una serie de agentes, como son el calor o el frío de la estación, por la impregnación de sales o por la pureza del agua, o la mayor o menor profundidad de ésta, por la corriente o estancamiento más o menos apreciable y por la naturaleza y estado original del cuerpo, según estuviera libre de una enfermedad o atacado por ella antes del fallecimiento. Por todo esto queda demostrado que no podemos fijar exactamente la fecha en que el cuerpo deberá elevarse a consecuencia de la descomposición. En ciertas condiciones, este resultado puede producirse en una hora, en otras, no puede producirse completamente. Existen determinadas composiciones químicas que permiten preservar para siempre de la corrupción a todo el sistema animal el bicloruro de mercurio es una de ellas. Aparte de la corrupción, puede producirse, sin embargo, y se produce en general un gas en el estómago por fermentación de los ácidos de las materias vegetales, o por otras razones en otros órganos, que basta para producir una distensión que eleve el cuerpo a la superficie. El efecto que produce el estallido es de simple vibración. Permite liberar al cuerpo del limo o légamo pegajoso en que se encuentra enterrado, dando ocasión de esta manera a que se eleve cuando ya otros agentes lo han preparado, o bien dominar la adherencia de ciertas partes corruptas del sistema celular facilitando la distensión de las cavidades bajo la influencia de los gases.

»Enfrentándonos, pues, con toda la filosofía del caso, nos es posible comprobar las afirmaciones de *L'Etoile*. «La experiencia ha demostrado — dice este periódico — que los cuerpos ahogados o arrojados al agua inmediatamente después de una muerte violenta precisan un plazo de seis a diez días para que una determinada descomposición los lleve de nuevo a la superficie. Un cadáver al que se hiciera reventar y que asciende sin que la inmersión haya durado, al menos, cinco o seis días, se sumerge otra vez si se le abandona de nuevo.»

»Ahora, todo lo transcrito se nos presenta como una serie de inconsecuencias e incoherencias. La experiencia *no* demuestra siempre que los cuerpos de los ahogados *necesiten* cinco o seis días para que una determinada descomposición les permita flotar otra vez. Unidas, la ciencia y la experiencia demuestran que el momento de su reaparición sobre la superficie es, y necesariamente tiene que serlo, imposible de determinarse. Por otra parte, si un cuerpo vuelve a la superficie del agua por haber reventado, *no* se sumergirá de nuevo, aun cuando se le abandone a sí mismo en todas las ocasiones en que la descomposición haya alcanzado el punto necesario para permitir la salida de los gases que se produzcan. No obstante, quiero llamar su atención con respecto a la diferencia que existe entre los cuerpos de los ahogados y los de las personas que son arrojadas al agua «inmediatamente después de una muerte violenta». Aunque el reportero admita esta diferencia, incluye, no obstante, ambos casos en la misma categoría. He dejado probado ya que el cuerpo de un ahogado alcanza un peso específico más considerable que el del volumen del agua que desaloja, y asimismo he demostrado que no se sumergiría totalmente sin hacer los movimientos por medio de los cuales levanta por encima del agua los brazos y los esfuerzos que para respirar hace debajo de ella, los cuales permiten que el líquido llene el espacio que en los pulmones ocupaba antes el aire.

»No obstante, estos movimientos y esfuerzos no los podría efectuar un cuerpo que hubiese sido arrojado al agua «inmediatamente después de una muerte violenta». En último caso, la regla general es que el cuerpo no debe sumergirse completamente, hecho que *L'Etoile* ignora evidentemente. Si la descomposición ha llegado a un punto muy avanzando, si la carne se ha desprendido en gran cantidad de los huesos, entonces, solamente, y nunca antes, observamos que desaparece el cuerpo bajo el agua.

»Ahora bien: ¿qué nos sugiere ese razonamiento por el que se deduce que el cadáver encontrado no puede ser el de María Roget porque fue hallado flotando después de un intervalo tan solo de tres días? Si María se ahogó, siendo mujer, no pudo hundirse; y si se sumergió, pudo volver a la superficie al cabo de veinticuatro horas, o antes. Pero nadie supone que la muchacha haya muerto ahogada, y de haberla matado antes de arrojarla al río, habría flotado y hubiese podido ser encontrada en cualquier época posterior.

»Sin embargo, afirma *L'Etoile*: «Si el cadáver, en estado de descomposición, permaneció junto a la orilla hasta la noche del martes, encontraríase allí alguna huella de los asesinos.»

»Así, de repente, es muy difícil comprender la intención del periodista. Trata de prevenir lo que considera pueda ser una objeción a su teoría: o sea, que el cuerpo, habiendo permanecido dos días en la orilla, debió descomponerse rápidamente, más rápidamente que habiendo estado sumergido en el agua. Supone, en este caso, que el cuerpo *pudo* volver a la superficie el miércoles, pero *sólo* en estas condiciones. Tiene, por tanto, un gran interés en demostrar que el cuerpo *no* ha permanecido en la orilla, porque, de haber sido así, «encontraríase allí alguna huella de los asesinos». Me imagino que esta deducción le hará sonreír a usted. Usted no puede comprender, ni yo tampoco, cómo la permanencia más o menos larga del cuerpo en la orilla habría podido multiplicar las huellas de los criminales.

»El periódico continúa: «Finalmente, es demasiado improbable que los criminales que cometen un asesinato como el que se les imputa hayan lanzado al agua el cadáver sin un peso cualquiera que le arrastrase al fondo, cuando tan fácil era tomar una precaución semejante.»

»Observe usted en qué ridícula confusión de ideas incurre. Nadie, ni aun *L'Etoile*, niega que se haya cometido un crimen en el cuerpo encontrado. Las señales de violencia son excesivamente claras. El único objeto que persigue nuestro razonador es tan sólo el de dejar probado que éste no es el cuerpo de María. Trata de demostrar que *María* no ha sido asesinada, pero, de ninguna manera, que el cadáver pertenezca a una mujer no asesinada. Sin embargo, su observación demuestra solamente este último extremo. Nos encontramos ante un cuerpo al que no ha sido atado peso alguno. Los criminales, al arrojarlo al río, no habrían dejado de hacerlo. Luego no han sido los asesinos los que lo han arrojado al agua. Si es que puede probarse, esto es lo único probado. En cuanto a la identificación, aún no se ha tratado de ella, y a *L'Etoile* le resulta muy molesto contradecir ahora lo que afirmaba un momento antes: «Estamos absolutamente convencidos — dice — de que el cuerpo hallado es el de una mujer asesinada.»

»Aun en esta parte de su exposición, no es sólo este caso en el que nuestro razonador argumenta, inconscientemente, contra sí mismo. Como ya he indicado, su principal fin es el de reducir todo lo posible el espacio de tiempo transcurrido entre la desaparición de María y el hallazgo del cadáver. Sin embargo, insiste en el detalle de que nadie vio a la muchacha desde el instante en que abandonó la casa de su madre. «No tenemos — dice — la evidencia de que María Roget viviera aún el domingo día 22 de junio, después de las nueve de la mañana.»

»Como, evidentemente, es recusable su argumentación, por haber sido concebida de antemano, mejor habría hecho soslayando este aspecto de la cuestión, porque si se encontraba a alguien que hubiese visto a María, bien el lunes o el martes, el intervalo a que hace referencia sería muy corto, y, dada su manera de razonar, disminuiría la probabilidad de que el cuerpo pudiera corresponder al de la *grisette*. Sin embargo, es curioso observar cómo *L'Etoile* insiste en el extremo ya dicho, con la sólida convicción de que va a robustecer sus argumentaciones generales.

»Estudiemos ahora nuevamente la parte de la argumentación que corresponde a la identificación del cadáver llevada a cabo por Beauvais. En lo que se refiere al vello del brazo, *L'Etoile* pone en evidencia de una manera clara su mala fe. Unicamente siendo un imbécil, *monsieur* Beauvais hubiese podido alegar lo del vello del brazo para comprobar la identidad de un cuerpo. Ningún brazo carece de vello. La mayor parte de las expresiones de *L'Etoile* son una sencilla confusión de las frases del testigo, quien, necesariamente, ha tenido que referirse a alguna particularidad del vello; del color, abundancia, dimensión o sitio determinado.

»Manifiesta el periódico: «Su pie era pequeño, y hay miles de pies pequeños. Las ligas y los zapatos no constituyen tampoco elementos de prueba, porque ambos se venden en gran cantidad. Lo mismo puede decirse de las flores que adornaban su sombrero. Un detalle en el que *monsieur* Beauvais insiste grandemente es que el broche de la liga había sido cambiado de sitio para cortarla. Mas esto no prueba nada, porque la mayor parte de las mujeres llevan consigo siempre un par de ligas que ajustan al tamaño de sus piernas, en vez de probárselas en la tienda donde las adquieren.»

»Al llegar aquí, resulta muy difícil suponer con sentido común al razonador. Si *monsieur* Beauvais, buscando el cuerpo de María, descubrió un cadáver que se parecía a ella por las proporciones generales y el aspecto, ha podido creer muy razonablemente, aun dejando aparte la cuestión del traje, que había llegado al término de sus indagaciones. Y si, además del detalle de las proporciones generales y de contorno, observó en el brazo del cadáver un vello que anteriormente había visto en el de María, su convicción pudo, lógicamente, quedar reforzada en la misma medida con la singularidad o forma insólita de esta característica. Si el pie de María era pequeño y los del cadáver eran también pequeños, la probabilidad de que éste fuera el de María debe aumentar no sencillamente, sino en proporción geométrica y abrumadora.

»Hay que agregar a todo esto los zapatos, que se sabe llevaba el día en que desapareció, y pese a que éstos se venden a miles, comprenderá usted que la probabilidad se hace mayor, de tal manera, que raya en certidumbre. Lo que por sí solo no habría de constituir un elemento de identificación, se convierte ahora, por razonamiento lógico, en la prueba más firme. Finalmente, concedamos que las flores del sombrero coinciden con las que llevaba la muchacha desaparecida, y nada más tendremos que desear. Una sola de estas flores, repito, y nada más tendríamos que desear. No obstante, ¿qué diríamos en el caso de que tuviéramos dos, o tres, o más? Toda siguiente unidad es un testimonio múltiple, una prueba no sumada a la anterior, sino multiplicada por ciento o por mil.

»Encontramos ahora en la muerta unas ligas semejantes a las que usaba la viva. Prolongar esta información, verdaderamente, es para enloquecer. Mas descubrimos que estas ligas se han acortado por haber cambiado el broche de lugar, igual que María había hecho con las suyas antes de dejar su casa. La duda, todavía, equivale a demencia o hipocresía. Todo lo dicho por *L'Etoile* en referencia a la reducción o achicamiento de la liga, que debe tenerse en cuenta, según creo, como un caso frecuente, no prueba otra cosa que su obstinación en el error. La elasticidad de una liga de broche basta para demostrar el carácter excepcional del achicamiento. En muy pocas ocasiones lo que está hecho para ajustar bien necesita un arreglo. La indicada reducción que requirieron las ligas de María sólo pudo ser debida, en el sentido más estricto de la palabra, a consecuencia de un accidente. Sólo ellas habrían bastado para comprobar la identificación de un cadáver.

»Lo que importa no es que el cadáver tenga las ligas de la mujer desaparecida, o bien sus zapatos, o su sombrero, o las flores de éste, o sus pies, o una señal determinada en el brazo, o su aspecto, o sus proporciones generales. Lo que importa es que el cadáver tiene todas y cada una de estas cosas *colectivamente*. Si se hubiera probado que *L'Etoile* ha concebido realmente, en circunstancias análogas, una duda, no tendría para el caso que expone necesidad alguna de una convicción de *lunático inquiriendo*. Ha querido hacer alarde de su sagacidad convirtiéndose en eco de la charlatanería de los leguleyos, la mayoría de los cuales se limitan, a su vez, a copiar los preceptos rectangulares de los sumarios.

»Al mismo tiempo, debo advertirle que mucho de lo que rechaza un tribunal como prueba es para la inteligencia lo mejor en materia probatoria.

Porque, tomando como base los principios generales en materia probatoria
— los principios generales reconocidos que se encuentran en los códigos
—, el tribunal no se presta a aceptar particulares razones. Tan obstinada ad-
hesión al principio, lo determinado, desde lo riguroso hasta la excepción
contradictoria, es un seguro medio de esperar, en largo espacio del tiempo,
el máximum de verdad que está permitido esperar. La práctica, por tanto,
es, en *conjunto,* filosófica. Pero no es menos verdad que en ciertos casos
origina grandes errores.

»Respecto a las insinuaciones formuladas contra Beauvais, éstas se des-
truyen de un soplo. Usted tiene un conocimiento exacto del carácter de ese
caballero. Se trata de un hombre *oficioso*, de espíritu inclinado a lo novelés-
co y con muy poco juicio. Toda persona así se verá impelida fácilmente, en
un caso de emoción real, a comportarse de un modo que puede parecer
sospechoso a los ojos de gentes demasiado sutiles o maliciosas. *Monsieur*
Beauvais, según se desprende de los datos que hemos recogido, ha sostenido varias entrevistas con el director de *L'Etoile*, a quien sorprendió al atreverse a sustentar la opinión de que, a pesar de su criterio, el cadáver era
positivamente el de María. «Insiste — dice el periódico — en asegurar que
se trata del cuerpo de María, pero no puede añadir argumento alguno a los
que ya hemos comentado para hacer que los demás compartan esta idea.»
Ahora bien: sin insistir sobre este extremo, para hacer que los demás compartan esta idea y aportar un testimonio más fehaciente que los conocidos,
observemos una cosa: es muy sencillo suponer a un hombre absolutamente convencido en un caso de esta índole, pero incapaz, no obstante, de su-
ministrar una sola prueba para convencer a una segunda persona.

»No existe nada tan vago como las impresiones relacionadas con la identidad de un sujeto. Todo el mundo conoce a su vecino, y, sin embargo, pocos casos se dan de que el primero que llegue esté dispuesto *a dar una
razón* de tal reconocimiento. El redactor de *L'Etoile* no tiene, pues, motivo
para sorprenderse por la opinión no razonada de *monsieur* Beauvais.

»Las sospechosas circunstancias que le rodean están de acuerdo con mi
hipótesis de un carácter *entremetido, minucioso y novelesco,* antes que con
la insinuación del periodista con respecto a su culpabilidad. Dando como
buena la interpretación más generosa, no tenemos inconveniente alguno en
explicarnos el porqué de la rosa colocada en el agujero de la cerradura, la
palabra «María» en la pizarra, el porqué se descarta a los parientes varones,
la oposición a dejarles ver el cadáver, la advertencia que se hizo a *madame*
B*** de que no hablara con el gendarme hasta que él (Beauvais) regresara,
y, por último, hasta la aparente resolución de no permitir a nadie, excepto a
él mismo, intervenir en el sumario. Creo incontestable que Beauvais era uno
de los adoradores de María; que ésta había coqueteado con él y que él trataba de demostrar que gozaba plenamente de su intimidad y su confianza.

No insistiré sobre este punto. Y como la evidencia rechaza completamente la afirmación de *L'Etoile* por lo que respecta a su acusación de *abandono* por parte de la madre y de los demás parientes, actitud inconcebible con esta suposición — la de creer en la identidad del cuerpo de la perfumista —, procederemos ya como si el problema de la identidad hubiera quedado resuelto a nuestra absoluta satisfacción.

— ¿Cuál es su opinión — le pregunté — acerca de las informaciones de *Le Commerciel?*

Creo que por su índole, ofrecen más interés que cualquiera de las que han sido expuestas sobre el mismo tema. Las consecuencias de las premisas son filosóficas y agudas, pero en dos puntos, al menos, están basadas en una imperfecta observación. *Le Commerciel* quiere dar a entender que una banda de cobardes maleantes se apoderó de María, cerca de la puerta de la casa donde vivía su madre. «Es imposible — dice — que una muchacha, conocida por varios millares de personas como era María, haya podido recorrer tan largo trayecto sin hallar a alguien a quien su rostro fuera familiar.» Este es el razonamiento de una persona que habita en París desde hace mucho tiempo, un hombre popular, cuyas idas y venidas por la ciudad generalmente se han reducido a la vecindad de las oficinas públicas. Está convencido de que él apenas puede dar unos pasos más allá de su *bureau* sin que alguien le reconozca y le aborde.

»Tomando como base la extensión de sus conocimientos y de las relaciones que mantiene con los demás, y estos a su vez con él, estableció un paralelismo entre su popularidad y la de la perfumista. No halla una diferencia apreciable entre los dos, y con facilidad llega a la conclusión de que María, en sus andanzas por la ciudad, tuviese tal predisposición a ser reconocida como a él le ocurre en las suyas. A la joven podría aplicársele esta conclusión si sus paseos hubieran tenido el mismo carácter invariable y metódico, y se hubieran limitado a una determinada zona, como ocurre con los de él. Con intervalos regulares, él se mueve, va y viene, dentro de un círculo limitado, pleno de sujetos a quienes sus negocios, parecidos a los suyos, impulsan de un modo natural a interesarse por él y por sus ocupaciones.

»Generalmente, las andanzas de María podían atribuirse a un espíritu vagabundo. En el caso que nos ocupa, hay que considerar como muy probable que haya seguido un trayecto más apartado que de costumbre, el de sus paseos corrientes. El paralelismo que hemos supuesto existente en el espíritu de *Le Commerciel* no podría mantenerse, excepto en el caso de dos individuos que atravesasen toda la población. Teniendo en cuenta entonces que las relaciones personales son las mismas, las probabilidades serán también iguales para aquellos que encuentran un igual número de conocidos. Creo, por mi parte, que es no solamente posible sino infinitamente probable que, a cualquier hora del día, María ha seguido uno de los numerosos caminos que conducen desde su casa a la de su tía, sin encontrar a una sola persona a quien conociera o de quien fuese conocida. Para juzgar bien este asunto, para juzgarlo con toda claridad, no hace falta pensar en la gran desproporción que existe entre las amistades personales del individuo más popular de París y el vecindario todo de esta ciudad.

»En el caso de que la información de *Le Commerciel* pareciera conservar alguna fuerza aún, ésta disminuiría en el momento en que se tome en consideración la hora en que la muchacha abandonó su casa. «Salió de su casa — dice *Le Commerciel* — precisamente a una hora en que las calles se hallan muy concurridas.» ¿Cuál? Eran las nueve de la mañana. A esa hora, todos los días de la semana, excepto el domingo, las calles, ciertamente, están muy concurridas. Pero a las nueve de la mañana del domingo, nadie, corrientemente, ha salido todavía de su casa, porque *se prepara para ir a la iglesia.* Muy poco observador tiene que ser el hombre que no haya notado el solitario aspecto que presenta una ciudad todos los domingos, de ocho a diez de la mañana. De diez a once, las calles aparecen llenas de gente, pero nunca lo están a una hora tan temprana como la que se indica.

»Pero hay, además, otro extremo que parece desmentir el espíritu observador de *Le Commerciel.* Dice: «Un trozo de las enaguas de la infortunada joven de dos pies de largo por uno de ancho, fue arrancado y ceñido en torno a su cuello y anudado sobre la nuca, probablemente con objeto de ahogar sus gritos, hecho realizado, sin duda, por unos forajidos que ni siquiera tendrían pañuelos de bolsillo.» Más tarde observaremos si esta idea carece o no de fundamento; pero con las palabras «forajidos que no tienen pañuelo de bolsillo», alude el periodista a la peor clase de malhechores. Sin embargo, este tipo de ellos es de los que siempre llevan su pañuelo en el bolsillo, aun cuando les falte la camisa. En estos últimos años usted habrá tenido ocasión de observar cuán indispensable se ha hecho el pañuelo de bolsillo para el perfecto salteador.

— Y respecto al artículo de *Le Soleil*, ¿qué debemos pensar? — le pregunté.

— Que es una verdadera pena que su redactor no sea un loro, porque hubiera sido el más ilustre de su especie. Simplemente se ha hecho eco de diversos fragmentos de las opiniones personales ya conocidas, espigando, con loable industria, en los periódicos. «Indudablemente — dice — estos objetos han permanecido allí durante tres o cuatro semanas, cuando menos... *No cabe* duda de que se ha descubierto, al fin, el escenario de tan repugnante crimen.» Los hechos, repetidos nuevamente por *Le Soleil*, no bastan, ni con mucho, para desvanecer mis dudas personales sobre este asunto. Habremos de estudiarlos más detenidamente, relacionándolos con otro aspecto del caso.

»Ahora nos ocuparemos de otras investigaciones. En el examen del cadáver no habrá dejado usted de notar una gran negligencia. El punto de la identificación es indudable que ha sido resuelto con facilidad o ha debido serlo, cuando menos. Pero hay que aclarar otros extremos. ¿Fue el cuerpo objeto de algún *despojo?* ¿Llevaba la muchacha algunos adornos de bisutería cuando abandonó su casa? Y en ese caso, ¿fueron hallados junto al cadáver? Estos importantes pormenores han sido admitidos absolutamente en la información judicial, y también existen otros de igual trascendencia, que para nada han llamado la atención. Vamos a intentar convencernos investigándolos personalmente.

»La actuación de Saint-Eustache, indudablemente, ha de ser examinada de nuevo. No abrigo sospecha alguna contra ese sujeto; pero procedamos con método. Con la mayor escrupulosidad comprobaremos la validez de las declaraciones referentes a los lugares donde fue visto el domingo. En muchas ocasiones, esta clase de testimonios escritos son un medio de mixtificación. Si nada hallamos en ellos que rectificar, prescindamos de Saint-Eustache. Sin embargo, de que contribuya su suicidio a corroborar las sospechas, en el caso en que se hallara una superchería en los *affidavits*, si no hay superchería alguna no es una circunstancia inexplicable o que tenga que desviarnos de la línea del análisis corriente.

»En el plan que vamos a seguir ahora, prescindiremos de los ocultos móviles del drama y concentraremos nuestra atención en su forma aparente. En las investigaciones como éstas se cae muy a menudo en el error de reducir el sumario a los hechos inmediatos, prescindiendo totalmente de los superficiales. La lamentable rutina de los procedimientos limita el proceso y deja la discusión en el dominio del relativo aparente. Sin embargo, la experiencia ha demostrado, y lo probará siempre la verdadera filosofía, que una parte muy importante de la verdad, seguramente la más grande, surge de elementos aparentemente sin relación con el asunto. Precisamente por el espíritu, ya que no por la letra, de este principio, la ciencia moderna ha llegado a tener en cuenta lo imprevisto. Pero quizá no me entienda usted. La historia, ciencia humana, nos muestra de modo tan constante que los más numerosos e importantes descubrimientos los debemos a los hechos superficiales, fortuitos o accidentales, que ha terminado por hacerse necesario en todo cálculo del progreso futuro conceder un espacio no solamente amplio, sino lo mayor posible, a las invenciones que resultarán del azar y que por completo escapan a las previsiones corrientes. Ha dejado ya de ser filosófico el sistema de apoyar en lo que ha sido una visión de lo que debe ser. Como una parte fundamental ha de admitirse el accidente. Del azar hacemos materia para un cálculo riguroso. Lo inconcebible y lo inesperado lo sometemos a las fórmulas matemáticas de las escuelas.

»Insisto en que es un hecho positivo el que la mayor parte de la verdad tiene su origen en lo superficial, en lo indirecto, y, basándome simplemente en el principio que implica este hecho, quisiera en el caso que nos ocupa desviar el sumario del camino trillado y estéril del suceso mismo, y dirigirlo hacia las circunstancias contemporáneas de que se encuentra cercado. Mientras usted compulsa la validez de los *affidavits*, examinaré yo los diarios de un modo más general que el que usted ha llevado a cabo. No nos hemos salido del límite, hasta ahora, del campo de la investigación; pero verdaderamente sería extraño que un analítico examen de los periódicos, tal como me propongo efectuar, no proporcionase algunos detalles que pudieran imprimir al sumario una nueva dirección.»

De acuerdo con el plan de Dupin, me dediqué a comprobar escrupulosamente los *affidavits*. El resultado de este estudio fue la absoluta convicción de su firmeza, y, por tanto, de la inocencia de Saint-Eustache. Mi amigo se ocupó, simultáneamente, en examinar, con escrupulosidad y tan minuciosamente los diversos periódicos, que me pareció su esfuerzo superfluo. Una semana después me enseñó los siguientes recortes:

«Hace aproximadamente tres años y medio se produjo una emoción parecida con motivo de la desaparición de la misma María Roget de la *perfumeria* que *monsieur* Le Blanc posee en el Palais Royal. No obstante, transcurrida una semana, reapareció la joven en su acostumbrado *comptoir*, con su normal aspecto, si se exceptúa una leve palidez que anteriormente tenía. Tanto su madre como *monsieur* Le Blanc manifestaron que había estado en el campo visitando a una amiga, y el suceso no tardó en ser olvidado. Opinamos que su actual ausencia tiene el mismo o parecido motivo, y que dentro de una semana o de un mes estará nuevamente entre nosotros.»

(*Evening Paper,* lunes, 23 de junio)

«Un periódico de la tarde recuerda en su número de ayer la primera misteriosa desaparición de *mademoiselle* Roget. Hemos sabido que todo el tiempo que duró su ausencia de la *perfumerie* de Le Blanc estuvo en compañía de un joven oficial de la Armada, muy conocido por sus depravadas costumbres. Se supone que, con motivo de haberse disgustado ambos, volvió a verla casualmente en su casa. Conocemos el nombre del sujeto en cuestión, que actualmente se halla disfrutando permiso en París. Por razones fáciles de comprender, nos abstenemos de revelar su completa identidad.»

(*Le Mercure.* Edición de la mañana, martes 24 de junio)

«En los alrededores de esta ciudad se cometió ayer uno de los crímenes más repugnantes. Un caballero, acompañado de su esposa e hija, solicitó, a la caída de la tarde para atravesar el río, los servicios de seis jóvenes que, sin rumbo fijo, maniobraban en una lancha cerca de un ribazo del Sena. Al llegar a la orilla opuesta, saltaron a tierra los tres pasajeros, y emprendieron su camino, alejándose de la lancha hasta perderla de vista, cuando la hija del caballero se dio cuenta de que se había olvidado en ella la sombrilla. Regresó a la lancha, para recogerla cuando fue asaltada por la cuadrilla de hombres, conducida al río, amordazada, ofendida vergonzosamente y abandonada por último, en un lugar de la orilla, a poca distancia del sitio donde se había embarcado en la lancha con sus padres. De momento, los delincuentes han escapado a la persecución de la Policía, pero ésta se encuentra ya sobre su pista y esperamos no tardarán en ser capturados.»

(Morning Paper, 25 de junio)

«Hemos recibido uno o dos comunicados cuyo objeto es acusar a Mennais (1) del odioso crimen cometido recientemente. Pero como quiera que este señor, según se desprende del sumario, ha demostrado su inocencia, y como las razones que alegan los que nos han enviado estos comunicados parecen más apasionadas que sagaces hemos creído conveniente abstenernos de su publicación.»

(Morning Paper, 28 de junio)

«Procedentes, al parecer, de diversos orígenes, hemos recibido varios comunicados, escritos con cierta seguridad que impulsan a aceptar como hecho indudable que la infortunada María Roget fue víctima de una de las numerosas cuadrillas de maleantes que los domingos infestan los alrededores de la población. Nuestra opinión se inclina francamente al lado de esta hipótesis. En breve haremos lo posible para informar a nuestros lectores de algunos de estos argumentos.»

(Evening Paper, martes, 21 de junio)

«Uno de los barqueros asimilados al servicio del fisco encontró el lunes en el Sena una lancha vacía que se hallaba a merced de la corriente. Las velas, replegadas, yacían en el fondo de la embarcación. El barquero la remolcó hasta la oficina de navegación. Mas al día siguiente la lancha, que había quedado amarrada, desapareció, sin que se dieran cuenta ninguno de los empleados. El timón se encuentra depositado en la referida oficina de navegación.»

(La Diligence, jueves, 26 de junio)

Cuando hube terminado de leer estos recortes, no sólo me parecieron extraños al asunto de que se trataba, sino que no encontraba medio de relacionarlos, y esperaba conseguir de Dupin una clara explicación.

— No entra en mis cálculos — me dijo — insistir con respecto al primero y segundo de estos recortes. Los he copiado solamente para demostrarle

---

(1) Mennais fue uno de los individuos que fueron detenidos primeramente como sospechosos, pero que más tarde fue puesto en libertad por no resultar contra él cargo alguno.

a usted la gran negligencia de la Policía, que, si he de creer al prefecto, aún no se ha preocupado lo más mínimo por el referido oficial de la Armada. Sin embargo, sería insensato afirmar que no tenemos derecho a suponer cierta relación entre la primera y segunda desapariciones de María. Demos como bueno que su primera fuga produjo una riña entre los dos amantes, y el retorno de la traicionada muchacha. Podremos observar también un segundo rapto (si es que sabemos que se ha cometido un segundo rapto) como indicio de nuevas tentativas efectuadas por parte del seductor antes que como resultados de nuevos intentos llevados a cabo por parte de un segundo individuo. Esta segunda huida podemos considerarla más bien como reconciliación o arreglo de un viejo *amour* que como el principio de uno nuevo.

»Dos casos pueden darse: o el que se fugó la primera vez con María le propuso una nueva evasión, o bien María aceptó las proposiciones de otro sujeto. Pero hallamos diez probabilidades contra una en favor de la primera de estas hipótesis. Permítame que antes de seguir adelante llame su atención sobre la singularidad de que el tiempo transcurrido entre el primer rapto que conocemos y el segundo supuesto excede en muy poco de la duración ordinaria de los cruceros que realizan nuestros buques de guerra.

»El amante, estorbado probablemente en su primera infamia por la obligación de hacerse a la mar en seguida, ¿aprovechó el primer instante a su regreso para renovar las criminales tentativas, no realizadas hasta entonces completamente o, al menos, no cumplidas en absoluto por él? Nada sabemos de todo esto. Dirá usted quizá que, en el segundo caso, el rapto que hemos supuesto no se ha cometido. Ciertamente, no. Pero, ¿no es razonable afirmar que no hubiera una tentativa frustrada?

»Si exceptuamos a Saint-Eustache, y acaso a Beauvais, nada sabemos de ningún pretendiente oficial conocido y decente, ni tampoco de que se haya hablado de ningún otro. ¿Quién es, por tanto, el misterioso amante de quien los parientes, al menos la mayoría de ellos, no han oído hablar nunca, pero que vuelve la mañana del domingo a encontrar a María, cuya confianza se ha ganado de tal forma, que ésta no vacila en reunirse con él, hasta que empiezan a descender las sombras del crepúsculo en los solitarios bosquecillos de la *barrière du Roule*? ¿Quién es, insisto, ese misterioso amante de quien la *mayoría* de los parientes no ha oído hablar? ¿Qué significado tienen esas extrañas palabras pronunciadas por *madame* Roget en la mañana de la desaparición de María: «Temo no volver a verla más»?

»Mas si no podemos suponer que esa señora tuviese conocimiento de la proyectada fuga de su hija, ¿no podemos imaginar que ésta lo hubiera concebido? Al salir de su casa, dio a conocer que iba de visita a casa de una tía suya, a la *rue* des Dromes, y encargó a Saint-Eustache que la recogiera a la caída de la tarde. Naturalmente que de primera impresión, esta particularidad parece estar en pugna con mi opinión. Pero reflexionemos un poco: conocemos que María volvió a encontrar positivamente a su amante, y con él atravesó el río, y que llegó a una hora muy avanzada, alrededor de las tres de la madrugada, a la *barrière du Roule*. Mas, al consentir que la acompañase semejante individuo, con un deseo cualquiera, conocido o desconocido de su madre, María tuvo que pensar, sin ningún género de duda, en el propósito que había manifestado al salir de su casa, como asimismo en inquietud y sospechas que habían de producirse en el ánimo de su prometido, Saint-Eustache, cuando al ir en su busca a la hora que habían convenido, a la *rue* des Dromes, comprobara que no había llegado aún, y además, cuando de regreso a la pensión con una noticia tan alarmante, se enterase de su prolongada ausencia de la casa. Repito que María tuvo que pensar en todo esto, considerando la alarma de Saint-Eustache y los recelos de todos sus amigos. Es probable que no tuviera valor para regresar y desmentir las sospechas, aun cuando éstas, para ella, tenían poca importancia, si la suponemos con la intención de no regresar.

»Podemos imaginar que razonó de este modo:

»«Estoy citada con una persona para escaparme con ella, o bien para otros planes que nadie, excepto yo, conoce. Es preciso evitar toda posibilidad de ser descubierta. Les haré creer que voy a casa de mi tía, y que pasaré el día con ella, en la *rue* des Dromes. Le diré a Saint-Eustache que no me recoja hasta la noche, y de esta forma mi ausencia de casa se prolongará todo el tiempo posible sin provocar desconfianza ni inquietud; tendrá una explicación, y así ganaré más tiempo que con otro plan cualquiera. Si le digo a Saint-Eustache que vaya a buscarme al anochecer, seguramente no acudirá antes. Mas, por el contrario, si dejo de rogarle que vaya a buscarme, será corto el tiempo de que dispongo para la fuga, ya que a una hora más temprana esperará mi regreso, y mi ausencia provocará su inquietud. Por tanto, si le pudiera imbuir mi intención de regresar y no tuviera yo mas propósito que un sencillo paseo con la persona en cuestión, no sería oportuno suplicar a Saint-Eustache que fuese a buscarme, porque al llegar comprendería que me había burlado de él, lo cual podría ocultarle para siempre saliendo de casa sin darle cuenta de mi propósito, regresando antes que se hiciera de noche y explicando que había ido a visitar a mi tía, a la *rue* des Dromes. Pero como mi propósito es el de no volver *jamás,* o, al menos, pasadas algunas semanas, o quizá hasta que haya conseguido ocultar determinadas cosas, lo único, pues, que debe preocuparme es la necesidad de ganar tiempo.»

»Desde el primer momento habrá usted observado en sus apuntes que la opinión general con respecto a este desgraciado suceso es la de que María fue víctima de una *partida de malhechores*. En ciertos casos, la opinión popular debe ser tenida en cuenta, porque cuando se manifiesta de una manera esencialmente espontánea, hay que considerarla como un fenómeno parecido a la *intuición,* que es la idiosincrasia del hombre de talento. De cada cien casos, en noventa y nueve me inclinaría a favor de sus juicios. Pero es muy importante el hecho de que no encontremos huellas palpables de una sugestión exterior. La opinión, por tanto, debe ser rigurosamente el pensamiento personal del público, y frecuentemente es muy difícil establecer esta distinción y mantenerla. En el caso que nos ocupa, imagino que esta idea general respectiva a *una partida* de malhechores ha sido inspirada por el suceso paralelo y secundario de que se informaba en el tercero de mis recortes.

»Todo París se halla intrigado por el hallazgo del cadáver de María, una muchacha popular y bonita. El cuerpo se ha encontrado flotando en el río y con señales de violencia. Se ha descubierto después que, en la misma época en que se supone fue asesinada la perfumista, una cuadrilla de jóvenes rufianes cometió un atentado análogo al sufrido por ella, aunque no de tanta importancia, en la persona de otra joven. ¿Puede sorprendernos, acaso, que el primer suceso conocido sirviese como base para el juicio popular con respecto al segundo, todavía ignorado? Este juicio esperaba una dirección, y el atentado que se conocía la indicaba muy oportunamente. También María fue hallada en el río, en el mismo río donde se cometió el atentado que conocemos. La relación entre estos dos sucesos tenía en sí algo tan evidente, que hubiera sido un milagro que el pueblo olvidara advertirlo y señalarlo. Mas, concretamente, uno de los dos atentados, conocido por la forma en que tuvo su desarrollo, es indicio de que el otro, realizado en una época que casi coincide, no se cometió del mismo modo. En verdad, ha de considerarse como un milagro que en tanto una cuadrilla de malhechores cometía en un determinado sitio un atentado inaudito, se encontrase en la misma población, en la misma localidad y en idénticas circunstancias, otra cuadrilla semejante usando los mismos métodos e iguales procedimientos, cometiendo un crimen de carácter muy semejante y exactamente en la misma época. ¿De qué otra manera, téngalo usted en cuenta, podría la opinión pública, *sugestionada* momentáneamente, impulsarnos a creer otra cosa que no fuera esta extraña serie de coincidencias?

»Antes de pasar adelante, examinemos el supuesto lugar de los crímenes en los sotos de la *barrière du Roule.* El bosquecillo, muy tupido, se halla, ciertamente, a regular distancia de una carretera general. Se nos ha asegurado que dentro de él hay tres o cuatro grandes piedras que forman algo así como un asiento con respaldo. En la piedra superior se han hallado unas enaguas, y en la segunda, un chal de seda. Se ha encontrado asimismo una sombrilla, unos guantes y un pañuelo de bolsillo, que tenía bordado el nombre de «María Roget». Tendidos en las zarzas de los alrededores, se han encontrado algunos jirones del vestido. La tierra aparecía removida, aplastados los matorrales y se veían por todas partes huellas de una violenta lucha.

»A pesar del júbilo con que la Prensa acogió el descubrimiento de este lugar y de la unanimidad con que se supuso fuera el teatro del crimen, hay que admitir que existe más de una justificada razón para dudar de ello, si el *auténtico* teatro se encontrase, como asegura *Le Commerciel,* en las proximidades de la *rue* Pavée Saint André, los asesinos, que suponemos se hallan todavía en París, sentirían recelo, como es natural, de la opinión pública, lanzada tan enérgicamente sobre la verdadera pista. Cualquier espíritu poco vulgar hubiera sentido la urgente necesidad de llevar a cabo una tentativa desesperada para desviar esa atención. Como el sotillo de la *barrière du Roule* había ya despertado sospechas, pudo lógicamente concebir el plan de que se abandonasen allí los objetos hallados.

»Diga lo que diga *Le Soleil,* no tenemos una prueba palpable de que tales objetos hayan estado en aquel paraje más de un escaso número de días, en tanto que es más que probable que no hubieran podido permanecer allí sin llamar la atención, durante los veinte días que transcurren desde el trágico domingo hasta la tarde en que unos muchachos los descubrieron. «Se hallaban completamente enmohecidos por la acción de la lluvia», dice *Le Soleil,* deduciendo esta opinión de los periódicos que informaron antes, «y pegados por la humedad. El césped había crecido en torno a ellos y los cubría en parte. La seda de la sombrilla era sólida, pero estaban cerradas las varillas y la parte superior, en la cual la tela plegada sufrió los efectos de la humedad: se rasgó en cuanto la abrieron». Por lo que respecta al hecho de que el césped «había crecido en torno a los objetos, hasta cubrirlos en parte», es indudable que no pudo comprobarse más que por las declaraciones de los dos niños, hechas de acuerdo con lo que recordaban, porque los recogieron y los condujeron a la casa antes de ser vistos por una tercera persona. Mas el césped, especialmente bajo una temperatura cálida y húmeda, como la de la época del crimen, crece hasta alcanzar una altura de dos o tres pulgadas en el transcurso de un solo día.

»Una sombrilla abandonada en un lugar cubierto de hierba puede, en sólo una semana, desaparecer bajo el césped, que ha crecido rápidamente. Respecto al enmohecimiento sobre el que insiste tan obstinadamente el periódico *Le Soleil,* ya que utiliza esta palabra al menos tres veces en el breve párrafo transcrito, ¿es que verdaderamente desconoce la naturaleza de tal enmohecimiento? ¿Le hará falta saber quizá que se trata de una de las diversas variedades de *fungus,* cuya característica más conocida es la de crecer y morir en veinticuatro horas?

»De este modo, a primera vista, observamos que lo que de forma tan aparatosa se ha sostenido para mantener la idea de que los objetos permanecieron en el bosque «durante tres o cuatro semanas», al menos, es absolutamente nulo, si es que ha de considerarse como elemento de prueba. Por otra parte, cuesta trabajo creer que tales objetos hayan podido continuar en aquel lugar más de una semana, durante un intervalo mayor que el que media de domingo a domingo. Todos aquellos que conocen regularmente los alrededores de París saben cuán difícil es encontrar en ellos un refugio solitario, salvo a gran distancia de los suburbios. Resulta imposible imaginar un rincón no explorado o poco frecuentado en estos bosques y sotillos. Que trate cualquier verdadero entusiasta de la Naturaleza, condenado por sus obligaciones al polvo y al calor de esta gran metrópoli, satisfacer sus ansias de soledad, aun en los días laborables, entre estas bellezas naturales y campestres que nos rodean. Antes que haya podido dar sólo dos pasos romperán el natural encanto los gritos o la aparición personal de algún chiquillo o de una pandilla de pícaros embriagados. Tratará de hallar inútilmente el silencio bajo las más espesas frondas.

»Precisamente, en estos sitios es donde abunda la crápula, donde son más profanados los templos. Con el corazón lleno de amargura regresará el paseante inmediatamente a París, como si volviese a una cloaca de menos grosera impureza y, por tanto, menos odiosa. Si los alrededores de la ciudad se encuentran tan infestados durante toda la semana, ¡de qué manera lo estarán los domingos! Entonces es cuando, más que nunca sueltas las ligaduras del trabajo o privado de las ocasiones corrientes favorables al delito, el pilluelo de la capital emigra hacia las afueras, no por amor a la naturaleza campestre, que desprecia con vehemencia, sino por huir de las trabas y convenciones sociales. No va en busca del aire puro y los verdes árboles, sino de la completa libertad del campo. En el ventorro, al borde de la carretera o a la sombra del bosque, sin que lo juzguen otras miradas distintas de las de sus dignos compañeros, se abandona a los violentos excesos de una falsa alegría, producto del libertinaje y del alcohol.

»No intento presuponer nada que no esté a la vista de todo imparcial observador cuando insisto en que el hecho de que tales objetos hubieran permanecido sin encontrarse durante un período mayor que el que media de un domingo a otro, en un bosquecillo cualquiera de los alrededores de París, tenga que ser considerado como milagroso.

»Mas no carecemos de motivos para sospechar que tales objetos fueron abandonados en el sotillo de referencia con el propósito de apartar la atención del verdadero lugar en que se cometió el asesinato. Déjeme usted, antes que nada hacerle notar la *fecha* del hallazgo. Una vez relacionada con la del quinto de mis recortes en la lista de periódicos que he confeccionado, observará usted que al descubrimiento siguen casi inmediatamente los urgentes comunicados dirigidos al periódico vespertino.

»Aun con algunas modificaciones, estos comunicados que proceden, aparentemente, de distinto origen, tendían todos hacia el mismo fin: el de atraer la atención sobre una pandilla de forajidos, a quienes acusar como autores del atentado, y asimismo sobre los alrededores de la *barrière du*

Roule como lugar en que se cometió el hecho. El que los chicos hallasen estos objetos a consecuencia de dichos comunicados, y luego que se encauzara en este sentido la opinión pública, no es, naturalmente, lo que puede sorprendernos, sino que se podría suponer lógicamente que si los chicos no encontraron *antes* estos objetos es porque aún no se hallaban en el bosquecillo, porque fueron abandonados en una época posterior: la de la fecha o una muy poco anterior a la de los comunicados y esto fue hecho por los mismos criminales, autores también de los comunicados de que se trata.

»Este bosquecillo es extraño, demasiado extraño. Su frondosidad es insólita. En el centro de sus muros naturales hállanse tres extraordinarias piedras, que constituyen un asiento con su respaldo. Este bosquecillo tan decorativo se encuentra en las proximidades, a pocos pies de distancia, de la vivienda de *madame* Deluc, cuyos hijos tienen la costumbre de escudriñar minuciosamente la espesura en busca de cortezas de sasafrás. ¿Sería temerario apostar mil contra uno a que no pasaba día sin que por lo menos alguno de esos chicos se ocultara en ese verde salón y se creyera rey sentándose en ese trono natural? Los que no se arriesguen a apostar, o no han sido niños nunca o desconocen la naturaleza infantil. Insisto. Es extraordinariamente difícil concebir cómo hubiesen logrado permanecer tales objetos en el bosquecillo más de uno o dos días sin que nadie los hubiese descubierto habiendo, por otra parte, importantes razones para sospechar, pese a la dogmática ignorancia de *Le Soleil,* que fueron abandonados allí en fecha relativamente tardía.

»No obstante, para creer que esto haya sucedido de esta forma, existen otras razones más poderosas que todas las que acabo de exponerle. Permítame que llame ahora su atención con respecto a la colocación tan artificiosa de los objetos. En la piedra superior hallábanse unas enaguas; en la segunda, un chal de seda; alrededor, esparcidos, una sombrilla, unos guantes y un pañuelo de bolsillo con el nombre de «María Roget» bordado. Esta colocación, tal como está realizada, ha debido, naturalmente, imaginarla un espíritu poco sutil, afanoso de buscar la que pareciera *natural.* Pero no es absolutamente una disposición *verdaderamente* natural. Hubiera preferido, yo, ver esos objetos diseminados todos por el suelo, y pisoteados.

»Dentro del pequeño recinto del bosquecillo casi hubiera sido imposible que las enaguas y el chal guardaran sobre las piedras su colocación, expuestos a las conmociones de un choque entre varias personas. Se dice que «había señales de lucha; la tierra aparecía hollada y aplastados los zarzales», pero tanto las enaguas como el chal yacían como sobre tablas. «Los jirones de ropa que colgaban de las zarzas tenían unas tres pulgadas de ancho por seis de largo. Uno de ellos había formado parte del volante o borde del vestido, que estaba recogido. *Parecían tiras arrancadas.*» Sin darse cuenta de ello, aquí *Le Soleil* emplea una frase extremadamente sospechosa. Tal como

los describe, estos jirones parecen tiras arrancadas, pero intencionadamente
y por una mano. Es un accidente extrañísimo que un trozo de vestido como
al que nos referimos, pueda ser arrancado totalmente por la acción de una
espina.

»Teniendo presente la naturaleza del tejido, una espina o clavo que se
engancliara en él lo desgarraría en forma rectangular, dividiéndole en dos
rasgaduras longitudinales, formando un ángulo recto, y viéndose el sitio por
donde se clavó la espina. Pero resulta casi imposible de comprender que el
pedazo se arrancara completamente. Yo no he visto nunca eso, y espero
que usted tampoco. Para arrancar así un trozo de tela es preciso casi siempre que actúen dos fuerzas distintas en sentidos diferentes. Si por ejemplo,
la tela presenta dos bordes, si es un pañuelo y quiere arrancarse una tira, solamente entonces bastará una fuerza única. Pero en el caso de que nos ocupa, nos referimos a un traje que no ofrece sino un solo lado, y arrancar un
pedazo del centro, que no presenta lado alguno, sería casi milagroso que
pudiesen hacerlo varias espinas, y menos aún una sola. Pero incluso cuando la tela presenta un borde, será necesario que actúen dos espinas, una en
dos direcciones distintas y la otra en una sola, y, a pesar de todo, hay que
imaginar que no esté ribeteado el borde, porque entonces esto resultaría
imposible.

»Ya hemos observado los numerosos y diversos obstáculos que impiden
que la sencilla acción de las espinas arranquen los jirones. Sin embargo, se
nos quiere hacer creer que no sólo un trozo, sino varios se han arrancado
de esta forma. Además, uno de ellos era el borde del vestido. El otro, una
parte de la falda, pero no el ribete; es decir, había sido arrancado por completo por la acción de las espinas, precisamente de la mitad y no del borde
de la falda. Afirmo que estas cosas, plausiblemente, no pueden ser creídas.
No obstante, si las examinamos conjuntamente, constituyen un motivo menos de evidente sospecha que la única circunstancia, tan sorprendente, de
que los asesinos hubieran podido abandonar tales objetos en el bosque, teniendo, como tuvieron, la precaución de llevarse el cadáver.

»Sin embargo, usted no habrá entendido por completo mi idea, y piensa
que mi propósito es el de negar que el bosque haya sido el escenario del
crimen. Es posible que en él sucediera algo grave; pero es más verosímil
admitir que la desgracia haya ocurrido precisamente en casa de *madame*
Deluc. Mas, en definitiva, éste es un detalle de secundaria importancia. Nos
hemos propuesto desenmascarar a los autores del crimen y no determinar el
lugar en que éste se cometió. No obstante su minuciosidad, todos los argumentos que he aportado tienden solamente a demostrar a usted la falta de
sensatez de las afirmaciones tan enérgicas y rotundas de *Le Soleil*, y, como
inmediata consecuencia, dirigirle, por el camino más lógico, a otro: analizar
si el crimen ha sido o no obra de *una cuadrilla*.

»Aludiendo simplemente a los extraños pormenores que dio el médico al informar en el sumario, yo impugnaría este punto. Tendrá bastante con decir que sus conclusiones, por lo que respecta al número de los supuestos malhechores, han sido ridiculizadas por completo, dada su flojedad y por carecer en absoluto de base, por todos los anatómicos más destacados de París. No intento asegurar que materialmente el hecho no haya podido suceder como él manifiesta, pero no encuentro bastantes razones para su conclusión. ¿No existían muchas más para sustentar otra teoría?

»Meditemos ahora en lo referente a las huellas de la lucha. Preguntémonos qué es lo que se trata de demostrar con ello. ¿La presencia de una banda? ¿Acaso no demuestran mucho mejor aún la ausencia de una banda? ¿Qué clase de lucha lo suficientemente violenta, lo bastante prolongada para dejar huellas en todas direcciones, hemos de concebir entre una débil muchacha indefensa y la banda de malhechores a que se alude? Unos fuertes brazos, oprimiéndola en silencio, hubiesen bastado para que la víctima quedara absolutamente indefensa, pasiva y a su discreción. Observará usted que nuestras razones contra el bosquecillo, supuesto lugar del suceso, no se dirigen fundamentalmente sino como al lugar de un atentado cometido por más de un sujeto. Si imaginásemos un hombre solo, encarnizado en una violación, entonces, y nada más que entonces, cabría admitir una lucha de carácter violento y resuelto para dejar tan ostensibles huellas. Además, hemos indicado ya lo extraño que resulta el hecho de que los objetos reseñados antes hubiesen podido permanecer en el bosquecillo donde fueron encontrados.

»Resulta casi imposible que estas pruebas del crimen se abandonaran por accidente en el sitio donde fueron encontradas. Se tuvo la necesaria presencia de ánimo como lógicamente se ha supuesto, para retirar el cadáver y, sin embargo, una prueba decisiva, más aún que el cadáver mismo, cuyas facciones pudieron alterarse rápidamente a consecuencia de la descomposición, queda expuesta descaramente en el teatro del crimen. Me refiero concretamente al pañuelo de bolsillo con el *nombre* de la difunta. Si ello es un accidente, no se debe éste a una banda. Únicamente nos lo podemos explicar como obra de un solo individuo. Veamos cómo: Un solo individuo es quien ha cometido el crimen. Solo con el espectro de la difunta, se siente aterrorizado ante el cadáver inmóvil. Se ha extinguido la furia de su pasión, y ahora, en su ánimo, empieza a despertar el natural horror por el crimen cometido. Su espíritu carece de esa confianza que naturalmente inspira la presencia de varios cómplices. El criminal está solo con la muerta. Se estremece horrorizado. Sin embargo, es preciso ocultar el cadáver en algún sitio. Lo lleva al río; pero tras sí deja las huellas del crimen, y como le resulta difícil, ya que no imposible, transportar ambas cosas de una vez, piensa que podrá regresar luego para retirar lo que no ha podido llevar antes. Mas en su esforzado viaje al río, los temores que le invadían aumentan. Rodean su camino rumores de vida. Una docena de veces oye, o se imagina oír, los pasos de alguien que le espía. Le producen temor incluso las luces de la ciudad. Finalmente tras prolongadas y frecuentes paradas, llenas de infinita angustia, llega al borde del río, y, quizá, por medio de una barca, se libera de su siniestra carga. Pero *¡después!,* ¿qué tesoros del mundo, qué amenazas de castigo tendrían suficiente poder para obligar a este asesino solitario a que retrocediera, a lo largo de su peligroso y abrumador camino, hacia el espantoso bosque poblado a partir de ese instante de lúgubres recuerdos? No vuelve, y deja que sigan su curso los acontecimientos. No *puede* regresar, aunque quisiera. Su única idea es la de huir con la mayor rapidez. Abandona *para siempre* la amedrentadora espesura y huye como si le persiguiera la cólera del Cielo.

»Pero ¿y si imaginásemos una partida de malhechores? El ser varios les hubiera inspirado audacia, dando por cierto que la audacia puede faltar alguna vez del corazón de un criminal empedernido, y se supone que *la partida* está compuesta de criminales empedernidos. Como ya he dicho, su número les habría salvado del terror irrazonado y la turbación que de acuerdo con mi hipótesis invadió al solitario individuo. Si usted lo prefiere podemos admitir la posibilidad de un descuido en uno, dos o tres de estos sujetos. El cuarto hubiera tenido en cuenta esta ligereza. Nada hubiesen podido dejar tras sí, porque el ser varios les permitía llevárselo todo en una sola vez, sin que tuvieran necesidad de *regresar.*

»Observe usted ahora la singularidad de que en la falda que tenía puesta el cuerpo descubierto se había desgarrado una tira de arriba abajo, como de un pie de ancho, y a partir del borde de la cintura, sin que esta tira hubiese sido arrancada, sino que daba tres vueltas alrededor del talle y se ceñía a la espalda por medio de una especie de nudo. Esto fue hecho con el evidente propósito de obtener *un asidero* que permitiese realizar mejor el traslado del cadáver. Con este fin, ¿una partida de forajidos hubiese tenido que recurrir a tal extremo?

»Si se trataba de tres o cuatro hombres, las mismas extremidades de la víctima hubieran facilitado los medios para su transporte, no sólo suficientes, sino que, además, hubieran sido cómodos. Se trata, pues, de la intervención de un solo sujeto, y esto nos lleva a tener en cuenta el siguiente detalle: entre el sotillo y el río se ha encontrado que las empalizadas hallábanse caídas y que la tierra conservaba señales, como si se hubiera arrastrado por ella un objeto pesado. ¿Cree usted que una banda se habría tomado la molestia de derribar una empalizada y arrastrar sobre ella un cadáver, cuando *elevándolo* podría hacerlo pasar con facilidad por encima? ¿Una partida de asesinos no hubiese evitado *arrastrar* un cadáver, de no ser que hubiera tenido interés en dejar un claro *rastro?*

»Ahora hemos llegado a un punto en que conviene volver a examinar una observación de *Le Commerciel*, en la que ya antes había puesto atención. Este periódico dice: «Un jirón de las enaguas de la infortunada joven había sido arrancado y ceñido en torno a su cuello y anudado a la nuca, seguramente con el fin de ahogar sus gritos, hecho realizado, indudablemente, por unos forajidos que ni siquiera tendrían pañuelos de bolsillo.»

»Ya he dicho antes que el verdadero granuja no deja de llevar nunca pañuelo de bolsillo, pero no intento llamar su atención con respecto a esta particularidad. No es por falta de pañuelo, ni aun con el objeto que ha supuesto *Le Commerciel* para lo que aquel jirón fue utilizado. Esto lo prueba el pañuelo que se abandonó en el bosquecillo, y lo que demuestra que la intención de impedir los gritos no existió es que esa tira se ha usado con preferencia en lo que tendría que dar mejores resultados para el fin propuesto. Ahora bien: el sumario, al referirse a ella, dice «que se encontró ceñida a su cuello, de un modo muy flojo y sujeta por un apretado nudo». Estos mismos términos son vagos, pero disienten radicalmente de los de *Le Commerciel*. La tira era de unas dieciocho pulgadas de ancho, y, plegada y enrollada en sentido longitudinal, debía constituir una especie de cuerda bastante fuerte, aun cuando la materia que la formaba fuese de muselina.

»Mis conclusiones son éstas: el solitario criminal, después de transportado el cadáver a determinada distancia a partir del bosquecillo o de otro sitio cualquiera, valiéndose de la tira atada en torno a la cintura, observó que el peso, aun empleando este sistema, agotaba sus fuerzas. Entonces decidió arrastrar el cadáver, y ahí están las huellas que lo confirman. Para realizar este propósito era menester sujetar algo parecido a una cuerda a una de las extremidades, con preferencia en torno al cuello, porque la cabeza serviría así para impedir que todo el cuerpo se arrastrase. Indudablemente, pensó entonces el criminal en utilizar la tira ceñida en torno a la cintura, y así lo hubiera hecho, desde luego, de no haberse encontrado con que por estar arrollada alrededor del cuerpo por el apretado nudo que la remataba tendría que emplear más tiempo, y además por la idea de que no estaba arrancada por completo del vestido. Le resultaba más fácil sacar una nueva tira de las enaguas, y así lo hizo, anudándola en torno al cuello y arrastrando de esta manera a su víctima hasta el río. Esta tira, cuya ventaja consistía en estar al alcance inmediato de la mano, pero que no respondía más que de una manera imperfecta a esta misión, fue usada tal como está y demuestra que la precisión de servirse de ella ocurrió en circunstancias en que no había modo de recuperar el pañuelo: es decir, según ya hemos supuesto, después de haber dejado atrás el bosque, en lugar de haber sido en el bosque y entre el trayecto que media entre éste y el río.

»A esto, puede usted oponer que la declaración de *madame* Deluc señala insistentemente la presencia de una partida de maleantes en las cercanías del bosquecillo a la hora, o alrededor de la hora, en que el crimen fue cometido. Estoy de acuerdo. Me atrevería incluso a creer que había una docena de partidas como las que ha descrito *madame* Deluc, y que se hallaban en aquellos lugares *alrededor* de la misma hora en que ocurrió la tragedia. Pero la partida que atrajo la señalada animadversión de *madame* Deluc a pesar de que su declaración sea algo tardía y bastante sospechosa, es la única nombrada por esa digna y respetable dama, partida que comió sus pasteles y bebió su aguardiente sin preocuparse de pagarlos. *Et hinc illoe iroe?*

»Mas ¿cuáles *son* los términos concretos de la declaración de *madame* Deluc? «Una pandilla de granujas se presentó, armó un escándalo de mil diablos, comió y bebió sin pagar, siguió el mismo camino del joven y de la muchacha y regresó a la posada al oscurecer, y después vadeó el río precipitadamente.»

»Ahora bien: esta precipitación pudo hacerse mucho mayor a los ojos de *madame* Deluc, que, con tristeza e inquietud pensaba en su cerveza y sus pasteles robados, cerveza y pasteles por los cuales conservó hasta el último instante la esperanza de que le serían pagados. De otra manera, y ya que se hacía tarde, por qué concedió importancia a tanta prisa. No podemos sorprendernos de que una partida aunque esté formada por pillos, ponga determinado empeño en regresar apresuradamente, cuando tiene que cruzar un río en frágiles embarcaciones y cuando amenaza la tempestad y la noche se aproxima.

»Y digo se aproxima porque aún no era de noche. Los castos ojos de *madame* Deluc se fijaron en la exasperante precipitación de los granujas al oscurecer. Pero, según han referido *madame* Deluc y su hijo mayor, oyeron por la noche gritos de mujer en las cercanías del ventorro. ¿De qué término se vale *madame* Deluc para fijar el momento del día en que esos gritos se produjeron? Según ella, poco después de oscurecer; pero ese poco después de oscurecer es, por lo menos, la noche, y la palabra oscurecer supone aún el día.

»No hay duda alguna, por tanto, de que la partida abandonó la *barrière du Roule* antes de haberse oído los gritos que casualmente (?) oyó *madame* Deluc. Aunque, en los numerosos informes del sumario, estas dos expresiones distintas se citen invariablemente como yo mismo lo hago en nuestra conversación, ningún periódico ni ningún sabueso de la Policía ha advertido hasta ahora la gran contradicción en que incurren.

»Solamente debo añadir un argumento contra esa famosa *partida,* pero cuyo peso es, al menos para mí, absolutamente irresistible. En el caso de ofrecer una buena recompensa y el indulto a todo delator de sus cómplices, ni por un momento se puede pensar que un sujeto cualquiera de *una partida* de malhechores o de una asociación de hombres de cualquier especie no hubiera ya traicionado a sus cómplices desde hacía mucho tiempo. A todo sujeto de una banda de esta clase antes le atemoriza la idea de una posible traición que le seduce la tentación de obtener una recompensa. Cualquiera de ellos traiciona para que no le traicionen. En fin, la mejor garantía de un secreto es la de que no se divulgue. Los horrores de estos asuntos tenebrosos sólo son conocidos por uno o dos seres humanos y por Dios.

»Vamos ahora a resumir los hechos, pobres, es cierto, pero positivos, de nuestro largo análisis, ya se trate de un fatal accidente en el ventorro de *madame* Deluc o de un crimen cometido en el bosque de la *barrière du Roule* por un amante o al menos por un amigo íntimo y secreto de la difunta. Este amigo es de rostro cetrino, lo cual, teniendo en cuenta el nudo corredizo de la cintura y el de las cintas del sombrero, delata a un marino. Su trato con la difunta – muchacha un tanto casquivana, ciertamente, mas no abyecta — nos lo presenta como un hombre superior por su empleo a un simple marino. Por otra parte, los comunicados urgentes, muy bien redactados, que fueron dirigidos a los diarios, contribuyen de una forma notable a robustecer nuestra hipótesis. El detalle de una fuga anterior, relatado por *Le Mercure*, nos obliga a hacer un solo personaje del marino y del oficial de la Armada, ya conocido por haber hecho incurrir en falta a la infortunada joven.

»Con mucha oportunidad se nos ofrece aquí otra consideración, que es la referente a la duración de la ausencia del citado sujeto de tez cetrina. Insistamos con respecto a este extremo; es decir, a su tez sombría y tostada. Una tez levemente tostada es lo que ha podido, solamente, constituir el único punto de recuerdo común existente entre Valence y *madame* Deluc. Ahora bien: ¿por qué este hombre está ausente? ¿Fue asesinado por la banda? De haber ocurrido así, ¿por qué no es posible hallar más huellas de la muchacha asesinada? Para los dos crímenes se supone el mismo escenario. Pero el cadáver de él, ¿dónde se encuentra? Indudablemente los criminales habrían hecho desaparecer a los dos de igual modo. No, no puede asegurarse que el hombre viva aún y que lo que le impide darse a conocer es el temor de ser acusado como autor del asesinato.

»En este momento, tardíamente ya, es cuando podemos imaginar que una consideración parecida pese vivamente en él, puesto que un testigo asegura haberle visto con María. Pero este temor no hubiera influido en modo alguno en la época del crimen. El primer impulso de un hombre inocente hubiera sido el de denunciar el hecho y colaborar en el descubrimiento de los malhechores. Así lo aconsejaría un interés bien entendido. Fue visto en compañía de la joven. Atravesó el río con ella en una barca. Hasta para un necio, la denuncia de los criminales hubiera parecido el más seguro medio de escapar a las sospechas. De ninguna manera podemos suponerle, en la noche fatal del domingo, inocente y no enterado del crimen. Sin embargo, solamente en circunstancias imposibles podríamos concebir que, estando vivo, hubiese faltado al deber de denunciar a los asesinos.

»¿Con qué medios contamos para encontrar la verdad? A medida que vayamos avanzando los veremos multiplicarse, concretarse. Analicemos ahora la historia, ya antigua, de una primera fuga. Pasemos a informarnos de la vida de este oficial, como asimismo de las circunstancias que actualmente le rodean y de los lugares en que se encontraba precisamente en la época del crimen. Cuidadosamente, comparemos entre sí los diversos comunicados dirigidos al periódico de la tarde, en los que se acusaba a *una partida* de malhechores.

»Una vez hecho esto, cotejaremos el estilo y la letra de estos comunicados con la letra y el estilo de los escritos que fueron dirigidos al periódico de la mañana en época anterior y que tan enérgicamente insistían referentes a la culpabilidad de Mennais. A continuación, comparémoslos con los manuscritos conocidos del oficial. Después, mediante un interrogatorio más minucioso intentemos obtener de *madame* Deluc y de sus hijos, así como de Valence, el conductor del ómnibus, algún detalle más concreto con respecto al aspecto físico y costumbres del hombre de la tez cetrina. Por medio de algunas preguntas formuladas hábilmente, indudablemente podrá obtenerse de cualquiera de aquellos testigos informes relacionados con este punto concreto, o bien con otros: informes que los mismos testigos poseen, probablemente sin saberlo.

»Luego seguiremos el rastro de la barca que fue recogida por el barquero en la mañana del lunes 23 de junio y que por abandono del oficial de servicio desapareció sin timón del embarcadero en época anterior al descubrimiento del cadáver. Con la perseverancia y cuidado oportunos buscaremos con el mayor interés la barca, porque no sólo el barquero que se hizo cargo de ella podría reconocerla, sino que tenía en su poder el timón. No es posible que nadie, sea quien sea, abandone deliberadamente y sin causa que lo justifique el timón de un barco de vela. Tampoco se publicó aviso alguno referente al hallazgo del mismo. Silenciosamente, fue conducido a las oficinas de Navegación, y desapareció asimismo silenciosamente. Ahora yo pregunto: ¿cómo se explica que el dueño, o el arrendatario de la barca pudiera, sin un anuncio público, en una fecha tan inmediata como el martes por la mañana, saber que la barca fue encontrada el lunes, de no ser que nos lo imaginemos relacionado de alguna manera con la *Marina,* relaciones personales y constantes, que resultan del conocimiento de los intereses más nimios en las más insignificantes noticias locales?

»Al referirme al criminal solitario que arrastraba su fúnebre carga hacia la orilla, he insinuado que debió de procurarse *una embarcación.* Vemos claro ahora, que María Roget fue arrojada desde una embarcación. Lógicamente, ocurrió así el hecho. El cadáver no debió de confiarse a las poco profundas aguas de la orilla. Las señales especiales descubiertas en la espalda y hombros de la víctima denuncian las traviesas del fondo de una barca.

»La circunstancia de que se haya encontrado el cadáver sin un peso corrobora nuestra hipótesis, ya que de haber sido arrojado desde la orilla se lo hubieran agregado. Únicamente podemos explicarnos su falta, suponiendo que el asesino no hubiera tenido el cuidado de procurárselo antes de arrastrar el cuerpo de la víctima. Indudablemente, debió notar su falta de precaución cuando llegó el momento de lanzar el cadáver al río. Pero ya no tenía a su alcance nada con que suplir este error y prefirió arriesgarlo todo antes que volver a la orilla maldita. Una vez libre de su fúnebre carga, el criminal debió de regresar precipitadamente a la población. Después desembarcó en algún muelle desierto, mas ¿podría dejar la barca en un lugar seguro? Para pensar en semejante bagatela se sentía más apremiado de lo corriente. Aun cuando la hubiese amarrado a un muelle, le hubiera parecido dejar allí una prueba comprometedora contra él. Su resolución más natural debió de ser la de alejar, lo más apartado posible de sí todo lo que tuviera la menor relación con su delito. No sólo debió de huir del muelle sino que trató de que la barca no se quedara en él, y la dejó sin duda alguna, a la deriva.

»Prosigamos nuestro razonamiento. A la mañana siguiente, el asesino tuvo que estar poseído de un horror indescriptible. Se encontraba en un lugar adonde, tal vez, su deber le llevaba con frecuencia. Por la noche, sin atreverse a pedir el timón, la hizo desaparecer. Ahora bien: ¿dónde se encuentra esa barca sin timón? Vamos a descubrirlo, y que sea ésta una de nuestras primeras pesquisas. Con la primera aclaración que consigamos se iniciará la aurora de nuestro triunfo. Con una rapidez, de la que nosotros mismos nos asombraremos, esta barca nos conducirá hasta el hombre que la utilizó en la noche del fatal domingo. La confirmación quedará aumentada con la propia confirmación, y hallaremos la pista del asesino.

Por motivos que no tenemos en cuenta, ni de los que saltan a la vista de nuestros numerosos lectores, nos hemos permitido suprimir aquí, del manuscrito que nos ha sido enviado, la parte en que se desmenuza la investigación realizada a consecuencia de la pista aparentemente tan ligera que había descubierto Dupin. Sin embargo, creemos oportuno manifestar únicamente que el resultado apetecido se logró, y que cumplió el prefecto, aunque no sin repugnancia, los términos de su contrato con el caballero. El artículo de *mister* Poe concluye así (1):

«Se entenderá fácilmente que hablo de simples coincidencias y nada más. Debe bastar cuanto se ha dicho referente a este asunto. Mi corazón no

(1) Nota de los editores del *magazine* en el que fue publicado primitivamente este artículo. (N. del T.)

posee fe alguna con respecto a lo sobrenatural. Ningún hombre capaz de pensar puede sentirse inclinado a negar que la Naturaleza y Dios forman un todo único. Que Éste, habiendo creado a Aquélla, puede a su voluntad gobernarla o modificarla, es cosa también fuera de toda duda. Y digo a su voluntad, porque es una cuestión de voluntad y no de poder, como lógicos absurdos han supuesto. No se trata de que la Divinidad *no pueda* modificar sus leyes; pero, imaginando una posible necesidad de modificación, la insultamos. Desde el origen han sido creadas estas leyes para abarcar todas las contingencias que puedan contenerse en lo futuro, porque para Dios es presente.

»Repito que hablo con sencillez de estas cosas como de coincidencias. Unas palabras más aún. En el presente relato se hallará motivo suficiente para establecer un paralelismo entre el destino de la infortunada Mary Cecilie Rogers, por lo menos en cuanto ha sido posible conocer, y el de una tal María Roget, hasta determinada época de su historia; paralelo éste cuya minuciosa y sorprendente exactitud se efectúa para confundir la razón. En efecto, todo esto sorprenderá. Pero que ni un solo instante imagine que al continuar la triste historia de María desde el punto en cuestión y continuando hasta su desenlace el misterio que la rodeaba, he tenido el interés secreto de sugerir una extensión del paralelismo o de insinuar que las medidas que fueron adoptadas en París con objeto de descubrir al asesino de una obrera, o las fundadas en un método de razonamiento semejante, hayan de producir un resultado parecido.

»Porque, por lo que respecta a la última parte de la suposición, hemos de considerar que la más insignificante variación de los elementos de los dos problemas podrían engendrar graves errores de cálculo, desviando absolutamente las dos corrientes de acontecimientos. Del mismo modo que un error, en aritmética, juzgado aisladamente, puede ser inapreciable, por la fuerza acumuladora de la multiplicación produce a la larga un resultado terriblemente distante de la realidad. Y por lo que se refiere a la primera parte, no olvidemos que este mismo cálculo de probabilidades que he invocado veda toda idea de extensión del paralelismo, con un rigor tanto más imperioso cuanto que el paralelismo ha sido ya más extendido y exacto. Aquélla es una proposición no normal, que aun cuando pueda parecer resurgir del dominio del pensamiento general, del pensamiento que nada tiene que ver con las matemáticas, hoy sólo ha sido comprendido por los matemáticos; por ejemplo, nada es hoy más dócil para convencer al lector profano de que si un jugador de dados ha vuelto dos veces el seis, una tras otra, constituya este hecho una razón suficiente para apostar en grande que a la tercera vez o golpe no volverá a sacar la misma cifra.

»Por lo general, una opinión de esta naturaleza suele, desde luego, ser rechazada por la inteligencia. No puede comprenderse cómo dos golpes ya jugados, desaparecidos en el pasado, pueden influir en el que solamente existe en el futuro. La posibilidad de tener el seis parece ser, precisamente, la que en cualquier momento era; es decir, sometida tan sólo al influjo de los distintos golpes que pueden volcar los dados. Parece tan perfectamente evidente esta reflexión, que todo esfuerzo llevado a cabo para contrarrestarla se acoge más frecuentemente con una sonrisa irónica que con una cortés condescendencia. El error en cuestión, y es un craso error, fuente en ocasiones de perjuicios, no puede ser criticado dentro de los límites de que aquí dispongo, y los filósofos no lo necesitan. Basta decir tan sólo que este error constituye una parte integrante de una ilimitada serie de sorpresas con las que tropieza la razón a lo largo de su camino, por la propensión funesta de buscar la verdad en los pormenores.»

DESCENSO DENTRO DEL «MAELSTROM»

Los caminos de Dios, tanto en la Naturaleza como en la Providencia, no son nuestros caminos, y los modelos que concebi-
mos no tienen relación alguna con la amplitud, la profundidad
y la inescrutabilidad de sus obras, las cuales contienen un abismo más profundo que el pozo de Demócrito.

(JOSEP GLANVILLE.)

Habíamos llegado hasta la cima de la roca más elevada. Durante algunos
instantes el anciano pareció encontrarse harto extenuado para pronunciar palabra.

— No hace mucho tiempo — dijo, por fin — le hubiera conducido a usted por esta ruta tan bien como el más joven de mis hijos; pero hace tres
años me sucedió la más extraordinaria aventura que haya ocurrido antes a
ningún mortal, o al menos, como no había sucedido a ningún hombre capaz de sobrevivir para relatarla, y las seis horas de terror mortal que entonces pasé han destrozado mi cuerpo y mi alma. Creerá usted que soy *muy
viejo,* pero no es así. Bastó un sólo día para convertir este pelo de un negro
azabache en blanco, para aflojar mis miembros y alterar mis nervios hasta el
punto de que me deja tembloroso el menor esfuerzo y me amedrenta una
sombra. ¿Sabe usted que apenas puedo mirar hacia ese pequeño acantilado
sin sentir el vértigo?

El «pequeño acantilado» al borde del cual se hallaba él tumbado con tanto abandono para descansar, de forma que la parte más pesada de su cuerpo se adelantaba, y sólo le protegía de una caída el punto de apoyo que
tenía su codo sobre la arista final y resbaladiza; aquel «pequeño acantilado»
se elevaba a unos quinientos o seiscientos pies por encima de un amontonamiento de rocas negras y relucientes sobre un gran precipicio. Por nada
del mundo hubiese yo corrido el riesgo de acercarme a una docena de yardas de aquel borde. Realmente, estaba tan excitado por la situación de mi
acompañante, que me dejé caer cuan largo soy sobre el suelo, aferrándome
a unos arbustos de las proximidades, sin atreverme siquiera a elevar la vista
al cielo, en tanto luchaba en vano por liberarme de la obsesión de que la fu-

ria del viento hacía peligrar la base misma de la montaña. Fue necesario que pasase largo tiempo para poder razonar y hallar el suficiente valor para mirar hacia la inmensidad.

— Tiene usted que desechar esas fantasías — dijo el guía —, pues le he traído aquí para que contemple lo mejor posible el paraje en que tuvo lugar el suceso que antes mencioné, y para relatarle la historia completa teniendo la escena misma bajo sus ojos.

»Nos encontramos ahora — prosiguió con aquella minuciosidad que le caracterizaba —, nos encontramos ahora encima de la misma costa de Noruega — a sesenta y ocho grados de latitud —, en la gran provincia de Nordland y en el lúgubre distrito de Lofoden. La montaña sobre la cual nos hallamos es Helseggen, la Nubosa. Ahora, levántese un poco — así — y mire más allá de esa faja de vapores que hay debajo de nosotros, en el océano.

Al mirar, sentí fuerte vértigo; vi una vasta extensión de mar, cuyas aguas color tinta me recordaron en seguida al nubio geógrafo de que se habla en el *Mare tenebrarum*. La mente humana no puede concebir un panorama más terriblemente desolado. A derecha e izquierda, en todo lo que podía alcanzar la vista, se extendían, como la fortaleza del mundo, los muros de un horrible acantilado negro en forma de escollera saliente, cuyo aspecto sombrío estaba reforzado a fondo por la resaca que subía hasta su cresta blanca y lívida, aullando y mugiendo eternamente. Enfrente mismo del promontorio en el que nos encontrábamos, a una distancia de cinco o seis millas mar adentro, distinguíase una isla pequeña que parecía desierta, o, mejor dicho, se adivinaba su situación a través del impetuoso oleaje que la rodeaba. A unas dos millas más hacia tierra se elevaba otro islote pedregoso y estéril, rodeado de grupos ininterrumpidos de negras rocas.

El aspecto del mar, en el espacio comprendido entre la orilla y la isla más alejada, tenía algo de extraordinario. En aquel mismo instante, soplaba del lado de tierra un ventarrón tan potente, que un bergantín, mar adentro, había quedado al pairo con la vela mayor doblemente arrizada, y su casco desaparecía constantemente de la vista, sin embargo, no había nada a su alrededor que se pareciese a una marejada corriente, sino tan sólo, y a despecho del viento, un chapoteo de agua, breve, rápido y agitado en todas direcciones. Se veía poca espuma, excepto en las inmediaciones de las rocas.

— Aquella isla que ve usted más lejos — prosiguió el viejo — es a la que los noruegos denominan Vurrgh. La que se encuentra a mitad del camino es Moskoe. La que se halla a una milla al norte es Ambaaren. También están allí Islesen, Hotholm, Keildhelm, Suarven y Buckholm. Más lejos — todavía entre Moskoe y Vurrgh — están Otterholm, Flimen, Sandflesen y Estocolmo. Estos son los verdaderos nombres de estos parajes; aunque es algo incomprensible por qué he creído necesario nombrárselos todos. ¿Oye usted algo? ¿Ve usted algún cambio en el mar?

Nos encontrábamos hacía unos diez minutos en lo alto del Helseggen, adonde habíamos ascendido desde el interior de Lofoden; de forma que no habíamos podido contemplar el mar, hasta que se nos apareció bruscamente al llegar a la cumbre. En tanto el viejo hablaba, percibí un rumor fuerte que iba aumentando gradualmente en intensidad, era como el mugido de una numerosa manada de búfalos por una pradera americana; y en el mismo momento vi que eso que los marineros llaman *mar picada* se transformaba de pronto en una corriente que se dirigía hacia el Este. Mientras la miraba, aquella corriente adquirió una velocidad prodigiosa. A cada instante aumentaban su rapidez, su impetuosidad desordenada. En cinco minutos todo el mar hasta Vurrgh, estuvo azotado por una furia indomable; pero especialmente entre Moskoe y la costa predominaba el estruendo. Allí el vasto lecho de las olas, cortado y cruzado por mil corrientes contrarias, rompía, súbitamente, en convulsiones frenéticas, jadeando, hirviendo, silbando, arremolinándose en gigantescos e innumerables torbellinos, y rodando y precipitándose todo hacia el Este con una velocidad que no se manifiesta nunca en el agua, más que en las cataratas.

En poco tiempo sufrió otro cambio brusco la escena. La superficie total se hizo algo más lisa, y desaparecieron los remolinos uno tras otro, mientras surgieron unas prodigiosas franjas de espuma allí donde antes no había yo visto ninguna. Aquellas franjas, por último, se extendieron en una gran amplitud, y mezclándose entre ellas, adoptaron el movimiento giratorio de los remolinos calmados y parecieron formar el germen de otro más vasto. De pronto — muy de pronto —, adquirió éste una clara y definida forma en un círculo de más de una milla de diámetro. El borde del remolino estaba indicado por una amplia faja de espuma brillante; pero ni un fragmento de esta última se deslizaba en la boca del terrible embudo, cuyo interior, hasta donde podía llegar la vista, estaba formado por un muro de agua, limpio, brillante, de un negro azabache, inclinado hacia el horizonte en un ángulo de unos cuarenta y cinco grados, girando, vertiginoso, a impulsos de un movimiento oscilatorio, hirviente y elevando por los aires una voz aterradora, mitad aullido, mitad rugido, tal como la poderosa catarata del Niágara no ha elevado nunca hacia el cielo.

La montaña temblaba hasta su misma base, y se bamboleaba la roca. Me arrojé al suelo de bruces, y en un exceso de excitación nerviosa, me aferré a la escasa hierba.

— Esto — dije, por último, al viento — esto *no puede* ser más que el gran remolino del Maelstrom.

— Así lo llaman algunos — dijo él —. Aunque nosotros los noruegos lo conocemos por el Moskoe-strom, por su proximidad a la isla de Moskoe, que está situada a medio camino.

No obstante haber leído varias descripciones de este remolino no estaba preparado para lo que veía. La de Jonás Ramus que es quizá más detallada que otra alguna, no consigue dar una idea aproximada de la magnificencia y del horror del cuadro, ni de la violenta e impresionante sensación de *novedad* que confunde el espectador. No sé con exactitud desde qué punto de vista ni a qué hora lo ha contemplado el referido escritor; pero, estoy seguro de que no puede ser en modo alguno ni desde la altura de Helseggen, ni durante una tempestad. Sin embargo, hay algunos pasajes de su descripción dignos de ser citados, aunque su efecto resulte insuficiente comparado con la impresión que produce su contemplación.

«Entre Lofoden y Moskoe — escribe él — la profundidad del agua varía de las treinta y seis a las cuarenta brazas; pero del otro lado, hacia Ver (Vurrgh), esta profundidad va disminuyendo hasta el punto de que un barco no podría encontrar paso sin afrontar el riesgo de destrozarse contra los bancos, lo que puede ocurrir incluso con el tiempo más bonancible. Cuando sube la marea, la corriente se precipita en el espacio comprendido entre Loloden y Moskoe con turbulenta rapidez; nada iguala al rugido de su impetuoso paso, ni siquiera el de las más fuertes y terribles cataratas. Se puede oír el estruendo a varias leguas, y son los remolinos u hoyas tan amplios y profundos, que si un navío penetra en su zona de atracción, es absorbido fatalmente y arrastrado al fondo, estrellándose allí contra las rocas; después, cuando la corriente cambia, los restos son lanzados de nuevo a la superficie. Pocos momentos hay de tranquilidad, y éstos sólo tienen lugar entre el reflujo y la pleamar, con tiempo de calma, y no duran más de un cuarto de hora, pasado el cual reanuda su violencia. Cuando la corriente es más arrolladora y aumenta su furor empapada por la borrasca, es peligroso aproximarse a una milla noruega de ella. Navíos, yates y embarcaciones de toda clase han sido arrastrados por no haber tomado precauciones para evitar encontrarse cerca de la zona de atracción. Ocurre con frecuencia que algunas ballenas llegan demasiado cerca de la corriente y son dominadas por su violencia; es imposible describir sus aullidos y bramidos ante su impotencia para libertarse por sí mismas. También se dio el caso de que, un oso, al intentar pasar a nado desde Lofoden a Moskoe, fue atrapado por la corriente y arrastrado al fondo, en tanto rugía tan terriblemente que se le oía desde la orilla. Grandes troncos de pinos y de abetos, después de haber sido tragados por la corriente, vuelven a la superficie rotos y desgarrados hasta tal extremo, que parecen haberles crecidos cerdas. Esto demuestra claramente que el fondo lo forman rocas puntiagudas, entre las cuales han rodado de una a otra. Esta corriente está regida por el flujo y reflujo del mar, que se suceden con regularidad cada seis horas. En el año 1645 en la madrugada del domingo de Sexagésima, se alteró, formando tal estruendo y con tanta impetuosidad, que se desprendían las piedras de las casas próximas a la costa.»

En cuanto a la profundidad del agua, no concibo cómo ha podido comprobarse en las inmediaciones del remolino. Las «cuarenta brazas» deben nacer mención a la parte del estrecho que se halla cercana a la orilla, ya sea de Moskoe o ya sea de Lofoden. La profundidad en el centro del Moskoestrom debe de ser incomparablemente mayor, y la mejor prueba de este hecho puede obtenerse al echar un vistazo de soslayo hacia el abismo del remolino cuando está uno sobre la parte más elevada de Helseggen. Contemplando desde lo alto de este pico al mugiente Phlegethon, no podía por menos que sonreír ante la ingenuidad con que el honrado Jonás Ramus relata, como algo increíble, sus anécdotas de las ballenas y de los osos, ya que me parecía una cosa evidente por sí misma, que el mayor barco de línea existente, al llegar a la zona de atracción, podría resistir allí tan poco como una pluma al huracán, y desaparecer por completo y de un solo golpe.

Se han dado diversas explicaciones del fenómeno algunas de las cuales llegaron a parecerme bastante plausibles al leerlas con atención; ahora, en cambio, presentan un aspecto muy distinto y poco convincente. La idea comúnmente admitida es que, lo mismo que los tres pequeños remolinos de las islas Feroe, éste «no tiene otras causas que el encuentro violento de las olas levantándose y volviendo a caer, en el flujo y en el reflujo, contra unos escollos y bajíos que canalizan las aguas y las precipitan así, como en catarata; esto hace que, cuanto más sube la marea, más profunda es la caída, y el resultado lógico de todo ello forma un remolino o vórtice, cuya prodigiosa succión es suficientemente conocida por experimentos menores». Estos términos proceden de la *Enciclopedia Británica*. Kircher y otros suponen que en la parte central del canal del Maelstrom existe un abismo que atraviesa el globo y desemboca en otra región muy alejada: el golfo de Botnia ha sido señalado alguna vez de un modo categórico. Esta hipótesis, poco razonable por todo, era a la que concedía más crédito mi imaginación mientras yo contemplaba aquello; y al manifestárselo así al guía, me sorprendió no poco oírle decir que, aun cuando fuese aquélla la idea consciente que tenían los noruegos sobre este asunto, no era la suya. Respecto a la tal primera opinión, confesó su incapacidad para comprenderla, pues, por muy razonable que aparezca sobre el papel, se convierte de todo punto en ininteligible y aun absurda, en medio del estruendo del abismo.

— Ya que ha visto usted bien el remolino — dijo el viejo —, y si quiere que nos retiremos detrás de esa roca a sotavento, amortiguando así el rugido del agua, le contaré una historia que le dejará convencido de que conozco algo del Moskoe-strom.

Una vez situados como él deseaba, empezó así:

— Entre todos los hermanos poseíamos, tiempo atrás, una goleta aparejada en queche (1), de unas setenta toneladas, con la que habitualmente

(1) Embarcación holandesa de la misma figura por la proa que por la popa. (N. del T.)

pescábamos entre las islas que hay más allá de Moskoe, cerca de Vurrgh. En todos los violentos remolinos de ese mar hay abundante pesca, si se saben aprovechar las ocasiones y se tiene el valor suficiente para correr la aventura; pero, entre las gentes de la costa de Lofoden, nosotros tres solamente hacíamos de modo regular la travesía de las islas, como ya le he anticipado. Los sitios de pesca habituales se encuentran mucho más lejos hacia el Sur. En ellos se pesca a todas horas sin gran riesgo, por lo que son preferidos esos lugares. Pero los puntos escogidos aquí, entre las rocas, dan no sólo el pescado de más fina calidad, sino en mucha mayor cantidad, hasta el extremo de que frecuentemente capturábamos nosotros en un solo día lo que los más apocados del oficio no hubieran podido coger todos reunidos en una semana. En resumen, convertíamos aquello en una especulación desesperada; el riesgo de la vida reemplazaba al esfuerzo, y la intrepidez suponía el capital.

»Fondeábamos la embarcación en una casucha a unas cinco millas en la costa más arriba de ésta, y acostumbrábamos, con buen tiempo, aprovechar la tregua de unos minutos para adelantarnos por el canal principal del Moskoe-strom, muy alejados de la hoya, y echar después el ancla en algún lugar cerca de Otterholm o de Sandflesen, donde los remolinos son menos violentos que en otras partes. Solíamos permanecer allí hasta el momento de levar anclas y regresar a casa, aproximadamente, en esa hora en que el agua se calmaba. Nunca nos arriesgábamos en esa expedición sin disponer de un viento constante para la ida y el regreso — un viento del que estuviésemos seguros para nuestro retorno —, y muy pocas veces nos engañábamos en ese punto. En el transcurso de seis años, dos veces nos vimos precisados a pasar toda la noche anclados a causa de una calma chicha, lo cual es cosa rara allí exactamente; en otra ocasión tuvimos que quedarnos en tierra cerca de una semana, casi muertos de hambre, a causa de un huracán que empezó a soplar poco después de nuestra llegada, haciendo el canal demasiado peligroso para intentar atravesarlo. En esa ocasión hubiéramos sido arrastrados mar adentro pese a nuestros esfuerzos (pues los remolinos nos hacían dar vueltas y vueltas con tal violencia, que por último se nos enredó el ancla y la fuimos rastreando), si no nos hubiera empujado una de las numerosas corrientes, que se forman esporádicamente, y que nos llevó a sotavento de Flimen, adonde afortunadamente, pudimos anclar.

»No le voy a referir ni la vigésima parte de las dificultades de todas clases con que tropezamos en las pesquerías — es ése un mal paraje incluso en los días de calma —; pero hallábamos siempre manera de desafiar el mismo Moskoe-strom sin graves tropiezos, aunque a veces se me subía el corazón a la garganta cuando nos sucedía retrasarnos o adelantarnos un minuto a la calma. Nos encontrábamos algunas veces con que el viento no era tan fuerte como habíamos supuesto al partir, y entonces nuestra navegación era más lenta de lo que hubiéramos querido, en tanto la corriente hacía la embarcación ingobernable. El mayor de mis hermanos tenía un hijo de dieciocho años, y yo, por mi parte, dos muchachotes. Nos hubieran podido prestar una gran ayuda en estos casos, lo mismo manejando los remos como pescando atrás; pero, honradamente, aunque corriésemos peligro nosotros mismos, no teníamos valor para dejar que expusiesen su vida aquellos jóvenes, ya que, mirándolo fríamente, era un peligro horrible, y ésta es la pura verdad.

»Se cumplen, dentro de unos días, tres años de la fecha en que ocurrió lo que voy a referirle. Era el 10 de julio de 18..., un día que la gente de estas regiones no olvidará jamás, pues fue de ésos en que se desencadenó el más terrible huracán que haya venido jamás de los cielos. Pese a que durante toda la mañana y hasta muy avanzada la tarde disfrutamos una fina y suave brisa del Sudoeste, y el sol lució espléndidamente de tal manera, que el más viejo lobo de mar no hubiese podido prever lo que nos esperaba.

»Habíamos pasado los tres — mis dos hermanos y yo — a través de las islas a eso de las dos de la tarde, poco más o menos, y llenando pronto la embarcación con magnífica pesca, la cual — como habíamos notado en seguida — era más abundante que en ninguna otra ocasión. Eran las siete en punto — *por mi reloj* — cuando levamos el ancla y regresamos hacia nuestra casa, con el propósito de pasar lo peor del Strom con el mar en calma, lo cual sabíamos que tenía que suceder a las ocho.

»Partimos con una brisa fresca a estribor, y durante algún tiempo avanzamos rápidamente, sin pensar en el peligro pues en realidad no veíamos el menor motivo de preocupación. Bruscamente nos sorprendió una brisa que venía de Helseggen. Era aquello extraordinario — algo que no nos había ocurrido hasta entonces —, y comenzaba yo a sentir una leve inquietud, sin saber exactamente por qué. Nos abandonamos a la dirección del viento; pero no pudimos nunca cruzar los remolinos, y estaba yo a punto de proponer que volviéramos al punto de partida, cuando, al volver la cabeza vi todo el horizonte cubierto por una nube singular de un tono de cobre, que se elevaba con la velocidad más sorprendente.

»Simultáneamente, la brisa que nos había cogido de proa cambió, y fuimos sorprendidos entonces por una calma chicha, que nos arrastraba en todas direcciones. Mas semejante estado de cosas no se prolongó lo bastante para darnos tiempo a pensar en ello. Tardó menos de un minuto la borrasca en situarse sobre nosotros; en menos de dos, el cielo quedó completamente encapotado, y volvióse repentinamente tan oscuro, que, con la espuma pulverizada que nos saltaba a los ojos, no podíamos distinguirnos unos a otros en el barco.

»Tratar de describir semejante huracán sería una locura. El más viejo marinero de Noruega no ha soportado jamás una cosa semejante. Habíamos recogido nuestras velas antes de que la borrasca nos alcanzase; pero a la primera ráfaga nuestros dos palos se vinieron abajo como si hubiesen sido cortados por su base: el mayor arrastró al mar a mi hermano pequeño, que se había asido a él para protegerse.

»Nuestra embarcación era el más ligero juguete que hubiese nunca flotado sobre el agua. Tenía un puente casi a nivel del agua, con una sola pequeña escotilla a proa, que acostumbrábamos siempre a cerrar herméticamente al cruzar el Strom, como medida de precaución contra la mar picada. Gracias a esto en aquella ocasión no nos hundimos en seguida, pues durante unos instantes estuvimos sepultados bajo el agua completamente. No podría decir cómo escapó mi hermano mayor de la muerte, ni he tenido nunca oportunidad de explicármelo. En cuanto a mi, tan pronto como hube soltado el trinquete, me arrojé de bruces sobre cubierta, con los pies apoyados contra la estrecha borda de proa y las manos aferradas a un anillo o argolla, junto a la base del palo trinquete. El puro instinto me impulsó a obrar así; era, indudablemente, lo mejor que podía hacer, ya que estaba demasiado aturdido para pensar.

»Siguieron unos instantes en que nos hallamos totalmente inundados, como le digo, y durante ese tiempo contuve la respiración y me aferré a la argolla. Como no podía ya permanecer más tiempo así, me incorporé sobre las rodillas, sin soltar las manos, y alcé todo lo que pude la cabeza. Entonces nuestro pequeño barco dio una sacudida, exactamente como un perro al salir del agua y se levanto por sí mismo, en parte, por encima del agua. Intenté ahora escapar lo mejor que pude del estupor que me invadía y recuperar mis sentidos para ver lo que se podía hacer, cuando sentí que alguien me cogía fuertemente del brazo. Era mi hermano mayor y mi corazón saltó de alegría, ya que tenía la seguridad de que había caído por la borda: pero muy poco después toda mi alegría se convirtió en espanto, pues aproximando su boca a mi oído gritó estas palabras: «¡El Moskoe-strom!»

»Nadie es capaz de comprender lo que sentí en aquel instante. Me estremecí de pies a cabeza como en el más violento acceso de fiebre. Conocía yo demasiado bien lo que quería decir él con esas palabras: sabía lo que quería darme a entender. ¡Con el viento que nos arrastraba ahora, estábamos condenados a precipitarnos en el remolino del Strom, y nada ni nadie podía salvarnos!

»Se habrá usted dado cuenta de que al cruzar el canal del Strom, navegábamos siempre bastante alejados, por encima del remolino, incluso con el tiempo en bonanza, y luego teníamos que esperar y acechar cuidadosamente el repunte de la marea; pero ahora corríamos directamente hacia la hoya misma, ¡y empujados por un huracán como aquél! «Seguramente — pensé — llegaremos a ella en el preciso momento de la calma, y esto nos ofrece una pequeña esperanza.» Pero un minuto después me maldecía por haber sido tan loco al soñar con esperanza alguna. Demasiado bien sabía que estábamos condenados, aunque estuviésemos navegando en un barco de cien cañones.

»En aquel momento los primeros furores de la tempestad habían cesado, o al menos, nosotros no los acusábamos tanto, porque corríamos delante de ella, pero, de todas maneras, el mar, que el viento había mantenido, al principio, liso y espumeante, se elevaba ahora en verdaderas montañas. Un cambio singular había tenido lugar también en el cielo. Alrededor en todas direcciones seguía siendo negro como la pez; pero casi encima de nosotros se había formado un círculo de cielo claro — tan claro como no lo he visto jamás — de un azul intenso y brillante, y a través de esa abertura circular resplandecía la luna llena con un fulgor que no le había yo conocido hasta ese momento. Todo quedaba iluminado a nuestro alrededor con la mayor claridad; mas ¡Dios mío, qué escena era la que iluminaba!

»Intenté una o dos veces hablar con mi hermano, pero el estruendo se había hecho tan ensordecedor, sin que pudiese explicarme la razón, que no conseguí que él oyese una sola palabra, aunque grité con toda la fuerza de mis pulmones en su mismo oído. Repentinamente sacudió su cabeza, palideciendo mortalmente, y levantó uno de sus dedos, como para indicar: «¡Escucha!»

»De momento no entendí lo que quería decir, pero pronto un pensamiento espantoso acudió a mí. Saqué el reloj del bolsillo. No andaba. Miré la esfera a la luz de la luna, y luego prorrumpí en llanto. Y tiré el reloj lejos al mar. ¡Estaba parado en las siete! ¡Habíamos dejado pasar el momento de la calma, y el remolino del Strom estaba ya en plena actividad!

»Si un barco está bien construido, convenientemente aparejado y no cargado con exceso, las olas, con un viento fuerte, si se encuentra en alta mar, parecen siempre deslizarse por debajo de su quilla — lo cual parece extraño al hombre de tierra — ; esto es lo que se llama *cabalgar* en términos náuticos.

»La cosa marchaba bien mientras cabalgamos con habilidad sobre el oleaje; pero ahora un mar gigantesco nos apresaba por la popa, arrastrándonos consigo — nos elevaba y nos elevaba —, como para empujarnos al cielo. Nunca hubiera yo creído que una ola pudiese subir tanto. Y después descendíamos describiendo una curva, dando una zambullida que me producía náuseas y vértigo, como si soñando, cayese desde lo alto de una alta montaña. Pero desde la cima de la ola había yo lanzado una rápida mirada alrededor, y este vistazo fue suficiente. Me hice cargo de nuestra posición exacta en un instante. El remolino del Moskoe-strom estaba a un cuarto de milla aproximadamente, en dirección a nuestra proa; pero se parecía tanto el Moskoe-strom de los demás días como ese remolino que ve usted ahora se parece al que se forma en un molino. De no haber sabido yo demasiado bien dónde estábamos y lo que podíamos esperar, no hubiera reconocido en absoluto aquel punto. Después de esto, cerré involuntariamente los ojos con espanto. Mis párpados se juntaron como en un espasmo.

»Menos de dos minutos después, sentimos de pronto calmarse el oleaje, y la espuma nos envolvió. El barco dio una brusca virada a babor y partió en esa nueva dirección con la velocidad de un rayo. En el mismo momento el rugido del agua se convirtió en una especie de grito agudo, un ruido que puede usted imaginar representándose las válvulas de mil buques dejando escapar su vapor a la vez. Nos hallábamos en la faja agitada que circunda siempre el remolino, y yo creía, sin ninguna duda, que en un instante íbamos a caer en el abismo, cuyo fondo no podíamos ver más que de un modo confuso a causa de la enorme velocidad con que éramos arrastrados. El barco no parecía estar sumergido en el agua, sino rozarla como una burbuja de aire sobre la superficie de la ola. Teníamos el remolino a estribor, y a babor se levantaba el vasto mar que acabábamos de abandonar. Se alzaba como un enorme muro entre nosotros y el horizonte.

»Puede esto parecerle extraño; pero entonces, al encontrarnos en las verdaderas fauces de la sima, me sentí más tranquilo que cuando no hacía más que aproximarme a ella. Una vez perdida toda esperanza, me sentí liberado de gran parte de aquel terror que me dominaba al principio. Sin duda era la desesperación lo que aflojaba la tensión de mis nervios.

»Creerá usted acaso que esto es una jactancia; pero lo que le digo es la verdad; empecé a pensar qué cosa tan hermosa era morir de aquella manera, y cuán necio era en mí tomar en consideración mi propia vida ante una manifestación tan extraordinaria del poder de Dios. Creo que me sonrojé de vergüenza cuando cruzó esta idea mi mente. Poco después me sentí dominado por la más ardiente curiosidad en relación con el remolino mismo. Sentí realmente el deseo de explorar sus profundidades, aunque tuviese para ello que sacrificarme; mi mayor pesar era saber que no podría nunca referir a mis antiguos compañeros el misterio que iba a desentrañar. Eran, indudablemente, éstas unas singulares fantasías para ocupar la imaginación de un hombre en semejante estado, y he pensado después frecuentemente que las vueltas de la barca alrededor de la hoya habían trastornado un poco mi cerebro.

»También se dio otra circunstancia que influyó para hacerme recobrar el dominio de mí mismo, y fue la paralización del viento, que ya no podía alcanzarnos en nuestra actual situación, pues, como usted mismo puede comprobar, la faja de espuma queda sensiblemente por debajo del nivel general del mar, y este último nos dominaba entonces como la cresta de una alta y negra montaña. Si no se ha encontrado usted nunca en el mar durante una borrasca, no podrá hacerse una idea de la turbación ocasionada por el viento y la lluvia de espuma simultáneamente. Le ciega a uno, le aturde, le asfixia y le resta toda capacidad de acción o de reflexión. Pero nos hallábamos ahora muy aliviados de aquellas molestias, igual que los condenados a muerte a quienes se conceden en la prisión favores insignificantes que les prohibían en tanto su sentencia no era conocida.

»El número de veces que dimos la vuelta a este círculo me sería imposible decirlo. Navegamos alrededor de él durante una hora quizá, volando más que flotando, y acercándonos sensiblemente al centro del remolino, cada vez más cerca, más cerca de su horrible borde interior. En todo este tiempo no me solté de la argolla. Mi hermano estaba en la parte de atrás aferrado a un pequeño tonel vacío, atado fuertemente bajo la toldilla, y que era el único objeto de cubierta que no había sido barrido al embestirnos el huracán. Cuando nos acercábamos al borde del abismo, soltó el barril y trató de asir la argolla que, bajo la influencia del terror, se esforzaba por arrancar de mis manos, y que no era lo suficientemente ancha para proporcionarnos a los dos un sostén seguro. No he sentido jamás una pena tan profunda como viéndole intentar aquello, aunque comprendí que estaba trastornado, que su enorme espanto le había convertido en un loco furioso. Sin embargo, no me preocupé de disputarle el sitio. Sabía yo bien que era igual estar agarrado o no; le cedí la argolla y me fui al tonel de atrás. No había gran dificultad para hacerlo, pues el barco se deslizaba alrededor con bastante facilidad, bien equilibrado sobre su quilla, movido únicamente de un lado para otro por las intensas olas y la agitación del remolino. Casi no me había asegurado en mi nueva posición, cuando dimos un bandazo a estribor y nos precipitamos de cabeza en el abismo. Murmuré una breve plegaria y pensé que todo había terminado.

»Como sentía las náuseas del brusco descenso, me agarré instintivamente al barril y cerré los ojos. Pasaron unos segundos durante los cuales no me atreví a abrirlos mientras esperaba una destrucción instantánea, sorprendido de no estar ya luchando a muerte con el agua. Pero transcurrían los minutos. Vivía aún. La sensación de caída había cesado y el movimiento de la embarcación se parecía mucho al que tenía antes cuando estábamos apresados por la faja de espuma, con la única diferencia de que ahora se inclinaba más de costado. Recuperé todo mi valor y contemplé una vez más la impresionante escena.

»Jamás olvidaré las sensaciones de espanto, de horror y de admiración que me produjo el espectáculo desarrollado alrededor de mi vista. El barco parecía suspendido, como por arte mágico, a mitad del camino, en la superficie interior de un embudo de amplia circunferencia y extraordinaria profundidad, y cuyas paredes enteramente lisas podían haberse creído de ébano, sin la vertiginosa rapidez con que giraban, y la brillante y lívida claridad que reflejaban bajo los rayos de la luna llena que, desde aquel agujero circular que ya he descrito, corrían en un río de oro esplendente a lo largo de los negros muros y penetraban en las mas profundas reconditeces del abismo.

»Al principio, me sentía yo bastante aturdido para ver nada con objetividad. La explosión general de aterradora grandeza era todo lo que podía yo observar. No obstante, cuando me repuse un poco, mis ojos se dirigieron instintivamente hacia el fondo. En esta dirección podía hundir mi vista sin obstáculos a causa de la situación de nuestro barco, que continuaba suspendido sobre la superficie inclinada de la cima. Se deslizaba rápidamente sobre su quilla, o sea, que su puente formaba un plano paralelo al del agua, como este último se inclinaba en un ángulo de más de cuarenta y cinco grados, daba la impresión de que nos sosteníamos sobre nuestro costado. No podía yo dejar de observar, sin embargo, que no me costaba más esfuerzo sostenerme con las manos y los pies, en aquella posición, que si hubiéramos navegado en un plano verdaderamente horizontal, lo cual había que atribuirlo, supongo, a la velocidad con que girábamos.

»A pesar de que los rayos de la luna parecían buscar el verdadero fondo del profundo abismo, no podía yo percibir nada claramente, a causa de una espesa niebla que lo envolvía todo, y sobre la cual estaba suspendido un espléndido arco iris, semejante a ese punto estrecho y vacilante que los musulmanes afirman es el único paso entre el Tiempo y la Eternidad. Esta niebla o espuma estaba, indudablemente, originada por el choque de los grandes muros de agua que formaban el embudo cuando se encontraban con el fondo; pero respecto al aullido que ascendía de aquella niebla hacia los cielos, soy incapaz de describirlo.

»Nuestra primera carrera hacia el abismo, desde el círculo de espuma del borde, nos había arrastrado a una gran distancia por la pendiente; pero, con posterioridad, nuestro descenso fue mucho más lento. Girábamos y girábamos, no con un movimiento uniforme, sino con impulsivos y vertiginosos vaivenes que a veces nos proyectaban tan sólo a una centenar de yardas, y otras nos obligaban a efectuar el circuito completo del remolino. A cada vuelta, nuestro avance hacia abajo se hacía más lento, aunque muy perceptible.

»Contemplando el vasto desierto de ébano líquido que nos conducía, observé que nuestro barco no era el único objeto apresado por el abrazo del remolino. Por encima y por debajo de nosotros se veían restos de embarcaciones, gruesos maderos de armazones y troncos de árboles en unión de muchos otros objetos más pequeños, tales como trozos de muebles, bitácoras rotas, barriles y duelas. Le he indicado antes la curiosidad anormal que había sustituido a mis primeros terrores. Me parecía que ésta aumentaba a medida que me aproximaba más y más a mi espantoso destino. Comencé a observar, con un extraño interés, las innúmeras cosas que flotaban en nuestra compañía. *Tenía* yo que estar delirando, pues encontraba *amusement* (1) en calcular las velocidades relativas con que efectuaban sus diversos descensos hacia el espumeante fondo. «Ese pino — me sorprendí una vez murmurando — será, seguramente, lo primero que hará la aterradora inmersión, y desaparecerá.» Y poco después me sentí contrariado al comprobar que los restos de un mercante holandés se zambullían antes. Finalmente, tras haber hecho varias conjeturas del mismo estilo, equivocán-

(1) Diversión, entretenimiento. Así, en francés, en el texto. (N. del T.)

dome siempre, ese hecho — el hecho de mi persistente error — me condujo a un orden de reflexiones que hicieron temblar de nuevo mis miembros y latir mi corazón más intensamente.

»No era un nuevo terror el que me afectaba; sentía renacer una *esperanza* más emocionante. Esta esperanza surgía en parte de la memoria y en parte de mis últimas observaciones. Recordé la gran variedad de restos flotantes que se acumulaban en la cresta de Lofoden, habiendo sido absorbidos y luego devueltos por el Moskoe-strom. La mayor parte de aquellos restos aparecían destrozados de la manera más extraña, tan deshechos y desmenuzados, que tenían el aspecto de estar formados sólo de puntas y astillas: pero también recordaba con seguridad que había *algunos* que no estaban desfigurados totalmente. No podía explicarme esta diferencia más que admitiendo que los fragmentos astillados eran los únicos que habían sido *absorbidos por completo,* y que los otros llegaron al remolino en un período muy avanzado de la marea, o después de llegar a él descendieron, por la razón que fuese, con la necesaria lentitud para no tocar el fondo antes de la vuelta del flujo o del reflujo según los casos. Suponía yo que era probable en ambos que se hubiesen elevado, remolineando de nuevo hasta el nivel del mar, sin correr la suerte de los que habían sido arrastrados antes o absorbidos más rápidamente. Hice también tres importantes observaciones: la primera, que generalmente, cuanto mayores eran los cuerpos, mas rápido era su descenso; la segunda, que entre dos masas de igual dimensión, una esférica y la otra de una *forma indeterminada,* la mayor rapidez en el descenso correspondía a la esférica; y la tercera, que entre dos masas de igual volumen una cilíndrica y otra de una forma indeterminada, la cilíndrica era absorbida más lentamente. Desde mi salvación he sostenido varias conversaciones sobre este tema con un anciano maestro de escuela de esta comarca, y él me ha enseñado a emplear las palabras «cilindro y esfera». Me ha explicado — aunque hoy no recuerde la explicación — que lo que había yo observado era, realmente, la consecuencia natural de las formas de los restos flotantes, demostrándome cómo un cilindro, al girar en un remolino, opone más resistencia a la succión y es atraído con más dificultad que otro cuerpo de un volumen igual y de una forma cualquiera (1).

»Se daba una circunstancia extraordinaria que aumentaba el valor de esas observaciones y aumentaba mi ansiedad de comprobarlas, y era que en cada revolución pasábamos ante algo parecido a un barril, o bien ante la pértiga o el mástil de un barco, y que muchos de aquellos objetos, flotando a nuestro nivel cuando había abierto los ojos por vez primera ante las maravillas del remolino, estaban ahora situados muy por encima de nosotros y parecían haberse movido poco de su posición inicial.

---

(1) Véase: *De Incidentibus in Fluido,* de Arquímedes. (Nota de E. A. Poe)

»No dudé un momento más sobre lo que debía hacer. Decidí atarme fuertemente a la barrica a la cual estaba agarrado, y lanzarme con ella al agua. Llamé la atención de mi hermano por señas, indicándole los barriles flotantes que pasaban cerca de nosotros, e hice todo cuanto estaba en mi mano por que comprendiese lo que iba yo a intentar. Hubo un instante en que creí que había entendido mi propósito; pero, tanto si fue así como en caso contrario, movió él la cabeza desesperadamente, negándose a abandonar su sitio junto a la argolla. Me era imposible asirle: el trance no admitía demora, y así, con una profunda angustia, le abandoné a su destino; me até yo mismo al tonel con la amarra que le sujetaba a la toldilla, y sin más vacilación me arrojé con él al mar.

»El resultado fue exactamente el que yo esperaba; ya que soy yo mismo el que le cuenta a usted ahora esta historia — y según puede ver me salvé, y como conoce usted el sistema que empleé para salvarme y puede, por tanto, suponer todo lo que voy a referirle más adelante — quiero llegar pronto a la terminación de mi relato.

»Transcurrió una hora, aproximadamente, desde que abandoné el barco cuando, después de descender a una gran profundidad debajo de mí, dio tres o cuatro vueltas en rápida sucesión, y llevándose a mi querido hermano, se hundió de proa, rápida y definitivamente, en el caos de espuma del fondo. El tonel al cual estaba atado flotaba casi a mitad de camino de distancia entre el fondo del abismo y el lugar desde donde me había yo arrojado al agua, y en aquel momento tuvo lugar un gran cambio en el aspecto del remolino. La pendiente lateral del amplio embudo se hizo por instantes menos y menos empinada. Las vueltas del remolino se tornaron gradualmente menos veloces. Poco a poco la espuma y el arco iris desaparecieron, y el fondo de la sima pareció elevarse lentamente. El cielo estaba claro, el viento se había calmado, y la luna llena se ponía resplandeciente por el Oeste, cuando me hallé en la superficie del mar, exactamente a la vista de las costas de Lofoden, sobre el lugar donde *había estado* la hoya del Moskoe-strom. Era la hora de la calma; pero el mar se agitaba aún en olas montañosas bajo los efectos del vendaval. Me sentí arrastrado violentamente al canal del Strom, y en pocos minutos lanzado hacia la costa, entre las pesquerías. Un barco me recogió extenuado de cansancio, y ahora que había pasado el peligro, el recuerdo de aquel horror me privó del habla. Los que me llevaron a bordo eran mis viejos camaradas de todos los días; pero no me reconocían, como no hubiera reconocido a un viajero que regresase del mundo de los espíritus. Mis cabellos, que el día anterior era negros como las plumas del cuervo, se habían vuelto tan blancos como los ve usted ahora. Dijeron también, que toda la expresión de mi rostro había cambiado. Les referí mi historia, y no la creyeron. Se la repito a usted ahora, y no me atrevo casi a esperar que le conceda más crédito que los alegres pescadores de Lofoden.

EL ESCARABAJO DE ORO

¡Hola, hola! ¡Este joven es un bailarín loco! Le ha picado la
tarántula.

(Al revés)

Hace ya bastantes años trabé amistad íntima con un tal *mister* William
Legrand. Descendía de una antigua familia de hugonotes, y en otro
tiempo había ocupado una buena posición; pero una serie de desgra-
cias habíanle llevado a la miseria. Con el fin de evitar la humillación consiguiente a su infortunio, abandonó Nueva Orleans, cuna de sus antepasados,
y se instaló en la isla de Sullivan, cerca de Charleston, en Carolina del Sur.

Aquella isla es una de las más singulares. Está formada únicamente de
arena de mar, su extensión es de unas tres millas de largo; su anchura no
excede de un cuarto de milla. Se halla separada del continente por una ensenada apenas perceptible, que se introduce a través de un yermo de cañas
y légamo, lugar frecuentado por patos silvestres. Puede suponerse que la
vegetación es pobre, o, por lo menos, rala. No se encuentran allí árboles de
cierta magnitud. Próxima a la punta occidental, donde se alza el fuerte
Moultrie y algunas humildes casuchas de madera habitadas durante el verano por las gentes que huyen del polvo y de las fiebres de Charleston, puede encontrarse, es verdad, la palma espinosa; pero la isla entera, si se
exceptúa este punto occidental y un espacio árido y blancuzco que bordea
el mar, está cubierta de una espesa maleza de mirto oloroso muy apreciado
por los horticultores ingleses. Este arbusto alcanza allí frecuentemente una
altura de quince o veinte pies, y forma una casi impenetrable espesura, em-
balsando el aire con su fragancia.

En el paraje más escondido de esta maleza, no lejos del extremo oriental
de la isla, o sea, el más distante, Legrand se había construido una pequeña
cabaña, que habitaba cuando por primera vez, y de forma simplemente casual, hicimos esta amistad, que pronto acabó por ser íntima pues había muchas cualidades en el desterrado que atraían el interés y la estimación. Le
hallé bien educado, de una singular inteligencia, aunque afectado de misantropía y sujeto a constantes alternativas de entusiasmo y de melancolía.

Poseía muchos libros, pero rara vez le vi leer alguno. Sus principales entretenimientos eran la caza y la pesca, o vagar a lo largo de la playa, entre los mirtos, en busca de conchas, o de ejemplares entomológicos; su colección de éstos hubiera podido suscitar la envidia de un Swammerdamm. En estas excursiones habitualmente le acompañaba un sirviente negro, llamado Júpiter, que había sido manumitido antes de los reveses de la familia, pero al que no habían podido convencer, ni con amenazas ni con promesas, a abandonar lo que él consideraba su derecho a seguir los pasos de su joven *massa* Will. Su circunstancia me hizo suponer que los parientes de Legrand, juzgando que éste tenía la cabeza algo trastornada, se dedicaran a infundir aquella obstinación en Júpiter, con intención de que vigilase y custodiase al nómada.

Los inviernos en la latitud de la isla de Sullivan casi nunca son rigurosos, y al terminar el año resulta un verdadero acontecimiento que se requiera encender fuego. No obstante, hacia mediados de octubre de 18..., hubo un día de frío excesivo. En aquella fecha, antes de la puesta del sol me dirigía por el camino entre la maleza hacia la cabaña de mi amigo, a quien no había visto hacía varias semanas, pues residía yo por aquel tiempo en Charleston, a una distancia de nueve millas de la isla, y las facilidades para ir y volver eran mucho menores que hoy día. Al llegar a la cabaña llamé, en la forma que acostumbraba, y no recibiendo respuesta, busqué la llave donde sabía que estaba escondida, abrí la puerta y entré. Un hermoso fuego ardía en el hogar, y esto fue para mí una agradable sorpresa. Me quité el abrigo, coloqué un sillón junto a la lumbre y esperé con paciencia el regreso de mis huéspedes.

Poco después de la caída de la tarde llegaron éstos y me dispensaron una acogida muy cordial. Júpiter, con una risa que le llegaba de oreja a oreja, se agitaba incesantemente preparando unos patos silvestres para la cena. Legrand se hallaba en uno de sus ataques — ¿de qué otra forma podría llamarse aquello? — de entusiasmo. Había encontrado un bivalvo, de especie desconocida que formaba un nuevo género, y, más aún, había cazado y capturado un *escarabajo* que creía totalmente original, pero respecto al cual deseaba saber mi opinión a la mañana siguiente.

— Y ¿por qué no esta noche? — pregunté, restregando mis manos ante el fuego y enviando al diablo mentalmente toda la especie de los escarabajos.

— ¡Ah, si hubiera yo sospechado que estaba usted aquí! —dijo Legrand—. Pero hacía tanto tiempo que no le había visto... ¿cómo iba yo a adivinar que iba usted a visitarme precisamente esta noche? Al regresar a casa, me encontré al teniente G**, del fuerte y, estúpidamente, le he dejado el escarabajo: así que le será a usted imposible verlo hasta mañana. Quédese aquí esta noche y mandaré a Júpiter a recogerlo al amanecer. ¡Es la cosa más hermosa de la creación!

— ¿El qué? ¿El amanecer?

— ¡Qué tontería! ¡No! El escarabajo. Es de un brillante color dorado, aproximadamente del tamaño de una nuez, con dos manchas de un negro azabache: una, cerca de la punta posterior, y la segunda, algo más alargada, en la otra punta. Las antenas son...

— No hay *estaño* (1) en él, *massa* Will, se lo aseguro — interrumpió aquí Júpiter —; el escarabajo es un escarabajo de oro macizo todo él, por dentro y por fuera, salvo las alas; no he visto nunca un escarabajo que pese la mitad de éste.

— Bien, supongamos que sea así — replicó Legrand, algo más enérgicamente, según me pareció, de lo que requería el caso —. ¿Es ésta una razón para dejar que se quemen las aves? El tono — y se volvió hacia mí — bastaría casi para justificar la idea de Júpiter. No habrá usted visto nunca un reflejo metálico más brillante que el que emite su caparazón, pero no podrá usted juzgarlo hasta mañana... Mientras, intentaré darle una idea de su forma.

Dicho esto sentóse ante una mesita sobre la cual había una pluma y tinta, pero no papel. Buscó un momento en un cajón, infructuosamente.

— Es lo mismo — dijo por último —, esto servirá.

Y sacó del bolsillo algo que me pareció un trozo de viejo pergamino muy sucio; con la pluma trazó encima una especie de dibujo. En tanto lo hacía, permanecía en mi sitio junto al fuego, pues sentía aún mucho frío. Cuando terminó su dibujo me lo entregó sin levantarse. Al cogerlo, se oyó un fuerte gruñido, al que siguió un ruido de rascadura en la puerta. Júpiter abrió, y un enorme terranova, perteneciente a Legrand, se precipitó dentro, y echándose sobre mis hombros me abrumó a caricias, pues yo le había dedicado mucha atención en mis visitas anteriores. Cuando acabó de dar saltos, miré el papel, y a decir verdad, me sentí perplejo ante el dibujo de mi amigo.

— Bien — dije después de contemplarlo unos instantes —; esto es un extraño escarabajo, lo confieso, nuevo para mí: no he visto nunca nada semejante, a menos que se trate de un cráneo o una calavera, a lo cual se parece más que a ninguna otra cosa que yo recuerde.

— ¡Una calavera! — repitió Legrand — ¡Oh, sí! Claro; tiene ese aspecto indudablemente en el dibujo. Las dos manchas negras parecen unos ojos. Y la más larga de abajo parece una boca; a más, la forma entera es ovalada.

— Quizá sea así — dije —; pero sospecho que usted no es un artista, Legrand. Tendré que esperar a ver el insecto mismo para poder hacerme una idea de su aspecto.

---

(1) La pronunciación en inglés de la palabra *antennae* hace que Júpiter crea que se trata de estaño (*tin*): *Dey aint no tin him.* Es un juego de palabras intraducible convenientemente, y debe tenerse en cuenta la manera especial de hablar de los negros americanos, cuyo *slang* resulta a veces ininteligible para los propios ingleses, o los yanquis. (N. del T.)

— Bueno, no sé — dijo él, un tanto molesto — ; dibujo pasablemente, o, al menos, debería dibujar; he tenido buenos maestros, y me jacto de no ser del todo tonto.

— Entonces, mi querido amigo, usted bromea — dije — ; esto es un cráneo muy aceptable, puedo llegar a decir que es un cráneo *excelente*, conforme a las vulgares nociones que tengo acerca de tales ejemplares fisiológicos; y su escarabajo es, con toda seguridad, el más extraño de los escarabajos del mundo si se parece a esto. Podríamos inventar alguna pequeña superstición muy espeluznante a base de él. Sospecho que va usted a llamar a este insecto *scaraboeus caput hominis* o algo semejante; hay en la historia natural muchas denominaciones por el estilo. Pero ¿dónde están las antenas de que usted habló?

— ¡Las antenas! — dijo Legrand, que parecía excitarse gradualmente con el tema —. Estoy seguro de que debe usted verlas. Las he trazado tan claras cual lo son en el propio insecto, y creo que es bastante.

— Bueno, bueno — dije —; quizá las haya hecho usted y yo no las veo aún.

Le alargué el papel sin más observaciones, pues no quería irritarle; pero me tenía desconcertado el giro que había tomado la cuestión; su mal humor me intrigaba, y en cuanto al dibujo del insecto, allí no existían, en realidad, *antenas* visibles, y el conjunto se parecía completamente a la imagen corriente de una calavera.

Tomó el papel, muy malhumorado, y estaba a punto de arrugarlo, para tirarlo, sin duda, al fuego, cuando una mirada casual al dibujo pareció encadenar su atención. Instantáneamente su cara enrojeció violentamente, y luego se quedó muy pálida. Durante algunos minutos, siempre sentado, siguió examinando con toda atención el dibujo. Finalmente se levantó, cogió una vela de la mesa, y fue a sentarse sobre un cofre de marinero, en el rincón más alejado de la estancia. Allí siguió examinando con ansiedad el papel, dándole vueltas en todos sentidos. Aunque no decía nada, su conducta me dejó muy asombrado, pero juzgué prudente no exacerbar con ningún comentario su mal humor creciente. Después sacó de su bolsillo una cartera, metió cuidadosamente en ella el papel, y lo guardó todo dentro de un escritorio, que cerró con llave. Recuperó entonces la calma, mas su primer entusiasmo había desaparecido por completo. Sin embargo, parecía mucho más abstraído que malhumorado. Conforme avanzaba la tarde, se mostraba más absorto en un sueño del que no lograron arrancarle ninguna de mis ocurrencias. Mi propósito era, al principio, pasar la noche en la cabaña, como hacía con frecuencia; pero, viendo a mi huésped en aquella extraña actitud, juzgué más conveniente marcharme. No insistió en que me quedase; pero, al partir, estrechó mi mano con más cordialidad que de costumbre.

Había transcurrido aproximadamente un mes después de lo narrado (y durante ese lapso de tiempo no volví a ver a Legrand), cuando recibí la visita, en Charleston, de su criado Júpiter. No había yo visto nunca al viejo y buen negro tan decaído, y temí que le hubiera sucedido a mi amigo alguna desgracia.

— Bien, Júpiter — dije —. ¿Hay algo de nuevo? ¿Cómo está tu amo?

— ¡Hum! A decir verdad, *massa,* no está tan bien como fuera de desear.

— ¡Que no está bien! Siento mucho la noticia. ¿De qué se queja?

— ¡Ah, señor! ¡Ahí está la cosa! No se queja de nada; pero, a pesar de esto, está muy malo.

— ¡Muy malo, Júpiter! ¿Por qué no me lo has dicho en seguida? ¿Está en la cama?

— No, no, no está en la cama. No está bien en ninguna parte, y ahí está lo grave. Tengo la cabeza trastornada con el pobre *massa* Will.

— Júpiter, quisiera poder comprender algo de eso que me cuentas. Dices que tu amo está enfermo. ¿No te ha dicho qué tiene?

— ¡Vaya!, *massa;* es inútil romperse la cabeza pensando en eso. *Massa* Will asegura que no tiene nada; pero entonces ¿por qué va de un lado para otro con la cabeza baja y la espalda inclinada, mirando al suelo, más blanco que el papel? Y haciendo garabatos todo el tiempo...

— ¿Haciendo qué?

— Haciendo números y figuras sobre una pizarra; las figuras más extrañas que he visto nunca. Le digo que empiezo a sentir miedo. Tengo que estar siempre con un ojo sobre él. El otro día se me escapó antes de amanecer y no volvió en todo el santo día. Tenía yo preparado un buen palo para darle una paliza de las que duelen cuando volviese a comer; pero fui tan tonto, que no tuve valor: ¡parece tan desgraciado!

— ¿Eh? ¡Cómo! ¡Ah, sí! Después de todo has hecho bien en no ser demasiado severo con el pobre muchacho. No hay que maltratarle, Júpiter; no está bien, naturalmente. Pero ¿no puedes darme una idea de lo que ha ocasionado esa enfermedad, o mejor, ese cambio de conducta? ¿Le ha ocurrido algo desagradable desde que no le veo?

— No, *massa,* no ha ocurrido nada desagradable desde entonces, sino antes; sí, eso es; el mismo día en que usted estuvo allí.

— ¡Cómo! ¿Qué quieres decir?

— Pues... me refiero al escarabajo, y nada más.

— ¿A qué?

— Al escarabajo... Estoy seguro de que *massa* Will ha sido picado en alguna parte de la cabeza por ese escarabajo de oro.

— Y ¿en qué te fundas, tú, Júpiter, para hacer tal suposición?

— Tiene ese bicho demasiadas patas para eso, y también boca. No he visto nunca un escarabajo tan endemoniado; coge y pica todo lo que se le acerca. *Massa* Will le había cogido..., pero en seguida le soltó, se lo aseguro... Entonces es, seguramente, cuando le picó. La cara y la boca de ese escarabajo no me gustan; por eso no he querido cogerlo con mis manos; pero he buscado un papel para meterlo. Lo envolví en un trozo de papel, puse otro pedacito en la boca; así lo hice.

— ¿Y tú crees que tu amo ha sido picado verdaderamente por el escarabajo, y que esa picadura le ha hecho enfermar?

— No es que lo crea, lo sé. ¿Por qué está siempre soñando con oro, sino porque le ha picado el escarabajo de oro? Ya he oído hablar de esa clase de escarabajos.

— Y... ¿cómo sabes que sueña con oro?

— ¿Cómo lo sé? Porque habla de oro hasta cuando duerme; por eso lo sé.

— Bien, Júpiter; acaso tengas razón, pero ¿a qué feliz circunstancia debo hoy el honor de tu visita?

— No sé lo que quiere usted decir, *massa*.

— ¿Me traes algún mensaje de *mister* Legrand?

— No, *massa*, sólo le traigo este papel.

Y Júpiter me entregó un esquela que decía lo siguiente:

«Querido amigo: ¿Por qué no le veo hace tanto tiempo? Espero que no se haya usted ofendido por aquella pequeña brusquedad mía; pero no, no es probable.

»Desde la última vez que nos vimos, siento un gran motivo de inquietud. Tengo algo que decirle; pero apenas sé cómo, o incluso no sé si se lo diré.

»No me encuentro bien desde hace unos días, y el pobre viejo Jup me aburre de un modo insoportable con sus buenos deseos y cuidados. ¿Lo creerá usted? El otro día tenía preparado un garrote para castigarme por haberme escapado y pasado el día *solus* en las colinas del continente. Estoy seguro de que sólo mi mala cara me salvó de la paliza.

»No he aumentado mi colección desde que no nos vemos.

»Si puede usted, sin gran trastorno, venga con Júpiter. Venga. Deseo verle *esta noche* para un asunto de importancia. Le aseguro que es de la *máxima* importancia. Siempre suyo.

William Legrand.»

Percibí algo en el tono de esta carta que me produjo una gran inquietud. El estilo difería en absoluto del de Legrand. ¿Con qué podía él soñar? ¿Qué nueva quimera dominaba su excitable imaginación? ¿Qué «asunto de la máxima importancia» podía él tener que resolver? El relato de Júpiter no presagiaba nada bueno. Temía yo que la continua opresión del infortunio hubiese a la larga trastornado por completo la mente de mi amigo. Sin un instante de vacilación, me dispuse a acompañar al criado.

Cuando llegamos al embarcadero, vi una guadaña y tres azadas, todas visiblemente nuevas, que yacían en el fondo del barco donde íbamos a navegar.

— ¿Qué significa todo esto, Jup? — pregunté.

— Es una guadaña, *massa*, y unas azadas.

— Seguro; pero ¿qué hacen aquí?

— *Massa* Will me ha encargado que comprase eso en la ciudad, y lo he pagado muy caro; nos cuesta un dinero de mil demonios.

— Pero, en nombre de todo lo que hay de misterioso, ¿qué va a hacer tu «*massa* Will» con esa guadaña y esas azadas?

— No me pregunte lo que no puedo contestar; que el diablo me lleve si lo sé yo tampoco. Pero de todo tiene la culpa el escarabajo.

En vista de que no podía obtener más detalles de Júpiter, cuya inteligencia entera parecía estar absorbida por el escarabajo, bajé al barco y desplegué la vela. Una agradable y fuerte brisa nos empujó rápidamente hasta la pequeña ensenada situada al norte del fuerte Moultrie, y un paseo de unas dos millas nos llevó hasta la cabaña. Serían alrededor de las tres de la tarde cuando llegamos. Legrand nos esperaba preso de viva impaciencia. Asió mi mano con tan nervioso apretón que me alarmó, aumentando las sospechas que me embargaban. Su rostro tenía una palidez espectral, y sus ojos, muy hundidos, brillaban con un fulgor sobrenatural. Después de algunas preguntas sobre su salud, quise saber, no ocurriéndoseme nada mejor que decir, si el teniente G*** le había devuelto el escarabajo.

— ¡Oh, sí! — replicó, muy sonrojado —. Lo recogí a la mañana siguiente. Por nada del mundo me separaría de ese escarabajo. ¿Sabe usted que Júpiter tiene toda la razón respecto a eso?

— ¿Respecto a qué? — pregunté con un triste presentimiento en el corazón.

— En asegurar que el escarabajo es de oro de veras.

Dijo esto con un acento de tan profunda seriedad que me produjo una enorme desazón.

— Este escarabajo hará mi fortuna — continuó él, con una sonrisa de triunfo — al restituirme mis posesiones familiares. ¿Es de extrañar que yo le aprecie tanto? Ya que la Fortuna ha querido concederme esta ocasión, no tengo más que aprovecharla adecuadamente y llegaré hasta el oro del cual ella es indicio. ¡Júpiter, trae el escarabajo!

— ¡Eh! ¿El escarabajo, *massa*? Prefiero no tener tratos con el escarabajo; tendrá que cogerlo usted mismo.

Legrand se levantó con aire digno e imponente, y fue a sacar el insecto de un fanal, dentro del cual lo había dejado. Era un magnífico ejemplar desconocido en aquel tiempo por los naturalistas, y seguramente, de gran valor desde un punto de vista científico. Ostentaba dos manchas negras en un extremo del dorso, y en el otro, una del mismo color más alargada. El caparazón era extraordinariamente duro y brillante, con aspecto de oro bruñido. Tenía un peso notable, y, bien considerada la cosa, no podía yo censurar demasiado a Júpiter por su opinión respecto a él; pero me parecía absurdo que Legrand fuese de igual opinión.

— Le he rogado que viniera — dijo él, en un tono elevado, cuando hube terminado mi examen del insecto —; le he rogado que viniera para pedirle consejo y ayuda en el cumplimiento de los designios del Destino y del escarabajo...

— Mi querido Legrand — interrumpí —, no se encuentra usted bien, sin duda, y haría mejor en tomar algunas precauciones. Váyase a la cama; me quedaré con usted unos días, hasta que se restablezca. Tiene usted fiebre y...

— Tómeme usted el pulso — dijo él.

Se lo tomé, y a decir verdad, no encontré señal alguna de fiebre.

— Pero se puede estar enfermo sin tener fiebre. Permítame por una vez tan sólo que actúe de médico con usted. Y después...

— Se engaña — interrumpió él —; estoy tan bien como puedo esperar estarlo con la excitación que sufro. Si verdaderamente me quiere usted bien, ayúdeme a aliviar esta excitación.

— ¿Y qué debo hacer para eso?

— Poca cosa. Júpiter y yo partimos a una expedición por las colinas, y necesitamos para ella la ayuda de alguien en quien podamos confiar; usted reúne todas las condiciones. Tanto si es un éxito como un fracaso, la excitación que nota usted en mí desaparecerá igualmente con esa expedición.

— Estoy dispuesto a servirle a usted en lo que sea — repliqué —; pero ¿quiere usted decir que ese insecto infernal tiene alguna relación con su expedición a las colinas?

— La tiene.

— Así, pues, Legrand, no puedo participar en tan descabellada empresa.

— Lo lamento, lo lamento mucho, ya que así tendremos que intentar hacerlo nosotros solos.

— ¡Intentarlo ustedes solos! (¡Este hombre está loco, decididamente!) Mas veamos, ¿cuánto tiempo se propone usted estar ausente?

— Seguramente, toda la noche. Vamos a partir en seguida, y en todo caso, estaremos de vuelta al salir el sol.

— ¿Y me promete por su honor que, cuando ese capricho haya pasado y el asunto del escarabajo (¡Dios mío!) esté arreglado a su satisfacción, volverá usted a casa y seguirá con exactitud mis prescripciones como las de su médico?

— Sí, se lo prometo; y ahora, partamos, pues no tenemos tiempo que perder.

Acompañé a mi amigo, con el corazón oprimido. Alrededor de las cuatro nos pusimos en marcha Legrand, Júpiter, el perro y yo. Júpiter cogió la guadaña y las azadas. Insistió en cargar con todo ello, más bien, creo, por temor a dejar una de aquellas herramientas en manos de su amo que por un exceso de celo o diligencia. Mostraba un humor de perros, y las palabras, «condenado escarabajo», fueron las únicas que salieron de sus labios durante el viaje. Yo estaba encargado de un par de linternas, mientras Legrand se había contentado con el escarabajo, que llevaba atado al extremo de un trozo de cuerda; lo hacía girar de un lado para otro, con un aire misterioso, mientras caminaba. En tanto observaba yo aquel último y supremo síntoma del trastorno mental de mi amigo, no podía apenas contener las lágrimas. Pensé, no obstante, que era preferible acceder a su capricho, al menos por el momento, o hasta que pudiese yo adoptar algunas medidas más enérgicas con una probabilidad de éxito. Mientras, intenté, aunque en vano, sondearle respecto al objeto de la expedición. Habiendo conseguido inducirme a que le acompañase, parecía poco dispuesto a entablar conversación sobre este tema, y a todas mis preguntas no les concedía otra respuesta que un «Ya veremos».

Cruzamos en una barca la ensenada en la punta de la isla, y trepando por lo altos terrenos de la orilla de tierra firme, seguimos la dirección Noroeste, a través de una región sumamente salvaje y desolada, en la que no se veía rastro de huella humana. Legrand nos conducía con decisión, deteniéndose solamente algunos instantes, aquí y allá, para consultar ciertas señales, que debía de haber dejado él mismo en una ocasión anterior.

Andaríamos así cerca de dos horas, e iba a ponerse el sol, cuando penetramos en una región infinitamente más triste que todo lo que habíamos visto antes. Formaba un especie de meseta cerca de la cumbre de un colina casi inaccesible, cubierta de espesa arboleda totalmente, y sembrada de enormes bloques de piedra que parecían esparcidos en confusión, muchos de los cuales se hubieran precipitado a los valles inferiores sin la contención de los arboles en que se apoyaban. Profundos barrancos, que se abrían en varias direcciones, daban un aspecto más siniestro al paisaje.

La plataforma natural sobre la cual habíamos trepado estaba tan repleta de maleza, que comprendimos muy pronto que sin la guadaña nos hubiera sido imposible abrirnos paso. Júpiter, por orden de su amo, se dedicó a despejar el camino hasta un enorme tulípero que se alzaba, rodeado de ocho o diez robles, sobre la plataforma y que los sobrepasaba a todos, así como a los árboles que había yo visto hasta entonces, tanto por la belleza de su follaje y forma, como por la inmensa expansión de su ramaje y por la majestuosidad de su aspecto. Cuando hubimos llegado al pie de aquel árbol, Legrand se volvió hacia Júpiter y le preguntó si se creía capaz de trepar por él. El negro pareció un tanto azorado por la pregunta; durante unos instantes no respondió. Finalmente, se acercó al enorme tronco, dio una vuelta a su alrededor y lo examinó con minuciosa atención. Cuando hubo terminado su examen, dijo simplemente:

— Sí, *massa*; Jup no ha encontrado nunca árbol al que no pueda trepar.

— Entonces, sube lo más de prisa posible, pues pronto habrá demasiada oscuridad para ver lo que hacemos.

— ¿Hasta dónde debo subir, *massa*? — preguntó Júpiter.

— Empieza a subir por el tronco, y entonces te diré qué camino debes seguir... ¡Ah, alto ahí! Lleva contigo el escarabajo.

— ¡El escarabajo, *massa* Will, el escarabajo de oro! — gritó el negro, retrocediendo espantado —. ¿Para qué tengo que llevar ese escarabajo conmigo sobre el árbol? ¡Que me condene si lo hago!

— Si sientes temor Jup, tú, un negro grande y fuerte como pareces, a tocar un pequeño insecto muerto e inofensivo, puedes llevarlo con esta cuerda; pero si no quieres cogerlo de ningún modo, me veré obligado a abrirte la cabeza con esta azada.

— ¿Qué le pasa ahora, *massa*? — dijo Jup, un tanto corrido, sin duda, y más complaciente —. Siempre ha de tomarla con su viejo negro. Era sólo una broma y nada más. ¡Tener yo miedo al escarabajo! ¡Pues sí que me preocupa a mí el escarabajo!

Cogió con precaución la punta de la cuerda, y manteniendo al insecto tan lejos de su persona como las circunstancias lo permitían, se dispuso a subir al árbol.

En los primeros años, el tulípero o *Liriodendron Tulipiferum,* el más espléndido de los árboles selváticos americanos, tiene un tronco liso y se eleva con frecuencia a gran altura, sin producir ramas laterales; pero cuando llega a su madurez, la corteza se vuelve rugosa y desigual, en tanto pequeños embriones de ramas aparecen en gran número sobre su tronco. Por eso la dificultad de la ascensión, en el caso presente, era mucho más aparente que real. Abrazando lo mejor que podía el enorme cilindro con sus brazos y sus rodillas, asiendo con las manos algunos brotes y apoyando sus pies descalzos sobre los otros, Júpiter, después de haber estado a punto de caer una o dos veces, se elevó finalmente hasta la primera gran bifurcación y pareció entonces considerar el asunto como virtualmente terminado. En efecto, el riesgo de la empresa ya había desaparecido, aunque el escalador se encontraba a unos sesenta o setenta pies de la tierra.

— ¿Hacia dónde debo ir ahora, *massa* Will? — preguntó

— Sigue siempre la rama más gruesa, la de ese lado — dijo Legrand.

El negro le obedeció con rapidez, y en apariencia, sin el menor temor; subió, y subió cada vez más alto, hasta que perdimos de vista su figura encogida entre el espeso follaje que la rodeaba. Entonces se dejó oír su voz lejana gritando:

— ¿Tengo que subir mucho todavía?

— ¿A qué altura estás? — preguntó Legrand.

— Estoy tan alto — replicó el negro —, que puedo ver el cielo a través de las hojas del árbol.

— No te acuerdes del cielo, únicamente atiende a lo que te digo. Mira a lo largo del tronco, hacia abajo y cuenta las ramas que hay debajo de ti por ese lado. ¿Cuantas ramas has pasado?

— Una, dos, tres, cuatro, cinco. He pasado cinco ramas por ese lado, *massa*.

— Entonces sube una rama más.

Pasaron unos minutos y la voz se oyó de nuevo, anunciando que había alcanzado la séptima rama.

— Ahora, Jup — gritó Legrand, muy excitado —, quiero que te abras camino sobre esa rama, hasta donde puedas. Si encuentras algo extraño, me lo dices.

A partir de esto, las pocas dudas que podía yo haber tenido sobre la demencia de mi pobre amigo se disiparon completamente. No me quedaba otra alternativa que considerarle atacado de locura y me sentí seriamente preocupado con la manera de hacerle volver a casa. Mientras meditaba sobre qué sería preferible hacer, volvió a oírse la voz de Júpiter.

— Me da miedo seguir más adelante por esta rama; es una rama muerta casi toda ella.

— ¡Has dicho que es una rama *muerta*, Júpiter? — gritó Legrand, con voz trémula.

— Si, *massa*, muerta como un clavo de puerta, está muy claro; no tiene ni pizca de vida.

— ¿Qué debo hacer, en nombre de Dios? — preguntó Legrand, que parecía sumido en una gran desesperación.

— ¿Qué debe hacer? — dije, contento de que aquella oportunidad me permitiese colocar una palabra —. Volver a casa y acostarse. ¡Vámonos ya! Sea usted razonable, querido amigo. Se hace tarde; y además, recuerde su promesa.

— ¡Júpiter! — gritó él, sin hacer el menor caso —, ¿me oyes?

— Sí, *massa* Will, le oigo muy bien.

— Entonces córtala un poco con tu cuchillo, y dime si crees que está *muy* podrida.

— Podrida, *massa*, podrida, seguro — replicó el negro al cabo de unos momentos —; pero no tanto como parecía. Podría avanzar un poco más sobre ella, si estuviese yo solo sobre la rama, ésa es la verdad.

— ¡Si estuvieras tú solo! ¿Qué quieres decir con eso?.

— Me refiero al escarabajo. Es muy pesado el tal escarabajo. Creo que, si lo dejase caer, la rama soportaría bien sin romperse, el peso de un negro.

— ¡Maldito granuja! — gritó Legrand, que pareció reanimarse —. ¿Qué tonterías estás diciendo? Si dejas caer el insecto, te corto el pescuezo. Mira hacia aquí, Júpiter, ¿me oyes?

— Sí, *massa*, no se debe tratar así a un pobre negro.

— Bien; óyeme ahora. Si continúas avanzando sobre la rama todo lo lejos que puedas hacerlo sin riesgo y sin soltar el insecto, te daré un dólar de plata tan pronto como hayas bajado.

— Ya voy, *massa* Will; ya voy allá — contestó el negro con rapidez —. Estoy al final en este momento.

— ¡Al final! — gritó Legrand, muy exaltado —. ¿Quieres decir que estás al final de la rama?

— Estaré en seguida al final, *massa*... ¡Ooooh! ¡Dios mío, socorro! ¿Qué es *eso* que hay sobre el árbol?

— ¡Bien! — gritó Legrand, muy contento — ¿Qué es *eso?*

— Hay una calavera; alguien dejó su cabeza sobre el árbol, y los cuervos han picoteado la carne.

— ¡Una calavera, dices! Perfectamente... ¿Cómo está atada a la rama? ¿Qué la sostiene?

— Indudablemente, se sostiene bien; pero tendré que ver. ¡Ah! Es muy curioso, palabra... hay un clavo grueso clavado en esta calavera, que la sujeta al árbol.

— Bien, ahora, Júpiter, haz exactamente lo que voy a indicarte. ¿Me oyes?

— Sí, *massa*.

— Fíjate bien, y después busca el ojo izquierdo de la calavera.

— ¡Hum! ¡Oh, esto sí que es gracioso! No tiene ojo izquierdo ni por asomo.

— ¡Maldito estúpido! ¿Sabes distinguir bien tu mano izquierda de tu mano derecha?

— Sí que lo sé, lo sé muy bien; mi mano izquierda es con la que parto la leña.

— ¡Naturalmente! Eres zurdo. Y tu ojo izquierdo está en el mismo lado de tu mano izquierda. Ahora espero que podrás encontrar el ojo izquierdo en la calavera, o el sitio donde estaba ese ojo. ¿Lo has encontrado?

Hubo una larga pausa. Y finalmente, el negro preguntó

— ¿El ojo izquierdo de la calavera está en el mismo lado que la mano izquierda del cráneo también?... Porque la calavera no tiene manos... ¡No importa! Ya he encontrado el ojo izquierdo, ¡aquí está el ojo izquierdo! ¿Qué tengo que hacer ahora?

— Haz pasar por él el escarabajo y déjalo caer tan lejos como pueda llegar la cuerda, pero ten cuidado de no soltar la punta.

— Ya está hecho todo, *massa* Will, ha sido cosa fácil hacer pasar el escarabajo por el agujero... Mírelo cómo baja.

Durante este diálogo no podíamos ver ni la menor parte de Júpiter; mas el insecto que él dejaba caer aparecía ahora al extremo de la cuerda y brillaba como una bola de oro bruñido a los últimos rayos del sol poniente, algunos de los cuales iluminaban todavía un poco la altura sobre la que estábamos situados. El escarabajo, al descender, sobresalía visiblemente del árbol, y si el negro lo hubiese soltado, habría caído a nuestros pies. Legrand cogió rápidamente la guadaña y despejó un espacio circular, de tres o cuatro yardas de diámetro, exactamente debajo del insecto. Terminado esto, ordenó a Júpiter que soltase la cuerda y que bajase del árbol.

Poniendo sumo cuidado, clavó mi amigo una estaca en la tierra en el lugar preciso donde había caído el insecto, y luego sacó de su bolsillo una cinta métrica. Ató una punta al sitio del árbol que estaba más próximo a la estaca, la desenrollo hasta llegar a ésta y siguió desenrollándola en la dirección señalada por aquellos dos puntos — la estaca y el tronco — hasta una distancia de cincuenta pies. Júpiter limpiaba de zarzas el camino con la guadaña. En el sitio así encontrado clavó una segunda estaca, y tomándola como centro, describió un tosco círculo de unos cuatro pies de diámetro, aproximadamente, cogió entonces una de las azadas, y nos dio las otras dos a Júpiter y a mí rogándonos que cavásemos lo más deprisa posible.

Sinceramente, yo no había sentido nunca la menor satisfacción con practicar este deporte, y en aquel momento preciso, mucho menos, pues la noche avanzaba, y me sentía muy fatigado con el ejercicio que hube de hacer; pero no veía forma de escapar de aquello, y temía perturbar la tranquilidad de mi pobre amigo con una negativa. De haber podido confiar efectivamente con la ayuda de Júpiter, no hubiese yo vacilado en llevar a la fuerza al maniático a su casa; mas conocía demasiado bien el carácter del viejo negro para esperar su ayuda en cualquier circunstancia, y menos en el caso de una lucha personal con su amo. Para mí, era evidente que Legrand estaba contaminado por alguna de las innumerables supersticiones del Sur referentes a los tesoros escondidos, y que aquella fantasía hubiera sido alentada por el hallazgo del escarabajo, o tal vez por la obstinación de Júpiter en sostener que era «un escarabajo de oro de verdad». Una imaginación predispuesta a la locura podía dejarse arrastrar por tales sugestiones, y más si estaban de acuerdo con sus ideas favoritas preconcebidas; y entonces recordé la frase del pobre muchacho referente al insecto que iba a ser «el indicio de su fortuna». Principalmente, me sentía enojado y perplejo; por último, decidí hacer ley de la necesidad y cavar con la mejor voluntad para convencer lo antes posible al visionario, con una prueba indudable, de la falacia de las opiniones que él sostenía.

Encendimos las linternas y nos entregamos a nuestro trabajo con un afán digno de una causa más razonable; y como la luz caía sobre nuestras personas y herramientas, no pude evitar imaginarme el grupo pintoresco que formábamos, y en que si algún extraño hubiese aparecido, por casualidad, en medio de nosotros, habría creído que realizábamos una labor muy rara y sospechosa.

Cavamos con tesón durante dos horas. Pronunciábamos pocas palabras, y nuestra inquietud principal la causaban los ladridos del perro, que sentía un interés excesivo por nuestros trabajos. Finalmente produjo tal alboroto, que temimos diese la alarma a algunos vagabundos de las cercanías, o mejor dicho, era el gran temor de Legrand, pues, a mí me hubiera llenado de gozo cualquier interrupción que obligase al maniático a volver a su casa. Por último, fue acallado el alboroto por Júpiter, quien, lanzándose fuera del hoyo con un aire resuelto y furioso, ató el hocico del animal con uno de sus tirantes volviendo a su tarea con una risita ahogada.

Al terminar el tiempo mencionado, el hoyo había alcanzado una profundidad de cinco pies, y en él, no aparecía el menor indicio de tesoro. Hicimos una parada general, y empecé a tener la esperanza de que la farsa hubiera acabado. Legrand, sin embargo, aunque visiblemente desconcertado, se enjugó la frente con aire pensativo y volvió a empezar. Habíamos cavado dentro del círculo entero de cuatro pies de diámetro, y ahora ampliamos un poco aquel límite y cavamos dos pies más. No apareció nada. El buscador de oro, por el que sentía yo una profunda compasión, saltó del hoyo al fin, con la más amarga desilusión reflejada en su cara, y se decidió, lenta y pesarosamente, a ponerse la chaqueta, que se había quitado al empezar su labor. Por mi parte, me guardé de hacer ningún comentario. Júpiter, a una señal de su amo, comenzó a recoger las herramientas. Hecho esto, y quitando el bozal al perro, volvimos en un profundo silencio hacia la casa.

Habríamos dado quizá una docena de pasos, cuando, lanzando un tremendo juramento, Legrand se arrojó sobre Júpiter y le agarró del cuello. El negro, aterrado, abrió los ojos y la boca en toda su extensión, soltó las herramientas y cayó de rodillas.

— ¡Miserable bergante! — gritó Legrand, haciendo silbar las palabras entre sus labios apretados — ¡Malvado negro! ¡Habla, te digo! ¡Contéstame al momento y sin mentir! ¿Cuál es... cuál es tu ojo izquierdo?

— ¡Oh, tenga compasión, *massa* Will! ¿No es verdaderamente éste mi ojo izquierdo? — clamó, aterrorizado, Júpiter, poniendo su mano sobre el órgano derecho de su visión, y manteniéndola allí con la tenacidad de la desesperación, como si temiese que su amo fuese a arrancárselo.

— ¡Me lo temía! ¡Lo sabía! ¡Hurra! — vociferó Legrand soltando al negro y dando una serie de saltos y cabriolas, con gran asombro de su criado, quien, alzándose sobre sus rodillas, miraba en silencio a su amo y a mí, a mí y a su amo.

— ¡Vamos! Tenemos que volver — dijo éste —. No está aún perdida la partida — y se encaminó de nuevo hacia el tulípero.

— Júpiter — dijo, cuando llegamos al pie del árbol —, ¡ven aquí! ¿Estaba la calavera clavada a la rama con la cara vuelta hacia fuera, o hacia el tronco?

— La cara está vuelta hacia afuera, *massa*; así es que los cuervos han podido comerse muy bien los ojos, fácilmente.

— Bien; entonces, ¿has dejado caer el escarabajo por este ojo o por este otro? — y Legrand tocaba uno tras otro los ojos de Júpiter.

— Por este ojo, *massa*, por el ojo izquierdo, tal como usted me mandó. — Y el negro volvió a señalar su ojo derecho.

Aquí mi amigo, en cuya locura empezaba yo a ver, o al menos me parecía que veía, ciertos indicios de método, trasladó la estaca que marcaba el lugar donde había caído el insecto, unas tres pulgadas hacia el oeste de su primitiva posición. Extendiendo ahora la cinta de medir desde el punto más cercano del tronco hasta la estaca como antes hiciera, y alargándola en línea recta a una distancia de cincuenta pies, desde donde señalaba la estaca, la alejó varias yardas del sitio donde habíamos estado cavando.

Alrededor de este punto trazó un nuevo círculo, un poco más amplio que el primero, y volvimos a empuñar la azada. Me hallaba terriblemente cansado; pero, sin comprender lo que había ocasionado aquel cambio en mi pensamiento, no sentía ya aversión por aquel trabajo forzado. Ahora me excitaba. Es posible que, en todo el extravagante comportamiento de Legrand hubiera cierto aire de presciencia, de deliberación, que me impresionaba. Cavaba con ardor, y de cuando en cuando me sorprendía buscando, por decirlo así, con los ojos, movido de un sentimiento que se parecía mucho a la ansiedad, aquel tesoro imaginario, cuya visión había trastornado a mi infortunado camarada. Me hallaba en uno de esos momentos en que tales fantasías mentales se habían apoderado más a fondo de mí, y llevábamos trabajando quizá una hora y media, cuando fuimos de nuevo interrumpidos por los violentos ladridos del perro. Su inquietud, en los anteriores casos, era, sin duda, el resultado de un retozo o de un capricho; pero ahora asumía un tono más duro, más grave. Cuando Júpiter se esforzaba por volver a colocarle un bozal, opuso el animal una furiosa resistencia, y saltando dentro del hoyo, se puso a escarbar, frenético, con sus patas. En pocos instantes había dejado al descubierto una masa de osamentas humanas, formando dos esqueletos completos, mezclados con varios botones de metal y con algo que parecía ser lana podrida. Uno o dos golpes de azada hicieron saltar la hoja de un ancho cuchillo español, y al cavar más, brillaron a la luz tres o cuatro monedas de oro y de plata.

Al ver todo esto, Júpiter no pudo apenas contener su alegría; pero la cara de su amo expresó una extraordinaria desilusión. Nos rogó, sin embargo, que continuásemos nuestros esfuerzos, y apenas había pronunciado aquellas palabras, cuando tropecé y caí hacia adelante, al engancharse la punta de mi bota con una ancha argolla de hierro que sobresalía medio enterrada en la tierra removida.

Volvimos al trabajo ahora con ahínco, y jamás he pasado diez minutos de más intensa agitación. Durante este intervalo desenterramos completamente un cofre de madera que, por su perfecta conservación y asombrosa dureza, había sido sometido a algún procedimiento de mineralización, acaso a un baño de bicloruro de mercurio. Este cofre tenía tres pies y medio de largo, tres de ancho y dos y medio de profundidad. Estaba reforzado fuertemente por unos flejes de hierro forjado, remachados, y que formaban alrededor una especie de enrejado. A cada lado del cofre, cerca de la tapa, había tres argollas de hierro — seis en total —, valiéndose de las cuales, seis personas podían levantarlo. Nuestros esfuerzos unidos sólo consiguieron moverlo ligeramente de su lecho. Claramente vimos la imposibilidad de transportar un peso tan grande. Por fortuna, la tapa estaba sólo sujeta con dos tornillos movibles. Los quitamos trémulos y palpitantes de ansiedad. En un instante, un tesoro de incalculable valor apareció refulgente ante nuestra vista. Los rayos de las linternas caían en el hoyo, haciendo brotar de un montón confuso de oro y de joyas intensos destellos y resplandores que cegaba nuestros ojos.

No intentaré describir los sentimientos con que contemplaba aquello. El asombro, naturalmente, predominaba sobre los demás. Legrand parecía agotado por la excitación, y no profirió más que algunas palabras. Respecto a Júpiter, su rostro durante unos minutos adquirió la máxima palidez que puede tomar la cara de un negro en tales circunstancias. Parecía estupefacto, fulminado. Bruscamente cayó de rodillas en el hoyo, y hundiendo sus brazos hasta el codo en el oro, los dejó allí, como si gozase del placer de un baño. Al final exclamó con un hondo suspiro, como si hablase consigo mismo:

— ¡Y todo esto proviene del escarabajo de oro! ¡Del buen escarabajito, al que yo insultaba y calumniaba! ¿No te da vergüenza de ti mismo, negro? ¡Anda, responde!

Era preciso, por último, que recordase a ambos, al amo y al criado, la conveniencia de transportar el tesoro. Se hacía tarde y teníamos que desplegar mucha actividad, si queríamos que todo estuviese en sitio seguro antes del amanecer. No sabíamos qué resolución tomar, y perdimos mucho tiempo en deliberaciones, de lo trastornadas que teníamos nuestras ideas. Finalmente, decidimos aligerar de peso al cofre sacando las dos terceras partes de su contenido, y pudimos, por último, no sin dificultad, extraerlo del hoyo. Las piezas que habíamos sacado fueron depositadas entre las zarzas, bajo la custodia del perro, al que Júpiter ordenó que no se moviera de su sitio bajo ningún pretexto, y que no abriera la boca hasta nuestro regreso. Rápidamente nos pusimos en camino con el cofre; llegamos sin novedad a la cabaña, después de tremendas penalidades, y a la una de la madrugada. Exhaustos como estábamos, no hubiese habido naturaleza humana capaz de reanudar la tarea inmediatamente. Estuvimos descansando hasta las dos;

después cenamos, y en seguida volvimos hacia las colinas, provistos de tres grandes sacos que felizmente habíamos encontrado antes. Serían aproximadamente las cuatro cuando llegamos ante la fosa; nos repartimos el botín, con la mayor equidad posible y dejando el hoyo sin cubrir, regresamos a la cabaña, en la que descargamos por segunda vez nuestro tesoro, al tiempo que los primeros débiles resplandores del alba aparecían por encima de las copas de los árboles hacia el Este.

Estábamos materialmente destrozados, pero la intensa excitación de aquel momento nos impidió todo reposo. Después de un agitado sueño de tres o cuatro horas de duración, nos levantamos, como si estuviéramos de acuerdo para efectuar el examen de nuestro tesoro.

El arca había sido llenada hasta los bordes, y necesitábamos el día entero y gran parte de la noche siguiente para verificar su contenido. No mostraba ningún orden o cuidado. Todo había sido arrojado allí, en confusión. Después de haberlo clasificado cuidadosamente, nos encontramos en posesión de una fortuna que excedía a todo cuanto habíamos imaginado. Solamente en monedas había más de cuatrocientos cincuenta mil dólares, calculando el valor de las piezas con tanta exactitud como pudimos, por las tablas de cotización de la época. No apareció ni una sola partícula de plata. Todo era oro de fechas muy antiguas y de una gran variedad: monedas francesas, españolas y alemanas, con algunas guineas inglesas y varios discos de los que no habíamos visto antes ejemplar alguno. También había varias monedas muy grandes y pesadas, pero tan desgastadas que nos fue imposible descifrar sus inscripciones. Ninguna de las monedas era americana. La tasación de las joyas ofreció mayores dificultades. Había diamantes, algunos de ellos muy finos y de gran peso, su total era de ciento diez, y ninguno pequeño; dieciocho rubíes de espléndido brillo, trescientas diez esmeraldas bellísimas, veintiún zafiros y un ópalo. Todas estas piedras habían sido arrancadas de sus monturas y arrojadas en confusión al interior del cofre. Respecto a las monturas mismas, que clasificamos separadamente del otro oro, parecían haber sido tratadas a martillazos para evitar cualquier identificación. Con todo aquello, había una gran cantidad de aderezos de oro macizo: cerca de doscientas sortijas y pendientes de extraordinario espesor; gruesas y ricas cadenas, en número de treinta, si no recuerdo mal; noventa y tres grandes y pesados crucifijos; cinco incensarios de oro de gran valía; una prodigiosa ponchera de oro, adornada con hojas de parra muy bien cuidadas, y con figuras de bacantes; dos empuñaduras de espada exquisitamente repujadas, y otros muchos objetos menores que no puedo recordar. El peso de todo ello excedía de las trescientas cincuenta libras *avoirdupois* (1), y en esta valoración no he incluido ciento noventa y siete

(1) Sistema de pesos vigente en Inglaterra y Estados Unidos cuya unidad es la libra inglesa de 16 onzas, o sea 0'451 kilogramos. (N. del T.)

relojes de oro soberbios, tres de los cuales solamente valdrían cada uno quinientos dólares. Muchos eran antiquísimos y desprovistos de utilidad como tales relojes: sus maquinarias habían sufrido en mayor o menor escala la corrosión de la tierra, pero todos estaban ricamente engarzados con pedrerías, y las cajas eran de gran precio. Tasamos aquella misma noche el contenido total del cofre en un millón y medio de dólares, pero cuando más tarde vendimos los dijes y joyas (quedándonos con algunos para nuestro uso personal), nos encontramos con que habíamos hecho una valoración muy baja del tesoro.

Una vez terminamos nuestro examen, y al tiempo que se calmó un tanto aquella intensa excitación, Legrand, que sabía mi impaciencia por conocer la solución de aquel extraordinario enigma, entró a pleno detalle en las circunstancias relacionadas con él.

— Sin duda recordará usted — dijo — la noche en que le presenté el tosco dibujo que había hecho del escarabajo. Recordará asimismo que me molestó mucho su insistencia de que mi dibujo se parecía a una calavera. Cuando hizo usted por primera vez esta afirmación, creí que bromeaba; pero después recordé las manchas especiales sobre el dorso del insecto, y reconocí en mi interior que su observación tenía realmente una ligera base. No obstante, me irritó su burla respecto a mis facultades artísticas, pues estoy considerado como un buen dibujante, y por eso, cuando me devolvió usted el trozo de pergamino, estuve a punto de estrujarlo y de arrojarlo, disgustado, a la lumbre.

— Se refiere usted al pedazo de papel — dije.

— No; aunque aquello tenía el aspecto de papel, y en principio yo mismo supuse que lo era; cuando empecé a dibujar sobre él, descubrí en seguida que era un trozo de pergamino muy viejo. Estaba todo sucio, como recordará. En el momento en que me disponía a arrugarlo, mis ojos cayeron sobre el boceto que usted había examinado, y ya puede imaginarse mi asombro al percibir claramente la silueta de una calavera en el sitio mismo donde había yo creído dibujar el insecto. Durante un momento me sentí demasiado atónito para pensar con serenidad. Sabía que mi boceto era muy diferente en detalle de éste, aunque existiese cierto parecido en el contorno general. Acto seguido cogí una vela y, sentándome al otro extremo de la habitación, me dediqué a un examen minucioso del pergamino. Dándole la vuelta, vi mi propio boceto sobre el reverso, exactamente como lo había hecho. Mi primera impresión fue entonces de simple sorpresa ante la notable similitud del contorno; y resulta una coincidencia muy notable el hecho de aquella imagen, desconocida para mí, que ocupaba el otro lado del pergamino debajo precisamente de mi dibujo del escarabajo y de la calavera aquella que se parecía con tanta exactitud a dicho dibujo no sólo en la silueta, sino en el tamaño. Repito que la singularidad de aquella coincidencia me dejó perplejo durante un momento. Es éste el efecto habitual de tales coincidencias. La imaginación se esfuerza por establecer una relación — una ilación de causa y efecto —, y siendo incapaz de conseguirlo, sufre una especie de parálisis pasajera. Mas, cuando me recuperé de aquel estupor, sentí surgir en mí poco a poco una convicción que me sobrecogió más aun que aquella coincidencia. Empecé a recordar de una manera clara e indudable que *no* existía ningún dibujo sobre el pergamino cuando hice mi boceto del escarabajo. Tenía la absoluta certeza de ello, pues recordé haberle dado vueltas a un lado y a otro buscando el sitio más limpio... Si la calavera hubiese estado allí, la habría yo visto, con toda seguridad. En todo esto había un misterio que me sentía incapaz de penetrar; pero en aquel instante me pareció ver brillar débilmente, en las más remotas y secretas profundidades de mi entendimiento, una especie de presentimiento de la verdad de la cual nos había aportado la aventura de la última noche una prueba tan magnífica. Me levanté al punto, y guardando cuidadosamente el pergamino apliqué toda reflexión ulterior para cuando me encontrase solo.

»Una vez que usted se marchó y Júpiter quedó profundamente dormido, me dediqué a un examen más metódico de la cuestión. En primer lugar, quise establecer el modo en que aquel pergamino había llegado a mi poder. El punto en que encontramos el escarabajo, se hallaba en la costa del continente, a una milla aproximada al este de la isla pero a corta distancia sobre el nivel de la marea alta. Cuando intenté cogerlo me picó con fuerza, obligándome a soltarlo. Júpiter, con su natural prudencia, antes de agarrar el insecto, que había volado hacia él, buscó a su alrededor una hoja o algo parecido con que apresarlo. En ese momento sus ojos, lo mismo que los míos, se fijaron en el trozo de pergamino que supuse era un papel. Estaba medio enterrado en la arena, sobre la que asomaba una parte de él. Próximo al sitio donde lo descubrimos vi los restos del casco de un gran barco, según me pareció. Aquellos restos, indudablemente de un naufragio, debían de estar allí desde hacía mucho tiempo, pues apenas podía distinguirse su semejanza con la estructura de un barco.

»Júpiter recogió el pergamino, envolvió en él al insecto y me lo entregó. Momentos después, cuando volvimos a casa, encontramos al teniente G***. Le enseñé el ejemplar y me rogó que le permitiese llevárselo al fuerte. Se lo entregué y lo guardó en el bolsillo de su chaleco sin el pergamino en que iba envuelto y que había conservado en la mano durante su examen. Probablemente temió que cambiase de idea y prefirió asegurar en seguida su presa; ya sabe usted que es un entusiasta de todo cuanto se relaciona con la historia natural. Entonces, sin darme cuenta, seguramente, debí guardarme el pergamino en el bolsillo.

»Recordará usted asimismo que cuando me senté ante la mesa, con el propósito de hacer un esquema del insecto, no hallé papel donde habitualmente se guarda. Miré en el cajón y no lo encontré allí. Recurrí a mis bolsillo, esperando encontrar en ellos alguna carta atrasada, cuando mis dedos tropezaron con el pergamino. Le detallo a usted de un modo tan minucioso cómo cayó en mi poder, porque las circunstancias me impresionaron con una fuerza especial.

»Indudablemente, usted me creyó un alucinado; pero yo había establecido ya una especie de *conexión*. Acababa de unir dos eslabones de una gran cadena. Allí había un barco que naufragó en la costa, y en las proximidades de aquel barco, un pergamino — *no un papel* — con una calavera dibujada sobre él. Va usted, seguramente, a preguntarme: ¿dónde está la relación? Le responderé que la calavera es el emblema muy conocido de los piratas. Llevan izado el pabellón con la calavera en todos sus combates.

»Pues bien, era un trozo de pergamino, y no de papel. El pergamino es una materia resistente casi indestructible. Rara vez se consignan sobre uno de estos cuestiones de poca monta, ya que no se adapta como el papel a las simples necesidades del dibujo o de la escritura. Esta reflexión me indujo a pensar en algún símbolo, en algo que tenía relación con la calavera. No olvidé tampoco observar la forma del pergamino. Aunque uno de los ángulos aparecía roto por algún accidente, podía verse bien que la forma original era oblonga. Tratándose precisamente de una de esas tiras que se escogen como memorándum, para anotar algo que desea uno conservar largo tiempo y con interés.

— Pero — le interrumpí — usted asegura que la calavera *no estaba* sobre el pergamino cuando dibujó el escarabajo. ¿Cómo entonces establece una relación entre el barco y la calavera, ya que esta última, según su propio aserto, debe de haber sido dibujada (Dios únicamente sabe cómo y por quién) en algún período posterior a su apunte del insecto?

— ¡Ah! Alrededor de eso gira todo el misterio, aunque he tenido, relativamente, poca dificultad en aclarar ese extremo del secreto. Mi trayectoria era segura y no podía llevarme más que a un solo resultado. Razoné así, aproximadamente: al dibujar el escarabajo, no aparecía la calavera sobre el pergamino. Cuando terminé el dibujo, se lo di a usted y le estuve observando con fijeza hasta que me lo devolvió. No era *usted,* por tanto, quien había dibujado la calavera, ni estaba allí presente nadie que hubiera podido hacerlo. No había sido, pues, realizado por un medio humano. Y, sin embargo, allí estaba.

»Al llegar a este punto de mis reflexiones, intenté recordar, y recordé, en efecto, con absoluta exactitud, cada incidente ocurrido en el intervalo en cuestión La temperatura era fría (¡oh raro y feliz accidente!) y el fuego llameaba en la chimenea. Había yo entrado en calor con el ejercicio y me senté junto a la mesa. Usted tenía colocada su silla muy cerca de la chimenea. En el instante mismo de dejar el pergamino en su mano, y cuando iba usted a examinarlo, *Wolf,* el terranova, entró y saltó hacia sus hombros. Con su mano izquierda usted le acariciaba intentando apartarle, mientras tenía cogido el pergamino con la derecha, sobre sus rodillas y cerca del fuego. Hubo un momento en que creí que la llama iba a alcanzarlo, y me disponía a advertírselo; pero antes de que hubiese yo hablado la retiró usted y empezó a examinarlo. Una vez considerados todos estos detalles, no dudé ni un segundo que aquel *calor* había sido el agente que hizo surgir a la superficie del pergamino la calavera cuyo contorno veía señalarse allí. Usted sabe que hay y ha habido en todo tiempo preparaciones químicas en virtud de las cuales es posible escribir sobre papel o sobre vitela caracteres que no resultan visibles hasta que son sometidos a la acción del fuego. Se utiliza algunas veces el zafre, disuelto en a*gua regia* y diluido en cuatro veces su peso de agua; de ello resulta un tono verde. El régulo de cobalto disuelto en espíritu de nitro da el matiz rojo. Los colores desaparecen a intervalos más o menos largos, después que la materia sobre la cual se ha escrito se enfría, pero reaparecen a una nueva aplicación de calor.

»Examiné entonces la calavera con toda meticulosidad. Los contornos — los más próximos al borde del pergamino — quedaban mucho más *claros* que los otros. Resultaba evidente que la acción del calor había sido imperfecta o desigual. Acto seguido encendí el fuego y sometí cada trozo del pergamino al calor ardiente. En un principio no tuvo aquello más efecto que reforzar las líneas débiles de la calavera; pero insistiendo en el ensayo, se hizo visible, en el ángulo de la tira diagonalmente opuesto al sitio donde estaba trazada la calavera, una figura que supuse de primera intención era la de una cabra. Un examen más atento, sin embargo, me convenció de que habían tratado de representar un cabritillo.

— ¡Ja, ja! — exclamé —. No tengo, indudablemente derecho a burlarme de usted (un millón y medio de dólares es cosa muy seria para tomarla a broma). Pero no tratará de añadir un tercer eslabón en su cadena; no intentará hallar alguna relación especial entre sus piratas y una cabra; los piratas, como es sabido, no tienen nada que ver con las cabras, eso es cosa de granjeros.

— Pero si acabo de decirle que la figura *no* era la de una cabra.

— Bien; la de un cabritillo, pongamos; viene a ser casi lo mismo.

— Casi, pero no del todo — dijo Legrand —. Tiene usted que haber oído hablar de un tal capitán Kidd. Relacioné en seguida la figura de ese animal con una especie de firma logogrífica o jeroglífica. Digo firma porque el lugar en que estaba situada sobre el pergamino sugería esa idea. La calavera, en la esquina diagonalmente opuesta, tenía así el carácter de un sello, de una estampilla. Pero me hallé dolorosamente desconcertado ante la falta de todo lo demás del cuerpo de mi soñado documento, del texto de mi contexto.

— Imagino que esperaba usted encontrar un mensaje entre el sello y la firma.

— Una cosa por el estilo. Lo cierto es que me sentí profundamente impresionado por el presentimiento de una buena fortuna inminente. No sabría decir por qué. Quizá, después de todo, era más bien un deseo que una verdadera creencia; pero es indudable que las absurdas palabras de Júpiter, asegurando que el escarabajo era de oro macizo, ejercieron un notable efecto sobre mi imaginación. Después, ¡esa serie de accidentes y coincidencias era algo tan extraordinario! ¿Observa usted lo que había de fortuito en que esos acontecimientos ocurriesen *el único* día del año en que ha hecho, ha podido hacer, el suficiente frío para necesitarse fuego y que, sin ese fuego, o sin la intervención del perro en el preciso momento en que apareció, no habría sabido yo nunca lo de la calavera, y por tanto no habría entrado nunca en posesión del tesoro?

— Siga... siga... Me consumo de impaciencia.

— Bueno; habrá usted oído contar alguna de las muchas historias que corren, de esos mil vagos rumores respecto a tesoros enterrados en algún lugar de la costa del Atlántico por Kidd y sus camaradas. Esos rumores debían tener algún fundamento real. Y si seguían corriendo desde hace tanto tiempo y con tanta persistencia, ello se debía, a mi juicio, solamente a la circunstancia de que el tesoro enterrado *permanecía* enterrado. Si Kidd hubiese escondido su botín durante algún tiempo y lo hubiera recuperado después, no habrían llegado tales rumores hasta nosotros en su invariable forma actual. Fíjese en que esas historias giran todas alrededor de buscadores, no de descubridores de tesoros. Si el pirata hubiera recuperado su botín, el asunto habría terminado allí. Pensaba que algún accidente — por ejemplo, la pérdida de la nota que fijaba el lugar exacto — debía de haberle privado de los medios para recuperarlo, llegando ese accidente a conocimiento de sus compañeros, quienes, de otra forma, no hubiesen podido saber nunca que un tesoro había sido escondido y que con sus búsquedas infructuosas, por carecer de guía al intentar recuperarlo, dieron origen primero a ese rumor, difundido universalmente en su época, y a las noticias tan corrientes ahora. ¿Ha oído usted hablar de algún tesoro importante que haya sido descubierto en todo lo largo de la costa?

— Jamás.

— Pues es evidente que Kidd los había acumulado inmensos. Daba yo así por supuesto que la tierra seguía reteniéndolos y no le sorprenderá mucho si le digo que abrigaba una esperanza que aumentaba casi hasta la certidumbre: la de que el pergamino tan extraordinariamente hallado contenía la última indicación del lugar donde se ocultaba.

— Pero ¿cómo procedió usted?

— Aproximé de nuevo el pergamino al fuego, después de haberlo avivado; mas no apareció nada. Supuse entonces que era muy posible que la capa de mugre pudiera influir en aquel fracaso: para quitarla, lavé con esmero el pergamino vertiendo agua caliente encima y después lo coloqué en una cacerola de cobre, con la calavera hacia abajo; puse la cacerola sobre una lumbre de carbón, y a los pocos minutos, estando ya la cacerola calentada intensamente, saqué la tira de pergamino. Fue inexpresable mi alegría al encontrarla manchada, en distintos sitios, con signos que parecían cifras alineadas. Volví a ponerla en la cacerola, y la dejé allí otro minuto. Cuando la saqué estaba exactamente igual a como va usted a verla.

Al llegar aquí, Legrand, habiendo calentado de nuevo el pergamino, lo sometió a mi examen. Los caracteres siguientes aparecían groseramente trazados, en color rojo, en el espacio comprendido entre la calavera y la cabra:

(53 ± ± + 305))6* ; 4826) 4 ±.)4 +) ; 806* ; 48 + 8 π60)) 85;1 ± (;: ± *8 + 83 (88) 5* + ; 46(;88*96*? ; 8)* ± (;485) ; 5* + 2:* ± (¡4956 * 2 (5* - 4) 8 π 8* ; 4069285) ;) 6 + 8) 4 ± ± ;1 (± 9;48081 ; 8 : 8 ± 1;40 + 85 ;4) 485 + 528806* 81 (± 9;48;(88;4(± ? 34;48) 4 ±;161 ;: 188 ; ± ?;

—Pero — dije, devolviéndole la tira — sigo estando tan a oscuras como antes. Si todas las joyas de Golconda esperasen de mí la solución de este enigma, estoy seguro de que sería incapaz de obtenerlas.

— Sin embargo — dijo Legrand —, la solución no resulta tan difícil como cabe imaginar tras el primer examen superficial de los caracteres. Éstos, según puede adivinarse fácilmente, forman una cifra, es decir, contienen un significado; pues por lo que sabemos de Kidd, no habría que suponerle capaz de construir una de las más abstrusas criptografías. Pensé, pues, desde luego, que ésta era de una clase sencilla, aunque tal, no obstante, que resultase absolutamente indescifrable para la tosca inteligencia del marinero, sin la clave.

—¿Y la resolvió usted, en verdad?

—Sin ninguna dificultad; había yo resuelto otras mil veces más complicadas. Las circunstancias y cierta predisposición natural me han hecho a interesarme por tales enigmas, y es, realmente, dudoso que el genio humano pueda crear un acertijo de ese género que el mismo ingenio humano no resuelva con una aplicación adecuada. Efectivamente, una vez que logré descifrar una serie de caracteres legibles, no me preocupó casi la leve dificultad de completar su significación.

»En este caso — y en realidad en todos los casos de escritura secreta — la cuestión fundamental se refiere al *lenguaje* de la cifra, pues los principios de solución, particularmente tratándose de las cifras más sencillas, dependen del carácter peculiar de cada idioma y pueden ser modificadas por éste. Ordinariamente no hay otro medio para conseguir la solución que ensayar (guiándose por las probabilidades) todos los idiomas que nos sean conocidos, hasta encontrar el verdadero. Mas en la cifra del caso presente toda dificultad quedaba resuelta con la firma. El juego de palabras sobre la voz *Kidd* (1) sólo es posible en lengua inglesa. Sin esa circunstancia hubiese yo comenzado mis ensayos por el español y el francés, por ser las lenguas en las cuales un pirata de mares españoles hubiera debido, más naturalmente, escribir un secreto de ese género. Tal como aparecía, presumí que el criptograma era inglés.

»Notará usted que no hay espacios entre las palabras. Si los hubiese habido, la tarea habría sido incomparablemente fácil. En este caso hubiera yo comenzado por hacer un cotejo y un análisis de las palabras más cortas, y de haber encontrado, cosa muy probable, una palabra de una sola letra (a o l-uno, yo, por ejemplo), habría estimado la solución asegurada. Pero como no existían espacios allí, mi primera misión era averiguar las letras predominantes, así como las que se encontraban con menor frecuencia. Las conté todas y después formé la siguiente tabla:

El signo 8 aparece 33 veces

»	;	»	26	»
»	4	»	19	»
»	±	»	16	»
»	)	»	16	»
»	*	»	13	»
»	5	»	12	»
»	6	»	11	»
»	(	»	10	»
»	+	»	8	»
»	1	»	8	»
»	0	»	6	»
»	9	»	5	»
»	2	»	5	»
»	:	»	4	»
»	3	»	4	»
»	?	»	3	»
»	π	»	2	»
»	—	»	1	»
»	.	»	1	»

Ahora bien; la letra que se encuentra con mayor frecuencia en un texto inglés es la *e*. Después, la serie es la siguiente: *a o i d h n r s t u y c f g l m w b k p q x z.*

La *e* predomina hasta el punto de que es raro hallar una frase sola de alguna longitud de la que no sea el carácter principal.

1) *Kid,* que significa *cabrito, chivo.* (N. del T.)

Contamos, pues, nada más empezar, con una base para algo más que una simple suposición. La utilidad que puede extraerse de esta tabla es evidente; pero para esta cifra particular sólo nos serviremos de ella muy parcialmente. Ya que nuestro signo predominante es el *8*, empezaremos por ajustarlo a la *e* del alfabeto natural. Para comprobar esta suposición, observemos si el *8* aparece a menudo por pares — pues la *e* se dobla con gran frecuencia en inglés — en palabras como, por ejemplo, *meet, speed, seen, been, agree,* etc. En nuestro caso, vemos que está doblado lo menos cinco veces aunque el criptograma sea breve.

Tomemos, pues el *8* como *e.* Ahora, de todas las *palabras* de la lengua, *the* es la más usual, por tanto, debemos ver si no está repetida la combinación de tres signos, siendo el último de ellos el *8.* Si encontramos repeticiones de tal letra, así dispuestas, representarán, muy probablemente, la palabra *the.* Después de comprobado esto, encontraremos nada menos que siete de tales combinaciones, siendo los signos *;48* en total. Podemos, por tanto, suponer que *;* representa *t, 4* representa *h,* y *8* representa *e,* quedando esto último así comprobado. Hemos dado ya un gran paso.

Terminamos de fijar una sola palabra; pero ésta nos permite establecer también un punto más importante; es decir, varios principios y finales de otras palabras. Veamos, por ejemplo, el penúltimo caso en que aparece la combinación *;48* casi al término de la cifra. Sabemos que el *;* que viene inmediatamente después es el comienzo de una palabra, y de los seis signos que siguen a ese *the* conocemos, por lo menos, cinco. Sustituyamos, pues, esos signos por la letras que representan, dejando un espacio para el desconocido:

t eeth

»Debemos, lo primero, desechar el *th* como algo que no forma parte de la palabra que comienza por la primera *t,* pues observamos, ensayando el alfabeto entero para adaptar una letra al hueco, que es imposible encontrar un vocablo del que ese *th* pueda formar parte. Reduzcamos, pues, los signos a

t ee

»Y utilizando el alfabeto, si es preciso, como antes, llegamos a la palabra *tree* (árbol), como la única inteligible. Ganamos así otra letra, la *r* representada por *(.* mas las palabras yuxtapuestas *the tree* (el árbol).

»Algo más lejos de esas palabras, aunque a poca distancia, encontramos de nuevo la combinación *;48* y la utilizamos como *terminación* de lo que precede inmediatamente. Tenemos así esta distribución:

the tree ;4 (± ? 34 the

»Y sustituyendo con letras naturales los signos que ya conocemos, leeremos esto:

the tree thr ± ? 3h the

»Después, si sustituimos los signos desconocidos por espacios en blanco o por puntos tendremos:

the tree thr... h the,

y, por deducción, la palabra *through* (por, a través) resulta evidente por sí misma. Este descubrimiento nos da, además, tres nuevas letras, *o, u* y *g*, representadas por ±, *?* y *3*

»Busquemos ahora minuciosamente en la cifra combinaciones de signos conocidos. Encontramos no lejos del comienzo esta disposición:

83 (88 , egree

que es, indudablemente, la terminación de la palabra *degree* (grado), que nos da otra letra, la *d,* representada por +.

»Cuatro letras más lejos de la palabra *degree,* hallamos la combinación:

; 46 (; 88,

cuyos signos conocidos traducimos, representando el desconocido por puntos, como anteriormente; y leemos:

th.rtee

»Combinación que nos sugiere acto seguido la palabra *thirteen* (trece) y que nos vuelve a proporcionar dos letras nuevas, la *i* y la *n,* representadas por *6* y *.

Retrocediendo al principio del criptograma, encontramos la combinación:

53 ± ± +

»Traduciéndola como antes, obtendremos:

.good

»Esto nos asegura que la primera letra es una *A,* y que las dos primeras palabras son *A good* (un bueno, una buena).

»Ahora ya podemos disponer nuestra clave, con arreglo a lo descubierto, en forma de tabla, para evitar errores. Tendremos lo siguiente:

5	representa	a
+	»	d
8	»	e
3	»	g
4	»	h
6	»	i
*	»	n
±	»	o
(	»	r
;	»	t
?	»	u

»Contamos así con no menos de diez de las letras más importantes representadas, y es inútil seguir buscando la solución a base de esos detalles. Ya le he dicho lo suficiente para convencerle de que textos cifrados de ese género son de fácil traducción y para darle algún conocimiento de su desarrollo *razonado*. Pero tenga la seguridad de que la muestra que tenemos delante pertenece al tipo más simple de la criptografía. Sólo me resta darle la traducción completa de los signos trazados sobre el pergamino, ya descifrados. Hela aquí:

»*A good glass in the bishop's hostel in the devil's seat forty-one degrees and thirteen minutes northeast and by north main branch seventh, limb east side shoot from the left eye of the death's head a bee-line from the tree through the shot fifty feet out* (1).

— Verdaderamente — dije — el enigma me parece tan intrincado como antes. ¿Cómo es posible encontrar sentido a toda esa jerga referente a «la silla del diablo», «la cabeza de muerto» y «el hostal o la hostería del obispo»?

— Confieso — replicó Legrand — que el escrito presenta un aspecto muy confuso cuando se dirige sobre él una ojeada superficial. Mi primer empeño fue hacer en el texto las divisiones naturales que había intentado disimular el criptógrafo.

— ¿Quiere usted decir puntuarlo?

— Una cosa por el estilo.

— Pero, ¿cómo le fue posible hacerlo?

— Deduje que el estilo característico del autor había consistido en agrupar sus palabras sin separación alguna, buscando la manera de aumentar la dificultad de la solución. Ahora bien: un hombre poco agudo, al concebir

(1) Un buen vaso en la hostería del obispo en la silla del diablo cuarenta y un grados y trece minutos Nordeste cuarto del ojo izquierdo de la cabeza de muerto una línea recta desde el Norte, principal rama séptimo vástago lado Este solar desde el árbol a través de la bala cincuenta pies hacia fuera. (N. del T.)

tal propósito, tendrá, seguramente, la tendencia a superar la medida. Si durante el curso de su composición llegaba a una interrupción de su tema que requería, naturalmente, una pausa o un punto, se excedía, en su tendencia a agrupar los signos, más que de costumbre. Si observa usted ahora el manuscrito no le costará gran trabajo descubrir cinco de esos casos de inusitado agrupamiento. Siguiendo ese indicio hice la siguiente división:

»*A good glass in the bishop's hostel in the devil's seat forty-one degrees and thirteen minutes — northeast and by north — main branch seventh, limb east side — shoot from the left eye of the death's — head — a bee-line from the tree through the shot fifty feet out* (1).

— Aun con esa separación — dije —, sigo sin verlo claro.

— Igual me pasó a mí — replicó Legrand — por espacio de algunos días, durante los cuales realicé activas pesquisas en las proximidades de la isla de Sullivan, acerca de una casa que llevase el nombre de Hotel del Obispo, pues, naturalmente, deseché la palabra anticuada «hostal, hostería». No conseguía ningún informe sobre la cuestión, y estaba a punto de extender el campo de mi búsqueda y de obrar de un modo más sistemático, cuando una mañana se me ocurrió de pronto que aquel «Bishop's Hotel» podía tener alguna relación con una antigua familia apellidada Bessop, la cual, desde tiempo inmemorial, era propietaria de una antigua casa solariega a unas cuatro millas, aproximadamente, al norte de la isla. De acuerdo con lo cual fui a la plantación, y comencé de nuevo mis indagaciones entre los negros más viejos del lugar. Finalmente, una de las mujeres de más edad me dijo que ella había oído hablar de un sitio, algo así como *Bessop's Castle* (Castillo de Bessop), y que creía poder llevarme hasta él. Pero que no se trataba de un castillo, ni mesón, sino una alta roca.

»Le prometí recompensarle bien por su molestia, y después de algunas dudas, consintió en guiarme hasta aquel sitio. Lo encontramos sin gran dificultad: allí la despedí y me dediqué al examen del paraje. El «castillo» consistía en un conjunto irregular de macizos y rocas; una de éstas se destacaba de los demás tanto por su altura como por su aislamiento y su aspecto artificial. Trepé a la cima, y entonces me sentí perplejo ante lo que debía hacer después.

»En tanto meditaba sobre ello, mis ojos se fijaron en un estrecho reborde en la cara oriental de la roca, a una yarda quizá por bajo de la altura donde estaba colocado. Aquel reborde sobresalía unas dieciocho pulgadas, y no tendría más de un pie de anchura; un entrante en el risco, exactamente en-

(1) Un buen vaso en la hostería del obispo en la silla del diablo — cuarenta y un grados y trece minutos — Nordeste cuarto de Norte — principal rama séptimo vástago lado Este — soltar desde el ojo izquierdo de la cabeza de muerto — una línea recta desde el árbol a través de la bala cincuenta pies hacia fuera. (N. del T.)

cima, le daba una tosca semejanza con las sillas de respaldo cóncavo que usaban nuestros antepasados. No tuve duda de que fuese aquélla la «silla del diablo» a la que aludía el manuscrito, y me pareció poseer en ese momento el secreto entero del enigma.

»El «buen vaso», lo sabía yo, no podía referirse más que a un catalejo, pues los marineros de todo el mundo rara vez emplean la palabra «vaso» en otro sentido. Comprendí en el acto que debía utilizarse un catalejo desde un punto de vista determinado que no admitía variación. No vacilé un instante en pensar que las frases «cuarenta y un grados y trece minutos» y «Nordeste cuarto de Norte» tenían que indicar la dirección en que debía apuntarse el catalejo. Sumamente excitado por aquellos descubrimientos, volví, presuroso, a casa, cogí un catalejo y regresé a la roca.

»Me deslicé sobre el reborde y comprobé que era imposible permanecer sentado allí, excepto en una postura especial. Este detalle confirmó mi anterior idea. Procedí a utilizar el catalejo. Naturalmente, los «cuarenta y un grados y trece minutos» podían aludir sólo a la elevación por encima del horizonte visible, ya que la dirección horizontal estaba indicada claramente por las palabras «Nordeste cuarto de Norte». Establecí esta última dirección por medio de una brújula de bolsillo; después, apuntando el catalejo con tanta exactitud como pude con un ángulo de cuarenta y un grados de elevación, lo moví lentamente de arriba abajo, hasta que detuvo mi atención una grieta circular u orificio en el follaje de un gran árbol que se destacaba de todos los demás, a distancia. En el centro de aquel orificio divisé un punto blanco, pero no pude distinguir al principio lo que era. Graduando el foco del catalejo, volví a mirar, y comprobé ahora que era un cráneo humano.

»A partir de este descubrimiento, consideré con absoluta seguridad el enigma como resuelto, pues la frase «rama principal, séptimo vástago, lado Este» no podía referirse más que a la posición de la calavera sobre el árbol, en tanto lo de «soltar desde el ojo izquierdo de la cabeza de muerto» no admitía tampoco más que una interpretación con respecto a la busca de un tesoro enterrado. Vi claro que se trataba de dejar caer una bala desde el ojo izquierdo, y que una línea recta (línea de abeja, partiendo del punto más cercano al tronco por «la bala» (o por el punto donde cayese la bala), y alargándose desde allí a una distancia de cincuenta pies, indicaría el punto preciso, y debajo de este punto juzgué que era, por lo menos, *posible* que estuviese allí oculto un depósito valioso.

— Todo ello — dije — es harto claro, y asimismo ingenioso, sencillo y explícito. Y cuando abandonó usted el Hotel del Obispo, ¿qué hizo?

— Después de haber anotado escrupulosamente la situación del árbol, regresé a casa. No obstante, en el momento de dejar «la silla del diablo», el orificio circular desapareció de mi vista, y de cualquier lado que me volviese érame ya imposible divisarlo. Lo que considero como el colmo del ingenio en este caso es el hecho (pues, al repetir la experiencia, me he convencido de que *es* un hecho) de que la abertura circular en cuestión resulta sólo visible desde un punto que es precisamente el indicado por esa estrecha cornisa sobre la superficie de la roca.

»Cuando realicé la expedición al Hotel del Obispo fui seguido por Júpiter, quien observaba, sin duda, desde hacía unas semanas, mi aire absorto, y ponía un especial cuidado en no dejarme solo. Mas al día siguiente me levanté muy temprano, conseguí escabullirme de él, y corrí a las colinas en busca del árbol. Me costó mucho trabajo encontrarlo. Cuando volví a casa por la noche, mi criado se disponía a vapulearme. Respecto al final de la aventura, creo que sabe usted tanto como yo.

— Supongo — dije — que erró usted el punto en las primeras excavaciones, debido a la estupidez de Júpiter al dejar caer el escarabajo por el ojo derecho de la calavera en lugar de hacerlo por el izquierdo.

— Efectivamente. Esa equivocación ocasionaba una diferencia de dos pulgadas y media, aproximadamente, en relación con la bala, es decir, en la posición de la estaca junto al árbol, y si el tesoro hubiera estado *bajo* la «bala» el error habría sido de poca monta, pero la «bala», y al mismo tiempo el punto más cercano al árbol, representaban simplemente dos puntos para establecer una línea de dirección; naturalmente el error, aunque insignificante al principio, aumentaba al avanzar siguiendo la línea, y cuando hubimos llegado a una distancia de cincuenta pies, nos había separado por completo de la pista. Sin mi convicción absoluta de que allí había algo enterrado, todo nuestro esfuerzo hubiera sido vano.

— Pero su énfasis, su actitud balanceando el insecto, ¡cuán exageradamente extravagantes! Tenía yo la certeza de que estaba usted loco. Y ¿por qué insistió en dejar caer el escarabajo desde la calavera, en lugar de una bala?

— ¡Hombre!... Voy a serle franco; me sentía un tanto molesto por sus claras sospechas relativas a mi sano juicio, y decidí castigarle un poco, a mi manera, con algo de serena mixtificación. Por esa razón balanceaba yo el insecto, y por esa razón también quise dejarlo caer desde el árbol. Una observación que hizo usted acerca de su peso me sugirió esta última idea.

— Sí, lo comprendo; y ahora no hay más que un detalle que me desconcierta. ¿Qué podemos decir de los esqueletos encontrados en el hoyo?

— ¡Ah! Esa es una pregunta a la cual, igual que usted, no sería yo capaz de responder. No veo, ciertamente más que un modo plausible de explicar eso; pero mi hipótesis implica una atrocidad tal, que resulta horrible de creer. Está claro que Kidd (si fue realmente Kidd quien escondió el tesoro, lo cual no dudo), está claro que él debió de hacerse ayudar en su trabajo. Pero, una vez acabado éste, pudo creer necesario suprimir a todos los que compartían su secreto. Acaso un par de golpes de azadón fueron suficientes, en tanto sus ayudantes estaban ocupados en el hoyo; acaso necesitó una docena. ¿Quién puede decirlo?

LA BARRICA DE AMONTILLADO

Las mil injurias de Fortunato, las había aguantado yo lo mejor que pude; pero cuando se atrevió al insulto, juré vengarme. Vosotros, que tan bien conocéis la naturaleza de mi carácter, no vendréis a suponer, sin embargo, que llegase a decirle la menor palabra acerca de mi propósito. *A la larga* me veía vengado; era éste un punto definitivamente establecido —, pero la misma decisión con que lo había yo resuelto, excluía toda idea de riesgo por mi parte. Yo no sólo debía castigar, sino castigar impunemente. Un agravio queda sin reparar cuando su justo castigo perjudica al que lo repara. Queda igualmente sin reparación cuando el vengador deja de dar a comprender al que lo ha agraviado que es él quien se venga.

Debe entenderse bien que ni de palabra ni de hecho di a Fortunato motivo alguno para sospechar de mi buena voluntad para con él. Continué como tenía acostumbrado, a sonreír en su presencia, y él no advirtió que *ahora,* aquella sonrisa se originaba en mi idea de quitarle la vida.

Tenía un punto flaco — aquel Fortunato — aunque en otros respectos era hombre digno de consideración, y aun de ser temido. Se alababa siempre de entender mucho en vinos. Pocos italianos tienen el verdadero talento de buenos entendidos. En su mayor parte, su entusiasmo suele adaptarse a lo que piden el tiempo y la ocasión, para dedicarse a engañar a los *millonarios* ingleses y austríacos. En pintura y en pedrería, Fortunato, como todos sus paisanos, era un verdadero charlatán, pero en cuanto a los vinos añejos, era sincero. En este respecto yo no difería de él extraordinariamente; yo también era muy experto en cuanto a cepas italianas, y compraba sus caldos abundantemente siempre que se me presentaba ocasión.

Una tarde, casi al anochecer, en pleno delirio del Carnaval, encontré a mi amigo. Me acogió con excesivo afecto, porque había bebido mucho. El buen hombre iba vestido de payaso; llevaba un traje muy ceñido, un vestido a listas multicolores, y su cabeza estaba coronada por el sombrerito cónico adornado de cascabeles. Me alegré tanto de verle, que me pareció no haberle jamás estrechado la mano como entonces.

Y le dije: — «Querido Fortunato, llega usted muy a propósito. ¡Pero qué majo va usted hoy! El caso es que he recibido una barrica de lo que pasa por amontillado y tengo mis dudas.»

«¿Cómo?», dijo él, «¿Amontillado? ¿Una barrica? ¡Imposible! ¡Y en pleno Carnaval!»

«Por eso digo que tengo mis dudas», le respondí, «y yo iba a cometer la tontería de pagarlo como si fuera exquisito amontillado, sin consultarle a usted. No había manera de encontrarle, y me temía perderme una ganga.»

«¡Amontillado!»

«Tengo mis dudas.»

«¡Amontillado!»

«Y tengo que pagarlo.»

«¡Amontillado!»

«Pero como pensé que estaba usted muy ocupado, iba ahora a buscar a Luchresi. Es hombre entendido si los hay. Él me dirá.»

«Luchresi no es capaz de distinguir el amontillado del jerez.»

«Y con todo, no faltan necios que piensan que su paladeo puede competir con el de usted.»

«Vamos, vamos allá.»

«¿Adónde?»

«A sus bodegas.»

«No, amigo mío, no, yo no quiero abusar de su amabilidad. Adivino que tiene usted algún compromiso... Luchresi...»

«No tengo ningún compromiso; vamos.»

«No, querido amigo. Aunque no tenga usted ningún compromiso, estoy notando que tiene usted un frío de marca mayor. Aquellas bodegas son insufriblemente húmedas. Están materialmente incrustadas de salitre.»

«Vamos, a pesar de todo. El frío no importa. ¡Amontillado! Le han engañado a usted. Y ese Luchresi, no sabe distinguir el jerez del amontillado.»

Y diciendo esto, Fortunato se agarró de mi brazo; me puse una máscara de seda negra, me ceñí bien al cuerpo mi capote y dejé que Fortunato me arrastrase hasta mi palacio.

Los criados no estaban en casa; se habían zafado para ir a refocilarse en honor del Carnaval. Yo les había dicho antes que no volvieran hasta mañana, y les había dado ordenes explícitas de no estorbar por la casa. Aquellas ordenes eran suficientes, harto lo sabía yo, para asegurarme de su inmediata desaparición en cuanto yo volviera la espalda.

Tomé dos antorchas de sus candelabros, y dando una a Fortunato, lo llevé haciéndole doblar la espalda a través de varias series de aposentos por el pasaje abovedado que conducía a las bodegas. Bajé una larga escalera de caracol, advirtiéndole que llevase cuidado al seguirme. Llegamos por fin al pie de la escalera, y nos quedamos de pie uno frente a otro sobre el húmedo suelo de las catacumbas de los Montresors.

El continente de mi amigo mostraba inquietud, y los cascabeles retiñían en su sombrerito con las zancadas que iba dando.

«El barril», dijo.

«Está más adentro», le contesté, «pero observe usted esos blancos recamos de telarañas cómo brillan por estas paredes de la cueva.»

Se volvió hacia mí y me miró con dos nubladas pupilas que destilaban la fluxión de la embriaguez.

«¿Salitre?», preguntó por fin.

«Salitre», le contesté. «¿Hace mucho tiempo que tiene usted esa tos?»

«¡Ugh! ¡ugh! ¡ugh! — ¡ughl ¡ugh! ¡ugh! — ¡ugh! ¡ugh! ¡ugh! — ¡ugh! ¡ugh! ¡ugh! — ¡ugh! ¡ugh! ¡ugh!»

Mi pobre amigo estuvo sin poder contestarme unos minutos.

«Esto no es nada», dijo por fin.

«Vamos», le dije, con decisión, «volvámonos; su salud es preciosa, amigo mío. Usted es rico, respetado, admirado, querido; es usted feliz, como yo lo fui en otro tiempo. Es usted un hombre que no debe malograrse. En cuanto a mí no importa. Volvámonos; podría usted ponerse enfermo y yo no quiero cargar con esa responsabilidad. Ahí cerca vive Luchresi.»

«Basta», dijo; «esta tos es una insignificancia; no hay cuidado que me mate. No me moriré de una tos.»

«Verdad es, verdad es», le contesté, «y en efecto, no me propongo yo alarmarlo a usted sin motivo, pero debe usted tomar precauciones. Y un trago de este Medoc lo protegerá a usted de las humedades.»

Y en diciendo esto, rompí el cuello de una botella que tomé de una grande hilera de compañeras suyas que estaban echadas en el húmedo mantillo.

«Beba usted», le dije, «a la salud de los enterrados que reposan a nuestro alrededor.»

«Y porque viva usted muchos años.»

Volvió a tomar mi brazo, y seguimos adelante.

«Estas cuevas», dijo, «son muy extensas.»

«Los Montresors», le contesté, «fueron una grande y numerosa familia.»

«He olvidado cuáles son sus armas.»

«Un grande pie humano de oro, en campo de azur; el pie aplasta una serpiente rampante cuyos colmillos están clavados en el talón.»

«¿Y el mote?»

«*Nemo me impune lacessit.*» (1)

«¡Bueno es!», dijo.

_____

(1) Nadie me ofenderá impunemente. (N. del T.)

El vino chispeaba en sus ojos, y los cascabeles retiñían. Mi fantasía también se calentó con aquel Medoc. Habíamos cruzado junto a largas paredes formadas de apilados esqueletos entremezclados de barricas y toneles, en los más profundos recintos de las catacumbas. Volví a detenerme, y esta vez me atreví a coger a Fortunato por un brazo, más arriba del codo.

«¡El salitre!», le dije, «vea usted cómo va aumentando. Cuelga de las bóvedas como si fuera musgo. Estamos bajo el lecho del río. Las gotas de la humedad se escurren por entre estos huesos. Vamos, volvámonos antes que sea demasiado tarde. Esa tos.»

«No es nada», dijo, «sigamos. Pero antes, otro trago de Medoc.»

Rompí y le alargué un frasco de De Grâve. Lo vació de un sorbo. Sus ojos brillaban con ardiente resplandor. Se echó a reír, y tiró la botella al aire con un gesto que no comprendí.

Lo miré con sorpresa. Él repitió el movimiento — un movimiento grotesco.

«¿No comprende usted?», dijo.

«No, la verdad», le repliqué.

«Entonces, ¿no es usted de la Hermandad?»

«¿Cómo?»

«¿No pertenece usted a la masonería?»

«¡Ah! sí», dije yo, «sí, sí.»

«Venga una señal», dijo, «una señal.»

«Ésta», le contesté, sacando de entre los pliegues de mi capote una paleta de albañil.

«Usted bromea», exclamó, retrocediendo unos pasos. «Pero sigamos en busca del amontillado.»

«Sea, pues», dije volviendo a colocar aquella herramienta debajo del capote y ofreciéndole de nuevo mi brazo. Se apoyó pesadamente en él. Continuamos nuestro camino en busca del amontillado. Cruzamos bajo una serie de bajas bóvedas; bajamos, pasamos adelante, descendimos de nuevo, y llegamos a una profunda cripta, en que lo viciado del aire hacía que nuestras antorchas brillasen, pero no diesen llama.

En el más remoto extremo de la cripta apareció otra menos espaciosa. En sus paredes habían sido alineados restos humanos, de los que se amontonaban en la cueva de más arriba, a la manera de las catacumbas de París. Tres costados de aquella cripta interior estaban ornados de la misma forma. Del cuarto habían sido retirados los huesos y dejados en revoltijo en el suelo, formando en un punto un montón de cierto volumen. Dentro de la pared así descubierta por haber quitado los huesos, vimos todavía otra cripta o recinto interior, de unos cuatro pies de profundidad, tres de anchura y seis o siete de altura. No parecía haber sido construida para hacer uso especial de ella, sino que formaba sencillamente el intervalo entre dos de los colosales apoyos del techo de las catacumbas, y estaba respaldada por una de las paredes que las circundaban hechas de duro granito.

En vano Fortunato, alzando su macilenta antorcha, se esforzaba por escudriñar la profundidad de aquel recinto; aquella débil luz no podía mostrarnos su fondo.

«Siga usted adelante», dije, «ahí dentro está el amontillado. Si estuviera aquí Luchresi.»

«Es un ignorante», interrumpió mi amigo, mientras saltaba adelante con paso inseguro, y yo seguía inmediatamente detrás de él. En un instante alcanzó el fondo del nicho, y al hallarse cortado el paso, por la peña, se detuvo aturdido y perplejo. Un instante después yo lo había encadenado en el granito. En su superficie habían dos argollas de hierro, que distaban una de otra unos dos pies, horizontalmente. De una de ellas pendía una corta cadena, de la otra un candado. Rodeando su cintura con los eslabones, fue obra de pocos segundos el sujetarlo. Estaba demasiado estupefacto para resistírseme. Quité la llave, y salté fuera del recinto.

«Pase usted la mano», le dije, «por la pared; no podrá usted menos de percibir el salitre. En efecto, está *muy* húmeda. Una vez más permítame que *implore* su regreso. ¿No se viene usted? Entonces no me queda más remedio que dejarlo ahí. Pero antes debo prestarle algunos cuidados que están en mi poder.»

« ¡El amontillado!», profirió mi amigo, no recobrado aún de su asombro.

«Es verdad», repliqué, «el amontillado.»

Y diciendo estas palabras me atareaba por aquel montón de huesos a que antes me he referido. Echándolos a un lado, pronto dejé al descubierto cierta cantidad de piedra de construcción y mortero. Con aquellos materiales y sirviéndome de mi paleta, comencé animosamente a emparedar la entrada del nicho.

Apenas había colocado la primera tonga de aquella mampostería, cuando advertí que la embriaguez de Fortunato se había disipado en buena parte. La primera indicación que tuve de esto fue un apagado gemido que salía de la profundidad de aquel recinto. No era ya el grito de un hombre borracho. Luego se produjo un largo y obstinado silencio. Coloqué encima de aquélla la segunda tonga, y la tercera, y la cuarta; y entonces oí las furiosas sacudidas de la cadena. Aquel ruido se prolongó unos minutos, durante los cuales, para poder escucharlo con más satisfacción, interrumpí mi trabajo y me senté sobre los huesos. Cuando por fin se apaciguó aquel rechinamiento, volví a tomar mi paleta y acabé sin interrupción la quinta hilera, la sexta y la séptima. De nuevo me detuve, y alzando mi antorcha por encima de aquella mampostería que yo había levantado, dirigí algunos rayos sobre la figura que estaba allí dentro.

Una seguida de fuertes y penetrantes alaridos, estallando súbitamente de la garganta de aquel cuerpo encadenado, parecía rechazarme violentamente. Por un breve momento vacilé, temblé, y desenvainando mi estoque, empecé a tentar con él por dentro de aquel recinto, pero un momento de reflexión me tranquilizó. Puse la mano sobre la sólida fábrica de aquellas catacumbas, y quedé satisfecho. Volví a acercarme a la pared; y entonces repliqué a los alaridos del que clamaba. Repetí sus gritos, los acompañé, los vencí en volumen y en fuerza. Esto hice, y el chillón acabó por callarse.

Ya era medianoche y mi tarea tocaba a su fin. Había terminado la octava tonga, la novena y la décima. Había acabado la mayor parte de la oncena; sólo quedaba una piedra que colocar y revocar. Tenía que luchar con su peso; se colocaba sólo parcialmente en la posición que le correspondía. Pero entonces salió del nicho una débil risa que me puso los cabellos de punta. Era emitida con una voz tan triste, que hallé dificultad en reconocerla por la del noble Fortunato. Aquella voz decía:

«¡Ja! ¡ja! ¡ja! — ¡je! ¡je! ¡je! — ¡Buen bromazo, amigo! — ¡Buena chanza! ¡Lo que vamos a reírnos luego en el palacio — ¡je! ¡je! ¡je! — a propósito de nuestro vino! — ¡je! ¡je! ¡je!

« ¡El amontillado!», dije yo.

«¡Je! ¡je! ¡je! — ¡je! ¡je! ¡je! — Sí, el amontillado. ¿Pero no se nos está haciendo tarde? ¿No estarán esperándonos en el palacio la señora Fortunato y los demás? Vámonos ya.»

«Sí», dije yo, «vámonos ya.»

«¡Por el amor de Dios! ¡Montresor!»

«Sí», dije yo, «¡por el amor de Dios!»

Pero en vano escuché para obtener respuesta a aquellas palabras. Me impacienté, llamé en voz alta:

« ¡Fortunato! »

No hubo respuesta. Volví a llamar:

¡Fortunato! »

Tampoco me contestó. Introduje una antorcha por la abertura que quedaba, y la dejé caer dentro. Sólo se oyó en cambio un retintín de los cascabeles. Me dio una congoja; era sin duda causada por la humedad de las catacumbas. Me di prisa a poner fin a mi trabajo. Hice entrar por fuerza la última piedra en su sitio; la revoqué. Contra aquella nueva mampostería volví a levantar la antigua muralla de huesos. Durante medio siglo nadie los ha perturbado. *In pace requiescat!*

EL ENTERRAMIENTO PREMATURO

Existen determinados temas cuyo interés es de lo más sugerente, pero son excesivamente horrendos en su integridad para el natural propósito de la obra de ficción. Deben huir de estos temas los simples novelistas si no quieren desagradar o causar repulsión, únicamente pueden ser manejados oportunamente cuando el rigor y la majestad de la verdad los justifica y mantiene. Nos estremecemos, por ejemplo, experimentando la más intensa de las «voluptuosidades dolorosas», con los relatos del paso del Beresina, de la catástrofe de Lisboa, de la peste de Londres, de los sacrificios de la noche de San Bartolomé o con la muerte por asfixia de los ciento veintitrés cautivos en la Caverna Negra de Calcuta. Pero en estos relatos es el suceso — la realidad —, la historia lo que nos excita. Si se tratase de invenciones, las consideraríamos con una simple aversión.

He mencionado algunas de las más destacadas y augustas calamidades registradas; pero en esos casos es la extensión no tanto como el carácter de la catástrofe lo que impresiona tan vivamente la imaginación. No es necesario recordar al lector que, en la dilatada y espantosa relación de las miserias humanas podía yo seleccionar muchos casos particulares más henchidos de sufrimientos esenciales que la mayor parte de esas calamidades generales. La auténtica desgracia — el *summum* de la calamidad — es personal y no colectivo. ¡Que las angustias postreras de la agonía sean sobrellevadas por el hombre solo, y jamás por el hombre en masa, es algo por lo que se debe dar infinitas gracias a la misericordia divina!

Ser enterrado vivo es, sin ningún género de duda, la más terrorífica de las agonías que puede soportar el hombre por el hecho de ser mortal. No puede negar ninguna persona sensata que resulta eso frecuente, demasiado frecuente. Los límites que separan la Vida de la Muerte son muy oscuros e indeterminados. ¿Quién puede asegurar dónde acaba la una y dónde comienza la otra? Sabemos que existen dolencias en las que sobreviene una total paralización de todas las funciones aparentes de la vitalidad, y en ellas no supone, sin embargo, esa paralización más que una simple suspensión, debiendo llamarse así con propiedad. Se trata, solamente, de una pausa momentánea en el enigmático mecanismo. Pasa algún tiempo, y un misterioso e invisible resorte pone en marcha las ruedas y los engranajes mágicos. La cuerda de plata no se había soltado para siempre, ni el vaso dorado irremediablemente roto. Mas, entre tanto, ¿dónde estaba el alma?

Independientemente, empero, de la inevitable consecuencia *a priori* de que tales causas deben ocasionar tales efectos — y que, al ocurrir tales casos, bien conocidos de paralización de la vida, deben producir, naturalmente, de vez en cuando, enterramientos prematuros —, independientemente de esta consideración, contamos con el testimonio directo de experiencias médicas y ordinarias, que prueban cómo tienen lugar actualmente un gran número de esos enterramientos. Podría referir ahora mismo, si fuera necesario, cien ejemplos de ésos, perfectamente comprobados. Hay sobre todo uno de un carácter muy notable, y cuyos detalles deben estar aún frescos en la mente de algunos de mis lectores, ocurrido no hace mucho tiempo en la próxima ciudad de Baltimore, que dio lugar a una agitación penosa, intensa y extendida ampliamente. La esposa de uno de los más destacados vecinos — letrado eminente y miembro del Congreso — se sintió atacada por una repentina e inexplicable enfermedad que escapaba por completo a los conocimientos de sus médicos. Tras grandes sufrimientos, falleció, o más bien, se supuso que había fallecido. Nadie realmente sospechó ni tuvo motivos para sospechar que no hubiese ella muerto todavía. Su aspecto presentaba todas las manifestaciones habituales de la muerte. El rostro mostraba su contorno contraído y hundido, en la forma acostumbrada. Los labios tenían la palidez marmórea propia. Los ojos carecían de brillo. Había desaparecido todo calor. El pulso quedó paralizado. Permaneció tres días el cuerpo sin sepultar, y adquirió éste una rigidez pétrea. Finalmente, se adelantó el funeral a causa de los rápidos progresos de lo que se suponía era la descomposición.

La señora fue llevada al panteón de familia donde quedó depositada; y en el que durante tres años nadie penetró. Expirado este plazo, fue abierto para acoger un sarcófago; pero ¡ay, cuán terrible impresión esperaba al marido, que había acudido en persona a abrir la puerta! Al tirar de la hoja de aquélla, *una forma* cubierta de blanco cayó en sus brazos. Era el esqueleto de su mujer en su sudario intacto.

Tras minuciosa investigación, quedó probado de modo evidente que había ella vuelto a la vida al cabo de los dos días que siguiera al entierro, y que en su lucha dentro del ataúd había caído con éste sobre el suelo, donde se había roto, lo cual le permitió escapar. Hallaron vacía una lámpara que dejaron casualmente, llena de aceite, en el sepulcro, y pudo haberse agotado por evaporación. Tirada en el escalón más alto de los que descendían hacia la cámara mortuoria había una ancha tabla del féretro, con la cual, probablemente, habíase ella esforzado por llamar la atención golpeando contra la puerta de hierro. En tanto se afanaba en eso, se desmayaría, o posiblemente murió, presa de terror, y cuando iba a desplomarse, su sudario quedó prendido en algún saliente férreo del interior. Así permaneció, y así se descompuso de pie.

En el año 1810 sucedió en Francia un caso de inhumación rodeado de circunstancias que constituyen la mejor garantía del aserto de que la verdad es más extraña que la ficción. La protagonista fue *mademoiselle* Victorine Lafourcade, una joven de ilustre familia, poseedora de una fortuna y de gran belleza personal. Entre sus numerosos admiradores figuraba Julien Bossuet, un pobre literato o periodista de París. Su talento y su general simpatía despertaron el interés de la heredera, por quien parecía él sentir un profundo amor; pero su orgullo de casta la empujó a rechazarle y a casarse con *monsieur* Renelle un banquero y diplomático de cierta valía. Una vez casados, sin embargo, su esposo la fue apartando del literato y llegó quizá a maltratarla. Tras unos penosos años de convivencia murió ella, o al menos, su estado se parecía de tal modo a la muerte, que engañó a cuantos lo presenciaron. La enterraron no en una cripta, sino en una tumba ordinaria, en el cementerio de su pueblo natal. Lleno de desesperación e inflamado aún por el recuerdo de su profundo sentimiento, el apasionado joven abandonó la capital, dirigiéndose a la alejada provincia a que pertenecía aquel pueblo, con el romántico propósito de desenterrar el cadáver para adueñarse de sus espléndidas trenzas. Dirigióse a la tumba, a medianoche, desenterró el ataúd, lo abrió, y en el instante de ir a cortarle el cabello se detuvo al ver que se abrían los ojos de su amada. Efectivamente, la joven había sido enterrada viva. No había perdido por completo la vitalidad, y las caricias de su admirador la sacaron del letargo que había sido confundido con la muerte. La condujo, frenético, a su morada del pueblo. Utilizó eficaces y fuertes revulsivos que le sugirieron sus grandes conocimientos médicos. Por último revivió ella. Reconoció entonces a su salvador y continuó junto a él hasta que, lentamente, por grados, recuperó totalmente la salud. No era tan duro su corazón de mujer como el diamante, y aquella suprema lección de amor bastó para ablandarlo. Después se lo concedió a Bossuet. Lejos de volver con su marido, ocultó su retorno a la vida y huyó a América con su amante. Unos veinte años después regresaron los dos a Francia, persuadidos de que el tiempo había cambiado lo suficiente la fisonomía de la dama para que sus amigos no pudieran reconocerla. Sin embargo, se equivocó, pues en el primer encuentro, *monsieur* Renelle reconoció y reclamó a su esposa. Opuso resistencia ella a semejante demanda, y el fallo del tribunal la confirmó en sus derechos, acordando que la singularidad de las circunstancias y el largo número de años transcurridos, habían hecho que prescribiesen, no sólo moral, sino legalmente, los derechos del esposo.

El Diario de Cirugía, de Leipzig, una publicación muy autorizada y seria, y que merecía ser traducido y reeditado por algún editor americano, relata en uno de sus últimos ejemplares un suceso muy impresionante de esas mismas características.

Un oficial de artillería, hombre de gran estatura y de salud robusta, fue lanzado de la silla por un caballo de poca doma y recibió tan grave herida en la cabeza que le dejó insensible; el cráneo estaba ligeramente fracturado, pero no se temían graves complicaciones. Le hicieron la trepanación con todo éxito. El herido fue sangrado, y se emplearon otros medios corrientes para reanimarle. No obstante, cayó él poco a poco en un estado de embotamiento cada vez más acentuado, y por último se creyó que había fallecido.

Dado que la estación era calurosa, le enterraron con indigna precipitación en uno de los cementerios públicos. Se celebraron los funerales en jueves. El domingo siguiente, el recinto del cementerio estuvo, como de costumbre, muy concurrido de visitantes, y próximamente hacia el mediodía, produjeron una intensa emoción las declaraciones de un hombre de la localidad, en el sentido de que, en ocasión de estar sentado sobre la tumba del oficial, había percibido claramente una conmoción en la tierra, como si alguien luchase allí debajo. En principio se concedió poco crédito a las manifestaciones de aquel hombre, pero su visible terror y la fuerte obstinación con que persistía en su relato produjeron al cabo el natural efecto en la multitud. Buscáronse rápidamente unos azadones, y la tumba, de una profundidad inexplicablemente pequeña, fue vaciada en unos instantes, permitiendo en seguida encontrar la cabeza de su ocupante. Tenía éste, en aquel momento, todo el aspecto de un muerto; pero estaba incorporado en la caja, cuya tapa había levantado en parte. Fue conducido inmediatamente al hospital más próximo, donde informaron que vivía aún, aunque en estado de asfixia. Pasadas unas horas volvió a la vida, y con frases entrecortadas refirió su agonía en el fondo de la tumba.

De su relato, se desprendía de manera evidente que antes de caer en la insensibilidad tuvo, mientras le enterraban, que permanecer consciente de que vivía más de una hora. Habían echado, en forma descuidada, en la tumba una tierra que resultó ser sumamente permeable, merced a lo cual pudo infiltrarse a través de ella un poco de aire. Sintió pasos sobre su cabeza y se esforzó por hacerse oír a su vez. Según sus manifestaciones, el ruido de la multitud sobre el suelo del cementerio fue el que le despertó de su profundo letargo. Mas, apenas estuvo despierto, se dio exacta cuenta del espantoso horror de su situación.

Había mejorado su estado, según afirman, y el enfermo parecía en vías de completa curación, cuando sucumbió víctima de la imprudencia que provocó un experimento médico. Le fue aplicada una batería eléctrica y expiró repentinamente en uno de esos paroxismos estáticos a que da lugar, a veces, ese procedimiento.

Al hacer mención de la batería eléctrica, acude a mi memoria un caso muy conocido y verdaderamente extraordinario, en que su acción se mostró eficaz, al hacer volver a la vida a un joven procurador de Londres, enterrado hacía dos días. Este hecho se produjo en 1831 y causó en aquella época una enorme sensación en todas las partes en que se tuvo conocimiento de él.

Mister Edward Stapleton falleció aparentemente de fiebre tifoidea. Como la enfermedad se había presentado acompañada de ciertos síntomas anormales que excitaron la curiosidad de los médicos que le atendían, cuando le creyeron muerto pidieron a los amigos del difunto que autorizasen un examen post-mortem; mas esto les fue negado. Como sucede frecuentemente cuando se reciben tales negativas, los profesionales acordaron exhumar el cuerpo y practicar la autopsia sin prisa y en privado. Se pusieron en contacto con una de esas empresas especializadas en tal género de trabajos que abundan en Londres, y la tercera noche después del funeral, el supuesto cadáver fue sacado de una tumba de ocho pies de profundidad y depositado en la sala de operaciones de una clínica particular.

Terminaban de practicar una extensa incisión en el abdomen, cuando el aspecto fresco e inalterable del sujeto sugirió la idea de una aplicación de la batería. Las pruebas se sucedieron, produciéndose los efectos habituales, sin ocurrir nada extraordinario bajo ningún aspecto, salvo en una o dos ocasiones en que aumentó el grado de apariencia de vida que es característica en la acción convulsiva.

Transcurrió mucho tiempo. Despuntaba el día, y había que pensar, finalmente, en algún medio para realizar al punto la disección. Entre tanto, un estudiante mostraba un gran interés en comprobar una teoría propia, insistió en aplicar la batería a uno de los músculos pectorales. Se hizo una gran incisión previa y aplicaron a continuación un cable en contacto con ella; en aquel momento el paciente, con un rápido, aunque nada convulsivo movimiento, se incorporó en la mesa, bajó de ésta, dio unos pasos por el centro de la estancia, miró a su alrededor, desasosegado, durante unos instantes, y luego habló. Sus palabras resultaron ininteligibles, aunque silabeaba con precisión. Después de haber hablado, se desplomó pesadamente sobre el suelo.

Pasaron algunos instantes, durante los cuales permanecieron todos paralizados de terror; pero la urgencia del caso los obligó a recuperar pronto su presencia de ánimo. Se comprobó que *mister* Stapleton estaba vivo, aunque sin conocimiento. Le dieron éter a oler, y revivió; recobró rápidamente la salud, siendo devuelto a la compañía de sus amigos, a quienes no se comunicó su resurrección hasta quedar descartado todo temor de una recaída. Fácil es imaginar su asombro, su arrebatada estupefacción al conocerlo.

Sin embargo, la más emocionante singularidad de este suceso va unida a las declaraciones del propio *mister* Stapleton. Manifestó que en ningún momento había estado absolutamente insensible, y que, de un modo vago y confuso, se dio cuenta de cuanto le sucedió, desde el instante en que los médicos pronunciaron la palabra *muerto* hasta que cayó desmayado sobre el suelo de la clínica. «Estoy vivo» eran las palabras incomprendidas que al reconocer la sala de disección, intentó pronunciar, angustiado.

No sería difícil multiplicar relatos como éstos; pero me abstengo de hacerlo, pues realmente no es necesario para afirmar el hecho de que ocurren tales enterramientos prematuros. Si nos detenemos a pensar lo extraño que es, debido a la naturaleza de los casos, que está a nuestro alcance descubrirlos, tenemos que admitir que pueden darse con mayor *frecuencia* sin llegar a conocimiento nuestro. Entre los cementerios cuya monda se realiza con algún fin, y en bastante extensión, hay verdaderamente muy pocos donde no se hallen esqueletos en posturas que sugieren las más terribles sospechas.

¡Terribles es, ciertamente, la sospecha; pero es más terrible aún esa sentencia de muerte! Puede asegurarse sin vacilación que no existe hecho tan apropiado para inspirar la suprema angustia física y moral como el de un enterramiento en vida. La irresistible opresión de los pulmones, el vaho sofocante de la tierra húmeda, lo apretado del sudario, el rígido abrazo de la estrecha morada, las tinieblas de la noche absoluta, el silencio semejante a la profundidad del mar, la invisible, pero indudable presencia del Gusano Triunfante, todo ello con el pensamiento del aire y de la hierba de encima, unido a la añoranza de los amigos queridos que volarían a salvarnos si tuviesen noticia de nuestro infortunio; la conciencia de que ese infortunio no podrán conocerlo *nunca,* y de que fatalmente, sin esperanza, nuestro fin es la muerte efectiva; estas reflexiones, digo, aportan al corazón, que aún late, un horror tan espantoso e insoportable, que la más esforzada imaginación tiene que retroceder ante él. No conocemos nada tan terrible sobre la Tierra, ni podemos imaginar nada que sea la mitad de horrendo en las más profundas zonas del Infierno. Por este motivo todos los relatos acerca de dicho tema poseen un hondo interés, un interés que, aun así, a través del sagrado terror del tema mismo, tienen origen en el modo propio y peculiar de nuestra convicción acerca de la *verdad* del tema referido. Lo que voy ahora a narrar está tomado de mi propio conocimiento, de mi experiencia positiva y personal.

En el curso de algunos años he soportado ataques de ese trastorno singular que los médicos coinciden en denominar catalepsia, a falta de otro nombre más concreto. Aunque los orígenes, curso, preparación y hasta el actual diagnóstico de esa dolencia, sean desconocidos todavía, su claro y específico carácter es suficientemente conocido. Sus variaciones parecen ser sobre todo de intensidad. Unas veces el paciente cae durante un solo día e incluso un lapso de tiempo más breve aún, en una especie de letargo acentuado. Permanece aparentemente insensible e inmóvil: pero el latido del corazón es aún débilmente perceptible, restan vestigios de calor, un leve color se mantiene en el centro de las mejillas, y la simple aplicación de un espejo sobre los labios puede revelarnos un funcionamiento enervado, desigual y vacilante de los pulmones. En ocasiones la duración del trance es de unas semanas, incluso de unos meses; durante ese tiempo el más escrupuloso examen, las más rigurosas experiencias médicas no podrían hallar ninguna diferencia material entre el estado del enfermo y lo que consideramos como muerte absoluta. Con frecuencia el enfermo escapa de ese enterramiento prematuro únicamente porque sus amistades saben que ha estado atacado antes por la catalepsia, y con este motivo se suscitan sus sospechas, y más que nada ante la ausencia de descomposición. Los progresos de la enfermedad son, afortunadamente, graduales. Los primeros síntomas, aunque notables, son inequívocos. El ataque va haciéndose paulatinamente más claro, y se prolonga cada vez más que el anterior. Aquí radica para el paciente la principal seguridad de salvarse de la inhumación. El desgraciado cuyo *primer* ataque presentase ese carácter extremo que a veces tiene quedaría irremediablemente condenado a ser enterrado vivo.

Mi propia experiencia no se aparta en ningún detalle importante de los casos citados en las obras de medicina. Alguna vez, sin causa aparente, me sumía poco a poco en un estado de semidesmayo o de semisíncope, y permanecía en ese estado, sin dolor y sin movimiento, o más concretamente, sin poder pensar, pero con una enervada y letárgica conciencia de la vida y de la presencia de los que me rodeaban, hasta que, al hacer crisis la enfermedad, recuperaba de pronto mi sensibilidad perfecta. En ocasiones la enfermedad me atacaba rápida e intensamente. Sentía un vértigo, quedábame entumecido, helado, perdía el conocimiento y me desplomaba acto seguido. Después, durante semanas, todo era vacío, oscuridad, silencio, y la Nada se convertía en el Universo.

El aniquilamiento era absoluto. De esos accesos me recobraba de un modo lentamente gradual que estaba en oposición con lo repentino del ataque. De la misma forma que despunta el alba para el miserable sin amigos ni hogar, errante por las calles en la interminable desolación de una noche invernal, con la misma lentitud y el mismo abatimiento, con idéntico júbilo, recibía la luz del Alma.

En cuanto a lo demás, fuera de esa tendencia a la catalepsia, mi estado general parecía ser excelente; no podía yo comprender que estaba todo él afectado por una dolencia predominante, a no ser, en realidad, que una predisposición en mi *sueño* corriente pueda ser considerada como promotora de aquélla. Al despertar de un sueño normal, no podía yo nunca recuperar en el acto la absoluta posesión de mis sentidos, y permanecía siempre durante varios minutos bajo los efectos de un aturdimiento y una perplejidad grandes, con las facultades mentales en general, pero particularmente la memoria, interrumpidas completamente.

En todo lo que sentía no había sufrimiento físico, únicamente una inmensa angustia moral. Mi imaginación tendía a lo fúnebre. Hablaba yo de «gusanos», «de sepulcros, de «epitafios». Me extraviaba en sueños de muerte, y la idea de un entierro prematuro se apoderaba sin cesar de mi espíritu. El horrendo peligro a que estaba expuesto me alucinaba día y noche. Durante el primero, el tormento de esa idea era excesivo; durante la última, supremo. Cuando la horrible oscuridad se extendía sobre la Tierra, entonces, con un total horror de pensamiento, me estremecía, me estremecía como se estremecen los penachos de plumas sobre la carroza fúnebre. Cuando la naturaleza no podía soportar el estar desvelada más tiempo, consentía yo, no sin lucha, en dormir, pues me horrorizaba pensar que, al despertarme, podía encontrarme ocupando una tumba. Y cuando, finalmente, me hundía en el sueño, era solamente para introducirme en un mundo de fantasmas sobre el cual, con amplias, tenebrosas y lúgubres alas, se cernía, predominante, la idea única y sepulcral.

Aunque eran innumerables las imágenes sombrías que me oprimían en mis sueños, escogeré para mi relato una sola visión. Me parecía estar sumido en un trance cataléptico de mayor duración y profundidad que los corrientes. Repentinamente, una mano helada se apoyaba sobre mi frente, y una voz impaciente y entrecortada murmuraba en mi oído la palabra «¡Levántate!».

Me incorporé. La oscuridad era absoluta. No podía yo ver la figura que me había ordenado levantarme. No podía recordar el momento en que había caído en trance, ni el sitio donde me hallaba entonces. En tanto permanecía inmóvil, tratando de coordinar mis ideas, la mano helada me cogió brutalmente de la muñeca, sacudiéndola con aspereza, mientras la voz entrecortada repetía:

— ¡Levántate! ¿No te he dicho que te levantes?

— ¿Y quién eres tú? — pregunté.

— Carezco de nombre en las regiones donde moro — replicó la voz lúgubremente —. Antes fui mortal; ahora soy un demonio. Fui inflexible, pero ahora soy compasivo. Tienes que notar cómo tiemblo. Mis dientes castañetean cuando hablo, y no es por el frío de la noche, de la noche eterna. Pero este horror es insoportable. ¿Cómo puedes *tú* descansar tranquilamente? Los lamentos de esos interminables dolores me impiden el reposo.

No puedo resistir más esa visión. ¡Levántate! Ven conmigo, salgamos a la Noche, y déjame descubrirte las tumbas. ¿No es una visión dolorosa? ¡Mira!

Miré, y la figura invisible que me asía aún de la muñeca hacía que se levantasen las tumbas de toda la Humanidad, y de cada una de ellas emanaba la débil irradiación fosforescente de la podredumbre; de tal modo pude penetrar en los más apartados rincones, y allí vi confusamente los cuerpos enterrados en su sombrío y solemne sueño, con el gusano. Mas, ¡ay!, los verdaderos durmientes eran muchos menos, muchos millones menos, que los que no descansaban en absoluto; y había allí una débil lucha, y había allí una inquietud general muy triste, y desde el fondo de las innumerables fosas subía la melancólica opresión de los sudarios. Y entre los que parecían descansar sosegadamente, vi un gran número que habían variado, en mayor o menor proporción, la rígida y molesta postura que tenían al ser enterrados. Y la voz me dijo, cuando yo los contemplaba.

— ¿No es éste, no es, di, un espectáculo doloroso?

Mas, antes de que pudiese yo hallar palabras con que contestarle la figura soltó mi muñeca, la luz fosforescente se extinguió y las tumbas se cerraron con violencia repentinamente, en tanto de ellas se elevaba un clamor de voces desesperadas, repitiendo: «¿No es, ¡oh Dios!, no es un espectáculo doloroso?»

Visiones como éstas, surgiendo en la noche, extendían su terrorífica influencia hasta a mis horas de vigilia. Mis nervios llegaron a estar completamente trastornados y era yo presa de un horror constante. Dudaba en montar a caballo, en pasear o en realizar un ejercicio cualquiera que me obligase a alejarme de mi casa. Realmente, no me atrevía a exponerme a ir a parte alguna lejos de la compañía de los que sabían mi propensión cataléptica, por miedo a caer en uno de mis habituales ataques y de ser enterrado antes de que pudiesen comprender mi verdadera situación. Dudaba de las atenciones, de la fidelidad de mis amigos más queridos. Temía que, durante un ataque de mayor duración que la acostumbrada, se convenciesen de que debían darme como irremediablemente perdido. Llegué incluso a sospechar que, como les causase mucho trastorno, podían ellos alegrarse de considerar algún ataque prolongado como suficiente pretexto para desembarazarse de mí *ad perpetuam*. Inútilmente trataban ellos de tranquilizarme con los juramentos más solemnes. Les exigí las más sagradas promesas de que en ningún caso me enterrarían hasta que la descomposición material se hallara tan avanzada, que hiciese imposible toda recuperación ulterior. Y aun así mis terrores mortales no escucharon mi razón ni quisieron admitir consuelo. Tomé una serie de precauciones muy meditadas. Entre otras cosas, hice arreglar el panteón de familia para que pudiera ser abierto fácilmente desde el interior. La más leve presión sobre una larga palanca que se prolongaba hasta dentro de la tumba, debía hacer girar las puertas de hierro. Ordené hacer también ciertas instalaciones para la libre entrada del aire y de la luz, y colocar unos recipientes adecuados para los alimentos y el agua en las inmediaciones del féretro preparado para recibirme. Este féretro estaba confortable y muellemente guatado, y provisto de una tapa, construida según el sistema de la puerta del panteón; le hice añadir unos resortes dispuestos de tal manera, que el más débil movimiento del cuerpo bastase para darme la libertad. Después de todo esto, hice colocar en el techo del panteón una gran campana, cuya cuerda, según había pensado, pasaría por un agujero hecho en la caja, y que debería atarse a una de las manos del cadáver. Mas ¡ay! ¿De qué puede servir la prevención del hombre contra su destino? ¡Todas aquellas precauciones tan bien meditadas serían insuficientes para salvar de las supremas angustias de un entierro en vida a un desgraciado predestinado a esas angustias!

Hubo una ocasión — como había sucedido antes tantas otras — en que me hallé saliendo de una inconsciencia absoluta con un primer sentimiento débil e indefinido de mi existencia. Muy poco a poco — a paso de tortuga — se aproximaba la tímida aurora del día psíquico. Un vago malestar, un sentimiento apático de sordo dolor. Ni inquietud, ni esperanza, ni esfuerzo. Después de un largo intervalo, un zumbido en los oídos; tras un lapso mayor aún, una punzante u hormigueante sensación en las extremidades; después, un espacio que me pareció eterno de plácida quietud, durante el cual los sentidos se despiertan y bregan por convertirse en pensamiento; a continuación una corta y nueva zambullida en la nada; luego, un brusco retornar a la vida. Finalmente, un leve temblor en los párpados, y sin tardanza una conmoción electrizante de terror, espantosa e indefinida, que hace refluir la sangre a torrentes desde la cabeza al corazón. Y al momento, el primer esfuerzo positivo por pensar. Y en aquel momento, un éxito parcial y desvanecedor. Y entonces, la memoria que ha recobrado su dominio para que, hasta cierto punto, tenga yo conciencia de mi estado. Siento que no me despierto de un sueño corriente. Recuerdo que soy propenso a la catalepsia. Y al fin, como por el oleaje del mar, mi espíritu estremecido es arrastrado por el horroroso Peligro, por la sola espectral Idea.

Hasta que pasaban algunos minutos después de que esta visión me dominaba, permanecía sin movimiento. ¿Y por qué? No podía hacer acopio de valor para moverme. No me atrevía a iniciar un esfuerzo para darme cuenta de mi fortuna, y aun con esto, había algo en mi corazón que me murmuraba que *era seguro*. Una desesperación — como no existe en ninguna clase de desgracia ni ha podido existir nunca — me apremiaba, después de larga vacilación, para que levantase los pesados velos de mis ojos. Estaba todo oscuro. Sabía que aquella crisis de mi mal había terminado hacía largo rato. Sabía que había recobrado ahora absolutamente el uso de mis facultades visuales, y sin embargo todo continuaba oscuro; era la Noche intensa y totalmente desprovista de luz que será eterna.

Traté de gritar, y mis labios y mi lengua, resecos, se agitaron convulsivamente en la tentativa; pero ninguna voz brotó de mis pulmones cavernosos, que, oprimidos como por el peso aplastante de una montaña, jadeaban y palpitaban, igual que mi corazón, a cada penosa y difícil inspiración.

La paralización de las mandíbulas, en mis tentativas de abrirlas para gritar con fuerza, me demostró que las tenía atadas, como se suele hacer con los muertos. Noté, asimismo, que estaba tumbado sobre alguna materia dura, y que mis flancos estaban también fuertemente comprimidos por algo parecido. Hasta aquel momento no me había decidido aún a mover mis miembros — pero ahora levanté violentamente mis brazos, estirados a lo largo de mi cuerpo, con las muñecas cruzadas. Chocaron contra un sólido obstáculo de madera que se extendía por encima de mí a sólo unas seis pulgadas de mi cara. Ya no podía dudar por más tiempo de que descansaba en el interior de un ataúd hasta la eternidad.

En aquel momento, en medio de mis infinitas miserias, se me apareció el ángel de la Esperanza, al recordar mis precauciones. Hice cuantas contorsiones y esfuerzos pude para abrir la tapa: no se movió. Toqué mis muñecas buscando la cuerda de la campana: no la hallé. Después voló el Consuelo sin retorno, y una Desesperación más cruel aún reinó, triunfante, pues noté la falta de la guata que había preparado tan cuidadosamente, y además, llegó de pronto hasta mi nariz el fuerte olor característico de la tierra húmeda. La conclusión era insoportable. Yo no estaba dentro de la cripta. Tenía que haber sufrido un ataque de catalepsia lejos de mi casa, entre extraños — no era capaz de recordar cuándo ni cómo —, y éstos me habían tratado como a un perro, metiéndome en un ataúd vulgar y enterrándome hondo, muy hondo, para siempre, en una *tumba* ordinaria y común.

Cuando esta convicción espantosa irrumpió así en lo más recóndito de mi alma, me esforcé de nuevo por gritar. Y en esta segunda tentativa tuve éxito. Un largo, salvaje y prolongado grito, o más bien un aullido de agonía, penetró a través de los dominios de la Noche subterránea.

— ¡Hola, hola! ¿Qué es eso? — dijo una voz áspera, como respuesta.

— ¿Qué demonios pasa ahora? — dijo una segunda voz.

— ¡Fuera de ahí! — dijo una tercera.

— ¿Qué quiere usted dar a entender con esos alaridos, que parecen los de una gata en enero? — dijo una cuarta voz.

Y en ese instante fui agarrado y sacudido sin contemplaciones durante algunos minutos por una pandilla de sujetos de aspecto muy ordinario. No me despertaron de ningún sueño, pues estaba bien despierto cuando grité; pero me hicieron recuperar el dominio absoluto de mi memoria.

Esta aventura ocurrió en las proximidades de Richmond, en Virginia. En compañía de un amigo, había yo recorrido, durante una excursión de caza, algunas millas a lo largo de las orillas del río James. Se aproximaba la no-

che, y fuimos sorprendidos por una tempestad. El camarote de una pequeña embarcación anclada en la corriente, y cuyo cargamento consistía en
mantillo, nos proporcionó el único refugio aprovechable. Nos instalamos lo
mejor que nos fue posible y pernoctamos a bordo. Ocupé una de las dos literas del barco; las literas de una chalupa de sesenta o setenta toneladas no
necesitan descripción. La que me adjudicaron carecía de ropa de cama. Su
anchura máxima era de dieciocho pulgadas. Y había exactamente la misma
distancia entre su fondo y la cubierta sobre mi cabeza. Luché con las mayores dificultades para comprimirme en tan poco espacio. No obstante, dormí
a pierna suelta, y mi visión completa — pues no era aquello un sueño ni
una pesadilla — surgió naturalmente de las circunstancias de mi postura, de
la tendencia habitual de mis ideas y de la torpeza, a que he aludido, para
concentrar mis sentidos y más que nada de recobrar mi memoria hasta pasado largo rato después de despertar del sueño. Los individuos que me sacu-
dieron pertenecían a la tripulación de aquella barcaza, en unión de algunos
otros trabajadores contratados para la estiba. Del mismo cargamento procedía
aquel olor a tierra húmeda. El vendaje que sujetaba las mandíbulas era un pañuelo de seda que me había yo atado alrededor de la cabeza, a falta de mi
acostumbrado gorro de dormir y que se había deslizado.

No obstante, las torturas sufridas eran absolutas — totalmente idénticas,
excepto en su duración, a las del auténtico enterramiento. ¡Fueron horroro-
sas, de un espanto inconcebible! Pero Dios actúa por medio del diablo,
pues en su exceso provocaron una indudable reacción de mi espíritu. Mi alma se tonificó, adquirió temple. Me alejé del país. Practiqué diversos depor-
tes. Respiré el aire libre del campo. Pensé en temas distintos al de la muerte.
Di de lado a mis obras de medicina. No me quemé las pestañas sobre el libro de Buchan (1). No volví a leer las *Noches de Meditación,* ni esos libros
pavorosos sobre cementerios, ni más historias amedrentadoras semejantes.
A partir de esa memorable noche deseché mis preocupaciones espectrales,
y con ellas desaparecieron mis trastornos catalépticos, de los que habían sido aquéllas, menos los resultados que el origen.

Hay ocasiones en que hasta para la serena mirada de la Razón, el recinto
de nuestra triste Humanidad puede parecer un infierno; pero la mente del
hombre no es de Carathis, para penetrar impunemente en sus cavernas. ¡Ay!
La triste legión de terrores sepulcrales puede ser considerada como absolutamente fantástica; pero, a semejanza de los demonios en compañía de los
cuales hizo Afrasiab su viaje descendiendo por el Oxus, deben ellos dormir
o devorarnos, hay que soportarlos como un sueño, porque, en otro caso
nos harían perecer.

---

(1) *La medicina doméstica, al alcance de todos...* (N. del T.)

UN HOMBRE ENTRE LA MULTITUD

«Ce gran malheur de ne pouvoir etre seul» (1)

Le Bruyêr

Se ha dicho muy bien de cierto libro alemán que *er lasst nicht lesen* (que no se deja leer). Hay secretos que no admiten ser descubiertos. Unos hombres mueren en sus lechos por la noche estrujando las manos de espectrales confesores y mirándoles lastimosamente en los ojos, otros mueren con desesperación en el corazón y convulsiones en la garganta, a causa del horror de los misterios que no pueden ser revelados. De cuando en cuando, ¡ay!, la conciencia humana soporta una carga de tan pesado horror, que no puede desprenderse de ella más que en la tumba. Y por eso queda sin divulgar la esencia de todo crimen.

No hace mucho tiempo, a la caída de una tarde otoñal, me hallaba yo sentado ante la amplia ventana saliente del café D***, en Londres. Durante algunos meses había estado enfermo; pero ahora me encontraba en plena convalecencia, y al recuperar mis fuerzas, me sentía en uno de esos felices estados de ánimo que son precisamente lo contrario del tedio; disposiciones de la más aguda apetencia, cuando desaparecen las nubes en la visión mental, y el intelecto, como electrizado, supera sus aptitudes cotidianas, en tal alto grado como la ardiente y a la par cándida razón de Leibnitz supera la loca y endeble retórica de Georgias. El simple hecho de respirar era un gozo, y me producía un positivo placer. Cada cosa me inspiraba un tranquilo pero inquisitivo interés. Con un cigarrillo en la boca y un periódico sobre las rodillas, me había divertido durante la mayor parte de la tarde, unas veces en ojear los anuncios, otras en observar la mezclada concurrencia del salón, y otras en contemplar la calle a través de los cristales empañados por el humo.

La calle es una de las principales vías de la ciudad, y había estado invadida por la multitud durante todo el día. Pero, al oscurecer, aumentó el gentío por momentos, y cuando encendieron los faroles, dos cada vez más

---

(1) «Es una gran desgracia no poder estar solo.» (N. del T.)

densas y continuas oleadas de gente se cruzaban por delante de las vidrie-
ras. No me había yo encontrado nunca antes en una situación semejante a
la de aquel momento especial del anochecer, y el tumultuoso océano de cabezas humanas me llenaba, por eso, de una emoción deliciosa y nueva. Al
cabo, no puse la menor atención en las cosas que ocurrían en el local, y
permanecí absorto en la contemplación del espectáculo de fuera.

Al principio, tomaron mis observaciones un giro abstracto. Miraba a los
transeúntes por masas, y mi pensamiento no los consideraba más que en
sus relaciones conjuntas. Pronto, no obstante, pasé a los detalles y examiné
con minucioso interés las innumerables variedades de figuras, de indumen-
tarias, de talantes y andares; de caras y de expresiones fisonómicas.

La mayor parte de los que pasaban tenían un aire presuroso, como preocupado por los negocios, y parecían únicamente atentos a abrirse camino
entre la multitud. Fruncían las cejas y movían los ojos rápidamente y, cuando eran empujados por otros transeúntes, no mostraban síntomas de impaciencia, sino que se arreglaban las ropas y aceleraban más el paso. Otros, en
mayor número aún, eran de movimientos inquietos; tenían las caras enrojecidas, hablaban y gesticulaban para sí mismos, como si se sintiesen solos a
causa del amontonamiento de gentes a su alrededor. Cuando eran detenidos en su marcha, aquellos seres cesaban de pronto de murmurar, pero re-
doblaban sus gestos y esperaban, con una expresión ausente, el paso de las
personas que les obstruían la marcha. Si los empujaban, se disculpaban,
efusivos, con los autores del empujón, y parecían llenos de azoramiento. Estas dos amplias clases de gentes que acabo de mencionar no tenían ningún
rasgo característico de veras. Sus ropas pertenecían a ese género que puede
incluirse en la categoría de decente. Eran, sin duda, caballeros comerciantes, abogados, artesanos, agiotistas, los *eupátridas* y el vulgo de la sociedad,
hombres ociosos y hombres activamente dedicados a asuntos personales,
que regían negocios bajo su propia responsabilidad. No atraían demasiado
mi atención.

El conjunto de los empleados era de los más destacados, distinguiéndo-
se dos grupos notables...

Había los pequeños empleados de caras joviales: unos jóvenes *gentlemen* de ajustadas levitas, botas relucientes, pelo lustroso, y bocas orgullo-
sas. Dejando a un lado cierta gallardía en su porte, que podría ser
denominada de «despacho» a falta de una palabra mejor, el carácter de
aquellas personas parecía ser un facsímil exacto de lo que había constituido
la perfección del *bon ton* doce o dieciocho meses antes. Exhibían una gracia de desecho de la clase media, y esto, supongo yo, significa la mejor de-
finición de su clase.

La división de los altos empleados de casas sólidas, o de los *steeady old
fellows,* o compañeros firmes o antiguos, era imposible de confundir. Se los

reconocía por sus levitas y pantalones negros o marrones de hechura cómoda, por sus corbatas y chalecos blancos, por su calzado holgado y de sólida apariencia, con medias gruesas o botines. Tenían todos la cabeza
ligeramente calva, y las orejas rectas, utilizadas hacía largo tiempo para sostener la pluma, habían adquirido una singular separación en su punta.

Observé que se quitaban o se ponían sus sombreros con ambas manos,
y que llevaban relojes con cortas cadenas de oro de un modelo sólido y antiguo. Tenían la afectación de la respetabilidad, si es que puede existir realmente una afectación tan honorable.

En varios de esos individuos de arrogante aspecto reconocí pronto una
gente perteneciente a la raza de los rateros elegantes, que infesta todas las
grandes ciudades. Vigilé a aquella clase media con verdadera curiosidad, y
me resultó arduo imaginar cómo podrían ser confundidos con unos autén-
ticos *gentlemen* por los propios *gentlemen*. Los puños de sus camisas, que
asomaban demasiado, y su aire de excesiva franqueza, los traicionaba inmediatamente.

Los tahúres — que percibí en gran número — eran todavía más fáciles
de reconocer. Llevaban toda clase de trajes, desde el del arrojado tramposo
camorrista, con chaleco de terciopelo, corbata de fantasía, cadena dorada y
botones de filigrana, hasta el de pastor protestante, de tan escrupulosa sencillez, que nada podía ser menos propenso a la sospecha. Todos, no obstante, se distinguían por cierto color moreno de su curtido cutis, por un
apagamiento vaporoso de la vista, y por la palidez de sus finos labios. Ad-
vertíanse, por ende, otros dos rasgos, por los cuales podía yo siempre iden-
tificarles: el tono bajo y cauteloso de sus conversaciones, y un más que
ordinario estiramiento del pulgar, hasta formar ángulo recto con los demás
dedos.

Muy a menudo, en compañía de aquellos pícaros, he observado una clase de hombres algo diferentes en su vestimenta, pero que eran pájaros del
mismo plumaje. Se los puede definir como caballeros que viven de su ingenio, y parecen dividirse en dos batallones también para devorar al público:
el de los *dandys* y el de los militares. En la primera clase los rasgos característicos son cabellos largos y sonrisas, y en la segunda, levitas y ceño.

Descendiendo en la escala de lo que se llama nobleza, encontré temas
de meditación más sombríos y profundos. Vi judíos buhoneros, en los que
fulgían ojos centelleantes de halcón en contraste con unos rostros cuyos
otros rasgos mostraban una expresión de abyecta humildad, porfiados men-
digos profesionales, empujando a pobres de mejor calaña y a quienes sólo
la desesperación había arrojado en público llegada la noche para implorar
la caridad; débiles y lívidos inválidos, a quienes tenía asidos con mano firme la muerte y que se retorcían y se tambaleaban entre la muchedumbre,
mirando, suplicantes, a todas las caras, como en busca de algún fortuito

consuelo, de alguna esperanza perdida; modestas muchachas, que volvían de una larga y prolongada labor hacia unos tristes hogares, y que retrocedían más llorosas que indignadas ante las miradas de los rufianes cuyo contacto directo no podían evitar, a pesar suyo. También vi rameras de todas clases y de todas las edades; la inequívoca belleza primorosamente femenina, que hacía recordar las descripciones de Luciano, estatuas cuya superficie era como mármol de Paros y... cuyo interior estaba lleno de inmundicias, y la leprosa harapienta, repugnante y completamente vencida en su vicio; la arrugada y pintarrajeada bruja, cargada de joyas, haciendo un último esfuerzo por hacer creer en una juventud ida, y la adolescente aún pura, de formas sin acusar, pero entregada ya, por una larga camaradería, a las horrendas coqueterías de su comercio y ardiendo con frenética ambición por verse colocada al nivel de sus mayores en el vicio, innumerables e indescriptibles borrachos — algunos, andrajosos y llenos de remiendos tambaleándose, desarticulados, con caras tumefactas y ojos empañados. Observé otros tipos vestidos con presuntuosos trajes, aunque ya ajados y sucios, de aire fanfarrón, bien que un tanto vacilante, de gruesos labios sensuales y caras rubicundas, de decidida apariencia. Otras, también, vestidas con telas que en un tiempo fueron buenas y que aun ahora estaban cepilladas con esmero; hombres que andaban con un aire más seguro y flexible de lo natural, pero cuyos rostros estaban espantosamente pálidos; cuyos ojos eran atrozmente feroces e inyectados. Y que, mientras andaban a grandes pasos entre la multitud, agarraban con trémulos dedos todos los objetos que encontraban a su alcance.

Junto a todos ellos, o mezclados con tal gentío, pasteleros, recaderos, cargadores de carbón, deshollinadores; tocadores de organillo, domadores de monos, vendedores de canciones, que entonaban otros mientras ellos las vendían, artesanos harapientos y obreros extenuados de todas clases, desbordantes de una ruidosa y desordenada viveza que irritaba el oído con sus discordancias, produciendo una sensación dolorosa a la vista.

Según se hacía más honda la noche, se hacía también más profundo mi interés por la escena. Pues no sólo se alteraba el carácter general de la multitud en la que los rasgos más notables desaparecían con la retirada gradual de la parte más tranquila de la gente y los groseros se ponían más de relieve a medida que la última hora sacaba a cada especie infamante de su guarida, sino que las luces de los faroles, débiles al principio en su lucha con el día agonizante, cobraban al cabo su mayor vigor y proyectaban sobre todas las cosas una iluminación deslumbradora. Todo estaba oscuro, y sin embargo brillante como ese ébano al cual se ha comparado el estilo de Tertuliano.

Los extraños efectos de la luz me obligaron a examinar más y más los rostros de los individuos y aunque la rapidez con que pasaba aquel mundo así iluminado ante el ventanal me impidieran lanzar más de una ojeada sobre cada faz, parecíame que, dado mi peculiar estado mental, podía leer sin esfuerzo, en el breve intervalo de una ojeada, la historia de largos años.

Con la frente pegada al cristal, estaba yo así dedicado a escudriñar la multitud, cuando de repente apareció ante mis ojos el rostro de un viejo decrépito, de unos sesenta y cinco o setenta años; una cara que en seguida absorbió mi interés a causa de su expresión. No había yo visto nunca antes nada ni remotamente parecido a ésta. Recuerdo bien que mi primer pensamiento, al verla, fue que Retzch, de haberla observado, la hubiera preferido con mucho para sus interpretaciones pictóricas del demonio. Cuando intentaba, durante el breve instante de mi primer vistazo, efectuar algún análisis del sentimiento transmitido, noté surgir, confusas y paradójicas, en mi espíritu unas ideas de gran lucidez mental, de cautela, de ruindad, de avaricia, de frialdad, de maldad, de sed sanguinaria, de triunfo, de alegría, de excesivo terror, de intensa y suprema desesperación. Me sentí singularmente alerta, sobrecogido, fascinado.

«¡Qué extraña historia — me dije a mí mismo — debe anidar en ese pecho!». Tuve entonces un vehemente deseo de no perder de vista a aquel hombre, de saber más de él. Me puse apresuradarnente el gabán y, cogiendo mi sombrero y mi bastón, me abrí camino por la calle, lanzándome entre la muchedumbre en la dirección que le había visto tomar. No sin cierta dificultad conseguí, al fin, divisarle. Me aproximé y le seguí de cerca. Pero con precaución, para no llamar la atención.

Disponía de una buena oportunidad de examinar su persona. Era de pequeña estatura, extremadamente delgado y de apariencia débil. Sus ropas, en general, ofrecíanse sucias y harapientas; pero cuando pasaba bajo la fuerte claridad de un farol, observé que su ropa blanca, aunque manchada, era de buena clase, y si no me engañaron mis ojos, a través de un desgarrón del roquelaure (1) abrochado hasta la barbilla y adquirido seguramente en una prendería, atisbé el refulgir de un brillante y de un puñal. Estas observaciones avivaron mi curiosidad, y decidí seguir al desconocido a donde fuera.

Había cerrado ya la noche y sobre la ciudad caía una niebla densa y húmeda que acabó en una lluvia copiosa y continua. Este cambio de tiempo tuvo un efecto raro sobre la gente, que se agitó toda ella con una nueva conmoción y quedó oculta por numerosos paraguas. La ondulación, los empellones y el zumbido crecieron diez veces más. Por mi parte, no me fijé mucho en la lluvia, pues tenía aún en las venas una antigua fiebre en acecho, que hacía que la humedad me resultase un tanto peligrosamente grata. Anudé un pañuelo alrededor del cuello y me mantuve firme. Durante una media hora el viejo fue abriéndose camino difícilmente por la calle, y yo an-

---

(1) Capote ajustado al cuello, que se usaba en otro tiempo. Recibe este nombre por el duque de Roquelaure, general francés del siglo *XVII*, que utilizó este tipo de abrigo.

duve casi todo ese tiempo pisándole los talones y sin perderle de vista ni un instante. Como no volvió nunca la cabeza, no me vio. Luego torció por una calle transversal que aunque muy concurrida, no se hallaba tan atestada como la principal que acababa él de dejar atrás. Aquí se produjo un visible cambio en su actitud. Caminó ahora mucho más despacio y con menos decisión que antes, vacilando mucho. Cruzó y volvió a cruzar la vía, sin finalidad aparente, y la multitud volvió a hacerse tan espesa que, a cada uno de estos movimientos, me veía obligado a seguirle más de cerca. Era una calle estrecha y larga, y su andar se prolongó casi otra hora, durante la cual fueron disminuyendo los transeúntes hasta reducirse a la cantidad que se ve de ordinario al mediodía en Broadway cerca del parque. Hasta tal extremo es grande la diferencia entre la población londinense y la de la ciudad americana más populosa.

Un segundo giro nos condujo a una plaza muy iluminada y desbordante de vida. Y el desconocido volvió a su actitud de antes. Su mentón se hundió sobre su pecho, mientras sus ojos giraron con viveza bajo unas cejas fruncidas. Apresuró el paso con regularidad, manteniéndolo así. Pero me sorprendió, no obstante, que cuando hubo dado la vuelta a la plaza, retrocediese sobre sus pasos. Y mi asombro creció al verle repetir el mismo paseo varias veces, estando a punto de que me descubriese al girar sobre sus talones con un movimiento repentino.

En tal ejercicio invirtió otra hora, al final de la cual fuimos menos obstaculizados por los transeúntes que al principio. Caía con fuerza la lluvia, enfriando el aire, y la gente se retiraba a sus casas. Con un gesto de impaciencia el errabundo se adentró por una calle oscura y relativamente solitaria y a lo largo de la misma corrió un cuarto de milla o cosa así con una agilidad que no hubiera yo imaginado en un hombre de tanta edad, costándome no poco trabajo seguirle. En pocos minutos desembocamos en un bullicioso mercado, de cuya topografía parecía bien enterado el desconocido, quien volvió a adoptar su aparente actitud primitiva abriéndose paso aquí y allá entre el gentío de compradores y vendedores.

Durante la hora y media, aproximadamente, que deambulamos por aquel lugar necesité mucha cautela para no perderle de vista sin atraer su atención. Afortunadamente, llevaba yo chanclos de caucho, y podía moverme en silencio. No se dio cuenta ni por un momento de que yo le espiaba. Entraba en una tienda y otra tienda, no preguntaba el precio de nada, ni decía una palabra, y examinaba todos los objetos con una mirada entre fija y ausente. Estaba yo ahora sorprendido de su conducta, y adopté la firme resolución de no separarme de aquel hombre hasta haber satisfecho de alguna manera mi curiosidad con respecto a él.

Un reloj de sonoras campanadas dio las once, y todo el público se marchó del mercado acto seguido. Un tendero, al bajar el cierre, dio un codazo al viejo, y en el mismo momento vi que recorría su cuerpo un estremecimiento. Se precipitó en la calle, miró a su alrededor durante un momento, y luego huyó con una increíble velocidad por las numerosas y tortuosas callejuelas desiertas, hasta que desembocamos de nuevo en la gran vía de donde habíamos partido, la calle donde estaba el café D***. Sin embargo, no conservaba ya el mismo aspecto. Seguía estando brillantemente iluminado por el gas; pero caía furiosa lluvia y se veían pocos peatones. El desconocido palideció. Dio, pensativo, unos pasos por la avenida antes populosa y luego, lanzando un fuerte suspiro, torció en dirección del río, para adentrarse en un gran laberinto de calles apartadas. Llegó, en fin, ante uno de los principales teatros. Estaban cerrándolo, y el público salía apiñado por las puertas. Vi al viejo abrir la boca como para respirar cuando se metió entre el gentío; pero me pareció que la intensa angustia que se reflejaba en su cara habíase calmado en cierto modo. Volvió a hundir la cabeza en su pecho, y apareció tal como le había visto la primera vez. Advertí que se dirigía, entonces, hacia la misma dirección seguida por el público, aun cuando, realmente, no podía ya comprender la rara obstinación de sus actos.

En tanto que avanzaba se iba desperdigando la gente, se volvieron a hacer ostensibles su malestar y vacilaciones. Durante un rato siguió de cerca a un grupo de diez o doce alborotadores; pero, poco a poco y uno por uno, se fueron separando, hasta quedar reducidos sólo a tres en una calleja angosta y lóbrega, nada frecuentada. El hombre hizo un alto, y por un momento, pareció absorto en sus pensamientos. Después, con una agitación muy marcada, tomó con rapidez por otra calle que nos condujo a las afueras de la ciudad, cruzando lugares muy diferentes de los que habíamos pasado. Era el barrio más sucio y maloliente de Londres, donde todas las casas aparecen marcadas por la miseria más triste y aun por el crimen.

A la luz mortecina de un farol veíanse casas de madera altas, antiguas, carcomidas, como tambaleantes, en direcciones tan diversas y caprichosas, que apenas se descubría entre ellas un paso. Los adoquines estaban esparcidos al azar, diríase que empujados alrededor por una profusa hierba. Asquerosas inmundicias se pudrían en las alcantarillas cegadas. Todo el ambiente rebosaba desolación. Sin embargo, mientras avanzábamos, se reavivaron los ruidos de la vida humana, creciendo gradualmente, y por último, nutridos grupos plebeyos se movieron vacilantes aquí y allá. Palpitaron de nuevo los ánimos del viejo, como una lámpara que está pronta a extinguirse y que la espabilan. Una vez más se precipitó hacia adelante con elástico paso y de repente, volvimos una esquina. Ardió ante nuestra vista una fulgurante luz, y nos encontramos ante uno de los enormes templos suburbanos de la Intemperancia, uno de los palacios del demonio Ginebra...

Era casi el alba pero aún se apretujaba un tropel de miserables borrachos por dentro y por fuera de la gran tes aquí y allá. Palpitaron de nuevo los ánimos del viejo, entre ellos, readquirió en seguida su primitivo aspecto y se puso a pasear arriba y abajo, sin un claro. No llevaba mucho tiempo dedicado a este ir y venir cuando un fuerte empujón hacia las puertas reveló que el dueño iba a cerrarlas a causa de la hora. Lo que observé entonces en el rostro del ser singular a quien espiaba yo tan tenazmente fue algo más que la desesperación. Sin embargo, no vaciló en su carrera; pero con una energía loca, volvió sobre sus pasos de pronto hacia el corazón del poderoso Londres. Huyó largo rato rápidamente mientras yo le seguía entre aturdido y asombrado, resuelto a no abandonar una investigación por la que sentía un interés de todo punto absorbente. Salió el sol mientras seguíamos marchando, y cuando hubimos llegado otra vez al más atestado centro comercial de la populosa ciudad, la calle del café D***, presentaba ésta un aspecto de bullicio y de actividad humana semejante al que había yo presenciado en la noche anterior. Y allí, entre la confusión que aumentaba por momentos, persistí en mi persecución del desconocido. Pero, como de costumbre, él andaba de un lado para otro, y durante todo el día no salió del torbellino de aquella calle. Y cuando las sombras de la segunda noche iban llegando, me sentí mortalmente cansado, y deteniéndome enfrente al errabundo, le miré con decisión a la cara. No reparó en mí, y reanudó su paseo, en tanto que yo, dejando de seguirle, permanecí absorto en aquella contemplación.

«Este viejo — pensé por fin — es el tipo y el genio del crimen profundo. Se niega a estar solo. *Es el hombre de la multitud*. Sería inútil seguirle, pues no lograría saber más de él ni de sus actos. El peor corazón del mundo es un libro más repelente que el *Hortulus Animae* (1) y quizá una de las grandes mercedes de Dios sea que *er lasst sich nicht lesen,* que no se deja leer.

(1) El *Hortulus Animae cum Oratiunculus Aliquibus Superat ditis,* de Grunninger. (N. de E. A. Poe.)

EL DEMONIO DE LA PERVERSIDAD

Al examinar las facultades e impulsos de la *prima mobilia* del alma humana, los frenólogos olvidaron mencionar una tendencia que, aun cuando existe visiblemente como sentimiento primitivo, radical e irreductible, ha sido también admitida por los moralistas que les precedieron. Nadie, en la pura arrogancia de la razón, la hemos tenido en cuenta, y por el contrario, hemos permitido que escapase su existencia a nuestros sentidos tan sólo por falta de credulidad. Es decir, de fe; ya sea fe en la Revelación, ya de fe en la Cábala. Nunca se nos ocurrió pensar en ello precisamente por causa de su carácter de supererogación. No hemos experimentado la necesidad de comprobar esta inclinación, esta tendencia. No nos era posible imaginar su necesidad, ni tampoco adquirir la noción de este *primum mobile*. Y, aunque hubiese penetrado a la fuerza en nosotros, no hubiéramos podido comprender nunca cuál era su misión en la economía de las cosas humanas, temporales o eternas.

No podemos negar que la frenología (1), y una gran parte de las ciencias metafísicas, han sido concebidas *a priori*. El intelectual, o el lógico, pretende, más que el inteligente y observador, comprender los designios de Dios, dictarle sus planes. Luego de haber profundizado de este modo y a su gusto en las intenciones de Jehová, y de acuerdo con ellas, ha construido sus numerosísimos y caprichosos sistemas. En frenología, por ejemplo, hemos empezado estableciendo, y por cierto de una forma muy natural, que era designio de la Divinidad el que el hombre comiera. Más tarde, asignamos al hombre un órgano de *alimentiveness* (2), y este órgano es aquél por el cual la Divinidad obliga al hombre, de grado o por fuerza, a comer. En segundo lugar, decidido ya que por designio de Dios debe el hombre perpetuar su especie, nos vemos forzados a descubrir su órgano de amatividad. Ocurrió lo mismo con los de combatividad y, en suma, con todo órgano que repre-

(1) Teoría del fisiólogo Gall, para quien la conformación del cráneo indica las facultades, afectos e instintos del hombre. (N. del T.)
(2) Palabra difícil de traducir y con la que se designa el órgano donde reside la sensibilidad del placer que procuran la comida y la bebida. (N. del T.)

senta una inclinación, un sentimiento moral o una facultad de pura inteligencia. En este orden de los *principios* de la acción humana, los spurzhei-
mistas, con o sin razón, se han reducido a seguir en principio las huellas
determinadas por sus predecesores, deduciendo y estableciendo cada cosa
con arreglo al destino preconcebido del hombre fijando como base las intenciones de su Creador.

Más prudente y atinado hubiera sido establecer nuestra clasificación, innecesaria por otra parte, en los actos que el hombre ejecuta habitualmente,
y en aquellos que de forma ocasional lleva a efecto, ocasionalmente siempre, antes que fundarla en la hipótesis de que la Divinidad misma es la que
obliga a su realización. Si no nos es posible comprender a Dios en sus obras
visibles, ¿cómo podremos comprenderle en los impenetrables pensamientos
suyos que dan vida a esas obras? Si tampoco nos es posible imaginarle en
sus creaciones objetivas, ¿de qué forma habremos de concebirle en sus modos sustantivos y fases de creación?

La inducción *a posteriori* hubiese obligado a la frenología a admitir, como primitivo e innato principio de la acción humana, un algo paradójico
que a falta de un término más expresivo, llamaremos *perversidad*. Esto, teniendo en cuenta el sentido que aquí le atribuimos, es realmente un *mobile*
sin causa, una causa sin *mobile*. Bajo su poder obramos sin una finalidad inteligente. Si esto aparece como una contradicción en los términos, podemos
modificar la proposición diciendo que bajo su influjo obramos por la razón
de que no deberíamos hacerlo.

En principio y teóricamente, no puede existir una razón más irrazonable.
Pero en realidad, no hay otra más poderosa. Y en condiciones determinadas, llega a ser absolutamente irresistible para ciertos espíritus.

No es mi vida, para mí, una cosa más cierta que esta proposición. La seguridad del pecado, o del error, que trae consigo un acto cualquiera, es frecuentemente la única *fuerza* invencible que nos impulsa, y nos mueve sola
a ejecutarlo. Tal tendencia obsesiva de hacer el mal por el mal mismo, no
admitirá análisis ni resolución alguna en ulteriores elementos. Es un movimiento radical, primitivo, elemental. Supongo que se dirá que, si insistimos
en ciertos actos porque sabemos que no deberíamos insistir en ellos, nuestro proceder no es más que una modificación de aquella que, por lo general, deriva de la *combatividad* frenológica. Mas una sencilla observación
bastaría para descubrir la falsedad de semejante idea. La combatividad frenológica se deduce y resulta de la existencia de la necesidad de defensa
personal. Es nuestra protección contra la injusticia, su principio protege
nuestro bienestar, y al mismo tiempo que se verifica su desarrollo se produce exaltadamente en nosotros el deseo del bienestar. De aquí resulta que
éste debiera excitarse simultáneamente con todo principio que fuera tan sólo una modificación de la combatividad. Pero en el caso de este algo que

llamo *perversidad*, no sólo no se despierta el deseo de bienestar, sino que, por otra parte, parece un sentimiento singularmente contradictorio.

El hombre que llame a su propio corazón hallará, al fin y al cabo, la mejor respuesta al sofisma de que se trata. Todo el que, leal y celosamente, consulte e interrogue a su alma, no se atreverá a negar la radicalidad absoluta de la tendencia a que nos referimos, tan característica como incomprensible.

Por ejemplo, no hay hombre que, en determinadas circunstancias, no haya experimentado un vivo deseo de atormentar con circunloquios a quien le escucha. Quien habla sabe de sobra lo que desagrada. Tiene la mejor intención de agradar. Con frecuencia es lacónico, diáfano y concreto en sus razonamientos. Brota de sus labios un lenguaje tan breve como luminoso. Por tanto, sólo con gran trabajo puede violentarlo. Teme y conjura el mal humor de aquél a quien se dirige. Sin embargo, le asalta la idea de que podría despertar la cólera si recurriera a determinados incisos y paréntesis. Basta este simple pensamiento. El impulso se convierte en veleidad, ésta crece y se transforma en deseo, el deseo degenera al cabo en necesidad irresistible y ésta se satisface, con gran pesar y molestia de quien habla. Y prescindiendo de todas las consecuencias.

Tenemos una labor, una misión que cumplir, y hemos de llevarla a término rápidamente. Sabemos que su demora es nuestra ruina. La más importante crisis de nuestra vida reclama con perentoriedad la acción y energía inmediatas. La impaciencia de comenzar la tarea nos abrasa y consume. El saborear anticipadamente el éxito inflama nuestro espíritu. Es necesario que emprendamos hoy mismo esta tarea, y, no obstante, la diferimos para mañana. ¿Por qué? No hay otra explicación, de no ser la que nos hace dar cuenta de que esto es *perverso*. Utilicemos la palabra, sin comprender el principio. Llega mañana, y también la ansiedad impaciente de cumplir con nuestro deber. Pero con ella llega asimismo un vivo deseo anónimo de retardar otra vez, deseo indudablemente terrible, porque es impenetrable su naturaleza. Cuanto más pasa el tiempo el deseo es más fuerte. Sólo nos queda una hora para la acción. Esa hora es nuestra. Temblamos ante la violencia del conflicto que se plantea en nosotros. La batalla entre lo positivo y lo indefinido, entre la sustancia y la sombra. Pero si llega la lucha a tal punto, se impone la sombra y nos debatimos vanamente. Suena el reloj. Su campanada es el toque de agonía de nuestra felicidad, y, al mismo tiempo, para la sombra que tan largamente nos ha aterrado, el cántico desvelador, la diana del victorioso gallo de los fantasmas. Huye la sombra. Desaparece. Somos libres. Renace la antigua energía. *Ahora* trabajaremos. Pero, ¡ay!, es *demasiado tarde*.

Nos encontramos al borde de un precipicio. Contemplamos el abismo. Sentimos vértigo y malestar. Nuestra primera intención es retroceder ante el riesgo pero, inexplicablemente, no nos movemos de allí. Luego el malestar, el vértigo y el horror se confunden en un nebuloso e indefinible sentimiento y de forma gradual, insensiblemente, la nube adquiere la forma, lo mismo que el vapor de la botella de la que surgía el genio de *Las mil y una noches*. Con todo, al borde del precipicio de *nuestra* nube, se levanta, cada vez más palpable, una forma mil veces más pavorosa que el genio; que cualquier tremendo demonio. Sin embargo, es sólo un pensamiento; pero horrible. Un pensamiento que hiela hasta la propia médula de nuestros huesos y les inculca la feroz delicia de su horror. Sencillamente, es esta idea: ¿cuáles serían nuestras sensaciones durante el transcurso de una caída verificada desde tal altura?

Y por la sencilla razón de que esta caída, diríase este anonadamiento fulminante implica la más horrible, la más odiosa de cuantas odiosas y horribles imágenes de la muerte y del sufrimiento puede nuestra mente haber concebido, y por esta sencilla razón, la deseamos con mayor intensidad. Y porque nuestro raciocinio nos aleja violentamente de la orilla, *por esta misma razón* nos acercamos a ella con mayor ímpetu. En la Naturaleza no hay pasión más demoníacamente impaciente que la del hombre que, temblando al borde de un abismo, idea arrojarse a él. Permitírselo, intentar pensarlo un sólo momento, es inevitablemente perderse, ya que la reflexión nos impone que nos abstengamos de ello, *y por esto mismo,* repito, *no nos es posible.*

Si no hallamos un brazo amigo que nos pare, o si somos incapaces de un repentino esfuerzo para apartarnos lejos del abismo, nos echaremos a él, pereciendo.

Al examinar estos actos, y otros semejantes, hallaremos que nacen tan sólo del espíritu de *perversidad*. Los aumentaremos, simplemente, porque reconocemos que *no* debíamos perpetrarlos. Ni en uno ni en otro caso existe un principio claro, y ciertamente, podríamos considerar esta perversidad como una instigación directa del demonio.

Si me he extendido tanto en todo esto ha sido para responder en cierta manera a vuestra pregunta; para explicaros la razón por la que estoy aquí, y para brindaros algo que parezca una justificación cualquiera de los hierros que me encadenan y de la celda de condenado que ocupo. De ser menos prolijo, no se me hubiera entendido completamente, o como el vulgo, me hubierais considerado loco. Comprenderéis ahora fácilmente que soy una de las numerosas víctimas del demonio de la perversidad.

Juzgo imposible que se haya planeado un acto con una deliberación más perfecta. Durante semanas, a lo largo de meses enteros, medité en los procedimientos del asesinato, y rechacé mil planes porque la realización de cada uno traía consigo una o varias probabilidades de revelación. Por fin, leyendo un día unas memorias francesas, hallé la historia de una enfermedad casi mortal que padeció *madame* Pilau, a causa de una bujía accidentalmente envenenada. Entonces, inopinadamente asaltó la idea mi imaginación. Sabía que mi víctima acostumbraba a leer en el lecho, y también que la alcoba era pequeña y mal ventilada. Pero no quiero cansaros con detalles ociosos. No explicaré los fáciles ardides por medio de los cuales sustituí, en la palmatoria de su alcoba, la vela que allí había por otra preparada por mí. Y, en una palabra, diré que, por la mañana, hallóse muerto al hombre en el lecho, y la resolución del forense fue la siguiente: «Muerte repentina.»

Recibí en herencia su fortuna, y durante varios años todo marchó perfectamente. No cruzó nunca por mi mente la idea de su descubrimiento. Había destruido personalmente los restos de la fatal bujía, y no dejé el menor indicio que pudiera servir para ser descubierto o hacerme sospechoso de asesinato. ¡Cuán profunda y magnífica satisfacción dilató mi pecho en la conciencia de mi absoluta seguridad!

Me acostumbré a gozar de ese sentimiento, que me proporcionaba un placer más positivo que todos cuantos beneficios puramente materiales conseguí con mi crimen. Llegó finalmente, una época en la cual el sentimiento de gozo se fue transformando, por una gradación casi imperceptible, en una idea que no me abandonaba y triunfaba sobre mí. Triunfaba, cabalmente, porque no me abandonaba. Apenas podía librarme de ella un sólo momento...

Con frecuencia ocurre que el oído se fatiga, o la memoria se obsesiona, por una especie de repique en nuestros oídos del estribillo de una canción vulgar o de algún insignificante fragmento de ópera. No cesará la tortura, aunque la canción sea excelente, o amable el fragmento de ópera. Del mismo modo, cuando daba por terminadas mis reflexiones sobre mi seguridad, me repetía constantemente y en voz baja esta frase: «Estoy libre, ¡estoy libre!»

Un día, deambulando por las calles, me sorprendió darme cuenta de que estaba murmurando casi en alta voz las acostumbradas frases, y en un acceso de ciega petulancia, las repetí y les di entonces esta nueva forma: « ¡Estoy libre, estoy libre, siempre que no sea tan estúpido que yo mismo me delate!» Y apenas hube terminado de pronunciar estas palabras cuando experimenté en mi corazón la entrada de un frío glacial. Yo tenía ya alguna experiencia con respecto a estos arrebatos de perversidad cuya índole extraña he explicado, no sin esfuerzo, y recordaba perfectamente que jamás había sabido resistir a sus triunfantes ataques. En ese momento, la fortuita sugestión nacida en mí mismo de que yo podía ser lo bastante necio para confesar el asesinato que había cometido, surgía ante mí como la misma sombra de quien había asesinado, y me lanzaba hacia la muerte.

Intente esforzarme en ahuyentar aquella pesadilla de mi espíritu. Anduve de prisa, cada vez más rápido, y acabé por echar a correr... Experimentaba como un embriagador deseo de gritar con todas mis fuerzas. A cada ola que sucesivamente se producía en mi pensamiento, me acongojaba un nue-

vo terror, porque, ¡ay! comprendía harto bien, demasiado bien, que, en
aquella situación, *pensar* era perderme. Aceleré aún más mi paso. Casi a saltos, como un loco, crucé las calles llenas de gente. Por último, la muchedumbre llegó a alarmarse y echó a correr detrás de mí. *Entonces* me di
cuenta de que mi destino se había consumado. Si me hubiera sido posible
arrancarme la lengua, lo hubiese hecho. Pero sonó en mis oídos una voz ruda, y una mano más ruda aún me sujetó por un hombro. Me volví y abrí la
boca intentando respirar. Durante un momento conocí todas las angustias
de la sofocación. Me quedé ciego y sordo, como ebrio, y entonces imaginé
que algún demonio invisible golpeaba en mis espaldas con su manaza.
Aquel secreto que por tanto y tanto tiempo había aprisionado se escapó de
mi espíritu. Dicen que hablé y que me expresé con gran claridad, con extraña energía y apasionada precipitación, como si tuviera miedo de que me in-
terrogasen antes de haber pronunciado las breves, pero importantes frases
que me ponían en manos del verdugo.

Luego, una vez hube revelado todo lo necesario para la completa convicción de la justicia caí consternado, desvanecido... Pero, ¿por qué decir
más? Hoy arrastro estos grilletes, y estoy *aquí*. Mañana estaré en libertad.
Pero, *¿dónde?*

EL CORAZÓN DELATOR

De veras! Soy muy nervioso, extraordinariamente nervioso. Lo he sido siempre. Pero, ¿por qué decís que estoy loco? La enfermedad ha aguzado mis sentidos, pero no los ha destruido ni embotado. De todos ellos, el más agudo era el oído. Yo he escuchado todas las cosas del cielo y de la tierra y bastantes del infierno. ¿Cómo, entonces, he de estar loco? Atención. Observad con qué serenidad, con qué calma puedo contaros esta historia.

Es imposible explicar cómo la idea penetró en mi cerebro. Pero, una vez adentrada, me acosó día y noche. Motivo, realmente, no había ninguno. Nada tenía que ver con ello la pasión. Yo quería al viejo, y nunca me había hecho daño. Jamás me insultó. Y su oro no despertó en mí la menor codicia...

Creo que era su ojo. Sí, ¡esto era! Uno de sus ojos se parecía a los del buitre. Era un ojo azul pálido, nublado, con una catarata. Siempre que caía ese ojo sobre mí se helaba mi sangre. Y así poco a poco, gradualmente, se me metió en el cerebro la idea de matar al anciano y librarme para siempre, de este modo, de aquella mirada.

Ahora viene lo más difícil de explicar. Me creeréis un loco. Los locos nada saben de cosa alguna, pero si me hubieseis visto, si hubierais visto con qué sabiduría procedí y con qué precaución y cautela me produje...; con qué disimulo puse manos a la obra...

Jamás me manifesté tan amable con él como durante toda la semana que precedió al asesinato. Cada noche, cerca de la medianoche, descorría el pestillo de su puerta y la abría muy suavemente. Y entonces, cuando la había abierto lo suficiente para asomar mi cabeza, adentraba por la abertura una linterna sorda, bien cerrada, para que no se filtrara ninguna claridad. Después metía la cabeza. ¡Oh...! Os hubierais reído viendo con qué cuidado introducía la cabeza. La movía lentamente, muy lentamente, con miedo de turbar el sueño del anciano.

No exagero al decir que, por lo menos, necesitaba una hora para poner toda mi cabeza por la abertura y ver al anciano acostado en su cama. ¡Ah! ¿Hubiera sido tan prudente un loco?

Entonces, una vez que mi cabeza estaba dentro de la habitación, abría con precaución mi linterna. (¡Oh, con qué cuidado, con qué cuidado!) Porque los goznes rechinaban un poco. Abría justamente lo necesario para que un rayo casi imperceptible de luz incidiera sobre el ojo de buitre. Hice esto durante siete noches interminables, a medianoche precisamente. Pero encontraba siempre el ojo cerrado y, así, fue imposible realizar mi propósito, porque no era el viejo el que me molestaba, sino su maldito ojo. Y todas las mañanas, cuando amanecía, entraba osadamente en su cuarto y hablábale valerosamente, pronunciando su nombre con voz cordial, interesándome por cómo había pasado la noche. Estáis viendo, pues, que había de ser un hombre muy perspicaz para sospechar que todas las noches, precisamente a las doce, le observaba durante su sueño.

Finalmente, en la octava noche, abrí la puerta con mayor precaución que antes. La aguja de un reloj se mueve más de prisa que lo que se movía entonces mi mano. Jamás como aquella noche pude darme tanta cuenta de la magnitud de mis facultades, de mi astucia. Apenas podía dominar mi sensación de triunfo. ¡Pensar que estaba allí abriendo la puerta poco a poco, y que él ni siquiera soñaba en mis acciones o mis pensamientos secretos...!

A esta idea se me escapó una risita, y tal vez me oyese, porque se movió de pronto en su lecho como si fuera a despertarse. Tal vez creáis ahora que me retiré. Pues no. Os equivocáis.

Su cuarto estaba tan negro como la pez, a causa de lo espesas que eran las tinieblas que envolvían toda la estancia, y es porque las ventanas estaban cerradas cuidadosamente por miedo a los ladrones. Y, seguro de que él no podía ver la puerta entreabierta, continué empujándola un poco más, siempre un poco más.

Había introducido mi cabeza, y me disponía a abrir la linterna, cuando mi pulgar resbaló sobre el pomo de la puerta, y el anciano se incorporó en su lecho preguntando:

— ¿Quién anda ahí?

Permanecí completamente inmóvil y nada dije. Durante toda una hora no moví un sólo músculo, y en todo ese tiempo no oí que volviera a acostarse. Continuaba sentado en la cama, escuchando, exactamente lo mismo que yo lo había hecho durante noches enteras, oyendo a las arañas de la pared.

De pronto escuché un débil gemido. Se trataba de un lamento de terror mortal. No era un lamento de dolor o tristeza, ¡oh, no!; era el rumor sordo y ahogado que escapa de lo íntimo de un alma sobrecogida por el pavor. Yo ya conocía bien ese murmullo. Muchas noches, precisamente al filo de las doce, cuando todos dormían, irrumpía en mi propio pecho, excavando con su eco horrendo los terrores que me consumían. Sabía lo que estaba sintiendo el viejo y sentía piedad por él, aunque otros sentimientos también llenasen mi corazón. Sabía que él continuaba despierto desde que, habiendo oído el primer rumor, se movió en la cama. Su zozobra había ido siempre en aumento. Procuraba persuadirse de que sus temores eran infundados. Seguramente habíase dicho a sí mismo: «No es nada. El viento en la chimenea. Un ratón que corre por el entarimado...» «Cualquier insecto.» Sí; procuró calmarse con cualquiera de estas hipótesis. Pero fue todo inútil, porque la muerte que se aproximaba había pasado ante él con su gran sombra negra y ya envolvía a su víctima. Y era la influencia fúnebre de su sombra no vista lo que le hacía *sentir,* aunque no viera ni escuchase nada, lo que le hacía notar la presencia de mi cabeza en su cuarto.

Luego de haber esperado tan largo rato; con toda paciencia, sin oír que se acostara de nuevo, me aventuré a abrir un poco la linterna, pero tan poco, tan poco como si nada. La abrí cautelosamente, tan furtivamente, como no podréis imaginároslo, hasta que, al fin, un único y pálido rayo, como un hilo de telaraña, salió por la ranura y descendió sobre su ojo de buitre.

Estaba abierto, enteramente abierto y, al verlo, me encolericé. Lo vi con claridad perfecta. Todo él, de un azul mate y cubierto por una horrorosa nube que me helaba la médula de los huesos. Pero no podía ver nada más: ni la cara ni el cuerpo del anciano, como si no existiera otra cosa que aquel ojo obsesionante.

¿No creéis que es una hiperestesia de los sentidos aquello que consideramos locura? Os diré que un rumor sordo, ahogado y continuo, llegó a mis oídos, semejante al producido por el tic-tac de un reloj envuelto en algodones. Inmediatamente reconocí *ese* sonido. Era el corazón del viejo, latiendo. Excitó mi furor como el redoble de los tambores excita el valor del soldado. Me dominé, sin embargo, y continué inmóvil. Apenas respiraba y mantenía quieta entre las manos la linterna. Esforzábame en conservar el rayo de luz fijo sobre el ojo. Y, en tanto, el pálpito infernal del corazón del anciano era cada vez más fuerte, más apresurado... Sobre todo, más sonoro.

El pánico del viejo debía ser tremendo, resonando en ese latir que volvíase cada vez más fuerte; minuto a minuto.

Os he dicho que soy nervioso, realmente lo soy. Y entonces, en plena noche y del pavoroso silencio de aquella vieja casa, un ruido tan extraño hizo penetrar en mí un terror irresistible. Durante algunos minutos me contuve y quise mantenerme tranquilo, pero la pulsación hacíase cada vez más fuerte, siempre más fuerte. Creí que mi corazón iba a estallar. Una nueva angustia se apoderaba de mí... El ruido, los rumores que iban a producirse podían ser oídos por algún vecino. Porque había sonado la hora del viejo...

Con un gran alarido, abrí de pronto la linterna y me precipité en la alcoba. El viejo, entonces, dejó escapar un grito, uno solo. En un momento, le derribé al suelo y eché sobre él todo el peso del lecho. Y hasta sonreí entonces, ufano, viendo tan adelantada mi obra. Durante algunos minutos, sin embargo, el corazón latió con un sonido ahogado. A pesar de todo, ya no me atormentaba. No podía oírse nada a través de las paredes. Y, por fin, todo cesó. El viejo estaba muerto. Levanté la cama y examiné el cuerpo. Sí: estaba muerto. ¡Muerto como una piedra! Puse mi mano sobre su corazón y estuve así durante algunos minutos, sin advertir latido alguno. Estaba muerto, bien muerto, y en lo sucesivo su ojo no me atormentaría más.

Si insistís en considerarme loco, vuestra opinión se desvanecerá cuando os describa las inteligentes precauciones que tomé para esconder el cadáver... Avanzaba la noche y yo trabajaba con prisa, pero con cauteloso silencio. Fui desmembrando el cuerpo; primero corté la cabeza y después los brazos; luego, las piernas. En seguida, arranqué tres tablas del entarimado y lo coloqué todo bajo el piso de madera. Después volví a poner las tablas con tanta habilidad y destreza que ningún ojo humano, ¡ni siquiera el suyo!, hubiese podido descubrir allí nada alarmante. Nada había que lavar. Ni una mancha, ni una sola mancha de sangre. No se me escapó detalle alguno. Un cubo lo hizo desaparecer todo...

Así que terminé aquellas operaciones eran las cuatro y estaba tan oscuro como si fuese aún medianoche. En el momento en que el reloj señalaba la hora, llamaron a la puerta de la calle. Bajé a abrir confiado. Porque, ¿qué era lo que tenía que temer *entonces?* Entraron tres hombres, que se presentaron a mí cortésmente como agentes de policía. Un vecino había oído un grito durante la noche y le hizo despertar la sospecha de que se había cometido un crimen. En la Comisaría había sido presentada una denuncia, y aquellos caballeros, los agentes, habían sido enviados para practicar un reconocimiento.

Sonreí. Porque, repito, ¿*qué* tenía que temer? Y di la bienvenida a los recién llegados.

— El grito — les expliqué —, lo había lanzado yo, soñando. El viejo — añadí — está de viaje por la comarca.

Conduje a mis visitantes por toda la casa. Les invité a que buscaran, a que buscaran *bien*. Por fin, los conduje a su cuarto. Les mostré sus tesoros, en seguridad perfecta, en perfecto orden. Entusiasmado con mi confianza, les llevé unas sillas a la habitación y les supliqué que se sentaran, mientras yo, con la desbordada audacia del triunfo absoluto, coloqué mi propia silla exactamente en el lugar que ocultaba el cuerpo de la víctima.

Los agentes estaban satisfechos. Mi *actitud* les había convencido. Sentíame completamente bien. Sentáronse y hablaron de cosas familiares, a las que contesté jovialmente. Pero, al poco rato, me di cuenta de que palidecía y deseé que se fueran. Me dolía la cabeza y me parecía que mis oídos zumbaban. Sin embargo, ellos continuaban sentados y prosiguiendo la charla. El zumbido hízose más claro. Persistió y volvióse cada vez más perceptible. Empecé a hablar copiosamente, para libertarme de tal sensación. Pero ésta resistió, reiterándose de tal modo, que no tardé en descubrir, por último, que el rumor no nacía en mis oídos.

Sin duda me puse entonces muy pálido. Pero seguía hablando sin tino, elevando el tono de mi voz. El ruido aumentaba siempre. ¿Qué podía hacer? *Era un ruido sordo, ahogado y continuo, semejante al producido por el tic-tac de reloj envuelto en algodones.* Respiraba con dificultad. Y, en tanto, los agentes nada oían aún. Hablé todavía más de prisa, con mayor vehemencia. Pero el rumor crecía incesantemente. Me levanté y discutí sobre tonterías con voz cada vez más alta y, seguramente, haciendo violentas gesticulaciones. Pero inútilmente. El rumor crecía, crecía siempre. ¿Por qué ellos no se querían marchar? Comencé a andar de un lado para otro de la habitación, pesadamente, dando grandes pasos, como exasperado por sus observaciones. Pero el rumor crecía incesantemente. ¡Oh, Dios! ¿Qué podía hacer? Echaba espumarajos, desvariaba, pateaba. Movía la silla en que estaba sentado y la hacía resonar sobre el suelo. Pero el rumor lo dominaba todo y crecía indefinidamente. Hacíase *más fuerte*. Y los hombres continuaban hablando, bromeando, sonriendo. ¿Sería posible que nada oyeran? ¡Dios todopoderoso! ¡No, no! ¡Estaban oyendo, estaban sospechando! *¡Sabían!* ¡Estaban *divirtiéndose* con mi terror! Así lo creí y lo creo ahora. Pero había algo peor que aquella agonía, algo más insoportable que aquella burla. No podía tolerar por más tiempo aquellas hipócritas sonrisas. Me di cuenta de que era preciso gritar o morir, porque entonces... ¡Atended, por favor!

— ¡Miserables! — exclamé —. ¡No disimulen por más tiempo! ¡Lo confieso todo! ¡Arranquen esas tablas! ¡Aquí, aquí! ¡Es el latido de su implacable corazón!

EL POZO Y EL PÉNDULO

Impia tortorum longas hic turba furores
sanguinis innocui, non satiata, aluit
sospite nunc patria, fracto nunc funeris antro,
mors ubi dira fuit vita salusque patent.
(Cuarteta compuesta para las puertas de un mercado que
debió erigirse en el solar del Club de los Jacobinos, en París.)

Encontrábame agotado, exhausto hasta no poder más por aquella larga
agonía, cuando, finalmente, me desataron y pude sentarme. Noté que
perdía el conocimiento, que me desmayaba. La sentencia, la terrible sentencia de muerte, fue la última frase claramente acentuada que llegó a mis oídos. Después, el sonido de las voces de los inquisidores me pareció que se
apagaba en el indefinido zumbido de un sueño, y aquel ruido provocaba en
mi espíritu una idea de rotación, quizá a causa de que lo asociaba en mis
pensamientos con una rueda de molino. Pero ello duró poco tiempo. De
pronto, no oí nada más. No obstante, durante algún rato pude ver; pero,
¡con qué tremenda exageración! Veía los labios de los jueces vestidos de negro: eran blancos. ¡Más blancos que la hoja de papel sobre la que estoy escribiendo estas palabras! Y delgados, muy delgados, hasta lo grotesco.
Mejor dicho: adelgazados por la intensidad de su dura expresión, de su resolución inexorable, del riguroso desprecio hacia el dolor humano. Veía
que los decretos de lo que para mí representaba el Destino salían aún de
aquellos labios. Los vi retorcerse en una frase mortal. Les vi pronunciar las
sílabas de mi nombre. Y me estremecí al observar que el sonido no seguía
al movimiento.

Durante varios momentos, de espanto frenético, advertí asimismo la
blanda y casi imperceptible ondulación de las negras colgaduras que cubrían
las paredes de la sala, y mis ojos recayeron entonces sobre los siete grandes
hachones que se habían colocado encima de la mesa. Tomaron para mí, al
principio, el aspecto de la caridad y los imaginé ángeles blancos y esbeltos
que debían salvarme. Pero he aquí que, de pronto, una náusea mortal invadió mi alma, y sentí que cada fibra de mi ser se estremecía como si hubiera

estado en contacto con los hilos de una batería galvánica. Y las formas angélicas convertíanse en insignificantes espectros con cabeza de fuego, y claramente comprendí que no debía esperar auxilio alguno. Entonces, como una magnífica nota musical, se insinuó en mi imaginación la idea del inefable reposo que nos espera en la tumba. Llegó suave, furtivamente. Sospecho que necesité un gran rato para apreciarla por completo. Pero en el preciso instante en que mi espíritu comenzaba a sentir claramente esa idea, y a acariciarla, las figuras de los jueces se desvanecieron como por arte de magia. Los hachones se redujeron a la nada. Sus luces se apagaron por completo, y sobrevino la negrura de las tinieblas. Todas las sensaciones fingieron desaparecer como en una zambullida loca y precipitada del alma en el Hades. Y el Universo fue sólo noche, silencio, quietud.

Estaba desvanecido. Pero, sin embargo, no puedo decir que hubiese perdido la conciencia del todo. La que me quedaba, no intentaré definirlo. Ni describirlo siquiera. Pero, en fin, todo no estaba perdido. En medio del más profundo sueño..., ¡no! En medio del delirio..., ¡no! En medio del desvanecimiento..., ¡no! En medio de la muerte..., ¡no! Si fuera de otro modo, no habría salvación para el hombre. Cuando nos despertamos del más profundo sueño, rompemos la telaraña de *algún* sueño. Y, no obstante, un segundo más tarde es tan delicado este tejido, que no recordamos haber soñado.

Dos grados hay, al volver del desmayo a la vida. Por una parte, el representado por el sentimiento de la existencia moral o espiritual, y por otra, el de la sensación de la existencia física. Parece probable que si, al llegar al segundo grado, hubiéramos de evocar las impresiones del primero, volveríamos a encontrar todos los recuerdos elocuentes del abismo trasmundano. Y ¿cuál es ese abismo? ¿Cómo, al menos, podremos distinguir sus sombras de las de la tumba? Pero si las impresiones de lo que he llamado primer grado no acuden de nuevo al llamamiento de la voluntad, no obstante, después de un largo intervalo, ¿no aparecen sin ser solicitadas, mientras, maravillados, nos preguntamos de dónde proceden? Quien no se haya desmayado nunca no descubrirá extraños palacios y casas singularmente familiares entre las ardientes llamas; no será el que contemple, flotantes en el aire, las visiones melancólicas que el vulgo no puede vislumbrar; no será el que medite sobre el perfume de alguna flor desconocida, ni el que se perderá en el misterio de alguna melodía que nunca hubiese llamado su atención hasta entonces.

En medio de mis repetidos e insensatos esfuerzos, en medio de mi enérgica tenacidad en recoger algún vestigio de ese estado de vacío aparente en el que mi alma había caído, hubo instantes en que soñé triunfar. Tuve momentos fugaces, brevísimos, en que he llegado a condensar recuerdos que en épocas posteriores mi razón lúcida me ha afirmado no poder referirse sino a ese estado en que parece aniquilada la conciencia. Muy confusamente me presentan esas sombras de recuerdos grandes figuras que me levantaban, transportándome quedamente hacia abajo, aún más hacia abajo, cada vez más abajo, hasta que me invadió un vértigo espantoso a la simple idea del infinito en descenso.

Me recuerdan también no sé qué vago espanto que experimentaba el corazón, precisamente a causa de la calma sobrenatural de ese corazón. Después, el sentimiento de una repentina inmovilidad en todo lo que me rodeaba. Cual si quienes me transportaban, un cortejo de fantasmas, hubieran pasado, al descender, los límites de lo ilimitado, y se hubiesen detenido, vencidos por el hastío infinito de su tarea. Recuerda mi alma más tarde una sensación de insipidez y de humedad; después, todo no es más que *locura,* la locura de una memoria que se agita en lo abominable.

De pronto, vuelven a mi alma un movimiento y un sonido: el movimiento tumultuoso del corazón y el rumor de sus latidos. Luego, un intervalo en el que todo desaparece. Luego, el sonido de nuevo el movimiento y el tacto. Como una sensación vibrante penetradora de mi ser. Después la simple conciencia de mi existencia sin pensamiento, sensación que duró mucho. Más tarde, bruscamente, el pensamiento de nuevo, un temor que me producía escalofríos y un esfuerzo ardiente por comprender mi verdadero estado. Después, un vivo afán de caer en la insensibilidad. Repentinamente, un brusco renacer del alma y una afortunada tentativa de movimiento. Entonces, el recuerdo completo del proceso, de los negros tapices, de la sentencia, de mi debilidad, de mi desmayo. Y el olvido más completo en torno a lo que ocurrió más tarde. Únicamente después, y gracias a la constancia más enérgica, he logrado recordarlo vagamente.

No había abierto los ojos hasta ese momento. Pero sentía que estaba tendido de espaldas y sin ataduras.

Extendí la mano y, pesadamente, cayó sobre algo húmedo y duro. Durante algunos minutos la dejé descansar así, haciendo esfuerzos por adivinar donde podía encontrarme y lo que había sido de mí. Sentía una gran impaciencia por hacer uso de mis ojos, pero no me atreví. Sentía miedo de la primera mirada sobre las cosas que me rodeaban. No es que me intimidara contemplar cosas espantosas, sino que me aterraba la idea de no ver nada.

A la larga, con una loca angustia en el corazón abrí rápidamente los ojos. Mi horrible pensamiento hallábase, pues, confirmado. Me rodeaba la negrura de la noche eterna. Me parecía que la intensidad de las tinieblas me oprimía y me sofocaba. La atmósfera era intolerablemente pesada. Continué acostado tranquilamente e hice un esfuerzo por emplear mi razón. Recordé los procedimientos inquisitoriales. Y, partiendo de esto, procuré determinar mi posición verdadera. Había sido pronunciada la sentencia y me parecía que desde entonces había transcurrido un largo intervalo de tiempo. Sin embargo, ni un solo momento imaginé que estuviera realmente muerto.

A pesar de todas las ficciones literarias, semejante idea es absolutamente incompatible con la existencia real. Pero, ¿dónde me encontraba y cuál era mi estado? Sabía que los condenados a muerte morían con frecuencia en los autos de fe. La misma tarde del día de mi juicio habíase celebrado una solemnidad de esta especie. ¿Me habían llevado, acaso, de nuevo a mi calabozo para aguardar en él el próximo sacrificio que había de celebrarse meses más tarde? Desde el principio comprendí que esto no podía ser. Había sido requerido el contingente de víctimas. Por otra parte, mi primer calabozo, como todas las celdas de los condenados en Toledo, estaba empedrado y había en él alguna luz.

De repente, una horrenda idea aceleró mi sangre en torrentes hacia mi corazón, y durante unos instantes, caí de nuevo en mi insensibilidad. Al recobrarme de un solo movimiento me levanté sobre mis pies, temblando convulsivamente en cada fibra. Desatinadamente, extendí mis brazos por encima de mi cabeza y a mi alrededor en todas direcciones. No sentí nada. No obstante, temblaba a la idea de dar un paso, pero me daba miedo tropezar contra los muros de mi *tumba*. Brotaba el sudor por todos mis poros, y en gruesas gotas frías se detenía sobre mi frente. A la larga, se me hizo intolerable la agonía de la incertidumbre y avancé con precaución extendiendo los brazos y con los ojos fuera de las órbitas, esperanzado de hallar un débil rayo de luz. Di unos pasos, pero todo estaba vacío y oscuro. Respiré más libremente. Y, por fin, me pareció claro que el destino que me habían reservado no era el más espantoso de todos.

Entonces, mientras siempre con cuidado continuaba avanzando, se confundían en masa en mi memoria mil vagos rumores que sobre los horrores de Toledo corrían. Sobre esos calabozos contábanse cosas extrañas. Yo siempre había creído que eran fábulas. Pero, no obstante, eran tan extraños, que sólo podían repetirse en voz baja. ¿Debía morir yo de hambre, en aquel subterráneo lleno de tinieblas, o qué muerte más terrible quizá me esperaba? Puesto que conocía harto bien el carácter de mis jueces, no podía dudar de que el resultado era la muerte, y una muerte de una crueldad escogida. Lo que sería, y la hora de su ejecución, era lo único que me preocupaba y me aturdía.

Mis manos encontraron, por último, un sólido obstáculo. Era una pared que parecía construida de piedra, muy lisa, húmeda y fría. La fui siguiendo de cerca, caminando con la desconfianza que me habían inspirado ciertas narraciones de la Antigüedad. Sin embargo, esta operación no me proporcionaba medio alguno para examinar la dimensión de mi calabozo, pues podía dar la vuelta y volver al punto que parecía la pared. En vista de ello, busqué el cuchillo que guardaba en uno de mis bolsillos cuando fui conducido al tribunal. Pero había desaparecido, porque mis ropas habían sido cambiadas por un traje de burda estameña.

Con objeto de comprobar perfectamente mi punto de partida había pensado clavar la hoja en alguna pequeña grieta del muro. Sin embargo, la dificultad era bien fácil de ser solucionada, y sin embargo, al principio, debido al desorden de mi pensamiento, me pareció insuperable. Rasgué una tira de la orla de mi vestido y la coloqué en el suelo en toda su longitud, formando un ángulo recto con el muro. Recorriendo a tientas mi camino en torno a mi calabozo, al terminar el circuito tendría que encontrar el trozo de tela. Por lo menos, esto era lo que yo creía. Pero no había tenido en cuenta ni las dimensiones de la celda ni mi debilidad. El terreno era húmedo y resbaladizo. Tambaleándome, anduve durante un rato. Después tropecé y caí. Mi gran cansancio me decidió a continuar tumbado, y no tardó el sueño en apoderarse de mí en aquella posición.

Al despertarme y extender el brazo encontré a mi lado un pan y un cántaro con agua. Estaba demasiado agotado para reflexionar en tales circunstancias, y bebí y comí con avidez. Tiempo más tarde reemprendí mi viaje en torno a mi calabozo, y con algún trabajo logré llegar al trozo de estameña. En el momento de caer había contado ya cincuenta y dos pasos, y desde que reanudé el camino hasta encontrar la tela, cuarenta y ocho. De modo que medía un total de cien pasos, y suponiendo que dos de ellos constituyeran una yarda, calculé en unas cincuenta yardas la circunferencia de mi calabozo. Sin embargo, había tropezado con numerosos ángulos en la pared, y esto impedía el conjeturar la forma de la cueva, pues no había duda alguna de que aquello era una cueva.

No ponía gran interés en aquellas investigaciones, y con toda seguridad estaba desalentado. Pero una vaga curiosidad me impulsó a continuarlas. Dejando la pared decidí atravesar la superficie de mi prisión. Al principio, procedí con extraña precaución, pues el suelo, aunque parecía ser de una materia dura, era traidor por el cieno que en él había. Sin embargo, al cabo de unos instantes, logré animarme, y comencé a andar con seguridad, procurando cruzarlo en línea recta.

De esta forma avancé diez o doce pasos, cuando el trozo rasgado que quedaba de borde se me enredó entre las piernas, haciéndome caer de bruces violentamente.

En la confusión de mi caída no noté al principio una circunstancia no muy sorprendente y que, no obstante, segundos después, hallándome todavía en el suelo, llamó mi atención. Mi barbilla apoyábase sobre el suelo del calabozo, pero mis labios y la parte superior de la cabeza aunque parecían colocados a menos altura que la barbilla no descansaban en ninguna parte. Me pareció, al mismo tiempo, que mi frente se empapaba en un vapor viscoso y que un extraño olor a setas podridas llegaba hasta mi nariz. Extendí el brazo y me estremecí descubriendo que había caído al borde mismo de un pozo circular cuya extensión no podía medir en aquel momento. Tocando las paredes precisamente debajo del brocal, logré arrancar un trozo de piedra y la dejé caer en el abismo. Durante unos segundos presté oídos a los rebotes. Chocaba en su caída contra las paredes del pozo. Lúgubremente, se hundió por último en el agua, despertando ecos estridentes. En el mismo instante, dejóse oír un ruido sobre mi cabeza, como de una puerta abierta y cerrada casi al mismo tiempo, mientras un débil rayo de luz atravesaba repentinamente la oscuridad y se apagaba en seguida.

Con toda claridad vi la suerte que se me preparaba y me felicité por el oportuno accidente que me había salvado. Un paso más, y el mundo no me hubiera vuelto a ver. Aquella muerte, evitada a tiempo, tenía ese mismo carácter que había yo considerado como fabuloso y absurdo en las historias que sobre la Inquisición había oído contar. Las víctimas de su tiranía no tenían otra alternativa que la muerte, con sus crueles agonías físicas o con sus abominables torturas morales. Esta última fue la que me había sido reservada. Mis nervios estaban abatidos por un largo sufrimiento, hasta el punto que me hacía temblar el sonido de mi propia voz, y me consideraba por todos motivos una víctima excelente para la clase de tortura que me aguardaba.

Temblando, retrocedí a tientas hasta la pared, decidido a dejarme morir antes que afrontar el horror de los pozos que en las tinieblas de la celda multiplicaba mi imaginación. En otra situación de ánimo hubiese tenido el suficiente valor para concluir con mis miserias de una sola vez lanzándome a uno de aquellos abismos; pero en aquellos momentos era yo el más perfecto de los cobardes. Por otra parte, me era imposible olvidar lo que había leído con respecto a aquellos pozos, de los que se decía que la extinción repentina de la vida era una esperanza cuidadosamente excluida por el genio infernal de quien los había concebido.

Durante algunas horas me tuvo despierto la agitación de mi ánimo. Pero, por último, me adormecí de nuevo. Al despertarme, como la primera vez, hallé a mi lado un pan y un cántaro de agua. Me consumía una sed abrasadora, y de un trago vacié el cántaro. Algo debía de tener aquella agua, pues apenas bebí sentí unos irresistibles deseos de dormir. Caí en un sueño profundo parecido al de la muerte. No he podido saber nunca cuánto tiempo duró. Pero al abrir los ojos, pude distinguir los objetos que me rodeaban. Gracias a una extraña claridad sulfúrea, cuyo origen no pude descubrir al principio, podía ver la magnitud y aspecto de mi cárcel.

Me había equivocado mucho con respecto a sus dimensiones. Las paredes no podían tener más de veinticinco yardas de circunferencia. Durante unos minutos, ese descubrimiento me turbó grandemente, turbación en verdad pueril, ya que, dadas las terribles circunstancias que me rodeaban, ¿qué cosa menos importante podía encontrar que las dimensiones de mi calabozo? Pero mi alma ponía un interés extraño en las cosas nimias, y tenazmente me dediqué a darme cuenta del error que había cometido al tomar las medidas de aquel recinto. Por último se me apareció, como un relámpago, la luz de la verdad. En mi primera exploración había contado cincuenta y dos pasos hasta el momento de caer. En ese instante debía encontrarme a uno o dos pasos del trozo de tela. Ciertamente, había efectuado casi el circuito de la cueva. Entonces me dormí de nuevo, y al despertarme, necesariamente debí de volver sobre mis pasos, creando así un circuito casi doble del real. La confusión de mi cerebro me impidió darme cuenta de que había empezado la vuelta con la pared a mi izquierda y que la terminaba teniéndola a la derecha.

También me había equivocado por lo que respecta a la forma del recinto. Tanteando el camino, había encontrado varios ángulos, deduciendo de ello la idea de una gran irregularidad; tan poderoso es el efecto de la oscuridad absoluta sobre el que sale de un letargo o de un sueño. Los ángulos eran, sencillamente, producto de leves depresiones o huecos que se encontraban a intervalos desiguales. La forma general del recinto era cuadrada. Lo que creía mampostería parecía ser ahora hierro u otro metal dispuesto en enormes planchas, cuyas suturas y junturas producían las depresiones.

La superficie de aquella construcción metálica estaba, en su totalidad, embadurnada groseramente con toda clase de emblemas horrorosos y repulsivos nacidos de la superstición sepulcral de los frailes. Figuras de demonios con amenazadores gestos, con formas de esqueleto y otras imágenes de horror más realistas, llenaban en toda su extensión las paredes. Me di cuenta de que los contornos de aquellas monstruosidades estaban suficientemente claros, pero que los colores parecían manchados y estropeados por efecto de la humedad del ambiente. Observé entonces que el suelo era de piedra. En su centro había un pozo circular, de cuya boca había yo escapado, pero no vi que hubiese alguno más en el calabozo.

Todo esto lo vi confusamente y no sin esfuerzo, pues mi situación física había cambiado mucho durante mi sueño. Ahora, de espaldas, estaba acostado cuan largo era sobre una especie de armadura de madera muy baja. Estaba atado con una larga tira que parecía de cuero. Enrollábase en distintas vuelta en torno a mis miembros y a mi cuerpo, dejando únicamente libres mi cabeza y mi brazo izquierdo. No obstante, tenía que hacer un violento esfuerzo para alcanzar el alimento que contenía un plato de barro que habían dejado a mi lado sobre el suelo. Con verdadero terror me di cuenta de que el cántaro había desaparecido y digo con terror porque me devoraba una sed intolerable. Creí entonces que el plan de mis verdugos consistía en exasperar esta sed, puesto que el alimento que contenía el plato era una carne cruelmente salada.

Elevé los ojos y examiné el techo de mi prisión. Hallábase a una altura de treinta o cuarenta pies y parecíase mucho, por su construcción, a los muros laterales. En una de las paredes llamó mi atención una figura de las más extraordinarias. Era una representación pintada del Tiempo, tal como se acostumbra mostrarle, pero en lugar de la guadaña, tenía un objeto que al pronto creí se trataba de un enorme péndulo como los de los relojes antiguos. No obstante, algo había en el aspecto de aquella máquina que me hizo mirarla con mayor interés.

. Mientras la observaba, mirando hacia arriba, pues hallábase colocada exactamente sobre mi cabeza, me pareció que se movía. Un momento después se confirmaba mi sospecha. Su balanceo era breve, muy lento. No sin cierta desconfianza y, sobre todo, con extrañeza, seguí observando durante unos minutos. Cansado, al cabo, de vigilar su fastidioso movimiento, volví mis ojos a los demás objetos de la celda.

Un ligero ruido me llamó la atención. Miré al suelo, y vi como algunas enormes ratas lo cruzaban. Habían salido del pozo que yo podía distinguir a mi derecha. En este instante, mientras las miraba, subieron en tropel, a toda prisa, con voraces ojos y atraídas por el olor de la carne. Me costó gran esfuerzo apartarlas.

Transcurrió media hora — tal vez una hora, pues apenas podía medir el tiempo —, cuando, de nuevo, levanté los ojos sobre mí. Lo que entonces vi me dejó atónito y sorprendido. El camino del péndulo había aumentado casi una yarda, y como natural consecuencia, su velocidad era también mucho mayor. Pero, sobre todo, lo que más me impresionó fue la idea de que había descendido visiblemente. Puede imaginarse con qué espanto observé entonces que su extremo inferior estaba formado por media luna de brillante acero, que, aproximadamente, tendría un pie de largo de un cuerno a otro. Los cuernos estaban dirigidos hacia arriba, y el filo inferior, evidentemente agudo como una navaja barbera. También parecía una navaja barbera, pesado y macizo, y ensanchábase desde el filo en una horma ancha y sólida. Se ajustaba a una gruesa varilla de cobre, y todo ello silbaba al moverse en el espacio.

No había duda alguna con respecto a la suerte que me había preparado la horrible ingeniosidad monacal. Los agentes de la Inquisición habían previsto mi descubrimiento del pozo. Es decir, del pozo cuyos horrores habían sido reservados para un hereje tan temerario como yo; del pozo, imagen del infierno, considerado por la opinión como la última Tule de todos los castigos. El más fortuito de los accidentes me había salvado de caer en él, y yo sabía que el arte de convertir el suplicio en un lazo y una sorpresa constituía una rama importante de aquel sistema fantástico de ejecuciones misteriosas. Por lo visto, habiendo fracasado mi caída en el pozo, no figuraba en el demoníaco plan arrojarme a él. Por tanto estaba destinado, y en este caso sin ninguna alternativa, a una muerte distinta y más dulce. ¡Más dulce! En mi agonía, pensando en el uso singular que yo hacía de esta palabra, casi sonreí.

¿Para qué contar las largas, las interminables horas de horror, más que mortales, durante las que conté las vibrantes oscilaciones del acero? Pulgada a pulgada, línea a línea, descendía gradualmente, efectuando un descenso sólo apreciable a intervalos, que eran para mí más largos que siglos. Y cada vez más, cada vez más, seguía bajando, bajando.

Pasaron días, tal vez muchos días, antes de que llegase a balancearse lo suficiente cerca de mí para abanicarme con su aire acre. Hería mi olfato el olor del acero afilado. Rogué al Cielo, cansándose con mis súplicas, que hiciera descender más rápidamente el acero. Enloquecí, me volví frenético, hice esfuerzos para incorporarme e ir al encuentro de aquella espantosa y movible cimitarra. Y luego, de pronto, se apoderó de mí una gran calma y permanecí tendido, sonriendo a aquella muerte brillante, como podría sonreír un niño a un juguete precioso. Transcurrió luego un instante de perfecta insensibilidad. Fue un intervalo muy corto. Al volver a la vida no me pareció que el péndulo hubiera descendido una altura apreciable. Sin embargo, es posible que aquel tiempo hubiese sido larguísimo. Yo sabía que existían seres diabólicos que tomaban nota de mi desvanecimiento y que a su capricho podían detener la vibración.

Al volver en mí, sentí un malestar y una debilidad indecibles. Debía de ser el resultado de una gran inanición. Con un esfuerzo penoso, extendí mi brazo izquierdo tan lejos como mis ligaduras me lo permitían, y me apoderé de un pequeño sobrante que las ratas se habían dignado dejarme. Al llevarme un pedazo a los labios, un informe pensamiento de extraña alegría, de esperanza, se alojó en mi espíritu. No obstante, ¿qué había de común entre la esperanza y yo? Repito en afirmar que se trataba de un pensamiento informe. Frecuentemente tiene el hombre pensamientos así, que nunca se completan. Me di cuenta de que se trataba de un pensamiento de alegría, de esperanza, pero comprendí también que había muerto al nacer. Me esforcé inútilmente en completarlo, en recobrarlo. Mis largos sufrimientos habían aniquilado casi por completo las ordinarias facultades de mi espíritu. Yo era un imbécil, un idiota.

La oscilación del péndulo se efectuaba en un plano que formaba ángulo recto con mi cuerpo. Vi que la cuchilla había sido dispuesta de modo que atravesara la región del corazón. Rasgaría la tela de mi traje, volvería luego y repetiría la operación una y otra vez. A pesar de la gran dimensión de la curva recorrida — unos treinta pies, más o menos —, y de la silbante energía de su descenso, que incluso hubiera podido cortar aquellas murallas de hierro, todo cuanto podía hacer, en resumen, y durante algunos minutos, era rasgar mi traje.

En este pensamiento me detuve. No me atrevía a ir más allá de él. Insistí sobre él con una sostenida atención, como si con esta insistencia hubiera podido parar allí el descenso de la cuchilla. Empecé a pensar en el sonido que produciría ésta al pasar sobre mi traje, y en la extraña y penetrante sensación que produce el roce de la tela sobre los nervios. Pensé en todas esas cosas, hasta que los dientes me rechinaron.

Más bajo, más bajo aún. Deslizábase cada vez más bajo. Yo hallaba un placer frenético en comparar su velocidad de arriba abajo con su velocidad lateral. Ahora, hacia la derecha; ahora, hacia la izquierda. Después se iba lejos, lejos, y volvía luego, con el chillido de un alma condenada, hasta mi corazón con el andar fugitivo del tigre. Yo aullaba y reía alternativamente, según me dominase una u otra idea.

Más bajo, invariablemente, inexorablemente más bajo. Movíase a tres pulgadas de mi pecho. Furiosamente, intenté libertar con violencia mi brazo izquierdo. Estaba libre solamente desde el codo hasta la mano. Únicamente podía mover la mano desde el plato que habían colocado a mi lado hasta mi boca. Sólo esto, y con gran esfuerzo. Si hubiera podido romper las ligaduras por encima del codo, hubiese cogido el péndulo e intentado detenerlo, lo que hubiera sido como intentar detener un alud.

Siempre más bajo, incesantemente, inevitablemente más bajo. Respiraba con verdadera angustia y me agitaba a cada vibración. Mis ojos seguían el vuelo ascendente de la cuchilla y su caída, con el ardor de la desesperación más enloquecida; espasmódicamente, cerrábanse en el momento del descenso sobre mí. Aun cuando la muerte hubiera sido un alivio, ¡oh, qué alivio más indecible! Y, no obstante, temblaba con todos mis nervios al imaginar que bastaría que la máquina descendiera un grado para que se precipitara sobre mi pecho el hacha afilada y reluciente. Y mis nervios seguían temblando, y hacían encoger todo mi ser a causa de la esperanza. Sí, de la esperanza. De la esperanza triunfante aún sobre el potro, que dejábase oír al oído de los condenados a muerte incluso en los calabozos de la Inquisición.

Comprobé que diez o doce vibraciones, aproximadamente, pondrían el acero en inmediato contacto con mi traje. Y con esta observación entróse en mi ánimo la calma condensada y aguda de la desesperación. Desde hacía muchas horas, desde hacía muchos días, tal vez, pensé por vez primera. Se me ocurrió que la tira o correa que me ataba era de un solo trozo. Estaba atado con una ligadura continuada. La primera mordedura de la cuchilla de la media luna, efectuada en cualquier lugar de la correa, tenía que desatarla lo suficiente para permitir que mi mano la desenrollara de mi cuerpo. ¡Pero qué terrible era, en este caso, su proximidad! El resultado de la más ligera sacudida sería mortal. Por otra parte, ¿habrían previsto o impedido esta posibilidad los secuaces del verdugo? ¿Era probable que en el recorrido del péndulo atravesasen mi pecho las ligaduras? Temblando al imaginar frustrada mi débil esperanza, la última, realmente, levanté mi cabeza lo bastante para ver bien mi pecho. La correa cruzaba mis miembros estrechamente, juntamente con todo mi cuerpo, en todos sentidos, menos en la trayectoria de la cuchilla homicida.

Aún no había dejado caer de nuevo mi cabeza en su primera posición, cuando sentí brillar en mi espíritu algo que sólo sabría definir, aproximadamente, diciendo que era la mitad no formada de la idea de libertad que ya he expuesto, y de la que vagamente había flotado en mi espíritu una sola mitad cuando llevé mis labios ardientes al alimento. Ahora, la idea entera estaba allí presente, débil, apenas viable, casi indefinida, pero, en fin, completa. Inmediatamente, con la energía de la desesperación, intenté llevarla a la práctica.

Hacía varias horas que cerca del catre sobre el que me hallaba acostado se encontraba un número incalculable de ratas. Eran tumultuosas, atrevidas, voraces. Fijaban en mí sus ojos rojos, como si no esperasen más que mi inmovilidad para hacer presa. «¿A qué clase de alimento se habrán acostumbrado en este pozo?», me pregunté.

Menos una pequeña parte, y a pesar de todos mis esfuerzos para impedirlo, habían devorado el contenido del plato. Mi mano se acostumbró a un movimiento de vaivén hacia el plato. Pero, a la larga, la uniformidad maquinal de ese movimiento le había restado eficacia. Aquella plaga, en su voracidad, dejaba señales de sus agudos dientes en mis dedos. Con los restos de la carne aceitosa y picante que aún quedaba, froté vigorosamente mis ataduras hasta donde me fue posible hacerlo, y hecho esto retiré mi mano del suelo y me quedé inmóvil y sin respirar.

Al principio, lo repentino del cambio y el cese del movimiento hicieron que los voraces animales se asustaran. Se apartaron alarmados y algunos volvieron al pozo. Pero esta actitud no duró más que un momento. No había yo contado en vano con su glotonería. Viéndome sin movimiento, una o dos de las más atrevidas se encaramaron por el catre y olisquearon la correa. Todo esto me pareció el preludio de una invasión general. Un nuevo tropel surgió del pozo. Agarráronse a la madera, la escalaron y a centenares saltaron sobre mi cuerpo. Nada las asustaba el movimento regular del péndulo. Lo esquivaban y trabajaban activamente sobre la engrasada tira. Se apretaban moviéndose y se amontonaban incesantemente sobre mí. Sentía que pululaban sobre mi garganta y que sus fríos hocicos buscaban mis labios.

Me encontraba medio sofocado por aquel peso que se multiplicaba constantemente. Un asco espantoso, que ningún hombre ha sentido en el mundo, henchía mi pecho y helaba mi corazón como un pesado vómito. Un minuto más, y me daba cuenta de que la operación habría terminado.

Sobre mí, sentía perfectamente la distensión de las ataduras. Me daba cuenta de que en más de un sitio habían de estar cortadas con una resolución sobrehumana, continué inmóvil.

No me había equivocado en mis cálculos. Mis sufrimientos no habían sido vanos. Sentí luego que estaba libre. En pedazos, colgaba la correa en torno de mi cuerpo. Pero el movimiento del péndulo efectuábase ya sobre mi pecho. La estameña de mi traje había sido atravesada y cortada la camisa. Efectuó dos oscilaciones más, y un agudo dolor atravesó mis nervios. Pero había llegado el instante de salvación. A un ademán de mis manos, huyeron tumultosamente mis libertadoras. Con un movimiento tranquilo y decidido, prudente y oblicuo, lento y aplastándome contra el banquillo, me deslicé fuera del abrazo de la tira y del alcance de la cimitarra. Cuando menos, por el momento *estaba libre*.

¡Libre! ¡Y en las garras de la Inquisición! Apenas había escapado de mi lecho de horror, apenas hube dado unos pasos por el suelo de mi calabozo, cesó el movimiento de la máquina infernal y la oí subir atraída hacia el techo por una fuerza invisible. Aquélla fue una lección que llenó de desesperación mi alma. Indudablemente, todos mis movimientos eran espiados. ¡Libre! Había escapado de la muerte bajo una determinada agonía, sólo para ser entregado a algo peor que la muerte misma, y bajo otra nueva forma. Pensando en ello, fijé mis ojos en las paredes de hierro que me rodeaban. Algo extraño, un cambio que en un principio no pude apreciar claramente se había producido con toda evidencia en la habitación. Durante varios minutos en los que estuve distraído, lleno de ensueños y de escalofríos, me perdí en conjeturas vanas e incoherentes.

Por primera vez, me di cuenta del origen de la luz sulfurosa que iluminaba la celda. Provenía de una grieta de media pulgada de anchura, que extendíase en torno del calabozo en la base de las paredes, que, de ese modo, parecían, y en efecto lo estaban, completamente separadas del suelo. Intenté mirar por aquella abertura, aunque como puede imaginarse, inútilmente. Al levantarme desanimado, se descubrió a mi inteligencia, de pronto, el misterio de la alteración que la celda había sufrido.

Había tenido ocasión de comprobar que, aun cuando los contornos de las figuras pintadas en las paredes fuesen suficientemente claros, los colores parecían alterados y borrosos. Ahora acababan de tomar, y tomaban a cada momento, un sorprendente e intensísimo brillo, que daba a aquellas imágenes fantásticas y diabólicas un aspecto que hubiera hecho temblar a nervios más firmes que los míos. Pupilas demoníacas, de una viveza siniestra y feroz, se clavaban sobre mí desde mil sitios distintos, donde yo anteriormente no había sospechado que se encontrara ninguna, y brillaban cual fulgor lúgubre de un fuego que, aunque vanamente, quería considerar completamente imaginario.

¡Imaginario! Me bastaba respirar para traer hasta mi nariz un vapor de hierro enrojecido. Extendíase por el calabozo un olor sofocante. A cada momento reflejábase un ardor más profundo en los ojos clavados en mi agonía. Un rojo más oscuro se extendía sobre aquellas horribles pinturas sangrientas. Estaba jadeante. Respiraba con grandes esfuerzos. No había duda con respecto al deseo de mis verdugos, los más despiadados, los más demoníacos de todos los hombres.

Me aparté lejos del metal ardiente, dirigiéndome al centro del calabozo. Frente a aquella destrucción por el fuego, la idea de la frescura del pozo llegó a mi alma como un bálsamo. Me lancé hacia su mortales bordes. Dirigí mis miradas hacia el fondo.

El resplandor de la inflamada bóveda iluminaba sus cavidades más ocultas. No obstante, durante un minuto de desvarío, mi espíritu negóse a comprender la significación de lo que veía. Al fin, aquello penetró en mi alma, a la fuerza, triunfalmente. Se grabó, a fuego, en mi razón estremecida. ¡Una voz, una voz para hablar! ¡Oh, horror! ¡Todos los horrores, menos ése! Con un grito, me aparté del brocal, y escondiendo mi rostro entre las manos, lloré con amargura.

El calor aumentaba rápidamente, y levanté una vez más los ojos, temblando en un acceso febril. En la celda habíase operado un segundo cambio, y éste efectuábase, evidentemente, en la *forma*. Como la primera vez, intenté inútilmente apreciar o comprender lo que sucedía. Pero no me dejaron mucho tiempo en la duda. La venganza de la Inquisición era rápida, y dos veces la había frustrado. No podía luchar por más tiempo con el rey del espanto. La celda había sido cuadrada. Ahora notaba que dos de sus ángulos de hierro eran agudos, y por tanto, obtusos de los otros dos.

En un momento, la estancia había convertido su forma en la de un rombo. Pero la transformación no se detuvo aquí. No deseaba ni esperaba que se parase. Hubiera llegado a los muros al rojo para aplicarlos contra mi pecho, como si fueran una vestidura de eterna paz. «¡La muerte! — me dije —. ¡Cualquier muerte, menos la del pozo!» ¡Insensato! Cómo no pude comprender que el pozo era necesario, que aquel pozo único era la razón del hierro candente que me sitiaba? ¿Resistiría yo su calor? Y, aun suponiendo que pudiera resistirlo, ¿podría sostenerme contra su presión?

El rombo se aplastaba, se aplastaba, con una rapidez que no me dejaba tiempo para pensar. Su centro, colocado sobre la línea de mayor anchura, coincidía precisamente con el abismo abierto. Intenté retroceder, pero los muros, al unirse, me empujaban con una fuerza irresistible.

Llegó, por último, un momento en que mi cuerpo, quemado y retorcido, apenas halló sitio para él, apenas hubo lugar para mis pies en el suelo de la prisión. No luché más, pero la agonía de mi alma se exteriorizó en un fuerte y prolongado grito de desesperación. Me di cuenta de que vacilaba sobre el brocal, y volví los ojos...

Pero he aquí un ruido de voces humanas. Una explosión, un huracán de trompetas, un poderoso rugido semejante al de mil truenos. Los muros de fuego echáronse hacia atrás precipitadamente. Un brazo alargado me cogió del mío, cuando, ya desfalleciente, me precipitaba en el abismo. Era el brazo del general Lasalle. Las tropas francesas habían entrado en Toledo. La Inquisición hallábase en poder de sus enemigos.

LA MÁSCARA DE LA MUERTE ROJA

La Muerte Roja había largamente devastado la comarca. Ninguna pestilencia había sido tan fatal, ni tan espantosa. La sangre era su Avatar y su sello — la rojez y el horror de la sangre. Se producían agudos dolores, y súbito desvanecimiento, y luego profuso sangrar en los poros, con la muerte. Las manchas escarlatas en el cuerpo y especialmente en el rostro de la víctima eran el entredicho de la peste que lo cerraba a todo socorro y a toda compasión de sus semejantes. Y toda la invasión, avance y terminación de la enfermedad, eran cosa de media hora.

Pero el príncipe Próspero era feliz, intrépido, sagaz. Cuando sus dominios estuvieron medio despoblados, convocó a su presencia a un millar de amigos sanos y despreocupados, escogidos entre los caballeros y damas de su corte, y con ellos se retiró en la profunda reclusión de una de sus abadías encastilladas. Era una extensa y magnífica construcción, invención del propio gusto excéntrico pero majestuoso del príncipe. Una poderosa y elevada muralla la cernía. Aquella muralla tenía puertas de hierro. Los cortesanos, luego de entrar, trajeron hornillos y martillos enormes, y soldaron los cerrojos. Habían resuelto no dejar manera ni de entrar ni de salir a los repentinos impulsos de la desesperación o la locura de los de dentro. La abadía estaba abundantemente aprovisionada. Con tales precauciones, los cortesanos podían desafiar el contagio. El mundo exterior se las compondría como pudiese. Mientras tanto, hubiera sido necedad afligirse o preocuparse. El príncipe había proveído de todos los instrumentos de placer. Allí había bufones, allí improvisadores, allí bailarines de teatro, allí músicos, allí belleza, y allí vino. Todas estas cosas y la seguridad estaban dentro. Fuera estaba la Muerte Roja.

Hacia fines del quinto o sexto mes de su retiro, y mientras la pestilencia se encruelecía más furiosamente afuera, fue cuando el príncipe Próspero obsequió a sus mil amigos con un baile de máscaras de la más inusitada magnificencia. Era un sabroso espectáculo, aquella mascarada. Pero antes permitidme que os hable de las salas donde se celebraba. Eran siete — una serie imperial. Sino que en muchos palacios, estas series forman una larga y recta perspectiva, al paso que las puertas plegadizas se corren hasta las paredes de cada mano, de modo que la vista de toda su extensión quede poco estorbada. Pero aquí el caso era muy diferente, como podía esperarse del amor del duque por la *rareza* (1). Las habitaciones estaban tan irregularmente dispuestas, que la vista apenas podía abarcar más de una a la vez. Había un brusco recodo cada veinte o treinta yardas, y a cada recodo un nuevo efecto. A derecha y a izquierda, en mitad de cada pared, una elevada y estrecha ventana gótica miraba a un cerrado corredor que iba siguiendo las revueltas de la serie de salas. Aquellas ventanas eran de cristales coloreados, cuyo matiz variaba de acuerdo con el que predominaba en las ornamentaciones de la sala en que se abría. La sala del extremo oriental, por ejemplo, estaba colgada de azul — y vívidamente azules eran las ventanas. La segunda cámara era de púrpura en sus ornamentos y tapicerías, y allí las hojas eran purpurinas. La tercera era toda verde, y así eran los cristales. La cuarta estaba amueblada e iluminada de color anaranjado — la quinta de blanco — la sexta de violeta. La séptima habitación estaba rigurosamente amortajada con negras tapicerías de terciopelo que colgaban por todo el techo y por las paredes, cayendo en pesados pliegues sobre una alfombra de igual materia y color. Pero sólo en aquella sala el color de las ventanas dejaba de corresponder a la ornamentación. Los cristales eran escarlatas — de un intenso color de sangre. Ahora bien, en ninguna de las siete habitaciones había lámpara ni candelabro, entre la profusión de ornamentos de oro que estaban puestos dispersamente acá y allá o pendían del techo. No había luz de ninguna clase que emanara de lámpara o bujía dentro de la serie de habitaciones. Pero en los corredores que iban siguiendo la serie se alzaba, enfrente de cada ventana, un macizo trípode, que sostenía un brasero en llamas, el cual proyectaba sus rayos a través de los cristales coloreados, y de aquel modo iluminaba deslumbradoramente la sala. Y así se producían una porción de llamativos y fantásticos aspectos. Pero en la cámara occidental o negra, el efecto de la luz del fuego que se derramaba sobre las negras colgaduras a través de los cristales teñidos de sangre era espeluznante en extremo, y daba un aspecto tan singular a los semblantes de los que allí entraban, que pocos eran los de la reunión que se atrevieran a poner el pie, por nada del mundo, en su recinto.

También en aquella habitación era donde estaba, contra la pared occidental, un gigantesco reloj de ébano. Su péndulo oscilaba a un lado y a otro con sordo, pesado, monótono sonido y cuando la aguja de los minutos había dado la vuelta a la esfera, y había de sonar la hora, salía de los broncíneos pulmones del reloj un sonido claro, y recio, y profundo, y sumamente musical, pero de tono tan peculiar y acentuado, que a cada transcurso de

(1) El original inglés dice en francés *bizarre*. (N. del T.)

una hora los músicos de la orquesta se veían obligados a parar, momentáneamente, su ejecución, para escuchar aquel sonido; y de este modo los que bailaban se veían obligados a cesar en sus evoluciones; y se producía un breve desconcierto en toda aquella alegre reunión; y mientras las campanas del reloj resonaban todavía, se observaba que aun los más frívolos se tornaban pálidos, y los de más edad y sosegados se pasaban la mano por la frente como en confuso fantasear o meditación. Pero en cuanto aquellos ecos habían cesado totalmente, una risa ligera de pronto invadía la asamblea; los músicos se miraban unos a otros y sonreían, como de su propia nerviosidad y desatino, y se hacían susurrantes juramentos unos a otros, de que el próximo repique del reloj no había de producir en ellos semejante emoción; y luego, pasado el intervalo de sesenta minutos (que comprende tres mil seiscientos segundos del tiempo que vuela), no dejaba de venir otro repique del reloj, y entonces se producía el mismo desconcierto, y tremor y meditación como antes.

Mas a pesar de todo aquello, era un regocijado y magnífico festín. Los gustos del príncipe eran singulares. Tenía una vista muy fina para los colores y los efectos. Menospreciaba las exigencias de la moda corriente. Sus planes eran atrevidos y ardientes, y sus concepciones relumbraban con barbárico esplendor. Algunos hay que lo hubieran tenido por loco. Sus secuaces opinaban que no lo era. Pero era necesario escucharlo y verlo y tocarlo para estar uno *seguro* de que no lo era.

Él había dirigido, en gran parte, los embellecimientos mobiliarios de las siete salas, con ocasión de aquella gran fiesta (1).

Y la guía de su propio gusto había dado su carácter a las máscaras. Tened por cierto que eran grotescas. Allí había mucho de brillante, de relumbrón, de mordaz, de fantástico — mucho de lo que se ha visto después en *Hernani*. Había figuras arabescas con miembros y accesorios inapropiados. Había delirantes caprichos como atavíos de locos. Había mucho de lo bello, mucho de lo licencioso, mucho de lo raro (2), algo de lo terrible, y no poco de lo que pudiera haber causado repugnancia. Arriba y abajo de las siete salas se pavoneaba una muchedumbre de pesadilla. Y ellos, aquellas — figuras de pesadilla — andaban por allí contorsionándose, tiñéndose del color de las salas, haciendo que la estrafalaria música pareciese como el eco de sus pasos. Pero pronto repica otra vez el reloj de ebonita que se alza en la sala de terciopelo. Y entonces, por un momento, queda todo parado, todo guarda silencio menos la voz del reloj. Las figuras de pesadilla se quedan yertas, atascadas. Pero los ecos del repique van muriendo — no han durado sino un instante — y una ligera risa, medio contenida, se cierne cuando se

(1) En francés *fête* en el texto. (N. del T.)
(2) *Bizarre* en el texto. (N. del T.)

han extinguido. Y una vez más la música se hincha, los ensueños viven, se retuercen de acá para allá más alegremente que nunca, tomando color de las ventanas diversamente teñidas, a través de las cuales se derraman los rayos de los trípodes. Pero en la cámara más occidental de las siete, no hay ahora ninguna máscara que se atreva a entrar; porque la noche se va pasando; allí se derrama una luz, más rubicunda a través de los cristales de color de sangre; y la negrura de los cortinajes teñidos de sable causan terror; y a los que ponen el pie en la negra alfombra, les llega del cercano reloj de ébano un destemplado repique más solemnemente acentuado que el que pueda alcanzar *sus* oídos cuando se dan a los más lejanos regocijos de las otras salas. Pero en estas otras salas había una densa muchedumbre, y en ellas latía febrilmente el corazón de la vida. Y el festín llegaba a remolinar vertiginosamente, cuando, por fin, comenzaron los tañidos de medianoche en el reloj. Y entonces la música cesó, como ya he dicho, y las evoluciones de los que danzaban se apaciguaron; y se produjo una angustiosa suspensión de todas las cosas como antes. Pero ahora tenían que sonar doce tañidos en la campana del reloj: y por esto ocurrió, tal vez, que con el mayor tiempo, más porción de pensamiento se insinuó, en las meditaciones de los pensativos que había entre los que se divertían. Y quizás por ello, también ocurrió que antes de que los últimos ecos del último tañido se hubieran hundido completamente en el silencio, hubo muchas personas de aquella muchedumbre que habían tenido espacio para advertir la presencia de una figura enmascarada, que hasta entonces no había llamado la atención de nadie. Y al difundirse en un susurro el rumor de aquella nueva presencia, acabó por suscitarse entre todos los presentes un cuchicheo, o murmullo, que expresaba la desaprobación y el asombro — y luego, finalmente, el terror, el horror, y la repugnancia.

En una asamblea de fantasmas como los que he descrito, puede bien suponerse que ninguna aparición ordinaria hubiera excitado aquella sensación. A decir verdad la licencia carnavalesca de aquella noche era casi ilimitada; pero la figura en cuestión había superado lo más excesivo y traspasado hasta los límites del equívoco decoro del príncipe. Hay ciertas cuerdas en los corazones, aun en los hombres más temerarios, a las que no puede tocarse sin emoción. Aun entre los más descarriados, para quienes la vida y la muerte son igualmente pura chanza, hay cosas con las que no se puede chancear. Toda la concurrencia, en efecto, ya parecía sentir profundamente que en el vestir y en el comportamiento de aquel extraño no había ni gracia ni decencia. Su figura era alta y delgada y se amortajaba de la cabeza a los pies con los ropajes de la tumba. La máscara que ocultaba su rostro estaba compuesta de tal modo para asemejarse al semblante de un rígido cadáver, que hasta el examen más minucioso hubiera hallado dificultad para descubrir el engaño. Y con todo, aquello hubiera podido soportarse, si no aprobarse, por parte de los aturdidos disolutos que lo rodeaban. Pero es que aquella máscara había llegado hasta el punto de adoptar el tipo de la Muerte Roja. Sus vestiduras estaban salpicadas de *sangre* — y su ancha frente, con todas las facciones de su rostro, estaba rociada de aquel horror escarlata.

Cuando los ojos del príncipe Próspero se posaron en aquella imagen espectral (que, con lento y solemne movimiento, como para mejor representar su *papel,* se pavoneaba de un lado para otro entre los danzantes) se le vio al primer momento estremecerse con fuerte sacudida ya fuese de terror ya de asco; pero, un momento después, su frente enrojeció de ira.

«¿Quién se atreve» — preguntó con ronca voz a los cortesanos que estaban junto a él — «quién se atreve a insultarnos con esta mofa blasfema? ¡Cogedlo y desenmascaradlo para que sepamos a quién hemos de colgar, al salir el sol, de nuestras almenas!»

En la cámara azul era donde estaba el príncipe, con un grupo de pálidos cortesanos junto a él. Al principio, mientras él hablaba, hubo un ligero movimiento de avance del grupo aquel en dirección del intruso, que en tal momento estuvo también al alcance de sus manos y que ahora, con andadura pausada y majestuosa, se iba acercando más al príncipe. Pero, por cierto indefinido terror que la loca arrogancia de la máscara había infundido a toda la concurrencia, no se halló a nadie que pusiera mano en él para prenderlo; de tal modo que, sin que nadie se lo impidiese, pudo pasar a una yarda de la persona del príncipe; y mientras la vasta asamblea, como por unánime impulso, retrocedía desde los centros de las salas hacia las paredes, él continuó su camino ininterrumpidamente, pero con el mismo paso solemne y mesurado que lo había distinguido desde su aparición, cruzando de la cámara azul a la purpurina — de la purpurina a la verde — de la verde a la anaranjada — igualmente a la blanca — y aun de aquí a la de color violeta, antes de que se hubiese producido un movimiento resuelto para detenerlo. Y entonces fue, sin embargo, cuando el príncipe Próspero, enloqueciendo de ira y vergüenza por su momentánea cobardía, se arrojó precipitadamente cruzando las seis cámaras, mientras nadie lo seguía por causa de un mortal terror que se había apoderado de todos. Blandía su daga desenvainada, y se había acercado, con rápida impetuosidad, a unos tres o cuatro pies de aquella figura que se retiraba, cuando ésta, habiendo alcanzado la extremidad de la cámara de terciopelo, se volvió súbitamente e hizo frente a su perseguidor. Hubo un grito agudo y la daga cayó centelleando sobre la negra alfombra, en la cual inmediatamente después, cayó abatido mortalmente el príncipe Próspero. Entonces, invocando el frenético valor de la desesperación, un tropel de convidados se precipitó a un tiempo en la negra habitación, y agarrando a la máscara, cuya elevada figura se mantenía erguida e inmóvil a la sombra del reloj de ébano, exhalaron un grito de inexpresable horror al hallar que los ropajes funerarios y la máscara semejante al rostro de un cadáver, que ellos habían sujetado con tan violenta rudeza, no alojaban ninguna forma tangible.

Y entonces fue reconocida la presencia de la Muerte Roja. Había venido como un ladrón en la noche. Y uno por uno fueron cayendo los alegres libertinos por las salas de la orgía regadas de sangre, y cada cual murió en la desesperada postura de su caída. Y la vida del reloj de ébano se extinguió con la del último de aquellos licenciosos. Y las llamas de los trípodes, expiraron y la tiniebla y la ruina y la Muerte Roja tuvieron, sobre todo aquello, ilimitable dominio.

EL REY PESTE

HISTORIA QUE CONTIENE UNA ALEGORÍA

> Los dioses sufren, y en los reyes permiten cosas que en los
> caminos de la chusma odian.
>
> BUCKURT'S, *La tragedia de Ferrez y Porrex.*

Sobre las doce, una noche de octubre, durante el reinado caballeresco del tercero de los Eduardos, dos marineros pertenecientes a la tripulación de la *Free and Easy* (1), goleta mercante que navegaba entre la Sluis (2) y el Támesis, anclada entonces en ese río, se quedaron bastante sorprendidos de encontrarse sentados en el local de una taberna de la parroquia londinense de San Andrés, taberna que tenía por muestra el retrato del *Marinero Alegre.*

El local, aunque mal arreglado y ennegrecido por el humo, bajo de techo y muy de acuerdo bajo todos conceptos con el carácter general de tales lugares en aquella época, estaba — en opinión de los grupos abigarrados que aparecían dispersos aquí y allá — bastante bien adaptado a sus fines.

De aquellos grupos, nuestros dos marineros formaban, creo, el más interesante, si no el más sobresaliente.

El que parecía de más edad, y a quien su compañero se dirigía con el nombre característico de *Legs* (3), era al mismo tiempo con mucho el más alto de lo dos. Podría medir seis pies y medio, y una habitual inclinación de hombros parecía ser la consecuencia natural de tan enorme estatura. Su exceso de altura estaba, sin embargo, más que compensado por deficiencias en otros aspectos. Era sumamente flaco, y hubiese podido, como lo afirmaban sus compañeros, servir, cuando estaba borracho, de banderola de un palo mayor, o encontrándose sereno, de botalón de bauprés. Pero estas bromas y otras semejantes no habían producido, por lo visto, ningún efecto jamás sobre los músculos faciales de la risa del marinero. Con sus pómulos

(1) «Libre y Feliz». (N. del T.)
(2) Esclusa, la Esclusa; en holandés. (N. del T.)
(3) Piernas, patas. (N. del T.)

salientes, su ancha nariz aguileña, su mentón deprimido y sus grandes ojos claros y saltones, la expresión de su fisonomía, aunque teñida de una especie de obstinada indiferencia hacia todos los asuntos y cosas en general, no por eso era menos de todo punto solemne y escaparía más lejos de cualesquiera propósitos descriptivos.

El joven era, en toda su facha, la inversa de su compañero. Su estatura no excedería de los cuatro pies. Unas piernas arqueadas y gruesas soportaban su rechoncha y pesada persona, mientras sus brazos, singularmente cortos y gruesos, terminados en unos puños extraordinarios, se movían colgantes a sus costados como aletas de una tortuga marina. Unos ojillos de un color indefinido centelleaban, muy hundidos en sus órbitas. La nariz quedaba casi hundida en la masa de carne de su cara redonda, llena y colorada, y su labio superior descansaba sobre el inferior, más gordo aún, componiendo un aire de satisfacción personal, harto aumentada por la costumbre que tenía su propietario de chupárselos de cuando en cuando. Miraba, desde luego, a su alto camarada con un sentimiento mitad de admiración y mitad de burla, y a veces, cuando le contemplaba, su cara parecía el sol rojizo poniéndose sobre las rocas de Nevis.

Pues bien: los deambuleos de la insigne pareja por las diferentes tabernas de las cercanías habían sido variados y pródigos en acontecimientos. Pero los fondos, hasta los más cuantiosos, no son siempre eternos, y nuestros amigos se habían aventurado con los bolsillos vacíos en la taberna de ahora.

En el momento en que comienza propiamente esta historia, *Legs* y su compañero Hugh Tarpaulin estaban sentados, cada cual acodado sobre la ancha mesa de roble en medio del local, y apoyada la mejilla sobre una mano. Desde detrás de una gran botella de *humming-stuff* miraban las ominosas palabras *No Chalk* (1), que, no sin indignación y asombro por su parte, estaban precisamente escritas sobre la puerta con tiza, la imprudente arcilla cuya presencia se atrevían aquéllas a negar. No es que la facultad de descifrar los caracteres escritos — facultad considerada entre la comunidad de aquel tiempo como un poco menos cabalística que el arte de redactarlos — pudiese, en estricta justicia, ser imputada a los dos discípulos del mar: pero había, a decir verdad, un cierto retorcimiento en la formación de las letras, y en el conjunto no sé qué indescriptible cabeceo, que presagiaban, en opinión de los marineros, una larga singladura de tiempo cochino y que los decidieron en seguida, segun frase alegórica de *Legs*: «a darle a las bombas, arriar todo el velamen y correr viento en popa.»

Por consiguiente, habiendo consumido lo que quedaba de *ale* (2), y después de abrocharse bien sus cortos chaquetones, salieron al fin presurosos

(1) *No Chalk,* es decir: «No se apunta con tiza.» O, lo que es lo mismo: «No se fía.» (N. del T.)
(1) *Ale,* cerveza inglesa. (N. del T.)

a la calle. Aunque Tarpaulin rodó dos veces hacia la chimenea confundiéndola con la puerta, por último, su fuga se realizó con felicidad, y a las doce y media de la noche hallamos a nuestros héroes preparados a todo evento, y bajando a la carrera una oscura callejuela en dirección a la escalera de San Andrés, encarnizadamente perseguidos por la dueña del *Marinero Alegre.*

Muchos años antes y después de la época en que sucede esta memorable historia, con periodicidad toda Inglaterra, pero más en esencial la metrópoli, resonaba con el grito espantoso de «¡La Peste!». La ciudad estaba en gran parte despoblada y en los horribles parajes cercanos al Támesis, entre aquellos pasajes y callejuelas sombríos, estrechos y sucios, que el Demonio de la Plaga había escogido, según se suponía, como lugar de nacimiento, se encontraba únicamente y se pavoneaban en público el Miedo, el Terror y la Superstición.

Por decreto del rey, tales andurriales estaban proscritos y se prohibía a toda persona, bajo pena de muerte, adentrarse en su lúgubre soledad. Sin embargo, ni la orden del monarca, ni las enormes barreras levantadas a la entrada de las calles, ni la perspectiva de aquella repugnante muerte que casi con plena seguridad aniquilaba al desgraciado a quien ningún peligro podía disuadir de la aventura, impedían que las casas deshabitadas fuesen expoliadas por una nocturna rapiña, desapareciendo toda clase de objetos tales como hierros, bronces o plomo, que podían reportar de cualquier modo algún lucro.

Era corriente, sobre todo, encontrar, al abrir anualmente en invierno las barreras, cómo las cerraduras, los cerrojos y las cuevas secretas habían protegido muy mal aquellos ricos almacenes de vinos y licores que, dados los riesgos y dificultades del transporte, muchos de los numerosos comerciantes con tiendas en la vecindad habían confiado, durante el período del destierro, a tan insuficiente garantía.

Pero, entre la gente sobrecogida por el terror, muy pocos atribuían aquellos hechos a la acción de unas manos humanas. Los espíritus y los duendes de la peste, los demonios de la fiebre eran para el vulgo los trasgos dañinos, refiriéndose constantemente relatos que helaban la sangre de tal modo que la masa entera de las casas prohibidas quedó a la larga envuelta en terror como un sudario. Y los propios ladrones, espantados con frecuencia por el horror que sus mismos saqueos habían creado, abandonaban el vasto círculo de sus barrios a las tinieblas, al silencio, a la pestilencia y a la muerte.

Una de esas terroríficas barreras antes mencionadas, y que indicaba cómo la parte situada más allá era de las que condenaba el Edicto de la Peste, fue por la que *Legs* y el digno Hugh Tarpaulin, quienes bajaban corriendo una callejuela, vieron cortado su avance, surgiendo de repente. No había que pensar en retroceder ni podían perder el tiempo, pues sus perseguidores iban pisándoles los talones. Para unos marineros de pura raza trepar por aquella armazón toscamente ensamblada era una bagatela, y enloquecidos por la doble excitación de la carrera y de los licores, saltaron con resolución dentro del recinto y reanudaron su huida ebria con gritos y aullidos, perdiéndose pronto en aquellos parajes recónditos, intrincados y malolientes.

De no haber tenido trastornado su sentido moral, sus pasos vacilantes hubiesen quedado paralizados por el horror de la situación. El aire era frío y brumoso. Entre la hierba, alta y espesa, que se les enroscaba a los tobillos, yacían las losas desencajadas en bárbaro desorden. Las casas destruidas obstruían las calles. Los más fétidos y venenosos miasmas flotaban por doquier. Y, debido a esa débil luz que aun a medianoche emana siempre de una atmósfera vaporosa y pestilencial, hubiera podido vislumbrarse, yacente en los pasajes y en las callejuelas o pudriéndose en las casas sin ventanas, la carroña de algún saqueador nocturno, detenido por la mano de la peste cuando intentaba sus latrocinios.

Pero no tenían poder unas imágenes, sensaciones u obstáculos como aquéllos para detener la carrera de dos hombres valerosos por naturaleza. Y menos en aquel momento, en que entre ciegos y heroicos rebosantes de arrojo y de *humming-stuff*(1), se habrían metido, tan en derechura como su estado lo hubiera permitido, intrépidamente, entre las auténticas mandíbulas de la Muerte. Adelante, siempre hacia adelante marchaba el formidable *Legs,* haciendo resonar los ecos y los dobles ecos de aquella desolada solemnidad con aullidos semejantes al terrorífico alarido de guerra de los indios, y adelante, siempre adelante, rodaba el rechoncho Tarpaulin, cogido al chaquetón de su compañero, más ágil y superando los más enérgico esfuerzos de este último en aquel género de música vocal, con mugidos *in basso* lanzados desde la profundidad de sus pulmones estentóreos.

Evidentemente, habían llegado ahora a la ciudadela de la peste. A cada paso o a cada caída su camino hacíase más infecto y más horrible, la ruta más estrecha e intrincada. Grandes piedras y vigas caían de cuando en cuando de los tejados derruidos, demostrando con sus caídas pesadas y tremendas la enorme altura de las casas circunvecinas. Y cuando se les hacía preciso realizar un esfuerzo enérgico, para abrirse paso entre los frecuentes montones de basura, no era raro que sus manos cayesen sobre un esqueleto o se apoyasen en carnes cadavéricas.

De repente, los marineros tropezaron contra la entrada de un gran edificio de aspecto lúgubre. Un grito más agudo que de costumbre salió de la garganta del excitado *Legs,* y fue contestado desde dentro por una rápida sucesión de chillidos salvajes, diabólicos, tal vez parecidos a carcajadas. Sin arredrarse por tales sonidos — que por su naturaleza, en tal lugar y en tal momento, hubiesen helado la sangre en corazones menos irrevocablemen-

(1) Irónicamente: zumbador relleno. (N. del T.)

te incendiados —, la pareja de borrachos se precipitó con la cabeza baja contra la puerta, echándola abajo y cayendo en medio de las cosas con una andanada de maldiciones.

La habitación en la que se hallaron nuestros marineros resultó ser el local de una empresa de pompas fúnebres; pero una trampa, abierta en un rincón del piso junto a la puerta, daba sobre una larga hilera de bodegas cuyas profundidades, como lo proclamó un ruido de botellas que se rompen, estaban bien surtidas de su apropiado contenido. En el centro de la habitación se levantaba una mesa, donde había una enorme ponchera. Botellas de vinos y licores diversos, con cacharros, jarros y frascos de todas las formas y clases, estaban esparcidos profusamente sobre el tablero. Alrededor, sobre soportes de ataúdes, sentábase una tertulia de seis personas. Intentaré describirlas una por una.

Enfrente de la puerta, y un poco más en alto que sus compañeros, sentábase un personaje que parecía presidir la mesa. Era delgado, de alta estatura, y *Legs* se quedó atónito reconociendo un ser más flaco que él. Su cara era tan amarilla como si la hubiesen teñido con azafrán, pero ninguno de sus rasgos, a excepción de uno solo, estaba lo bastante marcado para merecer una descripción especial. Ese rasgo único consistía en una frente tan inusitada y a tal punto alta, que tenía el aspecto de un bonete o de una corona de carne añadidos a su cabeza natural. Su boca ofrecíase fruncida y curvada por una expresión de horrenda afabilidad. Y sus ojos, como los de todas las personas sentadas ante la mesa, brillaban con los vapores de la embriaguez. Aquel *gentleman* iba vestido de pies a cabeza con un paño mortuorio ricamente bordado de terciopelo de seda negro, arrollado al desaire en torno a su cuerpo a la manera de una capa española. Su cabeza estaba cubierta de negros penachos de carroza fúnebre que él balanceaba de izquierda a derecha con aire garboso y un poco fatuo, y en una mano tenía un enorme fémur humano con el cual acababa de golpear a uno de los miembros de la compañía para animarle para que cantase.

Frente a él, y de espaldas a la puerta, hallábase una dama de un aspecto no menos inusitado. Aunque tan alta como el personaje descrito, no tenía ella ningún derecho a quejarse de una delgadez extraordinaria. Estaba, al parecer, en el último período de la hidropesía, y su figura se asemejaba bastante a una pipa de cerveza que allí se encontraba con la tapa hundida. Su rostro redondo, rojo y lleno, ofrecía la misma particularidad, o más bien la ausencia de particularidad, que he mencionado antes en el caso del presidente. Es decir, que un solo rasgo de su fisonomía requería una descripción por separado.

El agudo Tarpaulin notó en seguida que aquella misma observación podía aplicarse a todos los componentes de la reunión. Cada uno de ellos parecía tener el monopolio de una sola parte especial de fisonomía. En la dama en cuestión esa parte era la boca. Comenzaba en la oreja derecha y se extendía con rapidez hasta la izquierda, como un abismo terrorífico. Los pendientes cortos desaparecían sin cesar dentro de la disparatada abertura. Ella, no obstante, hacía todos los esfuerzos posibles para conservar la boca cerrada y tener un aire digno. Su vestido consistía en un sudario recién almidonado y planchado que le subía hasta la barbilla, con un cuello plisado de muselina de batista.

A su derecha estaba sentada una damisela, a la que parecía proteger. Aquella delicada y pequeña criatura presentaba, por el temblor de sus descarnados dedos, el tono lívido de sus labios y la leve mancha héctica que teñía su cutis también plomizo, indicios evidentes de una tisis galopante. Un aire de extraordinario *haut ton* (1), empero, se difundía por toda su persona. Llevaba de una manera graciosa y *degagée* (2) un largo y lindo sudario de fino linón de la India. Sus cabellos caíanle en bucles sobre su cuello, y una suave sonrisa animaba su boca. Pero su nariz, muy larga, delgada, sinuosa, flexible y pustulosa, pendía más baja que su labio inferior, y a pesar de la manera delicada con que la movía de cuando en cuando de un lado a otro con su lengua, daba a su fisonomía una expresión un tanto cómica.

Frente a ella, a la izquierda de la dama hidrópica, aparecía sentado un viejecillo hinchado, asmático y gotoso, cuyas mejillas descansaban sobre su tórax como dos enormes odres de vino de Oporto. Con sus brazos cruzados y una de sus piernas vendadas, puesta sobre la mesa, parecía contemplarse a sí mismo, como teniendo derecho a cierta consideración. Le enorgullecía, sin duda, cada pulgada de su persona. Y sentía un especial deleite en atraer con su sobretodo, de un color llamativo, la atención de los demás. En verdad, dicha prenda debía de haberle costado no poco dinero, y le sentaba muy bien. Estaba confeccionada con una de esas fundas de seda curiosamente bordadas, pertenecientes a esos gloriosos escudos de armas que en Inglaterra y en otras partes se suelen colgar en algún sitio bien visible de las mansiones aristocráticas.

Junto a él, y a la derecha del presidente, estaba un *gentleman* con largas medias blancas y calzones de algodón. Toda su persona aparecía agitada de una manera ridícula por un ataque de lo que Tarpaulin llamaba «los horrores». Sus mandíbulas, recién afeitadas, se apretaban con una venda de muselina, y sus brazos, atados de igual modo, por las muñecas, le impedían servirse con demasiada libertad de los licores que había sobre la mesa: precaución que hacía necesario, en opinión de *Legs,* el aspecto embotado de su cara de borracho. Mientras, un par de orejas prodigiosas — que era, sin duda, imposible aprisionar — sobresalía en el espacio de la estancia, endere-

(1) Alta distinción, gran tono. (N. del T.)
(2) Desenvuelta. (N. del T.)

zándose de cuando en cuando estas orejillas con un espasmo al ruido de cada taponazo.

Enfrente de él, hallábase colocado un personaje de aspecto extrañamente rígido y que, atacado de parálisis, debía de sentirse, hablando en serio, muy poco a gusto dentro de sus incómodas ropas. Iba ataviado, ¡traje singularísimo!, con un hermoso ataúd nuevo de caoba. El remate pesaba sobre el cráneo del interesado como un casco, extendiéndose sobre aquél a modo de un capuchón dando a la faz entera un aire de indescriptible interés. Habían sido abiertas unas escotaduras a los dos lados, tanto por elegancia como por comodidad; pero semejante atuendo impedía a su propietario mantenerse recto en su silla como sus compañeros, y reclinado sobre su soporte en un ángulo de cuarenta y cinco grados, sus grandes ojos saltones giraban en sus horribles globos blancos hacia el techo, como asombrados de su misma enormidad.

Ante cada uno de ellos había la mitad de un cráneo que era usado a guisa de copa. Por encima de sus cabezas pendía un esqueleto humano por medio de una cuerda atada alrededor de una de las piernas y fija en un anillo del techo. La otra pierna, no retenida por tales ligaduras sobresalía del cuerpo en ángulo recto, haciendo bailar y entrechocar la osamenta entera, suelta y bamboleante, a cada ráfaga de viento que penetraba en la estancia. El cráneo de aquella cosa horrenda contenía cierta cantidad de carbón encendido que lanzaba sobre toda la escena una luz rojiza y vacilante, pero viva, y los féretros y demás objetos pertenecientes a la tienda de pompas fúnebres amontonados hasta arriba alrededor de la habitación y contra las ventanas, impedían que se escapara ningún rayo de luz a la calle.

Frente a tan extraordinaria reunión y de sus no menos insólitos atavíos, nuestros dos marineros no se comportaron con todo el decoro que debía esperarse de ellos. *Legs,* apoyándose contra la pared junto a la cual se hallaba casualmente, dejó caer su mandíbula inferior más de lo acostumbrado y abrió cuanto pudo sus ojos, mientras Hugh Tarpaulin, bajándose hasta poner su nariz al nivel de la mesa y apoyando sus manos sobre las rodillas, prorrumpió en un largo, fuerte y estrepitoso rugido que era una inmoderada e intempestiva risotada.

Pese a lo cual, sin sentirse ofendido por una conducta tan grosera, el alto presidente sonrió con gentileza a los intrusos, inclinó ante ellos con digno gesto su cabeza adornada de plumas negras. Y, levantándose, cogió a cada uno de un brazo y los condujo hacia un asiento que algunos compañeros de la reunión habían dispuesto entre tanto para que se acomodasen. *Legs* no ofreció a todo aquello la más leve resistencia, tomando asiento donde le condujeron, mientras el galante Hugh, trasladando su soporte funerario desde la cabecera de la mesa, lo colocó junto a la damisela tísica con sudario. Se desplomó a su lado con gran alegría y, echando mano a un cráneo de vino rojo, se lo bebió brindando por su mejor amistad. Pero ante esta presunción, el tieso *gentleman,* revestido con el ataúd, pareció sumamente irritado. Y aquello hubiese podido acarrear graves consecuencias de no haber golpeado el presidente con su bastón de mando sobre la mesa, desviando la atención de todos los presentes hacia el discurso que sigue:

— La feliz ocasión que se presenta nos crea el deber de...

— ¡Basta ya! — interrumpió *Legs,* con aire adusto — ¡Párate una pizca, digo! ¡Y dinos quiénes diablos sois todos vosotros, y de qué asuntos tratáis aquí, aparejados como puercos demonios y trasegando este vino agrio, que tiene estibado aquí mi honrado piloto, Will Wimble, el enterrador.

Ante esta imperdonable muestra de mala crianza, toda la original reunión se levantó a medias y profirió la misma rápida serie de chillidos diabólicos que antes habían atraído la atención de los marineros. El presidente, con todo, fue el primero en recobrar su serenidad, y al cabo, volviéndose hacia *Legs* con una gran dignidad, replicó:

— Con mucho gusto satisfaremos toda curiosidad razonable por parte de tan ilustres huéspedes, aunque no hayan sido invitados. Sabed, pues, que soy el soberano de estos dominios, y que reino aquí con imperio indiviso bajo el título de *rey Peste I.*

»Este salón que profanáis, sin duda suponiendo que es la tienda de Will Wimble el enterrador, un hombre a quien no conocemos y cuyo plebeyo nombre no había herido nunca hasta esta noche nuestros reales oídos, este salón, digo, es el del trono de nuestro palacio, dedicado a los consejos de nuestro reino, y a otras finalidades sagradas y excelsas.

»La noble dama que se sienta enfrente es la reina Peste nuestra serenísima consorte. Los otros altos personajes que contempláis pertenecen todos a nuestra familia, y llevan la marca de la sangre real bajo sus respectivos títulos de *Su gracia el archiduque Pest-Ifero, Su gracia el duque Pest-Ilencial, Su gracia el duque Tem-Pestuoso* y *Su alteza serenísima la archiduquesa Ana Peste* (1).

»En lo que concierne — prosiguió el monarca — a vuestra pregunta referente a los asuntos que tratamos aquí en consejo, podría dispensársenos el responder ya que atañen a nuestro privado y real interés, y tan sólo a él, y por tanto, no tienen importancia para nadie más que para nosotros mismos. Pero, en consideración a estos derechos de que os podríais creer investidos como huéspedes y extranjeros, nos dignaremos, además, explicaros que estamos aquí esta noche ocupados en profundas búsquedas y exactas investigaciones, a fin de examinar, analizar y determinar a fondo el espíritu indefinible, las incomprensibles cualidades y la naturale-

(1) Juego de palabras con la significación inglesa de *anapest*. Significa *anapesto,* es decir, pie de la poesía griega y latina compuesto de tres sílabas; las dos primeras, breves, y la otra, larga. (N. del T.)

za de estos inestimables tesoros de paladar, los vinos, cervezas y licores de esta hermosa metrópoli, para, obrando así, no sólo alcanzar nuestro propósito, sino el verdadero bienestar de este sobrenatural soberano que reina sobre todos nosotros, cuyos dominios son ilimitados y cuyo nombre es *la Muerte.*»

— ¡Cuyo nombre es David Jones! — exclamó Tarpaulin, sirviendo a la dama que tenía al lado un cráneo lleno de licor y llenando otro para él.

— ¡Profano bergante! — dijo el presidente, volviendo ahora su atención hacia el digno Hugh — ¡Profano y odioso miserable! Hemos dicho que, en consideración a esos derechos, que ni por tu sucia persona nos sentimos inclinados a violar, condescendíamos a dar una respuesta a tus groseras e insensatas preguntas. Aun así, creemos que, dada vuestra profana intrusión en nuestros consejos, es deber nuestro imponeros a ti y a tu compañero una falta de un galón de *Black Strap,* que beberéis a la prosperidad de nuestro reino de un solo trago y de rodillas. Acto seguido podréis continuar libremente vuestro camino o quedaros y compartir los privilegios de nuestra mesa, de acuerdo con vuestro gusto personal.

— Sería una cosa materialmente imposible — replicó *Legs,* a quien la arrogancia y dignidad del rey Peste habían inspirado, de fijo, ciertos sentimientos respetuosos y que se había levantado, manteniéndose apoyado en la mesa mientras aquél hablaba —; sería, si le place a vuestra majestad, una cosa de todo punto imposible estibar en mi bodega ni siquiera un cuarto de ese mismo licor que vuestra majestad acaba de mencionar. Aun no hablando para nada de las mercancías que hemos cargado a nuestro bordo esta mañana a modo de lastre, y sin mencionar los diversos licores y cervezas embarcados esta noche en diferentes puertos, llevo en este momento un gran cargamento de *humming-stuff* tomado y pagado con decoro en la taberna del *Marinero Alegre.* Acepte, por tanto, vuestra majestad, si le place, la buena voluntad por el hecho, pues no puedo ni quiero en manera alguna trasegar una gota más, y menos una gota de esa asquerosa agua de pantoque que responde al nombre de *Black Strap.*

— ¡Amarra eso! — interrumpió Tarpaulin no menos asombrado de la extensión del discurso de su compañero que de la naturaleza de su negativa — ¡Amarra eso, marinero de agua dulce! Y yo te digo, *Legs,* que te dejes de palabrerías. Mi casco es aún ligero, aunque confieso que tú me pareces un poco cargado sobre la línea de flotación, y en cuanto a tu parte de cargamento, antes que levantar una turbonada, encontraré para ella estiba. Pero...

— Tal arreglo — interrumpió el presidente — está en completo desacuerdo con los términos del fallo o sentencia, que es por naturaleza Meda, y no puede ser alterado o conmutado. Las condiciones que hemos impuesto deben ser cumplidas al pie de la letra y ello sin un minuto de vacilación,

a falta de cuyo cumplimiento decretamos que seáis atados juntos por el cuello y los talones. ¡Y debidamente ahogados como rebeldes en ese tonel de
cerveza de octubre que está ahí.

— ¡Qué sentencia, qué sentencia! ¡Qué recta y justa sentencia! ¡Un glorioso decreto! ¡Una muy digna, equitativa y santa condena! — exclamaron a
coro los componentes de la familia Peste.

El rey frunció su alta frente en innumerables arrugas; el viejecillo gotoso
resopló como un par de fuelles; la dama de la mortaja de linón movió su nariz de un lado para otro; el caballero del calzón de algodón levantó las orejas, la dama del sudario abrió la boca como un pez agonizante, y el
individuo del ataúd pareció todavía más rígido y reviró los ojos.

— ¡Ja, ja, ja! — cacareó Tarpaulin, sin fijarse en la excitación general —
¡Ja, ja, ja! ¡Ja, ja, ja! ¡Ja, ja, ja! Decía yo, estaba diciendo, cuando el señor rey
Peste metió su pasador, que en cuanto a la cuestión de dos o tres galones
más o menos, era una broma para un sólido y estanco barco como soy yo.
Pero cuando se trata de beber a la salud del diablo, a quien Dios perdone, y
de caer de rodillas ante esta fea majestad que yo sé, tan bien como que soy
un pecador, que no es nadie en el mundo entero más que Tim Hurlygurly el
cómico del tablado. ¡Oh! En cuando a eso, ya es cosa distinta y que supera
en absoluto mis cortos alcances.

No le permitieron acabar tranquilamente su discurso. Al oír el nombre
de Tim Hurlygurly, todos los de la reunión saltaron de sus asientos.

— ¡Traición! — exclamó su majestad el rey Peste I.

— ¡Traición! — dijo el hombrecillo gotoso.

— ¡Traición! — gritó la archiduquesa Ana Peste.

— ¡Traición! — farfulló el *gentleman* de las mandíbulas atadas.

— ¡Traición! — gruñó el del ataúd.

— ¡Traición, traición! — chilló su majestad la dama de la bocaza.

Y cogiendo por los fondillos de los calzones al infortunado Tarpaulin,
que había comenzado a servirse un cráneo de licor, le levantó muy alto en
el aire y lo dejó caer sin ceremonia dentro del enorme tonel hundido, reple-
to de su cerveza preferida. Empujado de un lado para otro durante unos segundos, como una manzana en una ponchera, desapareció, por último, en
el remolino de espuma que sus esfuerzos habían producido en el ya efer-
vescente licor.

Por su parte, el alto marinero no vio resignadamente la derrota de su
compañero. Y empujando al rey Peste por la trampa abierta, el valiente *Legs*
cerró con violencia la puerta sobre él con un juramento y avanzó a grandes
zancadas hacia el centro de la estancia. Allí, arrancando el esqueleto colgado sobre la mesa, tiró de él hacia sí con tanta energía y buena voluntad que
logró, al mismo tiempo que los últimos rayos de luz se extinguían en la sala,
saltar la tapa de los sesos al viejecillo gotoso.

Precipitándose entonces con toda su fuerza contra el fatídico tonel lleno de cerveza de octubre y de Hug Tarpaulin, lo volcó en un instante. Brotó un torrente de licor tan furioso, tan impetuoso, tan arrollador, que la habitación quedó inundada de una pared a la otra, la mesa volcada con cuanto estaba encima, los soportes derribados hacia atrás, la ponchera disparada hacia la chimenea, y las damas sufrieron ataques de nervios. Pilas de accesorios fúnebres caían alrededor. Los cacharros, los frascos y los garrafones se mezclaban sin distinción en aquella *melée* (1), y los frascos revestidos de mimbre chocaban desesperadamente con las botellas forradas de cordel. El hombre de «los horrores» se ahogó en el sitio, el pequeño *gentleman* paralítico flotaba fuera de su féretro, y el victorioso *Legs* agarrando por el talle a la gruesa dama del sudario, se precipitó con ella a la calle, y puso proa en derechura hacia la *Free and Easy,* seguido, viento en popa, por el temible Hugh Tarpaulin, quien, habiendo estornudado tres o cuatro veces, jadeaba y resoplaba detrás de él en unión de la archiduquesa Ana Peste.

(I) Mezcla, refriega. En francés en el original. (N. del T.)

CONVERSACIÓN CON UNA MOMIA

El resopón de la noche anterior había fatigado un poco mis nervios. Tenía un enorme dolor de cabeza y estaba desesperadamente soñoliento. Por eso, en vez de pasar fuera la noche, como era mi propósito, pensé que no podía hacer nada más sensato que tomar un bocado y meterme al punto en la cama.

Una cena «ligera» claro está. Soy muy aficionado a las tostadas untadas de queso derretido, con cerveza. Comer más de una libra de una vez puede no ser, empero, aconsejable. Aunque no cabe hacer objeción material a la cifra dos. Y, en realidad, entre dos y tres hay, en suma, una sola unidad de diferencia. Me arriesgué, probablemente, hasta engullir cuatro. Mi mujer afirma que fueron cinco; pero, sin duda, ha confundido ella dos cuestiones muy distintas. El número abstracto cinco estoy dispuesto a admitirlo; pero, concretamente, ella se refiere a las botellas de *Brown Stout* (1), sin las cuales, en materia de condimento, hay que huir de las tostadas de queso.

Habiendo así despachado una cena frugal, y ya colocado el gorro de dormir, abrigando la sincera esperanza de disfrutarlo hasta las doce del día siguiente, apoyé mi cabeza sobre la almohada, y con la ayuda de una conciencia tranquila, me sumí en un profundo sueño desde luego.

Pero ¿cuándo se realizan por completo las esperanzas del hombre? Apenas había sonado mi tercer ronquido, cuando se oyeron unos furiosos campanillazos procedentes de la puerta de la calle, y luego unos aldabonazos impacientes que me despertaron en seguida. Un minuto después, y mientras me restregaba todavía los ojos, mi mujer me metió por los ojos una esquela de mi viejo amigo el doctor Ponnonner. Decía así:

«Tan pronto como reciba ésta, venga a casa sin falta, mi querido y buen amigo. Venga a compartir mi alegría. Por fin, gracias a una perseverante diplomacia, he obtenido la autorización de los directores del Museo de la ciu-

(1) Cerveza negra, áspera y fuerte. (N. del T.)

dad para que examine la momia, ya sabe usted a cuál me refiero. Cuento
con el permiso necesario para desfajarla y abrirla, si quiero. Únicamente algunos amigos estarán presentes, usted entre ellos, naturalmente. La momia
se encuentra ahora en mi casa, y empezaremos a desfajarla a las nueve de la
noche.

»Siempre suyo,

»Ponnonner.»

Me convencí de que estaba tan despierto como un hombre pueda estarlo. Salté de la cama, extasiado, derribando todo en mi camino; me vestí con
una rapidez verdaderamente milagrosa, y saliendo a la calle me dirigí a toda velocidad hacia la casa del doctor Ponnonner.

Allí encontré una reunión muy agitada. Me estaban esperando con suma
impaciencia. La momia aparecía tendida sobre la mesa del comedor; en el
momento de mi entrada habían comenzado su examen.

Esta momia era una de las dos traídas, unos años atrás, por el capitán Ar-
turo Sabretahs, primo de Ponnonner; procedía de una tumba cercana a
Eleithias, en las montañas libias, a una distancia considerable, por encima
de Tebas, junto al Nilo. Las tumbas, en ese lugar, aunque no tan magníficas
como las tebanas, son de mayor interés, pues nos ofrecen amplia documentación de la vida privada de los egipcios. La cámara de donde había salido
nuestro ejemplar era, según decían, muy rica en ilustraciones: los muros estaban completamente cubiertos de pinturas al fresco y de bajorrelieves; de
trecho en trecho, estatuas, vasos y mosaicos de excelente factura atestigua-
ban la crecida fortuna de los difuntos.

El tesoro fue depositado en el Museo, exactamente en el mismo estado
en que el capitán Sabretahs lo había hallado, es decir, con el féretro intacto.
Ocho años permaneció allí expuesto, sometido sólo exteriormente a la curiosidad pública. Teníamos, por tanto, ahora, la momia entera a nuestra disposición, y a los que saben cuán raro es que lleguen a nuestro país
antigüedades sin saquear, les resultará evidente en seguida que teníamos
muchas razones para congratularnos de nuestra buena suerte.

Acerquéme a la mesa y vi sobre ella un cajón o arca de unos siete pies
de largo y, quizá, de tres pies de ancho, por dos pies y medio de profundidad. Era oblongo, no en forma de ataúd. En principio pensamos que la materia de que estaba hecho era madera de sicomoro *(platanus);* pero al
empezar a abrirla nos encontramos con que era cartón, o más propiamente,
papier mâché (1), a base de papiro. Estaba rudamente adornado con pinturas que reproducían escenas funerarias y otros temas lúgubres, a las cuales
se entremezclaban en todos sentidos series de caracteres jeroglíficos que

(1) Pasta de papel, que no se usa para escribir. (N. del T.)

significaban, sin duda, el nombre del difunto. Por fortuna, *mister* Gliddon formaba parte de la reunión, y no tuvo dificultad en traducirnos los signos que eran sólo fonéticos y componían la palabra *Allamistakeo.*

Lenta y laboriosa resultó la tarea de abrir el arca sin estropearla; pero, efectuado al fin el trabajo, encontramos una segunda, ésta en forma de ataúd y de un tamaño mucho menor que la externa, aunque semejante a aquélla en todo lo demás. El espacio entre las dos estaba relleno de resina, que había, parcialmente, deteriorado los colores de la caja interna.

Una vez abierta ésta (lo cual resultó muy fácil), hallamos una tercera caja, también en forma de ataúd y que se diferenciaba de la segunda únicamente en el material empleado, que era cedro y desprendía aún el peculiar y altamente aromático olor de esa madera. Entre la segunda y tercera caja no quedaba espacio alguno, pues la una se ajustaba con toda precisión en la otra.

Al extraer la tercera caja descubrimos y sacamos el propio cuerpo. Esperábamos encontrarlo, como es costumbre, envuelto en numerosas tiras o vendas de lino; mas en lugar de esto hallamos una especie de funda hecha de papiro y revestida de una capa de yeso toscamente pintada y dorada. Las pinturas reproducían temas relacionados con los distintos supuestos deberes del alma y su presentación a las diferentes divinidades, acompañadas de numerosas figuras humanas, todas idénticas, puestas allí, con toda seguridad, como retratos de las personas embalsamadas. Sobre cada figura extendíase una inscripción columnaria o perpendicular en jeroglíficos fonéticos, indicando su nombre y los nombres títulos de sus parientes.

Alrededor del cuello, por encima de la vaina, estaba el collar de cuentas de vidrio cilíndricas de diversos colores y dispuesto como para formar imágenes de deidades, del escarabajo, etc., con el globo alado. En torno de la cintura y en su parte más estrecha, había un collar o cinturón parecido.

Después de haber quitado el papiro, encontramos la carne en perfecto estado de conservación, sin ningún olor perceptible. Su color era rojizo. La piel, dura, lisa y satinada. Los dientes y los cabellos se hallaban en buen estado. Los ojos habían sido sustituidos por otros de vidrio, muy bellos, que imitaban perfectamente la vida, salvo en su fijeza, demasiado acentuada. Los dedos y las uñas aparecían brillantemente dorados.

Mister Gliddon deducía, por el tono rojizo de la epidermis, que el embalsamamiento había sido llevado a cabo enteramente con asfalto; pero después de raspar la superficie con un instrumento de acero, de echar al fuego un poco del polvo así obtenido, se hizo muy perceptible el olor de alcanfor y de otras gomas aromáticas.

A pesar de que examinamos el cadáver con sumo cuidado para descubrir las incisiones acostumbradas, por las cuales eran extraídas las entrañas, con gran sorpresa por parte de todos, no encontramos una sola. Nadie entre nosotros sabía, en aquel momento, que es frecuente encontrar momias enteras o sin incisiones. El cerebro solía vaciarse por la nariz; los intestinos, por una incisión en el costado, después el cuerpo era afeitado, lavado y salado; luego se dejaba reposar durante varias semanas, y por último comenzaba la operación del embalsamamiento propiamente dicho.

Como no se podía encontrar ninguna huella de incisión, el doctor Ponnonner empezó a preparar sus instrumentos de disección; entonces hice notar que eran ya más de las dos. En vista de ello se acordó aplazar el examen interno hasta la noche próxima, pero cuando íbamos a separarnos, alguien lanzó la idea de un experimento o dos con la pila de Volta.

Aplicar la electricidad a una momia que tendría tres o cuatro mil años era una idea no muy sensata, pero al menos bastante original, y todos la cogimos al vuelo. Con una décima parte de seriedad y nueve décimas partes de broma preparamos una batería en el gabinete del doctor, y trasladamos allí al egipcio.

A costa de mucho trabajo conseguimos tropezar con un trozo del músculo temporal que parecía ofrecer menor rigidez pétrea que las otras partes del cuerpo, mas, como esperábamos, no dio, claro es, señal de susceptibilidad galvánica al ponerlo en contacto con el alambre. El tercer ensayo lo consideramos decisivo, y riéndonos con ganas de nuestro propio desatino, nos deseábamos las buenas noches mutuamente cuando mis ojos, posándose casualmente sobre los de la momia, se quedaron allí clavados de asombro. Sólo un breve vistazo me bastó, realmente, para adquirir la evidencia de que los globos que todos habíamos supuesto eran de vidrio, y que al principio resaltaban por su extraña fijeza, estaban ahora tan bien cubiertos por los párpados, que sólo era visible una pequeña porción de la *túnica albugínea*.

Llamé la atención con un grito sobre aquel hecho, que fue en seguida evidente para todos.

No diré que me sentí *alarmado* por el fenómeno, porque «alarmado» no es, en mi caso, la palabra correcta. Es posible, sin embargo, que, sólo a causa del *Brown Stout,* me sintiese un tanto nervioso. Respecto a las demás personas allí presentes, no intentaron, por cierto, ocultar el espanto que las dominaba. El doctor Ponnonner especialmente era un hombre que inspiraba lástima. *Mister* Gliddon, por algún procedimiento especial, se hizo invisible. Y espero que *mister* Silk Buckingham no tendrá la osadía de negar que se metió a cuatro patas debajo de la mesa.

Pasada la primera conmoción de estupor, decidimos, no hace falta decirlo, realizar inmediatamente otro experimento. Nuestras operaciones se dirigieron ahora contra el dedo pulgar del pie derecho. Hicimos una incisión en la parte externa del *os sesamoideum pollicis pedis* y alcanzamos así la raíz del músculo abductor. Adaptando de nuevo la batería, aplicamos

ahora el fluido a los nervios bisectores, cuando, con un movimiento superior al de la vida natural, la momia levantó la rodilla derecha como para ponerla en estrecho contacto con el abdomen, y luego, enderezando aquel
miembro con una fuerza inconcebible, largó un puntapié al doctor Ponnonner, que tuvo por efecto disparar a dicho *gentleman* como el proyectil de
una catapulta y arrojarle a la calle por una ventana.

Nos precipitamos todos fuera, en masa, para recoger los destrozados
restos de la víctima; pero tuvimos la dicha de encontrarle en la escalera
cuando subía con una inexplicable celeridad, henchido de la más ardiente
filosofía y más convencido que nunca de la necesidad de proseguir nuestro
experimento con vigor y celo.

Siguiendo sus indicaciones, hicimos, acto seguido, una profunda incisión en la punta de la nariz del egipcio mientras el propio doctor, cogién-
dola impetuosamente, la puso en violento contacto con el hilo metálico.

Moral y físicamente — metafórica y literalmente — el efecto fue eléctrico. Primero el cadáver abrió los ojos y parpadeó insistentemente durante
unos minutos, lo mismo que *mister* Barnes en su pantomima; en segundo
lugar, estornudó; después, incorporándose, quedó sentado; a continuación
colocó su puño ante la cara del doctor Ponnonner, y por último, volviéndose hacia los señores Gliddon y Buckingham, se dirigió a ellos, en el egipcio
más puro, de este modo:

—Tengo que decirles, caballeros, que estoy tan sorprendido como fasti-
diado por su conducta. Del doctor Ponnonner no podía esperarse otra cosa.
Es un infeliz y gordo mantecatuelo incapaz de hacer nada mejor. Le compa-
dezco y le perdono. Pero usted, *mister* Gliddon, y usted, Silk, que han viajado y residido en Egipto hasta el punto de que podría creerse que han
nacido en aquellas tierras; usted, repito, que ha vivido tanto tiempo entre
nosotros, que habla el egipcio tan bien, según creo, como escribe su lengua
natal; de usted, a quien había yo considerado siempre como el más fiel amigo de las momias, esperaba realmente una conducta más correcta. ¿Qué debo pensar de su actitud inhibitoria al verme tratado de un modo tan brutal?
¿Qué debo suponer cuando permite a Juan y a Pedro que me despojen de
mi féretro y de mis ropas en este clima implacablemente frío? ¿En qué sentido (para terminar) debo interpretar su ayuda y complicidad a ese miserable
y pequeño bellaco del doctor Ponnonner al tirarme de la nariz?

Se creerá, seguramente, que después de oír aquel discurso en tales circunstancias salimos todos por la puerta, o caímos presa de violentos ataques de nervios, o sufrimos un desmayo general. Uno de estas tres cosas
era, a mi entender, de esperar. En realidad, cada una de esas tres líneas de
conducta pudo haber sido seguida muy justificadamente. Y, bajo palabra,
no he logrado comprender cómo o por qué no seguimos ninguna de las
tres. Acaso tenga que buscarse la verdadera razón en el espíritu de este si-

glo, que actúa siempre conforme a la regla de los contrarios, la cual se admite ahora como solución de todo por medio de paradojas e imposibles. O quizá era tan sólo el aire harto natural y familiar de la momia lo que despojaba a sus palabras todo sentido terrorífico. De cualquier manera, los hechos son evidentes, y ningún miembro de nuestra reunión reveló un azoramiento marcado o pareció creer que había ocurrido algo del orden más irregular.

Particularmente, estaba convencido de que todo era natural, y me limité simplemente a retirarme a un lado, fuera del alcance del puño del egipcio. El doctor Ponnonner se metió las manos en los bolsillos, dirigió una mirada iracunda a la momia y se puso muy colorado. *Mister* Gliddon se acariciaba las patillas y estiraba el cuello de su camisa. *Mister* Buckingham bajó la cabeza y se metió el pulgar derecho en la comisura izquierda de la boca.

El egipcio le miró con expresión severa durante unos instantes, y por último dijo, acompañando sus palabras con un gesto despreciativo:

—¿Por qué no habla, *mister* Buckingham? ¿Ha oído usted, o no, lo que le he preguntado? ¿Quiere quitarse de la boca ese dedo?

Mister Buckingham, al oír esto, tuvo un ligero sobresalto, se sacó el pulgar derecho de la comisura izquierda de la boca y, a modo de compensación, introdujo su pulgar izquierdo en la comisura derecha de la abertura antes mencionada.

No habiendo obtenido respuesta de *mister* B***, la momia se volvió, malhumorada, hacia *mister* Gliddon, y en tono conminatorio le pidió que explicase en términos generales qué era lo que deseábamos todos.

Mister Gliddon respondió extensamente en fonética, y de no ser por la carencia de tipos jeroglíficos en las imprentas americanas, tendría yo mucho gusto en transcribir aquí en el original, su elocuente discurso.

Aprovecharé la ocasión para hacer notar que toda la conversación subsiguiente, en que tomó parte la momia, tuvo lugar en egipcio primitivo, actuando (en lo que respecta a mí mismo y a los otros participantes en la reunión que no habían viajado), actuando, repito los señores Gliddon y Buckingham como intérpretes. Estos caballeros hablaban la lengua materna de la momia con fluidez y gracia inimitables; pero no escapó a mi observación que (a causa, sin duda, de la introducción de imágenes enteramente modernas y, por supuesto, enteramente nuevas para el extranjero) los dos viajeros se vieron a veces obligados a emplear formas sensibles, a fin de darles un sentido claro. En determinado momento, por ejemplo, *mister* Gliddon no pudo hacer comprender al egipcio el vocablo «política»; entonces dibujó en la pared, con un trozo de carbón, la figura de un caballerete de nariz granujienta con los codos al aire, erguido en una tribuna, con la pierna izquierda estirada hacia atrás, el brazo derecho proyectado hacia adelante, el puño cerrado, los ojos alzados hacia el cielo, y la boca abierta en un ángulo de noventa grados. Tampoco *mister* Buckingham conseguía hacerle entender la idea, por completo moderna de *whig* (1) hasta que por indicación del doctor Ponnonner, palideciendo a fondo, accedió a quitarse la suya.

Naturalmente, era muy comprensible que el discurso de *mister* Gliddon estuviera principalmente dedicado a ponderar los grandes beneficios que la ciencia podía obtener del desfajamiento y desentrañamiento de las momias, justificando a este respecto cualquier molestia que le hubieran podido causar a *él* en particular, a la momia llamada Allamistakeo; terminó con la simple insinuación (pues apenas fue más) de que como aquellas minúsculas cuestiones estaban ahora aclaradas, podíase acto seguido proseguir la investigación proyectada. En este punto, el doctor Ponnonner dispuso sus instrumentos.

Respecto a las últimas sugerencias del orador, parece ser que Allamistakeo opuso ciertos escrúpulos de conciencia, sobre la naturaleza de los cuales no he sido enteramente informado; por último mostróse satisfecho de las disculpas ofrecidas, y bajando de la mesa dio la mano a todos los presentes.

Cuando hubo terminado esta ceremonia nos ocupamos diligentemente en reparar los daños que el escalpelo había causado al paciente. Cosimos la herida de su sien, le vendamos el pie y aplicamos una pulgada de tafetán negro sobre la punta de su nariz.

Observamos entonces que el conde, éste era el título, al parecer, de Allamistakeo, sentía un ligero temblor, motivado por el frío, de seguro. El doctor, inmediatamente, se dirigió a su armario y volvió muy poco después con un frac negro de impecable corte, hecho por Jenning, un pantalón de tartán azul celeste con trabillas, una camisa de tono rosado, un chaleco de brocado con solapas, un gabán claro, un bastón de cayada, un sombrero sin alas, unas botas de charol, unos guantes de gamuza color paja, unas gafas y una corbata de plastrón. A causa de la diferencia de talla entre el conde y el doctor, la proporción era como de dos a uno, costó cierto trabajo adaptar aquellas prendas al cuerpo del egipcio; pero cuando todo estuvo arreglado podía él asegurar que estaba bien vestido. *Mister* Gliddon, pues, le cogió del brazo y le condujo hacia un cómodo sillón junto a la lumbre, en tanto el doctor tocó la campanilla, presuroso, y mandó que trajesen cigarros y vino.

La conversación no tardó en animarse. Existía natural expectación con respecto al hecho, bastante notable, de que Allamistakeo estuviera vivo.

—Yo hubiera pensado — observó Buckingham — que hacía ya mucho tiempo que había usted muerto.

(1) *Wig* significa «peluca», y *wihg,* se aplica al partido liberal en Inglaterra, así como al centralista en los Estados Unidos. De su pronunciación, casi igual en inglés, nace este juego de palabras. (N. del T.)

—¡Cómo! — replicó el conde, muy sorprendido —. ¡Si no tengo más que setecientos años! Mi padre vivió mil, y no chocheaba en absoluto cuando murió.

Esta declaración dio lugar a una serie de preguntas y de cálculos, por medio de los cuales quedó demostrado que la antigüedad de la momia había sido muy torpemente evaluada. Hacía cinco mil cincuenta años y unos meses que había sido depositada en las catacumbas de Eleithias.

—Pero mi observación — prosiguió *mister* Buckingham — no se refería a su edad en la época de su entierro (no deseo, de todas veras, sino reconocer que aún es usted joven); yo aludía a la inmensidad de tiempo durante el cual, según su propia confesión, debe usted de haber permanecido envuelto en asfalto.

—¿En qué? — preguntó el conde.

—En asfalto — insistió *mister* Buckingham.

—¡Ah, sí! Tengo una vaga idea de lo que quiere usted decir; eso también puede servir, aunque en mi tiempo no empleábamos más que el bicloruro de mercurio.

—Lo que nos resulta más difícil de comprender — dijo el doctor Ponnonner — es cómo puede ocurrir que, habiendo usted muerto y sido enterrado en Egipto hace cinco mil años, esté aquí hoy perfectamente vivo y con un aspecto tan deliciosamente saludable.

—Si yo hubiese, como usted asegura, muerto — replicó el conde —, es muy probable que muerto seguiría; pero noto que están ustedes aún en la infancia del galvanismo y que no pueden realizar con él lo que era cosa corriente entre nosotros en los antiguos días. El caso es que sufrí un ataque de catalepsia y que mis mejores amigos creyeron que estaba muerto o que debía estarlo, y decidieron embalsamarme en seguida. Supongo que conocerán ustedes el principio capital del método del embalsamamiento.

—En absoluto.

—¡Ah, ya lo veo! ¡Lamentable estado de ignorancia! Bueno; no puedo entrar en detalles en este momento; pero es necesario explicarles que, en Egipto, embalsamar (hablando con propiedad) era suspender por tiempo indefinido *todas* las funciones animales sometidas a esa operación. Hago uso de la palabra «animal» en su sentido más amplio, incluyendo el ser tanto moral como *vital*. Repito que el principio capital del embalsamamiento consistía, entre nosotros, en paralizar inmediatamente y en mantener perpetuamente *en suspenso* todas las funciones animales sometidas a ese procedimiento. En una palabra, cualquiera que fuese el estado en que se encontrase el individuo en el período del embalsamamiento, en ese mismo estado permanecía. Ahora bien: como tengo el honor de ser de la sangre del Escarabajo, fui embalsamado *vivo*, tal como me ven ustedes actualmente.

—¡La sangre del Escarabajo! — exclamó el doctor Ponnonner.

—Sí. El Escarabajo era la *insignium,* las «armas» de una familia noble muy distinguida y poco numerosa. Ser «de la sangre del Escarabajo» significa en suma, ser uno de los miembros de esa familia que tenían el Escarabajo como emblema. Hablo en sentido figurado.

—Pero, ¿qué relación tiene eso con que esté usted vivo actualmente?

—Ahora lo verán ustedes: era norma general en Egipto quitar al cadáver, antes del embalsamado, los intestinos y el cerebro; sólo la estirpe de los Escarabajos no estaba sujeta a esa norma. Por tanto, si no hubiera sido yo un Escarabajo, me habría quedado sin intestinos y sin cerebro, y resulta incómodo vivir sin esas dos vísceras.

—Comprendido — dijo *mister* Buckingham —, y supongo que todas las momias *enteras* que llegan a nuestras manos, pertenecen a la noble raza de los Escarabajos.

—Sin ningún género de duda.

—Yo tenía entendido — dijo *mister* Gliddon tímidamente — que el Escarabajo era uno de los dioses egipcios.

—¿Uno de los *qué* egipcios? — exclamó la momia, incorporándose de un salto.

—¡Dioses! — repitió el viajero.

—*Mister* Gliddon, estoy muy apenado por oírle hablar de ese modo — dijo el conde, sentándose de nuevo —. Ninguna nación sobre la faz de la tierra ha reconocido nunca más que *un* dios. El Escarabajo, el Ibis, etcétera, eran para nosotros (lo mismo que otras criaturas semejantes han sido para otros) los símbolos, o *media,* o intermediarios, con ayuda de los cuales ofrendamos culto al Creador, demasiado augusto para que nos acerquemos a Él directamente.

Se hizo una pausa. Nuevamente reanudó el coloquio el doctor Ponnonner.

—No es pues improbable, por lo que usted nos ha explicado — dijo — que en las catacumbas próximas al Nilo puedan existir otras momias de la raza del Escarabajo en condiciones parecidas de vitalidad.

—Indudablemente — contestó el conde —: todos los Escarabajos embalsamados accidentalmente estando vivos, vivos continúan. Incluso algunos de los embalsamados *deliberadamente* así, pueden haber sido olvidados por sus ejecutores testamentarios, y permanecer aún en la tumba.

—¿Tendría usted la bondad de explicar — dije — qué entiende por «embalsamados deliberadamente así»?

—Con mucho gusto — respondió la momia, después de contemplarme unos instantes a través de sus gafas, pues era la primera vez que me atrevía a hacerle una pregunta directa —. Con mucho gusto — repitió —. La duración ordinaria de la vida humana en mi tiempo era de ochocientos años, aproximadamente. Pocos hombres morían, salvo a consecuencia de un accidente extraordinario, antes de los seiscientos, y pocos vivían más de diez siglos; ocho siglos eran considerados como el término natural. Al descubrirse el principio de embalsamamiento, como ya se lo he descrito antes, se les ocurrió a nuestros filósofos que se podría satisfacer una natural curiosidad, y simultáneamente obtener un gran avance en el campo de la ciencia, viviendo ese término natural en plazos. Por lo que atañe a la Historia, la experiencia ha demostrado claramente cuán imprescindible sería algo así. Un historiador, por ejemplo, habiendo alcanzado la edad de quinientos años, escribiría un libro después de una penosa labor, y luego sería embalsamado cuidadosamente, dejando el encargo a sus albaceas *pro tempore* de que le hicieran resucitar pasado cierto lapso de tiempo; pongamos quinientos o seiscientos años. Cuando volviera a la vida, al terminar ese plazo, hallaría indefectiblemente su gran obra convertida en una especie de cuaderno de puntos escritos al azar, es decir, en una especie de liza literaria abierta a las conjeturas antagónicas, a los enigmas y reyertas personales de toda la chusma de exasperados críticos. Esas conjeturas, etcétera, disfrazadas con el nombre de anotaciones o enmiendas, habrían rodeado, deformado y desfigurado el texto, hasta el punto de que el autor tendría que ir dando tumbos con una linterna para descubrir su propio libro. Cuando lo descubriese no merecería el trabajo que se había tomado en buscarlo. Después de reescribirlo desde el principio hasta el fin, consideraría el historiador un deber ineludible ponerse sin tardanza a enmendar, con arreglo a su ciencia y experiencia propias, las tradiciones actuales referentes a la época en que hubiera él vivido antes. Ahora bien: este procedimiento de reescritura y de rectificación personales, continuando de cuando en cuando por diferentes sabios, tendría como resultado impedir que nuestra historia degenere en una completa fábula.

—Le ruego que me perdone — dijo el doctor Ponnonner en este momento, posando suavemente su mano sobre el brazo del egipcio —, le ruego que me perdone, conde; ¿pero me permite que le interrumpa un momento?

—Sin duda alguna, caballero — contestó el conde, retirando el brazo.

—Desearía simplemente hacerle una pregunta — repuso el doctor. Ha aludido usted a correcciones personales del historiador de *tradiciones* relativas a su época. Como término medio, se lo ruego, ¿en qué proporción se encontraba completamente mezclada la verdad a esa cábala?

—La cábala, como usted la denomina muy justamente, caballero, estaba, por regla general, a la par con los hechos registrados en la historia misma no reescrita; es decir, que no se conoció nunca ni una simple tilde de la una o de la otra, en ninguna circunstancia, que no fuese total y radicalmente falsa.

—Pero ya que resulta absolutamente claro — prosiguió el doctor — que han transcurrido lo menos cinco mil años desde su entierro, doy por supuesto que su historia, ya que no sus tradiciones, en ese período, era lo bastante explícita sobre un tema de interés universal, la creación, que tuvo lugar, como sabe usted, indudablemente, sólo unos diez siglos antes.

—¡Caballero! — exclamó el conde Allamistakeo.

El doctor repitió su observación, pero únicamente después de muchas explicaciones adicionales pudo conseguir que comprendiese el extranjero. Al final, este último dijo vacilando:

—Las ideas que ha indicado usted son para mí, lo confieso, absolutamente nuevas. En mi tiempo no he conocido nunca a nadie capaz de tomar en consideración una fantasía tan peregrina como la de que el universo — o este mundo, si así lo prefiere — pueda haber tenido un principio. Recuerdo que una vez, sólo una vez, oí algo vagamente insinuado por un hombre de mucha ciencia, referente al origen de la raza humana; y este hombre utilizaba, como usted la palabra *Adán* o «tierra roja». La utilizaba, sin embargo, en un sentido genérico, refiriéndose a la generación espontánea sobre la tierra fértil (ni más ni menos que como un millar de minúsculas especies germinadas), a la generación espontánea, digo, de cinco vastas hordas de hombres, desarrollándose simultáneamente en cinco partes distintas del globo, casi iguales.

Al llegar aquí la reunión, en general, se encogió de hombros, y uno o dos miembros se barrenaron la sien con un gesto significativo. *Mister* Silk Buckingham, lanzando una rápida ojeada primero sobre el occipucio y luego sobre el sincipucio de Allamistakeo, habló del siguiente modo:

—La larga duración de la vida animal en su tiempo, unida a la práctica adquirida de pasarla, como nos ha explicado usted, en plazos, debió de haber contribuido grandemente a fortalecer el desarrollo general y la acumulación de la ciencia. Supongo, por tanto, que debemos atribuir en absoluto la marcada inferioridad de los antiguos egipcios en todas las ramas de la ciencia, comparados con los hombres modernos y más en particular con los yanquis, al mayor espesor del cráneo egipcio.

—Reconozco nuevamente — replicó el conde con mucha amabilidad — que me cuesta algún trabajo comprenderle. ¿Quiere decirme, se lo suplico, a qué partes de la ciencia alude usted?

Todos los reunidos, uniendo sus voces, hablaron extensamente acerca de las teorías de la frenología y las maravillas del magnetismo animal.

Después de escucharnos atentamente, el conde se puso a contarnos algunas anécdotas, por las cuales resultó evidente que los prototipos de Gall y Spurzheim habían florecido y fenecido en Egipto hacía tanto tiempo, que estaban casi olvidados, y que los procedimientos de Mesmer eran, si bien se mira, despreciables trucos en comparación con los positivos prodigios realizados por los sabios tebanos, que creaban piojos y otros muchos seres semejantes.

Pregunté al conde si su pueblo había sido capaz de calcular los eclipses. Sonrió desdeñosamente y dijo que sí.

Esto me desconcertó un poco; pero me preparaba para hacerle otras preguntas referentes a su ciencia astronómica, cuando un sujeto de la reunión, que no había abierto aún la boca, murmuró a mi oído que, si necesitaba una información sobre aquello, haría mejor en dirigirme a Tolomeo (quienquiera que fuese) y también a un tal Plutarco en su obra *De facie lunae*.

Interrogué entonces a la momia sobre los vidrios ardientes y las lentes, y en general, acerca de la fabricación del vidrio; pero no había terminado de hacer mis preguntas, cuando aquel miembro silencioso me empujó suavemente con el codo, rogándome por amor de Dios que echase una ojeada sobre Diodoro de Sicilia. Respecto al conde, sólo me preguntó, a modo de réplica, si nosotros los modernos teníamos microscopios que nos permitiesen tallar camafeos al estilo de los egipcios. En tanto pensaba yo cómo podría contestar aquella pregunta, el pequeño doctor Ponnonner se aventuró por un camino extraordinario.

—¡Mire usted nuestra arquitectura! — ponderó, con gran indignación de los dos viajeros, que le pellizcaban hasta ponerle negro y morado, todo en vano—. ¡Vea usted — gritó, entusiasmado — la Fuente Verde del Juego de Bolos en Nueva York! O si ésa es una visión demasiado aplastante, ¡contemple un momento el Capitolio de Washington, D. C.!

Y el infeliz doctorcillo se puso a detallar minuciosamente las proporciones del edificio mencionado. Explicó que el pórtico solo estaba adornado con no menos de veinticuatro columnas de cinco pies de diámetro y a diez pies de distancia unas de otras.

El conde dijo que lamentaba no poder precisar, en aquel momento, las dimensiones exactas de algunos de los principales edificios de la ciudad de Aznac, cuyos cimientos se perdían en la noche del Tiempo, pero cuyas ruinas estaban aún en pie, por la época de su entierro, en una amplia llanura, de arena al oeste de Tebas. Recordaba, no obstante (refiriéndose a pórticos) que uno de ellos, erigido en un palacio secundario, en una especie de suburbio llamado Carnac, estaba formado por ciento cuarenta y cuatro columnas de treinta y siete pies de circunferencia y de veinticinco de separación. Se llegaba a aquel pórtico desde el Nilo por una avenida de dos millas de largo, formada con esfinges, estatuas y obeliscos de veinte, sesenta y cien pies de altura. El mismo palacio (hasta donde él podía recordar) tenía, en una sola dirección, dos millas de largo, y podría tener en total cerca de siete de circuito. Todos los muros estaban ricamente pintados interior y exteriormente, con jeroglíficos. Él no trataba de afirmar que no se hubiesen podido edificar cinco o seis de aquellos Capitolios del doctor dentro de sus muros; pero no estaba demostrado que doscientos o trescientos de ellos no hubiesen podido situarse allí sin demasiado trastorno. Aquel palacio de Carnac era un pequeño, un insignificante edificio, después de todo. Él (el conde), con todo, no podía en conciencia negarse a admitir la ingeniosidad, la magnificencia y la superioridad de la Fuente Verde del Juego de Bolos, tal como la describía el doctor. Nada parecido, se veía obligado a confesarlo, se había visto nunca en Egipto ni en ninguna otra parte.

Pedí entonces al conde su opinión sobre nuestros ferrocarriles.

—Son un tanto endebles — contestó —, un tanto mal ideados y groseramente unidos. No pueden, pues, compararse, con las calzadas amplias, llanas, directas, de rodadas de hierro sobre las cuales los egipcios transportaban templos enteros y obeliscos macizos de ciento cincuenta pies de altura.

Le hablé de nuestras gigantescas fuerzas mecánicas.

Convino en que sabíamos algo en ese género; pero me preguntó cómo nos compondríamos hoy para levantar las impostas sobre los dinteles del más pequeño palacio de Carnac.

Decidí dar por no oído aquello, y le pregunté si tenía alguna idea de los pozos artesianos; pero se limitó a arquear las cejas, mientras *mister* Gliddon me guiñaba insistentemente los ojos y me decía en voz baja que los ingenieros encargados de los sondeos para buscar agua en el Gran Oasis habían descubierto uno recientemente.

Cité entonces nuestro acero; pero el extranjero levantó la nariz y me preguntó si nuestro acero hubiera podido jamás ejecutar la talla de las figuras que decoran los obeliscos, y que habían sido esculpidas por entero con instrumentos de filo de cobre.

Esto nos desconcertó hasta tal punto que juzgamos prudente desviar nuestro ataque hacia la metafísica. Mandamos a buscar un ejemplar de una obra titulada *Dial,* y leímos un capítulo o dos acerca de algo un tanto nebuloso que los bostonianos llaman el Gran Movimiento Progresivo.

El conde dijo sencillamente que los grandes movimientos eran muy corrientes en sus días, y en cuanto al Progreso, fue en una determinada época una completa calamidad, pues no progresó jamás.

Elogiamos después la gran belleza e importancia de la Democracia, y nos costó mucho trabajo hacer comprender al conde el verdadero sentido de las ventajas que gozábamos viviendo en un país donde el sufragio era *ad libitum* y no había rey.

Nos escuchó con marcado interés y, en realidad, pareció divertirse mucho. Cuando terminamos, dijo él que mucho tiempo atrás había sucedido allí algo muy parecido. Trece provincias egipcias decidieron súbitamente ser libres, dando así un magnífico ejemplo al resto de la Humanidad. Reunieron a sus sabios y redactaron la más ingeniosa constitución que sea posible concebir. Durante algún tiempo se desenvolvieron muy bien, sólo que su habitual fanfarronería seguía siendo prodigiosa. La cosa, sin embargo, terminó con la unión de los trece Estados, a los que se agregaron algo así como otros quince o veinte, para el más odioso e insufrible despotismo de que se haya oído hablar sobre la faz de la Tierra.

Entonces pregunté cuál era el nombre de aquel tirano usurpador.

Por lo que el conde podía recordar, se llamaba *Chusma*.

No teniendo nada que oponer a esto, levanté la voz y lamenté la ignorancia de los egipcios sobre el vapor.

El conde se limitó a mirarme con gran asombro y no contestó. Sin embargo, el caballero silencioso me dio un violento codazo en el costado, diciéndome que ya me había comprometido lo bastante una vez, y me preguntó si era yo de veras tan inculto, que ignoraba que la moderna máquina de vapor provenía del invento de Hero a través de Salomón de Caus.

Corríamos, en aquel momento, un gran peligro de ser derrotados; pero la buena suerte hizo que el doctor Ponnonner, reanimado, acudiese en socorro nuestro y preguntase si el pueblo egipcio podía pretender seriamente competir con los modernos en el importantísimo arte de la indumentaria.

El conde, al oír esto, dirigió la mirada hacia las trabillas de sus pantalones, y, luego, cogiendo por la punta unos de los faldones de su frac, lo mantuvo ante sus ojos unos minutos. Dejándolo caer, por fin se abrió su boca gradualmente, de oreja a oreja; pero no recuerdo que dijese nada a manera de contestación.

Gracias a esto recuperamos nuestro ánimo, y el doctor, aproximándose a la momia con gran solemnidad, pidió que nos dijese, sinceramente, por su honor de caballero, si los egipcios habían concebido en *cualquier* época la fabricación, bien de las pastillas *Ponnonner* o bien de las píldoras *Brandreth*.

Esperábamos con enorme ansiedad una respuesta, mas en vano. Esta respuesta no llegaba. El egipcio sonrojóse y bajó la cabeza. No hubo nunca triunfo más decisivo, no hubo nunca derrota encajada con peor gracia. Realmente, no podía yo soportar el espectáculo de aquella humillación de la pobre momia. Cogí mi sombrero, me incliné cortésmente ante el conde y me retiré.

Al regresar a mi casa, vi que eran más de las cuatro, y me metí al momento en la cama. Son ahora las diez de la mañana. Estoy levantado desde las siete, escribiendo estas notas en beneficio de mi familia y de la posteridad. A la primera no la veré más. Mi mujer es una arpía. Verdaderamente estoy, con toda sinceridad, harto de esta vida y del siglo XIX en general. Me he convencido de que todo marcha de la peor manera. Además siento una gran curiosidad por saber quién será presidente en el año 2045. Por eso, en cuanto me haya afeitado y tomado una taza de café, voy a acercarme a casa de Ponnonner para rogarle que me embalsame por un par de siglos.

SOMBRA
Parábola

Los que me leéis, os encontráis todavía entre los vivos. Yo, que escribo ahora, estaré, desde hace mucho tiempo, vagando por la región de las sombras. Porque, ciertamente, sucederán extraordinarias cosas. Muchos secretos serán revelados, y pasarán muchos siglos antes de que los hombres revisen estas notas. Y cuando las hayan visto, unos no creerán, otros dudarán de ellas, y muy pocos hallarán materia de reflexión en los caracteres que con un punzón grabo en estas tablillas.

Había sido un año pavoroso, lleno de sentimientos todavía más intensos que el terror, y para los cuales no hay nombre en la Tierra. Porque habíanse producido muchos prodigios y señales por doquier, así en la tierra como en el mar. Y las negras alas de la peste habíanse desplegado, amplias. No obstante, quienes entendían en la ciencia de los astros, no ignoraban que los cielos tenían un aspecto de hecatombe. Y para mí, el griego Oinos, era evidente que llegábamos a la rotación de esos setecientos noventa y cuatro años en que, entrando en Capricornio, el planeta Júpiter llevaba a cabo su conjunción con el anillo rojo del terrible Saturno. Si no me engaño, el singular espíritu de los cielos ponía de manifiesto su poderío, no sólo sobre la Tierra, sino también sobre las almas, pensamientos y reflexiones de la Humanidad.

Cierta noche nos encontrábamos siete en un noble palacio, situado en una sombría ciudad llamada Ptolemais, y los siete nos sentábamos en torno de unos frascos de purpúreo vino de Chios. Nuestra estancia no tenía otra entrada que una alta puerta de bronce, y la puerta había sido decorada por el artífice Corinnos. Había sido fabricada conforme a extraña hechura y cerrada interiormente. Había, asimismo, negras colgaduras protegiendo esta triste habitación y privándonos de ver el espectáculo de la Luna, de las lúgubres estrellas y de las calles sin gente. Pero el presentimiento y el recuerdo del azote no se habían eclipsado de nosotros.

Había en torno nuestro, próximo a nosotros, cosas de las cuales no puedo claramente dar cuenta. Cosas materiales y espirituales. Y pesadez en la atmósfera, sensación de asfixia y de angustia. Pero, sobre todo, había ese terrible modo de vivir que sufren las gentes nerviosas cuando están los sentidos vivos y despiertos cruelmente, y adormecidas y tristes las facultades del espíritu oprimiéndonos un mortal peso. Extendíase sobre nuestros miembros, sobre los muebles de la estancia, sobre los vasos en que bebimos el vino de Chios. Todas las cosas parecían oprimidas y postradas en este abandono. Todo, menos las llamas de las siete lámparas de bronce que daban luz a nuestra orgía. Prolongándose en delgados hilos luminosos, permanecían así, y pálidas y casi inmóviles ardían. Y en la redonda mesa de ébano, en torno a la cual nos hallábamos, y a la que el resplandor convertía en espejo, contemplaba cada uno de los invitados la palidez de su propia fisonomía y el fulgor inquieto de los sombríos ojos de sus camaradas.

No obstante, reíamos violentamente y nos hallábamos de un modo histérico contentos a nuestra manera. Y entonábamos las canciones de Anacreonte, que no son sino locura. Bebíamos con abundancia, aunque la púrpura del vino nos hiciera recordar la de la sangre. Porque en la estancia hallábase, además, un octavo personaje: el joven Zoilo. Y estaba muerto. Yacía extendido y cubierto con un sudario. Era el genio y demonio de la escena. ¡Ah! No compartía nuestra diversión, aunque su figura, convulsionada por la enfermedad, y sus ojos en los cuales sólo a medias la muerte había extinguido el ardor de la peste, parecía adquirir tanto interés en nuestra alegría como los muertos son capaces de tomar en la alegría de aquellos que deben morir. Pero aunque yo, Oinos, sintiese fijos en mí los ojos del cadáver, esforzábame, empero, en no comprender la amargura de su expresión.

Mirando obstinadamente la profundidad del espejo de ébano, cantaba con alta y sonora voz las canciones de Teos, el poeta. Poco a poco cesó mi canto. Y los ecos, continuándose en la distancia por entre las negras colgaduras de la sala tornáronse débiles, indistintos, hasta desvanecerse.

Pero he aquí que, de las profundidades de esas negras cortinas donde moría el rumor de las canciones, surgió una sombra negra, sin forma determinada. Era una sombra negra semejante a la que proyecta la luna junto al cuerpo de un hombre cuando se encuentra en la línea del horizonte más próxima a la Tierra. Sin embargo, no era la sombra de un hombre; ni la de un dios ni la de ser conocido alguno. Y después de haber temblado un instante entre los cortinajes, recta y visible, se fijó, finalmente, sobre la superficie de la puerta de bronce. Insisto: la sombra era vaga, indefinida e inconcreta. No era la sombra de un hombre ni la de un dios. Ni siquiera la de un dios de Grecia, ni la de un dios de Caldea, ni la de un dios de Egipto. Y descansaba la sombra sobre la gran puerta broncínea, y bajo el friso cimbrado. No se movía, no pronunciaba palabra, pero se definía y fijaba cada vez más, permaneciendo inmóvil. Y la puerta, en la cual la sombra reposaba, si no recuerdo mal, hallábase junto a los pies del joven Zoilo amortajado. En tanto que nosotros, los siete compañeros, habiendo visto la sombra cuando salió de entre las cortinas, no nos atrevíamos a contemplarla con fijeza, sino que bajábamos nuestros ojos y escrutábamos siempre lo hondo del espejo de ébano. Yo, Oinos, me aventuré, al fin, a pronunciar algunas palabras en voz baja y le pregunté a la sombra su morada y su nombre. Entonces, la sombra me contestó: «Soy SOMBRA. Y mi morada hállase al lado de las catacumbas de Ptolemais, cerca de las llanuras infernales y sombrías que rodean el lago impuro de Caronte.» Y, en esto, los siete nos incorporamos sobre nuestros asientos, llenos de terror, y permanecimos temblorosos, estremecidos y horrorizados. Porque el timbre de voz de la sombra no era el de un individuo solo, sino el de una multitud de seres. Y la voz, que cambiaba sus inflexiones de sílaba a sílaba, resonaba confusa en nuestros oídos, imitando los acentos conocidos y familiares de miles y miles de amigos desaparecidos.

SILENCIO

FÁBULA

Escúchame — dijo el demonio, poniendo su mano sobre mi cabeza —. El país que te digo es una región lúgubre. Encuéntrase en Libia, junto a las orillas del Zaire. Allí no se encuentra descanso ni silencio.»

Las aguas del río son de un tinte azafranado y lívido. No corren hacia el mar, sino que eternamente se agitan, bajo la pupila roja del sol, con un movimiento convulsivo y tumultuoso. A ambas orillas de este río de fangoso cauce extiéndese, en una distancia de muchas millas, un pálido desierto de gigantescos nenúfares. Uno contra otro, ofrécense como anhelantes en esta soledad, y dirigen hacia el cielo sus largos cuellos espectrales, fantasmales. Inclinan, a un lado y otro, sus perennes corolas. De ellos sale un rumor confuso que se parece al refugio de un torrente subterráneo. Y el uno inclinándose hacia el otro, suspiran; pero se halla una frontera en su imperio, y ésta es una selva densa y oscura. Desde luego, horrible.

A semejanza de las olas en torno de las islas Hébridas, los árboles están allí en perpetua agitación, y no obstante, no sopla viento alguno en el cielo. Los enormes árboles primitivos se balancean continuamente, cediendo a otro lado, con un estrépito impresionante. Y de sus altas copas, llorando gota a gota, se filtra un inacabable rocío. Extrañas flores venenosas se retuercen a sus pies en un perpetuo duermevela. Y sobre sus copos, provocando un suave eco, nubes de plomo se precipitan hacia el Oeste, hasta que como una catarata se vierten detrás del muro ardiendo del horizonte. Pero a pesar de ello, repito, no hay fuerte viento, y a ambas orillas del Zaire, no existe el silencio ni la calma.

Era de noche y caía la lluvia. Y cuando caía, era lluvia; pero, caída ya, dijérase sangre.

Encontrábame en medio de la marisma, y cerca de los nenúfares gigantescos, y caía la lluvia sobre mi cabeza, en tanto suspiraban los nenúfares. El cuadro era de una desolación solemne.

De pronto, a través del leve velo de la funérea niebla, se levantó la luna. Una luna roja. Y mis ojos se fijaron entonces en una gran roca gris que se al-

zaba en la margen del río y a la que aquélla iluminaba. La roca era gris, siniestra, altísima... En ella había unos caracteres grabados. Avancé hacia ella
por la larga marisma de nenúfares, hasta que me encontré próximo a la orilla, para poder leer aquellos caracteres grabados en la piedra. Pero no podía
descifrarlos. Decidí, en esto, retroceder, y la luna brilló entonces con un rojo más vivo. Me volví y miré otra vez hacia la roca. Volví a mirar los caracteres. Y finalmente, pude leer estas palabras: DESOLACIÓN.

Miré hacia arriba. En lo alto de la roca había un hombre en pie. Y, para
espiar sus acciones, me escondí entre los nenúfares...

El hombre era imponente, mayestático, y desde los hombros hasta los
pies, envolvíase en la toga de la antigua Roma. Su silueta era indistinta, pero
sus rasgos eran los de la divinidad. Porque, a pesar de las sombras de la noche, y de la niebla, sus rasgos faciales fulguraban. Su frente era ancha y reflexiva. Y los ojos aparecieron nublados por las cavilaciones. Leíanse en las
arrugas de sus mejillas las imaginaciones del tedio, del cansancio y del disgusto de la Humanidad, a la vez que un gran deseo de soledad.

Sentóse el hombre sobre la roca, apoyó en sus manos la cabeza, paseó sus
miradas por la desolación que le rodeaba. Contempló los arbustos siempre inquietos, y los grandes y primitivos árboles. Miró a lo alto, a las nubes y a la luna roja. Y yo, escondido al amparo de los nenúfares, no perdía ninguno de sus
actos, pudiendo apreciar cómo temblaba el hombre en medio de la soledad.
Así avanzaba la noche, pero el hombre continuaba sentado sobre la roca.

Apartó del cielo su mirada para fijarla sobre el lúgubre Zaire, siguiendo
con los ojos las aguas amarillas y las legiones pálidas de nenúfares. Parecía
escuchar los suspiros de éstos y el murmullo que se alzaba de las aguas.
Desde mi escondite seguí observando los actos del hombre. Vi como continuaba temblando en la soledad. Avanzaba más y más la noche, pero el
hombre permanecía sentado sobre la roca.

Me abismé en las simas remotas de la marisma, y anduve a través del
bosque susurrante de nenúfares. Llamé a los hipopótamos que vivían en
aquellas profundidades, y las bestias escucharon mi llamada, viniendo hasta
la roca, rugiendo, sonora y espantosamente. Todo bajo la luna.

Maldije a los elementos. Y una tempestad horrible se formó en el cielo.
Allí donde apenas momentos antes corría un soplo de brisa.

El cielo se volvió lívido bajo la violencia de la tempestad, azotaba la lluvia la cabeza del hombre, y se desbordaban las olas del río. Éste, torturado,
saltaba rizado en espuma. Y crujían los nenúfares en sus tallos.

El bosque se agitaba al viento. Se derrumbaba el trueno. Centelleaba el
relámpago. Y el hombre, amo siempre, temblaba en la soledad, sentado sobre la roca.

Irritado, maldije con la maldición del silencio; maldije al río y los nenúfares, al viento y al bosque, al cielo y al trueno, a los suspiros de los ne-

núfares... Entonces se tornaron mudos. Y cesó la luna en su lenta ruta por el cielo.

El trueno expiró y no centelleó el relámpago. Quedáronse quietas las nubes, descendieron las aguas de su lecho, y cesaron de agitarse los árboles. Ya no suspiraron los nenúfares. Ni se elevaba el menor rumor, ni la sombra de un sonido, en todo aquel gran desierto sin límites.

Volví a leer los caracteres grabados sobre la roca, habían cambiado. Ahora decían esta palabra: SILENCIO.

Fijé mis ojos en el rostro del hombre. Estaba pálido de miedo. Levantó apresuradamente la cabeza que tenía entre las manos y se incorporó sobre la roca. Aguzó, entonces, los oídos. Pero en todo aquel desierto sin límites no se oyó voz alguna. Y los caracteres grabados sobre la roca seguían diciendo: SILENCIO.

El hombre se estremeció y volvióse de espaldas. Y huyó lejos, muy lejos. Apresuradamente. Y ya no le vi más.

* * *

Se encuentran bellos cuentos en los libros de magia, en los tétricos libros de los magos, en esos libros que están encuadernados en piel. Digo que hay allí magníficas historias del cielo y de la tierra, así del fiero mar como de los genios que han reinado sobre él; sobre la castigada tierra y acerca del cielo sublime. Hay, asimismo, gran sabiduría en las palabras que han sido dictadas por las sibilas. Y sagradas cosas fueron escuchadas en otro tiempo por las hojas sombrías que temblaban alrededor de Dodona...

Pero, tan cierto como que Alá está vivo, considero a esta fábula, que el demonio me hizo ver cuando se sentó a mi lado en la sombra del sepulcro, como la más maravillosa de todas. Y cuando el demonio hubo concluido de guiarme, se hundió en las profundidades del mismo sepulcro y comenzó a reír.

Yo no pude reír con él, provocando sus maldiciones Y el búho, que continúa en el sepulcro por toda la eternidad, salió de él, y púsose a los pies del demonio, y le miró a la cara fijamente.

EL RETRATO OVAL

El castillo en el cual mi asistente se había empeñado en entrar, si fuese menester a la fuerza, antes que permitirme pasar, hallándome gravemente herido, la noche al raso, era uno de esos enormes edificios, mezclados de lobreguez y grandeza, que durante tanto tiempo han alzado su frente ceñuda por entre los Apeninos, no menos en la realidad, que en las novelas de la señora Radcliffe. Según todas las apariencias había sido abandonado temporalmente y en época muy cercana. Nos instalamos en una de las habitaciones más pequeñas y menos suntuosamente amuebladas. Estaba situada en una apartada torre del edificio. Su ornamentación era rica, pero ajada y vetusta. Sus paredes estaban colgadas de tapices, y ornadas con diversos y multiformes trofeos heráldicos, junto con inusitada numerosidad de pinturas modernas muy garbosas, en marcos de rico arabesco de oro. Por aquellas pinturas, que pendían de las paredes no sólo en sus principales superficies, sino hasta en los muchos rincones que la extravagante arquitectura del castillo hacía necesarios — por aquellas pinturas, digo, mi delirio incipiente, quizás había despertado en mí profundo interés; de manera que ordené a Pedro cerrase los macizos postigos de la habitación — pues que ya era de noche —, que encendiese los picos de un grande candelabro que se alzaba junto a la cabecera de mi cama — y que corriese de par en par las floqueadas cortinas de negro terciopelo que envolvían también la cama. Quise que se hiciera todo aquello para poder entregarme si no al sueño, a lo menos alternativamente a la contemplación de aquellos cuadros y a la muy atenta lectura de un pequeño volumen que habíamos hallado sobre la almohada, y que contenía la crítica y la descripción de ellos.

Largamente — largamente leí — y devotamente, devotamente contemplé. Rápida y magníficamente pasaron las horas, y llegó la plena medianoche. La posición del candelabro me desplacía, y alargando mi mano con dificultad, por no despertar a mi adormecido asistente, lo coloqué de manera que sus rayos cayesen más lleno sobre el libro.

Pero aquella acción produjo un efecto completamente inesperado. Los rayos de las numerosas bujías (porque había muchas) caían ahora dentro de un nicho de la habitación el cual, hasta entonces, había sido dejado en profunda oscuridad por uno de los postes de la cama. Y por ello pude ver vivamente iluminado un retrato que me había pasado completamente inadvertido. Era el retrato de una niña que apenas comenzaba a ser mujer. Miré precipitadamente aquella pintura, y acto seguido cerré los ojos. ¿Por qué hice aquello? No fue claro al primer pronto ni para mi propia percepción. Pero mientras mis párpados quedaban cerrados de aquella manera, recorrí en mi espíritu los motivos que había tenido para cerrarlos. Había sido un movimiento impulsivo para ganar tiempo de pensar — para asegurarme de que mi visión no me había engañado — para calmar y dominar mi fantasía y dedicarme a una contemplación más juiciosa y verídica. Al cabo de muy pocos momentos, miré otra vez fijamente a la pintura.

Lo que yo entonces veía con justeza, no podía ni quería dudarlo; porque el primer resplandor de las bujías sobre el lienzo, había parecido disipar el soñoliento sopor que se estaba apoderando de mis sentidos, y volverme con sobresalto a la vida despierta.

El retrato, ya lo he dicho, era el de una joven. Se reducía a la cabeza y hombros hecho a la manera que técnicamente suele llamarse de *viñeta;* tenía mucho del estilo de las cabezas favoritas de Sully. Los brazos, el pecho y hasta los contornos de los radiosos cabellos, se fundían imperceptiblemente en la vaga, pero profunda sombra que formaba el fondo de aquel conjunto. El marco era oval, ricamente dorado y afiligranado en arabesco. Como obra de arte, nada podía ser más admirable que aquella pintura por sí misma. Pero no podía haber sido ni la factura de la obra ni la inmortal belleza de aquel semblante, lo que tan súbitamente y con tal vehemencia entonces me había conmovido, y mucho menos podía haber sido que mi fantasía sacudida de su casi adormecimiento, hubiera tomado aquella cabeza por la de una persona viva. Comprendí en seguida que las particularidades del dibujo, del *aviñetado,* y del marco hubieran instantáneamente disipado semejante idea — me hubieran evitado hasta una momentánea distracción. Meditando seriamente acerca de todo aquello, permanecí, tal vez durante una hora, medio sentado, medio reclinado, con la vista clavada en aquel retrato. Finalmente, satisfecho de haber acertado el verdadero secreto del efecto que producía, me eché completamente de espaldas en la cama. Había hallado que el hechizo de aquella pintura consistía en una absoluta *semejanza con la vida* en su expresión, que primero me sobrecogió y finalmente me desconcertó, me avasalló y me anonadó. Con profundo y respetuoso temor volví a colocar el candelabro en su posición primera. Una vez quedó apartada de mi vista la causa de mi profunda agitación, escudriñé ansiosamente el volumen que trataba de aquellas pinturas y de sus historias. Volví las hojas hasta encontrar el número que designaba el retrato oval, y allí leí las imprecisas y primorosas palabras que siguen:

«Era una doncella de singularísima belleza, y no menos amable que llena de alegría. Pero funesta fue la hora en que ella vio, y amó, y se casó con el pintor. Él, apasionado, estudioso, austero, y que tenía ya una esposa en su *Arte;* ella, una doncella de rarísima belleza, y no menos amable que llena de alegría: toda luz y sonrisas, y juguetona como una cervatillo; amante y cariñosa para todas las cosas de este mundo: sólo aborrecía el Arte que era su rival, sólo temía a la paleta y los pinceles y otros enfadosos instrumentos que la privaban de la presencia de su amado. Fue, pues, cosa terrible para aquella señora oír hablar al pintor de su deseo de retratar también a su joven esposa. Pero ella era humilde y obediente, y se estuvo dócilmente sentada durante muchas semanas en la sombría y elevada cámara de la torre donde la luz caía sobre el lienzo sólo desde arriba. Pero él, el pintor, tomó suma afición a su obra, que iba adelantando hora por hora, y día por día. Y él era un hombre apasionado, y vehemente, y caprichoso, que se perdía siempre en fantaseos; de tal modo que no *quería* ver cómo aquella luz que se derramaba tan lúgubremente en aquella solitaria torre, marchitaba la salud y el ánimo de su esposa a quien todos veían consumirse menos él. Y sin embargo, ella no paraba de sonreírle, sin quejarse nunca, porque veía que el pintor (quien gozaba de alto renombre) hallaba un férvido, abrasador deleite en su tarea y se afanaba de día y de noche en pintar a la que tanto lo amaba, y que cada día se iba desalentando más y enflaqueciendo. Y, la verdad sea dicha, algunos que contemplaron el retrato, hablaron de su parecido en quedas palabras, como de una vigorosa maravilla, y demostración, no sólo del talento del pintor, sino de su amor profundo por aquélla a quien pintaba de modo tan excelso. Pero hacia el final, cuando la obra se acercaba más a su terminación, ya no se admitía a nadie en la torre; porque el pintor se había alocado con el ardor de su tarea, y raramente quitaba los ojos del lienzo, ni ya siquiera para mirar al rostro de su esposa. Y no *quería* ver cómo los colores que esparcía en el lienzo eran arrancados de las mejillas de la que estaba sentada junto a él. Y cuando hubieron pasado muchas semanas más, y quedaba ya muy poco por hacer, salvo una pincelada sobre la boca y un toque en los ojos, el espíritu de la señora vaciló al mismo tiempo como la llama en la concavidad de una lámpara. Y luego la pincelada fue puesta, y luego el toque fue dado; y, por un momento, el pintor se quedó arrobado delante de la obra que acababa de trabajar; pero en el momento inmediato, mientras todavía estaba contemplando, se puso tembloroso y muy pálido, y despavorido y gritando con alta voz: «¡Esto es realmente la *Vida* misma!» volvió súbitamente los ojos hacia su amada: — *¡estaba muerta!*»

ELEONORA

Sub conservatione formae specificae salva anima (1).
RAMÓN LLULL.

Yo pertenezco a una estirpe ilustrada por su fuerza de imaginación y el ardor de la pasión. Los hombres me han llamado loco; pero no ha sido aclarada todavía la cuestión de si la locura es o no la más elevada inteligencia — si mucho de lo que es glorioso — si todo lo que es profundo — no brota de enfermedad del pensamiento — de ciertos *modos* del espíritu exaltado a expensas de la inteligencia general. Los que sueñan de día vienen a conocer muchas cosas que escapan a los que sólo duermen de noche. En sus confusas visiones obtienen vislumbres de eternidad, y se sobrecogen, durmiendo, al advertir que se han hallado al borde del gran secreto. A jirones, aprenden algo de la sabiduría del bien, y más todavía de la sabiduría del mal. Penetran, aunque sin timón ni brújula, en el vasto océano de la «luz inefable»; y asimismo, como los aventureros del geógrafo nubiense *agressi sunt mare tenebrarum, quid in eo esset exploraturi.»* (2)

Diremos, pues, que yo estoy loco. Reconozco, a lo menos, que se dan dos estados distintos de mi existencia mental. — El de una razón lúcida, indiscutible, y que atañe al recuerdo de los acontecimientos que forman la primera época de mi vida —, y un estado de oscuridad y duda, que se refiere a lo presente y al recuerdo de todo cuanto se refiere a la segunda grande época de mi existencia. Por lo tanto, lo que yo diga del primer período podéis creerlo; y a lo que relate de estos últimos tiempos, prestadle sólo el crédito que os parezca debido; también podéis dudar de ambos, o si no podéis dudar de ellos, representad en su enigma el papel de Edipo.

Aquélla a quien amé en mi juventud, y de la cual escribo ahora serena y distintamente estos recuerdos, era hija única de la única hermana de mi madre que murió hace mucho tiempo. Habíamos vivido siempre juntos, bajo el

---

(1) «El alma persiste, o se salva, por la conservación de la forma específica.» (N. del T.)
(2) «Se han propuesto explorar lo que hay en el mar de las tinieblas.» (N. del T.)

sol tropical, en el Valle del Césped Multicolor. Ningún paso sin guía entró
jamás en aquel valle, porque se extendía muy lejos entre una cadena de gigantescas montañas que se inclinaban cerniéndose, y ciñéndolo en derredor, cerrando a la luz del sol sus más deleitosos rincones. No se había
trillado sendero alguno en su vecindad; y para llegar a nuestro feliz hogar,
era necesario ir apartando, con esfuerzo, el follaje de algunos millares de árboles silvestres y aplastar la hermosura de muchos millones de flores fra-
gantes. Así es como vivíamos completamente solos, no conociendo nada
del mundo sino aquel valle — yo, mi prima y mi madre.

De las oscuras regiones situadas más allá de las montañas en la extremidad superior de nuestro encercado dominio, venía arrastrándose un río estrecho y profundo, más brillante que todas las cosas excepto los ojos de
Eleonora; y serpenteando recatadamente en laberínticas revueltas se perdía
al fin por una sombría garganta, entre montañas más oscuras todavía que
aquéllas de donde había salido. Lo llamábamos el Río del Silencio, porque
en su corriente parecía haber una influencia acalladora. Ningún murmullo
se alzaba de su lecho, y tan quedamente seguía su camino, que los perlinos guijarros que nosotros nos complacíamos en contemplar en lo más
hondo de su seno, no se movían, sino que reposaban con inmóvil deleite,
cada uno en su acostumbrado lugar, brillando hermosamente, y para
siempre.

El margen del río y de los muchos riachuelos deslumbradores que se
deslizaban por desviados caminos hacia su cauce, así como los espacios
que se extendían desde aquellos márgenes hacia las profundidades de sus
corrientes hasta que alcanzaban el lecho de guijarros en su fondo, todos
aquellos parajes, así como toda la superficie del valle, desde la ribera hasta
las montañas que lo ceñían, estaban todos alfombrados de un verde, suave
césped, espeso, corto, perfectamente igual, y perfumado de vainilla, pero
tan salpicado por todas partes de amarillos ranúnculos, de blancas margaritas, de purpúreas violetas y de asfódelos color de rubí, que su extraordinaria
belleza hablaba a nuestros corazones, con elevados acentos, del amor y de
la gloria de Dios.

Y aquí y allá, en arboledas brotadas sobre aquel césped, como en mezcolanza de ensueños, se alzaban árboles fantásticos, cuyos troncos altos y
esbeltos no permanecían erguidos, sino que se inclinaban graciosamente
hacia la luz que asomaba al mediodía por el centro del valle. Su corteza estaba jaspeada con el vívido y alternado esplendor del ébano y de la plata, y
era más suave que toda cosa excepto las mejillas de Eleonora; de modo que
a no ser por el verdor reluciente de las magnas hojas que se desplegaban de
sus cimas en largas, trémulas hileras, retozando con los céfiros, se hubiera
podido imaginar que eran serpientes gigantes de Siria las cuales rendían homenaje a su soberano el Sol.

Cogidos de la mano, por aquel bosque, durante quince años, yo vagaba con Eleonora antes de que el amor entrase en nuestros corazones. Fue una tarde, hacia el fin del tercer lustro de su vida, y del cuarto de la mía, cuando nos sentamos enlazados en mutuo abrazo, bajo aquellos árboles que semejaban serpientes y nuestras miradas se inclinaban sobre las aguas del Río del Silencio para contemplar en ellas nuestras imágenes. No nos dijimos nada durante el resto de aquel dulce día; y nuestras palabras, hasta en el siguiente día, fueron temblorosas y escasas. Habíamos atraído al dios Eros de aquellas ondas, y ahora sentíamos encendido dentro de nosotros las ardientes almas de nuestros antepasados. Las pasiones que durante siglos distinguieron a nuestra estirpe, volvían en tropel, con todas las fantasías por las cuales habían sido igualmente notables, y todas juntas exhalaron los soplos de una delirante bienaventuranza por el Valle del Césped Multicolor. Acaeció un cambio sobre todas las cosas. Extrañas, brillantes flores semejantes a estrellas, brotaron sobre los árboles donde no se había conocido flores hasta entonces. Los matices de la verde alfombra se hicieron más intensos; y cuando, una por una las blancas margaritas fueron marchitándose, brotaron en lugar de ellas diez a diez, los asfódelos color de rubí. Y la vida surgía por nuestros senderos; porque el alto flamenco, no visto allí hasta entonces, con todos los gozosos y resplandecientes pájaros, desplegaba su plumaje escarlata delante de nosotros. Los peces de oro y plata frecuentaron el río, fuera de cuyo seno salió, poco a poco, un murmullo que luego se dilató en una arrulladora melodía más divina que la del arpa de Eolo, más suave que toda cosa excepto la voz de Eleonora. Y entonces, también, una copiosa nube, que habíamos atalayado en las regiones del Véspero, fluctuó, saliendo de allí, toda esplendorosa de carmesí, y de oro, y reposando en paz encima de nosotros fue descendiendo día por día, más cerca, más cerca, hasta que sus bordes se posaron sobre las cimas de las montañas, transformando toda su oscuridad en magnificencia, y encerrándonos, como para siempre, dentro de una mágica prisión de grandeza y de gloria.

El hechizo de Eleonora era el de los serafines; pero ella era una niña sin artificio, inocente como la breve vida que había llevado entre las flores. Ningún engaño disfrazaba el ardor del amor que animaba su corazón, y examinaba conmigo sus más íntimas reconditeces mientras nos paseábamos juntos por el Valle del Césped Multicolor y discurríamos acerca de los poderosos cambios que últimamente se habían operado allí.

Finalmente, luego de hablarme un día, toda llorosa, del último y triste cambio que había de sobrevenir a la Humanidad, desde entonces sólo pensó en aquel doloroso tema, entretejiéndolo en todas nuestras conversaciones, a la manera como en los cantos del bardo de Schiraz, las mismas imágenes aparecen repetidas una y otra vez a cada impresionante variación de la frase.

Ella había visto que el dedo de la Muerte estaba sobre su pecho — y que, como la efímera, había sido creada perfecta en belleza sólo para morir; pero los terrores de la tumba para ella sólo residían en una consideración que me reveló, una tarde al anochecer, junto a las riberas del Río del Silencio. Se afligía al pensar que luego de haberla enterrado en el Valle del Césped Multicolor yo dejaría para siempre sus felices y apartados lugares, poniendo el amor que ahora era tan apasionadamente para ella en alguna joven del mundo exterior y vulgar. Y, acto seguido, yo me arrojé a los pies de Eleonora, y le hice juramento por ella y por el cielo, de que jamás me uniría en matrimonio con ninguna hija de la Tierra — y que en modo alguno me mostraría desleal a su cara memoria ni al recuerdo del profundo afecto con que ella me había hecho feliz. Y apelé al Todopoderoso Ordenador del Universo por testigo de la piadosa solemnidad de mi juramento. Y la maldición que yo invoqué de *Él* y de *Ella,* que era una santa del Elíseo, si yo me mostraba traidor a aquella promesa, implicaba un castigo cuyo excesivamente grande horror, no me permite referirlo aquí. Y los lucientes ojos de Eleonora brillaron más al oír mis palabras; y suspiró como si un peso mortal hubiera sido retirado de su pecho; y tembló y muy amargamente lloró; pero aceptó aquel juramento (pues ¿qué era ella sino una niña?), el cual le tornó más leve su lecho de muerte. Y ella me dijo, no muchos días más tarde, mientras se moría tranquilamente, que, por lo que yo había hecho para consolación de su espíritu, ella velaría sobre mí en aquel espíritu después de su partida; y, si esto le fuere permitido, volvería a mí, visiblemente, durante las veladas de la noche; pero que si esto estuviere fuera del poder de las almas en el Paraíso, ella me daría, a lo menos, frecuentes señales de su presencia; suspirando sobre mí en las brisas de la tarde, o llenando el aire que yo respirase con el perfume de los incensarios de los ángeles. Y con estas palabras en sus labios, entregó su vida inocente, poniendo término a la primera época de la mía.

Hasta aquí he hablado fielmente. Pero cuando paso esta valla en el sendero del tiempo, formada por la muerte de mi amada, y avanzo en la segunda época de mi existencia, siento que una sombra se acumula sobre mi cerebro, y pongo en duda la perfecta lucidez del recuerdo. Pero dejad que continúe. — Los años se fueron arrastrando pesadamente, y yo continué habitando en el Valle del Césped Multicolor; pero un segundo cambio se había producido en todas las cosas. Las flores, semejantes a estrellas, se marchitaron en los troncos de los árboles, y ya no reaparecieron. Los matices de la verde alfombra se desvanecieron; y, uno por uno, los asfódelos color de rubí, se mustiaron; y allí brotaron, en lugar de ellos, de diez en diez, oscuras violetas que parecían ojos, y se retorcían angustiosamente, y siempre estaban agobiadas de rocío. Y la vida se fue de nuestros senderos; porque el alto flamenco ya no desplegó su plumaje escarlata delante de nosotros, sino que voló tristemente del valle a las montañas, con todos los alegres pájaros resplandecientes que habían llegado en su compañía. Y los peces de oro y de plata se fueron nadando por la estrecha garganta hacia el extremo más bajo de nuestra heredad, y nunca más engalanaron el delicioso río. Y la arrulladora melodía que había sido más dulce que el arpa aérea de Eolo, y más divina que toda cosa salvo la voz de Eleonora, se fue extinguiendo poco a poco, en murmullos que se tornaban cada vez más quedos, hasta que la corriente volvió, al fin, por completo a la solemnidad de su prístino silencio. Y luego, finalmente, la copiosa nube se levantó, y, abandonando las cimas de las montañas a su tenebrosidad antigua, volvió a caer en las regiones de Véspero, y se llevó todas las múltiples áureas y suntuosas magnificencias lejos del Valle del Césped Multicolor.

Con todo, las promesas de Eleonora no fueron olvidadas; porque yo pude oír los sonidos del balanceo de los incensarios de los ángeles; y oleadas de un santo perfume flotaban siempre por el valle; y en las horas de soledad, cuando mi corazón latía congojosamente, los vientos que bañaban mi frente venían a mí llenos de suaves suspiros; y vagos murmullos henchían el aire de la noche; y una vez — ¡oh! una sola vez — fui despertado de un adormecimiento que se parecía al sopor de la muerte, por la presión de unos labios inmateriales sobre los míos.

Pero el vacío que había en mi corazón se negaba, con todo esto, a llenarse. Yo echaba de menos el amor que lo había llenado hasta desbordarse. Y a la larga, aquel valle me *apenó* por los recuerdos de Eleonora, y lo dejé para siempre por las vanidades y los triunfos turbulentos del mundo.

* * *

Me hallé en una ciudad extraña, donde todas las cosas pudieron haber servido para borrar del recuerdo los dulces sueños que yo había soñado tanto tiempo en el Valle del Césped Multicolor. Las pompas y el fausto de una corte soberbia, y el loco estrépito de las armas, y el radioso hechizo de la mujer, aturdieron y embriagaron mi cerebro. Pero como hasta entonces mi alma se había mostrado fiel a sus juramentos, las señales de la presencia de Eleonora continuaban siéndome concedidas en las silentes horas de la noche. Súbitamente, aquellas manifestaciones cesaron; y el mundo se oscureció para mis ojos; y yo me quedé horrorizado de los ardorosos pensamientos que se apoderaron de mí — por las terribles tentaciones que me acometieron; porque vino de cierto lejano, lejano y desconocido país, a la regocijada corte del rey a quien yo servía, una doncella a cuya belleza todo mi desleal corazón se rindió desde el primer momento — ante cuyo escabel me prosterné sin resistencia alguna, con la más ardiente y la más servil adoración amorosa. ¿Qué era, en efecto, mi pasión por la niña del valle, en comparación del fervor, y el delirio, y el éxtasis de adoración que exaltaba a mi espíritu, en que yo vertía en lágrimas toda mi alma a los pies de la espiritual Ermengarda? ¡Oh, qué esplendorosa era la seráfica Ermengarda! Y en aquel pensamiento no me quedaba espacio para ninguna más. ¡Oh, qué divino era el ángel Ermengarda! Y cuando yo miraba en lo profundo de sus ojos soñadores, sólo pensaba en ellos y en... ella.

Me casé; no temí el castigo que había invocado; y su amargura no me fue enviada. Y una vez — pero una vez sola en el silencio de la noche, entraron por mi celosía los suaves suspiros que me habían desamparado; y se modularon en familiar y dulce voz, que me decía:

«¡Duerme en paz! — porque el Espíritu del Amor reina y gobierna, y al recibir en tu corazón a una mujer como Ermengarda, quedas absuelto — por razones que se te darán a conocer en el cielo — de tus juramentos para con Eleonora.»

MANUSCRITO HALLADO EN UNA BOTELLA

Qui n'a plus qu'un moment a vivre
N'a plus rien a dissimuler (1)

Quinault, Atys.

En cuanto a mi patria y a mi familia tengo muy poco que decir. Malas trazas y largos años me echaron de la una y me extrañaron de la otra. Mi hereditaria riqueza me deparó una educación nada común, y una disposición contemplativa de mi espíritu me capacitó para ordenar metódicamente las adquisiciones que mis tempranos estudios fueron acumulando. Por cima de todo, las obras de los moralistas alemanes me procuraron sumo deleite; y no por incauta admiración hacia su elocuente locura, sino por la facilidad con que mis hábitos de riguroso pensamiento me habían capacitado para descubrir sus falsedades. A menudo me han vituperado por la avidez de mi talento; me han imputado como un crimen mi falta de imaginación; y el pirronismo de mis opiniones me ha puesto siempre en evidencia. En efecto, mi poderosa afición a la filosofía de la Naturaleza, mucho me temo que ha impregnado mi espíritu de un error muy común en estos tiempos — quiero decir el hábito de referir todas las circunstancias, hasta las menos susceptibles de tal relación, a los principios de aquella ciencia. Y lo cierto es que, de un modo general, no había persona menos sujeta que yo a dejarse arrastrar fuera de los severos recintos de la verdad por los fuegos fatuos de la superstición (2). Me ha parecido conveniente sentar bien esto, no fuera que la increíble narración que voy a contar, llegara a ser considerada más como desvarío de una ruda imaginación, que como positiva experiencia de un espíritu para el cual los ensueños de la fantasía han sido siempre letra muerta y nulidad.

Después de muchos años pasados en un viaje a extrañas tierras, me embarqué el año de 18..., en el puerto de Batavia, de la rica y populosa isla de

---

(1) «Aquél a quien sólo le queda un momento de vida — ya no tiene nada que disimular.» (N. del T.)

(2) *Ignes fatui* en el original. (N. del T.)

Java, para un viaje por las islas del archipiélago. Yo iba de pasajero — pues no llevaba más aliciente para aquel viaje sino una especie de inquietud nerviosa que me obsesionaba como un espíritu maligno.

Nuestro navío era un buque de unas cuatrocientas toneladas abadernado de cobre, y construido en Bombay con teca de Malabar. Iba fletado con algodón en rama y aceite de las islas Laquedives. Llevábamos también a bordo bonote, azúcar de palma, aceite de manteca clarificada, cocos, y unas cuantas cajas de opio. El arrumaje había sido una chapucería, y por lo tanto el bajel quedaba mal lastrado.

Nos dimos a la vela con un ligero soplo de viento; y durante muchos días nos quedamos navegando a lo largo de la costa oriental de Java, sin más incidente para divertirnos de la monotonía de nuestro rumbo que el casual encuentro con algunos de los pequeños *grabs* del archipiélago en el cual nos hallábamos confinados.

Una tarde, hallándome apoyado en el coronamiento, observé una nube aislada muy singular, hacia el Noroeste. Era notable, así por su color como por ser la primera que habíamos visto desde nuestra salida de Batavia. Yo la observé atentamente hasta la puesta del sol, cuando se desplegó de pronto, de Este a Oeste, ciñendo el horizonte de una estrecha faja de vapor, y semejando una larga línea de costa baja. Mi atención fue poco después atraída por la apariencia pardorrojiza de la luna, y el peculiar aspecto de la mar. Esta iba experimentando un rápido cambio, y el agua parecía más transparente que de costumbre. Aunque yo podía distinguir perfectamente el fondo, con todo, echando la sonda, hallé que el navío estaba a quince brazas sobre él. El aire se había puesto ahora intolerablemente cálido y estaba cargado de exhalaciones espirales parecidas a las que se alzan del hierro calentado. Cuando vino la noche, desapareció el menor soplo del viento, y es imposible imaginar una calma más completa. La llama de una bujía ardía en la popa sin el menor movimiento perceptible, y un largo cabello, sostenido entre el índice y el pulgar, pendía sin la menor posibilidad de descubrir en él una vibración.

Con todo, cuando el capitán dijo que él no podía percibir ninguna indicación de peligro, y cuando íbamos derivando a la altura de la costa, mandó aferrar las velas, y arriar el áncora. No se apostó vigía, y la tripulación, que se componía principalmente de malayos, se tendió deliberadamente sobre cubierta. Yo me fui abajo, no sin completo presentimiento de una desgracia. En efecto, todas las apariencias me certificaban en el temor de un simún. Hablé al capitán de mis temores; pero él no hizo caso de lo que yo le decía, y me dejó, sin dignarse darme respuesta. Sin embargo, mi inquietud me privaba de dormir, y hacia medianoche, subí a cubierta. Al poner el pie en el primer peldaño en la escala de toldilla, me sobrecogió un fuerte, zumbante ruido, como el que produce la rápida revolución de una rueda de molino, y antes que yo pudiera averiguar su significado, noté que el navío trepidaba en su centro. A poco rato, una oleada de espuma nos arrojó sobre el costado, y precipitándose por cima de nosotros, de proa a popa, barrió todas las cubiertas de roda a escudo.

La extremada furia de la ráfaga fue en gran manera la salvación del navío; aunque completamente anegado, como su arboladura había sido arrastrada por cima de la borda, se puso a flote, un minuto después, lentamente, y bamboleándose unos momentos — bajo la inmensa presión de la tempestad, finalmente se adrizó.

Por qué milagro escapé a la muerte, es imposible decirlo. Aturdido por la sacudida del agua, me hallé, al recobrarme, estrujado entre el estambor y el timón. Con mucha dificultad me pude poner de pies, y mirando vertiginosamente a mi alrededor, me sobrecogió la idea de que nos hallábamos entre rompientes; tan terrorífica, por cima de la más loca imaginación, era el torbellino del montañoso y espumante océano dentro del cual nos hallábamos engolfados. Pasados unos momentos, oí la voz de un anciano sueco, que se había embarcado con nosotros en el momento de salir del puerto. Lo llamé con todas mis fuerzas, y ya venía tambaleándose por la popa, pronto descubrimos que éramos los únicos supervivientes del siniestro. Todo cuanto estaba sobre cubierta, a excepción de nosotros, había sido barrido por cima de la borda; el capitán y los pilotos debían de haber perecido mientras dormían, porque sus camarotes habían sido inundados por el mar. Sin ayuda, poco podíamos esperar para poner en salvo el buque, y nuestros esfuerzos fueron paralizados desde el primer instante por la momentánea probabilidad de que íbamos a hundirnos. Nuestro cable, desde luego, se había partido como un bramante, al primer soplo del huracán; de otro modo hubiéramos naufragado instantáneamente. Corríamos viento en popa con espantosa velocidad y el agua iba dando limpios saltos de ballena por cima de nosotros. La armadura de nuestra popa estaba excesivamente destrozada, y casi en todos los respectos, habíamos padecido considerables averías; pero con grandísimo gozo hallamos que las bombas no estaban obstruidas, y que nuestro cargamento no se había desbaratado mucho. La furia principal de la tormenta había pasado, y no temíamos ya mucho peligro de la violencia del viento; pero pensábamos con angustia en que pudiera encalmarse completamente; suponiendo con razón que con el destrozo que llevábamos, pereceríamos inevitablemente en la tremenda marejada que se produciría; pero, aquel temor tan verosímil no parecía probable que hubiese de producirse pronto. Durante cinco días y cinco noches — en los cuales nuestro alimento fue sólo una pequeña cantidad de azúcar de palmera, que nos procuramos, con grande dificultad, del castillo de proa — nuestro casco voló a una velocidad que desafiaba todo cálculo, ante rachas de viento que se sucedían rápidamente, y que, sin igualar la primera violencia del hu-

racán, eran todavía más espantosas que cualquier tempestad de las que
hasta entonces me había encontrado. Nuestro rumbo durante los primeros
cuatro días fue con insignificantes variaciones, Sudeste y cuarto de Sur;
bien podíamos ir a parar a las costas de Nueva Holanda. El quinto día el
frío se tornó extremado, aunque el viento había girado un punto más hacia el Norte.

El sol se levantó con un enfermizo brillo amarillento, y se encaramó
unos poquísimos grados sobre el horizonte, sin despedir ninguna luz decisiva. No había nubes aparentes, y con todo, el viento tendía a aumentar, y
soplaba con intervalos de inconstante furia. Hacia mediodía, según pudimos calcular, nuestra atención fue de nuevo atraída por el aspecto del sol.
No daba luz propiamente hablando, sino una especie de apagada y tétrica
fosforescencia sin reflejo, como si sus rayos estuviesen polarizados. En el
preciso momento de hundirse en el mar, que iba engrosando, su lumbre
central desapareció de pronto como si bruscamente la extinguiera algún poder inexplicable. Ya no era más que un indistinto, plateado cerco, cuando
se precipitó en el insondable océano. Esperamos en vano la llegada del sexto día — día que para mí no ha llegado aún — y para el sueco ya no llegará
jamás. Desde aquel momento nos vimos amortajados en densas tinieblas,
de modo que no hubiéramos podido ver un objeto a veinte pasos del navío.
La eterna noche continuó envolviéndonos, y sin el consuelo del brillo fosforescente del mar que solíamos hallar en el de los trópicos. Observamos,
también, que, aunque el temporal continuaba enfureciéndose con no abati-
da violencia, ya no era posible descubrir la acostumbrada presencia de la
resaca y espuma que hasta entonces nos habían acompañado. Todo en torno nuestro era horror y espesa lobreguez, en un negro, sofocante desierto
de ébano. Un supersticioso terror invadía gradualmente el espíritu del anciano sueco, y también mi alma estaba cubierta de silencioso asombro. De-
satendíamos todo cuidado del buque, el cual estaba ya más que inútil, y
afianzándonos lo mejor que podíamos en el trozo que restaba del palo de
mesana, atendíamos llenos de amargura a aquel mundo del océano. No teníamos medios para calcular el tiempo, ni podíamos formar ninguna conjetura acerca de nuestra situación. Con todo, estábamos muy convencidos de
que habíamos avanzado hacia el Sur más que todos los anteriores navegan-
tes, y nos maravillábamos mucho al no hallar los acostumbrados impedi-
mentos del hielo. En el ínterin, cada momento nos amenazaba con ser el
último de nuestras vidas — y cada ola montañosa se precipitaba sobre nosotros para aplastarnos. El oleaje excedía de cuanto yo hubiera podido imaginar, y era un milagro que no fuésemos inmediatamente sumergidos. Mi
compañero hablaba de la ligereza de nuestro cargamento, y me recordaba
las excelentes cualidades de nuestro navío; pero yo no podía menos de experimentar la absoluta desesperanza de la esperanza misma, y me prepara-

ba sombríamente para aquella muerte que según yo pensaba no podía tardar ya más de una hora, puesto que a cada nudo que el buque avanzaba, la marejada de aquellos negros y pasmosos mares se hacía cada vez más congojosamente aterradora. A veces nos faltaba el aire para respirar, a una altura superior al vuelo del albatros — a veces nos invadía el vértigo por la velocidad de nuestro descenso en algún líquido infierno, donde el aire se quedaba paralizado, y donde ningún sonido perturbaba los sueños del Kraken.

Estábamos en el fondo de uno de aquellos abismos, cuando un grito penetrante de mi compañero estalló temerosamente en la noche. «¡Mire usted! ¡Mire usted!», gritaba chillando en mis oídos, «¡Dios poderoso! ¡Mire usted! ¡Mire usted!» Mientras él hablaba, pude notar un apagado y tétrico fulgor de roja luz que ondeaba por los costados de la vasta sima en cuyo fondo nos hallábamos, y arrojaba un incierto resplandor sobre nuestra cubierta. Dirigiendo entonces mi mirada hacia arriba, pude ver un espectáculo que heló la corriente de mi sangre. A una altura aterradora, directamente sobre nosotros, y sobre el borde mismo de la precipitosa pendiente, estaba suspenso un gigantesco buque, por lo menos de cuatro mil toneladas. Aunque se alzaba sobre la cima de una ola que tendría más de cien veces su altura, su aparente dimensión aun excedía la de cualquier navío de línea o de la Compañía de Indias, que pudiera existir. Su enorme casco tenía un profundo color negro mate, no mitigado por ninguna de las acostumbradas entalladuras de los bajeles. Una simple hilera de cañones de bronce sobresalía de sus abiertas portañolas, y en sus bruñidas superficies se quebraban los fulgores de innumerables fanales de combate que se balanceaban acá y allá en derredor de su enjarciadura. Pero lo que principalmente nos infundió terror y asombro era que navegaba a toda vela desafiando la furia de aquel mar sobrenatural y de aquel temporal ingobernable. Cuando lo acabábamos de descubrir, únicamente se veían sus serviolas, mientras se alzaba lentamente del confuso y horrible abismo que dejara tras sí. Por un momento de intenso terror, se detuvo sobre la tajada cima como si contemplara su propia sublimidad; luego retembló, se bamboleó, y se vino abajo.

En aquel instante yo no sé qué sangre fría llegó a dominar a mi espíritu. Me retiré tambaleándome, tanto como pude hacia la popa, y esperé intrépidamente la catástrofe que iba a hundirnos. Nuestro propio navío finalmente había cesado ya en su lucha, y se hundía de proa en el agua. El choque de la mole que se precipitó, descargó por lo tanto en aquella parte de sus cuadernas que estaba casi toda bajo el agua, y el resultado inevitable fue el de arrojarme hacia arriba con irresistible violencia, sobre el aparejo del buque extranjero.

Cuando yo caí, aquel navío se había levantado al pairo y viró de bordo; y a la confusión que entonces se produjo atribuí el haber escapado a la

atención de los tripulantes. Con poca dificultad pude deslizarme por la escotilla mayor que estaba parcialmente abierta y pronto hallé oportunidad de
ocultarme en la cala. Por qué hice aquello, difícilmente podría decirlo. Una
indefinida sensación de terror, que, al primer pronto de ver a los navegan-
tes del buque, se había apoderado de mi espíritu, fue tal vez lo que me obligó a esconderme. No tenía ningún deseo de confiarme a una raza de
personas que me habían ofrecido a mi primera, sumaria ojeada tantos puntos de indefinible novedad, de duda y de aprensión. Por tanto, pensé que
era conveniente buscarme un escondrijo en la cala. Y lo hice, separando
una pequeña parte del falso bordaje, para procurarme un conveniente refugio entre las enormes cuadernas del buque. Apenas había completado mi
obra cuando un ruido de pasos en la cala me obligó a hacer uso de ella. Un
hombre pasaba cerca de donde estaba yo escondido, con paso débil y vacilante. Yo no podía ver su rostro, pero tuve oportunidad de observar su aspecto general. Mostraba todo el carácter de la vejez y la enfermedad. Sus
rodillas vacilaban bajo una carga de años, y todo su cuerpo tembleteaba bajo aquel peso. Refunfuñaba para sí con voz queda y quebrada, algunas palabras en un lenguaje que yo no podía comprender, y buscó a tientas en un
rincón, entre un cúmulo de instrumentos de aspecto extraño y ajadas cartas
de navegar. Su gesto era una mezcla singular de la displicencia de la segunda infancia y la solemne dignidad de un dios. Por fin subió a cubierta, y no
lo vi más.

* * *

Un sentimiento, para el cual no hallo nombre, se había apoderado de mi
alma — una sensación que no admitiría análisis; para el cual los léxicos de
los tiempos pasados serían impropios, y cuya clave, segun pienso, tampoco
podrá ofrecerme lo por venir. Para un espíritu formado como el mío, esta
última consideración es una verdadera desgracia. Nunca podré — conozco
que nunca podré — satisfacerme, respecto a la naturaleza de aquellas ideas
mías. Pero no es maravilla que tales concepciones sean indefinibles, puesto
que tienen su origen en fuentes tan absolutamente nuevas. Un nuevo sentido — una nueva entidad ha sido añadida a mi alma.

* * *

Hace ya mucho tiempo que pisé por primera vez la cubierta de este pavoroso buque, y los rayos de mi destino, según pienso, se están concen-
trando en un foco. ¡Qué hombres incomprensibles! Enfrascados en
meditaciones que yo no puedo adivinar, pasan junto a mí sin advertir mi
presencia. El esconderme es una verdadera locura por mi parte, porque esta gente *no quiere ver*. Hace muy poco rato he pasado directamente ante los
ojos del piloto; y poco antes me había atrevido a entrar en el camarote pri-

vado del propio capitán, y de allí he tomado los materiales con que escribo esto y he escrito lo anterior. De cuando en cuando, continuaré este diario. Verdad es que no puedo hallar manera de transmitirlo al mundo, pero no dejaré de procurarlo. En el último instante encerraré el manuscrito en una botella, y lo echaré a la mar.

* * *

Ha ocurrido un incidente que me ha dado nueva ocasión de meditar. ¿Son estas cosas obra de una díscola casualidad? Me he atrevido a subir al puente, donde me he tendido, sin llamar la atención de nadie, entre un montón de flechastes y velas viejas, en el fondo de la yola. Mientras meditaba acerca de la singularidad de mi destino, inconscientemente iba embadurnando con una brocha de alquitrán los cantos de una arrastradera cuidadosamente plegada puesta junto a mí sobre un barril. La arrastradera está puesta ahora, combada sobre el buque, y los irreflexivos toques de la brocha se despliegan en la palabra DESCUBRIMIENTO. Últimamente he podido hacer algunas observaciones acerca de la estructura del navío. Aunque bien armado, no es, según pienso, un buque de guerra. Su enjarciadura, construcción y general equipamiento, rechazan todos una suposición de este género. Lo que *no es,* sí que puedo comprenderlo fácilmente; lo que *es* me temo que será imposible decirlo. Yo no sé por qué, pero al examinar su extraño modelo, y la singular caída de sus berlingas, su enorme tamaño y los excesivos conjuntos de su velamen, su severa y sencilla proa y su anticuada popa, de cuando en cuando cruza por mi mente como un relámpago, la sensación de cosas familiares, y siempre se mezcla con aquellas sombras indistintas del recuerdo una inexplicable remembranza de antiguas crónicas extranjeras y de siglos muy lejanos...

He estado examinando el maderamen del navío. Está construido con un material extraño para mí. Su madera tiene un carácter peculiar que me llama la atención, porque me parece inadecuado para el objeto a que se le aplicó. Me refiero a su extremada *porosidad,* considerada aparte de su carcoma, que es una consecuencia de la navegación por estos mares, y dejando aparte su podredumbre resultado de su vejez. Acaso parecerá una observación excesivamente sutil, pero esta madera podría ofrecer todos los caracteres del roble español, si el roble español pudiera ser distendido por procedimientos artificiales. Volviendo a leer la frase anterior, acude plenamente a mi recuerdo un curioso apotegma de un viejo navegante holandés curtido por la intemperie. «Esto es tan cierto», acostumbraba decir cuando se expresaba alguna duda acerca de su veracidad, «es tan cierto como que hay un mar donde hasta los navíos engruesan como el cuerpo viviente de un marino»...

Hará cosa de una hora, me he atrevido a confiarme entre un grupo de tripulantes. No me han hecho ningún caso, y aunque yo me he parado en el mismo centro de donde estaban, parecían completamente inconscientes de mi presencia. A semejanza del que vi primero en la cala, todos ofrecen las señales de una canosa vejez. Sus rodillas tembletean de achacosidad; sus espaldas están dobladas por la decrepitud; sus epidermis arrugadas rechinaban con el viento; sus voces eran débiles, trémulas y quebradas; sus ojos brillaban con la fluxión de la vejez; y sus canos cabellos tremolaban terriblemente con las ráfagas del temporal. En derredor de ellos, a cada lado de la cubierta estaban esparcidos instrumentos matemáticos de construcción anticuadísima y desusada...

Hace algún tiempo mencioné la colocación de una arrastradera. Desde aquel momento el buque, llevado a merced del viento, ha continuado su terrorífico rumbo derecho, hacia el Sur, con todos los trapos de su velamen empaquetados desde sus vertellos y botavaras hasta sus menores arrastraderas de botalón, y mojando a cada momento los penoles de sus juanetes en el más espantoso infierno de agua que puede llegar a concebir la imaginación del hombre. Precisamente acabo ahora de dejar el puente, donde he hallado ser imposible estar de pie, por más que la tripulación no parecía experimentar mucha dificultad para ello. Me parece un milagro de milagros que nuestra inmensa mole no sea tragada por el mar acto seguido y para siempre. Sin duda estamos condenados a virar continuamente sobre el borde de la eternidad sin hacer nuestra zambullida final en el abismo. Nos deslizamos por cima de oleadas mil veces más estupendas que todas las que yo vi jamás, con la facilidad de la saetera gaviota; y las aguas colosales alzaban sus cabezas sobre nosotros como demonios del abismo, pero demonios reducidos a las meras amenazas y a quienes se ha prohibido destruir. Me veo obligado a atribuir estas continuas escapadas a la única causa natural que puede explicar semejante efecto. Debo suponer que el buque se halla bajo la influencia de alguna poderosa corriente o impetuosa resaca...

He podido ver al capitán cara a cara, y en su propio camarote, pero, como ya me lo esperaba, no ha hecho caso de mí. Aunque en su aspecto no hay para el observador ordinario cosa que pueda señalar en él nada de superior o inferior a un hombre, sin embargo, un sentimiento de indomable respeto y temor se mezclaba en la sensación de asombro con que yo lo estaba mirando. En cuanto a estatura, tendrá aproximadamente la mía; esto es, unos cinco pies y ocho pulgadas. Es de constitución mediana, aunque sólida, sin mucha robustez ni otra cosa que la distinga. Pero la singularidad de la expresión que reina en su semblante — la intensa, asombrosa, conmovedora evidencia de una vejez tan completa, tan extremada, excita en mi espíritu una sensación — un sentimiento inefable. Su frente, aunque poco arrugada, parece llevar la estampa de millares de años. Sus cabellos grises son testigos del pasado, y sus ojos más grises todavía son sibilas de lo futuro. El suelo del camarote estaba sembrado de extraños infolios con cierres de hierro, y ajados instrumentos de ciencia, y desusados mapas, olvidados desde tiempo inmemorial. Tenía la cabeza doblada entre sus manos, y escudriñaba con ardiente e inquieta mirada, un documento que me pareció ser un despacho y que, en todo caso, llevaba la firma de un monarca. Refunfuñaba entre sí — como el primer marino — que yo vi en la cala — algunas quedas y displicentes sílabas en una lengua extranjera; y aunque el que hablaba estuviese tocándome el brazo, su voz parecía llegar a mis oídos desde la distancia de una milla...

El buque y todo lo que hay en él está impregnado de un carácter de vetustez. La tripulación se desliza de una parte a otra como los fantasmas de siglos difuntos; sus ojos muestran una intención anhelante e inquieta; y cuando sus rostros se hallan en mi camino, al extraño resplandor de los faroles almenados, yo sentía una impresión que jamás había sentido antes, aunque durante toda mi vida he tenido trato con las antigüedades y me he empapado de las sombras de las arruinadas columnas en Balbec, y Tadmor, y Persépolis, hasta el punto de que mi alma se ha convertido en verdadera ruina...

Cuando miro a mi alrededor, me quedo avergonzado de mis primeras aprensiones. Si yo temblaba ante las ráfagas que nos han acompañado hasta ahora ¿no habría de quedarme horrorizado ante esta batalla del viento y del océano, para dar una idea de la cual, las palabras *tornado* y *simún* son completamente ineficaces? Todo, en la inmediata vecindad del navío, ofrece la negrura de una eterna noche, y un caos de agua sin espuma; pero a una legua aproximadamente de cada banda del navío, se pueden vislumbrar indistintamente y a intervalos, estupendas murallas de hielo, que se elevan a lo lejos, en el cielo desolado, y parecen ser las paredes del universo...

Como yo lo imaginaba, el buque demuestra hallarse sobre una corriente — si esta denominación puede aplicarse propiamente a un flujo que ululando y chillando entre el blanco hielo retruena hacia el Sur con una velocidad parecida a la precipitosa caída de una catarata... Imaginar el horror de mis sensaciones, es, según pienso, absolutamente imposible; y con todo, mi curiosidad por penetrar los misterios de estas espantosas regiones, predomina hasta sobre mi desesperación, y me reconciliaría con los más horribles aspectos de la muerte. Es evidente que somos arrastrados hacia algún descubrimiento interesantísimo — algún secreto que jamás deberemos comunicar y cuyo conocimiento implica la muerte. Tal vez esta corriente nos arrastra hasta el mismo Polo Sur. Hay que confesar que esta suposición en apariencia tan extravagante, tiene todas las probabilidades en su favor.

La tripulación anda por la cubierta con pasos inquietos y tremulantes; pero en su continente y expresión hay más del ardor de la esperanza que de la apatía de la desesperación.

Mientras tanto, el viento sigue todavía a nuestra popa, y como llevamos una fuerza enorme de vela, el navío a veces llega a saltar en el aire realmente por cima de la mar. ¡Ah! ¡Horror de los horrores! —, las masas de hielo se abren súbitamente a derecha y a izquierda, y estamos girando vertiginosamente, en inmensos círculos concéntricos dando vueltas y vueltas por los bordes de un gigantesco anfiteatro, la cima de cuyas paredes se pierde en la negrura y en la distancia. ¡Pero ya poco tiempo me quedará para meditar en mi destino! Los círculos se van empequeñeciendo rápidamente — nos estamos sumergiendo locamente en las garras de la vorágine —, y entre el bramido, el rugido y el retronar del océano y la tempestad, el busque retiembla todo — ¡oh, Dios! — ¡y se hunde!

NOTA. — El *Manuscrito hallado en una botella* fue publicado por primera vez en 1831, y hasta muchos años más tarde no conocí yo los mapas de Mercator, en que el océano está representado como una precipitación torrencial, por cuatro embocaduras, en el *(nórdico)* Golfo Polar, para ser absorbido en las entrañas de la Tierra: el propio Polo está representado como un negro peñasco, que se eleva a una altura prodigiosa.— E. A. P.

METZENGERSTEIN

Pestis eram vivus — moriens tua mors ero (1).

MARTIN LUTHER.

El horror y la fatalidad han hecho de las suyas por todas partes y en todos los tiempos. ¿Para qué dar una fecha a la historia que voy a contar? Baste decir que, en el período que me refiero, existía, en el interior del país húngaro, una arraigada aunque oculta creencia en las doctrinas de la Metempsicosis. En cuanto a las doctrinas por sí mismas — esto es, en cuanto a su falsedad, o a su probabilidad — yo no diré nada. Afirmo, sin embargo, que mucho de su incredibilidad (como La Bruyère dice de toda nuestra infelicidad) *«vient de ne pouvoir être seuls»* (2).

Pero había algunos puntos en la superstición húngara que rayaban, con mucho, en la absurdidad. Ellos — los húngaros — diferían esencialísimamente de sus autoridades orientales. Por ejemplo: *«El alma»*, dicen ellos — cito las palabras de un agudo e inteligente parisiense — *ne demeure qu'une seule fois dans un corps sensible: au Teste — un cheval, un chien un homme meme, n'est que la resemblance peu tangible de ces animaux»* (3).

Las familias de Berlifitzing y Metzengerstein habían estado en discordia durante varios siglos. Jamás dos casas tan ilustres se habían amargado con tan mortal hostilidad. El origen de aquella enemistad parece deber hallarse en una antigua profecía — *«Un alto nombre tendrá formidable caída cuando, como el caballero en su caballo, la mortalidad de Metzengerstein triunfará sobre la inmortalidad de Berlifitzing.»*

(1) «Funesto era vivo, muerto seré tu muerte.»
(2) «Procede de no poder estar solos.» (N. del T.)
Mercier, en *El año dos mil cuatrocientos cuarenta,* sostiene seriamente las doctrinas de la Metempsicosis, t. I. D'Israeli dice que «no hay sistema tan sencillo ni tan poco repugnante para nuestra inteligencia». El coronel Ethon Allen, el «Muchacho de la Verde Montaña» según se dice, es también un convencido partidario de la Metempsicosis. (Nota de Poe.)
(3) «El alma no permanece sino una sola vez en un cuerpo sensible: por lo demás — un caballo, un perro, hasta un hombre, no son sino la semejanza poco tangible de esos animales.» (N. del T.)

Sin duda alguna, esas palabras por sí mismas tienen poca o ninguna significación. Pero más triviales causas han dado origen — y no hace mucho tiempo — a consecuencias igualmente memorables. Por otra parte, las dos casas, que estaban contiguas, habían largo tiempo ejercido rival influjo en los asuntos de un bullicioso gobierno. Además, los vecinos demasiado próximos son raramente amigos; y los habitantes del castillo Berlifitzing podían desde sus elevados contrafuertes, atisbar en las mismas ventanas del palacio Metzengerstein. Y menos que nada, la magnificencia que de aquel modo descubrían, podía calmar los sentimientos irritables de los Berlifitzing, no tan linajudos ni tan ricos como sus vecinos. ¿Qué maravilla, pues, si las palabras, por necias que fuesen, de aquella predicción, pudieran lograr que se originase y persistiese la discordia entre dos familias ya predispuestas a reñir por todas las instigaciones de una envidia secular? Aquella profecía parecía implicar — si algo implicaba — una victoria final por parte de la casa que ya era más poderosa; y era recordada, desde luego, con la más amargada animosidad por la más débil y menos influyente.

Guillermo, conde de Berlifitzing, aunque de alta alcurnia, era, por el tiempo de esta narración, un anciano achacoso y decrépito, que no se distinguía por otra cosa sino por su desordenada e inveterada y personal antipatía hacia la familia de su rival, y por una afición tan apasionada a los caballos y a la caza, que ni sus achaques corporales, ni su mucha edad, ni su incapacidad mental, podían impedirle su diaria participación en los peligros de la caza.

De la otra parte, Federico, barón de Metzengerstein, no era todavía mayor de edad. Su padre, el ministro G —, murió joven. Su madre, la señora María, lo siguió pronto. Federico tenía, por aquella época, dieciocho años. En una ciudad, dieciocho años no representan un largo período; pero en una soledad — en tan magnífica soledad como la de aquel antiguo señorío, el péndulo oscila con más profunda significación...

Por algunas especiales circunstancias que concurrían en el gobierno de su padre, el joven barón, al morir aquél, entró inmediatamente en posesión de sus vastos dominios. Raramente un noble de Hungría había poseído semejante patrimonio. Sus castillos eran innumerables. El primero en esplendor y extensión era el «Palacio Metzengerstein». La línea fronteriza de sus dominios no había sido nunca definida claramente; pero su parque principal comprendía un circuito de cincuenta millas.

En cuanto a la sucesión de un propietario tan joven con un carácter tan bien conocido y una riqueza tan sin par, poco lugar quedaba para las conjeturas acerca de su probable línea de conducta. Y, en efecto, la conducta del heredero fue tan magníficamente bárbara — que excedió cuanto habían esperado sus más entusiastas admiradores. Vergonzosos libertinajes — flagrantes traiciones — jamás oídas atrocidades — dieron pronto a comprender a sus temblorosos vasallos que ni la más servil sumisión por parte de ellos — ni escrúpulos de conciencia por la del príncipe — podrían garantizar seguridad ninguna contra las garras despiadadas de aquel pequeño Calígula. La noche del cuarto día, se descubrió que las caballerizas del castillo de Berlifitzing estaban ardiendo; y la unánime opinión de la vecindad añadió el crimen de incendiario, a la ya horrible lista de las fechorías y atrocidades del barón.

Pero durante el tumulto ocasionado por aquel accidente, el joven noble permanecía sentado y aparentemente sumido en meditación, en una vasta y desolada cámara superior del palacio familiar de los Metzengerstein. Los ricos aunque descoloridos cortinajes de tapicería que ondeaban tétricamente en las paredes representaban las sombrías y majestuosas figuras de mil antepasados ilustres. Allí, sacerdotes ricamente vestidos, y pontificales dignatarios familiarmente sentados junto al autócrata y el soberano, ponían un veto a las pretensiones de algún rey temporal, o refrenaban con el *fiat* de la supremacía papal el rebelde cetro del Enemigo malo. *Allí* las sombrías y altas estaturas de los príncipes Metzengerstein — con sus musculosos corceles de guerra hundiendo sus cascos en los cadáveres de los enemigos caídos — conmovían los nervios más firmes con su vigorosa expresión; y *allí* también, las voluptuosas figuras como cisnes de las damas de los tiempos idos, volaban ligeras por entre el laberinto de irreales danzas, a los mágicos acordes de imaginarias melodías.

Pero mientras el barón escuchaba, o afectaba escuchar, el creciente alboroto de las caballerizas de Berlifitzing — o tal vez calculaba algún nuevo, algún más decidido acto de audacia — sus ojos estaban vueltos inconscientemente hacia la figura de un enorme caballo de color inverosímil, representado en un tapiz perteneciente a un sarraceno, antepasado de la familia de su rival. El caballo, en primer término del cuadro, se alzaba inmóvil y semejante a una estatua — mientras, más hacia el fondo, su derrotado caballero moría por el puñal de un Metzengerstein.

En los labios de Federico se produjo una diabólica expresión como si se diese cuenta de la dirección que su mirada había tomado inconscientemente. Pero no por ello la apartó. Al contrario, no podía en modo alguno explicarse la agobiadora ansiedad que, como un sudario, parecía caer sobre sus sentidos. Difícilmente podía conciliar sus sensaciones incoherentes, de ensueño, con la certidumbre de hallarse despierto. Cuanto más rato miraba más absorbente se tornaba aquel hechizo — más imposible le parecía que pudiera retirar su mirada de la fascinación de aquel tapiz. Pero como el tumulto de afuera se tornara de pronto más violento, con obligado esfuerzo apartó su atención hacia el resplandor de una rojiza luz proyectada de lleno por las llameantes caballerizas contra las ventanas de aquella habitación.

Aquel gesto, sin embargo, sólo fue momentáneo; su mirada se volvió maquinalmente hacia la pared. Con extremado terror y asombro, la cabeza del corcel gigantesco, en el ínterin había cambiado de postura, el cuello del animal arqueado antes, como compadeciendo al postrado cuerpo de su señor, ahora se extendía en toda su largura hacia el barón. Los ojos antes invisibles, ahora mostraban enérgica y humana expresión, al paso que tenían un rojo y ardiente brillo; y los belfos distendidos de aquel caballo, que parecía enfurecido, descubrían por completo sus sepulcrales y asquerosos dientes.

Estupefacto de terror, el joven señor fue tambaleándose hacia la puerta. Cuando la hubo abierto, un chorro de luz rojiza se derramó abundantemente por la habitación, y proyectó la sombra de él con claro perfil sobre la ondeante tapicería; y se estremeció al advertir que aquella sombra suya — mientras él se tambaleaba unos momentos en el umbral, tomaba la exacta postura, y llenaba de modo preciso todo el contorno, del implacable y triunfante matador del sarraceno Berlifitzing.

Para desahogar la congoja de sus ánimos, el barón se precipitó hacia el aire libre. En la puerta principal del palacio se encontró con tres caballerizos. Éstos, con mucha dificultad e inminente peligro de sus vidas, estaban refrenando los saltos convulsivos de un caballo gigantesco color de fuego.

«¿De quién es ese caballo? ¿De dónde lo habéis sacado?», preguntó el joven, con áspero tono de reconvención, al comprender instantáneamente que aquel misterioso corcel de la cámara entapizada era un verdadero duplicado del furioso animal que tenía delante de sus ojos.

«Es de vuestra propiedad, señor», replicó uno de los caballerizos, «a lo menos no lo ha reclamado ningún propietario más. Lo hemos atrapado escapándose todo humeante y espumante de furor, de las caballerizas incendiadas del castillo Berlifitzing. Suponiendo que haya pertenecido a la colección de caballos extranjeros del anciano conde lo hemos devuelto pensando que se había descarriado, pero los mozos de cuadra rechazan todo derecho sobre este animal; lo cual es muy raro, porque lleva señales evidentes de haber escapado a duras penas de las llamas.»

«Además, lleva muy distinguibles las letras W. V. B. marcadas en la frente», interrumpió otro caballerizo, «y, desde luego, supongo que son las iniciales de «William von Berlifitzing» —, pero los del castillo coinciden en negar todo conocimiento de este caballo.»

«¡Es muy singular!», dijo el joven barón, con gesto pensativo, y como inconsciente del sentido de sus palabras. «Es, como decís, un caballo muy notable — ¡un caballo prodigioso!, aunque, como habéis dicho con razón, de índole suspicaz e intratable; a pesar de ello, me quedo con él», añadió después de una pausa, «tal vez algún caballero como Federico de Metzengerstein podrá domar al mismo diablo que venga de las caballerizas de Berlifitzing.»

«Os engañáis, señor; este caballo, como pienso habéroslo dicho, *no* pertenece a las caballerizas del conde. Si así hubiera sido, harto sabemos cuál es nuestro deber para no haberlo traído a presencia de un noble de vuestra familia.»

«¡Verdad es!», observó el barón secamente; y en aquel instante, vino del palacio un camarero con el rostro encendido, y pasos precipitados. Cuchicheó al oído de su señor, el relato de haber desaparecido súbitamente un trozo de tapiz de una cámara que designó; al mismo tiempo se extendió en particularidades de minucioso, circunstanciado carácter; pero por el tono quedo de la voz con que éstas eran comunicadas, no escapó la menor palabra que pudiera satisfacer la excitada curiosidad de los caballerizos.

El joven Federico, durante aquella conferencia, parecía agitado por diversidad de emociones. Pronto, sin embargo, recobró su serenidad, y ya en su fisonomía se fijaba una expresión de resuelta malignidad, cuando dio apremiantes órdenes de que la cámara en cuestión fuese inmediatamente cerrada, y la llave quedase en su poder.

«¿Habéis tenido nuevas de la desgraciada muerte del viejo cazador Berlifitzing?», dijo uno de los vasallos del barón, mientras, luego de irse el paje, el enorme corcel, que aquel noble había adoptado por suyo, embestía y daba corvetas, por la larga avenida que se extendía desde el palacio a las caballerizas de Metzengerstein.

«¡No!», dijo el barón, volviéndose bruscamente hacia el que hablaba, «¿Muerto decís?»

«Nada más cierto, señor; y para un noble que lleva vuestro nombre, imagino que no será ésta una noticia mal venida.»

Una rápida sonrisa brotó en el semblante del que escuchaba. «¿Y cómo ha muerto?»

«Por sus temerarios esfuerzos para salvar una parte preferida de su colección de caballos de caza, ha muerto lastimosamente entre las llamas del incendio.»

«¿D-e v-e-r-a-s?», exclamó el barón, como si lenta y deliberadamente le fuese impresionando la realidad de alguna idea interesantísima.

«De veras», repitió el vasallo.

«¡Espantoso!», dijo el joven, tranquilamente; y se volvió con mucha calma a su palacio.

Desde aquella fecha se efectuó un cambio muy notable en la conducta exterior del joven libertino barón Federico de Metzengerstein. En efecto, su actitud defraudaba todas las esperanzas, y se mostraba muy loco en consonancia con las miras de alguna intrigante mamá; mientras tanto sus hábitos y maneras, y en mayor grado que antes, no mostraban analogía ninguna con las de la aristocracia vecina. Nunca se le podía ver más allá de los límites de su propio dominio y en medio de aquel mundo vasto y sociable, él no tenía ni un compañero — como no fuera ciertamente, que aquel innatural, impetuoso caballo de color de fuego, el cual montó desde aquel entonces continuamente, tuviera algún misterioso derecho al título de amigo suyo.

Sin embargo, de vez en cuando, y durante largo tiempo recibía numerosas invitaciones de parte de sus vecinos. «¿Honrará el barón nuestras fiestas con su presencia?» «¿Nos acompañará el barón a una caza del jabalí?» — «Metzengerstein no caza», «Metzengerstein no asistirá», eran sus altivas y lacónicas respuestas.

Aquellos repetidos insultos no podía soportarlos una nobleza arrogante. Las invitaciones se hicieron menos cordiales — menos frecuentes — con el tiempo cesaron por completo. A la viuda del infortunado conde Berlifitzing se la oía siempre expresar su esperanza «de que el barón hubiera de quedarse en casa cuando no deseara estar en casa, puesto que desdeñaba la compañía de sus iguales; y que cabalgase cuando no deseara cabalgar, puesto que prefería la sociedad de un caballo.» Esto, desde luego, no era sino el desahogo de una rencilla hereditaria; y sólo demostraba lo singularmente faltas de sentido que pueden llegar a ser nuestras expresiones, cuando nos proponemos ser insólitamente enérgicos.

Las personas caritativas, sin embargo, atribuían aquel cambio en la conducta del joven señor al natural dolor de un hijo por la pérdida prematura de sus padres: y olvidaban sin embargo su atroz y desordenado comportamiento durante el corto período que siguió inmediatamente a aquella desgracia. En efecto, no faltaban los que sugerían ser aquello debido a una idea demasiado altanera de la propia importancia y dignidad. Otros, en fin (entre los cuales debemos mencionar al médico de familia) no dudaban en hablar de melancolía morbosa y mala salud hereditaria; mientras que insinuaciones más sombrías, y de naturaleza más equívoca, eran corrientes entre la muchedumbre.

En efecto, la perversa afición del barón a su caballo recientemente adquirido — una afición que parecía cobrar más ahínco a cada nueva señal de las inclinaciones feroces y demoníacas del bruto — a la larga se convirtió a los ojos de todas las personas razonables en un apego repugnante y contranatural. A la plena luz del mediodía — a las calladas horas de la noche — en la enfermedad y en la salud — en calma o en tempestad — el joven Metzengerstein parecía encadenado a aquel colosal caballo, cuyas intratables audacias tan bien se correspondían con su propio carácter.

Además, había circunstancias que, unidas a recientes acontecimientos, prestaron un carácter ultraterreno y portentoso a la manía del caballero, y a las capacidades del corcel. El espacio que pasaba de un solo salto había sido cuidadosamente medido, y se halló que excedía con extraordinaria diferencia las más atrevidas conjeturas de las personas más imaginativas. Además, el barón no tenía *nombre* particular para el animal, aunque todos los demás de su colección se distinguían con apellidos característicos. Por otra parte, su cuadra, estaba dispuesta a distancia de las demás, y en cuanto a su limpieza y otros servicios necesarios, nadie fuera de su propietario se había atrevido a ejercerlos, ni a entrar siquiera en el recinto de su establo particular. También era de observar, que aunque los tres mozos de cuadra que se habían apoderado del corcel cuando huía del incendio de Berlifitzing habían logrado detener su carrera por medio de una cadena y un lazo corredizo — con todo, ninguno de los tres podía afirmar con alguna certidumbre que, ni durante aquella peligrosa lucha, ni en ninguna ocasión posterior, hubieran puesto en realidad su mano sobre el cuerpo del bruto. Los ejemplos de peculiar inteligencia en la conducta de un noble y fogoso caballo, no puede suponerse que puedan excitar un interés desmesurado, pero se daban en aquél algunas circunstancias que se imponían a los más escépticos y flemáticos; y se dice también que, algunas veces, el animal hacía retroceder de horror a la embobada muchedumbre que agrupaba a su alrededor, sólo por el profundo e impresionante carácter de su apostura — y veces en que el joven Metzengerstein se ponía pálido y se apartaba lejos de la rápida y escrutadora expresión de aquellos ojos que parecían humanos.

Sin embargo, entre todo el séquito del barón, no se halló a nadie que dudase del fervor de aquel afecto extraordinario que existía por parte del joven señor para las fogosas cualidades de su caballo, nadie, como no fuese un insignificante y contrahecho pajecillo, cuyas deformidades encontraba uno por todas partes, y cuyas opiniones tenían mínima importancia. Este, pues (si es que sus ideas merecen alguna mención), tuvo la desfachatez de afirmar que su amo nunca saltaba a su silla sin experimentar un inexplicable y casi imperceptible estremecimiento: y que al regresar de cada uno de sus largos y habituales paseos, una expresión de triunfante malignidad crispaba todos los músculos de su rostro.

Una noche tempestuosa, Metzengerstein, al despertar de un pesado sueño, bajó como enloquecido de su habitación, y montando a toda prisa, se lanzó al galope por entre los laberintos del bosque. Una ocurrencia tan común no atrajo particular atención; pero su regreso fue esperado con ansiedad intensa por parte de sus servidores, cuando, luego de algunas horas de ausencia, se descubrió que las estupendas y magníficas murallas almenadas del palacio Metzengerstein crujían y oscilaban hasta en sus fundamentos, bajo el influjo de una densa y lívida mole de indomable fuego.

Como las llamas, cuando se las vio por primera vez, habían tomado ya tal incremento que todos los esfuerzos para salvar cualquiera porción del edificio era evidentemente inútil, el asombrado vecindario permanecía parado, sin intentar nada, en derredor, con silenciosa si no indiferente estupefacción. Pero un nuevo y horrendo objeto fijó pronto la atención de la muchedumbre, y demostró lo mucho más intensa que es la excitación causada en los sentimientos de una muchedumbre la contemplación de la humana angustia, que la causada por los más aterradores espectáculos de la materia inanimada.

Por la larga avenida de añosos robles que se extendía desde el bosque a la entrada principal del palacio Metzengerstein, un corcel, cabalgado por un caballero enloquecido y con la cabeza descubierta, venía dando brincos con tal impetuosidad, que aventajaba al propio Demonio de la Tormenta.

Se veía a las claras que el caballero no podía gobernar aquella carrera frenética. La angustia de su rostro, la convulsiva pugna de todo su cuerpo, daban muestra de un esfuerzo sobrehumano; pero ni una voz, como no fuera un solo único chillido, escapó de sus desgarrados labios que se había mordido de parte a parte en el paroxismo de su terror. Un momento más, y el golpeteo de los cascos resonó, duro y penetrante, por cima del rugido de las llamas y el ulular del viento — un momento más, y, salvando de un solo bote la entrada y el foso, el corcel brincó por las bamboleantes escaleras del palacio arriba, y, con su jinete, desapareció entre el torbellino de aquel caótico incendio.

La furia de la tempestad se apaciguó inmediatamente y le sucedió una tétrica y profunda calma. Una blanca llama envolvía aún el edificio como un sudario, y, derramándose a lo lejos en la quieta atmósfera, brotó un resplandor de luz preternatural; mientras que una nube de humo se posaba pesadamente sobre las almenas en la distinta, colosal figura de — un caballo.

LOS ANTEOJOS

Hace algunos años, estaba de moda ridiculizar la idea del «flechazo» en amor; pero los que saben pensar, así como los que sienten profundamente, siempre han abogado por su existencia. En efecto, los modernos descubrimientos en lo que puede llamarse magnetismo, o magneto-estética, nos ofrecen la probabilidad de que los más naturales y en consecuencia, más verdaderos y más intensos de los afectos humanos, son los que brotan del corazón como por simpatía eléctrica — en una palabra, que las más alegres y llevaderas cadenas psíquicas son las que se remachan con una mirada. La confesión que me dispongo a hacer, añadirá uno más a los casi innumerables ejemplos de la verdad de esta proposición.

El carácter de mi narración me impone ser bastante minucioso. Yo soy todavía muy joven — pues no he cumplido aún los veintidós años. Mi nombre, al presente es muy vulgar y casi plebeyo — Simpson. Y digo «al presente», porque sólo en estos últimos tiempos he comenzado a llamarme así — por haber adoptado legalmente este apellido, con objeto de heredar un importante legado que me dejó un pariente lejano llamado el caballero Adolfo Simpson. La donación se hacía con la condición de tomar yo el nombre del testador — el nombre de familia, no el de pila; mi nombre de pila es Napoleón Bonaparte — o, para decirlo más propiamente, éstos son mis nombres de pila primero y segundo.

Acepté ese apellido de Simpson, con cierta repugnancia, porque en mi verdadero patronímico, Froissart, hallaba motivo de perdonable orgullo — pensando poder trazar mi descendencia desde el inmortal autor de las *Crónicas*. Además, dicho sea de paso, y a propósito de apellidos, puedo mencionar singulares coincidencias verbales en los nombres de algunos de mis predecesores inmediatos (1).

Era mi padre un *monsieur* Froissart, de París. Su esposa — mi madre, con quien se casó cuando ella tenía quince años — era una señorita Croissart, hi-

(1) Poe, como ya hemos dicho, no da nunca pormenores en balde. El enredijo de apellidos que ahora sigue, encuentra su lógica y cómica justificación hacia el final de esta deliciosa novelita. (N. del T.)

ja mayor de Croissart el banquero, cuya esposa, la cual sólo tenía dieciséis años al casarse, era la hija mayor de Víctor Voissart. *Monsieur* Voissart, cosa también muy rara, se había casado con una señorita de nombre parecido — *mademoiselle* Moissart. Ella, igualmente, era una verdadera chiquilla cuando se casó; y, asimismo, su madre *madame* Moissart, sólo tenía catorce años cuando fue conducida al altar. Estos matrimonios tempranos son corrientes en Francia. Tenemos, pues, en línea de directa descendencia, Moissart, Voissart, Croissart y Froissart, mi propio apellido, aunque, como he dicho, se ha convertido en Simpson, por disposición legal y con tanta repugnancia por parte mía, que hubo momentos en que verdaderamente vacilé en aceptar aquel legado al que acompañaba aquella desacostumbrada y enojosa estipulación.

En cuanto a mis prendas personales, no me faltan ni mucho menos. Al contrario, pienso que tengo buena figura, y poseo lo que el noventa por ciento de las personas llaman un rostro hermoso. Tengo cinco pies y once pulgadas de estatura. Mi cabello es negro y rizado. Mi nariz es pasadera. Mis ojos son grandes y pardos; y, aunque en realidad, su vista es débil en grado harto incómodo, por su apariencia nadie sospecharía el menor defecto en su mirada. Esa debilidad, sin embargo, siempre me ha molestado mucho, y he acudido para ella a todos los remedios — salvo al de usar lentes. Por ser joven de agradable presencia, naturalmente me desagradan, y me he negado siempre a usarlos. En efecto, nada conozco que desfigure de tal modo el semblante de un joven, o imprima en todas sus facciones tal aspecto de gazmoñería, cuando no de santurronería y envejecimiento. Unas gafas, por otra parte, tienen cierto aspecto de exagerada suficiencia y afectación. De modo que he procurado siempre componérmelas sin ellas lo mejor que he podido. Pero tal vez ya sean excesivos estos pormenores puramente personales, que, en fin de cuentas tienen poca importancia. Me bastará, pues, añadir que mi temperamento es sanguíneo, arrebatado, ardiente, entusiástico — y que toda mi vida he sido un devoto admirador de las mujeres.

Una noche del pasado invierno entré en un palco del Teatro P —, en compañía de un amigo mío, Mr. Talbot. Era noche de ópera y los carteles anunciaban una atracción muy notable, de manera que el teatro estaba extraordinariamente concurrido. Con todo, llegamos a tiempo para alcanzar los asientos de primera fila que nos habían sido reservados y para llegar a los cuales, hubimos de abrirnos paso a codazos.

Durante un par de horas mi compañero, que era un *fanático* musical, puso toda su atención exclusivamente en el escenario, y mientras tanto, yo me distraje observando al auditorio, formado en su mayor parte por la flor y nata de la ciudad.

Luego de satisfacerme en este punto, iba a volver mis ojos hacia la *prima donna*, cuando se me quedaron parados y clavados en una figura de uno de los palcos particulares, la cual había escapado antes a mi observación.

Aunque viviera mil años, jamás podría olvidar la intensa emoción con que miré a aquella figura. Era la de una mujer, la más exquisita que había contemplado jamás. El rostro estaba tan vuelto hacia el escenario que durante unos minutos, no pude ver nada de él — pero toda su figura era *divina;* no había otra palabra que pudiera expresar sus magníficas proporciones — y aun el término de «divina» parece ridículamente débil cuando ahora lo escribo.

La magia de una bella forma en las mujeres — la necromancia de la gracia femenina — ha sido para mí siempre una fuerza a la cual nunca he podido resistir; pero en aquélla estaba la gracia personificada, encarnada, era el *bello ideal* de mis más delirantes y entusiásticas fantasías.

Aquella figura, la mayor parte de la cual se podía ver gracias a la construcción del palco, era de talla algo mayor que la ordinaria, y casi alcanzaba, sin lograrlo del todo, a lo majestuoso. Su perfecta lozanía y su gracia corporal era deliciosa. La cabeza, de la cual sólo era visible la parte posterior, rivalizaba en contorno con la de la griega Psiquis, y estaba antes bien realzada que cubierta con un elegante sombrero de *gaze aerienne,* que me trajo a la mente el *ventum textilem* (1) de Apuleyo. El brazo derecho se apoyaba en la balaustrada del palco, y hacía estremecer todos los nervios de mi cuerpo con su exquisita simetría. Su parte superior estaba cubierta con una de esas sueltas y abiertas mangas que ahora se usan. Apenas le bajaba del codo. Debajo llevaba otra de tela sutil, muy ceñida y terminada por un puño de rico encaje, que le caía graciosamente sobre la mano dejando sólo al descubierto los delicados dedos, en uno de los cuales destellaba una sortija de diamantes, la cual reconocí en seguida ser de extraordinario valor. La admirable redondez de su muñeca era realzada por un brazalete que la ceñía, y que también estaba adornado y cerrado con un magnífico broche de piedras preciosas — cosas todas que me hablaban a la vez, en palabras que yo no podía equivocar, de la riqueza y del buen gusto exigente de quien las llevaba.

Estuve contemplando aquella regia aparición media hora por lo menos, como si de pronto me hubiese convertido en piedra; y durante aquel espacio, sentí toda la fuerza y la verdad de lo que se ha dicho o contado respecto al «flechazo» en amor. Mis sentimientos eran totalmente distintos de todos los que había experimentado hasta entonces, aun en presencia de los más celebrados ejemplares de la hermosura humana. Inexplicable, y que me veo obligado a considerar como *magnética* simpatía de alma a alma, parecía encadenar no sólo mi vista sino todas mis facultades de pensamiento y sentimiento, a aquel ser admirable que tenía frente a mí. Advertí — sentí — conocí que estaba profundamente, locamente, irrevocablemente enamora-

(1) Viento tejido. Ropa que por lo fina y sutil parece hecha de viento. (N. del T.)

do — y ello aun antes de ver el rostro de la persona amada. Tan intensa en efecto, era la pasión que me consumía, que yo estaba seguro de que hubiera sido muy poco mermada, si es que hubiera podido serlo, aunque las facciones de su rostro, no vistas aún, no mostrasen más que un carácter común; de tal modo es anómala esta naturaleza del único amor verdadero — del amor por flechazo — y tan poco depende en realidad de las condiciones exteriores que solas parecen crearlo y gobernarlo.

Mientras yo estaba absorto en la admiración de aquella visión hechicera, un súbito alboroto en el auditorio, le hizo volver parcialmente la cabeza hacia mí, de modo que pude ver todo el perfil de su rostro. Su belleza excedía aún de cuanto yo había supuesto — y, con todo, algo había en él que me desilusionaba sin que yo pudiera decir exactamente en qué consistía. He dicho «desilusionaba», pero no es ésa la palabra. Mis sentimientos quedaron a la vez apaciguados y exaltados. Tenían menos de arrobamiento y más de tranquilo entusiasmo — de entusiástico reposo. Aquel estado de ánimo se originaba quizás del aire de *madonna* y matrona de su rostro; y con todo, comprendí en seguida que no podía haberse originado enteramente de aquella circunstancia.

Algo más había — algún misterio que yo no podía descubrir — cierta expresión en aquel semblante, que me desasosegaba un poco, al paso que avivaba grandemente mi interés. En realidad, yo me hallaba precisamente en ese estado de alma que predispone a un hombre joven y enamoradizo a cometer cualquier extravagancia. Si aquella dama hubiese estado sola, sin duda ninguna yo hubiera entrado en su palco y me hubiera declarado a ella arriesgándome a todo lo que pudiera suceder; pero por dicha, estaba acompañada por dos personas — un caballero y una mujer de notable hermosura, y según todas las apariencias unos pocos años más joven que ella.

Yo revolvía en mi pensamiento mil planes para poder lograr más adelante ser presentado a la mayor de aquellas señoras, o en todo caso, y de momento, obtener una vista más clara de su belleza. Hubiera querido cambiar mi sitio por otro más cercano a donde estaba ella; pero el lleno que había en el teatro hacía eso imposible; además, las severas exigencias de la Moda habían prohibido últimamente y de manera terminante, el uso de gemelos de teatro, en una ocasión como aquélla aun en el caso de que yo hubiese tenido la suerte de traerlos conmigo — pero no los traía — todo lo cual me ponía desesperado.

Finalmente se me ocurrió acudir a mi amigo.

«Talbot», le dije, «*usted* tiene unos gemelos de teatro. Déjemelos.»

«¡Unos gemelos de teatro! — ¡No! — ¿Qué supone usted que pueda yo hacer con unos gemelos de teatro?» Y se volvió con impaciencia hacia el escenario.

«Pero, Talbot», continué, tomándolo por el hombro, «¿quiere usted oírme? ¿Ve usted aquel palco de proscenio? — ¡Allí! — No; el que le sigue. — ¿Ha visto usted jamás una mujer tan hermosa?»

«Es muy hermosa, sin duda», dijo.

«¿Quién debe de ser?»

«¡Cómo! ¡Por todas las cosas angélicas! ¿No sabe usted quién es? No conocerla demuestra que usted es un desconocido en sociedad. Es la célebre *madame* Lalande — la belleza del día *par excellence,* y el tema de todas las conversaciones de la población. Además, inmensamente rica — una viuda — un buen partido — acaba de llegar de París.»

«¿Usted la conoce?»

«Sí — tengo ese honor.»

«¿Quiere usted presentarme a ella?»

«Desde luego — y con mucho gusto; ¿cuándo le parece a usted bien?»

«Mañana a la una yo iré a encontrarle a usted, calle B —.»

«Muy bien; y ahora hágame el favor de *callarse,* si es que puede usted.»

En esto último me vi obligado a aceptar la advertencia de Talbot; porque él permanecía obstinadamente sordo a toda nueva pregunta o insinuación, y durante el resto de la velada atendió exclusivamente a lo que estaba sucediendo en el escenario.

Mientras tanto, yo tenía los ojos clavados en *madame* Lalande, y al fin tuve la buena suerte de obtener una vista de frente y completa de su rostro. Era exquisitamente bello; esto desde luego, ya me lo hubiera dicho antes mi corazón — aunque Talbot no me hubiese enteramente satisfecho acerca de este punto — pero, una vez más, aquel ininteligible no sé qué, me desasosegaba. Finalmente inferí que mis sentidos estaban impresionados por cierto aire de gravedad, tristeza, o más propiamente, de lasitud, que algo empañaba la juventud y la frescura de su semblante, pero sólo para dotarlo de seráfica ternura y majestad, y esto, como es natural, con decuplicado interés para mi temperamento entusiasta y romántico.

Mientras así recreaba mis ojos, noté, al fin, con grande emoción, y por un imperceptible gesto por parte de la dama que, de pronto, había advertido la intensidad de mis miradas. Una vez más, me quedé absolutamente fascinado y no podía apartar de ella los ojos ni un instante. Volvió otra vez el rostro, y de nuevo no vi más que el cincelado contorno de la parte posterior de su cabeza. Pasados unos minutos, como incitada por la curiosidad de ver si yo la estaba mirando todavía, poco a poco fue volviendo el rostro y otra vez encontró con mis ardientes miradas. Bajó instantáneamente sus grandes ojos negros, y rubor intenso cubrió sus mejillas. Pero lo que me llenó de asombro fue el ver que no sólo no volvió otra vez la cabeza, sino que tomó de su cintura unos anteojos, los levantó — los graduó — y luego me miró con ellos, atenta y deliberadamente, por espacio de unos minutos.

Si un rayo hubiese caído a mis pies, no me hubiera quedado más aturdido — *sólo* aturdido — no ofendido ni disgustado en grado mínimo, por más que acción tan atrevida, en otra mujer hubiera probablemente ofendido o disgustado. Pero todo aquello lo hizo con tal sosiego — con tanta *nonchalance* — con tal reposo — con tan evidente gesto de perfecta educación, en fin — que ni el menor descaro podía notarse en ello, y mis únicos sentimientos fueron los de admiración y sorpresa.

Observé que apenas comenzó a mirarme con los gemelos había parecido satisfecha de su momentánea inspección de mi persona, y estaba retirando el instrumento, cuando, como asaltada por otra idea los volvió a tomar, entonces continuó mirándome con mucha atención por espacio de unos minutos más — durante cinco minutos, por lo menos, con toda certeza.

Aquella acción tan extraordinaria en un — teatro americano, llamó mucho la atención de todo el mundo y motivó un vago movimiento, un cuchicheo, entre el auditorio, que por un momento me llenó de confusión; pero no produjo efecto visible en el semblante de *madame* Lalande.

Luego de satisfacer su curiosidad — si curiosidad fue — bajó los gemelos y se puso a mirar tranquilamente al escenario; yo no veía más que su perfil, como antes. Continué observándola ininterrumpidamente, por más que tenía yo perfecta conciencia de mi descortesía al hacerlo así. Entonces noté que su cabeza con mucha lentitud cambiaba ligeramente de posición; y pronto llegué a convencerme de que la dama, aunque fingía mirar el escenario, en realidad estaba mirándome atentamente. No hay que decir el efecto que aquel proceder, por parte de una mujer tan fascinadora, causó en mi exaltado ánimo.

Luego de haberme examinado de aquel modo quizás durante un cuarto de hora, el bello objeto de mi pasión se dirigió al caballero que lo acompañaba, y mientras hablaba con él noté claramente, por las miradas de ambos, que la conversación se refería a mí.

Cuando terminó, — *madame* Lalande se volvió otra vez hacia el escenario y, durante unos minutos, pareció absorta en la representación. Pasado aquel momento, sin embargo, mi emoción subió de punto al verla desplegar por segunda vez, los anteojos que pendían de su cintura, mirarme de nuevo cara a cara, como antes, y, sin hacer caso del cuchicheo del auditorio, inspeccionarme de la cabeza a los pies, con la maravillosa compostura con que antes había deleitado y turbado mi alma.

Aquel extraordinario proceder, sumiéndome en intensa fiebre de exaltación — en absoluto delirio de amor —, más sirvió para enardecerme que para desconcertarme. En la loca intensidad de mi afecto lo olvidé todo menos la presencia y la majestuosa belleza de la visión que ante mí tenía. Esperando la oportunidad, cuando me pareció que el auditorio estaba completamente distraído por la ópera, atraje por fin la mirada de *madame* Lalande, y acto seguido le hice un ligero pero inequívoco saludo.

Se ruborizó intensamente — luego apartó sus ojos — luego lentamente y cautelosamente miró en derredor, según parecía para ver si mi temerario gesto había sido notado — y luego se inclinó hacia el caballero que estaba a su lado.

Entonces tuve la atormentadora conciencia de la incorrección que había cometido, y me esperaba nada menos que una inmediata explicación, mientras una visión de pistolas para la mañana siguiente flotaba rápida y desagradable por mi cerebro.

Pero me sentí acto seguido muy aliviado, al ver que la señora daba al caballero un programa de la función, sin decirle palabra; y ahora procure el lector formarse alguna ligera idea de mi asombro — de mi *profunda maravilla* — de mi delirante arrebato de alma y de corazón — cuando, un instante después, luego de mirar furtivamente en derredor, dejó ella que sus ojos resplandecientes, se posaran franca y firmemente en los míos, y luego, con una suave sonrisa, descubriendo una brillante sarta de perlinos dientes, hizo dos claras marcadas, inequívocas inclinaciones afirmativas con la cabeza.

Es inútil desde luego que insista acerca de mi gozo — de mi arrobamiento — del infinito éxtasis de mi corazón. Si jamás enloqueció un hombre por exceso de felicidad, ese fui yo en aquellos momentos. Amaba. Era mi *primer* amor — así lo estaba yo comprendiendo. Era un amor supremo — indescriptible. Era un amor por «flechazo»: y por flechazo también había sido apreciado y *correspondido*.

Sí, correspondido. ¿Cómo y por qué podía yo dudarlo ni un instante? ¿Qué otra interpretación podía yo dar a aquel proceder, por parte de una señora tan guapa — tan rica y evidentemente tan refinada — de tal alta educación — tan elevada posición en sociedad — tan respetable en todos sentidos como yo estaba seguro que era *madame* Lalande? Sí, ella me amaba — correspondía al entusiasmo de mi amor, con un entusiasmo tan ciego — tan firme — tan desinteresado — tan confiado — tan por completo incondicional como el mío. Estas deliciosas fantasías y reflexiones, quedaban ahora interrumpidas por la caída del telón. El auditorio se levantaba; y acto seguido se produjo el habitual tumulto. Dejando precipitadamente a Talbot, puse todo mi esfuerzo en abrirme paso para ponerme lo más cerca posible de *madame* Lalande. No habiendo podido lograrlo, por causa de la muchedumbre, hube de renunciar a mi persecución, y volví mis pasos hacia mi casa; consolé mi decepción por no haber podido ni tocar un pliegue de su vestido, reflexionando que a la mañana siguiente podría ser presentado a ella en debida forma por mi amigo Talbot.

Aquella mañana llegó por fin; es decir, finalmente amaneció el día después de una larga insoportable noche de impaciencia; y entonces las horas hasta la «una» fueron pasando tardamente, monótonamente, innumerables.

Pero así como dicen que Estambul tendrá también su fin, también llegó el fin de aquel inacabable plazo. El reloj dio las horas. Cuando su último eco se extinguía, corrí a la calle de B —, y pregunté por Talbot.

«¡No está!», dijo el propio lacayo de Talbot.

«¡No está!», respondí retrocediendo, y casi tambaleándome, una docena de pasos — «permítame que le diga, amigo mío, que eso es completamente imposible y absurdo; Mr. Talbot *no* ha salido. ¿Por qué dice usted eso?»

«Por nada, señor, pero es que Mr. Talbot no está en casa. Eso es todo. Tomó el coche para irse a S —, inmediatamente después de almorzar. Dejó dicho que no estará en la ciudad hasta dentro de una semana.»

Me quedé petrificado de horror y de ira. Quise hablar, pero mi lengua se negó a cumplir su oficio. Finalmente di media vuelta, lívido de cólera, y mandando entre mí a toda la tribu de los Talbot a las más profundas regiones del Erebo. Era evidente que mi considerado amigo *il fanático,* había olvidado completamente la cita que me ofreció — la había olvidado apenas pronunciada. Nunca había sido escrupuloso cumplidor de su palabra. No había manera de corregirlo; por esto, apaciguando mi enfado tanto como pude, vagué malhumorado por las calles, haciendo algunas inútiles preguntas acerca de *madame* Lalande a todos los conocidos que encontraba. Vi que todos la conocían de oídas — muchos de vista — pero como hacía muy pocas semanas que estaba en la ciudad, eran muy pocos lo que pretendían tratarla personalmente; y como estos pocos eran todavía relativamente extraños para ella, no podían o no querían tomarse la licencia de presentarme con las formalidades que requiere una visita de cumplido a tales horas. Mientras yo estaba desesperado de aquel modo, conversando con un trío de amigos sobre el asunto que llenaba completamente mi corazón, ocurrió que la persona misma de que se trataba pasó cerca de nosotros.

«¡Por mi vida, ésa es!», gritó uno de ellos.

«¡Maravillosamente bella!», exclamó el segundo.

«¡Un ángel sobre la Tierra!», profirió el tercero.

Yo miré; y en un carruaje abierto que venía hacia nosotros, lentamente calle abajo, iba sentada la encantadora visión de la Ópera, acompañada por la señorita que estuvo con ella en el palco.

«Su acompañanta va también muy bien vestida», dijo el primero de mi trío que había hablado.

«Es asombrosa», dijo el segundo, «su presencia es magnífica; pero no olvidemos que el arte obra maravillas. Palabra de honor, parece más guapa que cinco años atrás cuando la vi en París. Es todavía una mujer hermosa; — ¿No le parece a usted Froissart? — o Simpson, según creo.»

«*¡Todavía!*», dije yo, «¿Y por qué no habría de serlo? Comparada con su amiga, ésta parece una lámpara de aceite junto a una estrella de la tarde — un gusano de luz comparado con Antares.»

«¡Ja! ¡ja! ¡ja! — la verdad es Simpson que tiene usted un tino maravilloso para hacer descubrimientos — y por cierto muy originales.» Con esto nos separamos mientras uno de los del trío comenzó a canturrear un alegre *vaudeville,* del cual sólo pude captar estos versos:

«¡Ninon, Ninon, Ninon a bas —
A bas Ninon de L'Enclos!» (1)

Durante aquella pequeña escena, sin embargo, una cosa me había podido consolar grandemente, aunque avivó más aún la pasión que me consumía. Al pasar el coche de *madame* Lalande junto a nuestro grupo, yo pude notar que me había reconocido; y no sólo esto, sino que me favoreció con la más seráfica de todas las sonrisas imaginables, y con muestras no equívocas de reconocerme.

En cuanto a ser presentado a ella, me vi obligado a dejar toda esperanza, a lo menos por todo el tiempo que a Talbot tardase en parecerle bien regresar del campo. Mientras tanto, yo frecuentaba asiduamente todos los lugares famosos de pública diversión; y finalmente, en el teatro donde la vi por primera vez, tuve la suerte inmensa de hallarla, y de cambiar de nuevo miradas con ella. Pero esto no ocurrió sino al cabo de quince días. En el ínterin, día por día, yo había ido preguntando por Talbot en su hotel, y cada vez me había causado un arrebato de indignación aquel eterno «todavía no ha vuelto» de su lacayo.

Aquella velada en cuestión, por lo tanto, me hallaba ya en un estado muy próximo a la locura. *Madame* Lalande, me habían dicho, era una parisiense — había llegado recientemente de París — ¿y no se volvería el día menos pensado — antes de que Talbot regresara? — ¿y no la perdería yo entonces para siempre? Aquella idea demasiado terrible de soportar puesto que se hallaba empeñada en ello mi felicidad, me resolvió a obrar con viril decisión. En una palabra, apenas terminó la representación, seguí a la dama hasta su residencia, me apunté las señas y a la mañana siguiente le envié una copiosa y trabajada carta, en la que volqué todo mi corazón.

Hablé en ella audazmente, con toda libertad — en fin, me expresé con toda mi pasión. No le oculté nada — ni siquiera ninguna de mis flaquezas. Aludí a las románticas circunstancias de nuestro primer encuentro — y hasta a las miradas que se habían cruzado entre nosotros. Me atreví a decirle que estaba seguro de su amor; al mismo tiempo se ofrecía esta seguridad y la intensidad de mi afecto, como disculpas por mi proceder imperdonable. Como tercera excusa le hablé de mi temor de que pudiera dejar la ciudad antes que yo hallase la oportunidad de una presentación formal. Yo concluía la más vehemente y entusiasta epístola de amor jamás escrita, con una

---

(1) «¡Abajo Ninón, Ninón, Ninón — Abajo Ninón de L'Enclós!» (N. del T.)

franca declaración de mi posición social — de mi riqueza — y el ofrecimiento de mi corazón y mi mano.

Con la más angustiosa espera, aguardé la respuesta. Después de lo que
me pareció el transcurso de un siglo, llegó por fin.

Sí, *realmente llegó*. Por muy romántico que ello pueda parecer, yo recibí en efecto, una carta de la señora Lalande — la hermosa, la rica, la
idolatrada *madame* Lalande. Sus ojos — sus magníficos ojos, no habían
desmentido a su noble corazón. Como buena francesa que era, había
obedecido a los sinceros dictados de su razón — a los generosos impulsos de su naturaleza — despreciando las afectadas gazmoñerías del mundo. No había desdeñado mis proposiciones. No se había encerrado en
silencio. No me había devuelto mi carta sin abrirla. Al contrario, me en-
viaba en respuesta una escrita con sus propios, exquisitos dedos. Decía
lo que sigue:

*«El señor Simpson me perdonará que no escriba la hermosa lengua de
su país, como la mía. Hace muy poco tiempo que vine aquí, y no he tenido
oportunidad para estudiarla.*

*»Sea ésta mi excusa por la manera como ahora le digo esto, caballero —
¡ay de mí! El señor Simpson ha adivinado sobradamente la pura verdad.
¿Puedo decirle más? ¡Ay! ¿No he dicho ya más de lo que hubiera querido
decir?* (1)

                                                      »EUGENIA LALANDE.»

Aquel billete de tan noble expresividad fue besado por mí un millón de
veces, y cometí, por causa de él, mil otras extravagancias que han huido ya
de mi memoria. ¡Pero Talbot no *quería* volver a mí! ¡Ay de mí! Si hubiera
podido formarse la más vaga idea del padecimiento que su ausencia había
causado a su amigo, su natural compasivo ¿no le hubiera traído en seguida a
mi lado para consolarme? Y con todo, *no* venía. Le escribí. Me contestó. Lo
retenían urgentes negocios — pero pronto estaría de regreso. Me rogaba
que no fuese impaciente — que moderase mis impulsos — que leyese libros calmantes — que no abusara de las bebidas alcohólicas — ¡y que lla-
mase en mi ayuda a los consuelos de la Filosofía! ¡Necio! Ya que él no podía
venir, ¿por qué, en nombre de todas las cosas razonables, no me incluía una
carta de presentación? Volví a escribirle implorándole que me la mandase a
toda prisa. Mi carta me fue devuelta por *aquel* lacayo, con las siguientes palabras escritas con lápiz en su dorso. El muy bribón se había ido al campo
con su amo:

(1) Esta carta está escrita en un inglés intencionadamente incorrecto y mezclado con francés.
No nos hemos atrevido a hacer aquí su parodia. (N. del T.)

*«Salió de S—, ayer, en dirección desconocida, — no dijo adónde iba —
ni cuándo volvería — por ello me ha parecido lo mejor devolverle la carta,
porque he conocido su letra, y he pensado en que siempre tiene usted más
o menos prisa.*
»Suyo sinceramente,

*»*S<small>TUBBS</small>.*»*

Después de esto no es necesario decir que yo di a todas las divinidades
infernales al amo y al criado; — pero de poco servía la indignación ni me
consolaba nada el quejarme.

Sin embargo, aún me quedaba un expediente: mi natural audacia. Hasta
entonces me había servido siempre bien, y resolví lograr por ella mi propósito. Además, después de la correspondencia que se había cruzado entre
nosotros, ¿qué falta de corrección podía yo cometer, dentro de ciertos límites, que pudiera ser considerada como incorrecta por *madame* Lalande?
Desde que recibí su carta, había yo tomado la costumbre de andar vigilan-
do alrededor de su casa y así descubrí que entre dos luces, acostumbraba
salir a paseo, acompañada únicamente por un negro con librea, a una plaza
pública a que daban sus ventanas. Allí, por entre las frondosas y sombrosas
alamedas, a la pálida luz de un suave atardecer de verano, atendí mi oportunidad y me acerqué a ellos.

Para mejor despistar al sirviente que la acompañaba, lo hice con la naturalidad de un antiguo y familiar conocido. Con la presencia de ánimo de
una verdadera parisiense, ella comprendió acto seguido mi treta, y para sa-
ludarme me ofreció la mano más hechiceramente pequeña que pueda imaginarse. El criado se quedó atrás en seguida, y entonces, con rebosantes
corazones, pudimos conversar largamente y sin reserva acerca de nuestro
amor.

Como *madame* Lalande hablaba el inglés con mucha menor facilidad
aún de como lo escribía, nuestra conversación hubo de ser forzosamente en
lengua francesa. En aquella dulce lengua, tan apta para expresar la pasión
amorosa, yo di rienda suelta al impetuoso entusiasmo de mi naturaleza, y
con toda la elocuencia de que pude disponer, le rogué consintiera en nuestro inmediato matrimonio.

Al notar aquella impaciencia sonrió. Pretextó la vieja historia del decoro
social — el espantajo que a tantos acobarda para lograr la felicidad, hasta
que la ocasión de alcanzarla se les pierda para siempre jamás. Yo había cometido la grande imprudencia, me objetó, de haber publicado entre mis
amigos que deseaba entrar en relación con ella — lo cual significaba que en
realidad no la trataba todavía — y por eso, no había ya manera de ocultar la
fecha en que comenzamos a tratarnos. Y entonces me hizo notar, rubori-
zándose, lo demasiado reciente de aquella fecha. El casarnos en seguida se-

ría impropio — sería indecoroso — sería *outré*. Todo esto lo decía con un aire de *naiveté* que me arrebataba al mismo tiempo que me afligía, y me convencía. Llegó hasta a acusarme, riendo, de precipitación — de imprudencia. Me hizo notar que en realidad yo no sabía quién era ella — cuáles eran sus propósitos, su familia, su posición en la sociedad. Me rogó, aunque suspirando, que lo pensara bien, y calificó mi amor de apasionamiento — de fuego fatuo — de capricho o fantasía momentánea, de infundada, inestable obra más de la fantasía que del corazón. Todo aquello lo iba diciendo mientras las sombras del suave atardecer se adensaban cada vez más oscuras a nuestro alrededor — y luego, con un suave apretón de su mano de hada, derribaba en un solo y dulce instante, todo el edificio de argumentación que ella misma había levantado.

Yo le respondí lo mejor que pude — como sólo un verdadero amante puede hacerlo. Hablé largo y tendido, insistiendo en mi afecto, en mi pasión — en su soberana belleza, y en mi entusiástica admiración. Para concluir, me espacié, con enérgica convicción, — acerca de los peligros que rodean el curso del amor — ese cauce del amor verdadero que nunca se desliza sin dificultades — y de aquí deduje el manifiesto peligro de prolongarlo innecesariamente.

Este último argumento pareció, por fin, suavizar el rigor de su determinación. Fue ablandándose; pero todavía quedaba un obstáculo, dijo, el cual estaba ella segura de que yo no lo había considerado como era menester. Se trataba de un punto delicado — apremiante para una mujer, en tales circunstancias; al mencionarlo, harto comprendía ella que había de sacrificar sus sentimientos; pero, tratándose de mí, ella no repararía en sacrificios. Aludía a la cuestión de la *edad*. ¿Me había yo dado cuenta — había yo advertido claramente aquella diferencia que había entre nosotros? El hecho de que la edad del marido exceda en unos pocos años — aunque sea en quince o veinte — a la edad de la mujer, era mirado por el mundo como admisible, y aun en realidad, como conveniente; pero ella siempre había mantenido la creencia de que los años de la esposa *nunca* deberían exceder en número a los del marido. ¡Una diferencia de aquel género innatural, con harta frecuencia por desdicha, originaba toda una vida de infelicidad! Ahora bien, ella comprendía que mi edad no pasaba de los veintidós años; pero yo, por el contrario, *no* me daba cuenta quizás, de que los años de mi Eugenia pasaban y con mucho, de aquella cifra.

En todo aquello se mostraba una nobleza de alma — una digna sinceridad — que me deleitaba — me encantaba — me encadenaba a ella para siempre. A duras penas podía yo dominar la intensa emoción que se apoderaba de mí.

«Mi amadísima Eugenia», exclamé, «¿qué importa todo eso que está usted discurriendo? Sus años pasan en cierta medida de los míos. ¿Pero qué significa eso? Las costumbres del mundo no son sino necedades convenidas. ¿Para los que se aman como nosotros, en qué puede diferenciarse un año de una hora? Yo tengo veintidós años, dice usted; convengo en ello; en realidad puede más bien atribuirme veintitrés. En cuanto a usted, mi amadísima Eugenia, podrá contar no más de — no podrá contar más de — no más de — de — de — de — ».

Al llegar aquí me detuve un instante, esperando que *madame* Lalande me interrumpiese añadiendo su propia edad. Pero una francesa raramente habla de modo inequívoco, en estas ocasiones, y siempre tiene, a manera de contestación para una pregunta embarazosa, alguna contestacioncita a propósito, de su invención. En el caso presente, Eugenia, que por unos momentos pareció estar buscando en su pensamiento algo que decir, finalmente dejó caer sobre la hierba una miniatura que yo inmediatamente recogí y le ofrecí:

«¡Guárdela usted!», dijo, con una de sus más arrebatadoras sonrisas. «Guárdela usted en recuerdo mío — en recuerdo de la que está ahí retratada, y demasiado favorecida. Además, en el dorso del dije tal vez podrá usted descubrir la verdadera información acerca de lo que parece interesarle tanto. Ahora, sin duda, se está haciendo muy de noche, — pero podrá usted examinarla a su placer mañana por la mañana. Mis amigos están preparando a estas horas una sesión musical. También puedo prometerle a usted algún buen cantante. Nosotros los franceses no somos tan remirados para estas cosas como ustedes los americanos, y por eso no tendré dificultad en introducirle a usted en la reunión, en calidad de antiguo conocido.»

Y diciendo esto, tomó mi brazo, y yo la acompañé hasta su casa. La residencia era muy primorosa, y, según me pareció, alhajada con muy buen gusto. Acerca de este último punto, sin embargo, no estoy muy autorizado para juzgar, porque ya era de noche cuando llegamos; y en las casas americanas más elegantes raramente se encienden las luces mientras dura el calor del verano, en aquellas horas, que son las más agradables del día. Puedo asegurar que hasta cerca de una hora después de mi llegada, sólo hubo un quinqué con pantalla encendido en el salón principal, y según pude así ver a su luz, estaba amueblado con insólito buen gusto, y hasta con esplendor; pero otras salas contiguas, y en que la concurrencia se reunía preferentemente, estuvieron durante toda la velada envueltas en agradable sombra. Es una costumbre muy bien pensada, que a lo menos procura a los concurrentes la ventaja de poder elegir la luz o la sombra, y que nuestros amigos de ultramar harían bien en adoptar inmediatamente.

La velada que pasé de aquel modo fue sin la menor duda la más deliciosa de mi vida. *Madame* Lalande no había exagerado los talentos musicales de sus amigos; y el canto que allí pude oír, no lo había oído mejor en ninguna reunión privada fuera de Viena. Los que ejecutaron la música instrumental eran varios y de talento superior. Los cantantes fueron sólo mujeres, y ninguna de ellas dejó de cantar bien.

Finalmente, luego de pedírselo muy encarecidamente, *madame* Lalande se levantó decidida, sin afectación ni demora, de la *chaise longue* en que estaba sentada junto a mí y, acompañada de uno o dos caballeros y de su amiga de la Ópera, se dirigió a la sala principal donde estaba el piano. Yo la hubiera querido acompañar hasta allí, pero comprendí que, dadas las circunstancias de mi entrada en la casa, lo mejor era permanecer inobservado donde me hallaba. Así me vi privado del placer de verla cantar, ya que no de oírla.

La impresión que produjo en la concurrencia tuvo algo de eléctrica — pero el efecto que a mí me produjo fue todavía más intenso. Yo no sé cómo describirlo adecuadamente. Sin duda dependió en parte del sentimiento de amor que me invadía; pero principalmente de mi convicción acerca de la extremada sensibilidad de la cantante. No es posible que el arte pueda comunicar a un aria o a un recitativo una *expresión* más apasionada que la suya. Su manera de cantar la romanza de *Otelo* — y la expresión con que dijo las palabras *«Sul mio sasso»*, en *Los Capuletti*, todavía perdura en mi memoria. Sus notas bajas eran absolutamente maravillosas. Su voz abarcaba tres octavas, que se extendían desde el *re* contralto hasta el *re* sobreagudo, y aunque lo bastante potente para poder llenar el Teatro de San Carlos, ejecutó, con minuciosísima precisión, todas las dificultades de la composición vocal — ascendiendo y descendiendo escalas, cadencias o *fioriture*. En el final de la *Sonámbula* causó profundo efecto al cantar las palabras:

> Ah! non giunge uman pensiero
> Al contento ond'io son piena.

Al llegar a las cuales, imitando a la Malibrán, modificó la frase original de Bellini, dejando descender su voz hasta el *sol* tenor, y luego, con rápida transición, atacó el *sol* tiple saltando un intervalo de dos octavas.

Al levantarse del piano luego de aquellos milagros de ejecución vocal volvió a su sitio junto a mí; yo le expresé en términos del más profundo entusiasmo, mi deleite por su ejecución. Pero de mi asombro no dije nada, y eso que estaba sincerísimamente asombrado; porque cierta debilidad o, mejor dicho, cierta trémula indecisión de su voz en la conversación ordinaria, me había predispuesto a pensar, que en el canto no podría hacerlo con notable habilidad.

Nuestra conversación fue entonces larga, vehemente, ininterrumpida y totalmente franca. Ella me invitó a relatarle alguno de los tempranos episodios de mi vida, y escuchaba con atención que le suspendía el aliento, una por una, las palabras de mi narración. No le oculté nada — comprendía que no tenía derecho a ocultar nada a su confiado afecto. Alentado por su sinceridad acerca de aquella delicada cuestión de la edad, no sólo me extendí con perfecta franqueza acerca de los pormenores de mis íntimos defectos, sino que hice plena confesión de mis flaquezas morales y aun físicas, la declaración de las cuales, por exigir un grado mucho más alto de valentía, constituyen una prueba mucho más segura de amor. Me referí a mis imprudencias de colegio — a mis extravagancias — a mis francachelas — a mis deudas — a mis amoríos. Y no dejé de hablar ni siquiera de una ligera tos pulmonar que en cierta época me había molestado — de cierto reumatismo crónico — un dolor gotoso hereditario — y en conclusión, de la desagradable y molesta, aunque hasta entonces cuidadosamente ocultada, flaqueza de mi vista.

«Acerca de este último punto», dijo *madame* Lalande, sonriendo, «ha cometido usted una verdadera indiscreción en confesármelo, porque de no hacerlo usted, yo hubiera tenido por cosa cierta que nadie podía acusarle a usted de semejante defecto. Sea dicho de paso», continuó, «¿no recuerda usted» — y al decir esto se me figuró que el rubor, a pesar de la oscuridad de la habitación se hacía claramente perceptible en sus mejillas — «no recuerda usted *mon cher ami,* este pequeño anteojo auxiliar que ahora cuelga de mi garganta?»

Y diciendo esto daba vueltas con sus dedos a los lentes que de tal modo me habían colmado de confusión en la Ópera.

«Harto me acuerdo — ¡ay de mí!», exclamé apretando apasionadamente la delicada mano que ofrecía aquellos cristales a mi examen. Formaban una complicada y preciosa chuchería, ricamente cincelada y afiligranada y reluciente de pedrerías que aun a la escasa luz de la habitación comprendí ser de mucho valor.

«*Eh bien! mon ami*», continuó con cierto *empréssement,* de una manera que no dejó de sorprenderme — «*¡Eh bien! mon ami,* usted me ha pedido hoy muy formalmente un favor que se ha complacido en denominar inapreciable. Me ha pedido usted mi mano para mañana sin más tardar. ¿Podría yo esperar de sus ruegos — y bien puedo añadir de los deseos de mi propio corazón — podría yo atreverme a pedirle un pequeño — un muy pequeño favor en cambio?»

«¡Dígamelo usted!», exclamé con una vehemencia que casi atrajo hacia nosotros la atención de los concurrentes, y que sólo el dominarla por la presencia de ellos me contuvo de arrojarme impetuosamente de rodillas a las plantas de aquella mujer.

«¡Dígamelo usted, amada mía, Eugenia mía, corazón mío! — ¡Dígamelo usted! — pero ¿para qué, si ya está concedido antes de expresarlo?»

«Usted deberá vencer, pues, *mon ami*», dijo ella, «por amor de su Eugenia, ese ligero defecto que acaba de confesar — esa flaqueza más moral que física — y que, permítame usted que se lo diga, no cuadra bien con la nobleza de su verdadero natural — y es incompatible con la sinceridad de su real carácter — y que si alcanzara mayor incremento, sin duda alguna tarde o temprano podría causarle algún serio disgusto. Debe usted vencer por amor mío esa afectación que le inclina como usted mismo reconoce, a la tácita o implícita negación de ese defecto de su vista. Porque, ese defecto, usted virtualmente lo niega al rechazar el empleo de los procedimientos habituales para corregirlo. Comprenderá, pues, que lo que yo deseo es que use anteojos — ¡y no me replique usted! — porque ya ha consentido en llevarlos por *mi amor*. Usted aceptará esta chuchería que ahora tengo en mi mano y la cual, aunque sea un auxiliar admirable para la vista, no tiene extraordinario valor como joya. Ya ve usted que por medio de una ligera modificación así — o así — puede adaptarse a los ojos en forma de anteojos, o llevarlo en el bolsillo del chaleco como unos lentes de mano. Usted ha consentido ya a usarlos por *mi amor,* habitualmente, en la primera de estas formas.»

Aquella petición — ¿es menester confesarlo? — me turbó no poco. Pero la condición con que se había juntado hacía imposible desde luego toda vacilación.

«¡Concedido!», grité con todo el entusiasmo que pude reunir en aquel momento. «¡Concedido! — De acuerdo, y con toda satisfacción. Sacrifico todos mis sentimientos por usted. De noche llevaré esos amados anteojos como si fueran unos lentes de mano, sobre mi corazón. Pero con los primeros albores de esa mañana que me procurará el placer de llamarla esposa, me los pondré sobre — sobre mi nariz — y los llevaré, en ella siempre, en la menos romántica, menos elegante, pero sin duda más útil forma que usted desea.»

Nuestra conversación giró luego acerca de los detalles para nuestras disposiciones del día siguiente. Supe por mi amada que Talbot acababa de regresar a la ciudad. Yo debía ir a verlo en seguida y procurarme un carruaje. La *soirée* no terminaría antes de las dos; y a aquella hora el vehículo debía hallarse a la puerta; entonces, en medio de la confusión motivada por la partida de los concurrentes, *Madame* L. podría fácilmente entrar en el coche sin que nadie lo notase. Luego nos iríamos a casa de un sacerdote que estaría esperándonos; allí nos casaríamos, nos despediríamos de Talbot y luego partiríamos para un corto viaje por el Este; y dejaríamos al mundo elegante que hiciese todos los comentarios que le vinieran en gana. Luego de planear todo aquello, inmediatamente me despedí, y me fui en busca de Talbot; pero por el camino no pude contenerme de entrar en un hotel con el propósito de inspeccionar la miniatura; lo cual hice con el poderoso auxilio de aquellos lentes. ¡El rostro era de belleza extraordinaria! ¡Qué ojos tan radiantes! — ¡Qué altiva nariz griega! — ¡Qué abundantes y negros bucles! «¡Ah!», dije para mí, lleno de entusiasmo, «¡ésta es, en efecto, la viva imagen de mi amada!» Miré luego el reverso; y descubrí las palabras — «Eugenia Lalande — a la edad de veintisiete años y siete meses».

Hallé a Talbot en su casa, y acto seguido comencé a enterarlo de mi buena suerte. Él manifestó extraordinario asombro, como era natural, pero me felicitó muy cordialmente, y me ofreció toda la ayuda que estuviese en su poder. En una palabra, cumplimos todos nuestros preparativos al pie de la letra; y a las dos de la madrugada, diez minutos precisos después de la ceremonia, me hallé en un coche cerrado con *madame* Lalande — esto es, con la que ya era *mistress* Simpson — y corriendo al galope fuera de la ciudad en dirección Nordeste.

Habíamos determinado con Talbot que, luego de viajar toda la noche, efectuaríamos nuestra primera parada en C —, aldea que se hallaba a unas veinte millas de la ciudad, y allí tomaríamos un temprano almuerzo y algún reposo antes de continuar nuestro camino. A las cuatro en punto, pues, el coche se detuvo a la puerta de la hospedería principal. Tomé de la mano a mi adorada, y ordené inmediatamente nos sirvieran el almuerzo. Mientras tanto, nos llevaron a una salita donde nos sentamos.

Era ya casi de día; y al mirar lleno de arrobo al ángel que tenía junto a mí, se me ocurrió de pronto la idea de que en realidad, era aquél el primer momento desde que conocía la famosa belleza de *madame* Lalande, en que yo podía disfrutar de una inspección, muy de cerca y a la plena luz del día, de aquella hermosura.

«Y ahora *mon ami*», dijo ella tomándome la mano, interrumpiendo el curso de mis reflexiones, «y ahora *mon cher ami,* puesto que ya estamos unidos indisolublemente — puesto que ya he accedido a sus tan apasionadas súplicas, y cumplido mi parte de nuestro acuerdo — supongo que usted no ha olvidado que también debe concederme un pequeño favor — una pequeña promesa — que usted me ha ofrecido cumplir. ¡Ah, espere! ¡Deje que lo recuerde! Sí; recuerdo perfectamente las palabras precisas de la promesa que usted ha hecho la noche pasada a Eugenia. ¡Atiéndame! Usted ha dicho: «¡Concedido! — ¡De acuerdo y con toda satisfacción sacrifico por usted todos mis sentimientos! Esta noche llevaré estos amados anteojos *como* unos lentes de mano y sobre mi corazón; pero a los primeros albores de esa mañana que me procurará el privilegio de llamarla mi esposa, yo me los pondré sobre — sobre mi nariz — y los llevaré en ella siempre, y en la menos romántica, menos elegante, pero sin duda más útil, forma que usted desea.» Estas han sido sus palabras exactas, mi amado esposo, ¿no es cierto?»

«Han sido ésas», dije: «tiene usted excelente memoria y le aseguro, hermosa Eugenia mía, que no hay en mí el menor propósito de faltar al cumplimiento de la insignificante promesa que encierran. ¡Mire usted! ¡Atienda!, aquí están preparados — es decir — ¿no lo están?» y luego de disponer los cristales en la forma ordinaria de anteojos, los coloqué escrupulosamente en su adecuada posición. Mientras tanto *madame* Simpson luego de ajustarse el sombrero y cruzar los brazos, se quedó sentada en su sillón con el cuerpo rígidamente enderezado, en una postura sobrado envarada y relamida, y aun a decir verdad bastante indecorosa.

«¡Dios me asista!», exclamé casi en el mismo instante en que el aro de los anteojos se posaba en mi nariz. «¡Qué me ocurre! ¡Dios me asista! — ¿Pero qué tienen estos cristales?» Y quitándomelos rápidamente, los froté afanoso con un pañuelo de seda y volví a ajustármelos.

Pero si en el primer momento había ocurrido algo que me había llenado de sorpresa en el segundo, esta sorpresa se convirtió en asombro; y aquel asombro era profundo — era extremado — y aun puedo decir que horripilado. ¡Por vida de todo lo feo! ¿Qué significaba aquello? ¿Podía yo dar crédito a mis ojos? — *¿podría yo?* — tal era el problema. ¿Era aquello — era aquello — era aquello *colorete?* ¿y eran aquéllas — eran aquéllas — eran aquellas *arrugas,* en el rostro de Eugenia Lalande? Y, ¡oh! ¡Por Júpiter y por todos los dioses y diosas, grandes y pequeños! — ¿qué — qué — qué — qué había sido de sus dientes? Arrojé los anteojos violentamente al suelo mirando cara a cara a *mistress* Simpson, y con mis brazos en jarras, riendo sarcásticamente y echando espumarajos, pero al mismo tiempo completamente mudo de terror y de rabia.

He dicho ya que *madame* Eugenia Lalande — esto es la señora Simpson, no hablaba el inglés mucho mejor de como lo escribía, y por esta razón nunca lo usaba en las ocasiones ordinarias. Pero el enojo arrastra a una mujer a todos los extremos; y en el caso presente arrastró a *mistress* Simpson al extremo inaudito de intentar una conversación en aquella lengua que apenas comprendía.

«Bueno, señor», dijo ella después de mirarme bien de pies a cabeza, fingiendo mucho asombro, durante unos momentos — «¡Bueno, señor! ¿qué ocurre? — ¿Qué le sucede ahora? ¿Le ha dado la danza de san Vito? y si no, ¿es que le han engañado en su trato?»

«¡Miserable!», dije sin poder resolver, «¡Usted — usted — usted, no es más que una vieja bruja malvada!»

«¿Bruja yo? — ¡¿yo vieja?! — no soy tan vieja al fin y al cabo puesto que no paso ni un día de los ochenta y dos años.»

«¡Ochenta y dos!», exclamé tambaleándome y retrocediendo hasta la pared. «¡Por vida de ochenta y dos centenares de miles de viejos chochos! ¡La miniatura decía, veintisiete años y siete meses!»

«¡Sin duda! — ¡eso es! — ¡la pura verdad! Pero ese retrato fue pintado hace ya cincuenta y cinco años. Cuando yo me casé con mi segundo esposo *monsieur* Lalande, me hizo el retrato mi hija de mi primer marido, *monsieur* Moissart!»

«¡Moissart!», dije yo.

«¡Sí, Moissart!», dijo ella imitando burlonamente mi pronunciación del francés, que a decir verdad no era muy buena; «¿qué hay? ¿qué sabe usted de Moissart?»

«¡Nada! ¡Viejo espantajo! — nada sé de él; pero es que yo tuve un antepasado de ese nombre hace ya mucho tiempo.»

«¿De ese nombre? ¿Y qué tiene usted que decir de ese nombre? Es un nombre muy bueno; como también lo es Voissart — éste también es un buen nombre. Mi hija, *mademoiselle* Moissart, se casó con *monsieur* Voissart; y estos nombres son los dos muy respetables.»

«¿Moissart?», exclamé, «¡y Voissart! pero ¿qué está usted diciendo?»

«¿Qué estoy diciendo? — Estoy diciendo Moissart y Voissart; y además quiero decir Croissart y Froissart también, para hablar propiamente. La hija de mi hija *mademoiselle* Voissart, se casó con *monsieur* Croissart, y luego la nieta de mi hija *mademoiselle* Croissart se casó con *monsieur* Froissart; y supongo que no me dirá usted que éste no es un nombre *muy* respetable.»

«¡Froissart!», dije yo, comenzando a desmayarme. «¿Pero dice usted de veras Moissart, y Voissart, y Croissart, y Froissart?»

«Sí», replicó, repantigándose completamente en su sillón y estirando cuanto pudo sus miembros inferiores; sí, Moissart, y Voissart, y Croissart, y Froissart. Pero *monsieur* Froissart era lo que se llama un estúpido — un verdadero estúpido como usted — porque dejó la *belle France* para venirse a vivir a esta imbécil América vuestra — y aquí tuvo un hijo muy estúpido, pero muy estúpido, según he oído decir, aunque no hemos tenido el gusto de conocerlo — ni yo ni mi esposo — de *madame* Stephanie Lalande. Su nombre es Napoleón Bonaparte Froissart, y supongo que no dirá usted que este nombre no sea *también* un nombre *muy* respetable.»

Ya fuese por su extensión, ya por su naturaleza, este discurso tuvo el efecto de producir en *mistress* Simpson una extraordinaria cólera: y apenas lo terminó con grandes trabajos, saltó de su sillón como persona embrujada tirando por el suelo, desprendido de sus ropas, enorme cantidad de piezas de relleno. Una vez de pie, rechinó sus encías, blandió sus brazos, se subió las mangas, agitó sus puños ante mi rostro teniendo en ellos una inmensa peluca de muy preciado y hermoso cabello negro, la estrelló contra el suelo dando un gran chillido y se puso a brincar y danzar sobre ella un fandango, en un arrebato de congoja y de cólera.

Mientras tanto yo me había hundido aterrorizado en el sillón de donde se había levantado ella. «¡Moissart y Voissart!», repetía yo meditabundo, mientras ella se arrancaba uno de los grandes lazos de sus hombros, «¡y Croissart y Froissart!», mientras ella destrozaba el otro lazo — «Moissart y Voissart y Croissart y Napoleón Bonaparte Froissart. ¡Óigame, inefable y vieja serpiente, ése soy *yo* — ése soy *yo* — ¿lo oye usted? — ése soy *yo*» — me puse a gritar en el tono más agudo de mi voz — «ése soy *yo-o-o* — ¡yo soy

Napoleón Bonaparte Froissart! ¡Y que me condene eternamente si no me he casado con mi tatarabuela!»

Madame Eugenia Lalande *cuasi* Simpson — antes Moissart — era ni más ni menos, que mi tatarabuela. En su juventud había sido hermosa, y aun a sus ochenta y dos años, conservaba la talla majestuosa, el escultórico perfil de su cabeza, los bellos ojos y la nariz griega de su primera juventud. Con estas cualidades, el blanco de perla, el colorete, el cabello postizo, los postizos dientes, y la *tournure* postiza, así como con ayuda, de las más hábiles modistas de París, se había ingeniado para representar un buen papel entre las bellezas un *peu passées* de la metrópoli francesa. A este respecto realmente podía considerársela poco menos que la igual de la celebrada Ninón de L'Enclos.

Era inmensamente rica, y habiéndose quedado viuda por segunda vez y sin hijos, se había acordado de mi existencia en América y, con el propósito de hacerme su heredero, se había determinado a visitar los Estados Unidos en compañía de una parienta lejana de su segundo marido, extraordinariamente bella — una señora Stephanie Lalande.

En la Ópera, mi presencia llamó fuertemente la atención de mi tatarabuela; y luego de examinarme con los anteojos quedó sorprendida al notar en mí cierto parecido de familia con ella.

Interesada de este modo y sabiendo que el heredero a quien buscaba vivía realmente en la ciudad, procuró informarse acerca de mí. El caballero que la acompañaba me conocía de vista y le dijo quién era yo. Aquella información la indujo a repetir su examen con los anteojos; y aquel examen fue lo que me enardeció de tal modo que me comporté de la absurda manera ya referida. Entonces fue cuando me devolvió el saludo; pero pensando que yo, por alguna circunstancia extraña, había descubierto su identidad. Cuando, engañado por la debilidad de mi vista, y las artes del atavío, respecto a la edad y a los encantos de la singular señora, pregunté con aquel entusiasmo a Talbot quién era ella, él se había figurado desde luego que yo me refería a la beldad más joven de aquellas dos, y por eso me informó con toda verdad de que era «la famosa viuda *madame* Lalande».

En la calle, a la mañana siguiente, mi tatarabuela encontró a Talbot, antiguo conocido suyo en París; y la conversación, como es muy natural versó acerca de mí. Entonces quedaron explicados los defectos de mi vista, los cuales eran conocidos, aunque yo había pensado ocultarlos; y mi buena y anciana parienta comprendió entonces, y doliéndole mucho, que se había engañado al suponer que yo había descubierto su parentesco; y que lo único que había hecho había sido cometer la tontería de hacerle el amor abiertamente, y en un teatro, a una mujer anciana y desconocida. Entonces, quiso castigarme por aquella imprudencia, y tramó todo aquel enredo con Talbot. Intencionadamente se alejó éste de la ciudad para evitar la presentación que yo le pedía. Mis investigaciones callejeras acerca de la «hermosa viuda *madame* Lalande», se supuso que se referían desde luego a la más joven; y de este modo, la conversación con los tres caballeros a quienes yo encontré poco después de salir de casa de Talbot, se explicaban perfectamente como también su indirecta acerca de Ninón de L'Enclós. No hallé oportunidad para ver de cerca a *madame* Lalande a la luz del día, y en su velada musical mi necia presunción en no querer servirme de lentes fue lo que me impidió descubrir su edad. Cuando «*madame* Lalande» fue invitada a cantar, a la que yo oí fue a la más joven; y ésta fue la que se había levantado para cantar; mi tatarabuela, para completar mi engaño, se había levantado al mismo tiempo para acompañarla al piano en el salón principal. Por si yo me hubiese decidido a acompañarla hasta allí, ella había ya pensado recomendarme que, por no llamar la atención me quedase donde estaba; pero mi prudente precaución hizo esto innecesario. De modo que las melodías que yo tanto admiré, y que me habían de tal modo confirmado en mi impresión acerca de la juventud de mi amada, habían sido cantadas por *madame* Stephanie Lalande. Los anteojos me fueron ofrecidos para añadir a la burla una represión — un aguijón al epigrama de mi desengaño. Aquel obsequio procuró oportunidad para la lección acerca de mi vanidad con que fui tan especialmente edificado. Casi no es necesario añadir que los cristales de aquel instrumento que usaba la anciana señora, los había cambiado ella por un par mejor adaptado a mi juventud. En efecto, se me adaptaban perfectamente.

El sacerdote, que no había hecho sino fingir aquel fatal enlace, era un amigo muy chancero de Talbot, y no un clérigo. Hombre muy «vivo», que luego de quitarse la sotana para vestirse una librea, fue el que condujo el coche *de alquiler* que había transportado «la feliz pareja» fuera de la ciudad. Talbot tomó asiento junto a él. Los dos pillastres estaban, pues, de acuerdo y, por una ventana medio abierta de la salita posterior de la hostería, se estuvieron divirtiendo muy regocijados en ver el *desenlace* del drama. Pienso que me veré obligado a desafiarlos a los dos.

A pesar de todo, *no* soy el marido de mi tatarabuela; y éste es un pensamiento que me procura infinito desahogo; — pero *soy* el marido de *madame* Lalande — de *madame* Stephanie Lalande —, con la cual mi anciana parienta, al mismo tiempo que me ha declarado por su único heredero cuando ella muera — si es que llega a morirse — se ha tomado la molestia de emparejarme. En conclusión: ya se han terminado para mí las cartitas de amor, y nadie me verá jamás sin mis ANTEOJOS.

LA CARTA ROBADA

Nil sapientiae odiosius acumine nimio.

SÉNECA.

En París, después de una tormentosa noche, en el otoño de 18..., gozaba yo de la doble voluptuosidad de la meditación y de una pipa de espuma de mar, en compañía de mi amigo C. Augusto Dupin, en su pequeña biblioteca privada o gabinete de lectura, situada en el piso tercero del número 33 de la *rue* Dunôt, en el barrio de Saint-Germain. Durante una hora, por lo menos, habíamos permanecido en un profundo silencio. Cada uno de nosotros, para cualquier observador, hubiese parecido intensa y exclusivamente atento a las volutas de humo que adensaban la atmósfera de la habitación. En lo que a mí respecta, sin embargo, discutía mentalmente ciertos temas que habían constituido nuestra conversación en la primera parte de la noche. Me refiero al asunto de la *rue* Morgue y al misterio relacionado con el asesinato de María Roget. Consideraba yo aquello, por tanto, como algo coincidente, cuando la puerta de nuestra habitación se abrió dando paso a nuestro antiguo conocido *monsieur* G***, prefecto de la Policía parisiense.

Le acogimos con una cordial bienvenida, pues aquel hombre tenía su lado simpático, así como su lado despreciable, y no le habíamos visto hacía varios años. Como estábamos sentados en la oscuridad, Dupin se levantó entonces para encender una lámpara; pero volvió a sentarse, sin hacer nada, al oír decir a G*** que había venido para consultarnos, o más bien para pedir su opinión a mi amigo, sobre un asunto oficial que le había ocasionado muchos trastornos.

—Si es un caso que requiere reflexión — observó Dupin, desistiendo de encender la mecha —, lo examinaremos mejor en la oscuridad.

—Esta es otra de sus extrañas ideas — dijo el prefecto, quien tenía la costumbre de llamar «extrañas» a todas las cosas que superaban su comprensión, y que vivía así entre una legión completa de «extrañezas».

—Es muy cierto — convino Dupin, ofreciendo a su visitante una pipa y arrastrando hacia él un cómodo sillón.

—Y bien, ¿cuál es la dificultad? — pregunté —. Espero que no sea nada relacionado con el género asesinato.

—¡Oh, no! Nada de eso. El hecho, el asunto es muy sencillo en realidad, y no dudo que podríamos arreglárnoslas bastante bien nosotros solos; pero luego he pensado que a Dupin le agradaría oír los detalles de esto, porque es sumamente *extraño*.

—Sencillo y extraño — subrayó Dupin.

—Pues sí, y no es exactamente ni una cosa ni otra. El hecho es que nos ha traído grandes quebraderos de cabeza ese asunto por ser tan sencillo y, a la par, tan desconcertante.

—Quizá sea la gran sencillez de la cosa la que los induce al error — dijo mi amigo.

—¡Qué insensatez está usted diciendo! — replicó el prefecto, riendo de buena gana.

—Quizá el misterio sea un poco *demasiado* sencillo — dijo Dupin.

—¡Oh, Dios misericordioso! ¿Quién ha oído alguna vez semejante idea?

—Un poco *demasiado* evidente.

—¡Ja, ja, ja! ¡Ja, ja, ja! ¡Jo, jo, jo! — gritaba nuestro visitante, enormemente divertido —. ¡Oh, Dupin! ¿ Quiere usted hacerme morir de risa?

—¿De qué se trata, en fin de cuentas? — pregunté.

—Pues voy a decírselo — anunció el prefecto, lanzando una larga y densa bocanada, a la vez que se arrellanaba en su asiento —. Voy a decírselo en pocas palabras. Pero antes de comenzar, me permito advertirle que se trata de un asunto que requiere el mayor secreto. Y que perdería yo, muy probablemente, el puesto que ocupo en la actualidad si se supiera que se lo había confiado a alguien.

—Empiece ya — le invité.

—O no empiece — dijo Dupin.

—Bueno, empezaré. Estoy informado personalmente, por fuente muy elevada, de que cierto documento de la mayor importancia ha sido robado de las habitaciones reales. Se sabe quién es el individuo que lo ha robado, esto no admite duda. Le han visto robarlo. Y se sabe, también, que lo tiene en su poder.

—¿Cómo se ha sabido? — preguntó Dupin.

—Se infiere claramente — replicó el prefecto —, de la naturaleza del documento, y de la no aparición de ciertos resultados que habrían tenido lugar en seguida, si no estuviese el documento en poder del ladrón. Es decir, si fuera utilizado para el fin que debe él proponerse.

—Sea usted un poco mas explícito — insté al prefecto.

—Pues bien; me arriesgaré a decir que ese papel confiere a su poseedor cierto poder en cierto lugar, poder que es de una valía inmensa.

El prefecto era muy aficionado a la jerga y a los rodeos diplomáticos.

—Sigo sin entender absolutamente nada — dijo Dupin.

—¿No? Pues bien, trataré de ser más claro. La revelación de ese documento a una tercera persona, cuyo nombre silenciaré, pondría en entredicho el honor de alguien del más alto rango, y esto daría al poseedor del documento un ascendiente sobre esa ilustre personalidad, cuyo honor y tranquilidad se hallan así comprometidos.

—Pero ese ascendiente — interrumpí —, depende de que el ladrón sepa que la persona robada le conoce. ¿Quién se atrevería...?

—El ladrón — dijo G*** —, es el ministro D***, que se atreve a todo; lo mismo a lo que es indigno que a lo que es digno de un hombre. El procedimiento del robo es tan ingenioso como audaz. El documento en cuestión (una carta, para ser franco) ha sido recibido por la persona robada estando a solas en el regio *boudoir*. Mientras lo leía cuidadosamente, fue interrumpida de pronto por la entrada del otro ilustre personaje, a quien ella deseaba especialmente ocultarlo. Después de precipitados y vanos esfuerzos para meterlo en un cajón, se vio obligada a dejarlo, abierto como estaba, sobre una mesa. La dirección, no obstante, estaba vuelta y el contenido, por tanto, era ilegible; de modo que la carta pasó inadvertida. En ese momento entra el ministro D***. Sus ojos de lince ven en seguida el papel, reconocen la letra y la dirección, observan la confusión de la persona a quien iba dirigido, y la persona penetra su secreto. Después de despachar algunos asuntos, con la celeridad en él acostumbrada, saca una carta un tanto parecida a la misiva en cuestión; la abre, finge leerla, y luego, la coloca muy cerca de la otra. Vuelve a conversar durante unos quince minutos sobre los asuntos públicos. Y, por último, se despide y coge de la mesa la carta a la que no tiene derecho. La legítima poseedora lo ve; pero, naturalmente, no se atreve a llamar la atención sobre aquel acto en presencia del tercer personaje que está junto a ella. El ministro se marcha, dejando su propia carta, una carta sin importancia, sobre la mesa.

—Ahí tiene usted — me dijo Dupin —, ahí tiene usted precisamente lo que se requería para que el ascendiente fuese completo: el ladrón sabe que la persona robada le conoce.

—Sí — asintió el prefecto —, y el poder alcanzado así lo ha usado con amplitud desde hace algunos meses para sus fines políticos; hasta un punto muy peligroso. La persona robada está cada día más convencida de la necesidad de recuperar su carta. Pero esto, sin duda, no puede hacerse abiertamente. Al fin, impulsada por la desesperación, me ha encargado del asunto.

—Era imposible, supongo — me dijo Dupin, lanzando una perfecta voluta de humo —, elegir, e incluso imaginar, un agente más sagaz.

—Usted me adula — replicó el prefecto —, pero es posible que hayan tenido en cuenta esta opinión.

—Está claro — dije —, como usted ha hecho observar, que la carta se halla aún en posesión del ministro, puesto que es esa posesión y no el uso de la carta lo que le confiere su poder. Con el uso ese poder desaparece.

—Es cierto — afirmó G*** —, y con esa convicción he procedido. Mi primer cuidado ha sido efectuar una pesquisa en el hotel del ministro, y allí mis primeros apuros han estribado en la necesidad de buscar sin que él lo supiese. Por encima de todo estaba yo prevenido contra el peligro existente en darle motivo para que sospechase nuestro propósito.

—Pero — observé —, se halla usted completamente *au fait* (1) en estas investigaciones. La policía parisiense ha hecho eso más de una vez.

—¡Oh, sí! Y por esa razón no desespero. Además, las costumbres del ministro me proporcionan una gran ventaja. Está ausente con frecuencia de su casa por la noche. No tiene muchos criados. Duermen éstos a cierta distancia de la habitación de su amo. Y como, por otro lado, son casi todos napolitanos, están siempre dispuestos a emborracharse. Poseo, como usted sabe, llaves con las cuales puedo abrir todos los cuartos o gabinetes de París. Durante tres meses no ha pasado una noche cuya mayor parte no la haya dedicado en persona a registrar el hotel de D***. Mi honor está en juego. Y, para terminar de confiarle el gran secreto, la recompensa es muy crecida. Por eso no he abandonado la búsqueda hasta estar por completo convencido de que ese hombre es más astuto que yo. Creo que he registrado cada escondrijo, y cada rincón de la casa en los cuales podía estar oculto el papel.

—Pero — sugerí —, ¿no sería posible que, aunque la carta estuviera en posesión del ministro, y lo está indudablemente, la hubiera escondido él en otra parte que en su propia casa?

—Eso no es posible en absoluto — aseguró Dupin —. La situación peculiar actual de los asuntos de la corte, y en especial de esas intrigas en las que D*** está, como se sabe, envuelto, hacen de la eficacia inmediata del documento — de la posibilidad de ser presentado en el momento — un punto de una importancia casi igual a su posesión.

—¿La posibilidad de ser presentado? — dije.

—Es decir, de ser destruido — dijo Dupin.

—De seguro — observé —, ese papel está en la casa. En cuanto a que lo lleve encima el ministro, podemos considerar esta hipótesis de todo punto como ajena a la cuestión.

—De todo punto — dijo el prefecto —. Le he hecho atracar dos veces por dos maleantes, y su persona ha sido rigurosamente registrada bajo mi propia inspección.

—Podía usted haberse ahorrado esa molestia — opinó Dupin —. D***, por lo que presumo, no está loco rematado, y por tanto, ha debido prever esos atracos como cosa natural.

---

(1) Al corriente. En francés en el original. (N. del T.)

—No está loco rematado — dijo G*** —, pero es un poeta. Por lo cual, para mí, se halla muy cerca de la locura.

—Es cierto — admitió Dupin, después de lanzar una larga bocanada de humo de su pipa de espuma —, aunque sea yo mismo culpable de ciertas aleluyas.

—Dénos usted detalles precisos de su busca — dijo mi amigo.

—Pues bien: el hecho es que nos hemos tomado tiempo y hemos buscado *por todas partes*. Tengo una larga experiencia en estos asuntos. Hemos recorrido la casa entera, cuarto por cuarto, dedicando las noches de toda una semana a cada uno. Hemos examinado primero el mobiliario de cada habitación y abierto todos los cajones posibles, y supongo que sabrá usted que, para un agente de policía convenientemente adiestrado, un cajón *secreto* no resulta una cosa imposible. Es un mastuerzo todo hombre que en una pesquisa de ese género permite que un cajón secreto escape a su búsqueda. ¡La cosa es tan sencilla! Hay en cada estancia una cubicación de la cual puede uno darse cuenta. Tenemos para eso reglas exactas. Ni la quincuagésima parte de una línea en sus medidas puede escapársenos. Después de las habitaciones nos hemos dedicado a las sillas. Los almohadones han sido sondeados con esos finos aguijones que me ha visto usted emplear. Hemos quitado los tableros de las mesas.

—¿Y eso para qué?

—A veces el tablero de una mesa, o de cualquier otra pieza semejante del mobiliario, es levantado por la persona que desea esconder un objeto. Ahueca entonces la pata, deposita el objeto dentro de la cavidad y vuelve a colocar el tablero. Los fondos y remates de las columnas de las camas son utilizados para el mismo fin.

—Pero, ¿no puede descubrirse ese hueco por el sonido? — pregunté.

—No hay manera, si ha sido depositado el objeto envuelto en un relleno de algodón suficiente. Además, en nuestro caso, nos veíamos obligados a actuar sin hacer ruido.

—Pero ustedes no han podido desmontar *todas* las piezas de moblaje en las cuales hubiera sido factible depositar un objeto de la manera que usted ha indicado. Una carta puede ser enrollada en una espiral muy fina, parecidísima en su forma a una aguja de hacer punto, y ser así introducida dentro del palo de una silla, por ejemplo ¿Han desmontado ustedes las piezas de todas las sillas del aposento?

—Ciertamente que no. Pero hemos hecho algo mejor. Hemos examinado los palos de cada silla en el hotel, e incluso las junturas de toda clase de muebles, con ayuda de un potente microscopio. Si hubiese habido un indicio cualquiera de una alteración reciente, no hubiéramos dejado de descubrirlo al punto. Un solo grano de polvo de berbiquí, por ejemplo, habría aparecido tan visible como una manzana. Cualquier alteración en la cola, una simple grieta en las junturas, hubiese bastado para asegurar su descubrimiento.

—Supongo que habrán ustedes examinado los espejos, entre la luna y la chapa, y que habrán registrado las camas y sus ropas, lo mismo que las cortinas y alfombras.

—¡Naturalmente! Y, cuando hubimos examinado cada partícula del mobiliario de ese modo, examinamos la propia casa. Dividimos su superficie entera en compartimientos que numeramos, para que así no se nos olvidase ninguno. Después examinamos cada pulgada cuadrada por todas partes, incluyendo las dos casas contiguas, con el microscopio, como antes.

—¡Las dos casas contiguas! — exclamé —. Ha debido usted de afrontar grandes dificultades.

—En efecto, pero la recompensa ofrecida es prodigiosa.

—¿Incluye usted los pisos de las casas?

—Todos los suelos son de ladrillo. En comparación con lo demás, eso nos ha dado poco trabajo. Hemos examinado el musgo entre los ladrillos, encontrándolo intacto.

—Habrá usted mirado entre los papeles de D***, por supuesto, y dentro de los libros de su biblioteca, como es natural.

—Sin duda. Hemos abierto cada paquete y cada bulto. Y no sólo hemos ojeado todos los libros, sino que hemos pasado hoja por hoja de cada volumen. No nos contentamos con una simple sacudida, según suelen hacer algunos de nuestros oficiales de Policía. Hemos medido también el espesor de cada pasta de libro con la más exacta minuciosidad, aplicando a cada una las más escudriñadoras miradas del microscopio. Si se hubiera introducido algo en una de las encuadernaciones, habría sido del todo imposible que el hecho escapase a nuestra observación. Unos cinco o seis volúmenes, que acababan de salir de manos del encuadernador, fueron cuidadosamente sondeados, en sentido longitudinal, con las agujas.

—¿Han explorado ustedes los suelos por debajo de las alfombras?

—Sin duda alguna. Hemos quitado todas las alfombras y examinado las tablas con el microscopio.

—¿Y los papeles de las paredes?

—Sí.

—¿Han registrado las cuevas?

—Lo hemos hecho.

—Entonces — dije —, han incurrido ustedes en un error, y la carta *no está* en la casa, como usted supone.

—Temo que tenía usted razón en eso — dijo el prefecto —. Y ahora, Dupin, ¿qué me aconseja que haga?

—Una investigación concienzuda en la casa.

—Eso es completamente inútil — replicó G*** —. No estoy tan seguro de que respiro como de que la carta no se halla en el hotel.

—No tengo mejor consejo que darle — dijo Dupin —. ¿Posee usted, supongo, una descripción exacta de la carta?

—¡Oh, sí!

Y aquí el prefecto sacando una cartera de apuntes, se puso a leernos en alta voz una minuciosa reseña del aspecto interno, y en especial del externo, del documento perdido. Al poco rato de terminar la lectura de aquella descripción, se despidió el buen señor, más decaído de ánimo que le había yo visto nunca hasta entonces.

Un mes después, aproximadamente, nos hizo otra visita, encontrándonos casi en la misma ocupación que la otra vez. Cogió una silla, sacó una pipa de un bolsillo, se puso a fumar e inició una conversación baladí. Por último, le dije:

—Bueno, G***, pero, ¿qué hay de la carta robada? Supongo que al final se habrá usted resignado a pensar que no es cosa sencilla ganar en listeza al ministro.

—¡Que el diablo le confunda! — exclamó G*** —. Sí; realicé, a pesar de todo, ese nuevo examen que Dupin sugería. Pero fue labor perdida, como yo suponía.

—¿A cuánto asciende la recompensa ofrecida, de que usted habló? — quiso saber Dupin.

—Pues a una gran cantidad... Es una recompensa *muy* generosa... No sé a cuánto asciende exactamente. Pero le diré una cosa. Y es que me comprometería yo a entregar por mi cuenta un cheque de cincuenta mil francos a quien pudiese conseguirme esa carta. El hecho es que el asunto adquiere cada día mayor importancia y la recompensa ha sido doblada recientemente. Sin embargo, y aunque la tripliquen, no podría yo hacer más de lo que hice.

—Pues sí — dijo Dupin, arrastrando siempre las palabras, entre las bocanadas de su pipa de espuma —. Realmente..., creo, G***, que no se ha esforzado usted... todo lo que podía en este asunto. Yo creo que podría hacer un poco más, ¿no?

—¡Cómo!... ¿En qué sentido?

—Pues — dos bocanadas — podría usted — otras dos bocanadas — aplicar el consejo sobre esta cuestión, ¿eh? — tres bocanadas —. ¿Recuerda usted la historia que cuentan de Abernethy?

—¡No, maldito Abernethy!

—De acuerdo; ¡al diablo y buen viaje! Pero escuche... Una vez, cierto hombre rico concibió el propósito de obtener gratis una consulta médica de Abernethy. Con tal fin entabló con él en una casa particular una conversación corriente, a través de la cual insinuó su caso al galeno, como si se tratase de un individuo imaginario. «Supongamos, dijo el avaro, que sus síntomas son tales y cuales, y ahora, doctor, ¿qué le mandaría usted que tomase?» «Pues le mandaría que tomase... el consejo de un médico, seguramente.»

—Pero — dijo el prefecto, un poco desconcertado — estoy por completo dispuesto a buscar consejo y a pagarlo. Daría, realmente, cincuenta mil francos a quien quisiera ayudarme en este asunto.

—En ese caso — replicó Dupin, abriendo un cajón y sacando un talonario de cheques —, puede usted llenarme un cheque por esa suma. Cuando lo haya usted firmado, le entregaré la carta.

Me quedé estupefacto. El prefecto parecía fulminado. Durante unos minutos permaneció callado e inmóvil, mirando con aire incrédulo a mi amigo; con la boca abierta y los ojos como fuera de las órbitas. Luego, pareció volver en sí algún tanto. Cogió una pluma y, después de alguna vacilación, acabó por llenar y firmar un cheque de cincuenta mil francos, que tendió, por encima de la mesa, a Dupin. Este lo examinó cuidadosamente y se lo guardó en la cartera. Después, abriendo uno de los cajones de su escritorio, sacó de él una carta y se la dio al prefecto. El funcionario la asió dando evidentes muestras de alegría, la abrió con mano trémula, echó una rápida ojeada a su contenido y luego, precipitándose a la puerta, se fue sin más ceremonia. Salió de la habitación y de la casa sin haber pronunciado una sílaba desde que Dupin le había pedido que llenase el cheque.

Cuando se hubo marchado, mi amigo entró en algunas explicaciones:

—La Policía parisiense es sumamente hábil en su oficio. Sus agentes son perseverantes, ingeniosos y astutos, están versados a fondo en los conocimientos que requieren sus funciones. Por eso, cuando G*** nos detalló la manera de efectuar las pesquisas en el hotel de D***, tenía yo entera confianza en que habían realizado una investigación satisfactoria, hasta donde alcanza su labor...

—¿Hasta donde alcanza su labor? — repetí.

—Sí — afirmó Dupin —. Las medidas adoptadas eran no sólo las mejores en su género, sino realizadas con una perfección absoluta. Si la carta hubiera sido depositada dentro del radio de sus investigaciones, esos mozos la habrían encontrado, sin la menor duda.

Reí un poco simplemente, pero él parecía haber dicho aquello muy en serio.

—Las medidas — prosiguió —, eran buenas en su género. Y habían sido bien ejecutadas. Pero su defecto estribaba en ser inadecuadas al caso de ese hombre. Hay una serie de recursos muy ingeniosos que son para el prefecto una especie de lecho de Procusto al cual adapta al cabo todos sus planes. Pero yerra a todas horas por excesiva profundidad o por demasiada superficialidad en el caso en cuestión. Muchos colegiales razonan mejor que él. He conocido uno de ocho años de edad, cuyo éxito como adivinador en el juego de «pares y nones» causaba la admiración universal. Este juego es sencillo y se juega con bolas. Uno de los participantes tiene en la mano cierto número de esas bolas y pregunta a otro si ese número es par o impar. Si éste lo adivina con exactitud, el adivinador gana una; si yerra, pierde una. El muchacho a quien aludo ganaba todas las bolas de la escuela, naturalmente, tenía un sistema de adivinación que consistía en la simple observación y en la apreciación de la astucia de sus contrincantes. Por ejemplo, supongamos que su adversario sea un bobalicón y que alzando su mano cerrada le pregunta: «¿Nones o pares?» Nuestro colegial replica: «Nones», y pierde. Pero en la segunda prueba, gana. Porque se dice a sí mismo: «El bobalicón ha puesto pares la primera vez y toda su astucia le va a impulsar a poner nones en la segunda. Diré, por tanto: «Nones.» Dice «Nones» y, en efecto, gana. Ahora bien: este sistema de razonamiento de colegial, con un adversario un poco menos simple, lo variaría él razonando así: «Este chico ve que en el primer caso ha dicho «Nones», y en el segundo se propondrá, es la primera idea que se le ocurrirá, efectuar una ligera variación de «pares» a «nones» como hizo el bobalicón. Pero una segunda reflexión le dirá que es ésa una variación demasiado sencilla. Y, por último, se decidirá a poner «pares» como la primera vez. Diré, por tanto: «Pares.» Dice «Pares», y gana. Pues bien: este sistema de razonamiento de nuestro colegial, que sus camaradas llaman suerte, en último análisis, ¿qué es?

—Es sencillamente — dije —, una identificación del intelecto de nuestro razonador con el de su contrario.

—Eso es — convino Dupin —, y cuando pregunté al muchacho de qué manera efectuaba él esa perfecta identificación en la cual consistía su éxito, me dio la siguiente respuesta: «Cuando quiero saber hasta qué punto es alguien listo o tonto, hasta qué punto es bueno o malo, o cuáles son en el momento presentes sus pensamientos, modelo la expresión de mi cara, lo más exactamente que puedo, de acuerdo con la expresión de la suya, y espero entonces para saber qué pensamientos o qué sentimientos nacerán en mi mente o en mi corazón, como para emparejarse o corresponder con la expresión.» Esta respuesta del colegial supera en mucho toda la profundidad sofística atribuida a La Rochefoucauld, a La Bruyère, a Maquiavelo y a Campanella.

—Y la identificación del intelecto del razonador con el de su adversario depende — deduje —, si le comprendo a usted bien, de la exactitud con que el intelecto de su contrincante sea estimado.

—En la evaluación práctica depende de eso — confirmó Dupin —, y si el prefecto y toda su cohorte se han equivocado con tanta frecuencia, ha sido, primero, por carencia de esa identificación, y en segundo lugar, por una apreciación inexacta. O, más bien, por la no apreciación de la inteligencia con la que se miden. No ven ellos más que sus propias ideas ingeniosas, y cuando buscan algo escondido, sólo piensan en los medios que hubieran

empleado para ocultarlo. Tienen mucha razón en lo de que su propia ingeniosidad es una fiel representación de la de la multitud; pero, cuando la astucia del malhechor es diferente de la de ellos, ese malhechor, naturalmente, los
embauca... No deja eso nunca de suceder cuando su astucia está por encima de la de ellos, lo cual ocurre muy a menudo, incluso cuando está por
debajo. No varían su sistema de investigación. Todo lo más, cuando se encuentran incitados por algún caso insólito y... por alguna recompensa extraordinaria, exageran y llevan a ultranza sus viejas rutinas. Pero no modifican
en nada sus principios. En el caso de D***, por ejemplo, ¿qué se ha hecho
para cambiar el sistema de actuar? ¿Qué son todas esas perforaciones, esas
búsquedas, esos sondeos, ese examen al microscopio, esa división de las
superficies en pulgadas cuadradas y numeradas? ¿Qué es todo eso sino exageración, al aplicarlo, de uno de los principios de investigación que están
fundados sobre un orden de ideas referente a la ingeniosidad humana, y al
que el prefecto se ha habituado en la larga rutina de sus funciones? ¿No ve
usted que él considera como cosa demostrada que todos los hombres que
quieren esconder una carta utilizan, si no precisamente un agujero hecho
con berbiquí en la pata de una silla, al menos alguna cavidad, algún rincón
muy extraño, cuya inspiración han tomado del mismo registro de ideas que
el agujero hecho con un berbiquí? ¿Y no ve usted también que escondites
tan rebuscados sólo se emplean en ocasiones ordinarias y sólo se adoptan
por inteligencias ordinarias? Porque en todos los casos de objetos escondidos, esa manera ambiciosa y torturada de ocultar el objeto es, en principio,
presumible y presumida. Así, su descubrimiento no depende en modo alguno de la perspicacia, sino sólo del cuidado, de la paciencia y de la decisión
de los buscadores. Pero cuando se trata de un caso importante, o lo que es
igual a los ojos de la Policía, cuando la recompensa es considerable, ve uno
como todas esas buenas cualidades fracasan indefectiblemente. Comprenderá usted ahora lo que yo quería decir al afirmar que, si la carta robada hubiera estado escondida en el radio de investigación de nuestro prefecto, y
dicho de otra forma, si el principio inspirador hubiera estado comprendido
en los principios del prefecto, la habría él descubierto de un modo seguro,
infalible. Sin embargo, ese funcionario ha sido engañado por completo, y la
causa primera, original de su derrota estriba en la suposición de que el ministro es un loco, porque ha conseguido hacerse una reputación como poeta. Todos los locos son poetas. Es la manera de pensar del prefecto. Y tan
sólo es él culpable de una falsa distribución del término medio al inferir de
eso que todos los poetas están locos.

—¿Pero es, realmente, poeta? — pregunté —. Sé que son dos hermanos,
y que ambos han logrado fama en la literatura. El ministro, según creo, ha
escrito un libro muy notable sobre el cálculo diferencial e integral. Es un
matemático y no un poeta.

—Se equivoca usted. Le conozco muy bien. Es poeta y matemático. Y como poeta y matemático ha debido razonar con exactitud. Como simple matemático no hubiese razonado en absoluto, y habría quedado así a merced del prefecto.

—Semejante opinión — opiné — tiene que asombrarme. Está desmentida por la voz del mundo entero. No intentará usted aniquilar una idea madurada por varios siglos. La razón matemática está desde hace largo tiempo considerada como la razón *par excellence*.

—*Il y a à parier* — replicó Dupin, citando a Chamfort — *que toute idée publique, toute convention reçue, est une sottise car elle a convenue au plus grand nombre*. («Puede apostarse que toda idea pública, toda convención admitida, es una necedad, porque ha convenido a la mayoría.») Los matemáticos, le concedo esto, han hecho cuanto han podido por propagar el error popular a que usted alude, el cual, aun habiendo sido propagado como verdad, no por eso deja de ser un error. Por ejemplo, nos han acostumbrado, con un arte digno de mejor causa, a aplicar el término análisis a las operaciones algebraicas. Los franceses son los culpables originarios de ese engaño particular, pero si se reconoce que los términos de la lengua poseen una importancia real, y si las palabras cobran su valor por su aplicación, ¡oh! entonces concedo que *análisis* significa *álgebra*, poco más o menos como en latín *ambitus* significa ambición, *religio*, religión, o *homines honesti* la clase de hombres *honorables*.

—Veo que va usted a tener un choque con algunos de los algebristas de París, pero continúe.

—Impugno la validez. Y, por consiguiente, los resultados de una razón cultivada por medio de cualquier forma especial que no sea la lógica abstracta. Impugno especialmente el razonamiento ganado del estudio de las matemáticas. Las matemáticas son la ciencia de las formas y de las cantidades. El razonamiento matemático no es más que la simple lógica aplicada a la forma y a la cantidad. El gran error consiste en suponer que las verdades que se llaman puramente algebraicas son verdades abstractas o generales. Y este error es tan enorme que me maravilla la unanimidad con que es acogido. Los axiomas matemáticos no son axiomas de una verdad general. Lo que es cierto en una relación de forma o de cantidad, resulta a menudo un error craso con relación a la moral, por ejemplo. En esta última ciencia, suele ser falso que la suma de las fracciones sea igual al todo. De igual modo en química el axioma yerra. En la apreciación de una fuerza motriz, yerra también, pues dos motores, que son cada cual de una potencia dada, no poseen necesariamente, cuando están asociados, una potencia igual a la suma de sus potencias tomadas por separado. Hay una gran cantidad de otras verdades matemáticas que no son verdades sino en límites de relación—. Pero el matemático argumenta, incorregible, conforme a sus *verdades fini-*

tas, como si fueran de una aplicación general y absoluta, valor que, por lo demás, el mundo les atribuye. Bryant, en su muy notable *Mitología,* menciona una fuente análoga de errores cuando dice que, aun cuando nadie cree en las fábulas del paganismo, lo olvidamos nosotros mismos sin cesar, hasta el punto de inferir de ellas deducciones, como si fuesen realidades vivas. Hay, por otra parte, en nuestros algebristas, que son también paganos, ciertas fábulas paganas a las cuales se presta fe y de las que se han sacado consecuencias, no tanto por una falta de memoria como por una incomprensible perturbación del cerebro. En suma: no he encontrado nunca un matemático puro en quien se pudiera tener confianza, fuera de sus raíces y de sus ecuaciones; no he conocido uno solo que no tuviera por artículo de fe que x^2+px es absoluta e incondicionalmente igual a q. Diga a uno de esos señores, en materia de experiencia y si ello le divierte, que cree usted en la posibilidad del caso en que x^2+px no sea absolutamente igual a q, y cuando le haya hecho comprender lo que quiere usted decir, póngase fuera de su alcance. Y con la mayor celeridad posible. Pues, sin duda alguna, intentará acogotarle.

»Quiero decir — continuó Dupin, mientras yo me contentaba con reírme de sus últimas observaciones — que si el ministro no hubiera sido más que un matemático, el prefecto no se habría visto en la necesidad de firmarme ese cheque. Le conocía yo, por el contrario, como matemático y poeta. Y había adoptado mis medidas en razón a su capacidad y teniendo en cuenta las circunstancias en que se hallaba colocado. Sabía yo que era un hombre de corte y un intrigante audaz. Pensé que un hombre así debía de estar, sin duda, al corriente de los manejos policíacos. Por supuesto, debía de haber previsto, y los acontecimientos han venido a demostrarlo, las asechanzas a que estaba sometido. Me dije que habría imaginado las investigaciones secretas en su hotel. Esas frecuentes ausencias nocturnas que nuestro buen prefecto había acogido como ayudas positivas de su futuro éxito, yo las consideraba como simples tretas para facilitar libre búsqueda de la policía y para persuadirla con mayor facilidad de que la carta no estaba en el hotel. Sentía yo también que toda esa serie de ideas referentes a los principios invariables de la acción policíaca en los casos de busca de objetos escondidos, idea que le expliqué hace un momento no sin cierta dificultad, y sentía yo que toda esa serie de pensamientos debieron de desplegarse en la mente del ministro, llevándole imperativamente a desdeñar todos los escondrijos usuales. Pensé que aquel hombre no podía ser tan cándido que no adivinase que el escondite más intrincado y remoto de su hotel resultaría tan visible como un armario para los ojos, las pesquisas, los berbiquíes y los microscopios del prefecto. Creía yo, en fin, que él debía de haber tendido por instinto a la sencillez, si no había sido inducido a ello por su propia elección. Recordará usted acaso con qué carcajadas desesperadas acogió el prefecto mi sugerencia, expuesta en nuestra primera entrevista...

—Sí — dije —, recuerdo muy bien su hilaridad. Creí realmente que le iba a dar un ataque de nervios.

—El mundo material — prosiguió mi amigo — está lleno de analogías muy exactas con el inmaterial. Y esto es lo que da cierto tono de verdad a ese dogma retórico de que una metáfora o una comparación pueden fortalecer un argumento e igualmente embellecer una descripción. El principio de la *vis inertiae,* o fuerza de la inercia, parece idéntico en lo físico y en lo metafísico, por ejemplo. No es menos cierto, en cuanto a lo primero, que un cuerpo voluminoso se pone en movimiento más difícilmente que uno pequeño. Y, por consecuencia, su *momentum,* o cantidad de movimiento, está en proporción con esa dificultad. Y que, en cuanto a lo segundo, los intelectos de amplia capacidad son al mismo tiempo más impetuosos, más constantes y más accidentados en sus movimientos que los de un grado inferior. Son los que se mueven con menos facilidad, los más cohibidos y vacilantes al iniciar su avance. Aun más: ¿ha observado usted alguna vez cuáles son las muestras de tiendas en las calles que atraen más la atención?

—No me he fijado nunca en eso.

—Hay un juego de acertijos que se realiza sobre un mapa. Uno de los jugadores pide a alguien que encuentre un nombre dado. El nombre de una ciudad, de un río, de un Estado o... de un imperio. Cualquier palabra, en suma, comprendida en la extensión abigarrada e intrincada del mapa. Una persona novata en el juego procura, en general, embrollar a sus adversarios, indicándoles nombres impresos en gruesos caracteres que se extienden desde una punta a la otra del mapa, estas palabras, como las muestras y los carteles en letras grandes de la calle, escapan a la observación por el hecho mismo de su excesiva evidencia, y aquí el olvido material es precisamente análogo a la inatención moral de una inteligencia que deja pasar las consideraciones demasiado palpables, demasiado patentes. Pero es éste un punto, al parecer, que supera un poco la comprensión del prefecto. No ha creído nunca probable o posible que el ministro haya depositado la carta precisamente ante las narices del mundo entero, como medio mejor de impedir que lo perciba cualquier habitante de ese mundo.

»Pero cuanto más reflexionaba yo en la atrevida, arrojada y brillante ingeniosidad de D*** en el hecho de que debía de tener siempre a mano el documento para intentar utilizarlo de acuerdo con su propósito — prosiguió Dupin —, y también sobre la evidencia decisiva lograda por el prefecto de que ese documento no estaba escondido dentro de los límites de una investigación ordinaria y en regla, más convencido me sentía de que el ministro había recurrido, para esconder su carta, al modo más amplio y sagaz, que consistía en no intentar esconderla en absoluto.

»Convencido de tales ideas — continuó — me puse unas gafas verdes y llamé una mañana como por casualidad en el hotel del ministro. Encontré a D*** bostezando, holgazaneando y perdiendo el tiempo, pretendiendo estar aquejado del más abrumador aburrimiento. Es él, tal vez, el hombre más enérgico que existe hoy, pero únicamente cuando no le ve nadie.

»Para ponerme a tono con él, me lamenté de la debilidad de mis ojos y de la necesidad en que me encontraba de usar gafas. Pero, a través de aquellas gafas, examiné cuidadosa y minuciosamente la habitación entera, aunque pareciendo estar atento tan sólo a la conversación del dueño de la casa.

»Dediqué una atención especial a una amplia mesa de despacho junto a la cual estaba él sentado y sobre cuyo tablero veíanse reunidas en una mescolanza varias cartas y otros papeles, con uno o dos instrumentos de música y algunos libros. Después de aquel largo y cauto examen, no vi allí nada que excitase una especial sospecha.

»Por último, mis ojos, al recorrer en torno la habitación cayeron sobre un tarjetero de cartón con filigrana de baratija, colgado por una cinta azul sucia de una anilla, encima justamente de la chimenea. Aquel tarjetero con tres o cuatro compartimientos contenía cinco o seis tarjetas de visita y una carta solitaria. Esta última estaba muy sucia y arrugada y casi partida por la mitad, como si hubiesen tenido el propósito de, en un primer impulso, romperla por completo como un papel inútil y hubiesen luego cambiado de opinión. Tenía un ancho sello negro con la inicial D*** *muy* a la vista, y estaba dirigida, con una letra muy pequeña, al propio ministro. La habían puesto allí al descuido. E incluso, al parecer, con desprecio.

»Apenas eché una ojeada sobre aquella carta llegué a la conclusión de que era la que yo buscaba. Evidentemente, resultaba en su aspecto por completo distinta de aquella de la cual nos había leído el prefecto una descripción tan minuciosa. En ésta el sello era ancho y negro, con la cifra D***. En la otra, era pequeño y rojo; con el escudo ducal de la familia S***. En ésta la dirección al ministro estaba escrita con una letra diminuta y femenina. En la otra, la dirección a una persona regia aparecía trazada con una letra a todas luces resuelta y personal. El tamaño era su único punto de semejanza. Pero el carácter excesivo de estas diferencias, fundamentales en realidad; la suciedad y el estado deplorable del papel, arrugado y roto, que estaban en oposición con las verdaderas costumbres de D***, tan metódicas, revelaban el propósito de desconcertar a un indiscreto, presentándole las apariencias de un documento sin valor. Todo esto, a lo que debe añadirse la colocación ostentosa del documento, puesto de lleno ante los ojos de todos los visitantes y ajustándose con tanta exactitud a mis conclusiones anteriores, corroboraba admirablemente las sospechas de alguien que acudiese con intención de sospechar.

»Prolongué mi visita el mayor tiempo posible. Y, mientras sostenía una discusión muy animada con el ministro sobre un tema que sabía yo le interesaba en grado sumo, mantuve mi atención fija sobre la carta. Durante ese examen, recordaba yo su aspecto exterior y la manera de estar colocada en el tarjetero, y al final, hice también un descubrimiento que disipó la ligera duda que podía quedarme aún. Al examinar los bordes del papel, observé que estaban más deteriorados de lo que parecía necesario. Ofrecían el aspecto roto de un papel duro, que habiendo sido doblado y aplastado por la plegadera, es doblado en sentido contrario, aunque por los mismos pliegues que constituían su primera forma. Este descubrimiento me bastó. Era evidente para mí que la carta había sido vuelta como un guante, plegada de nuevo y lacrada otra vez. Di los buenos días al ministro y me despedí inmediatamente de él, dejando una tabaquera de oro sobre la mesa.

»A la mañana siguiente volví a buscar la tabaquera y reanudamos desde luego la conversación del día anterior. Mientras la sosteníamos, una fuerte detonación, como de un pistoletazo, se oyó debajo mismo de las ventanas del hotel, seguida de los gritos y vociferaciones de una multitud aterrada. D*** se precipitó hacia una ventana, la abrió y miró hacia abajo. Al propio tiempo, fui hacia el tarjetero y cogí la carta. La guardé en mi bolsillo y la sustituí por un *facsímil*, en cuanto al aspecto exterior, que había yo preparado con todo cuidado en casa, imitando la cifra de D***; cosa ésta que hice fácilmente, por medio de un sello de miga de pan.

»El alboroto en la calle había sido causado por el capricho insensato de un hombre armado de una escopeta. Había éste disparado en medio de un gentío de mujeres y de niños. Pero, como no estaba cargada con bala, el individuo fue tomado por loco o por borracho, permitiéndosele seguir su camino. Cuando se marchó, D*** retiróse de la ventana, adonde le había yo seguido sin tardanza después de haberme asegurado de que tenía la carta en cuestión. A los pocos instantes me despedí de él. Creo casi omiso advertir que el presunto loco era un hombre pagado por mí...

—Pero, ¿qué se proponía usted — pregunté — al sustituir la carta por un *facsímil?* ¿No hubiera sido mejor cogerla simplemente a raíz de su primera visita y haberse ido?.

—D*** — explicó Dupin — es un hombre decidido y de gran temple. Además, tiene en su hotel criados fieles a sus intereses. De haber efectuado yo esa tentativa violenta que usted sugiere, no habría salido con vida de su casa. El buen pueblo de París no hubiera oído hablar más de mí. Pero, aparte de estas consideraciones, tenía yo un fin. Ya conoce usted mis simpatías políticas. En este asunto obré como partidario de la dama en cuestión. Hacía dieciocho meses que el ministro la tenía en su poder. Es ella ahora quien le tiene cogido, ya que él ignora que la carta no está ya en su posesión, y querrá utilizarla para uno de sus *chantages* habituales. Va a buscarse él mis-

mo, y en breve, su ruina política. Su caída será tan precipitada como embarazosa. Se habla sin más ni más del *facilis descensus Averni;* pero en materia
de ascensiones, como decía la Catalani acerca del canto, es más fácil subir
que bajar. En el caso presente no tengo simpatía alguna, ni siquiera piedad,
por el ministro. D*** es el *monstrum horrendum,* un hombre genial, pero
sin principios. Le confieso, con todo, que me gustaría mucho conocer el carácter exacto de sus pensamientos cuando, retado por la que el prefecto llama «cierta persona», se vea reducido a abrir la carta que dejé para él en su
tarjetero.

—¡Cómo! ¿Es que ha puesto usted algo especial en ella?

—¡Ya lo creo! No he creído conveniente dejar el interior en blanco. Eso
habría parecido un insulto. D*** me jugó una vez, en Viena, una mala pasada, y le dije en tono de buen humor que me acordaría de aquello. Por eso,
como yo estaba seguro de que él sentiría cierta curiosidad por identificar a
la persona que le había ganado en listeza, pensé que era una lástima no dejarle algún indicio. Conoce él muy bien mi letra y copié, exactamente en mitad de la página en blanco, estas palabras:

> ...Un desein si funeste,
> S'il n'est digne d'Atrée, est digne de Thyeste. (1)

Las encontrará usted en el *Atrée,* de Crébillon.

---

(1) Tan funesto designio,
si no es digno de Atreo, digno, en cambio, es de Tieste. (N. del T.)

UNA HISTORIA DE LAS MONTAÑAS RAGGED[1]

A finales del año 1827, cuando yo vivía cerca de Charlottesville (Virginia), trabé conocimiento por azar con Augusto Bedloe. Este joven *gentleman* era notable bajo todos los aspectos y provocaba en mí un interés y una curiosidad profundos. Juzgué imposible comprender su persona tanto moral como física. De su familia no conseguí obtener ningún informe positivo. Nunca pude averiguar de dónde venía. Hasta en su edad, aunque le he llamado joven *gentleman*, había algo que me dejaba dudoso en sumo grado. Parecía, ciertamente, joven, y se daba importancia hablando de su juventud, si bien había momentos en que nos hubiésemos podido imaginar que tenía cien años. ¡Nada tan peculiar como su aspecto exterior! Era singularmente alto y delgado. Iba muy encorvado. Tenía unos miembros muy largos y descarnados. La frente, ancha y baja. Una complexión exangüe por completo. La boca, grande y flexible, y los dientes, aunque sanos, tan atrozmente desiguales como no los he visto nunca en una boca humana. La expresión de su sonrisa, sin embargo, no era desagradable, en contra de lo que pudiera suponerse; pero carecía de toda variación. Mostraba una profunda melancolía, una tristeza permanente y sin fases. Sus ojos eran, por lo regular, grandes y redondos como los de un gato. Las pupilas, además, sufrían una contracción o una dilatación ante cualquier aumento o disminución de luz, ni más ni menos que las que se observan en la familia de los felinos. En los momentos de excitación sus ojos adquirían una luz casi inconcebible, y parecían emitir rayos de un fulgor no reflejado y sí interno. Con todo, en su estado ordinario, aparecían tan apagados, nebulosos e inertes, que daban la sensación de los ojos de un cadáver enterrado desde hacía mucho tiempo.

(1) *Ragged Mountains* (Montañas Melladas, rasgadas, escabrosas). Son unas estribaciones de las Montañas Azules *(Blue Ridge)*, en la parte oriental de las Allhanys, Estados de Virginia y Carolina del Norte, en los Estados Unidos.

Estas particularidades parecían causarle un gran fastidio, y siempre aludía a ellas en una especie de esfuerzo semiexplicativo. O semijustificativo. Y, al oírle por primera vez, me impresionó de un modo muy penoso. No obstante, pronto me acostumbré y desapareció mi malestar. Aparentaba él tener más bien el propósito de insinuar que de afirmar de un modo terminante que físicamente no siempre había sido lo que era, que una larga serie de ataques neurálgicos le habían reducido de un estado de apostura personal nada corriente al que veía yo. Desde hacía varios años le prestaba asistencia un médico llamado Templeton, un señor viejo que tendría quizá setenta años, a quien había conocido en Saratoga, y en cuyos cuidados había encontrado o creído encontrar un gran beneficio. El resultado fue que Bedloe, que era rico, concertó un arreglo con el doctor Templeton, por el cual este último, a cambio de una generosa remuneración anual, consintió en dedicar su tiempo y su experiencia exclusivamente al cuidado del enfermo.

El doctor Templeton había viajado mucho en su juventud, y en París se convirtió con gran ardor en un adepto de la doctrina de Mesmer. Solamente por medio de medios magnéticos había conseguido aliviar los agudos dolores de su paciente, y este éxito había inspirado, por supuesto, al último cierto grado de confianza en las opiniones que daban origen a aquellos remedios. El doctor, mientras tanto y como todos los entusiastas, se esforzó por hacer un prosélito completo de su pupilo, y al cabo lo consiguió, hasta el punto de inducirle a que se sometiese a numerosos experimentos. Repitiendo éstos con frecuencia, produjeron resultados que desde hace largo tiempo se han hecho tan vulgares que atraen muy poca o ninguna atención, pero que en la época en que escribo eran apenas conocidos en América. Quiero decir que entre el doctor Templeton y Bedloe se había creado poco a poco una clara, poderosa y marcada afinidad o relación magnética. No sostengo, empero, la afirmación de que esa afinidad se extendiese más allá de los límites del simple poder productor del sueño; pero este poder mismo había alcanzado una gran intensidad. En la primera tentativa para producir el sueño magnético, el mesmeriano fracasó de lleno. A la quinta o sexta, no triunfó sino muy parcialmente y después de un prolongado esfuerzo. Hasta la duodécima no logró un éxito rotundo. Después de ésta, la voluntad del paciente sucumbió con rapidez a la del médico de tal modo que, cuando conocí a ambos, el sueño sobrevenía casi al instante por la simple volición del operador. ¡Hasta cuando el enfermo no se daba cuenta de su presencia! Y sólo ahora, en el año de 1845, cuando tales milagros son atestiguados a diario por miles de hombres, me atrevo a citar esa aparente imposibilidad como un acto serio.

El temperamento de Bedloe era en el más alto grado sensitivo, excitable y entusiasta. Su imaginación, de lo más vigorosa y creadora, sin duda extraía una fuerza adicional del uso habitual de la morfina.

Consumíala en gran cantidad y sin ella le hubiera sido imposible vivir. Tenía la costumbre de injerir una amplia dosis a raíz del desayuno, o más bien a raíz de una taza de café cargado, pues él no tomaba nada al mediodía, y entonces se marchaba solo, o acompañado nada más de un perro, a dar un largo paseo por la cadena de las selváticas y tristes montañas que se extienden al oeste y al sur de Charlottesville, dignificadas allí con el nombre de *Ragged Mountains*.

En un día sombrío, cálido y brumoso, hacia fines de noviembre, y durante el extraño *interregnum* de estaciones que en América se llama el «verano indio», el señor Bedloe partió, como de costumbre, hacia las alturas. Pasó el día, y él no regresó.

Hacia las ocho de la noche, bastante alarmados por su prolongada ausencia, íbamos a salir en su busca, cuando apareció inesperadamente en el mismo estado de salud que de costumbre y más animado que de ordinario. El relato que nos hizo de su excursión y de los sucesos que le habían retenido, fue sorprendente en verdad.

—Recordarán ustedes — explicó —, que eran cerca de las nueve de la mañana cuando salí de Charlottesville. Dirigí, desde luego, mis pasos a las montañas, y alrededor de las diez, entré en un desfiladero que era de todo punto nuevo para mí. Seguí los vericuetos de aquel paso con mucho interés. El escenario que se presentaba por todos lados, aunque no podría uno llamarle grandioso, tenía un aspecto indescriptible, y para mí delicioso, de triste desolación. Aquella soledad parecía absolutamente virgen. No podía yo impedirme de creer que los verdes céspedes y las rocas grises que pisaba no habían sido holladas nunca antes por un pie humano. La entrada del barranco está tan apartada, y es, en realidad, tan inaccesible, excepto a través de una serie de accidentes, que no parecía imposible que fuese yo, en suma, el primer aventurero, el primero y el único, que hubiese penetrado nunca en aquellos lugares recónditos.

»La densa y peculiar niebla o humo que distingue el verano indio, y que envolvía ahora pesadamente todos los objetos, servía para ahondar las vagas impresiones que aquellos objetos creaban en mí, evidentemente. Tan espesa era aquella grata niebla, que no podía yo ver a más de una docena de yardas el camino ante mí. Este camino era muy sinuoso. Y, como resultaba imposible ver el sol, pronto perdí toda idea de la dirección en que avanzaba. Mientras, la morfina había producido su acostumbrado efecto. Es decir, el de revestir todo el mundo exterior de un intenso interés. En el temblor de una hoja, en el matiz de una brizna de hierba, en la forma de un trébol, en el zumbido de una abeja, en el brillo de una gota de rocío, en el soplo del viento, en los suaves olores que venían de la selva..., se formaba un mundo entero de sugestión; una serie de alegres y abigarrados pensamientos, líricos y rapsódicos, desordenados.

»Impresionado por ellos, anduve varias horas durante las cuales la niebla se espesaba a mi alrededor con tal extensión que, al final, me vi obligado a orientarme casi a tientas. Y, entonces, un indescriptible malestar se apoderó de mí. Fue una especie de nerviosa vacilación y de temblor. Temí seguir andando por temor de precipitarme en alguna sima. Recordé también extrañas historias oídas acerca de aquellas *Ragged Hills,* o alturas melladas y escabrosas, y pensé en sus razas primitivas y feroces, de hombres que habitaban en sus bosques y cavernas. Me oprimían y desconcertaban mil vagas fantasías, pensamientos más penosos aún por su vaguedad. Y, de repente, se detuvo mi atención ante un fuerte redoble de tambor.

»Mi sorpresa fue, naturalmente, extraordinaria. Un tambor en tales alturas era cosa desconocida. No me hubiera dejado más asombrado el sonido de la trompeta del arcángel. Pero surgió una nueva y más pasmosa causa de interés y de perplejidad. Oía yo acercarse un salvaje cascabeleo o tintineo, como si chocasen grandes llaves de un manojo, y en el mismo instante, un hombre de atezado rostro y medio desnudo pasó presuroso y gritando ante mí. Llegó a estar tan cerca de mi persona que sentí su cálido aliento sobre mi cara. Llevaba en una mano un instrumento compuesto de una serie de anillos de hierro y los sacudía vigorosamente según corría. Apenas había desaparecido en la niebla, cuando jadeando detrás de él, con la boca abierta y los ojos centelleantes, se precipitó un enorme animal. No podía equivocarme sobre su especie: era una hiena.

»La vista de la fiera alivió más que aumentó mis terrores, pues estaba yo ahora seguro de que soñaba, y me esforcé, me excité a mí mismo para despertar mi conciencia. Caminé audaz y rápidamente hacia adelante. Me froté los ojos. Llamé con fuerza. Me pellizqué los miembros. Un pequeño arroyo se presentó ante mi vista, y allí me detuve. Me lavé las manos, la cabeza y el cuello. Esto pareció disipar las sensaciones equívocas que me habían inquietado hasta entonces. Me pareció ser, al levantarme, un nuevo hombre, y proseguí con firmeza y complacencia mi camino desconocido.

»A la postre, todo rendido por el esfuerzo, y por cierta pesadez atmosférica, me senté debajo de un árbol. En aquel momento apareció un débil rayo de sol, y la sombra del follaje cayó sobre la hierba, leve, pero claramente definida. Miré con fijeza aquella sombra durante unos minutos. Su forma me dejó estupefacto. Miré hacia arriba. Era una palmera.

»Me levanté entonces de prisa y en un estado de terrible agitación, pues ya no era suficiente el imaginar que soñaba. Vi, sentí, que poseía un perfecto dominio de mis sentidos, y éstos traían ahora a mi alma un mundo de sensaciones nuevas y raras. El calor se hizo de pronto intolerable. Un extraño olor adensaba la brisa. Un murmullo profundo y continuo, semejante al que se eleva de un río crecido, pero que corre suavemente, llegó a mis oídos, mezclado con el zumbido peculiar de una multitud de voces humanas.

»Mientras escuchaba en el colmo de la sorpresa, una fuerte y leve racha de viento se llevó la niebla como por arte de magia.

»Me encontré al pie de una alta montaña, dominando una amplia llanura por la cual corría un caudaloso río. A la orilla de aquel río se elevaba una ciudad de aspecto oriental, tal como esas a que se refieren los cuentos árabes, pero de un carácter todavía más singular que el de ninguna de las que allí se describen. Desde mi sitio, que estaba sobre el nivel de la ciudad, podía yo divisar todos sus rincones y ángulos, como si estuviesen dibujados sobre un plano. Las calles parecían innumerables y se cruzaban con irregularidad en todas direcciones; pero eran más bien avenidas tortuosas que calles, y hormigueaban materialmente de gentes. Las casas eran extrañas y pintorescas. A cada lado había una profusión de balcones, de galerías, de alminares, de hornacinas y de miradores esculpidos de manera fantástica. Abundaban los bazares, y en ellos se desplegaban ricos objetos en infinita variedad y abundancia: sedas, muselinas, la más deslumbrante cuchillería, las joyas engarzadas con gemas extraordinarias. Junto a aquellas cosas se veían, por doquier, estandartes y palanquines, literas en que estaban mujeres veladas, elefantes fastuosamente engualdrapados, ídolos grotescamente tallados, tambores, banderas, batintines, lanzas, mazas plateadas y doradas. Y en medio de la multitud, del clamor y de la mezcolanza y la confusión generales, entre el millón de hombres negros y amarillos, enturbantados y con túnicas, con las barbas flotantes, circulaba una multitud innumerable de bueyes sagrados, — adornados con cintas, mientras nutridas legiones de monos sucios, pero sagrados también, trepaban, parlando y chillando, por las cornisas de las mezquitas, o se colgaban de los alminares y de los miradores. Desde las calles hormigueantes a las orillas del río descendían innumerables escaleras que conducían a los baños, mientras el río mismo parecía un paso a través de las nutridas flotas de barcos cargadísimos que se apretaban a lo lejos sobre la superficie. Más allá de los límites de la ciudad, se elevaban formando a menudo en grupos majestuosos la palmera y el cocotero con otros árboles añosos, gigantescos y misteriosos. Aquí y allá podían verse un arrozal, la cabaña de bálago de un campesino, una cisterna, un templo perdido, un campamento de gitanos, o una doncella solitaria y graciosa que emprendía su camino, con un cántaro encima de la cabeza, caminando en dirección a las orillas del magnífico río.

»Dirán ustedes ahora, claro está, que yo soñaba; pero no era así. Lo que veía, lo que oía, lo que sentía, lo que pensaba, no tenía nada de la inequívoca idiosincrasia del sueño. Todo era rigurosamente consistente por sí mismo. Al principio, dudando de que estuviese despierto de veras, me sometí a una serie de pruebas que me convencieron pronto de que lo estaba en efecto. Ahora bien: cuando alguien sueña y en su sueño sospecha que sueña, esta sospecha no deja nunca de confirmarse, y el durmiente se despierta casi en seguida. Por eso Novalis no yerra al decir que «estamos próximos al despertar cuando soñamos que soñamos». Si la visión se me hubiese aparecido conforme describo ese sueño, habría podido ser un completo sueño. Pero al presentarse tal como he dicho, y sospechada y comprobada tal como fue, me veo obligado a clasificarla entre otros fenómenos.

—En eso no estoy seguro de que se hallara usted equivocado — observó el doctor Templeton —; pero continúe. Se levantó usted y bajó a la ciudad.

—Me levanté — prosiguió Bedloe, mirando al doctor con un aire de profundo asombro —, me levanté, como usted dice. Y bajé, en efecto, a la ciudad. En mi camino caí entre un inmenso populacho que obstruía todas las avenidas en un mismo sentido y mostrando en todos sus actos una ardiente excitación. De súbito, por un inexplicable impulso, me sentí profundamente penetrado de un interés por lo que iba a suceder. Presentía que tenía yo un importante papel que desempeñar, sin comprender con precisión cuál era. Contra la multitud que me rodeaba experimentaba yo, sin embargo, un hondo sentimiento de animosidad. Me arranqué de entre ella, y rápido, por un sendero circular, llegué a la ciudad, y entré. Todo era allí tumulto y contienda. Un pequeño grupo de hombres vestidos con ropas medio indias, medio europeas, y mandados por unos *gentlemen* con uniforme en parte inglés, luchaban en condiciones de gran desigualdad con el hormigueante populacho de las avenidas. Me uní a aquel débil grupo, cogiendo las armas de un oficial que había caído, y peleé, sin saber contra quién, con la nerviosa ferocidad de la desesperación. Pronto fuimos vencidos por el número y obligados a buscar refugio en una especie de quiosco. Allí nos atrincheramos, y de momento estuvimos seguros. Por una tronera cercana al remate del quiosco divisé una amplia multitud, furiosamente agitada, rodeando y asaltando un alegre palacio que dominaba el río. Entonces desde una ventana alta de aquel palacio descendió un individuo de afeminado aspecto, utilizando una cuerda hecha con los turbantes de sus criados. En la orilla había un barco, en el que escapó él hacia la orilla opuesta.

»Y entonces una nueva decisión se apoderó de mi alma. Dirigí a mis compañeros unas breves, pero enérgicas palabras, y habiendo logrado atraer a unos cuantos a mi propósito, hice una salida frenética del quiosco. Nos precipitamos entre la multitud que nos rodeaba. Ellos se retiraron al principio ante nosotros. Se reagruparon, después combatieron frenéticamente, y volvieron a retirarse. Entre tanto, habíamos sido arrastrados lejos del quiosco, y estábamos perdidos y embrollados en unas callejuelas de altas y sobresalientes casas, en cuyos recodos no había penetrado nunca la luz del sol. La chusma se apretaba, impetuosa, sobre nosotros, hostigándonos con sus lanzas y abrumándonos con sus bandadas de flechas. Estas últimas eran muy notables y se parecían, de cierta manera, al *cris* retorcido de los malayos. Imitaban el cuerpo de una serpiente arrastrándose, y eran largas y negras. Tenían la punta envenenada. Una de ellas me dio en la sien derecha. Me tambaleé y caí. Un vértigo instantáneo y terrible se apoderó de mí. Me agité, debatiéndome entre dolores, emití unos gemidos, agónicos. Finalmente, fenecí.

—¿No querrá usted insistir ahora en que toda su aventura no es un sueño? — preguntó sonriendo — ¿Está usted dispuesto a sostener que ha muerto?

Una vez dichas estas palabras, esperé alguna ingeniosa réplica de Bedloe. Pero, ante mi estupefacción, él vaciló y tembló; se puso pálido hasta la lividez, y permaneció callado. Miré a Templeton. Estaba tieso y rígido en su silla, le castañeteaban los dientes, y los ojos se le salían de las órbitas.

—¡Continúe usted! — ordenó, por último, Templeton, con voz ronca.

—Durante varios minutos — prosiguió nuestro personaje —, mi única impresión, mi sola sensación, fue la de la oscuridad y la nada. Era como tener conciencia de la muerte, si esto es posible. Por fin, me pareció que una violenta y repetida sacudida atravesaba mi alma como la electricidad. Con ella vino el sentido de la elasticidad y de la luz. Esta última la sentí, no la vi. En un instante, me pareció que me elevaba sobre la tierra. Pero no poseía presencia visible, audible o palpable. La multitud se había marchado y cesado el tumulto. La ciudad estaba en un relativo reposo. Debajo de mí yacía mi cadáver, con la flecha en la sien, y la cabeza muy hinchada, toda ella desfigurada. Pero todas aquellas cosas yo las sentía, no las veía. No tenía interés por nada. Hasta el cadáver se me figuraba un objeto que no me concernía... No tenía voluntad alguna. Pero me pareció que me ponía en movimiento y que volaba ligeramente fuera de la ciudad, rehaciendo el camino sinuoso por el cual había entrado en ella. Cuando alcancé el punto, en el barranco de las montañas, donde me había encontrado a la hiena, sentí de nuevo una sacudida como si me aplicasen una pila galvánica. El sentido de la pesadez, de la volición, de la materia, volvió a mí. Fui otra vez mi propio ser original. Y dirigí, apresuradamente, mis pasos hacia mi casa. Pero el pasado no había perdido la fuerza de la realidad. Y, ahora, no puedo obligar a mi inteligencia, ni por un segundo, a considerar esto como un sueño.

—No lo era — afirmó Templeton, con un aire solemne —. Y, a pesar de todo, sería difícil decir cómo podría llamarse de otra manera. Supongamos, simplemente que el alma del hombre de hoy está al borde de algunos estupendos descubrimientos psíquicos. Contentémonos con esta suposición. En cuanto al resto, he de dar cierta explicación. He aquí una pintura a la acuarela que les hubiese enseñado antes si un inexplicable sentimiento de espanto no me hubiera impedido hacerlo.

Miramos la pintura que nos mostraba, no vi en ella nada que tuviese un carácter extraordinario. Pero su efecto sobre Bedloe fue prodigioso. Al verla, estuvo a punto de desmayarse. Y, en resumen, no era sino un retrato en miniatura — maravillosamente parecido, eso sí — de su propia fisonomía, tan notable. Al menos éste fue mi pensamiento al examinarla.

—Observen ustedes — dijo Templeton —, la fecha de esta pintura. Está aquí, apenas visible, en este rincón: 1780. En ese año fue pintado este retrato. Es el de un amigo muerto, un señor Oldeb con quien estuve muy unido en Calcuta durante el gobierno de Warren Hastings. No tenía yo entonces más que veinte años. Cuando le vi a usted por primera vez, señor Bedloe, en Saratoga, fue la milagrosa semejanza que existía entre usted y la miniatura la que me indujo a abordarle; a buscar su amistad y a concertar estos arreglos, gracias a los cuales llegué a ser su compañero constante. Para obrar así, me impulsaba, en parte y acaso principalmente, la añorada memoria del difunto; pero, también, por otra parte, una curiosidad inquieta y no del todo desprovista de horror respecto a usted mismo.

»En su relato de la visión que se le presentó en las montañas ha descrito usted con la más minuciosa exactitud la ciudad india de Benarés, junto al río sagrado. Los tumultos, el combate, la matanza eran los sucesos reales de la insurrección de Chayte Sing, que tuvo lugar en 1780, cuando la vida de Hastings estuvo en inminente peligro. El hombre que escapó por la cuerda de turbantes era el propio Chayte Sing. El grupo del quiosco estaba compuesto de soldados y oficiales británicos, capitaneados por Hastings. Formaba yo parte de ese grupo. E hice cuanto pude por impedir aquella temeraria y fatal salida del oficial que cayó en las avenidas atestadas, herido mortalmente por la flecha envenenada de un bengalí. Aquel oficial era mi más querido amigo: Oldeb. Verá usted por este manuscrito — y aquí el narrador nos mostró un cuaderno de notas, algunas de cuyas páginas parecían escritas recientemente —, que en el período en que imaginaba usted estas cosas en las montañas estaba yo dedicado a detallarlos aquí, en mi casa, sobre el papel.

* * *

Una semana después de aquella conversación apareció el siguiente comunicado en un periódico de Charlottesville :

«Es para nosotros un doloroso deber anunciar la muerte del señor Augusto Bedlo, todo un *gentleman* a quien, por sus afables maneras y sus numerosas virtudes, cuantos le conocieron en Charlottesville querían.

»El señor Bedlo padecía, desde hace varios años, una neuralgia que amenazaba a menudo con tener un fin fatal; pero esto no puede considerarse más que como la causa indirecta de su muerte. La causa directa ha sido de una especial singularidad. En una excursión a las *Mountains Ragged,* hace unos días, contrajo el señor Bedlo un ligero enfriamiento, acompañado de fiebre, que le produjo una congestión en la cabeza. Para combatir ésta, el doctor Templeton recurrió a la sangría local. Le fueron aplicadas sanguijuelas en las sienes. En un plazo muy breve, el paciente falleció. Y vióse, entonces, que en el frasco que contenía las sanguijuelas había sido introducida, por lamentable casualidad, una de las más venenosas sanguijuelas vermiculares que se encuentran de cuando en cuando en las charcas de los alrededores. Este anélido se adhirió a una pequeña arteria de la sien derecha. Su absoluta semejanza con las sanguijuelas usadas en medicina fue causa del error, descubierto demasiado tarde.

»N. de la R. — La sanguijuela venenosa de Charlottesville puede distinguirse siempre de la sanguijuela medicinal por su negrura y especialmente por sus contorsiones o movimientos vermiculares, que se parecen mucho a los de una serpiente.»

Estaba yo hablando con el director del periódico en cuestión acerca de este notable accidente, cuando se me ocurrió preguntarle cómo era que había aparecido el nombre del difunto escrito *Bedlo*.

—Supongo — expliqué, que tendrá usted alguna razón para emplear esa ortografía; pero yo creí siempre que ese apellido se escribía con una *e* final.

—¿Razón? Ninguna — contestó él —. Ha sido una simple errata tipográfica. El apellido es *Bedloe,* con esa *e* final. Todo el mundo lo sabe. Y nunca en mi vida lo he visto escrito de otra forma.

—Entonces — dije entre dientes, mientras giraba sobre mis talones —, ¡es posible que una verdad sea más extraña que todas las ficciones! Pues Bedlo, sin la *e,* no es sino Oldeb, ¡al revés! ¡Y dice ese hombre que es una errata tipográfica!

EL CASO DEL SEÑOR VALDEMAR

No pretenderé, naturalmente, opinar que no exista motivo alguno para asombrarse de que el caso extraordinario del señor Valdemar haya promovido una discusión. Sería un prodigio que no hubiera sucedido así, especialmente en tales circunstancias. El deseo de todas las partes interesadas en mantener el asunto oculto al público. Por lo menos, hasta el presente. O hasta que haya alguna mera oportunidad para otra investigación, y nuestros esfuerzos a ese efecto han dado pie a un relato mutilado o, cuando menos, exagerado, que se ha abierto camino entre la gente, y que llegará a ser el origen de muchas falsedades lamentables, originando un gran descrédito.

En este momento se ha hecho necesario que exponga *los hechos,* hasta donde los comprendo yo mismo. Helos sucintamente aquí:

Durante estos tres últimos años ha sido repetidamente atraída mi atención por el tema del mesmerismo o magnetismo animal, y hace nueve meses, poco más o menos, ocurrióseme de pronto que en la serie de experimentos efectuados hasta ahora existía una muy notable y muy inexplicable laguna: nadie había sido aún magnetizado *in articulo mortis.* Quedaba por ver, primero, si en tal estado existía en el paciente alguna sensibilidad a la influencia magnética; en segundo lugar, si, en caso afirmativo, resultaba atenuada o aumentada por ese estado; y por último, cuál es la extensión y por qué período de tiempo pueden ser detenidas las intrusiones de la muerte con ese procedimiento. Quedaban otros puntos por determinar; pero eran éstos los que más excitaban mi curiosidad; el último en particular, dado el carácter enormemente importante de sus consecuencias.

Buscando a mi alrededor algún sujeto por medio del cual pudiese comprobar esas — particularidades, acabé por pensar en mi amigo el señor Ernesto Valdemar, compilador muy conocido de la Biblioteca Forénsica y autor (bajo el seudónimo de Issachar Marx) de las traducciones polacas de *Wallenstein* y de *Gargantúa.* El señor Valdemar, que había residido habitualmente en Harlem (N. Y.), desde el año de 1839, es (o mejor, era) notable sobre todo por la extremada delgadez de su persona — sus piernas parecíanse mucho a las de John Randolph — y también por la blancura de sus cabellos, a causa de la cual se confundían de ordinario con una peluca. Su temperamento marcadamente nervioso, le hacía ser un buen sujeto para las experiencias magnéticas. En dos o tres ocasiones le había yo dormido sin dificultad; pero me sentí defraudado en cuanto a otros resultados que su peculiar constitución me habían hecho esperar. Su voluntad no quedaba en ningún momento positiva o enteramente bajo mi influencia, y respecto a la clarividencia, no pude realizar con él nada digno de mención. Había yo atribuido siempre mi fracaso a esas cuestiones relacionadas con la alteración de su salud. Algunos meses antes de conocerle, sus médicos le habían diagnosticado una tuberculosis comprobada. Era, en realidad, costumbre suya hablar con toda tranquilidad de su próximo fin como de una cuestión que no podía ni evitarse ni lamentarse.

Con relación a esas ideas a que he aludido antes, desde el principio las asocié a la persona del señor Valdemar. Conocía yo la firme filosofía de aquel hombre para temer cualquier clase de escrúpulos por su parte; además, no tenía él parientes en América que pudiesen probablemente intervenir. Le hablé con toda franqueza del asunto, y ante mi sorpresa, su interés pareció muy excitado. Digo ante mi sorpresa, pues aunque hubiese él cedido siempre su persona por libre albedrío para mis experimentos, no había mostrado, hasta entonces, simpatía por mis trabajos. Su enfermedad era de las que no admiten un cálculo exacto con respecto a la época de su término mortal. Quedó, por último, convenido entre ambos que me mandaría llamar veinticuatro horas antes del período anunciado por sus médicos como el de su muerte.

Siete meses atrás recibí la siguiente esquela del propio señor Valdemar:

«Mi querido P***:

»Puede usted venir ahora. D*** y F*** están de acuerdo en que no llegaré a las doce de la noche de mañana y creo que han acertado con el plazo exacto o poco menos.

»Valdemar.»

Esta concisa carta llegó a mis manos una media hora después de haber sido escrita, y a los quince minutos todo lo más, me hallaba en la habitación del moribundo. No le había visto en diez días, y me quedé aterrado de la espantosa alteración que en tan breve lapso se había producido en él. Su cara tenía un color plomizo, sus ojos estaban completamente apagados, y su delgadez era tan extremada, que los pómulos habían perforado la piel. Su expectoración era excesiva. El pulso, apenas perceptible. Conservaba, no obstante, de una manera muy notable sus facultades mentales y alguna fuerza física. Hablaba claramente, tomaba algunas medicinas calmantes sin ayuda de nadie, y cuando entré en la habitación, se ocupaba en escribir a lápiz unas notas en un cuadernillo de bolsillo. Estaba incorporado en la cama gracias a unas almohadas. Los doctores D*** y F*** le prestaban asistencia. Estreché la mano del señor Valdemar, y a continuación llevé a aquellos caballeros a un rincón de la alcoba y obtuve un minucioso informe del estado del paciente. El pulmón izquierdo se hallaba desde hacía ocho meses en un estado semióseo o cartilaginoso y era, por consiguiente, de todo punto inútil para cualquier función vital. El derecho, en su parte superior, estaba también parcial, si no totalmente osificado, mientras la región inferior era sólo una masa de tubérculos purulentos, conglomerados. Existían varias perforaciones extensivas, y en determinado punto había una adherencia permanente de las costillas. Estas manifestaciones en el lóbulo derecho eran de fecha relativamente reciente. La osificación había avanzado con una inusitada rapidez; no se había descubierto ningún signo un mes antes, y la adherencia no había sido observada hasta tres días antes. Independientemente de la tisis, se sospechaba un aneurisma de la aorta, en el paciente; aunque sobre este punto, los síntomas de osificación hacían imposible un diagnóstico exacto. A juicio de los dos médicos, el señor Valdemar moriría alrededor de medianoche del día siguiente (domingo). Eran entonces las siete de la noche del sábado.

Al separarse de la cabecera del doliente para hablar conmigo, los doctores D*** y F*** le dieron un supremo adiós. No tenían intención de volver; pero, a requerimiento mío, consintieron en venir a visitar de nuevo al paciente hacia las diez de la noche inmediata.

Una vez se alejaron, hablé libremente con el señor Valdemar sobre su cercana muerte, y especialmente del experimento proyectado. Se mostró decidido a ello con la mejor voluntad, ansioso de efectuarlo, y me apremió para que comenzase en seguida. Estaban allí para asistirle un criado y una sirvienta; pero no me sentí bastante autorizado para comprometerme en una tarea de aquel carácter sin otros testimonios de mayor confianza que el que pudiesen aportar aquellas personas en caso de accidente repentino. Iba a aplazar, pues, la operación hasta las ocho de la noche siguiente, cuando la llegada de un estudiante de Medicina, con quien tenía yo cierta amistad (el señor Teodoro L***), me sacó por completo de apuros. Mi primera intención fue esperar a los médicos; pero me indujeron a actuar en seguida, en primer lugar, los apremiantes ruegos del señor Valdemar, y en segundo lugar, mi convicción de que no podía perder un momento, pues aquel hombre se iba por la posta.

El señor L*** fue tan amable, que accedió a mi deseo de que tomase notas de todo cuanto ocurriese, y gracias a su memorándum, puedo ahora relatarlo en su mayor parte, condensando o copiando al pie de la letra.

Faltarían unos cinco minutos para las ocho, cuando cogiendo la mano del paciente, le rogué que indicase al señor L***, lo más claramente que le

permitiese su estado, que él (el señor Valdemar) tenía un firme deseo de
que realizara yo el experimento de magnetización sobre su persona en
aquel estado.

Replicó él, débilmente, pero de un modo muy audible:

—Sí, deseo ser magnetizado — y agregó a continuación —. Temo que lo
haya usted diferido excesivamente.

En tanto hablaba así, comencé a dar los pases que sabía ya eran los más
eficaces para dominarle. Estaba él, sin duda, influido por el primer pase lateral de mi mano de una parte a otra de su cabeza; pero, aunque ejercité todo mi poder, no se manifestó ningún efecto hasta unos minutos después de
las diez, en que los doctores D*** y F*** llegaron, de acuerdo con la cita. Les
expliqué en pocas palabras lo que me proponía hacer, y como ellos no
opusieron ninguna objeción, alegando que el paciente estaba ya en la agonía, proseguí, sin vacilación, cambiando, no obstante, los pases laterales por
otros hacia abajo, dirigiendo exclusivamente mi mirada a los ojos del paciente.

Durante ese rato era imperceptible su pulso, y su respiración estertorosa
y con intervalos de medio minuto. Esta situación permaneció inalterable casi durante un cuarto de hora. Al terminar este tiempo, empero, se escapó
del pecho del moribundo un suspiro natural, aunque muy profundo, y cesó
la respiración estertorosa, es decir, no fue ya sensible aquel estertor; no dis-
minuían los intervalos. Las extremidades del paciente estaban frías como el
hielo.

A las once menos cinco percibí signos inequívocos de la influencia magnética. El movimiento giratorio de los ojos vidriosos se convirtió en esa expresión de inquieto examen *interno* que no se ve nunca más que en los
casos de sonambulismo y que es inconfundible. Con unos pocos pases laterales rápidos hice estremecer sus párpados, como en un sueño incipiente, y
con otros cuantos más se los hice cerrar. No estaba yo satisfecho con esto, a
pesar de todo, por lo que proseguí mis manipulaciones de manera enérgica
y con el más pleno esfuerzo de voluntad, hasta que hube dejado bien rígidos los miembros del durmiente, después de colocarlos en una postura cómoda, al parecer. Las piernas estiradas por completo; los brazos, casi lo
mismo, descansando sobre el lecho a una distancia media de los riñones, la
cabeza ligeramente levantada.

Cuando hube realizado esto habían dado ya las doce. Rogué a los caballeros allí presentes que examinasen el estado del señor Valdemar, y, después de varias pruebas, reconocieron que se hallaba en un inusitado y
perfecto estado de trance magnético. La expectación de ambos médicos era
grande. El doctor D*** decidió en seguida permanecer con el paciente toda
la noche, mientras el doctor F*** se despidió, prometiendo volver al clarear
el día. El señor L*** y los criados quedáronse allí.

Nos apartamos del señor Valdemar dejándole completamente tranquilo hasta cerca de las tres de la madrugada; entonces me acerqué a él, y le encontré en el mismo estado que cuando el doctor F*** se marchó, es decir, tendido en la misma posición. Su pulso era imperceptible; la respiración, suave (apenas sensible, excepto al aplicarle un espejo sobre la boca); los ojos estaban cerrados con naturalidad, y los miembros, tan rígidos y fríos como el mármol. Sin embargo, el aspecto general no era en modo alguno el de la muerte.

Aproximándome al señor Valdemar intenté con un suave esfuerzo que su brazo derecho siguiese al mío durante los movimientos que éste ejecutaba sobre uno y otro lado de su persona. En experimentos semejantes con el paciente no había tenido nunca un éxito absoluto, y dudaba tenerlo ahora; pero, con gran sorpresa mía, su brazo siguió con la mayor facilidad, aunque débilmente, todas las direcciones que le indiqué yo con el mío. Decidí arriesgar unas cuantas palabras de conversación.

—Señor Valdemar — dije —, ¿duerme usted?

Aunque no respondió, percibí un temblor en sus labios, y eso me indujo a repetir la pregunta una y otra vez. A la tercera, todo su ser se agitó con un ligero estremecimiento; los párpados se levantaron por sí mismos hasta descubrir una línea blanca del globo; los labios se movieron perezosamente, y por ellos, en un murmullo apenas audible, salieron estas palabras:

—Sí, duermo ahora. ¡No me despierte!... ¡Déjeme morir así!

Toqué sus miembros, y los encontré más rígidos que nunca. El brazo derecho, como antes, obedecía la dirección de mi mano... Pregunté al sonámbulo de nuevo:

—¿Continúa usted sintiendo dolor en el pecho, señor Valdemar?

La respuesta, ahora inmediata, aunque menos audible que antes, fue:

—No siento dolor... ¡Estoy muriendo!

Me pareció conveniente no molestarle más, por el momento, y no se dijo ni se hizo ya nada hasta la llegada del doctor F***, que precedió un poco a la salida del sol; manifestó su asombro sin límites al encontrar al paciente todavía vivo. Después de tomarle el pulso y de aplicar un espejo a sus labios, me rogó que hablase de nuevo al sonámbulo. Así lo hice, diciendo:

—Señor Valdemar, ¿sigue usted dormido?

Igual que antes, pasaron algunos minutos hasta que llegó la respuesta, y durante ese intervalo el yacente pareció reunir sus energías para hablar. Al repetirle por cuarta vez la pregunta, dijo él muy débilmente, de un modo casi ininteligible:

—Sí, duermo aún... Muero.

Fue entonces opinión o más bien deseo de los médicos que se dejase al señor Valdemar permanecer sin molestarle en su estado actual y, al parecer, tranquilo estado, hasta que sobreviniese la muerte, lo cual debía de tener lu-

gar, a juicio unánime de ambos, dentro de escasos minutos. Decidí, con todo, hablarle una vez más, repitiéndole simplemente mi pregunta anterior.

Simultáneamente se produjo un marcado cambio en la cara del sonámbulo. Lentamente los ojos giraron en sus órbitas, las pupilas desaparecieron
hacia arriba, la piel tomó un tinte general cadavérico, pareciendo menos un
pergamino que un papel blanco, y las manchas héticas circulares, que antes
estaban muy marcadas en el centro de cada mejilla, se disiparon de súbito.
Empleo esta expresión porque lo repentino de su desaparición me hizo
pensar en una vela apagada de un soplo. El labio superior al mismo tiempo
se retorció, alzándose sobre los dientes que hacía un instante cubría por entero, mientras la mandíbula inferior cayó en una sacudida perceptible, dejando la boca abierta por completo y al descubierto, a simple vista, la
lengua hinchada y negruzca. Supongo que todos los presentes estaban
acostumbrados a los horrores de un lecho mortuorio; pero el aspecto del señor Valdemar era en aquel momento tan espantoso y tan fuera de lo imagi-
nable, que hubo un retroceso general alrededor del lecho.

Observo que he llegado a un punto de este relato en que todo lector,
sobrecogido, me negará crédito. Es mi tarea, no obstante, proseguir ha-
ciéndolo.

No quedaba ya en el señor Valdemar el menor signo de vitalidad, y llegando a la conclusión de que había muerto, le dejábamos a cargo de los
criados, cuando observamos un fuerte movimiento vibratorio en la lengua.
Duró esto quizá un minuto. Al transcurrir, de las separadas e inmóviles
mandíbulas salió una voz tal, que sería locura intentar describirla. Hay, en
puridad, dos o tres epítetos que podrían serle aplicados en cierto modo;
puedo decir, por ejemplo, que aquel sonido era áspero, desgarrado y hueco; mas el espantoso conjunto era indescriptible, por la sencilla razón de
que sonidos análogos no han hecho vibrar nunca el oído humano. Existían,
sin embargo, dos particularidades que — así lo pensé entonces, y lo sigo
pensando — podían ser tomadas justamente como características de la entonación, como apropiadas para dar una idea de su espantosa peculiaridad.
En primer lugar la voz parecía llegar a nuestros oídos — por lo menos, a los
míos — desde una gran distancia o desde alguna profunda caverna subterránea. En segundo lugar, me impresionó (temo realmente que me sea imposible hacerme comprender) como las materias gelatinosas o viscosas
impresionan el sentido del tacto.

He hablado a la vez de «sonido» y de «voz». Quiero decir que el sonido
era un silabeo claro, o aún más, asombrosa, espeluznantemente claro. El señor Valdemar hablaba, sin duda, respondiendo a la pregunta que le había
yo hecho minutos antes. Le había preguntando, como se recordará, si seguía dormido. Y él dijo ahora:

—Sí, no; he dormido..., y ahora..., ahora... estoy muerto.

Ninguno de los presentes fingió nunca negar o intentó reprimir el indescriptible y estremecido horror que esas palabras, así proferidas, tan bien calculadas, le produjeron. El señor L*** (el estudiante) se desmayó. Los criados huyeron inmediatamente de la habitación, y no pudimos inducirles a volver a ella. No puedo intentar, siquiera, hacer llegar al lector mis propias impresiones. Durante una hora casi, nos afanamos todos, en silencio — sin proferir una palabra —, nos esforzamos en hacer revivir al señor L***. Cuando volvió en sí proseguimos juntos de nuevo el examen del estado del señor Valdemar.

Continuaba bajo todos los aspectos tal como he descrito últimamente, a excepción de que el espejo no recogía ya señales de respiración. Una tentativa de sangría en el brazo falló. Debo mencionar también que ese miembro no estaba ya sujeto a mi voluntad. Me esforcé inútilmente por que siguiera la dirección de mi mano. La única señal real de influencia magnética, se manifestaba ahora en el movimiento vibratorio de la lengua cada vez que yo dirigía una pregunta al señor Valdemar. Parecía él hacer un esfuerzo para contestar, pero no tenía ya la suficiente voluntad. A las preguntas que le hacía cualquier otra persona que no fuese yo, parecía absolutamente insensible, aunque procuré poner a cada miembro de aquella reunión en relación magnética con él. Creo que he relatado cuanto es necesario para hacer comprender el estado del somnámbulo en aquel período. Buscamos otros enfermeros, y a las diez salí de la casa en compañía de los dos médicos y del señor L***.

Cuando volvimos todos por la tarde a ver al paciente, su estado seguía siendo exactamente el mismo. Cambiamos impresiones sobre la conveniencia y la posibilidad de despertarle, pero nos costó poco trabajo ponernos de acuerdo en que no serviría de nada hacerlo. Era evidente que, hasta entonces, la muerte (o lo que suele designarse con este nombre) había sido detenida por la operación magnética. Nos pareció claro a todos que el despertar al señor Valdemar sería, sencillamente, asegurar su instantáneo o, por lo menos, su rápido final.

A partir de ese período hasta la terminación de la semana última, en un intervalo de casi siete meses, seguimos reuniéndonos todos los días en casa del señor Valdemar, de vez en cuando acompañados de médicos y otros amigos. Durante todo ese tiempo, el sonámbulo continuaba *exactamente* tal como he descrito ya. La vigilancia de los enfermeros era constante.

Fue el viernes último cuando decidimos, por fin, efectuar el experimento de despertarle, o por lo menos, intentarlo, y es acaso el deplorable resultado de este último experimento el que ha motivado tantas discusiones en los círculos privados, en muchas de las cuales no puedo por menos de ver una credulidad popular injustificable.

Con el fin de sacar al señor Valdemar del estado de trance magnético, utilicé los acostumbrados pases. En los primeros momentos resultaron infructuosos. La primera señal de su vuelta a la vida se manifestó por un descenso parcial del iris. Advertimos como algo especialmente notable que ese descenso de la pupila iba acompañado de un derrame abundante de un licor amarillento (por debajo de los párpados) con un olor acre muy desagradable.

Me sugirieron entonces que intentase influir sobre el brazo del paciente, como en los pasados días. Lo intenté y fracasé. El doctor F*** me pidió que le dirigiese una pregunta. Lo hice del modo siguiente:

—Señor Valdemar, ¿puede usted explicarnos cuáles son ahora sus sensaciones o deseos?

Instantáneamente reaparecieron los círculos héticos sobre sus mejillas; la lengua se estremeció, o más bien se enrolló violentamente en la boca (aunque las mandíbulas y los labios siguieron tan rígidos como antes), y, por último, la misma horrenda voz que ya he descrito antes prorrumpió:

—¡Por amor de Dios!... Deprisa... deprisa..., hágame dormir o despiérteme deprisa..., ¡deprisa!... ¡Le digo que estoy muerto!

Sentíame acobardado en extremo, y durante un momento permanecí indeciso sobre lo que debía hacer. Intenté primero un esfuerzo para calmar al paciente, pero al fracasar, en vista de aquella total suspensión de la voluntad, cambié de sistema, y luché denodadamente por despertarle. Pronto vi que esta tentativa iba a tener un éxito completo, o, al menos, me imaginé que sería completo mi éxito, y estoy seguro de que todos los que permanecían en la habitación se preparaban a ver despertar al doliente.

No obstante, es de todo punto imposible que ningún ser humano estuviera preparado para lo que ocurrió en realidad.

En el momento en que efectuaba yo los pases magnéticos, entre gritos de «¡Muerto! ¡Muerto!», que hacían por completo *explosión* sobre la lengua, y no sobre los labios del paciente, su cuerpo entero, de pronto, en el espacio de un solo minuto, o incluso en menos tiempo, se contrajo, se desmenuzó, se pudrió materialmente bajo mis manos. Sobre el lecho, ante todos los presentes, yacía una masa casi líquida de repugnante, de aborrecible podredumbre.

LA CITA

¡Espérame allí! No dejaré de ir a tu encuentro en ese hondo valle.
(Compuesto en la muerte des su esposa por HENRY KING, *obispo de Chichester.)*

Hombre infortunado y enigmático..., deslumbrado por el brillo de tu propia imaginación, ardiendo en el fuego de tu propia juventud! ¡Te contemplo nuevamente con el pensamiento! ¡Otra vez ha surgido tu figura ante mí, no — ¡oh, no! — tal como eres en el áspero y sombrío valle, sino tal como *deberías ser,* derrochando una vida de espléndidos soliloquios en esa ciudad lúgubre, espectral. En tu Venecia, que es el astro adorado de ese Elíseo junto al mar, y los amplios ventanales de cuyos palacios paladianos escrutan en amargas y hondas reflexiones, el misterio de sus aguas silenciosas. ¡Sí! Lo repito, tal como *deberías ser*. Existen, probablemente, otros mundos, a más de éste, otras ideas que las del vulgo, otras especulaciones que las de los sofistas. ¿Quién, entonces, podría poner reparo a tu conducta en este caso, quién reprocharía tus horas contemplativas o quién calificaría esas ocupaciones en las que consumías el exceso de tus inmensas energías disipadoras de vida?

Fue en Venecia, cerca de las arcadas cubiertas que se llaman el *Ponti di Sospiri,* donde hallé por tercera o cuarta vez el personaje de quien hablo. Conservo un confuso recuerdo de las circunstancias de ese encuentro. Sin embargo, recuerdo, asimismo — ¡ah!, ¿cómo podía olvidarlo? — la medianoche profunda, el Puente de los Suspiros, la belleza de la mujer y aquel genio novelesco que se paseaba de arriba abajo sobre el estrecho canal.

Era la noche de una oscuridad extraordinaria. En el gran reloj de la *piazza* habían dado las cinco de la madrugada veneciana. La plaza del Campanile quedaba silenciosa y desierta y apagadas estaban las luces del viejo Palacio Ducal. Regresaba a mi casa desde la Piazzetta, por el Gran Canal. Pero, cuando alcanzaba mi góndola la desembocadura del canal de San Marcos, una voz femenina surgió bruscamente de la profundidad de la noche en un grito salvaje, histérico y prolongado. Me sobrecogió aquel alarido, y me levanté de un salto, en tanto el gondolero abandonó su único remo, que lo perdió en las tinieblas sin esperanza de recuperación; nos dejamos, por tanto, conducir por la corriente que se dirige desde el grande hasta el pequeño canal. Igual que un vasto cóndor de negras plumas, nuestra embarcación iba lentamente a la deriva hacia el Puente de los Suspiros, cuando lucieron mil antorchas en las ventanas y en las escaleras del Palacio Ducal, convirtiendo aquella profunda oscuridad en una sobrenatural luz diurna.

Un niño, deslizándose de los brazos de su madre, había caído desde una de las ventanas más altas del elevado edificio, en el profundo y sombrío canal. Las tranquilas aguas se cerraron blandamente sobre su víctima y aunque mi góndola era la única embarcación a la vista, más de un decidido nadador se había arrojado ya al agua y buscaba en vano por la superficie el tesoro que se encontraba, ¡ay!, abandonado en el abismo. Sobre el ancho rellano de losas de mármol negro, en la puerta del palacio, y a pocos pies sobre el agua, se erguía una figura que nadie de los que la hayan visto podrá jamás olvidar. Era la marquesa Afrodita, la admiración de toda Venecia, la más jovial entre las joviales, la más hermosa allí donde todas son bellas, a pesar de ser la joven esposa del viejo intrigante Mentoni. Era la madre de aquel lindo infante, su primero y único hijo, sepultado bajo las lóbregas aguas, aquel, cuyas dulces caricias recordaba su amargado corazón, y que agotaba su delicada existencia en vanos esfuerzos para llamarla.

Ella está erguida. Sus pies pequeños y desnudos, blancos como la plata, se reflejan en el negro espejo marmóreo del suelo. Su cabellera, medio suelta para el tocado de noche al salir del salón de baile, se enrolla entre una lluvia de brillantes, rodeando su clásica cabeza en rizos parecidos a los del jacinto. Una túnica blanca cual la nieve y tenue como la gasa parece ser la única envoltura de su delicado cuerpo; mas el solsticio vernal y la brisa de la media noche son cálidos, pesados, tranquilos, y no alteran la estatuaria forma ni agitan siquiera los pliegues de aquel ropaje tenue que cae alrededor de ella como ese otro ropaje marmóreo cae en torno a Níobe. No obstante — ¡cosa extraña de decir! —, sus grandes y brillantes ojos no miran hacia el agua, a la tumba en que yace sepultada su más refulgente esperanza, sino que están fijos ¡en una dirección muy extraña! La cárcel de la vieja República es, creo yo, el edificio más imponente de toda Venecia; mas, ¿por qué la dama lo mira con tanta fijeza, cuando debajo yace ahogado su propio hijo? Allá en la oscuridad se abre, precisamente enfrente de la ventana de la estancia, como en un nicho lóbrego. ¿Qué puede haber allí, en sus ventanas, en su fachada, en sus cornisas austeras y enguirnaldadas de hiedra, que no haya admirado mil veces antes la marquesa de Mentoni? ¡Qué estupidez! ¿Quién no recuerda que en muchas circunstancias semejantes, el ojo, cual un espejo roto, multiplica las imágenes de su dolor y busca a lo lejos en sitios innumerables lo que está al alcance de su mano?

Algunas gradas más arriba que la marquesa y bajo el arco de la puerta que da al desembarcadero, se destaca semejante a un sátiro, la figura del propio Mentoni. En aquellos momentos está ocupado en rasgar una guitarra, y parece sumamente aburrido, mientras a ratos da consejos a los que tratan de encontrar a su hijo. Admirado y despavorido, yo mismo no tenía fuerzas para moverme de la postura envarada que había tomado al oír el primer grito, y debí ofrecer a los ojos de la inquieta multitud una imagen espectral y siniestra, cuando pasé entre ella sobre aquella fúnebre góndola, con la cara muy pálida y los brazos rígidos.

Todos los esfuerzos resultaron inútiles; algunos de los más decididos nadadores renunciaron a la búsqueda, cediendo a un sombrío desaliento. Parecía no quedar ni la más leve esperanza de salvar al niño (¡excepto una muy leve para la madre!), cuando, desde el interior de aquel oscuro nicho del que he hablado antes, y que formaba parte de la vetusta prisión republicana, frente a la celosía de la marquesa, una figura envuelta en una capa surgió a la luz y, parándose un instante en la orilla, sobre las piedras, se arrojó de cabeza al canal. Momentos después, cuando reapareció con el niño en sus brazos, aún vivo y respirando, sobre el enlosado de mármol junto a la marquesa, su capa, con el peso del agua, de que estaba empapada, se desprendió, cayendo plegada a sus pies, y los espectadores, asombrados, identificaron la graciosa persona de un hombre muy joven, cuyo nombre era célebre en casi toda Europa.

El salvador no pronunció una palabra. Pero ¡la marquesa! Va ella a coger ahora a su hijo, a estrecharle contra su corazón, a apretar su pequeña figura y a aturdirle con sus caricias. Mas, ¡ay! *¡Otros* brazos le han arrebatado del extranjero, *otros* brazos inesperados se le han llevado lejos, dentro del palacio! ¡Y la marquesa! Sus labios, sus bellos labios, tiemblan; las lágrimas afluyen a sus ojos, aquellos ojos que, como el acento de Plinio, son «dulces y casi líquidos». ¡Sí! ¡Las lágrimas afluyen a aquellos ojos, y ved! ¡La mujer toda se estremece hasta lo más profundo de su alma, y la escultura revive! La marmórea palidez de su rostro, la turgencia de su pecho mórbido, la auténtica pureza de su pie de mármol, todo su ser se tiñe de pronto de un rubor irreprimible, y un ligero estremecimiento conmueve su delicado cuerpo, como la suave brisa de Nápoles agita los soberbios lirios plateados en el césped.

¿Por qué se ha sonrojado la dama? La pregunta queda sin respuesta; a no ser porque, habiendo salido, en su angustiosa prisa y en el terror de su corazón maternal, de menudos pies en sus chinelas y olvidado en absoluto echar sobre sus hombros de veneciana, el ropaje conveniente. ¿Qué otra razón plausible podría tener su rubor, la mirada de sus ojos atrayentes, el desacostumbrado tumulto de su agitado pecho o la convulsiva presión de su trémula mano que abandona ella, mientras Mentoni vuelve al palacio, en la

mano del extranjero? ¿Qué explicación puede tener el tono apagado, extraordinariamente apagado de estas palabras sin sentido que la dama pronun-
cia apresuradamente al despedirse?

—Me has vencido — dice ella —, o el murmullo del agua me engaña;
me has vencido. Una hora después de la salida del sol estaremos juntos.
¡Así sea!

* * *

Había cesado el tumulto, se habían perdido las luces en el interior del
palacio, y el extranjero, a quien ahora había reconocido, estaba en pie, solo, sobre las losas. Se agitaba en una continuada inquietud, y sus ojos se fijaban en el canal, buscando una góndola. Este era el mejor servicio que
podía yo ofrecerle, y que él aceptó cortésmente. Después de conseguir un
remo en el desembarcadero, nos dirigimos juntos a su residencia, mientras
él recuperaba con rapidez el dominio de sí mismo. Y recordó nuestras primeras triviales relaciones en términos, al parecer, de gran cordialidad.

Existen algunos temas sobre los cuales me gusta insistir y tratar con todo
detalle. La personalidad del extranjero — permítaseme nombrar con este ca-
lificativo a quien era para todo el mundo un extranjero —, la personalidad
del extranjero es uno de esos temas. Su estatura podría resultar un poco inferior a la media, aunque en los momentos de intensa pasión su talla aumentaba y puede darse como cierta esta afirmación. La admirable
proporción de su figura, prometía ya aquella decidida resolución, de que
había dado pruebas en el Puente de los Suspiros, mucho más que la indomable energía que supo emplear sin gran esfuerzo en ocasiones de más peligrosa necesidad. Tenía la boca y el mentón de un dios, unos ojos extraños,
grandes, fluidos, cuyo tono iba desde el puro castaño hasta el más intenso y
brillante azabache; su cabello era negro, y su frente, de una anchura inusitada, ostentaba a ratos el brillo luminoso del marfil; el conjunto de sus rasgos era de una regularidad clásica pocas veces igualada, excepto acaso, en
el busto de mármol del emperador Cómodo. Aun con esto, su rostro era de
esos que todos los vemos en algún momento de nuestra existencia, y que
ya no volvemos a ver jamás. No poseía un carácter determinado, es decir,
no había en él una expresión predominante que le hiciera fijarse en la memoria; era una cara de las que se ven y se olvidan en un instante, pero que
se olvidan con un vago e incesante deseo de recordarlas. No se trataba de
que el espíritu de cada pasión fugaz se desvaneciese de cuando en cuando,
reflejando su propia y clara imagen sobre el espejo de aquella cara, sino
que el espejo, en su calidad de tal, no conservaba ninguna huella de pasión
una vez que la pasión se había extinguido

Al separarnos la noche de nuestra aventura, me rogó de una manera que
me pareció acuciante que fuese a visitarle a la mañana siguiente muy tem-

prano. Poco después de despuntar el día, me dirigí, cumpliendo sus deseos a su *palazzo,* uno de esos inmensos edificios de una sombría suntuosidad que se levantan sobre las aguas del Gran Canal en las cercanías del Rialto. Subiendo por una amplia escalera de caracol pavimentada de mosaico, fui a parar a una estancia cuyo esplendor sin igual me deslumbró al abrirse la puerta, dejándome ofuscado y aturdido ante su lujo.

No ignoraba yo que mi nuevo amigo era rico. El rumor público hablaba de su fortuna en términos que caprichosamente siempre califiqué de ridículamente exagerados. Pero, cuando dirigí una mirada a mi alrededor, quedé convencido de que los bienes de una persona en Europa no podía proporcionar aquella principesca magnificencia que brillaba y lucía en torno mío.

Pese a que, como ya he dicho, había salido el sol, la estancia continuaba brillantemente iluminada. Consideré por esta circunstancia, así como por la expresión de cansancio de la cara de mi amigo, que no había descansado en toda la noche. En la decoración y ornamento de la estancia se advertía un propósito evidente de deslumbrar y asombrar. Se había preocupado muy poco en su decorado de lo que se conoce técnicamente como mantenimiento de la unidad o de las reglas de nacionalidad. La vista se paseaba de un objeto a otro. Sin detenerse en ninguno, ni en los grutescos con figuras griegas, ni en las tallas de la mejor época italiana, ni en los colosos del inculto Egipto. Ricos tapices se estremecían por todas partes en la estancia, con la vibración de una grave y melancólica música, cuyo origen no se descubría. Los sentidos estaban oprimidos por mezclados y contradictorios perfumes que emanaban de unos incensarios extrañamente contorneados, unidos a innumerables lenguas rutilantes y fluctuantes de un fuego esmeralda y violáceo. Los rayos del sol naciente se esparcían sobre el conjunto a través de las ventanas, construidas todas de una sola lámina de vidrio teñido de rojo. Brillando por todos lados con mil reflejos, desde las cortinas que caían de lo alto de las cornisas como cataratas de plata fundida, la claridad del día se mezclaba al fin de lleno con la luz artificial y se extendía en masas suavizadas sobre un tapiz de rico oro de Chile que parecía un mantel líquido.

—¡Ja, ja, ja! ¡Ja, ja, ja! — exclamó, riendo, el propietario del palacio cuando entré, indicándome un asiento y echándose él mismo hacia atrás cuan largo era sobre una otomana —. Observo — dijo al darse cuenta de que no acababa yo de encajar la *bienséance* (1) de tan extraña acogida —, observo que se asombra de mi estancia, de mis estatuas, de mis pinturas, de mi originalidad de conceptos en lo referente a decoración y tapices. ¿Le embriaga por completo, eh, mi magnificencia? Pero discúlpeme, mi querido señor — y aquí el tono de su voz recobró un auténtico acento de cordialidad —, disculpe mi

(1) Decoro, decencia. En francés en el original. (N. del T.)

risa falta de generosidad. ¡Parecía usted tan *absolutamente* sorprendido!
Además hay cosas tan perfectamente cómicas, que un hombre *tiene* que reírse de ellas o reventar. ¡Morir riendo es la más gloriosa de todas las muer-
tes! *Sir* Tomas Moro murió así, como usted recordará. Igualmente en los
Absurdos, de Ravisius Textor, aparecen una larga serie de personajes que han
tenido el mismo espléndido fin. Sabrá usted, seguramente — continuó pensa-
tivamente —, que en Esparta (que es ahora Palaeochori), en Esparta, repito,
al oeste de la ciudadela, entre un caos de ruinas, apenas visible, hay algo así
como un zócalo sobre el cual continúan todavía legibles los signos:

ΛΑΞΜ

»Los cuales, indudablemente, forman parte de la palabra

ΓΕΛΑΞΜΑ

»Ahora bien: en Esparta existían un millar de templos y altares consagrados a las mil distintas divinidades. ¡Qué extraño resulta que ese altar de la
Risa haya sobrevivido a los otros! Mas en el caso presente — repuso con
una extraña alteración en su voz y modales — no tenía yo derecho a diver-
tirme a su expensas. Tenía usted que asombrarse. Europa no es capaz de
producir nada tan digno de admiración como mi pequeño gabinete regio.
Las restantes salas no son nada semejantes; son en suma «ultras» de la insípida
moda. ¿Esto es mejor que la moda, verdad? No obstante, esto, si se conociera,
haría delirar a muchos que serían capaces de sacrificarle su patrimonio entero. Por eso me he apercibido para impedir semejante profanación. Con sólo
una excepción, es usted el único ser humano, aparte de mí mismo y de mi
valet, que haya sido admitido en los misterios de este imperial recinto, desde que está adornado tal como lo ve.

Me incliné en señal de gratitud, pues la impresión avasalladora de esplendor, perfume y música, unida a la sorprendente excentricidad de su
lenguaje y modales, me impedían expresar con palabras mi aprecio a lo que
podía interpretarse como un cumplido.

—Aquí hay — prosiguió levantándose y cogiéndome del brazo para vagar alrededor de la habitación —, aquí hay cuadros desde los griegos a Cimabué y desde Cimabué a la hora actual. Muchos han sido seleccionados,
como usted ve, con escaso respeto a las opiniones de la virtud. Son todos,
empero, una tapicería adecuada para una estancia como ésta. Hay aquí
también algunos *chef-d'oeuvres* (1), del gran desconocido, y hay asimismo
dibujos sin terminar de artistas célebres en su día, y cuyos verdaderos nom-

---

(1) Obras maestras. En francés en el original. (N. del T.)

bres ha entregado la perspicacia de las Academias al silencio y a mí. ¿Qué le parece — dijo volviéndose bruscamente, en tanto hablaba —, qué le parece esta *Madona della Pietá?*

—¡Es un auténtico Guido! — exclamé con el entusiasmo propio de mi carácter, pues había ya examinado con toda atención sus incomparables bellezas —. ¡Es un auténtico Guido! ¿Cómo *ha podido usted* conseguirlo? Esto equivale, sin ningún género de dudas, en la pintura a lo que Venus es en la escultura.

—¡Ah! — dijo él, pensativo —. ¿La Venus, la hermosa Venus, la Venus de Médicis? Tiene una cabeza pequeña y el cabello dorado. Un trozo de su brazo izquierdo — aquí su voz se hizo tan tenue, que le oía yo con dificultad — y todo el derecho están restaurados, y la coquetería de ese brazo derecho es, a mi juicio, la quintaesencia de la afectación. ¡Prefiero Canova! El Apolo también es una copia (no cabe la menor duda sobre esto), y seré acaso ciego y necio; pero no puedo encontrar en el Apolo la tan ponderada inspiración. No puedo dejar de preferir — ¡compadézcame usted! — el Antinoo. ¿No era Sócrates el que afirmaba que el escultor descubre su estatua en el bloque de mármol? En ese caso, Miguel Ángel no es muy original en su dístico:

> *Non ha l'ottimo artista alcum concetto*
> *Che un marmo solo in se non circunscriva* (I).

Se ha observado, o se debería haber observado, que entre los modales del auténtico *gentleman* y los del hombre vulgar sabemos encontrar siempre la diferencia, sin que seamos capaces, sin embargo, de determinar de un modo exacto en qué consiste tal diferencia. Pudiendo aplicarse esta observación en toda su fuerza al porte exterior de mi amigo, percibí, en el curso de aquella memorable mañana, que podía aplicarse más propiamente aún a su temperamento moral, a su carácter. No puedo definir mejor aquella particularidad, que parecía asignarle un lugar tan esencialmente aparte de todos los demás seres humanos, que designándola como un hábito de pensamiento intenso y continuo penetrando hasta sus actos más triviales, entremetiéndose en sus momentos de retozo e interviniendo hasta en sus relámpagos de alegría, como las serpientes que brotan de los ojos de esa máscaras gesticulan esculpidas en las cornisas que hay alrededor del templo de Persépolis.

Tuve ocasión, sin embargo, de observar varias veces, a través de los tonos, frívolo y grave, mezclados en que disertaba él ágilmente sobre temas

(1) Así en el texto:
     El mejor artista no tiene una sola idea
     que el mármol mismo en sí no encierre.

                     (N. del T.)

de poca importancia, cierto aire trepidante, un poco de *fervor* nervioso en sus actos y en sus palabras, una excitabilidad, una inquietud de formas que me pareció a veces incomprensible, y que en algunos momentos me llenó de alarma. Igualmente, con frecuencia se paraba en mitad de una frase cuyo principio había olvidado, al parecer, y semejaba escuchar con la más profunda atención, como si esperase algún visitante o hubiera oído ruidos que no existían más que en su imaginación.

Durante una de estas ausencias o pausas de aparente abstracción al volver yo una página de la bella tragedia *Orfeo,* del poeta y erudito político (la primera tragedia italiana nativa), libro que hallé junto a mí sobre una otomana, encontré un pasaje subrayado con lápiz. Se encuentra este pasaje hacia el final del acto tercero; un pasaje de la mayor exaltación pasional, un pasaje que, aunque manchado de impureza, no puede leer ningún hombre sin sentir una nueva emoción y ninguna mujer sin un suspiro.

La página entera estaba húmeda de lágrimas recientes, y entre las hojas habían sido intercalados los siguientes versos, escritos con una letra tan diferente a la peculiar de mi amigo, que me costó algún trabajo identificarla como suya:

> Fuiste para mí, amor mío,
> todo cuanto mi alma ansiaba...
> Una isla verde en el mar, amada,
> una fuente y un altar,
> adornados de frutos y de flores mágicos;
> y todas las flores eran mías.

> ¡Ah, sueño harto brillante para durar!
> ¡Ah, rutilante Esperanza que no ha surgido
> sino para nublarse!
> Una voz desde el Futuro grita:
> «¡Adelante!», pero sobre el Pasado
> (¡sombrío abismo!) mi espíritu planea,
> ¡mudo, inmóvil, aterrado!

> Pues ¡ay, ay de mí! Ya está
> la luz de la vida apagada.
> «Nunca más..., nunca más..., nunca más
> —así habla el solemne océano
> a las arenas de la orilla —
> el árbol fulminado florecerá,
> ni el águila abatida remontará su vuelo.»

Ahora todas mis horas son un éxtasis,
y todos mis nocturnos sueños
están en la oscura mirada de tus ojos,
allí donde tus pasos fulgen
en las etéreas danzas,
por los canales italianos.

¡Ay! ¡Maldita sea la hora
en que sobre las olas te llevaron
del Amor a un viejo criminal, aunque noble,
y a un pecaminoso tálamo!
¡Lejos de mí, lejos de nuestra tierra,
donde llora el plateado sauce!

Estos versos, que estaban escritos en inglés — lengua que no creía yo que dominase mi amigo —, me produjeron una gran sorpresa. Comprendía perfectamente la extensión de sus conocimientos y el singular placer con que los ocultaba a la curiosidad, para asombrarme de semejante descubrimiento; pero el punto en que estaban fechados me produjo, tengo que confesarlo, un gran asombro. Había escrito primero «Londres», y luego lo había borrado cuidadosamente, aunque no lo suficiente para ocultar esa palabra a unos ojos escrutadores. Repito que me produjo un gran asombro, pues recordaba ya con toda seguridad que en una conversación anterior con mi amigo le pregunté en particular si se había entrevistado alguna vez en Londres con la marquesa di Mentoni (la cual había residido en esa ciudad unos años antes de su boda), y me contestó, si mal no recuerdo, que no me comprendía, pues él no había estado nunca en la capital de Inglaterra. Puedo asimismo agregar que había llegado a mis oídos en más de una ocasión (sin haber concedido crédito, naturalmente, a una noticia que parecía tan poco verosímil) que la persona a que me refiero era, no sólo por nacimiento, sino por educación, un *inglés*.

* * *

—Hay un lienzo — dijo él, sin darse cuenta de que yo conocía esa tragedia —, hay un lienzo que usted no ha visto.

Y levantando un tapiz, descubrió un retrato de tamaño natural de la marquesa Afrodita.

El arte humano no ha llegado nunca a más en la pintura de su belleza sobrehumana. La misma figura etérea que había surgido ante mí la noche anterior en las escaleras del Palacio Ducal, se encontraba ante mí de nuevo.

Pero en la expresión de su rostro, que refulgía todo en una sonrisa, se hurtaba (¡anomalía inexplicable!) ese sutil matiz de melancolía que es inseparable de la belleza perfecta. El brazo derecho se doblaba sobre su pecho, y el izquierdo señalaba un vaso delicadamente modelado.

Sólo uno de sus pies, diminutos pies de hada, era visible, posándose apenas sobre tierra, y casi imperceptible en la brillante atmósfera que parecía rodear, enmarcando, su belleza, flotaban dos alas, lo más deliciosas que pueden imaginarse. Mis ojos fueron desde el cuadro al rostro de mi amigo, y las enérgicas palabras del *Bussy d'Ambois,* de Chapman, temblaron instintivamente sobre mis labios:

> Se eleva allí
> ¡como una estatua romana! ¡Allí quedará
> hasta que la Muerte en mármol te convierta!

—¡Vamos! — dijo él finalmente, dirigiéndose hacia una mesa de maciza plata labrada con riqueza, sobre la cual se veían unas copas fantásticamente talladas, así como dos grandes vasos etruscos, ajustados al mismo extraordinario modelo que el reproducido en primer término en el cuadro; estaban llenas, me pareció, de vino de Johannisberger —. ¡Vamos! — repuso bruscamente —. ¡Bebamos! Aún es pronto; mas ¡bebamos! Es *verdaderamente* pronto — continuó, taciturno, al tiempo que un querubín daba con un pesado martillo de oro, en una campana, la primera hora después de la salida del sol —. Es *verdaderamente* pronto; mas ¿qué importa? ¡Bebamos! ¡Bebamos en homenaje a ese espléndido sol que estas llamativas lámparas y estos incensarios anhelan dominar!

Y después de brindar con una copa llena, se tragó otras varias copas de vino.

—Soñar — continuó, recobrando el hilo de su conversación inconexa y dirigiendo la rica luz de un incensario hacia uno de los hermosos vasos —, soñar ha sido el objeto de mi vida, y para eso he hecho construir este retiro: para soñar. ¿Podía haber levantado uno mejor en el corazón de Venecia? Mire usted en torno suyo: es cierto que parece una mezcolanza de ornamentos arquitectónicos. La pureza del arte jónico desentona con los dibujos antediluvianos, y las esfinges egipcias se tienden sobre tapices de oro. Pero las leyes de lugar, y especialmente las de tiempo, son los espantajos que acomodan a los hombres en la contemplación de la magnificencia. En otra época yo mismo fui un decorador; pero esta sublimación de la tontería acabó por cansar mi alma. Lo que usted ve es ahora lo adecuado a mi propósito. Igual que esos incensarios árabes, mi espíritu se retuerce en el fuego, y el delirio de este decorado está hecho para las extrañas visiones de esa región de los sueños reales hacia la cual voy a partir muy pronto.

Al llegar aquí, se detuvo de repente, hundió la cabeza sobre su pecho, pareciendo escuchar un ruido que yo no percibía. Finalmente irguiéndose, miró hacia lo alto, y recitó los versos del obispo de Chichester:

¡Espérame allí! No dejaré de ir
a tu encuentro en ese hondo valle.

Un instante después, comprobando el poder del vino, se desplomó cuan largo era sobre una otomana.

Se oyeron entonces en la escalera pasos precipitados, seguidos inmediatamente de un fuerte golpe en la puerta. Me lancé hacia allí para evitar su repetición, cuando entró presuroso en la estancia una paje de la casa Mentoni y balbució con una voz ahogada por la emoción, estas palabras incoherentes:

—¡Mi señora..., mi señora!... ¡Envenenada... envenenada! ¡Oh, hermosa..., oh, hermosa Afrodita!

Aturdido, salté hacia la otomana y me esforcé por despertar al durmiente para darle la estremecedora noticia. Pero sus miembros estaban rígidos, sus labios lívidos... sus ojos, antes fúlgidos, apresados por la *Muerte*. Retrocedí hasta la mesa..., mi mano tropezó con una copa rota y ennegrecida... Y la conciencia de toda la espantosa verdad relampagueó súbitamente sobre mi alma.

EL CAJÓN OBLONGO

Hace algunos años tomé pasaje desde Charleston (Carolina del Sur) para la ciudad de Nueva York en el magnífico paquebote *Independencia,* conducido por el capitán Hardy.

Nos haríamos a la vela el 15 de junio, si el tiempo lo permitía, y el 14, subí a bordo para arreglar algunas cosas en mi camarote. Supe que íbamos a tener un gran número de pasajeros, entre los que figuraban numerosas señoras. En la lista había también varios conocidos míos, y en medio de otros nombres me ufanó ver el de *mister* Cornelio Wyatt, un joven artista por quien sentía una cordial amistad. Habíamos sido condiscípulos en la Universidad de C*** donde estuvimos mucho tiempo juntos. Tenía el temperamento característico del genio, y era una mezcla de misantropía, de sensibilidad y de entusiasmo, cualidades a las que iba unido el corazón más sincero que haya palpitado nunca en pecho humano.

Observé después que su nombre figuraba sobre la puerta de tres camarotes, y al repasar la lista de los pasajeros vi que había tomado pasaje para él, su esposa y sus dos hermanas. Los camarotes eran bastante espaciosos, cada uno tenía dos literas. Eran éstas tan sumamente estrechas que apenas cabía en ellas una persona, pero a pesar de ello no pude comprender por qué había *tres* camarotes para aquellas cuatro personas.

Precisamente en aquella época sufría yo uno de esos estados de ánimo decaídos que tornan a un hombre curioso hasta la anormalidad, interesándome hasta por las bagatelas más intrascendentes, y confieso, un tanto avergonzado, que me dediqué a hacer una serie de conjeturas imprudentes y absurdas acerca de la cuestión del incierto camarote sobrante.

Aquello no era asunto mío, sin duda, pero me dediqué con la mayor tenacidad a intentar resolver el enigma. Y por último, llegué a una conclusión que me asombró de no haber encontrado antes: «Será para un criado, naturalmente — me dije —. ¡Qué tonto he sido al no ocurrírseme antes una solución tan clara!» Y aún repasé de nuevo la lista, pero comprobé entonces, sin lugar a dudas, que no figuraba en el grupo ningún criado. Aunque, en realidad, la primera intención de mi amigo fue traerse uno, pues las palabras «y criado» habían sido escritas y luego tachadas. «¡Oh! Exceso de equipaje, con seguridad — me dije entonces —, algo que no querrá llevar en la bodega, algo que deseará tener a la vista... ¡Ah, ya sé! Un cuadro o cosa parecida... Y esto es lo que ha estado tratando con Nicolino, el judío italiano.» Finalmente, esta idea me satisfizo, y por el momento, prescindí de mi curiosidad.

Conocía muy bien a las dos hermanas Wyatt, que eran unas muchachas de lo más amable e inteligente. Habíase él casado recientemente, y aún no conocía yo a su esposa. Sin embargo, hablaba de ella a menudo en mi presencia, con su acostumbrado estilo encomiástico. La describía como poseedora de una belleza, un ingenio y una cultura insuperables. Estaba yo, por tanto, ansiando conocerla.

El día en que visité el barco, aquel 14 de que he dicho, Wyatt y su familia se proponían también visitarlo — según me informó el capitán —, y permanecí a bordo una hora más de lo que pensaba, esperando ser presentado a la recién casada; pero al cabo de ese tiempo llegó una disculpa. «La señora W*** estaba un poco indispuesta, y aplazaba su llegada a bordo hasta el día siguiente, a la hora de zarpar.»

Al otro día, yendo desde mi hotel al muelle, me encontré al capitán Hardy, quien me dijo que: «A causa de las circunstancias (frase tópica, pero adecuada), creía él más bien que el *Independencia* no se haría a la vela hasta dentro de un día o dos, y que cuando todo estuviese preparado me lo mandaría a decir.» Esto me pareció extraño, pues había una fuerte brisa del Sur; pero como «las circunstancias» no eran inmediatas, no tuve más remedio que volver a mi alojamiento y consumir mi impaciencia en el ocio.

Durante casi una semana no recibí el esperado mensaje del capitán. Con todo, llegó, al fin, e inmediatamente, subí a bordo. El barco estaba atestado de pasajeros, y había allí ese bullicio que precede a la leva de anclas. El grupo de los Wyatt llegó unos diez minutos después que yo. Allí venían las dos hermanas, la mujer y el artista, éste preso de uno sus habituales ataques de misantropía. Sin embargo, como yo estaba acostumbrado a aquello, no le presté gran atención. No me presentó siquiera a su esposa, y este acto de cortesía tuvo que llevarlo a cabo, de modo obligado, su hermana Mariana. Es decir, una muchacha muy dulce e inteligente que nos presentó en breves y presurosas palabras.

Un espeso velo cubría el rostro de la señora Wyatt. Y cuando lo levantó, para devolverme el saludo, confieso que me quedé profundamente asombrado. Lo habría estado mucho más, empero, si una larga experiencia no me hubiera inducido a desconfiar de las entusiásticas descripciones de mi amigo el artista cuando se complacía en hacer comentarios sobre la belleza de la mujer. Si se trataba del tema de la belleza, sabía yo muy bien con cuanta facilidad se remontaba él a las regiones del más puro ideal.

Lo cierto es que no pude privarme de considerar a la señora Wyatt como una mujer rotundamente fea. Si no de una fealdad positiva, creo que no estaba muy lejos de ello. Vestía, eso sí, con exquisito gusto, y no dudé entonces de que había cautivado el corazón de mi amigo por las gracias más duraderas, de la inteligencia y del espíritu. Dijo ella muy pocas palabras, y pasó en seguida a su camarote con *mister* Wyatt.

Resurgió entonces mi antigua curiosidad. Allí no había ningún criado. Era un hecho indudable. Miré, por tanto, el equipaje adicional. Con algún retraso llegó después en un carro, al muelle, un cajón oblongo de pino, que parecía ser lo que esperaban. A raíz de su llegada nos hicimos a la vela. Y, en breve tiempo, pasamos la barra y nos encontramos navegando en alta mar.

El cajón o caja en cuestión era, como he dicho, de forma oblonga. Tenía seis pies, aproximadamente, de largo, y dos y medio de ancho. Lo examiné con detenimiento, porque me gusta la precisión. Su forma, pues, era *especial,* y tan pronto como lo hube visto, comprobé la exactitud de mis conjeturas. Llegué a la conclusión, según se recordará, de que aquel equipaje adicional de mi amigo el artista sería de cuadros, uno por lo menos, pues sabía que había estado varias semanas en tratos con Nicolino, y ahora había allí un cajón que, por su forma, no *podía* probablemente, contener más que una copia de *La última cena,* de Leonardo. Una copia de esta *Última cena,* hecha por Rubini el menor en Florencia, sabía yo que estaba hacía tiempo en poder de Nicolino. Consideré este punto, sin duda bastante aclarado. Me reí mucho entre dientes pensando en mi perspicacia. Era la primera vez que Wyatt me ocultaba sus secretos artísticos; pero intentaba, evidentemente, adelantarse a mi sorpresa y pasar de contrabando, ante mis narices, un buen cuadro en Nueva York, con la esperanza de que no me enterara del asunto. Decidí tomarlo a broma entonces y... en lo sucesivo.

Aun así, cierto detalle me preocupaba un poco. No llevaron el cajón al camarote suplementario. Fue depositado en el del propio Wyatt, y allí quedó, además, ocupando casi el suelo entero, produciendo una excesiva incomodidad, sin duda, para el artista y su mujer. Y más aún porque la brea o la pintura con que estaba rotulado en grandes mayúsculas desprendía un olor fuerte desagradable, y que se me antojaba especialmente repugnante. Sobre la tapa estaban pintadas las palabras: SEÑORA ADELAIDA CURTIS, ALBANY, NUEVA YORK. A CARGO DEL SEÑOR CORNELIO WYATT. ESTE LADO HACIA ARRIBA. MANÉJESE CON CUIDADO.

Entonces tuve el convencimiento de que la señora Adelaida Curtis, de Albany, era la madre de la esposa del artista; pero luego consideré la dirección entera como una mixtificación destinada a mí en particular. Inferí de ello, por supuesto, que la caja y su contenido no irían nunca más al norte de lo que estaba el estudio de mi misantrópico amigo en la calle Chambers, de Nueva York.

Durante los tres o cuatro días primeros tuvimos buen tiempo, aunque el viento era de proa. Viramos hacia el Norte y, en seguida, perdimos de vista la costa. Los pasajeros estaban, en consecuencia, de buen humor y muy sociables. Debo exceptuar, sin embargo, a Wyatt y a sus hermanas, que se comportaron secamente. Y hasta, si se quiere, con descortesía hacia el resto del pasaje.

No tomé muy en cuenta la conducta de Wyatt. Parecía más triste de lo habitual en él. En realidad, estaba *malhumorado*. Pero, tratándose de tal amigo, me hallaba preparado a cualquier excentricidad. En cuanto a sus hermanas, no podía disculparlas. Se recluyeron en sus camarotes durante la mayor parte de la travesía, y se negaron en redondo, aunque las insté repetidamente, a relacionarse con cualquiera de las personas de a bordo.

La señora Wyatt se mostró más agradable. Es decir, era *habladora,* y ser hablador es algo encomiable en el mar. Llegó a tener una gran intimidad con la mayoría de las señoras, y con profundo asombro mío, demostró una inequívoca disposición a coquetear con los hombres. A todos nos divirtió muchísimo. Y digo «divirtió», aunque apenas sé cómo explicarme. La verdad es que pronto noté que se reían, con más frecuencia, *de* ella que *con* ella. Los caballeros la mencionaban poco, pero las señoras la calificaron en seguida de «corazón tierno».

A más de subrayar su aspecto más bien insignificante, su ignorancia y su vulgaridad.

Causaba verdadero asombro pensar cómo se había dejado atrapar Wyatt para tal matrimonio. Su fortuna era la solución impuesta por todos. Pero yo sabía que no era esa, en absoluto, la solución, pues Wyatt me contó que ella no le había aportado un dólar ni esperanza alguna de que le viniese dinero por ninguna parte. Se había casado, dijo, por amor y sólo por amor, y su esposa era más que digna de su amor.

Cuando pensaba en aquellas expresiones por parte de mi amigo, confieso que me sentía desconcertado de un modo indescriptible. ¿Sería posible que tuviese trastornada la razón? ¿Qué otra cosa podía yo pensar? Él, tan refinado, tan culto, tan exigente, con una percepción tan exquisita de lo defectuoso y una apreciación tan sutil de la belleza, ¿cómo cedió? Aquella mujer parecía estar muy enamorada de él — especialmente durante su ausencia —, poniéndole en ridículo con frecuentes expresiones de lo que había dicho su «amado esposo, *mister* Wyatt». Parecía tener siempre la palabra «marido» en la punta de la lengua. Entre tanto, todos a bordo observaban que él le huía del modo más categórico, y que la mayoría de las veces se encerraba solo en su camarote, donde, en suma, podía decirse que vivía de continuo, dejando a su mujer en plena libertad de divertirse como mejor le pareciese en compañía de los pasajeros de la cámara principal.

Por lo que vi y oí llegué a la conclusión de que el artista, por algún inexplicable capricho del destino, o quizá en un arrebato entusiástico de pasión imaginaria, se sintió incitado a unirse con una persona completamente inferior a él. Y de que, como consecuencia natural, había sobrevenido un rápido y recíproco descontento. Le compadecí desde el fondo de mi corazón, pero no pude por ese motivo perdonarle del todo su reserva en la cuestión de *La última cena*. Por lo cual decidí vengarme.

Un día salió a cubierta, y cogiéndole del brazo, como solía hacer, nos pusimos a pasear de proa a popa y viceversa. Su tristeza, aunque habitual en él, parecía haber llegado a su plenitud. Habló poco, y eso a disgusto; con evidente esfuerzo. Me aventuré a contarle un chiste o dos, e hizo una forzada tentativa por sonreír. ¡Pobre muchacho!... Pensando en *su mujer,* me asombré de que pudiera él tener ánimo siquiera para poner cara alegre. Por último, me arriesgué a un ataque en lo vivo. Decidí lanzar una serie de insinuaciones encubiertas o indirectas acerca del cajón oblongo, sólo para que él notase gradualmente que no era yo blanco o víctima de su pequeña y divertida mixtificación. Mi primera observación fue a modo de andanada desde una batería oculta. Dije algo sobre la «forma especial de *aquel* cajón», y al pronunciar estas palabras sonreí con gesto de enterado, guiñé un ojo y le di un suave toque en la espalda con el índice.

La manera como acogió Wyatt esta broma inocente me convenció desde luego de que estaba loco. Al principio, me miró con fijeza; como si le fuese imposible comprender la gracia de mi comentario. Pero en cuanto pareció abrirse mi chanza un lento camino en su cerebro, sus ojos parecieron, en la misma proporción, salirse de sus órbitas. Luego se puso muy rojo, después palideció atrozmente, y a continuación, como si le divirtiese mucho lo que había yo insinuado, prorrumpió en una franca y ruidosa carcajada que, para asombro mío, prolongó con vigor cada vez más creciente durante diez minutos o más. Y al final, se desplomó cuan largo era sobre la cubierta. Cuando me apresuré a levantarle, tenía todo el aspecto de un muerto.

Pedí socorro, y con mucha dificultad le hicimos volver en sí. Después de recobrar el sentido, habló con incoherencia durante un rato. Por último, le sangramos y le metimos en la cama. A la mañana siguiente estaba del todo repuesto en lo que se refería sólo a su salud física. De su cabeza no diré nada, por supuesto. Durante el resto de la travesía huí de él, por consejo del capitán, quien pareció compartir de lleno mi opinión acerca de su locura, aunque me advirtió que no dijese nada a bordo sobre el particular a nadie.

Ocurrieron acto seguido, desde aquel ataque de Wyatt, varios incidentes que contribuyeron a aumentar la curiosidad que ya me devoraba. Entre otras cosas, ésta: sintiéndome nervioso, bebí demasiado té verde muy cargado y dormí mal por la noche; en puridad, no puedo decir que durmiese nada durante dos noches. Ahora bien: mi camarote daba a la cámara principal o comedor, al igual de los de todos los hombres solos a bordo. Los tres camarotes de Wyatt estaban situados en la cámara posterior, separada de la principal por una delgada puerta de corredera, que no se cerraba nunca de noche. Como tuvimos viento casi sin cesar y la brisa era muy fuerte, el barco se escoraba a sotavento de un modo considerable, y siempre que el costado de estribor se inclinaba a sotavento, aquella puerta de corredera entre las cámaras resbalaba y se abría, quedando así, sin que nadie se molestara en cerrarla. Pero mi litera se hallaba en una posición tal, que cuando la puerta de mi propio camarote estaba abierta como la de corredera en cuestión, y la mía lo estaba siempre a causa del calor, podía yo ver con claridad la cámara posterior, y precisamente, además, aquella parte de ella donde estaban situados los camarotes de *mister* Wyatt. Pues bien; durante dos noches, *no* consecutivas, encontrándome despierto, vi muy bien a la señora Wyatt, hacia las once de la noche, salir con cautela del camarote de *mister* Wyatt, y entrar en el otro suplementario donde permaneció hasta el amanecer, hora en que la llamó su esposo y ella salió de allí. Resultaba patente que estaban virtualmente separados. Tenían cuartos aparte, sin duda en espera de un divorcio definitivo, y ahí residía, pensé, después de todo, el misterio del camarote suplementario.

Hubo otra circunstancia que me interesó mucho. Durante las dos noches de insomnio en cuestión, e inmediatamente después de penetrar la señora Wyatt en el camarote suplementario, atrajeron mi atención ciertos ruidos extraños, cautos y sofocados en el de su marido. Después de escucharlos un rato con reflexiva atención, logré por fin averiguar su origen. Aquellos ruidos los producía el artista intentando abrir la caja oblonga con ayuda de un escoplo y un martillo, este último envuelto, para amortiguar su ruido, con alguna materia de lana o de algodón.

De esta manera me figuré que podría acechar a satisfacción el momento preciso en que él levantase la tapa y que podría asimismo apreciar cuando él la quitara por completo y la depositara sobre la litera inferior en su camarote; esto último lo supe, por ejemplo, gracias a ciertos ligeros golpes producidos al chocar la tapa contra los bordes de madera de la litera, cuando intentó colocarla muy suavemente allí por no haber sitio para ella en el suelo. Después de esto hubo un silencio mortal, ya no oí nada más en ningún momento hasta cerca del amanecer, a no ser, empero, que mencione un leve sollozo o un murmullo, tan contenido, que era casi inaudible, aunque pudo suceder que este último ruido se produjera más bien en mi imaginación. Digo que *parecía* un sollozo o un suspiro, pero, por descontado, podía no ser nada de lo uno ni de lo otro. Creo, mejor, que era un zumbido en mis oídos. Sin duda, *mister* Wyatt, de acuerdo con su costumbre, estaba sólo dedicado a una de sus chifladuras, entregado a uno de sus arrebatos de entusiasmo artístico. Habría abierto su cajón oblongo, a fin de recrear sus ojos en el tesoro pictórico contenido allí. A pesar de todo, no había en esto nada para hacerle *sollozar*. Repito, pues, que debió de ser un simple capricho de mi propia fantasía, perturbada por el té verde del bueno del capitán Hardy. Precisamente antes del amanecer, y cada una de esas dos noches de que he hablado, oí con claridad a *mister* Wyatt colocar de nuevo la tapa sobre la caja oblonga y meter los clavos en los orificios primeros, utilizando el martillo forrado. Hecho lo cual, salió de su camarote, vestido por completo, y llamó a la puerta del de la señora Wyatt.

Llevábamos siete días en el mar, y estábamos ahora frente al cabo Hatteras, cuando sobrevino un tremendo temporal del Sudoeste. En cierto modo estábamos preparados para ello, pues el tiempo se había mostrado amenazador desde hacía poco. Se dispuso todo para capearlo abajo y arriba, y como el viento refrescó rápidamente, permanecimos, en fin, al abrigo de la maricangalla y de la cofa del trinquete, ambos con dobles rizos.

En esta posición, navegamos con bastante seguridad durante cuarenta y ocho horas, demostrando el buque poseer excelentes condiciones marineras en muchos aspectos, y sin tragar agua en cantidad notable. Al final de este período, no obstante, el vendaval se convirtió en huracán, y haciendo jirones una de nuestras velas de atrás y ocasionando una inundación varias enormes olas que irrumpieron en cubierta una tras otra. En aquel accidente perdimos tres hombres que cayeron por la borda con la cocina y con casi todas las amuradas de babor. Apenas recobramos los sentidos, se hizo trizas el velacho. Entonces izamos una vela de *estay* contra borrascas, y con ella nos arreglamos bien durante algunas horas, manteniéndose el barco con mucha mayor firmeza que antes.

A todo esto, continuaba el vendaval, y no descubríamos signos de que cesara. El aparejo no era el conveniente y estaba muy forzado. Y al tercer día de viento, alrededor de las cinco de la tarde, se vino abajo nuestro palo de mesana en un fuerte bandazo de barlovento. Por espacio de una hora o más, intentamos en vano desprendernos de él. Pero resultó en vano a causa del enorme balanceo del barco, y antes de poder conseguirlo, vino a popa el carpintero y anunció que había cuatro pies de agua en la bodega. Para agravar nuestro apuro, encontramos las bombas obstruidas y casi inservibles.

Todo fue entonces trastorno y desesperación, no obstante, se hizo un esfuerzo para aligerar el barco. Se tiraron por la borda toda la parte de la carga que era posible, y cortando los dos mástiles que quedaban. Esto se realizó al cabo, pero no pudo hacerse aún nada con las bombas, y entre tanto, la vía de agua aumentaba con rapidez.

Al ponerse el sol decreció la violencia del vendaval sensiblemente, y como se calmó con él el mar, abrigamos todavía esperanzas de salvarnos en los botes. A las ocho de la noche, se abrieron las nubes a barlovento y gozamos la ventaja de una luna llena, lo cual fue una gran suerte que sirvió maravillosamente para levantar nuestros ánimos decaídos.

Luego de trabajos inauditos, conseguimos, por fin, arriar el bote al costado sin ningún accidente material, y dentro se apiñaron toda la tripulación y la mayor parte de los pasajeros. Este grupo partió al punto, y después de muchos sufrimientos, arribaron a la postre, sanos y salvos, a la ensenada de Ocracoke, al tercer día del naufragio.

Catorce pasajeros, con el capitán, quedaron a bordo, resueltos a confiar su suerte al pequeño bote de popa. Lo arriamos sin dificultad, aunque sólo por un milagro evitamos que zozobrase al tocar el agua. Ya a flote, entraron en él el capitán y su esposa, *mister* Wyatt y su familia, un oficial mejicano, su esposa, sus cuatro hijos y yo, más un criado negro.

No teníamos sitio, naturalmente, para nada, excepto para unos cuantos instrumentos de todo punto necesarios, algunas provisiones y las ropas que llevábamos puestas. Nadie pensó siquiera en salvar otra cosa. ¡Y cuál no fue el asombro de todos cuando, habiéndonos alejado unas brazas del buque, *mister* Wyatt se levantó en la cámara del bote y pidió al capitán Hardy que hiciese retroceder la embarcación, ¡con objeto de recoger en el buque su cajón oblongo!

—Siéntese, *mister* Wyatt — respondió el capitán con cierta severidad—; si no se sienta y permanece quieto, nos hará zozobrar. Nuestra borda está casi en el agua ahora.

—¡La caja! — vociferó *mister* Wyatt, en pie todavía — ¡La caja, digo! Capitán Hardy no puede usted negarme esto. Su peso es insignificante. ¡No es nada, nada en absoluto! ¡Por la madre que le dio el ser, por amor de Dios, por su esperanza de salvación, le suplico que vuelva para recoger el cajón!

El capitán pareció conmovido durante un momento por la fervorosa imploración del artista; pero recobró su severa compostura, y dijo simplemente:

—*Mister* Wyatt, está usted loco. No puedo escucharle. Siéntese, repito o hará hundirse el bote. ¡Quieto! ¡Agárrenle, cójanle! ¡Está a punto de saltar por la borda! ¿Ven? Ya lo sabía: ¡se ha tirado al mar!

Al decir esto el capitán, *mister* Wyatt, en efecto, saltó del bote, y como estábamos aún a sotavento del buque náufrago, consiguió, con un esfuerzo casi sobrehumano, asirse a una cuerda que colgaba de las cadenas de proa. Un momento después estaba a bordo, y se precipitaba frenéticamente dentro de la cámara.

Mientras, habíamos sido arrastrados a popa del barco, y estando en absoluto fuera de sotavento, nos encontramos a merced de un tremendo mar, todavía encrespado. Hicimos un denodado esfuerzo por retroceder; pero nuestro pequeño bote era como una pluma sometida al soplo de la tempestad. Nos dimos cuenta de una ojeada de que era irremisible la sentencia de muerte del infortunado artista.

Como nuestra distancia del barco náufrago aumentaba rápidamente, vimos que el loco, pues sólo como tal podíamos considerarle, salía de la escalera de la cámara, arrastrando con una fuerza que parecía gigantesca el pesado cajón oblongo. En tanto que le contemplábamos con asombro, dio él a toda prisa varias vueltas con una cuerda de tres pulgadas primero alrededor de la caja y luego en torno a su cuerpo. Un instante después, los dos, cuerpo y caja, caían al mar y desaparecían de súbito para siempre.

Permanecimos un rato tristemente, sin remar, con los ojos clavados en aquel sitio. Al fin, bogamos de nuevo hacia adelante. Durante una hora reinó el silencio. Por último, aventuré una observación.

—¿Ha notado usted, capitán, lo repentinamente que se han hundido? ¿No es esto una cosa muy singular? Confieso que abrigaba una débil esperanza de que se salvase al final, cuando le vi atarse a la caja y arrojarse al mar.

— Se han hundido, como era natural — respondió el capitán —. Y cual si fuesen una bala. Sin embargo, saldrán otra vez a la superficie, pero *no hasta que la sal se disuelva.*

—¡La sal! — exclamé.

—¡Silencio! — dijo el capitán, señalando a la esposa y a las hermanas del difunto —. Ya hablaremos de esto en una ocasión más oportuna.

* * *

Sufrimos mucho, y nos salvamos por un pelo. Pero nos favoreció la suerte, así como a nuestros compañeros de la chalupa. Desembarcamos al cabo, más muertos que vivos, después de cuatro días de intensas angustias, en la playa frontera a la isla Roanoke. Permanecimos allí una semana, sin ser maltratados por los saqueadores de náufragos, y al fin, conseguimos pasaje para Nueva York.

Como un mes después del naufragio del *Independencia* me encontré casualmente al capitán Hardy en Broadway, nuestra conversación versó, por supuesto, sobre aquel desastre, y en particular sobre el triste destino del pobre Wyatt. Así, pude enterarme de los siguientes detalles.

El artista había tomado pasaje para él, su mujer, sus dos hermanas y un criado. Su esposa era, realmente, como parecía, la más cariñosa y la más perfecta de las mujeres. En la mañana del 14 de junio, el día en que visité por primera vez el barco, aquella dama cayó enferma de repente y falleció. Su joven marido sintió un dolor frenético; pero las circunstancias le impedían diferir su viaje a Nueva York. Era necesario llevar el cadáver de su adorada esposa, y por otra parte, sabía muy bien que el prejuicio universal le impedía hacerlo a las claras. De diez pasajeros, nueve se hubiesen negado a embarcar antes que tomar pasaje en compañía de un cadáver.

Ante semejante dilema, el capitán Hardy dispuso que el cadáver, después de haber sido embalsamado, y acondicionado con una gran cantidad de sal, en un cajón de tamaño adecuado, fuese conducido a bordo como una mercancía. No se dijo nada del fallecimiento de aquella señora, y como se sabía muy bien que *mister* Wyatt había tomado pasaje para su esposa, se hizo preciso que alguna persona la representara durante la travesía. Convencieron fácilmente a la doncella de la difunta para que lo hiciese. El camarote suplementario, tomado primero para esta joven en vida de su señora, fue entonces retenido nada más. En aquel camarote la pseudoesposa dormía por las noches. Durante el día desempeñó, lo más hábilmente que pudo, el papel de su señora, cuya persona, lo cual fue objeto de minuciosa averiguación, era desconocida para todos los pasajeros a bordo.

Mi propia equivocación provino, y era bastante explicable, de un temperamento atolondrado con exceso, demasiado investigador y harto impulsivo. Pero estos últimos tiempos es raro que pueda yo dormir a pierna suelta por la noche. Hay un rostro que me alucina y da vueltas, sugestionándome. Hay una risa histérica que resuena para siempre en mis oídos.

LA ESFINGE DE CALAVERA

Durante la terrible epidemia de cólera en Nueva York, había yo acepta-
do la invitación de un pariente para pasar dos semanas con él en el retiro de su *cottage ornée* a orillas del Hudson. Teníamos allí, en torno
nuestro, todos los recursos ordinarios de las diversiones veraniegas, y vagando por los bosques, tomando apuntes, paseando en bote, pescando, ba-
ñándonos y dedicando algunas horas a la música o a la lectura, hubiéramos
podido pasar el tiempo bastante entretenidos, sin las pavorosas noticias
que, cada mañana, nos llegaban de la populosa urbe. No pasaba un día
que no nos trajese la noticia del fallecimiento de algún amigo. Entonces,
como la mortandad aumentaba, siempre esperábamos enterarnos, diaria-
mente, de la pérdida de algún ser querido. Y, al final, temblábamos al acercarse cualquier mensajero. El propio aire del Sur nos parecía oler a muerte.
Aquel pensamiento sobrecogedor se adueñaba, en verdad, de mi alma por
entero. No podía yo hablar, pensar ni soñar en ninguna otra cosa. Era mi
anfitrión de un temperamento menos excitable, y aunque con el ánimo muy
deprimido, se esforzaba por reanimarme. Su inteligencia, animadora de una
gran filosofía, no estaba afectada nunca por quimeras. Si bien bastante sensible a la influencia del terror, no le inquietaban sus sombras.

Sus esfuerzos por sacarme del estado de tristeza anormal en que me sumía, se veían frustrados en gran parte por ciertos libros que hube de encontrar en su biblioteca. Eran éstos de un carácter que hacía germinar
cualquiera de las semillas de superstición hereditaria que permanecían la-
tentes en mí. Había yo leído aquellos libros sin que él lo supiera, y por eso
se sentía perplejo con frecuencia ante las violentas impresiones que ejercían
sobre mi imaginación.

Uno de mis temas favoritos era la creencia popular en los presagios, una
creencia que, en aquella época de mi vida, estaba dispuesto a defender seriamente, y sobre tal tema sosteníamos largas y animadas discusiones. Él demostraba la sinrazón de la fe en tales cuestiones, y yo afirmaba que el sentimiento
popular, brotando con absoluta espontaneidad, sin apariencias de sugestión,
poseía en sí mismo elementos evidentes de verdad y merecía un gran respeto.

El hecho es que, al poco tiempo de mi llegada a la quinta, me sucedió allí un incidente tan de todo punto inexplicable y con un carácter tan inusitado, que se podía disculpar el que lo considerase yo como un presagio. Me aterró y, al mismo tiempo, me trastornó y me dejó tan perplejo, que transcurrieron muchos días antes de que pudiese tener ánimos para comunicar el caso a mi amigo.

Casi al anochecer de un día sumamente caluroso, estaba yo sentado con un libro entre las manos, ante la ventana abierta y alcanzando un lejano panorama de las orillas del río; la vista de una montaña distante, cuya superficie, bastante cercana, estaba desprovista, por eso que se llama un derrumbamiento, de vegetación. Mis pensamientos habían vagado desde el libro que tenía delante a la tristeza y desolación de la vecina ciudad. Al levantar mis ojos de la lectura, cayeron sobre la desnuda montaña, y sobre un objeto, sobre un monstruo viviente de horrorosa conformación que se abrió camino rápidamente desde la cumbre hacia la parte inferior, desapareciendo al cabo en la espesa selva de abajo. Cuando aquel ser se mostró primero a mi vista, dudé de mi propio juicio, o al menos, de la evidencia de mis propios ojos. Y pasaron muchos minutos antes de que pudiese convencerme a mí mismo de que no estaba loco ni soñaba. No obstante, al describir al monstruo, que vi con claridad y que vigilé con toda tranquilidad durante el tiempo de su avance, temo que mis lectores no se den por convencidos de varios puntos, como a mí mismo me ocurrió.

Estimando el tamaño del ser en comparación con el diámetro de los grandes árboles cerca de los cuales pasaba, aquellos pocos y gigantescos de la selva que habían escapado a la furia del desplome de tierras, deduje que era mayor que cualquier barco de línea actual. Digo barco de línea porque, además, la forma del monstruo sugería esa idea, y el casco de uno de nuestros setenta y cuatro puede dar una noción muy pasable de su contorno general. Estaba la boca del animal al extremo de una trompa de unos sesenta o setenta pies de largo, con el grosor de la de un elefante ordinario. Cerca del arranque de esta trompa tenía una inmensa cantidad de pelos negros e hirsutos, más de los que puede tener el pelaje de varios búfalos, y proyectándose desde esos pelos hacia abajo y hacia los lados, salían dos blancos colmillos parecidos a los del jabalí, pero de un tamaño infinitamente mayor. Extendidas hacia adelante, paralelas a la trompa, ostentaba a cada lado una gigantesca asta de treinta a cuarenta pies de largo, al parecer de puro cristal y en forma de prisma perfecto, que reflejaban de manera magnífica los rayos del sol poniente. El tronco estaba conformado como una cuña con la punta hacia tierra. Desde éste se extendían dos pares de alas, cada una de unas cien yardas de largo; un par colocado encima de otro. Y todo él cubierto de densas escamas metálicas. Cada escama tendría como unos diez o doce pies de diámetro. Observé que los pares superiores e inferiores de alas estaban unidos por una fuerte cadena. Pero la principal singularidad de aquella horrible bestia era la imagen de una calavera que cubría casi toda la superficie de su pecho, y que estaba trazada con notable propiedad en un blanco deslumbrador sobre el color terroso del cuerpo, como si hubiese sido cuidadosamente dibujada por un artista. Mientras contemplaba yo aquel animal terrorífico, y en particular el aspecto de su pecho, con un sentimiento de horror y de temor, con un sentimiento de maldad cercana que me era imposible reprimir por ningún esfuerzo de la razón, vi la enorme boca en la extremidad de la trompa abrirse de repente, brotando de ella un sonido tan fuerte y expresivo de temor, que sobrecogió mis nervios como la aparición de un difunto. Y cuando, finalmente, el monstruo desapareció en la falda de la montaña, caí desmayado al punto sobre el suelo.

Al recobrarme, mi primer impulso, naturalmente, fue comunicar a mi amigo lo que acababa de ver y de oír; pero un inexplicable sentimiento de repugnancia me impidió hacerlo entonces.

Por último, una noche, tres o cuatro días después del suceso, estábamos sentados juntos en la estancia desde la cual vi la aparición; ocupaba yo el mismo sitio ante la misma ventana, y él estaba tendido sobre un sofá cerca de mí. La asociación de lugar y de tiempo me impulsó a darle cuenta del fenómeno. Me escuchó hasta el final, no sin dejar de reírse al principio, y luego adoptó un gesto serio con exceso, como si mi locura estuviese fuera de toda sospecha. En aquel momento tuve de nuevo una clara visión del monstruo, el cual, con un estremecimiento de terror absoluto, señalé entonces a su atención. Miró él ávidamente, sosteniendo que no se veía nada, aunque señalara yo con toda minuciosidad la carrera del animal mientras se abría camino bajando por la superficie pelada de la montaña.

Sentíame ahora harto alarmado, pues consideraba aquella visión como un presagio de mi muerte, o peor aún, como el síntoma precursor de un ataque de locura. Me eché vivamente hacia atrás en mi silla, y durante unos minutos escondí mi cara entre las manos. Cuando descubrí mis ojos, no era ya visible la aparición.

Mi anfitrión, sin embargo, recobró hasta cierto punto la tranquilidad de ánimo, y me interrogó muy minuciosamente respecto a la conformación de aquel ser imaginario. Cuando estuvo plenamente informado sobre ello, suspiró a fondo, como si se sintiera descargado de un peso intolerable, y empezó a hablarme, con una calma que me parecía excesiva, de varios puntos de filosofía especulativa que habían constituido antes temas de discusión entre nosotros. Recuerdo que insistió con mucho empeño, y entre otras cosas, en la idea de que la causa principal del error en todas las investigaciones humanas está en el peligro que corre la inteligencia rebajando o atribuyendo un valor excesivo a la importancia de un objeto, por una simple medición errónea de su proximidad.

—Para evaluar correctamente, por ejemplo — dijo —, la influencia ejercida sobre la Humanidad a lo largo del tiempo por la consumada difusión de la Democracia, no dejará de representar un dato la distancia de la época en que tal difusión pudo efectuarse. Aun así, ¿puede usted indicarme un escritor que haya escrito sobre el gobierno que pensara nunca en esa rama especial del tema, digno siempre de discusión?

Hizo una pausa, se incorporó y, dirigiéndose hacia una librería, sacó un tratado corriente de Historia Natural. Me rogó entonces que cambiase de asiento con él, pues así podía ver mejor los pequeños caracteres de la impresión; sentóse en mi sillón ante la ventana, y abriendo el libro, prosiguió su disertación en el mismo tono de antes.

—Por su excesiva minuciosidad al describir el monstruo — explicó —, puedo en todo momento probarle lo que era. En primer lugar, permítame leerle una descripción, para chicos de escuela, del género *sphinx,* de la familia *crepuscularia,* del orden *lepidóptera* y de la clase *insecta* o insectos. La descripción dice así: «Cuatro alas membranosas cubiertas de pequeñas escamas coloreadas, de aspecto metálico; boca formando una trompa enrollada, debida a una prolongación de la quijada, sobre cuyos lados se encuentran rudimentos de palpos vellosos; las alas inferiores están adheridas a las superiores por unas cerdas; antenas en forma de porra prolongada, prismática; abdomen puntiagudo. La Esfinge de Calavera causa un gran terror entre el vulgo, y al mismo tiempo, el tono triste del lamento que profiere y esa imagen de la muerte que muestra sobre su coselete aumenta el miedo de la gente.»

Cerró el libro, recostándose sobre el sillón en la misma postura que tenía yo en el momento de contemplar al «monstruo».

—¡Ah! Ése era — exclamó luego —, ése era, subiendo por la superficie de la montaña, y admito que se trata de un ser de aspecto muy notable. Con todo, no era en modo alguno tan grande ni estaba tan distante como usted imaginó. Porque el hecho es que, cuando serpeaba subiendo por ese hilo que una araña había tejido a través del marco de la ventana, tendría el dieciseisavo de una pulgada de longitud máxima, y estaría a una distancia también de un dieciseisavo de pulgada de su pupila.

EL GATO NEGRO

Ni espero ni quiero que se dé crédito a la historia más extraordinaria y, sin embargo, más familiar que voy a referir. Tratándose de un caso en el que mis sentimientos se niegan a aceptar su propio testimonio, yo habría de estar realmente loco si así lo creyera. No obstante, no estoy loco, y con toda seguridad, no sueño. Pero mañana puedo morir y quisiera aliviar hoy mi apenado espíritu. Deseo mostrar al mundo, clara y concretamente, una serie de simples acontecimientos domésticos que, por sus consecuencias, me han aterrorizado, torturado y anodadado. A pesar de todo, no trataré de esclarecerlos. A mí casi no me han producido otro sentimiento que el de horror. Pero a muchas personas les parecerán menos terribles. Tal vez más tarde haya una inteligencia que reduzca mi fantasía al estado de lugar común. Alguna inteligencia más serena, más lógica y mucho menos excitable que la mía, encontrará tan sólo en las circunstancias que relato con terror una serie normal de causas y de efectos naturalísimos.

La docilidad y humanidad de mi carácter sorprendieron desde mi infancia. Tan notable era la ternura de mi corazón, que había hecho de mí el juguete de mis amigos. Sentía una auténtica pasión por los animales, y mis padres me permitieron poseer una gran variedad de favoritos. Casi todo el tiempo lo pasaba con ellos, y nunca me consideraba tan feliz como cuando les daba de comer o los acariciaba. Con los años aumentó esta particularidad de mi carácter, y cuando fui hombre hice de ella una de mis principales fuentes de goce. Aquellos que han profesado afecto a un perro fiel y sagaz no necesitarán explicaciones de la naturaleza o intensidad de los goces que eso puede producir. En el amor desinteresado de un animal, en el sacrificio de sí mismo, hay algo que llega directamente al corazón del que con frecuencia ha tenido ocasión de comprobar la amistad mezquina y la frágil fidelidad del hombre natural.

Me casé joven. Tuve la suerte de descubrir en mi mujer una disposición semejante a la mía. Y, habiéndose dado cuenta de mi gusto por estos favoritos domésticos, no perdió ocasión alguna de proporcionármelos de la especie más agradable. Tuvimos pájaros, un pez de color de oro, un magnífico perro, conejos, un mono pequeño y... un gato.

Era este último animal muy fuerte y hermoso, completamente negro y de una sagacidad maravillosa. Mi mujer, que era en el fondo algo supersticiosa, hablando de su inteligencia, aludía frecuentemente a la antigua creencia popular que consideraba a todos los gatos negros como brujas disimuladas. No quiere esto decir que hablara siempre *en serio* sobre este particular, y lo consigno sencillamente porque lo recuerdo.

Plutón, llamábase así el gato, era mi amigo predilecto. Sólo yo le daba de comer, siguiéndome siempre por la casa. E incluso me costaba trabajo impedirle que me siguiera por las calles.

Nuestra amistad subsistió así algunos años, durante los cuales mi carácter y mi temperamento — me sonroja confesarlo —, por causa del demonio de la intemperancia, sufrió una alteración radicalmente funesta. De día en día me hice más taciturno, más irritable, más indiferente a los sentimientos ajenos. Empleé con mi mujer un lenguaje brutal corriendo el tiempo, la afligí incluso con violencias personales. Naturalmente, mis pobres favoritos debieron notar el cambio de mi carácter. No solamente no les hacía caso alguno, sino que los maltrataba. Sin embargo, y por lo que se refiere a *Plutón,* aún despertaba éste en mí la consideración suficiente para no pegarle. En cambio, no sentía ningún escrúpulo en maltratar a los conejos y al mono, y hasta, al perro, cuando, por casualidad o afecto, se cruzaban en mi camino. Iba secuestrándome mi mal cada vez más, como consecuencia de mis excesos alcohólicos. Y, andando el tiempo, el mismo *Plutón,* que envejecía, y, naturalmente, se hacía un poco huraño, comenzó a conocer los efectos de mi perverso carácter.

Una noche, al regresar a casa completamente ebrio, de vuelta de uno de mis frecuentes escondrijos del barrio, me pareció que el gato evitaba mi presencia. Lo cogí, pero él, horrorizado por mi violenta actitud, me hizo en la mano, con los dientes, una leve herida. Entonces, se apoderó de mí, repentinamente, un furor demoníaco. En aquel instante dejé de conocerme. Dijérase como si, de pronto, mi alma original hubiese abandonado mi cuerpo, y una ruindad superdemoníaca, saturada de ginebra, se filtró en cada una de las fibras de mi ser. Del bolsillo de mi chaleco saqué un cortaplumas, lo abrí, cogí al pobre animal por la garganta y, deliberadamente, le vacié un ojo... Me llena y abruma la vergüenza, estremeciéndome al escribir esta abominable atrocidad.

Cuando, al amanecer, hube recuperado la razón, y cuando se disiparon los vapores de mi crápula nocturna, experimenté un sentimiento mitad horror mitad remordimiento por el crimen que había cometido. Pero, todo lo más, era un confuso sentimiento, y el alma no sufrió sus acometidas, lo confieso asimismo. Volví a sumirme en los excesos, y no tardé en ahogar en el vino todo recuerdo de mi acción.

Curó entre tanto el gato lentamente. La órbita del ojo perdido presentaba, es cierto, un aspecto espantoso. Pero después, con el tiempo, no pareció que se daba cuenta de ello. Según su costumbre, iba y venía por la casa; pero, como debí suponerlo, en cuanto veía que me aproximaba a él, huía aterrorizado. Me quedaba aún lo bastante de mi antiguo corazón para que me afligiera aquella manifiesta antipatía en un ser que tanto me había amado anteriormente. Pero este sentimiento no tardó en ser desalojado por la irritación. Como para mi caída final e irrevocable, brotó entonces el espíritu de perversidad, espíritu del que la filosofía no se cuida ni poco ni mucho. No obstante, tan seguro como que existe mi alma, creo que la perversidad es uno de los primitivos impulsos del corazón humano, una de esas indivisibles primeras facultades o sentimientos que dirigen el carácter del hombre. ¿Quién no se ha sorprendido muchas veces cometiendo una acción necia o vil, por la única razón de que sabía que no debía cometerla? ¿No tenemos una constante inclinación, pese a lo excelente de nuestro juicio, a violar lo que es la ley, simplemente porque comprendemos que es la Ley?

Digo que este espíritu de perversidad hubo de producir mi ruina completa. El vivo e insondable deseo del alma de atormentarse a sí misma, de violentar su propia naturaleza, de hacer el mal por amor al mal, me impulsaba a continuar y últimamente a llevar a prolongar el suplicio que había infligido al inofensivo animal. Una mañana, a sangre fría, ceñí un nudo corredizo en torno a su cuello y lo ahorqué de la rama de un árbol. Lo ahorqué con mis ojos llenos de lágrimas, con el corazón desbordante del más amargo remordimiento. Lo ahorqué porque sabía que él me había amado y porque reconocía que no me había dado motivo alguno para encolerizarme con él. Lo ahorqué porque sabía que al hacerlo cometía un pecado, un pecado mortal que comprometía a mi alma inmortal, hasta el punto de colocarla, si esto fuera posible, lejos incluso de la misericordia infinita del muy severo y misericordioso Dios.

En la noche siguiente al día en que fue cometida acción tan cruel, me despertó del sueño el grito de: «¡Fuego!» Ardían las cortinas de mi lecho. La casa era una gran hoguera. Mi mujer, un criado y yo logramos escapar, no sin vencer grandes dificultades, del incendio. La destrucción fue total. Quedé arruinado y me entregué desde entonces a la desesperación.

No intento establecer relación alguna entre causa y efecto con respecto a la atrocidad y el desastre. Estoy por encima de tal debilidad. Pero me limito a dar cuenta de una cadena de hechos y no quiero omitir el menor eslabón. Visité las ruinas el día siguiente al del incendio. Excepto una, todas las paredes se habían derrumbado. Esta sola excepción la constituía un delgado tabique interior, situado casi en la mitad de la casa, contra el que se apoyaba la cabecera de mi lecho. Allí la fábrica había resistido en gran parte a la acción del fuego, hecho que atribuí a haber sido renovada recientemente. En torno a aquella pared se congregaba la multitud. Y numerosas personas examinaban una parte del muro con viva atención. Excitaron mi curiosidad las palabras «extraño» «singular», y otras expresiones parecidas. Me acerqué y vi, a modo de un bajorrelieve esculpido sobre la blanca superficie, la figura de un gigantesto gato. La imagen estaba copiada con una exactitud realmente maravillosa. Rodeaba el cuello del animal una cuerda.

Apenas hube visto esta aparición — porque yo no podía considerar aquello más que como una aparición —, mi asombro y mi terror fueron extraordinarios. Por fin, vino en mi ayuda la reflexión. Recordaba que el gato había sido ahorcado en un jardín contiguo a la casa. A los gritos de alarma, el jardín fue invadido inmediatamente por la muchedumbre, y el animal debió de ser descolgado por alguien del árbol y arrojado a mi cuarto por la ventana abierta. Indudablemente se hizo esto con el propósito de despertarme. El derrumbamiento de las restantes paredes habían comprimido a la víctima de mi crueldad en el yeso recientemente extendido. La cal del muro, en combinación con las llamas y el amoníaco del cadáver, produjo la imagen tal como yo la veía.

Aunque prontamente satisfice así a mi razón, ya que no por completo mi conciencia, no dejó, sin embargo, de grabar en mi imaginación una huella profunda el sorprendente caso que acabo de dar cuenta. Durante algunos meses no pude liberarme del fantasma del gato, y en todo este tiempo nació en mi alma una especie de sentimiento que se parecía, aunque no lo era, al remordimiento. Llegué incluso a lamentar la pérdida del animal y a buscar en torno mío, en los miserables tugurios que a la sazón frecuentaba, otro favorito de la misma especie y de facciones parecidas que pudiera sustituirle.

Una noche, hallándome medio aturdido en un bodegón infame, atrajo repentinamente mi atención un objeto negro que yacía en lo alto de uno de los inmensos barriles de ginebra y ron que componían el mobiliario más importante de la sala. Hacía ya algunos momentos que miraba a lo alto del tonel, y me sorprendió no haber advertido el objeto colocado encima. Me acerqué a él y lo toqué. Era un gato negro, enorme, tan corpulento como *Plutón*, al que se parecía en todo menos en un pormenor: *Plutón* no tenía un sólo pelo blanco en todo el cuerpo, pero éste tenía una señal ancha y blanca, aunque de forma indefinida que le cubría casi toda la región del pecho.

Apenas puse en él mi mano, se levantó repentinamente, ronroneando con fuerza, se restregó contra mi mano y pareció contento de mi atención. Era, pues, el animal que yo buscaba. Me apresuré a proponer al dueño su adquisición, pero éste no tuvo interés alguno por el animal. Ni le conocía ni le había visto hasta entonces.

Continué acariciándole, y cuando me disponía a regresar a mi casa, el animal se mostró dispuesto a seguirme. Se lo permití, e inclinándome de cuando en cuando, caminamos hacia mi casa acariciándole. Cuando llegó a ella se encontró como si fuera la suya, y se convirtió rápidamente en el mejor amigo de mi mujer.

Por mi parte, no tardó en surgir en mi una antipatía hacia él. Era, pues, precisamente, lo contrario de lo que yo había esperado. No sé cómo ni por qué sucedió esto, pero su evidente ternura me enojaba y casi me fatigaba, poco a poco, estos sentimientos de disgusto y fastidio fueron aumentando hasta convertirse en la amargura del odio. Yo evitaba su presencia. Una especie de vergüenza mezclada al recuerdo de mi primera crueldad me impidieron que lo maltratara. Durante algunas semanas me abstuve de pegarle o de tratarle con violencia. Pero, gradual e insensiblemente, llegué a sentir por él un horror indecible. Y a eludir en silencio, como si huyera de la peste, su odiosa presencia.

Lo que despertó en seguida mi odio por el animal fue el descubrimiento que hice a la mañana del siguiente día de haberlo llevado a casa. Como *Plutón*, también él había sido privado de uno de sus ojos. Sin embargo, esta circunstancia contribuyó a hacerle más grato a mi mujer, quien poseía grandemente, como ya he dicho, la ternura de sentimientos, que fue en otro tiempo mi rasgo característico y el frecuente manantial de mis placeres más sencillos y puros.

No obstante, el cariño que el gato me demostraba parecía crecer en razón directa de mi odio hacia él. Con una tenacidad imposible de hacer comprender al lector, seguía constantemente mis pasos. En cuanto me sentaba, acurrucábase bajo mi silla, o saltaba sobre mis rodillas, cubriéndome con sus caricias espantosas. Si me levantaba para andar, metíase entre mis piernas y casi me derribaba, o bien trepaba por mis ropas, clavando sus largas y agudas garras hasta mi pecho. En tales instantes hubiera querido matarle de un golpe, pero me lo impedía en parte el recuerdo de mi primer crimen. Y sobre todo, me apresuro a confesarlo, el verdadero terror del animal.

Este miedo no era positivamente el de un mal físico. Y sin embargo, me sería muy difícil definirlo de otro modo. Casi me ruboriza confesarlo. Aun en esta celda de malhechor, casi me avergüenza confesar que el horror y el pánico que me inspiraba el animal habíanse acrecentado a causa de una de las fantasías más perfectas que es posible imaginar. No pocas veces, mi mujer había llamado mi atención con respecto al carácter de la mancha blanca de que he hablado y que constituía la única diferencia perceptible entre el animal extraño y aquel que había matado yo. Recordará, sin duda, el lector que esta señal, aunque grande, tuvo primitivamente una forma indefinida. Pero gradualmente, por fases imperceptibles, había concluido adquiriendo una nitidez rigurosa de contornos.

En ese momento, era la imagen de un objeto que me hace temblar nombrarlo. Era, sobre todo, lo que me hacía mirarle como a un monstruo de horror y repugnancia. Y lo que, si me hubiera atrevido, me hubiese impulsado a librarme de él. Era ahora, en fin, la imagen de una cosa abominable y siniestra: la imagen ¡de la *horca!* ¡Oh, lúgubre y terrible máquina! ¡Máquina de espanto y crimen, de muerte y agonía!

Yo era entonces, verdaderamente, un miserable, más allá de la miseria posible de la Humanidad. Una bestia brutal, cuyo hermano fue aniquilado por mí con desprecio; una bestia brutal engendrada en mí, hombre formado a imagen del Altísimo. ¡Ay! Ni de día ni de noche conocía yo la paz del descanso. Ni un solo instante, durante cada jornada, dejábame el animal. Y de noche, a cada momento, cuando salía de mis sueños llenos de indefinible angustia, era tan sólo para sentir el aliento tibio de aquél sobre mi rostro, y su enorme peso, encarnación de una pesadilla que yo no podía separar de mí, parecía eternamente gravitar sobre mi corazón.

Bajo tales tormentos sucumbió lo poco que había de bueno en mí. Infames pensamientos convirtiéronse en mis íntimos. Los más sombríos, los más infames de todos los pensamientos eran acariciados por mi mente. La tristeza de mi humor de costumbre se acrecentó hasta hacerme aborrecer a todas las cosas y a la Humanidad entera. Mi mujer, sin embargo, no se quejaba nunca. ¡Ah! Era siempre mi paño de lágrimas. La más paciente víctima de las repentinas, frecuentes e indomables expansiones de una furia a la que ciegamente me abandoné desde entonces.

Para un quehacer doméstico, me acompañó un día al sótano de un viejo edificio en el que nos obligara a vivir nuestra pobreza. Por los finos peldaños de la escalera me seguía el gato, y habiéndome hecho tropezar, me exasperó hasta la locura. Apoderándome de un hacha y olvidando en mi furor el espanto pueril que había detenido hasta entonces mi mano, dirigí un golpe al animal. Hubiera sido mortal si le hubiera alcanzado como quería. Pero la mano de mi mujer detuvo el golpe. Una rabia más que diabólica me produjo esta intervención. Liberé mi brazo del obstáculo que lo detenía y le hundí a ella el hacha en el cráneo. Mi mujer cayó muerta instantáneamente, sin exhalar siquiera un gemido.

Realizado el horrible asesinato, inmediata y resueltamente procuré esconder el cuerpo. Me di cuenta de que no podía hacerlo desaparecer de la casa, ni de día ni de noche, sin correr el riesgo de que se enteraran los vecinos. Asaltaron mi mente varios proyectos. Pensé por un instante en trocear el cadáver y arrojar al suelo los pedazos. Resolví después cavar una fosa en el piso de la cueva. Luego pensé arrojarlo al pozo del jardín. Cambié la idea y decidí embalarlo en un cajón, como una mercancía, y encargar a un mandadero que se lo llevase de casa, facturándolo a cualquier parte. Pero, por último, me detuve ante un proyecto que consideré el más factible, me decidí a emparedarlo en el sótano, como se dice que hacían en la Edad Media los monjes con sus víctimas.

La cueva parecía estar construida a propósito para semejante proyecto. Los muros no estaban levantados con el cuidado de costumbre, y no hacía mucho tiempo habían sido cubiertos en toda su extensión por una capa de yeso, al que la humedad no dejó endurecer.

Había, por otra parte, un saliente en uno de los muros, producido por una chimenea artificial o especie de hogar que quedó luego tapado y dispuesto de la misma forma que el resto del sótano. No dudé que me sería fácil quitar los ladrillos de aquel sitio, colocar el cadáver y emparedarlo del mismo modo, de forma que ninguna mirada pudiese descubrir nada sospechoso.

No me engañé en mis cálculos y, ayudado por una palanca, separé sin gran dificultad los ladrillos. Habiendo luego aplicado cuidadosamente el cuerpo contra la pared interior, lo sostuve en esta postura hasta poder restablecer sin gran esfuerzo toda la fábrica a su estado primitivo. Con todas las precauciones imaginables, me procuré un argamasa de cal y arena. Preparé una capa que no podía distinguirse de la primitiva y cubrí escrupulosamente con ella el nuevo tabique.

Cuando terminé vi que todo había resultado perfecto. La pared no presentaba la más leve señal de arreglo. Con el mayor cuidado, barrí el suelo y recogí los escombros. Miré, triunfalmente, en torno mío, y me dije: «Por lo menos, aquí, mi trabajo no ha sido infructuoso.»

Mi primera idea, entonces, fue buscar al animal que había sido el causante de tan tremenda desgracia porque, al fin, había resuelto matarlo. Si en aquel momento hubiera podido encontrarle, nada hubiese evitado su destino. Pero parecía que el animal, ante la violencia de mi cólera, habíase alarmado y procuraba no presentarse ante mí, desafiando desde sus refugios mi mal humor. Imposible describir o imaginar la intensa, la apacible sensación de alivio que trajo a mi corazón la ausencia de la detestada criatura. En toda la noche se presentó, y ésta fue la primera que gocé desde su entrada en la casa. Dormí, a pesar de todo, tranquila y profundamente. Sí: dormí así con el peso de aquel asesinato en mi alma.

Transcurrieron el segundo y el tercer día. Mi verdugo no vino, sin embargo. Como un hombre libre, respiré una vez más. En su terror, el monstruo había abandonado para siempre aquellos lugares. Ya no volvería a verle nunca. Mi dicha era infinita. Me inquietaba muy poco la criminalidad de mi tenebrosa acción. Incoóse una especie de sumario que apuró poco las averiguaciones. También se dispuso un reconocimiento, pero naturalmente, nada podía descubrirse. Yo daba por asegurada mi felicidad futura.

Al cuarto día, después de haberse cometido el asesinato, se presentó inopinadamente en mi casa un grupo de agentes de Policía y procedió de nuevo a una rigurosa investigación del local. Sin embargo, confiado en lo impenetrable del escondite, no experimenté ninguna turbación.

Los agentes quisieron que les acompañase en sus pesquisas. Fue explorado hasta el último rincón, por tercera o cuarta vez bajaron por último a la cueva. No me alteré lo más mínimo. Como el de un hombre que reposa en la inocencia, mi corazón latía pacíficamente. Recorrí el sótano de punta a punta, crucé los brazos sobre el pecho y me paseé indiferente de un lado a otro. Plenamente satisfecha, la Policía se disponía a abandonar la casa. Era demasiado intenso el júbilo de mi corazón para que pudiera reprimirlo. Sentía la viva necesidad de decir una palabra, una palabra tan sólo, a modo de triunfo, y hacer doblemente evidente su convicción, con respecto a mi inocencia.

—Señores — dije por último y cuando los agentes subían la escalera —, es para mí una gran satisfacción haber desvanecido sus sospechas. Deseo a todos ustedes una buena salud y un poco más de cortesía. Dicho sea de paso, señores, tienen ustedes aquí una casa muy bien construida — apenas sabía lo que hablaba, en mi furioso deseo de decir algo con aire deliberado—. Puedo asegurar que ésta es una casa excelentemente construida. Estos muros... ¿Se van ustedes señores? Estos muros están construidos con una gran solidez.

Entonces, por una fanfarronada frenética, golpeé con fuerza, con un bastón que tenía en la mano en ese momento, precisamente sobre la pared del tabique tras el cual yacía la esposa de mi corazón.

¡Ah! Que por lo menos Dios me proteja y me libre de las garras del archidemonio. Apenas húbose hundido en el silencio el eco de mis golpes, me respondió una voz desde el fondo de la tumba. Era primero una queja, velada y entrecortada como el sollozo de un niño. Después, en seguida, se convirtió en un grito prolongado, sonoro y continuo, infrahumano. Un alarido, un aullido mitad horror, mitad triunfo, como solamente puede brotar del infierno. Fue una horrible armonía que surgiera al unísono de las gargantas de los condenados en sus torturas y de los demonios que gozaban en la condenación.

Sería una locura expresaros mis pensamientos. Me sentí desfallecer y, tambaleándome, caí contra la pared opuesta. Durante un instante detuviéronse en los escalones los agentes. La sorpresa y el pavor los había dejado atónitos. Un momento después, doce brazos robustos atacaron la pared. Ésta cayó a tierra de un golpe. El cadáver, muy desfigurado ya y cubierto de sangre coagulada, apareció rígido ante los ojos de los circunstantes.

Sobre su cabeza, con las rojas fauces dilatadas y llameando el único ojo, se posaba el odioso animal cuya astucia me llevó al asesinato y cuya reveladora voz me entregaba al verdugo. ¡Yo había emparedado al monstruo en la tumba!

POEMAS

EL CUERVO

Una vez, en una melancólica medianoche, mientras yo cavilaba débil y
[cansado
Sobre cierto primoroso, arcaico y curioso volumen de saber olvidado —
Mientras cabeceaba casi adormecido, de pronto se oyó un golpecito
Como de alguien que llamaba quedamente, llamaba a la puerta de mi
[habitación.
«Será algún visitante», refunfuñé, que llama a la puerta de mi habitación —
　　Sólo esto y nada más.

¡Ah!, claramente me acuerdo que fue en el yerto diciembre,
Y cada una de las moribundas ascuas labraba su espectro sobre el enlosado.
Ansiosamente yo anhelaba la mañana;
Vanamente había probado a obtener
De mis libros una tregua al dolor — al dolor por la malograda Leonora —
Por la singular y radiante doncella que los ángeles llaman Leonora —
　　Innominada aquí, para siempre jamás.

Y el sédeo, triste, incierto crujir de cada cortina de púrpura
Se estremecía — me llenaba de fantásticos terrores jamás reconocidos antes;
De modo que ahora para aquietar los latidos de mí corazón, me puse de pie
[repitiendo;
«Será algún visitante que suplica entrada a la puerta de mi habitación —
Algún tardío visitante que suplica entrada a la puerta de mi habitación» —
　　Esto es y nada más.

Entonces mi alma cobró vigor; y ya, no vacilando más,
«Señor», dije, o «Señora, sinceramente imploro vuestro perdón;
Pero la verdad es que estaba adormilado; tan suavemente vinisteis a llamar,
Y tan débilmente vinisteis a golpear, golpear a la puerta de mi habitación
Que apenas estaba seguro de haberos oído» — y entonces abrí de par en
[par la puerta: —
　　Tinieblas y nada más.

Atisbando en el fondo de aquellas tinieblas, me estuve largo espacio mara-
[villándome, temiendo,
Dudando, soñando sueños que ningún mortal osó jamás soñar;
Pero el silencio no fue interrumpido, ni la quietud dio señal,
Y la única palabra que allí se dijo fue la susurrada palabra. «¿Leonora?»
Yo la susurré, y un eco repitió, murmurando la palabra: «¡Leonora!»
        Sólo esto y nada más.

Volviendo a la habitación con toda mi alma ardiendo,
No tardé en oír de nuevo un golpecito algo más fuerte que antes.
«Sin duda», dije, sin duda algo sucede en la celosía de mi persiana;
Veamos, pues, lo que pasa ahí y exploremos ese misterio —
Cálmese por un momento mi corazón y exploremos ese misterio; —
        Es el viento y nada más.

Abrí entonces de golpe la ventana, cuando, con mucho retozo y aleteo,
Saltó dentro un soberbio Cuervo de los santos días de antaño.
No me hizo la menor reverencia; ni un minuto se detuvo ni paró,
Sino que con un aire de caballero o dama se emperchó sobre la puerta de
[mi habitación —
        Se emperchó y posó, y nada más.

Entonces aquel pájaro de ébano induciendo a mi triste imaginación a
[sonreír,
Ante el grave y severo empaque de la facha que ponía,
«Aunque tu copete esté mocho y descañonado, tú» le dije, «no eres sin duda
[un cobarde,
Lívido, torvo y antiguo Cuervo extraviado de la Nocturna ribera —
¡Dime cuál es tu nombre señorial en la ribera Plutónica de la Noche!»
        Contestó el Cuervo: «Nunca Más.»

Mucho me maravilló el oír a aquel desmañado pájaro discurrir tan
[llanamente,
Aunque su respuesta poco significado — poca pertinencia ofrecía;
Porque no podemos menos de convenir en que ningún ser humano viviente
Tuvo jamás la suerte de ver a un pájaro sobre la puerta de su habitación —
Ni pájaro ni otro animal sobre el busto esculpido encima de la puerta de su
[habitación
        Con un nombre semejante al de «Nunca Más.»

Pero el cuervo posado solitariamente sobre aquel plácido busto sólo
[pronunció

Aquella única palabra, como si su alma en aquella única palabra se hubiese
[vertido.
Nada más profirió; no agitó ya ni una pluma.
Hasta que yo apenas murmuré «otros amigos me han dejado ya —
A la mañana *éste* me dejará también, como mis Esperanzas volaron»,
        Y entonces el pájaro dijo: «Nunca Más.»

Me estremecí ante el silencio roto por aquella respuesta tan oportunamente
[pronunciada.
«Sin duda», dije, lo que él dice es todo su material y repuesto
Recogido de algún infeliz maestro a quien el implacable Desastre
Acosó más y más, hasta que sus canciones se quedaron con un solo
[estribillo —
Hasta que los trenos de su Esperanza se quedaron con este melancólico
[estribillo
        De «Nunca Más.»

Pero como el Cuervo continuaba incitando a toda mi alma triste a sonreír,
Acto seguido empujé un sillón encojinado delante del pájaro y el busto y la
[puerta;
Luego hundiéndome en el terciopelo, me puse a encadenar,
Fantasía con fantasía, pensando lo que aquel siniestro pájaro de antaño —
Lo que aquel torvo, desmañado, lívido, macilento y siniestro pájaro de antaño
        Quería decir croando: «Nunca Más.»

Así me estaba sentado enfrascado en mi cavilar, pero sin pronunciar una
[sílaba
Para el ave cuyos encendidos ojos ardían ahora dentro de mi corazón;
Yo estaba sentado, y cavilando esto y mucho más, mientras mi cabeza
[cómodamente reclinada
En el cojín forrado de terciopelo en que se recreaba la luz de la lámpara,
Pero cuyo forro de violáceo terciopelo, con la caricia de la luz de la lámpara
        Ella no oprimirá, ¡ay de mí!, ¡Nunca Más!

Entonces me pareció que el aire se adensaba, perfumado por un invisible
[incensario
Mecido por Serafines cuyas pisadas retiñían en el suelo alfombrado.
« ¡Desventurados», grité, «tu Dios te ha concedido — por esos ángeles que te
[ha enviado
Tregua, — tregua y nepente, en tus memorias de Leonora!
¡Bebe, oh, bebe de ese buen nepente y olvida a esa malograda Leonora!»
        Repitió el Cuervo: «Nunca Más.»

«¡Profeta!», dije yo, « ¡Ser maléfico! — profeta, sí, ¡seas pájaro o demonio!
Ya te envié el Tentador, ya la tempestad te arroje, aquí a esta playa,
Afligido, aunque impávido, en esta desierta tierra hechizada —
En esta Mansión que el horror visita — dime la verdad, yo lo imploro —
¿Hay aquí — *hay aquí* bálsamo, en Judea? — dime — dime, ¡yo lo imploro!
          Repitió el Cuervo: «Nunca Más.»

«¡Profeta!, ¡profeta!», dije yo, «ser maléfico — profeta, sí, ¡seas pájaro o demonio!
Por ese cielo que se comba sobre nosotros — por ese Dios que los dos
                                                      [adoramos —
Dile a este alma de pesar agobiada si, en el distante Edén,
Abrazará a una bienaventurada doncella a quien los ángeles llaman Leonora»
          Repitió el Cuervo: «¡Nunca Más!»

«Sea esta palabra la señal de nuestra separación, ¡pájaro o demonio!» — chi-
                                                      [llé irguiéndome —
«¡Húndete de nuevo en la tempestad y en la ribera Plutónica de la noche!
No dejes aquí ni una negra pluma en prenda de esa mentira que tu alma ha
                                                      [pronunciado.
¡Deja inviolada mi soledad! — ¡deja ese busto encima de mi puerta!
¡Quita tu pico de mi corazón, y lleva tu figura fuera de mi puerta!
          Repitió el Cuervo: «¡Nunca Más!»

Y el Cuervo sin revolotear ya jamás, está posado todavía,
Sobre el pálido busto de Palas precisamente sobre la puerta de mi habita-
                                                      [ción;
Y sus ojos tienen toda la semblanza de un demonio que está soñando,
Y la luz de la lámpara derramándose sobre él proyecta su sombra en el suelo;
Y mi alma, fuera de esta sombra que yace flotante en el suelo,
          No se levantará — ¡Nunca Más!

A HELENA

Yo te vi una vez — una vez sola — hace años:
No debo decir *cuántos* — pero *no* muchos.
Era una medianoche de julio, y de una
Luna llena, que, semejante a tu alma, se remontaba
Buscando un rápido sendero por el firmamento,
Caía un plateado sédeo velo de luz,
Con quietud, y bochorno, y adormecimiento
Sobre los alzados rostros de millares
De rosas brotadas en un encantado jardín,
Donde ningún viento se atrevía a moverse sino de puntillas

Caía sobre los alzados rostros de aquellas rosas
Que exhalaban agradecidas a la luz de amor,
Sus almas olorosas en extática muerte —
Caían sobre los alzados rostros de aquellas rosas
Que sonreían y morían en aquel jardín, hechizadas
Por ti, y por la poesía de tu presencia.

Toda vestida de blanco, entre un macizo de violetas
Te vi medio reclinada; mientras la luz de la Luna
Caía sobre los alzados rostros de las rosas,
Y sobre el tuyo, alzado hacia ella — ¡ay de mí! — ¡lleno de dolor!

¿No fue el Destino, quien en aquella medianoche de julio,
No fue el Destino (cuyo nombre es también Dolor)
Quien me invitó a detenerme delante de aquella puerta de jardín,
Para respirar el incienso de aquellas adormecidas rosas?
Ni un paso se movía; todo el odiado mundo ya dormía,
Menos tú y yo. (¡Oh, Cielos! — ¡oh, Dios!
¡Cómo late mi corazón al unir esas dos palabras!)
Menos *tú* y *yo*. Me detuvo — miré —

Y en un instante todas las cosas desaparecieron.
(¡Ah, ten presente que aquel jardín estaba encantado!)

El brillo perlino de la Luna se desvaneció:
Las musgosas márgenes y las tortuosas veredas
Las flores felices, y los lamentosos árboles
Ya no se veían; hasta los olores de las rosas
Murieron en los brazos de los adoradores vientos.
Todo — todo expiró menos tú — salvo *casi* tú;
Salvo únicamente la divina luz en tus ojos alzados.
Yo sólo a ellos veía — sólo a ellos vi durante horas —
Sólo a ellos vi hasta que la Luna se puso.
¡Qué violentas historias del corazón parecían estar escritas
En aquellos tus ojos cristalinos, astros celestiales!
¡Qué negro pesar!, y con todo, ¡qué sublime esperanza!
¡Qué silente y sereno mar de altivez!
¡Qué osada ambición! Y con todo, ¡qué profunda —,
Qué insondable capacidad de amor!

Pero, al fin, la amada Diana se hundió para nuestra mirada
En una nube occidental de tormenta;
Y tú, como un fantasma, entre los sepultantes árboles
Te fuiste deslizando. *Sólo tus ojos quedaban.*
No querían irse — y nunca más se han ido.
Luego de iluminar mi solitaria senda a mi regreso aquella noche
Ellos no me han dejado (como me han dejado mis esperanzas) desde
[entonces.
Me siguen — me guían por entre los años —
Son mis acompañantes, pero yo su esclavo.
Su misión es de iluminar y encender —
Mi deber, *ser salvado* por su brillante luz,
Y purificado por su eléctrico fuego
Y santificado por su elíseo fuego.
Llenan mi alma de Belleza (que es Esperanza)
Y están muy arriba en el Cielo — estrellas ante las cuales me arrodillo,
En las tristes, silenciosas, vigilias de mi noche;
Mientras que hasta en el resplandor meridiano del día
Yo los veo todavía — como dos dulcemente brilladoras
Venus, a las que el Sol no puede extinguir.

A... ...

No hace mucho, el que escribe estos versos
Con el orgullo loco de la intelectualidad
Defendía el «poder de las palabras» — negaba que nunca
Se originaba un pensamiento en el cerebro humano
Que excediese a la expresión de la humana lengua.
Y ahora, como en burla de aquella jactancia,
Dos palabras — dos dulces disílabas extranjeras
Voces italianas, hechas sólo para ser murmuradas
Por ángeles durmientes en la luz de la Luna, «rocío
Suspendido como sartas de perlas sobre la colina de Hermón», —
Han despertado de los abismos de su corazón,
Pensamientos como sin pensamientos, que son las almas del pensamiento,
Ricas, mucho más ardientes, mucho más divinas visiones
De las que jamás el serafín harpista, Israfel,
(El que tiene «la voz más dulce entre todas las criaturas de Dios»),
Puede aspirar a pronunciar. ¡Y yo!... mis hechizos se han roto.
La pluma cae impotente de mi temblorosa mano.
Con tu amado nombre por tema aunque tú me lo pidas,
No puedo escribir — no puedo hablar ni pensar —
Ay de mí, no puedo sentir; porque no hay sentimiento posible
Cuando así permanezco inmóvil en el áureo
Umbral de la puerta, de par en par abierta, de los sueños,
Contemplando, arrobado, ante mí la esplendorosa perspectiva,
Y estremeciéndome cuando miro, a la derecha,
A la izquierda, y a lo largo del camino.
Entre vapores sin púrpura, lejos muy lejos
Donde la perspectiva fenece — *a ti sola.*

ANNABEL LEE

Hace ya muchos, muchos años
      En cierta región junto al mar,
Vivía una doncella a quien podéis conocer
      Con el nombre de ANNABEL LEE;
Y aquella doncella no vivía con otro pensamiento
      Sino el de amarme y ser amada por mí.

Yo era un niño y ella era una niña,
      En aquella región junto al mar:
Pero amábamos con un amor que era más que amor —
      Yo y mi ANNABEL LEE;
Con un amor que los alados serafines del Cielo
      Nos envidiaban a ella y a mí.

Y ésta fue la razón por que, hace ya tanto tiempo
      En aquella región junto al mar,
Un viento sopló de una nube, y heló
      A mi hermosa ANNABEL LEE;
Por lo que su linajudo pariente vino
      Y se la llevó lejos de mí,
Para encerrarla en un sepulcro
      En aquella región junto al mar.
Los ángeles habían perdido la mitad de su felicidad en el Cielo
      Cuando me envidiaban a mí y a ella —
¡Sí! — y ésa fue la razón (como todos los hombres saben,
      en aquella región junto al mar)
Por la que aquel viento de la nube, vino a la noche,
      Y heló y mató a mi ANNABEL LEE.

Pero nuestro amor era mucho más fuerte que el amor
      De los que tenían más años que nosotros.

De muchos más sabios que nosotros —
        Y ya, ni los demonios que habitan en lo profundo del mar,
Podrán jamás desprender mi alma del alma
        De la hermosa ANNABEL LEE;

Porque la Luna nunca brilla, sin traerme ensueños
        De la hermosa ANNABEL LEE;

Y las estrellas nunca se levantan sin que yo vea los brillantes ojos
        De la hermosa ANNABEL LEE;

Y por eso, toda la noche, yazgo junto
        A mi amada — mi amada — mi vida, y mi novia,
En el sepulcro, junto a la mar
        En su tumba, junto a la sonora mar.

ÍNDICE

POEMAS

*Esta edición se terminó de
imprimir en Barcelona
el mes de junio
de 1999*